Katja von Glan

Rembrandts Garten

Katja von Glan

Rembrandts Garten

Roman

nymphenburger

Für meine Tochter Hannah

Schutzumschlag: Wolfgang Heinzel
Schutzumschlagmotiv: Bridgeman-Images, London
Satz: C. Schaber Datentechnik, Wels
Gesetzt aus der 11,3/13,7 Punkt Adobe Garamond
Druck und Binden: GGP Media GmbH, Pößneck
Printed in Germany
ISBN 3-485-01070-7
Ab 1.1.2007
ISBN 978-3-485-01070-2

www.nymphenburger-verlag.de

Inhalt

Bleiweiß für die Grundierung

Frühjahr 1628. Marten Gottholdzoon Olearius saß in einer düsteren Schenke in Leyden und fühlte sich so verloren, dass es ihn schier zerreißen wollte. Seine Augen brannten vom Pfeifenqualm und von den ungeweinten Tränen. Heute hatten sie seinen Vater zu Grabe getragen und er war verzweifelt. Für seinen Vater, der so gern schalkhafte Spiele ersonnen und andere mit Rätseln überrascht hatte, war das Spiel zu Ende.

Der junge Mann seufzte schwer und fuhr sich mit seinen schmalen Fingern durch das dichte rote Haar im Nacken. Ein dumpfer Schmerz pochte in seinen Schläfen, doch er würde nicht weinen, nicht hier, nicht in dieser überfüllten Schenke. Von der offenen Feuerstelle drangen Stimmen herüber und manchmal lachte jemand schnaubend. Es klang nicht freundlich. Marten und sein Freund Rembrandt, den er aus frühen Studientagen kannte, saßen sich an einem umgedrehten Fass, das als Tisch diente, gegenüber. Beide drückte der Kummer, doch Rembrandts Augen schweiften aufmerksam umher.

Marten vermutete, er prägte sich alles ein, um es später in einem Gemälde festzuhalten. Das flackernde Licht, die Schatten und die dunklen Gestalten. Rembrandt war genauso alt wie Marten, erst zweiundzwanzig, und dennoch sah er immer mehr als gewöhnliche Leute, wo er sich auch befand. Marten versuchte zu sehen, was sein Freund sah. Es gelang ihm nicht.

Schließlich blinzelte Rembrandt und erklärte mit seltsam matter Stimme: »Betrinken wir uns. Wir sind es seinem Andenken schul-

dig.« Als Marten nichts erwiderte, fügte er etwas lebhafter hinzu: »Einen Trinkspruch, Marten, ersinne einen Trinkspruch. Einen, der ihm gerecht wird!«
Es war Rembrandts Vorschlag gewesen, sich nach der Bestattung zu betrinken. Es war nicht unüblich, sich zu Ehren des Verstorbenen einen kräftigen Rausch zu genehmigen. Je reicher und angesehener er war, umso heftiger wurde dem doppelt starken Bier zugesprochen, der Sorte, die schnell trunken machte. Vor jeder Runde war ein Trinkspruch fällig. Normalerweise war Marten gut darin, Trinksprüche zu ersinnen. Die gelöste Stimmung einer Schenke lockerte ihm die Zunge. Doch diesmal wirkte das Gemurmel der Zecher nur beunruhigend und das Rohrpfeifenspiel des Straßenmusikanten schien seinen Kummer zu verhöhnen. Die dazu im Kreis hüpfenden Kinder sollten längst im Bett sein. Marten beobachtete die langen Schatten der Kinder, die über die vom Ruß geschwärzten Ölbilder an der Wand zuckten. Aus den Augenwinkeln sah er, wie Rembrandt ungeduldig die Nasenflügel blähte. Dabei wirkte seine knollenartige Nase noch größer und die wirren krausen Haare gaben ihm etwas anrührend Faunhaftes.
Marten runzelte die Stirn: »Ich soll etwas sagen, was meinem Vater gerecht wird?«
Wie sollte er seinen Vater in einem einzigen Satz würdigen? Sollte er Gotthold Wilhelm Olearius als großen deutschen Humanisten und Gelehrten preisen? Seine Verdienste an der Universität zu Leyden hervorheben? Was war geblieben von all der Gelehrsamkeit? Was war seiner Familie geblieben? Nur langsam hatte sich der Vater nach dem Winter von einem heftigen Fieber erholt. Viele waren gestorben in jenen Wochen. Als der Frühling kam, hatte es jedoch so ausgesehen, als würde die Kraft des alten Mannes zurückkehren. Dann war alles ganz schnell gegangen. Ein quälender Husten hatte den Vater befallen, ein glühendes Fieber ihn erneut geschüttelt und kurz darauf war er nicht mehr aufgestanden. Einen Trinkspruch? Marten war viel zu aufgewühlt. Seine Augen brannten und etwas schnürte ihm die Luft ab. Verwirrt und beschämt gestand er sich ein, dass es Zorn war. Zorn auf den Vater, der ihn allein zurückgelassen hatte.

Unschlüssig trommelte er mit den Fingern an seinen Zinnbecher. Rembrandt schien zu spüren, was in ihm vorging, und erklärte sanft: »Dein Vater war ein großer Mann. An ihm lag es bestimmt nicht, dass ich die philosophische Fakultät verließ.«
Daran wollte Marten heute Abend nicht erinnert werden, doch nun war es ausgesprochen und er konnte sich nicht zurückhalten. Die Worte kamen ihm über die Lippen, ehe er es verhindern konnte. »Gern hätte ich mich ganz der Malerei gewidmet, aber im Gegensatz zu dir musste ich die Rechte studieren. Mein Vater nannte meine Malerei Gepinsel und Gekleckse. Ich sollte den diplomatischen Dienst wählen. Aber du, du warst immer etwas Besonderes für ihn …«
Rembrandt war nicht beleidigt. Er lächelte und sagte leise: »Ich war nur ein ehemaliger Student, doch du warst sein Sohn. Da gelten andere Gesetze.«
Marten schwieg und dachte daran, dass sein Vater ihn als talentlosen Möchtegern betrachtet hatte. Genauso talentlos wie die Masse der Maler, die sich tagtäglich vergebens abmühte. Die geschwärzten Ölbilder an den Wänden hier schienen ihm Recht zu geben. Die düsteren Schenken Hollands waren voll davon. Und nicht nur dort ersetzten sie die viel teureren Tapeten. Marten seufzte und wollte nicht an die vielen mit drittklassigen Bildern gepflasterten Wände in dieser Stadt denken.
Rembrandt griff nach seinem Becher und starrte über dessen Rand hinweg zu Marten hinüber. Furchen bildeten sich auf seiner Stirn, als grübelte er nun selbst über einen Trinkspruch nach. Sein Blick hatte etwas Forderndes. Schließlich räusperte er sich und flüsterte: »Dein Vater hat es gut mit dir gemeint. Er hat aus Liebe gehandelt. Vergiss deinen Groll und trink mit mir.«
Marten nickte und drehte nachdenklich seinen Becher zwischen den Fingern. Das Bier schwappte leise darin. Es klang, als würde es flüstern. Er dachte daran, dass sein Vater Rembrandts Talent immer bewundert hatte. Doch daraus konnte er seinem Freund keinen Vorwurf machen. Marten wollte großzügig sein. Zwar hatte Rembrandt mit Jan Lievens eine Werkstatt gegründet, doch Jans Historienbilder und Porträts passten ja auch besser zu Rembrandts Bil-

dern als seine eigenen. Marten malte Landschaftsbilder, solche mit besonders weiten Horizonten. Einen mittelmäßigen Landschaftsmaler, einen Zeitvergeuder und Tagedieb hatte sein Vater ihn genannt. Er hatte gedroht, ihn zu enterben, wenn er das Studium der Rechte für die Malerei aufgäbe. Marten fühlte plötzlich die Gegenwart seines Vaters so stark, als wäre dieser anwesend.
Endlich reagierte er auf Rembrandts fordernden Blick, hob seinen vollen Becher und rief: »Gott, dem Allmächtigen, hat es in seiner ewigen und unerschütterlichen Weisheit gefallen, meinen lieben Vater aus dieser Welt der Traurigkeit in die gesegnete Freude seines ewigen Reiches zu rufen.«
Das war kein Trinkspruch, sondern eine Traueranzeige, wie sie Nachbarn und Verwandte erhielten, dennoch hob auch Rembrandt seinen Becher und sie tranken.
Schwungvoll stellte Rembrandt sein Bier ab und erklärte: »Dem alten Olearius sei das ewige Reich gegönnt. Du tröste dich in dieser Welt mit seiner Hinterlassenschaft.« Nach kurzem Zögern fügte er mit einem verschmitzten Blinzeln hinzu: »Der Notarius wird bald eine hübsche Summe für dich bereithalten.«
Marten hätte vor Schreck fast seinen Becher fallen lassen. Der Notarius! Den hatte er ja ganz vergessen. Der kleine schwarz gekleidete Mann mit der steifen weißen Halskrause hatte ihm während des Leichenzugs durch die Stadt zugeraunt, dass er schon morgen früh die Stadt verlassen werde. Deshalb werde die Testamentsverlesung bereits heute Abend stattfinden. Marten fühlte, wie ihm Schweißperlen auf die Stirn traten. Sie würden ohne ihn anfangen! Hastig stellte er sein Bier ab und sprang auf: »Beim Teufel auf Stelzen, die Testamentsverlesung findet in diesem Augenblick statt! Wie konnte ich das nur vergessen? Entschuldige mich bitte …«
Rembrandt machte eine Handbewegung, als wollte er ihn zurückhalten.
»Warte, du sollst wissen, dass mich dein Vater in letzter Zeit häufig besucht hat. Er saß hustend in meinem Atelier und machte seltsame Andeutungen. Dabei lächelte er manchmal so süffisant, als heckte er einen Streich aus.«

»Der viel gerühmte Schalk des Humanisten. Bis zum Schluss musste er seine Spielchen treiben, so war er eben.« Gehetzt fuhr er fort: »Ich muss los. Wir sehen uns morgen. Hier, die nächste Runde geht auf mich.«

Marten nahm einen Gulden aus seinem Beutel und ließ ihn neben Rembrandts Becher kullern. Ein Gulden würde in dieser Kaschemme für die ganze Nacht reichen. Wenn stimmte, was alle annahmen, wäre Marten bald ein wohlhabender Mann. Sein Vater war an der Herausgabe mehrerer bedeutender Bücher und Enzyklopädien beteiligt gewesen und hatte gut daran verdient. Und statt das Geld auszugeben, hatte er sich von reichen Gönnern und Bewunderern aushalten lassen. Gotthold Wilhelm Olearius hatte es verstanden zu leben.

Marten trat in die stille dunkle Gasse hinaus. Durch die geschlossenen Läden blitzte hier und da das Licht einer Öllampe oder eines Herdfeuers. Er beeilte sich, bewegte seinen dünnen, fast hageren Körper im Gleichklang. Der geliehene Trauermantel schlug um seine Beine und der Wind fuhr ihm ungehindert durchs Haar. Seinen breitkrempigen Hut hatte er in der Schenke vergessen. Mit jedem Schritt drang Rembrandts Bemerkung tiefer in sein Bewusstsein. Was hatte seinen Vater, kurz bevor ihn die Krankheit ans Bett fesselte, in Rembrandts Atelier getrieben? Was hatte ihn beschäftigt? Welche Andeutungen hatte er gemacht? Vielleicht war es diesmal doch nicht nur ein harmloser Zeitvertreib gewesen? Hatte er geahnt, dass es zu Ende ging? Ein Verdacht ließ Marten innehalten und nach Luft ringen.

Konnte es sein, dass sein Vater sich nach all den Jahren wieder an Hendrik, den sieben Jahre älteren Erstgeborenen, erinnert hatte? Als Hendrik fortging, war Marten fünfzehn Jahre alt. Bis zu jenem Tag hatte er seinen Bruder immer bewundert. Doch dann war Hendrik vom Vater verstoßen worden und das hatte den heranwachsenden Marten schwer getroffen. Er hatte nie verstanden, was genau geschehen war. Es war um eine Unterschlagung gegangen und um die Familienehre. Ein hohes Gericht hatte Hendrik zur Verbannung verurteilt und der Vater hatte geschworen, ihm niemals zu vergeben. War er kurz vor seinem Tod weich geworden? War es das,

was ihn in Rembrandts Atelier beschäftigt hatte? Hatte er Hendrik eine Nachricht zukommen lassen, ihm mitgeteilt, dass es zu Ende ging? Ihn aus der Verbannung zu sich zitiert? Befand sich Hendrik gar in Leyden? Wenn dem so wäre, dann würde es bei der Testamentsverlesung eine Überraschung geben.
Marten beschleunigte seine Schritte noch ein wenig und rannte nun fast. Noch nie war er so schnell vom Westteil der Stadt, wo hinter dem Rhein die Windmühlen aufragten, zu den verwinkelten Gassen hinter der Pieterkerk gelangt. Dort war es nicht so vornehm wie an der Breestraat oder an der Gracht bei der Rapenburg, dafür waren es nur wenige Schritte bis zum ehrwürdigen Gebäude der Universität. Hier hatte sein protestantischer Vater einst Zuflucht vor seinen Verfolgern gefunden. Wie viele andere Gelehrte war er in seiner Jugend ins tolerante Leyden geflohen und hier war er gestorben. Das Haus sah eher unscheinbar aus und nur die vielen Lichter hinter den hohen, bleiverglasten Fenstern gaben ihm etwas Ernstes und Würdevolles. Marten zögerte kurz und ließ seinen Blick über die drei Stockwerke der Backsteinfassade bis hinauf zu dem steilen, etwas schiefen Stufengiebel gleiten. Das Herz schlug ihm bis zum Hals und er fragte sich, ob sein Bruder bereits hinter den Fenstern saß und ihn erwartete. Konnte das möglich sein?
Nachdem er sich fest in seinen Mantel gewickelt hatte, klopfte er an. Als niemand öffnete, betrat er die Empfangshalle, durchschritt sie mit schnellen Schritten und öffnete die Tür zur Stube. Sie wurde nur zu besonderen Anlässen benutzt, doch heute war sie leer und so nahm er die Treppe zum Arbeitszimmer seines Vaters. Dabei fragte er sich, ob er Hendrik überhaupt wiedererkennen würde. Sicher hatte sich sein Bruder in Übersee verändert. Egal ob es ihn an die Westküste Afrikas oder die Ostküste Amerikas getrieben hatte, das Leben dort hinterließ zweifellos seine Spuren. Würde Hendrik verbittert sein oder ihn in die Arme schließen und scherzen, so wie früher? Marten wünschte, er könnte die Zeit zurückdrehen. Er war sogar bereit, die Erbschaft zu teilen, wenn er dafür seinen Bruder zurückbekäme. Einen Handel, er würde dem Allmächtigen einen Handel vorschlagen. Die Hälfte des Vermögens

für einen Bruder, der mit ihm scherzte. Hoffnungsvoll blieb er im offenen Türrahmen stehen und ließ seinen Blick durch den Raum schweifen.
Es war ungewohnt, so viele Menschen im Studierzimmer seines Vaters vorzufinden. Für gewöhnlich saß er als einziger Besucher an dem kleinen ovalen Tisch am Fenster. Nun hatten dort der Kutscher, die Köchin und die beiden Dienstmägde Platz genommen. Sie fühlten sich offensichtlich unwohl, im Gegensatz zu dem selbstbewusst wirkenden Notarius, der neben einer verwirrt blinzelnden Tante Augusta saß. Marten hatte, ohne es zu merken, die Luft angehalten, nun atmete er aus und zog leise die Tür hinter sich zu.
Der allmächtige Herrgott ließ nicht mit sich handeln. Hendrik war nicht zurückgekommen. Wie sollte er auch? Eine Überfahrt von den Niederlassungen der Westindienkompanie dauerte viele Wochen, sogar Monate. Was immer seinen Vater vor seinem Tod beschäftigt hatte, mit Hendrik hatte es nichts zu tun gehabt.
Marten fühlte, wie die Anspannung aus seinen Gliedern wich und sich wieder das Gefühl von Verlassenheit in ihm ausbreitete. Die Hoffnung, alles würde gut werden, verschwand und zurück blieb eine trostlose Leere. Überdeutlich nahm er war, wie überheizt und stickig der Raum war. Der säuerliche Geruch stieß ihn ebenso ab wie die starren und leblosen Möbelstücke, die überall herumstanden. Sein Vater würde niemals mehr an dem mit aufgeschlagenen Büchern bedeckten Sekretär sitzen, nie mehr die abgenutzte Stuhllehne berühren. Für einen Moment wünschte sich Marten in die Schenke zurück, dann straffte er seinen Oberkörper und trat mit weit ausholenden Schritten, als könnte er die verlorene Zeit aufholen, zu der Gruppe, die sich um den Tisch vor dem Fenster versammelt hatte.
Tante Augusta warf ihre beringten Hände in die Luft und rief: »Herr, erbarme Dich! Auf den ersten Blick hielt ich dich für Hendrik. Du hast seine Statur und auch dein Gang ähnelt dem seinen immer mehr.«
Marten zuckte zusammen, versuchte aber sich nicht anmerken zu lassen, wie erschrocken er war. Es schien, als hätten die Versammelten vor seinem Eintreten über seinen Bruder gesprochen. Sicher hatten sie darüber spekuliert, ob der Verbannte im Testament be-

rücksichtigt worden war. Der Notarius blickte zur Tür, als erwartete er jeden Moment Hendriks Erscheinen, doch dann besann er sich auf seine Aufgabe und deutete auf den einzigen freien Stuhl: »Setzt Euch, junger Mann, setzt Euch zu Eurer Tante. Wir sind fast fertig. Nur Ihr fehltet noch und für Euch habe ich etwas ganz Besonderes. Es soll Euch heute vor Zeugen ausgehändigt werden.«
Während Marten Platz nahm, wühlte der Notarius in einem Stapel Papier und Tante Augusta erklärte leise: »Er überlässt dir das Haus unter der Bedingung, dass du mir lebenslanges Wohnrecht gewährst. Dazu erhalte ich eine jährliche Rente, Gott vergelt ihm seine Güte. Die Dienstleute erhalten einen Aufschlag zum Lohn, wenn sie sich bereit erklären zu bleiben. Neeltje …«
Sie unterbrach sich und warf einen Blick zu der jungen Dienstmagd hinüber, deren hübsches Gesicht von Tränen verschmiert war. Tante Augusta seufzte leise, erläuterte jedoch nicht, was ihr Schwager für Neeltjes Zukunft bestimmt hatte. Marten wollte es gar nicht hören. Jeder im Haus wusste, dass die junge Neeltje das Bett seines Vaters geteilt hatte. Ein Umstand, den Marten nur mit Mühe hatte akzeptieren können. Nie konnte er Neeltje ansehen, ohne an das Bild seiner früh verstorbenen Mutter zu denken, das in der Diele hing. Ihm war, als würde sie immer noch über die Vorgänge im Haus wachen. Die Vorstellung, dass seine Mutter schön und bleich aus ihrem Gemälde herabblickte und der so lebendigen rotwangigen Neeltje jeden Tag beim Fegen der Treppe zusah, gefiel ihm nicht. Sein Vater würde für seine hübsche Bettgenossin mit einer ansehnlichen Summe gesorgt haben. Marten beschloss, darüber hinwegzugehen.
Der Notar räusperte sich und zog einen versiegelten Umschlag hervor. Er reichte ihn Marten und flüsterte: »Flucht nicht, sondern haltet sein Andenken in Ehren!«
Der Umschlag war vergilbt und Fingerabdrücke hatten darauf dunkle Flecken hinterlassen. Spuren des Lebens, dachte Marten beklommen und ihm wurde bewusst, dass der Umschlag die letzte Botschaft seines Vaters enthielt. Die Worte des Notarius weckten die schlimmsten Befürchtungen. Mit klopfendem Herzen erbrach er das Siegel. Das knackende Geräusch klang unnatürlich laut

durch die erwartungsvolle Stille. Während Marten das steife, ungefaltete Stück Papier aus dem Umschlag zog, rasten die Gedanken durch seinen Kopf. Hatte sein Vater ihn enterbt? Hatte er alles einer frommen Stiftung zukommen lassen? Worüber sonst sollte er fluchen? Im Gegensatz zum Umschlag war das Papier, das zum Vorschein kam, rein und von guter Qualität. Marten erkannte sofort die vertraute, selbstbewusst nach oben schwingende Schrift seines Vaters. Sie bedeckte die ganze Seite, nahm sie in Anspruch und zwang ihr seinen Willen auf. Marten beugte sich über den Bogen. Es war Deutsch. Sein Vater hatte seine Muttersprache gewählt, die er auch zu Lebzeiten bevorzugt hatte. Marten hatte ihn kaum je Holländisch sprechen hören. Er selbst hatte es ganz früh auf der Straße von den anderen Kindern gelernt. Keiner der Anwesenden verstand Deutsch. So konnte Marten entschuldigend aufblicken und murmeln: »Es ist auf Deutsch«, und sich der letzten Botschaft seines Vaters widmen. Er las langsam und sehr bewusst Wort für Wort, dabei war ihm, als könnte er die Stimme seines Vaters hören:

Höre Sohn und rege dich, rege Geist und Füße. Beweise deiner Lieb und Treu gabst du mir zuhauf. Nun an und beweise mir deinen klugen Witz und deinen fröhlichen Verstand. Rühr dich. Der Lohn sei ungeteilt und für ewig dein. Des Dichters Wort leitet dich, mein Wohlwollen begleitet dich. Empfinde keinen Groll, denn es gefiel mir als letzten Gruß diese Spielerei zu ersinnen, mir zum Gedächtnis und dir zur Probe deines Verstandes. Ich fand zu später Stunde des großen Dichters letzten Rat. Er lautet:

Bitte meine guten Brüder
Auf die Musik und ein Glas
Nichts schickt, dünkt mich, nicht sich bass
Als gut Trunk und gute Lieder.
Lass ich gleich nicht viel zu erben,
Ei, so hab ich guten Wein;
Will mit anderen lustig sein,
Muss ich gleich alleine sterben.

Bedenke Sohn, nur wenn du alle fünf Strophen dieser deutschen Poesie genau studierst, findest du den Ort, wo ich deinen Anteil vergrub. Er ist nicht knapp bemessen, denn guter Trunk und gute Lieder waren nur selten meine Weggenossen. Zähle das achte Wort der ersten Strophe, verbinde es mit seinem Dreifachen, dreie noch fehlen, zähl sie dazu. Nimm das drittletzte Worte der dritten Strophe und es führt dich zu dem Frühlingsgruß aus Floras Füllhorn, welches die erste Strophe nennt. Hier, wo alle Pracht sich bündelt, wo sie gehütet und gezähmt wird, musst du entlanggehen bis zur vierten Strophe. Dort findet sich das Wort, das zu allem leitet. Zähle zurück Tage wie der Monat April hat weniger neun Regentage. Unter der giftigen Schönheit des unliebsamen Wetters wirst du finden, was ich dir auf Erden zurücklasse. Möge Gott deine Wege behüten und Gnade über dir walten lassen, bis wir uns in seinem ewigen Frieden wiedersehen.
Dein dich von ganzem Herzen liebender Vater
Gotthold Wilhelm Olearius

Marten blickte auf und bemerkte, dass ihn alle erwartungsvoll ansahen. Er musste etwas sagen, doch es fiel ihm schwer, seine Gedanken zu ordnen. Schließlich räusperte er sich und erklärte: »Vater hat meinen Anteil vergraben und den Ort in einem Rätsel verschlüsselt. Er will mich mit einem Poesierätsel auf die Probe stellen.«
Zu spät fiel ihm auf, dass er von seinem Vater sprach, als wäre er noch am Leben.
Niemand sagte etwas. Der alte Olearius hatte es geschafft, sie zu überraschen. Der Notarius machte ein betroffenes Gesicht, als wüsste er nicht, was in so einem Fall zu tun sei. Endlich flüsterte Tante Augusta in die Stille hinein und sie klang sehr ehrfurchtsvoll: »Ein Poesierätsel … wie wundervoll! Mein Schwager war so klug und belesen. Ich glaube gar, er hat diese Rätselgattung einst erfunden. Um welchen Poeten handelt es sich? Sicher ein deutscher Dichter. Er hat der deutschen Dichtung immer den Vorzug gegeben.«
»Es ist ein Gedicht von Martin Opitz. Vater hielt viel von Opitz' Werk, er lobte besonders das ›Buch von der Deutschen Poeterey‹. Er besaß sogar eine Erstausgabe von 1624.«

Marten stand auf und trat zu einem mit Büchern beladenen Regal. Vorsichtig zog er einen schmalen schwarzen Band heraus. Darin würde er alle fünf Strophen des fraglichen Gedichts finden. Doch er glaubte nicht, dass es ihm viel weiterhelfen würde. Poesie war nicht gerade seine Stärke. Während die von ihm mit dem Pinsel aufgetragene Farbe willig auf der Grundierung haftete, schwirrten seine Worte auf einem Papier umher, verließen ihren Platz und verbanden sich zu einer neuen Bedeutung. Einer Bedeutung, die vielschichtig und verwirrend sein konnte. Wie sollte er dieses vertrackte Rätsel lösen? Es schien ihm doppeldeutig und hintersinnig. Ratlos hielt er das Bändchen zwischen den Fingern. Tante Augusta lächelte ihm aufmunternd zu: »Ich weiß, du wirst deinen Vater nicht enttäuschen. Betrachte es als sein Abschiedsgeschenk. Es wird dir ganz sicher Freude bereiten, den geheimnisvollen Ort zu finden.«
Der Notarius nickte und schien ihre Ansicht zu teilen. Nur Neeltje hatte den Kopf schief gelegt und sah Marten nachdenklich an. Sie schien zu ahnen, wie enttäuscht und verwirrt er war. Marten fühlte sich einmal mehr wie ein talentloser Sohn, der zu nichts taugte. Ihm war elend, er hatte einen schmerzhaften Knoten in der Brust und wünschte, er könnte sich jemandem anvertrauen. Doch mit Neeltje würde er ganz bestimmt nicht sprechen. Ausgerechnet! Plötzlich wollte er nichts lieber, als wieder mit Rembrandt in der verqualmten Schenke sitzen. Mit Rembrandt konnte er offen reden und sein Freund besaß genügend Wortwitz und Fantasie, um ein Poesierätsel zu lösen. Vielleicht würde es ihm sogar Spaß machen. Hatte er nicht angedeutet, dass der Vater bei ihm im Atelier gesessen und etwas ausgeheckt hatte? Entschlossen, noch heute Nacht mit Rembrandt zu sprechen, nahm Marten das Schreiben seines Vaters vom Tisch und steckte es zwischen die Buchseiten.
Er verabschiedete sich höflich und verließ eilig das Haus. Es war deutlich abgekühlt und der Weg zur Schenke kam ihm sehr lang vor. Das Buch vor die Brust gepresst, hastete er durch die dunklen Gassen. Irgendwann glaubte er Schritte hinter sich zu hören. Wurde er verfolgt? Mit klopfendem Herzen blieb er stehen und lauschte. Hatten die Schritte eben nicht ganz nach seinem Vater geklun-

gen? Das gleiche entschlossene Auftreten, begleitet von den vertrauten gleichmäßigen Atemzügen. Unsinn, schalt er sich verärgert. Überzeugt, nur von seinen eigenen Erinnerungen gejagt zu werden, setzte er seinen Weg noch eiliger fort. Doch das ungute Gefühl, sein Vater würde ihn verfolgen, blieb. Als endlich die Schenke aus der Dunkelheit auftauchte, schien er eine Ewigkeit durch die Nacht gerannt zu sein.
Rembrandt saß noch am selben Platz. Er hatte seinen Zinnbecher auf den Boden direkt neben Martens Hut gestellt. Konzentriert und selbstvergessen beugte er sich mit einem roten Kreidestück in der Hand, das seine Finger färbte, über einen Fetzen Papier. Als Marten vor ihm stand, blickte er auf und fragte verwundert: »Was machst du denn hier? Müsstest du nicht längst auf deinen frisch geerbten Gulden schlummern?«
Marten schnaufte und ließ sich auf einen Hocker fallen. Als er nichts sagte, fuhr Rembrandts fort, einen Schatten hinter ein mit wenigen Strichen angedeutetes Profil zu setzen. Marten erkannte die Gesichtszüge des Wirtes und musste lächeln, weil das schwammige Gesicht mit dem Doppelkinn so gut getroffen war. Er sah noch eine Weile zu, dann zog er das Testament zwischen den Buchseiten hervor. Etwas stockend begann er für Rembrandt zu übersetzen. Aus den Augenwinkeln nahm er wahr, wie jemand durch die Tür kam und sich zu den Männern am Feuer gesellte, und senkte die Stimme. Rembrandt legte das Kreidestück weg und beugte sich interessiert vor. Als Marten bei den Abschiedsworten seines Vaters angelangt war, lachte Rembrandt leise: »Ach herrje, dieses Schlitzohr! Er wollte es dir nicht zu einfach machen, nicht wahr?«
»Hat er dir gegenüber irgendeine Andeutung gemacht, vielleicht als er dich in den letzten Wochen besucht hat? Er war doch bei dir im Atelier?«, fragte Marten fast flehend und ergänzte kleinlaut: »Mit Poesie kann ich nichts anfangen und er wusste das!«
Rembrandt lehnte sich zurück und bedeutete dem Wirt, ihnen einen neuen Krug Bier zu bringen.
»Entspann dich, Marten. Hast du nicht den Rat deines Vaters vernommen? ›Ei, so hab ich guten Wein; will mit anderen lustig sein.‹

Wir werden morgen über dieses Testament sprechen. Jetzt ist es schon viel zu spät, um noch verzwickte Rätsel zu lösen.«
»Aber …«
»Nichts da, du musst dich erst mal von dem Schrecken erholen. Du bist ja bleich wie eine frisch gekalkte Wand, warte, bis du wieder klar denken kannst. Nimm einen kräftigen Schluck, einen Gruß aus Floras Füllhorn.«
Floras Füllhorn, Floras Frühlingsgruß, was sollte das bloß bedeuten?, grübelte Marten. Er überlegte, ob die Göttin des Frühlings für seinen Vater eine besondere Bedeutung gehabt hatte. Hatte er sie vielleicht in einem bestimmten Zusammenhang erwähnt? Der Wirt kam mit einem Krug Bier von der dunklen Sorte, stellte einen Zinnbecher vor Marten ab und schenkte bis zum Rand voll.
»Trink!«, befahl Rembrandt, als der Wirt sich schlurfend entfernte. Marten beugte seine Nase über den Becher und der würzige Duft benebelte seine Sinne. Floras Frühlingsgruß, die giftige Schönheit des unliebsamen Wetters, dachte er niedergeschlagen und trank viel zu schnell. Er würde alles hinunterspülen, bis eine angenehme Leere im Kopf zurückblieb. Rembrandt hatte Recht, morgen konnten sie das verflixte Rätsel immer noch lösen. Nach zwei weiteren Bieren schien es ihm eine lächerliche Kleinigkeit zu sein, sein Erbteil war so gut wie gefunden. Er hörte nicht auf zu trinken und irgendwann sackte sein Kopf nach vorn.

Marten erwachte erst, als der Morgen schon weit fortgeschritten war. Es musste fast Mittag sein. Er blickte sich erschrocken um. Niemand war zu sehen, leere Zinnbecher lagen herum und im Sonnenlicht tanzte der Staub. Anscheinend hatte es Rembrandt nicht geschafft, ihn zu wecken, und war ohne ihn gegangen. Marten wollte sich nach dem Wirt umsehen, hielt sich jedoch stöhnend den steifen Nacken. Dabei fiel sein Blick auf das schwarze Büchlein. Das Testament seines Vaters war verschwunden! Seine Kehle wurde ganz trocken und sein Herz begann heftig zu klopfen. Doch dann tröstete er sich mit dem Gedanken, dass Rembrandt das Blatt Papier versehentlich zusammen mit seiner Kreidezeichnung eingesteckt haben musste. Oder er hatte es bewusst an sich genommen, damit es nicht in falsche Hände geriet. Sicher würde es eine Erklärung geben.

Marten stand vorsichtig auf und bückte sich nach seinem breitkrempigen Hut. Er legte einen Gulden für den Wirt auf den Tisch, dann griff er nach dem kleinen Buch.

Draußen blendete ihn das helle Sonnenlicht. Marten versuchte das unangenehme Brummen in seinem Kopf zu ignorieren und schlug die Richtung zu den Mühlen ein. Dort unten am Rhein lag Rembrandts Elternhaus und sein Freund stand in diesem Augenblick mit Sicherheit an der Staffelei. Das Testament würde irgendwo vergessen auf einem Haufen Zeichnungen und Entwürfen liegen, während sich Rembrandt längst einem ganz anderen Problem zugewandt hatte. Einem Rätsel der Malerei, wie dem Farbauftrag oder der Dichte des Bindemittels. Marten schob zuversichtlich das Buch unter den Mantel und machte sich auf, Rembrandt aufzusuchen.

Wenig später öffnete ihm Rembrandts Mutter die Tür und ihr faltiges Gesicht verzog sich zu einem freundlichen Lächeln, als sie Marten erkannte. Sie überließ es ihm, der Spur des Leinölgeruchs zu folgen und Rembrandt in seinem Atelier zu überraschen. Allerdings nicht ohne ihn vorher mit kaum unterdrücktem Stolz darauf hinzuweisen, dass ihr Sohn schon seit dem frühen Morgengrauen fleißig arbeite. Der verrückte Kerl hat die Nacht kein Auge zugetan, dachte Marten anerkennend und zögerte einen Augenblick, bevor er die eisenbeschlagene Tür einen Spaltbreit öffnete. Horchend stand er da und lauschte, ob vertraute Geräusche zu hören waren. Das Knarren des Bohlenfußbodens deutete darauf hin, dass Rembrandt nicht still mit der Palette dasaß und konzentriert malte. Plötzlich verstummten die Schritte.

Marten zog leise die Tür auf und überraschte Rembrandt dabei, wie der sich gerade auf seinen Stuhl fallen ließ und gähnte. Dabei riss er seinen Mund so weit auf, als wollte er sein ganzes Atelier samt dem schweren Mühlstein zur Bereitung des Pigments verschlucken, der auf einem grob behauenen Baumstumpf ruhte. Er trug einen schlichten grauen Arbeitskittel und hatte weiße Farbspritzer unter

dem Kinn. Über dem Tisch neben dem Mühlstein hingen Paletten. Töpfe mit Lösungsmittel standen herum und es häufte sich nachlässig verstreutes Zeichenpapier, auf dem zerbrochene Kreidestücke und abgenutzte Gänsekielfedern lagen.
Rembrandt rieb sich müde seine geröteten Augen und deutete auf einen mit Tuch bespannten Holzrahmen auf der Staffelei, den er offensichtlich gerade präpariert hatte: »Die Grundierung für ein neues Bild mache ich gern vor Sonnenaufgang. Dann beginnt der neue Tag mit einer jungfräulich weißen Fläche, auf der alles Mögliche passieren kann. Aber es ist eine elende Schinderei und ich wünschte, ich wäre ein großer Meister und hätte Schüler, die das für mich erledigten. Zuerst rotes Ockerpigment auftragen, es muss eine leimartige, steife und undurchlässige Konsistenz haben, und …«
»… und wenn es trocken ist, kommt darüber das Bleiweiß, in das ein Hauch von schwarzen Pigmenten gemischt wird. Rembrandts Spezialgrundierung, dein Geheimrezept, ich weiß«, ergänzte Marten und fügte ungeduldig hinzu: »Vaters Testament mit dem Poesierätsel ist verschwunden. Hast du es gestern Nacht versehentlich an dich genommen?«
»Dein Poesierätsel?«, Rembrandt wirkte plötzlich hellwach. Er sprang so schnell auf, dass fast der Stuhl umkippte, und lief zu dem Tisch in der Ecke, auf dem seine Zeichnungen lagen. Hektisch begann er darin herumzuwühlen.
»Ich habe es zusammen mit der Kreidezeichnung hierhin gelegt, das weiß ich genau. Du solltest es heute zurückbekommen. Ich konnte doch unmöglich ein so wertvolles Dokument neben einem Schlafenden zurücklassen. Verflucht, jetzt weiß ich es wieder! Zum Teufel auch …«
Rembrandt hielt inne, wandte sich mit leeren Händen zu Marten um und starrte ihn an.
»Was? Was ist los?«, fragte Marten und trat einen Schritt vor. Er unterdrückte den Drang, seinen Freund zu packen und ihn zu schütteln. Rembrandt wich bis zur Tischkante zurück und hob abwehrend die Hände: »Es tut mir wirklich Leid! Zur Buße werde ich bis in alle Ewigkeit für dich grundieren, Klettfäden von der Lein-

wand kratzen und herrliche grüne Pigmente für deine Landschaften zaubern.«

»Red keinen Unsinn! Was ist passiert?«

Rembrandt senkte den Kopf und sein krauses Haar fiel ihm in die Stirn, darunter rümpfte sich abschätzig seine breite Nase: »Vor etwa einer Stunde war so ein vornehmer Wichtigtuer hier. Er wollte unbedingt porträtiert werden. Er nannte seinen Namen nicht, stellte sich stattdessen als wohlhabender Kaufmann aus Amsterdam vor, dessen stolze Handelsschiffe überall in der Welt kreuzen. Einen großzügigen Lohn versprach er mir, doch er bestand darauf, dass ich ihm vorher eine Skizze mache. Er wollte eine Vorstellung haben, wie das fertige Porträt aussehen würde. Nur eine ungefähre Andeutung, keinen richtigen Entwurf. Sein Ansinnen störte mich bei der Arbeit und ich wollte ihn schnell wieder loswerden – da muss ich wohl die Rückseite deines Rätsels erwischt haben. Es hat direkt neben dem Tintenfass gelegen und ich habe nicht darauf geachtet, was es war.«

»Du hast eine Skizze auf die Rückseite von Vaters Testament gemacht? Bist du wahnsinnig? – Ach gib schon her, so groß wird der Schaden nicht sein.« Marten streckte die Hand aus.

»Nein, du verstehst nicht«, sagte Rembrandt und wand sich verlegen, dann stieß er seufzend hervor: »Er hat die Skizze mitgenommen. Er hat sie unter sein Wams geschoben und ist damit fort.«

»Er hat sie mitgenommen?«, flüsterte Marten und hatte das Gefühl, der Boden unter ihm würde schwanken.

»Mir fällt ein, dass er erwähnte, er müsse in einer wichtigen geschäftlichen Angelegenheit nach Stralsund. Es kann dauern, bis er wieder nach Leyden kommt, denn Wallensteins Armee liegt vor der Stadt. Bis die Kampfhandlungen beginnen, ist es nur noch eine Frage der Zeit. Doch er versicherte mir, dass er während der Reise über das Porträt nachsinnen will. Sobald er wieder in Leyden ist, wird er mich wissen lassen, ob ihm mein flüchtiger Entwurf zusagt. Er bringt die Skizze also zurück. Du kannst ganz beruhigt sein!«

»Aber wenn Stralsund erst einmal richtig belagert wird, kann es jederzeit niederbrennen. Vaters Poesierätsel wird dann ein Opfer der Flammen und ist für immer verloren!«

»Beruhig dich, Marten. Kannst du es nicht auswendig?«
»Auswendig? In der kurzen Zeit? Weißt du noch, ob es das siebente Wort der ersten Strophe war oder das sechste? Und wie viele Regentage musste man abziehen? Waren es fünf?«
Rembrandt biss sich verlegen auf die Unterlippe. Am liebsten hätte Marten sonst etwas mit ihm angestellt. Es fiel ihm schwer, sich zu beherrschen und seinem Freund nicht ins Gesicht zu schlagen. Sie hatten sich noch nie geprügelt und es würde auch nichts bringen. Aber gut tun. Wohin nur mit der überwältigenden Enttäuschung über Rembrandts Nachlässigkeit, die fast an Verrat grenzte? Der Kopfschmerz, den er fast vergessen hatte, wurde wieder heftiger. Marten presste seine Handballen gegen die schmerzenden Schläfen und schloss die Augen. So verharrte er eine Weile, bis er plötzlich wusste, was zu tun war. Mit fester Stimme erklärte er: »Ich muss nach Stralsund und diesen Kaufmann aus Amsterdam suchen. Wenn er in der Stadt Handelsbeziehungen unterhält, wird er dort kein Unbekannter sein. Ich werde ihn finden und die Skizze zurückverlangen. Wie viel hat er dafür bezahlt?«
Rembrandt packte Marten am Arm: »Bist du wahnsinnig? Du willst in eine belagerte Stadt am anderen Ende der Welt? Du kennst dort niemanden und er wird lange vor dir eintreffen. Er wird ein schnelles Schiff haben.«
»Dann werde ich ebenso schnell sein müssen.«
»Und wie willst du in die Stadt hineinkommen? Bis du eintriffst, werden die Papisten längst einen Ring um Stralsund gezogen haben und alle Zufahrtswege sperren. Selbst den Seeweg werden sie kontrollieren. Einen Calvinisten aus den Vereinigten Niederlanden lassen die bestimmt nicht in die Stadt.«
Marten schüttelte Rembrandts Hand ab. »Ich bin Lutheraner, aber das muss ich denen ja nicht unter die Nase reiben.« Rembrandt wollte etwas einwenden, doch Marten kam ihm zuvor: »Außerdem werde ich mich als Kupferstecher aus Antwerpen ausgeben. Ich kann mein Zeichenbrett mitnehmen und vorgeben, das Kampfgeschehen als neutraler Beobachter für die *Ordentliche Wöchentliche Antwerpener Postzeitung* festzuhalten.«

»Gibt es die?«
»Weiß der Himmel.«
»Und wenn du erwischt wirst, werden die Antwerpener Kupferstecher dich vors Zunftgericht zerren.«
»Sie werden mich nicht erwischen. Sag, wie viel muss ich dem Kaufmann zahlen, um mein Poesierätsel auszulösen? Hat er überhaupt für die Skizze bezahlt?«
»Nein, natürlich nicht. Es ist abgemacht, dass er sie zurückbringt. Marten, bleib hier und warte auf seine Rückkehr!«
»Warten? Warten, bis Stralsund in Flammen aufgeht? Die Papisten sind nicht zimperlich. Nein, ich werde noch heute abreisen. Wünsch mir Glück, Rembrandt Harmenzoon van Rijn.«
»Gott segne dich, Marten Gottholdzoon.«

Zwei Wochen später hockte in Stralsund eine junge Frau auf einer Treppe. Von oben kam ein gellender Schrei und ihre Nasenspitze verschwand noch ein bisschen tiefer zwischen den Falten ihrer Schürze. Zitternd presste sie die Hände auf die Ohren und wünschte sich weit weg. Sie würde nicht da hochgehen. Niemals.
Die Gebärende schrie ein zweites Mal. Diesmal klang es fast zornig. Die ehrliche Empörung über eine verlorene Welt lag darin. Sie beklagte den Sündenfall im Paradies. Unter Mühen sollst du Kinder gebären. Das bedeutete blutige Laken und unkontrollierbaren Schmerz. Flora spürte, wie sich ihr Magen zusammenzog und ihr übel wurde. Das ganze Elend dieses erbärmlichen Erdenlebens schien sich über ihr zusammenzubrauen. Vor ihren Augen erschien ein wütendes Gesicht. Der Pfarrer stand auf der Kanzel der Marienkirche, Augen rund wie Erbsen blickten auf sie herab und er spuckte angeekelt das Wort Sünde aus.
Sünde, Sünde, Sünde.
Die Frau oben keuchte jetzt gleichmäßig, gleich würde sie wieder schreien. Das war die Strafe für den Sündenfall. Flora dachte an die Predigt am Morgen und an die Sünden der Evastöchter, des Pfarrers liebstes Thema. Mit Schaudern erinnerte sie sich, wie es bei der letzten Niederkunft gewesen war. Sie erinnerte sich an das viele

Blut, das die Frau verloren hatte. Alles war mit einer dickflüssig sickernden, tiefroten Substanz bedeckt gewesen.
»Flora?«
Nun war es so weit. Sie musste aufstehen und zu ihrer Mutter hinaufgehen. Sie sollte ihr zur Hand gehen, das erwarteten alle von der Tochter der Hebamme. Der Lehrtochter, die einmal Amt und Würde übernehmen sollte. Ich kann nicht, dachte Flora, ich kann mich nicht bewegen. Sie hielt den Atem an und wartete auf den nächsten Schrei. Doch er kam nicht. Stattdessen rief ihre Mutter verärgert: »Flora Maria Wullenwewer! Wo steckst du denn?«
Wenn ihre Mutter diesen Ton anschlug und sie Flora Maria nannte, dann wurde es ernst. Flora verharrte noch einen Moment reglos. Schließlich stieß sie mit einem ergebenen Seufzen die Luft aus und erhob sich steif. Oben war die Tür geöffnet worden und gab den Blick auf eine Gruppe Frauen frei, die sich besorgt um die Möllerin scharten. Sie war eine kräftige Frau. Mit gespreizten Beinen hockte sie auf dem Gebärstuhl zwischen den Anteil nehmenden Nachbarinnen und keuchte schwer.
Alwine Wullenwewer hatte es offensichtlich aufgegeben, nach ihrer Tochter zu rufen. Die Geburt schien kurz bevorzustehen und ihre Hände waren unter dem Rock der Möllerin verschwunden. Flora blickte verwundert auf den vorgebeugten Rücken ihrer Mutter. Selbst von hinten strahlte die kleine Gestalt Gelassenheit aus. Wie machte sie das nur? Wie konnte sie so ruhig bleiben? Während die Hebamme unter den Stoffbahnen tastete, begann sie mit gefasster Stimme, die das ganze Haus mit Frieden zu erfüllen schien, zu beten: »Gib ihrem Herzen Kraft, o Herr, dass es die Schmerzen der Niederkunft ertrage und dass wir sie als Ausdruck Deiner Gerechtigkeit hinnehmen, die Du wegen der Sünden der ersten Frau an unserem Geschlecht übest.«
Die Möllerin stieß einen wimmernden Laut aus und stöhnte auf. Flora stand auf der Treppe und konnte sich nicht rühren. Ihre Mutter rief: »Es ist so weit! Es will über die Schwelle treten!«
In diesem Moment fuhr ein Luftzug von unten herauf und die Tür fiel mit einem Knarren ins Schloss. Flora zuckte zusammen. Nun

war sie aus der Gemeinschaft der Verheirateten und Mütter ausgesperrt. Die Frauen würden ohne sie neben der Wöchnerin beisammensitzen und sich die Wochenbettsuppe schmecken lassen. Sie würden das rotgesichtige Kindlein bewundern, während sie die Nabelschnur im Namen der Dreifaltigkeit in ein leinenes Säckchen einnähten und es zum Schutz des Neugeborenen über die Wiege hängten.

Schutz konnte das Kleine wirklich brauchen, dachte Flora. Vor Stralsund lagerte ein riesiges feindliches Heer. Die kaiserlichen Truppen würden bald einen Ring um die Stadt gebildet haben und damit beginnen, sich zu verschanzen. Die Stadt erwartete den Sturmangriff und dennoch regte sich in ihren Mauern neues Leben. Ein kräftiger, krähender Schrei erklang hinter der Tür.

Unwillkürlich musste Flora lächeln. Sosehr sie auch die Geburt selbst fürchtete, so liebte sie diesen Moment. Die Schwelle war übertreten, die Lungen füllten sich mit Luft und ein neues Leben begann. Freudiges Stimmengewirr drang durch die Tür.

In diesem Augenblick vermisste niemand die Tochter der Hebamme. Ihre Mutter würde zu beschäftigt sein, um noch einmal nach ihr zu rufen.

Erleichtert begann Flora ihre Schürze zu lösen und warf sie über das Geländer. Eine Dienstmagd würde sie später finden. Vorher würde die Mutter die zurückgelassene Schürze sehen und sich denken, wo Flora steckte. Es war nicht das erste Mal, dass sie bei einer Geburt davonlief. Meistens suchte sie Trost bei den Leckereien des Konditors im Semlower Tor. Die Mutter hatte leider wenig Verständnis für ihre Zuflucht zu den Törtchen.

Während Flora die Treppe hinunterstieg, grübelte sie über ihre Mutter nach. Sie würde nie so angesehen und geachtet sein wie die von allen bewunderte Alwine Wullenwewer. Ihre Mutter war eine vor dem Rat der Stadt vereidigte Hebamme und diesem zu Dienst und Loyalität verpflichtet. Jeder erwartete, dass Flora ihr eines Tages im Amt nachfolgen werde. Deshalb nahmen auch alle an, dass ihre Hochzeit bevorstand, vielleicht noch in diesem Frühjahr.

Flora durchquerte die menschenleere Diele des Möllerschen Hauses und dachte an das Gesetz, das vorschrieb, dass eine vereidigte Hebamme verheiratet zu sein hatte. Eine Witwe war auch akzeptabel, notfalls sogar eine ledige Mutter, eine Jungfrau allerdings nicht. Um Floras ehelosen Zustand zu beenden, wurde jeden Sonntag ein anderes Mitglied der Gemeinde zum Abendessen eingeladen. Meist waren es Chirurgen, denn ihnen waren Behandlungsmethoden erlaubt, die einer Hebamme verboten waren, auf die sie jedoch nicht verzichten konnte. Floras Vater war auch Chirurg gewesen, allerdings keiner, dem die städtischen Ärzte besonders viel Achtung gezollt hatten. Wie sehr hatte sie sich vor dem Blut auf seinem Wams, auf den Schabern und den Messern gefürchtet! Die Erinnerung verfolgte sie bis in ihre Träume.
Gedankenverloren legte sie ihre Finger um den schweren Türgriff. Der Rat der Stadt konnte unmöglich jemanden wie sie zu den Frauen von Stralsund schicken. Sie war nicht wie ihre Mutter. Sie fürchtete sich vor den Kindsnöten und der Weiberlast, wie ihre Mutter es nannte. Der Pfarrer nannte es das von Gott gewollte Los der sündigen Evastöchter. Flora öffnete leise die Haustür des wohlhabenden Bierbrauers Tewes Möller, dessen Frau soeben von ihrer Last entbunden worden war.
Die laue Luft trug eine Ahnung des beginnenden Frühlings mit sich und kitzelte angenehm in der Nase. Der Tag schien wie geschaffen für einen heimlichen Abstecher zum Semlower Tor. Flora zupfte an ihrem Brusttuch und prüfte den Sitz ihres Häubchens. Es ließ den Haarknoten im Nacken unbedeckt und hatte einen winzigen Spitzenrand. Am Sonntag war das Tragen von Spitze verboten. Während der Predigt hatte der Pfarrer missbilligend von der Kanzel zu ihr hinuntergeblickt.
Flora wusste selbst nicht, wieso sie am Morgen das Häubchen mit dem Spitzenrand gewählt hatte. Als sie aus der Kirche traten, hatte die Mutter geschimpft: Dein Trotz und dein unbändiger Eigenwillen werden dich eines Tages noch ins Verderben stürzen. Ehe sie etwas erwidern konnte, war die möllersche Magd an sie herangetreten und hatte sie zur Niederkunft geholt. Kinder kamen zu jeder

Stunde und an jedem Tag der Woche. Daran änderte auch ein voller Geldbeutel nichts.
Flora blickte die schmale Gasse hinunter, an der sich ein Giebelhaus an das nächste reihte. Sie würde die Mühlenstraße überqueren und an der hohen Zierfront des Rathauses und der Nikolaikirche vorbei zum Semlower Tor laufen. Hier hatte sich der geschäftstüchtige Konditor in einer Wohnung in der Innenseite des Tores niedergelassen. Er verkaufte die köstlichsten cremeartigen Süßspeisen aus Milch, Zucker, Zimt und Eiern. Der einfallsreiche Mann bereitete Pastetchen mit kandierten Früchten, überzuckerte Esskastanien im Backteig und verkaufte Rügener Bruch. Letzteres war eine Tüte voller Reste aus der Backstube, die selbst für den kleinen Geldbeutel erschwinglich war. Manchmal waren sogar mehrere Marzipanbröckchen darunter! Allein der Gedanke an Marzipan ließ Flora dahinschmelzen. Gezuckerte Süßspeisen waren am Sonntag ebenso sündhaft wie ein winziger Spitzenrand an der Haube. Für Flora war ohne Zweifel Rügener Bruch die schlimmste Versuchung. Vor der Belagerung war kaum eine Woche vergangen, in der sie nicht schwach geworden war. Seit Wallensteins Feldherr von Armin die Stadt bedrohte, gönnte sie sich dieses Vergnügen nur noch selten. Das lag vor allem daran, dass seit kurzem eine Flotte dänischer Kriegsschiffe vor Anker lag und sich Söldner aus aller Herren Länder in der Stadt herumtrieben. Raue Gesellen waren darunter, denen man besser aus dem Weg ging.
Heute würde Flora eine Ausnahme machen. Wild entschlossen marschierte sie los.
Ein winzig kleines Tütchen würde sie sich gönnen, denn immerhin hatte sie ja auf der Treppe gesessen und alles mit angehört. Sogar einen Blick in die Wochenstube hatte sie geworfen. Das musste genügen. Sie nahm sich vor, ihrer Mutter zu versprechen, in Zukunft die Hebammenkunst ganz aus der Nähe studieren. Sie würde es ihr beim heiligen Evangelium schwören.
Flora seufzte und hoffte, dass noch viele Schiffe durch den schmalen Wasserarm vor dem Dänholm segeln würden, bis sie eine vereidigte Hebamme wäre. Sie würde dann ihre Tage an der Seite eines

blutbeschmierten Chirurgen oder schmierigen Baders verbringen müssen. Ein entsetzlicher Gedanke! Sie beschleunigte ihre Schritte und wollte jetzt lieber nicht an die Zukunft denken. Stattdessen stellte sie sich die vielen verschiedenen Geschmacksrichtungen in der Tüte vor. Brocken von Anisgebäck und Stücke von Mandelkuchen, überzogen mit gezuckertem Rosenwasser. Mit einem Spitzenrand am Sonntag hatte sie sich sowieso schon versündigt, jetzt kam es auf den Rügener Bruch auch nicht mehr an. Schwungvoll raffte sie ihren schwarzen Rock und ihr war, als würde der köstliche Duft des Zuckerwerks schon zu ihr herüberwehen.

Doch bevor sie das Semlower Tor erreichte, hielt sie so abrupt inne, dass fast ein sonntäglich gekleideter Kirchgänger in sie hineingelaufen wäre. Ihr war eingefallen, wo sie ihre drei Schilling heute Morgen versteckt hatte. Die Schilling sundisch befanden sich in dem Polster an ihrer Hüfte, das den Stoff ihres Kleides unauffällig nach der neusten Mode bauschte. Niemand trug mehr einen Reifrock, außer vielleicht noch ein paar ältliche Damen, alle anderen behalfen sich mit Polstern, in denen sich wunderbar alles Mögliche verstecken ließ. Allerdings war es schwierig, das Versteckte unauffällig hervorzuholen. Flora konnte unmöglich im Laden des Konditors ihren Rock anheben und nach ihrem Geld tasten.

Prüfend blickte sie sich um und ließ die Augen über das Backsteinmeer gleiten. Die ganze Stadt bestand aus dem roten Stein, in allen Schattierungen und Abtönungen. Es gab kaum einen grünen Baum oder Busch, hinter dem sie sich verbergen konnte. Für Gärten war kein Platz, doch besaßen die größeren Giebelhäuser einen Hof, in dem Zierbüsche Schatten spendeten. Ihre Augen blieben an einem Torbogen hängen, hinter dem eine achteckige Laube sichtbar wurde. Kunstvoll gestutzte Kegel in großen Töpfen bildeten einen Halbkreis um eine kleine Bank. Lange eiserne Streben trugen ein moosbewachsenes Dach.

Als sie sich vorsichtig näherte, meinte sie Musik aus einer der oberen Etagen herunterwehen zu hören. Irgendwo stand wohl ein Fenster offen. Die zarten Klänge eines Tasteninstruments wurden von verhaltenem Lachen begleitet. Anscheinend hatte sich eine kleine

Gesellschaft um ein Virginal versammelt. Ausgelassenes Gemurmel und hier und da eine helle Stimme mischten sich in die Melodie. Niemand war zu sehen und Flora konnte nicht widerstehen. Sie musste einfach durch den Torbogen treten.

Erstaunt blickte sie sich um. Der verwunschene Ort schien für Heimlichkeiten wie geschaffen. Hier nutzte niemand den Sonntag, um in aller Stille das heilige Evangelium zu studieren, wie es sich für die Anhänger Luthers ziemte. Die Melodie wurde ausgelassener, wechselte das Tempo und da war wieder dieses helle Lachen. Was für eine Dreistigkeit, am Sonntag so frei heraus zu lachen, dachte Flora halb empört, halb belustigt. Sie blickte sich noch einmal um, schlüpfte in die Laube und stand vor einer zierlichen Bank, auf der höchstens zwei Liebende Platz hatten, und das auch nur, wenn sie eng beieinander saßen. Zuerst zögerte sie, schließlich überwand sie sich, stellte ihren Fuß auf die Sitzfläche und schlug den Rock hoch. Es war nur ein Handgriff nötig, um die Schillinge aus der eingenähten Tasche unter dem Polster zu nesteln. Gerade wollte sie hineingreifen, als trappelnde Füße eine Treppe herunterkamen und Schritte den Hof füllten. Das fröhliche Lachen, die übermütigen Rufe und die ausgelassenen Stimmen schienen ein Wild vor sich herzutreiben. Das Virginalspiel hatte aufgehört. Für einen Moment war Flora zu erschrocken, um sich zu rühren, dann warf sie die Stoffbahnen über ihr Bein, nahm hastig den Fuß von der Bank und wandte sich um.

Sie war nicht mehr allein. Am Eingang der Laube, zwischen den grünen Kegeln, stand ein Mann. Seine Augen waren mit einem cremefarbenen Seidentuch verbunden. Hilfe suchend breitete er die Arme aus und tastete sich unsicher vor. Er war vornehm gekleidet und hatte am Morgen ebenfalls nicht mit Spitze gegeizt. Das elegante Zierwerk quoll aus seinen Ärmeln hervor, umspielte seinen Kragen und schmückte den Bund der Kniehose. Selbst das Tuch um seine Augen hatte einen Spitzenrand, der dem an Floras Häubchen ein wenig ähnelte. Die Enden der Augenbinde wippten bei jedem Schritt über seinem Ohr und ein erwartungsvolles Lächeln lag auf seinem Gesicht.

»Gleich hab ich dich! Ich weiß, dass du da bist.«

Flora erstarrte bei seinen Worten. Sie fühlte sich wie ein Kaninchen in der Falle. Er kam immer näher, seine breite Gestalt verschluckte das Tageslicht und wurde zu einem Schatten, der die ganze Laube zu füllen schien. Hinter ihm entfernten sich die rufenden Stimmen. Erst jetzt begriff Flora, dass es Kinderstimmen waren. Sie spielten ein Kinderspiel, vielleicht Blinde Kuh, Hasch mich oder Fangt den Schelm.

Sie wollte erklären, dass er im Irrtum war, sie nicht mitspielte und seine Mitspieler sich gerade am anderen Ende des Hofes befanden. Konnte er sie nicht rufen hören? Anscheinend nicht.

Nun stand er direkt vor ihr und sie brachte immer noch keinen Ton heraus. Er streckte die Finger aus, berührte tastend ihren Hals, strich an ihrem Kinn entlang und fragte unsicher: »Mijn lieveling?«

Sie überlegte noch, mit welchem norddeutschen Küstendialekt die zärtliche Geste einherging, da hatte er sich auch schon die Augenbinde fortgerissen und starrte sie verblüfft an.

Trotzig starrte sie zurück und sagte kein Wort.

Er hatte ein interessantes Gesicht, scharfkantig und gebräunt, wie das eines Seeräubers. Die Falten saßen an der richtigen Stelle, das blonde Haar umrahmte das Gesicht in zerzausten langen Strähnen und die Augen hatten etwas Geheimnisvolles. Wie dunkle Gräben, dachte Flora beklommen. Plötzlich verzog sich der schmale Mund über dem kleinen Bart zu einem spitzbübischen Lächeln, ein boshaftes Vergnügen blitzte über die Seeräuberzüge und dann zog er sie an sich und küsste sie. Einfach so, ganz selbstverständlich und Besitz ergreifend.

Floras Lippen waren völlig unvorbereitet, machtlos und überrumpelt. Ihre Empfindungen schlingerten steuerlos hin und her. In ihrem Kopf brach ein gewaltiger Wirbelsturm los, der über die Klippen ihrer Gedanken hinwegbrauste. Die Stimme des Pfarrers auf der Kanzel vermischte sich mit dem Schrei des Neugeborenen und wirbelte davon. Irgendwo tief in Floras Innerem wuchs etwas, zerschellte wieder, bäumte sich auf, flehte und jubilierte. Als es immer stärker wurde und sie meinte, den Verstand zu verlieren, sagte eine empörte Stimme: »Onkel Lucas, du bist ein Spielverderber!«

Er ließ sie so unvermutet los, dass sie zurücktaumelte und sich, nach Atem ringend, an der Marmorbank abstützen musste. Zwischen den grünen Kegeln standen drei Kinder und blickten sie vorwurfsvoll an. Der Seeräuber mit den feurigen dunklen Augen verwandelte sich vor Flora in Onkel Lucas, der beim Mogeln ertappt worden war. Er zog die Augenbinde mehrmals verlegen zwischen seinen Fingern hindurch, machte ein betont unschuldiges Gesicht und fragte Flora: »Oh, mein schönes Fräulein, Ihr spielt doch mit, oder etwa nicht?«

»Sicher«, sagte sie und konnte sich ein kleines Lächeln nicht verkneifen, als sie sich an die Kinder wandte und ergänzte: »euer Onkel hat mich gefangen.«

Die Kinder wirkten ein bisschen enttäuscht. Der kleine Junge am meisten. Er war vielleicht sieben Jahre alt und hatte die Fäuste geballt. Neben ihm standen zwei herausgeputzte Mädchen, das jüngere war höchstens fünf, das große bestimmt älter als zwölf. Bald würde sie zu alt für ausgelassene Kinderspiele sein. Heute jedoch waren ihre Wangen gerötet und ihre Haube war vom wilden Spiel verrutscht. Beide Mädchen trugen kastanienbraune Kleider, die etwas in Unordnung geraten waren, und so blitzten blassgelbe Unterröcke unter dem Saum hervor. Das kleine Mädchen wich Floras Blick aus und sah verlegen zu Boden. Die Ältere wollte etwas sagen, doch der Junge kam ihr zuvor und erklärte ernst: »Dann ist sie jetzt dran. Verbindet ihr die Augen!«

Gerade als Onkel Lucas seiner Aufforderung nachkommen wollte und einen Schritt auf Flora zutrat, ging über ihnen ein Fenster auf und eine ungeduldige Männerstimme rief in den Hof hinunter: »Herr Stadtrat, der dänische Gesandte wird jeden Moment eintreffen.«

Der Junge hatte sich umgedreht, nun wandte er sich wieder seinem Onkel zu, stampfte mit dem Fuß auf und quengelte: »Aber du hast versprochen, mit uns zu spielen.«

»Später, erst einmal muss ich mit den Dänen verhandeln. Wir wollen doch wissen, wie viele Geschütze sie uns mitgebracht haben und was sie als Gegenleistung verlangen.«

»Geschütze? Sie haben Geschütze dabei? Werden sie die Katholischen damit verjagen?«, fragte der Junge gespannt. Seine Augen waren vor Aufregung weit aufgerissen. Das Spiel interessierte ihn nicht mehr.

»Ich denke, es werden mindestens zehn Geschütze sein und dazu noch anderes Kriegsmaterial«, erwiderte sein Onkel nachdenklich, auch er schien das Spiel völlig vergessen zu haben. Achtlos warf er das Seidentuch auf die Bank und strich seinem Neffen zum Abschied über den Kopf, dann verschwand er.

Flora blickte ihm verwundert nach. Der Seeräuber war Stadtrat und verhandelte mit dem dänischen Gesandten. Wer hätte das gedacht!

Das ältere der beiden Mädchen schien ihre Gedanken erraten zu haben, denn sie erklärte stolz: »Der Herr Lucas Wurffrath ist ein überaus geschätztes Mitglied des Stadtrats. Und dabei ist er noch nicht einmal dreißig Jahre alt und bereits seit zwei Jahren Witwer. Gleich nach Tante Dorotheas Tod wurde er in den Rat gewählt. Er ist unglaublich weit gereist und spricht fast alle nordischen Sprachen fließend. Deshalb gehört er auch zum engsten Kreis des Bürgermeisters Steinwich.«

»Erst gestern ist er von einer weiten Reise zurückgekommen. Onkel Lucas' Schiffe flitzen mit geblähten Segeln über das Wasser und er reitet wie der Blitz, schneller als der Postreiter«, ergänzte der Junge.

Flora sah vor sich, wie der Mann mit den dunklen Augen am Bug eines Schiffes stand. Der Wind zerrte an seinen Haaren und seine Kleider flatterten. Sie zwinkerte und das Bild wurde von einem dahinstürmenden Reiter abgelöst, der sich wild entschlossen im Sattel vorbeugte. Eine eisige Stimme holte Flora zurück in die Wirklichkeit.

»Und wo habt Ihr seine Bekanntschaft gemacht?« Das große Mädchen sah sie herausfordernd an.

»Oh, ich …« Flora überlegte fieberhaft, was sie darauf antworten sollte. Natürlich hatte sie schon von der Familie Wurffrath gehört, doch sie gehörte nicht zu den Kreisen, mit denen diese verkehrte.

Dem kleinen Jungen wurde es offensichtlich zu langweilig, denn er nahm die Augenbinde an sich, stieg damit auf die Bank und erklärte sehr bestimmt: »Wen interessiert das? Sei keine Spielverderberin, Liselotte. Sie ist dran mit Suchen.«

Erleichtert, der Antwort enthoben zu sein, stellte sich Flora folgsam vor den Jungen hin, der sie anwies: »Du musst dich dreimal im Kreis drehen, damit wir Zeit haben wegzulaufen.«

Flora schloss die Augen und spürte, wie das feine Seidentuch um ihren Kopf geschlungen und über ihrem Haarknoten ungeschickt verknüpft wurde. Ein paar Haare gerieten hinein und es ziepte. Plötzlich glitt eine kleine Hand vertrauensvoll in ihre und eine helle Mädchenstimme flüsterte leise: »Tante Dorothea sah genauso aus wie du. Nur deshalb lässt er dich mitspielen.«

Flora fühlte, wie eine Gänsehaut ihren Rücken hinunterlief. Hatte er sie geküsst, weil sie ihn an seine verstorbene Frau erinnerte? Das würde sein Verhalten zumindest erklären. Wie hatte Tante Dorothea ausgesehen? War sie hübsch gewesen? Hatte er sie sehr geliebt? Und hatte er sie genauso leidenschaftlich geküsst? Ehe Flora weiter darüber nachdenken konnte, führte die kleine Hand sie aus der Laube hinaus. Es wurde heller unter der Augenbinde und die Sonne kitzelte sie im Nacken.

»Dreh dich!«, kicherten die Kinder. Fußgetrappel und raschelnde Röcke entfernten sich.

Flora stand unschlüssig da. Eigentlich sollte sie vernünftig sein. Eine brave Tochter würde sich die Augenbinde abnehmen und nach Hause eilen. Die Sonne schien schon hoch zu stehen und sicher wartete die Mutter. Sie wollte ihr bestimmt alles über die Niederkunft im möllerschen Haus erzählen und Flora musste sich Notizen in ihr kleines Büchlein machen: Lage des Kindes, Dauer der Wehen, Aussehen der Nachgeburt.

»Pulvertonnen im Rücken …«, ergänzte eine besorgt klingende Stimme von oben.

»Infanterieangriff auf die St.-Jürgen-Schanze … Scheinmanöver auf das Knieperwerk … schweres Geschützfeuer vom Mühlenberg«, fielen andere Stimmen ein, die genau aus jenem Fenster zu kommen schienen, aus dem zuvor das Virginalspiel zu Flora heruntergeweht war. Dort standen die wichtigsten Männer der Stadt und sprachen über den bevorstehenden Angriff. Flora überlegte, ob sie die Augenbinde abnehmen sollte, doch dann entschied sie sich dagegen. Vielleicht blickte der Stadtrat mit den Seeräuberaugen gerade aus dem Fenster und beobachtete sie. Flora fühlte erneut einen Schauer durch ihren Körper rieseln, breitete ihre Arme aus und drehte sich schwungvoll um sich selbst. Ihr weiter Rock flog ihr um die Beine. Von oben würde sie wie eine flatternde Blüte aussehen. Eine Blume mit einem spitzenbesetzten Häubchen in der Mitte. Flora drehte sich noch ein bisschen schneller. Staub wurde vom Boden aufgewirbelt und plötzlich begann ihre Nase heftig zu kribbeln. Das unangenehme Gefühl brachte sie wieder zu sich. Sie stoppte mitten in der Drehung und rieb sich die Nasenspitze. Ihr schwindelte. Das Niesen kam in vielen kleinen Stößen, die wie kleine Explosionen die Luft zerrissen. Ihre Augen begannen zu tränen und die Augenbinde verrutschte. Die Welt hörte auf, sich zu drehen, und kam zum Stillstand. Flora blinzelte ins Sonnenlicht. Der Zauber des Spiels war verflogen. Was blieb, war ein Gefühl von Verlassenheit und ein seltsames Rauschen in den Ohren. Infanterieangriff und schweres Geschützfeuer, säuselte es in ihrem Kopf. Was treibe ich hier eigentlich, dachte sie verwundert. Hastig warf sie die Augenbinde zu Boden und stürmte aus dem Innenhof.

Als Flora dem Stadtrat zum ersten Mal begegnete, war Marten nur noch wenige Tage vom Ziel seiner Reise entfernt. Wenn er günstigeren Wind oder sein Schiff einen fähigeren Steuermann gehabt hätte oder das geliehene Pferd auf dem Weg nach Amsterdam nicht gelahmt hätte, hätten die Dinge vielleicht einen anderen Verlauf genommen. Während er nun auf dem Deck des Schiffes stand und zum Horizont blickte, malte er sich seine Begegnung mit dem Amsterdamer Kaufmann aus. Er war fest davon überzeugt, dass sein Anliegen erfolgreich sein würde, bevor es zum Kampf um die Stadt kam. Wenn Wallensteins Feldherr zum Sturm blies, wäre er mit Rembrandts Skizze längst wieder auf dem Weg in die Vereinigten Niederlande.

An jenem späten Vormittag lief Flora durch Stralsunds sonntäglich stille Straßen und dachte nicht an die Gefahr, die von Wallensteins Armee ausging, die gut gerüstet und mit ausreichend Proviant aus dem Hinterland vor der Stadt lagerte. Sie konnte in diesem Moment an nichts anderes denken als an den Kuss des Stadtrats. Es war kein Abschiedskuss und kein Gutenachtkuss gewesen, sondern ein richtiger Kuss. Ein Kuss, wie ihn nur ein verheirateter Mann seiner Ehefrau geben durfte. Wenn überhaupt, überlegte sie und war sich plötzlich nicht sicher, ob so ein Kuss unter anständigen Lutheranern erlaubt war.

Sie bog um eine Ecke und die Marienkirche tauchte zwischen den Häusern auf. Sofort mäßigte sie ihr Tempo und blickte schuldbewusst zur Turmspitze hinauf. Sie musste daran denken, was der Pfarrer am Morgen gepredigt hatte. Er hatte wieder einmal über die Sünde der Evastöchter gesprochen. Sicher war der Kuss des Mannes, der sie in der Laube überrascht hatte, noch viel sündhafter gewesen als ein Spitzenrand am Sonntag oder eine Nascherei vom Semlower Tor. Die süße Leckerei war längst vergessen. Was war schon Rügener Bruch gegen die feurigen Augen eines geheimnisvollen Unbekannten? Nun, unbekannt war er ja nicht mehr. Er war Lucas Wurffrath, ein weltgewandter Stadtrat, der viele Sprachen sprach, Bürgermeister Steinwich beriet und ausgelassen mit seinen Nichten und Neffen im Hof spielte. Außerdem konnte er reiten wie der Wind und küssen wie kein anderer Mann auf der Welt. Sie hatte zwar keinen Vergleich, trotzdem war sie sich ganz sicher. Ihr schwindelte jetzt noch bei der Erinnerung an seine Lippen. Sie waren so hungrig gewesen und hatten Gefühle geweckt, von denen sie nicht geahnt hatte, dass sie überhaupt existierten. Mächtige Gefühle, die ihr jetzt noch den Atem nahmen. Flora musste sich an eine Hauswand lehnen und tief Luft holen, dabei dachte sie an seinen Gesichtsausdruck, kurz bevor er sie geküsst hatte. Dieses boshafte Vergnügen und dieses Seeräuberlächeln! Flora hob den Kopf und blickte träumend in die blassgelben Wolken, die sich abwartend um die Kirchturmspitze zusammenballten.

Eine Stimme ließ sie zusammenfahren.

»Flora, was tust du hier? Soeben ist ein Vertreter des Rats aus eurem Haus gekommen. Das bedeutet sicher nichts Gutes für deine arme Mutter! Spute dich, Kind.«
Flora blickte sich erschrocken um. Eine Nachbarin stand hinter ihr und musterte sie streng von Kopf bis Fuß. Sie trug ein schwarzes Sonntagskleid und eine schlichte Haube. Sie schien nicht erfreut über Floras Anblick und nuschelte: »Steht rum und vertrödelt den lieben langen Tag. Und trägt einen Spitzenrand am Sonntag, der Herr sei uns gnädig ...«
Ehe Flora fragen konnte, was der Vertreter der Stadt von ihrer Mutter gewollt hatte, setzte die Nachbarin ihren Weg fort. Dabei schüttelte sie unablässig den Kopf. Flora blickte ihr nach und überlegte, was der Mann von ihrer Mutter gewollt haben könnte. Wenn jemand vom Rat am Sonntag kam, dann musste es sich um eine wichtige Angelegenheit handeln, die keinen Aufschub duldete. Hatte Alwine Wullenwewer sich etwas zuschulden kommen lassen? Machten ihr vielleicht trauernde Eltern den Tod eines Kindes zum Vorwurf? Gott behüte, dann war ihre Mutter ernsthaft in Gefahr.
Flora gab sich einen Ruck und löste sich von der Hauswand. Während sie die schmale Gasse hinter der Marienkirche hinunterging, grübelte sie weiter. Sie dachte daran, dass manchmal die Eltern eines Kindes wegen Missbildungen oder auch nur eines zarten schwarzen Flaumes auf der Brust die Hebamme vor Gericht brachten. Schlimmstenfalls kam es zu einer Anklage wegen bösen Zaubers und eine unschuldige Hebamme brannte als Hexe. War etwa das Kind der Möllerschen gestorben? Wie konnte das sein? Der Schrei hatte so sehr nach Leben geklungen und eigentlich täuschte sich Flora darin nie. Sie wünschte, sie wäre nicht weggelaufen. Wenn ihre Mutter in Schwierigkeiten steckte, dann sollte sie an ihrer Seite sein.
Das letzte Stück war sie gelaufen und nun stand sie schwer atmend vor ihrem Zuhause. Es war ein unscheinbares, verwinkeltes Haus mit einer schmucklosen Tür. Nur ein kleines Schild, das am Türsturz an einer Eisenkette befestigt war, wies darauf hin, dass hier eine vereidigte Hebamme wohnte. Auf dem Schild befand sich ein

eingeschnitzter Gebärstuhl, den in Schnörkeln Stand und Namenszug umgaben. Es schaukelte träge im Wind. Die Kette quietschte und als Flora die Klinke drückte, klemmte die Tür, als wollte sie ihr den Zugang verweigern. Ein bedrückendes Gefühl legte sich auf sie, als sie die dunkle Diele entlangschlich und lauschend vor der Tür der kleinen Stube stehen blieb. Weinte die Mutter etwa? Das war unmöglich. Alwine Wullenwewer weinte doch nicht. Sie war eine starke und unabhängige Frau, die nichts und niemanden fürchtete. Flora war sich immer sicher gewesen, dass selbst eine Hexenklage ihre Mutter nicht schrecken konnte. Heute schien alles anders zu sein.

Vorsichtig zog sie die Tür auf und blickte in den Raum. Durch das schmale Bleiglasfenster fiel diffuses Licht auf ihre Mutter, die vornübergebeugt am Nähtisch saß und ihren Kopf in die Hände stützte. Ihre Schultern zuckten und hin und wieder schüttelte es sie. Erst als Flora langsam näher kam, ihre Hand ausstreckte und die Mutter sacht an der Schulter berührte, blickte diese auf. Zuerst standen noch Kummer und Verzweiflung in ihrem Gesicht, doch als sie Flora erkannte, straffte sie sich und zwinkerte die Tränen fort. So unbekümmert, wie es mit belegter Stimme möglich war, sagte sie: »Da bist du ja. Ich habe schon auf dich gewartet. Wir erwarten zum Essen einen Gast und es gibt noch viel vorzubereiten. Die Soße für den Braten muss gewürzt werden, der eingelegte Kohl aus dem Keller geholt …«

»Mutter, auf der Straße erzählt man, ein Mann des Rates hätte dich aufgesucht. Was hat er von dir gewollt?«

Ihre Mutter stand schwerfällig auf und strich sich die dunklen Strähnen aus der Stirn. Ihr Haar war braun und nicht hell wie Floras, die wie die meisten Stralsunderinnen blond war. Flora hatte auch nicht ihre Statur geerbt. Alles, was bei der Mutter kräftig wirkte, war bei der Tochter eher rund und weich. Und obwohl Flora ebenfalls nicht groß war, kam ihr ihre Mutter auf einmal viel kleiner vor, so, als hätte der Kummer sie schrumpfen lassen. Alwine Wullenwewer stand da und suchte nach Worten. Schließlich schüttelte sie den Kopf und erklärte leise: »Unser Beruf hat auch seine Schattenseiten. Manchmal ist es schwer, Gottes Willen zu erkennen und danach zu handeln.«

Flora nickte und wartete, was für ein Schatten es diesmal sein würde. Als ihre Mutter nicht weitersprach, fragte sie vorsichtig: »Verlangen sie etwa wieder von dir, dass du eine Frau unter den Wehen zum Namen des Kindsvaters befragst?«

Flora wusste, dass dies zu den Pflichten einer vereidigten Hebamme gehörte, und sie verabscheute es zutiefst. Mehr als einmal war sie dabei gewesen, wenn die Mutter eine sich vor Schmerzen windende Frau befragt hatte. Der Scharfrichter hätte nicht hartnäckiger sein können. Ihre Mutter schüttelte den Kopf. Flora fiel nur noch eine Pflicht ein, die noch grausamer war. Sie beugte sich vor und fragte: »Sollst du bei einer zum Tod Verurteilten feststellen, ob sie wirklich schwanger ist? Hofft eine arme Person, sich durch eine Schwangerschaft vor dem Strang zu retten? Ist es das?«

»Nein Flora, frag nicht. Wir wollen nicht mehr davon sprechen. Das Beste ist, du denkst nicht mehr daran. Hilf lieber Ludgera in der Küche.«

Ludgera war eine unverheiratete Tante, die ihnen den Haushalt führte. Sie hatte die undankbare Aufgabe übernommen, Flora in die Hausfrauenpflichten einzuweisen, und widmete sich dieser Aufgabe mit Feuereifer. Flora verzog das Gesicht bei dem Gedanken, wie freudig Ludgera sie in der Küche empfangen würde. Ihre Mutter hatte damit begonnen, ihre große Ledertasche zu packen, und suchte die verschiedensten Kräuterbeutel und Ölfläschchen zusammen. Zielstrebig griff sie nach spitzen Nadeln, dicken Wollbinden und langen Bändern, um alles zu den Scheren, Zangen und Löffelchen zu legen. Gewohnheitsmäßig wollte sie nach dem tragbaren Gebärstuhl greifen, hielt jedoch inne und ließ es bleiben. Sie wurde zu keiner Geburt gerufen, überlegte Flora. Oder in einen wohlhabenden Haushalt, der selbst einen Gebärstuhl besaß. Vielleicht will sie auch nur die Möllersche besuchen. Doch warum forderte ihre Mutter sie dann nicht auf, sie zu begleiten? Sonst ließ sie doch auch keine Gelegenheit aus, um ihre Tochter in die Geheimnisse der Pflege von Wöchnerinnen einzuweihen. Als ihre Mutter mit

den Vorbereitungen fertig war, fragte Flora: »Wohin gehst du? Soll ich dich nicht begleiten?«
Alwine schüttelte den Kopf und wandte sich mit der schweren Tasche zum Gehen. »Diesmal nicht.«
»Warum darf ich nicht mit? Hat es etwas mit dem Vertreter der Stadt zu tun?«
An der Tür blieb ihre Mutter stehen und murmelte: »Es ist eine politische Angelegenheit und höchst brisant. Gott verhüte, dass Stralsunds Wohl daran hängen wird.« Etwas lauter fügte sie hinzu: »Glaub mir, es ist besser, wenn ich dich da raushalte. Es reicht, wenn eine von uns hineingezogen wird.«
Die Tür fiel ins Schloss und Flora blieb allein zurück. Zuerst war sie nur enttäuscht, dass ihre Mutter sie nicht ins Vertrauen zog, dann wurde sie ärgerlich. Es war nicht fair! Sie wurde einfach ausgeschlossen, dabei würde es früher oder später sowieso die ganze Stadt erfahren. Die Mutter hatte es selbst zugegeben: Etwas Wichtiges ging vor, etwas von Bedeutung für die Stadt. Solche Dinge machten schnell die Runde.
Flora verließ den Raum mit dem Kopf voller Fragen. Langsam ging sie nach hinten zur Küche. Was nur mochte der Vertreter der Stadt gewollt haben? Als Tante Ludgera sie herzlich begrüßte und ihr lächelnd eine Schürze umband, kreisten ihre Gedanken um die Frage, wohin ihre Mutter aufgebrochen war. In ihrer Tasche befand sich alles, was eine umsichtige Hebamme benötigte. Sie war für alle Fälle vorbereitet, hatte Kräuter zur Vorsorge, Instrumente für Komplikationen während der Geburt und Binden zur Nachsorge dabei. Wer erwartete sie und warum hatte sie vorhin geweint? Denn geweint hatte sie, auch wenn sie es vor ihrer Tochter nicht zeigen wollte.
Flora verbrachte Stunden damit, an der Seite der gut gelaunt vor sich hin pfeifenden Ludgera ein reichhaltiges Mahl vorzubereiten, ohne nur einen Augenblick darüber nachzudenken, für wen es bestimmt sein könnte. Stattdessen grübelte sie darüber nach, was die Ursache für die Tränen ihrer Mutter sein mochte. Hatte der Sohn eines angesehenen Stadtrats eine Dienstmagd geschwängert und

niemand durfte es erfahren? Flora schnitt mit viel zu heftigen Bewegungen Zwiebeln und entschied, dass es sich wohl kaum um so etwas Belangloses handeln konnte. Solche Dinge geschahen alle Tage und würden ihre Mutter, die schon viel gesehen hatte, nicht erschüttern. Mit einem resoluten Handstreich fegte sie die Zwiebelringe in den Topf und wischte sich die Hände an der Schürze ab. Ihre Augen tränten vom Zwiebelsaft und ihre Nase lief. Als sie aufblickte, stand ein kleiner Mann im Türrahmen und lächelte. Durch den Tränenschleier sah er ganz unwirklich aus. Sie zwinkerte, um sein rundes, glänzendes Gesicht besser erkennen zu können. Erst als sie sich mehrmals mit dem Handrücken über die Augen gefahren war und ein paarmal geschnieft hatte, konnte sie ihn klar sehen. Er war kleiner als sie, was bei einem Mann ungewöhnlich war, und sein schwarzes Haar stand in struppigen Borsten vom Kopf ab. Er sieht aus wie ein Igel, dachte sie amüsiert. Sein steifer Hemdkragen war verrutscht und seine nussbraunen Kniehosen waren viel zu lang. Er stand so unschlüssig da, als wäre er ein Schuljunge, der sich verlaufen hat. Sie lächelte und beschloss, den schüchternen kleinen Mann mit den freundlichen Knopfaugen zu mögen.
Ludgera hatte aufgehört zu pfeifen und rief: »Hoppla, mein Herr! Da war die Tür wohl unverriegelt. Seid willkommen. Das ist Alwines Tochter Flora Maria. Sie kann es nicht abwarten, Euch kennen zu lernen.«
Das ist nicht wahr, dachte Flora verblüfft und sah ihre Tante an. Wie kam sie dazu, so etwas zu behaupten? Wer würde an einem Sonntagnachmittag ungeduldig auf einen kleinen igelköpfigen Burschen warten, der nervös blinzelte und verlegen an seinen Ärmeln zupfte? Er schien es nicht gewöhnt zu sein, mit Frauen zu sprechen. Flora fragte belustigt: »Und wer bitte schön ist er? Wenn ich ihn so sehr erwartet habe, müsste ich es da nicht wissen?«
»Oh, das ist Michel Warneke.«
Ludgera dämpfte die Stimme und ergänzte vielsagend: »Er ist Chirurg. Deine Mutter schätzt ihn sehr.«
O nein, dachte Flora, nicht schon wieder ein Heiratskandidat. Ihre anfängliche Sympathie für den kleinen Mann schwand dahin. Des-

halb fühlte er sich in den feinen Sonntagskleidern so unwohl, er war es gewöhnt, mit einer blutbespritzten Schürze herumzulaufen. Anscheinend konnte man ihr den Widerwillen vom Gesicht ablesen, denn Ludgera sagte versöhnlich: »Komm, Flora-Kindchen, sei brav und führe ihn an den Esstisch. Auf die Zwiebelsoße verzichten wir, alles andere ist vorbereitet. Ich habe unter dem Fenster neben dem Nähtischchen gedeckt. Für zwei Personen. Ich kann in der Küche essen. Ihr zwei solltet ungestört sein, dann könnt ihr euch besser kennen lernen!« Mit einem verschwörerischen Blinzeln nahm sie Flora die Schürze ab und schob sie aus der Küche.

Ehe Flora begriff, wie ihr geschah, saß sie dem kleinen Mann gegenüber und ließ sich von Ludgera dampfenden Sonntagsbraten auf den Teller füllen. Michel Warneke fühlte sich sichtlich unbehaglich. Sein linkes Augenlid zuckte nervös, als er von seinem Teller aufblickte und kauend erklärte: »Ich plane, mich hier als Chirurg niederzulassen, doch der Zeitpunkt ist schlecht gewählt.«

Flora runzelte die Stirn. Wenn die Papisten kamen, würde es doch genügend Verwundete geben. Einen besseren Zeitpunkt, um in die Stadt zu kommen, konnte sie sich für ihn nicht denken. Der kleine Chirurg schluckte und blinzelte Verständnis heischend zu ihr auf.

»Die ganze Stadt ist voller Flüchtlinge aus dem Umland und es ist unmöglich, ein Quartier zu finden. Deshalb war Eure Mutter so freundlich, mir unter Ihrem Dach eine Unterkunft zu geben. Mein Gepäck steht im Flur.«

»Ihr wollt hier wohnen?« So weit war die Mutter noch nie gegangen! Diesmal schien es wirklich ernst zu sein. Offensichtlich hatte Alwine vor, ihre Tochter noch vor deren zwanzigstem Geburtstag zu vermählen.

Flora versuchte diesen Hanswurst von einem Ehekandidaten zu verabscheuen, doch irgendwie gelang es ihr nicht. Er wirkte, als könnte er keiner Fliege etwas zuleide tun. Statt ihn kalt und abweisend zu behandeln, lächelte sie ihm aufmunternd zu. Was war nur los mit ihr? Woher kam dieses starke Verlangen, ihn zu beschützen? Weckte er dieses Bedürfnis bei allen Frauen? Hatte er es auch bei Alwine Wullenwewer geweckt?

In diesem Augenblick zog er die Schultern hoch und blickte mit einem entwaffnenden Kleinjungenlächeln zu ihr hinüber: »Ich hoffe, es kommt nicht ungelegen? Ich werde mich ganz ruhig verhalten und mich kaum zeigen, das schwöre ich beim heiligen Evangelium. Eine Dachstube mit einem Krug Wasser, das genügt mir voll und ganz.«

»Dulden die Chirurgen von Stralsund Euch denn an ihrer Seite?« Flora machte sich Sorgen, dass er mit der Ärzteschaft Ärger bekommen könnte, immerhin war er ein Zugezogener. Seit Wallensteins Armee draußen lagerte, wurde es in der Stadt tatsächlich eng. In manchen Häusern wohnten bis zu vier Familien und jedem Fremden wurde mit Misstrauen begegnet. Er blinzelte nervös. Sie wünschte, sie hätte den Mund gehalten. Sein Augenlid zuckte nun heftig und sie musste sich beherrschen, nicht hinzustarren. Stattdessen sagte sie freundlich: »Wen kümmern die Chirurgen? Die Bürgerwehr braucht jeden Mann. Sie nehmen alle waffenfähigen Männer, auch die Gesellen und die Eingeflüchteten.«

»Ich weiß. Ich habe mich dort schon gemeldet und wurde sofort zum Wachdienst eingeteilt. Anscheinend sind Wachvergehen an der Tagesordnung. Die Männer trinken im Dienst und verlassen ihre Posten.«

Er schien sich ernsthaft Sorgen zu machen. Und obwohl es allen Grund dazu gab, verspürte sie das Bedürfnis, ihn zu beruhigen.

»Die Stadt ist schwer einzunehmen, sie liegt ja schließlich auf einer Insel. Auf der einen Seite schützt der Frankenteich und auf der anderen der Knieperteich. Und seit Monaten bereitet sich Stralsund auf den Angriff vor. Sie haben die Teiche tiefer gegraben, die Vorstädte niedergerissen, Erdwälle an der Stadtmauer aufgeschüttet und die Verteidigungswerke verstärkt. Solange die Kaiserlichen den Dänholm nicht besetzen, kommt vom Strelasund immer neuer Nachschub, Pulver und Munition aus Danzig oder Lübeck.«

Den vor Rügen gelegenen Dänholm hatten die Stralsunder erfolgreich verteidigt. Allerdings kamen immer weniger Versorgungsschiffe. Flora dachte daran, dass alle Bürger verpflichtet worden waren, sich für ein Jahr mit Brotkorn einzudecken. Außerdem trieb der

Einkauf von Kriegsgerät die Steuern in die Höhe. Lebensmittel waren teuer geworden. Bei dem Gedanken schmeckte ihr der Braten nicht mehr so gut.
Michel Warneke dagegen schmatzte zufrieden, schluckte und sagte: »Verteidigungswerke kann man stürmen und Dämme aufschütten. Mir wurde eingeschärft, beim Wachdienst meinen Posten auf keinen Fall zu verlassen. Kaiserliche Truppen sind zur Verstärkung aus Mecklenburg herangezogen worden, außerdem wurden pommersche Besatzungseinheiten zusammengezogen. Der Herzog von Pommern steht auf der Seite der Kaiserlichen und versorgt das Lager bei Franzburg. Vierzehn Kompanien Fußvolk nähern sich der Stadt und gleichzeitig verhandelt der Rat noch mit Feldmarschall von Arnim. Die Lage ist sehr ernst.«
Der Rat verhandelt in diesem Augenblick aber auch mit den dänischen Gesandten, deren Schiffe im Hafen liegen. Nein, nicht der Rat verhandelt, überlegte Flora lächelnd, sondern ein ganz bestimmter weltgewandter Ratsherr mit funkelnden Seeräuberaugen. Der Chirurgenmichel schien ihr abwesendes Lächeln bemerkt zu haben.
»Mein Fräulein? Langweile ich Euch?«, fragte er verunsichert und fügte entschuldigend hinzu: »Die Politik ist nichts für eine junge hübsche Dame. Lasst uns von anderen Dingen sprechen. Ich hörte, Eure Mutter bildet Euch zur Hebamme aus? Dann werden Euch die öffentlichen Sektionen von Leichen interessieren, die ich an der berühmten Anatomieschule zu Leyden besucht habe.«
»Öffentliche Sektionen von Leichen?«
»Einmal im Jahr finden diese Vorlesungen statt, immer im Winter, um die Leichen frisch zu halten. Sie öffnen vor Zuschauern einen menschlichen Körper und führen seinen wundervollen Bau vor. Das Zusammenspiel von Muskeln und Sehnen ist ein göttliches Meisterwerk. Zu diesen Vorlesungen kommen viele tugendhafte Damen von Stand.«
Flora schauderte und stellte sich einen Kreis vornehm gekleideter Damen und Herren vor, die sich über einen geöffneten Leichnam beugten. Der Appetit war ihr nun gründlich vergangen und sie hörte kaum zu, als Michel fortfuhr zu schwärmen: »Die Universität

Leyden ist außerordentlich in Mode. Sie hat mehr immatrikulierte Studenten als Leipzig und Cambridge. Ich wünschte, mein Vater wäre reich genug gewesen, um mich dort studieren zu lassen. In Leyden befindet sich auch ein anatomisches Museum mit kuriosen Ausstellungsobjekten. Es gibt eine ägyptische Mumie zu bestaunen, ausgestopfte Tiger, ein Riesenkrokodil und den gigantischen Penis eines Wales.«

Verstört hielt er inne. Ihm wurde bewusst, dass Letzteres auch kein passendes Konversationsthema war, und flammende Röte überzog sein Gesicht. Wie nett, dachte Flora amüsiert, er errötet. Wenn er mit einer Hebamme zusammenarbeiten will, muss er sich solche Schamhaftigkeit abgewöhnen. Sie überlegte kurz, ob sie ihn mit ihrem Wissen über den weiblichen Körper schockieren sollte, doch dann ließ sie es lieber bleiben. Vielleicht würde er sich Hoffnungen machen, wenn sie zu vertraulich wurde. Stattdessen wählte sie ein unverfängliches Thema. Es hatte ihr gefallen, mit ihm über die politische Lage der Stadt zu sprechen, und so sagte sie: »Leyden hat vielleicht ein kurioses Museum, doch Stralsund hat den größten Hafen des Herzogtums Pommern! Der Kaiser befürchtet, dass es zum Einfallstor für seine Gegner werden könnte, vor allem, wenn es keine kaiserlichen Truppen aufnimmt.«

»O ja«, rief Michel offensichtlich erleichtert, dass sie ihm den Penis nicht übel nahm, »wer die Stadt hat, besitzt die Vorherrschaft im Ostseeraum. Ich hörte, dass sie sich die Befreiung von Einquartierungen mit dreißigtausend Talern erkaufen sollte?«

Flora hatte auf dem Markt davon gehört. Sie erinnerte sich noch gut an die empörte Versammlung aufgebrachter Hausfrauen und Handwerker. Froh, über die Ereignisse informiert zu sein, erklärte sie: »Vorher kam es jedoch zum Streit, da die Kaiserlichen die Zufahrtswege gesperrt und Waren, die für die Stadt bestimmt waren, in großem Stil in ihre Lager abgezweigt hatten.«

»Dieser Braten ist übrigens köstlich, woher bezieht Ihr in diesen Zeiten solches Fleisch?«

»Die Lebensmittel werden zwar knapp und sind teuer, aber meine Mutter wird häufig in Naturalien bezahlt.«

Flora nahm an, dass der Braten von den Möllers stammte. Sicher waren sie dankbar für die Geburt eines gesunden Kindes gewesen. Oder hatte es Komplikationen gegeben, von denen Flora nichts ahnte? Sie verwarf den Gedanken wieder, denn das Kind eines Brauers war nicht bedeutend für das Wohl der Stadt, war er auch noch so reich. Doch wohin war ihre Mutter dann geeilt? Und warum hatte sie ihre Tochter nicht ins Vertrauen gezogen? Die Fragen, die sie in der Küche beschäftigt hatten, drängten sich wieder in ihr Bewusstsein und so bemerkte sie gar nicht, dass Michel seinen Teller geleert hatte und sie fragend ansah.

»Würdet Ihr mich zu einem Spaziergang durch die Stadt begleiten? Es wäre mir eine große Freude.«

Ach herrje, dachte sie erschrocken. Fieberhaft suchte sie nach einer Ausrede. Die Vorstellung, mit dem kleinen, nervös blinzelnden Igelmann durch die Straßen zu schlendern, gefiel ihr überhaupt nicht. Neugierige Nachbarinnen und klatschsüchtige Bekannte würden sie mit ihm sehen und sich sicher das Maul zerreißen. Oh, seht doch, würden sie tuscheln, die Wullenwewersche hat einen neuen Verehrer. Ist er nicht putzig? Nein, schneidig war dieser Mann wirklich nicht, musste Flora sich eingestehen. Gut, er war anders als die Heiratskandidaten, die ihre Mutter bisher ausgesucht hatte, denn die waren zu alt oder zu ernst gewesen, manchmal auch zu eifrig bemüht, ihrer Mutter zu gefallen. Michel Warneke war nett und irgendwie rührend, trotzdem wollte sie mit ihm auf keinen Fall gesehen werden. Manche Männer waren eben ganz und gar nicht vorzeigbar. Was konnte schlimmer sein als der halb mitleidige, halb gönnerhafte Spott ihrer Freundinnen? Flora lächelte entschuldigend und nuschelte: »Ich würde wirklich gern, aber mich plagen ganz furchtbare Kopfschmerzen. Ich werde mich ein Weilchen hinlegen. Vielleicht ein anderes Mal.«

Sie schob ihren Stuhl zurück und stand auf.

Wieso musste er so verletzt aussehen? Sie hatte ihm doch nicht gleich das Herz gebrochen, wenn sie eine Einladung zum Spaziergang ablehnte? Seine schwarzen Kulleraugen blickten furchtbar enttäuscht zu ihr auf. Er wirkte so traurig, dass sie ihm fast über sein

struppiges Haar gefahren wäre und ihre Worte zurückgenommen hätte. Stattdessen wandte sie sich um und floh aus dem Raum.
Flora lief zu ihrer Tante in die Küche und teilte der überraschten Ludgera mit, dass der Herr fertig gegessen habe und nun einen Spaziergang unternehmen werde. Als ihre Tante fragend die Augenbrauen hob, rief sie: »Er ist besser als der Vorige, doch hat mir sein Geplapper Kopfschmerzen bereitet. Ich muss mich hinlegen.«
»Nimm einen kalten Lappen für die Stirn mit, Kindchen.«
Flora ignorierte den Lappen und ging zur Treppe. Anstandshalber hielt sie sich dabei stöhnend die Schläfen. Mit betont schweren Schritten, die man im ganzen Haus hören würde, schleppte sie sich nach oben. Dort ließ sie sich auf ihr Bett fallen und schloss die Augen. Sie lag in der Kammer, die sie mit ihrer Mutter teilte. Daneben gab es einen Verschlag, in dem Ludgera nächtigte. Über ihr war die Dachkammer, die Michel beziehen würde. Um sie zu erreichen, musste er über eine schmale, wacklige Leiter klettern. Flora stellte sich vor, wie er dort herumhuschte, und meinte schon seine trappelnden Füße zu hören. Noch stand sein Gepäck im Flur, bald jedoch würde dort oben die Tasche mit seinen Instrumenten stehen. Es würde ein Dachboden voller Skalpelle und Klingen, Aderlasszirkel, Zangen zum Zahnziehen und vielleicht sogar Skeletteile und Totenköpfe werden. Ein Barbierbecken durfte ebenso wenig fehlen, denn ein Chirurg war immer auch als Bader tätig. Bart stutzen und Blut aus geöffneten Adern tropfen lassen – widerlich. Flora verzog den Mund und dachte darüber nach, ob dieser Michel vielleicht eine Ausnahme war. Vielleicht besaß er sogar gelehrte Bücher über Anatomie und Geburtshilfe? Immerhin hatte er in Leyden Anatomievorlesungen besucht. Flora wusste, dass Chirurgen in Stralsund von den studierten Ärzten fast noch herablassender behandelt wurden als Hebammen. Ein herumwandernder Chirurg, wie Michel einer war, wurde in keine städtische Gilde aufgenommen. Er durfte zumeist nur die schmerzhaften Operationen durchführen, die dem Ruf der ansässigen Chirurgen schadeten. Selbst die Apotheker, die in der Krämergilde vereinigt waren, wurden mehr geachtet. Doch wenn Michel eine Stralsunderin heiratete, konnte er hoffen, ein anerkanntes Mitglied der städtischen Chirurgengilde zu

werden. Und für eine Hebamme konnte diese Verbindung durchaus nützlich sein. Da sie nicht selbst operieren durfte, war ein Chirurg im Haus sehr praktisch. Eine kluge Hebamme vermählt sich mit einem fähigen Chirurgen, betonte die Mutter bei jeder Gelegenheit. Michel Warneke schien nett zu sein, doch war er ein fähiger Chirurg? Es fiel Flora schwer, sich vorzustellen, dass Michel einen Schnitt vollführte, ohne dass dabei sein Augenlid zuckte und seine Fingerspitzen zitterten. Brauchte ein Chirurg nicht genauso ruhige und geschickte Hände wie eine Hebamme?
Flora sah auf einmal die Hände ihrer Mutter vor sich und fragte sich, was diese Hände jetzt taten. Vor ihrem inneren Auge begann die Mutter den Bauch einer Schwangeren zu massieren. Seifenblasen stiegen unter den Röcken der Frau empor. Es wurden immer mehr. Sie schwebten zur Decke und zerplatzten. Während Flora immer tiefer in den Schlaf sank, mischten sich Traumbilder und Gedanken. Das Kind löst sich auf, dachte sie panisch, ich muss zu ihr, ich muss sie warnen. Die Seifenblasen wurden immer größer. Gesichter spiegelten sich in ihrer regenbogenfarbenen Oberfläche. Michel blinzelte ihr schalkhaft zu. In einer anderen glänzenden Kugel rief der gut aussehende Stadtrat mit verbundenen Augen nach ihr. Flora atmete schneller und ihr Mundwinkel zuckte. Könnte sie doch verstehen, was er ihr zurief. Sein Mund bewegte sich stumm. Bunt glänzend zog er dahin, wurde immer kleiner und entschwebte. Das Gesicht ihrer Mutter kam auf einer riesigen Seifenblase vorüber. Erschrecken spiegelte sich in ihren weit aufgerissenen Augen. Diese Kugel darf nicht zerplatzen, wusste die schlafende Flora, sonst bin ich verloren. Mutter, nicht! Die Seifenblase mit dem Gesicht ihrer Mutter begann zu schlingern und seltsame Formen anzunehmen. Nein, wollte Flora schreien, doch ein Gepolter riss sie aus ihrem Traum.
Benommen setzte sie sich im Bett auf. Jemand kletterte die steile Leiter zum Dachboden hinauf. Das konnte nur Michel sein, der sein Gepäck hinaufbrachte. Doch war er schon von seinem Verdauungsspaziergang zurück? Hatte sie so lange geschlafen? Flora stieg schwerfällig aus dem Bett und öffnete die Tür einen Spalt, um

nachzusehen, wer sich da auf der Leiter abmühte. Sie war noch wie betäubt vom Schlaf und in der schmalen Diele war es düster. Sie zog die Kammertür weit auf und ließ Licht hinein. Oben an der Luke stand ihre Mutter.

»Mutter? Was tust du da?«

Flora rieb sich die Augen. Träumte sie noch oder stand dort wirklich ihre Mutter mit einem unnatürlich bleichen, fast wächsernen Gesicht? Ihre Stimme klang ganz fremd: »Flora, warum begleitest du unseren Gast nicht auf seinem Spaziergang? Ich wollte nur eben schnell nachsehen, ob alles für den jungen Mann bereit ist. Sag, wie gefällt er dir?«

Ihre Mutter schien sich ein Lächeln abzuringen. Flora fiel auf, wie erschöpft sie wirkte. Dunkle Ringe lagen unter ihren Augen. Wo immer sie gewesen war, es hatte Spuren hinterlassen. Es würde sie sicher aufmuntern, wenn Flora ihr erzählte, wie nett sie den neuen Heiratskandidaten fand. Doch den Gefallen wollte sie ihr nicht tun. Stattdessen rief sie ihrer Mutter zu: »Wärst du hier gewesen, dann wüsstest du es!«

»Ihr werdet euch schon aneinander gewöhnen.«

Als wäre damit alles gesagt, wandte ihre Mutter sich wieder der Leiter zu, um die letzten Sprossen zu erklimmen. Flora blickte verärgert nach oben. Ihre Mutter war wie eine Spinne, die ihr Netz gesponnen hatte und darauf wartete, dass sich ein Gemahl für ihre Tochter darin verfing.

»Ach, so hast du dir das also gedacht! Wenn der Mann erst mal im Haus ist, dann werden auch bald die Hochzeitsglocken läuten.«

Ihre Mutter erwiderte nichts, hielt jedoch in der Bewegung inne. Flora konnte sich nicht bremsen und es gelang ihr auch nicht, ihren Ton zu mäßigen: »Ein feines Tauschgeschäft habt ihr beide euch da ausgedacht: Eine Gildemitgliedschaft für den heimatlosen Chirurgen gegen eine Hochzeit mit der Tochter der vereidigten Hebamme von Stralsund.« So leicht würde sie es ihrer Mutter nicht machen. Flora stemmte die Hände in die Hüften und rief: »Ich werde ihn nur heiraten, wenn du mir sagst, wo du heute gewesen bist.«

Ihre Mutter zog scharf die Luft ein und blickte sich um. Sie hatte den Mund geöffnet, um ihrer Tochter zu antworten, doch von der

Bewegung aus dem Gleichgewicht gebracht, verlor sie den Halt. Mit raschelnden Röcken und einem Aufschrei fiel sie in die Tiefe. Ihre Füße schrammten an den Sprossen entlang und ihre Finger fuhren ziellos durch die Luft. Mit einem dumpfen Knall schlug sie hart auf den Dielenboden auf.

Flora hatte den Sturz kommen sehen und war zur Leiter gelaufen, nun sank sie neben dem Körper ihrer Mutter in die Knie. Ein leeres Gefühl breitete sich in ihrem Kopf aus. Wie aus weiter Ferne sah sie ihre Mutter daliegen und konnte nur denken: Mein Gott, was habe ich getan. Das habe ich nicht gewollt, das nicht. Die Hand vor den Mund gepresst, beugte sie sich vor. Alwine lag mit abgewandtem Gesicht auf dem Bauch und schien nicht mehr zu atmen. Flora glaubte ersticken zu müssen und ihr schwindelte.

Ich habe sie getötet. Ich habe sie in den Tod getrieben. Der Herrgott strafe mich …

Eine Hand legte sich auf ihre Schulter. Sie zuckte zusammen und wich zurück.

»Ganz ruhig«, sagte eine sanfte Stimme, »das wird schon wieder.«

Michel kniete neben ihrer Mutter. Seine Hände tasteten an Alwines Arm entlang, fuhren langsam an ihrem Hals hinauf. Er wirkte ruhig und gelassen, sodass allein sein Anblick Flora Zuversicht und Vertrauen einflößte. Vorsichtig schob er seine Hände unter den Körper ihrer Mutter und drehte ihn herum. Alwines Arme klatschten auf den Dielenboden und Blut sickerte aus einem Mundwinkel. Der Anblick schnitt Flora ins Herz und ihr entfuhr ein gequälter Laut. Michel setzte sich hinter die Bewusstlose, legte ihren Kopf in seinen Schoß und untersuchte sie so sacht und umsichtig, als gäbe es keinen Grund zur Eile. Anschließend blickte er auf und erklärte: »Sie hat sich beim Sturz auf die Zunge gebissen. Es sieht schlimmer aus, als es ist. Wichtig ist nun, dass sie wieder zu sich kommt. Bring mir meine Tasche mit den Instrumenten. Sie steht noch im Flur. Und hol deine Tante. Sie soll uns helfen.«

Kurz darauf trugen Ludgera und Michel die immer noch bewusstlose Alwine in die Schlafkammer und legten sie auf ihr Bett. Ludgera stand der Schrecken ins Gesicht geschrieben und sie flatterte umher wie ein aufgeregtes Huhn. Michel dagegen war die Ruhe selbst. Er ist wirklich ein fähiger Chirurg, dachte Flora, als sie beobachtete, wie er sich konzentriert über ihre Mutter beugte. Seit er nach Alwines Sturz in die Diele gekommen war, schien er ein anderer Mensch zu sein. Sein Augenlid zwinkerte nicht mehr und sein nervöses Lächeln war verschwunden. Statt verlegen an seiner Kleidung herumzuzupfen, waren seine Bewegungen nun sicher und zielgerichtet. Flora vertraute jedem seiner Worte und befolgte seine Anweisungen, ohne sie zu hinterfragen. So widersprach sie auch nicht, als er sie aufforderte, am Bett ihrer Mutter zu wachen.

Michels Augen suchten ihren Blick und er beschwor sie: »Sprich mit ihr. Egal worüber. Sie muss eine vertraute Stimme hören, dann kommt sie zurück ins Leben. Ich habe einmal einen bewusstlosen Kavalleristen zurückgeholt, indem ich sein Pferd neben ihm angebunden habe. Es stand ihm wiehernd zur Seite, bis er die Augen aufschlug und es barsch aufforderte, sein verdammtes Maul zu halten.«

Flora musste gegen ihren Willen lachen. Michel zwinkerte ihr freundlich zu und zog Ludgera am Arm aus der Kammer. Als er fort war, setzte sich Flora ans Bett ihrer Mutter. Was sollte sie ihr bloß sagen? Es war Zeit für eine Entschuldigung, das war das Mindeste. Flora schluckte und erklärte ihrer regungslos daliegenden Mutter: »Michel ist ein netter Bursche. Wenn er doch nur mein Bruder sein könnte oder ein harmloser Freund, mit dem man zusammen scherzt und manchmal auch über ernste Dinge spricht. Ich kann ihn mir nun mal nicht als Gemahl vorstellen. Aber wenn es dein Wunsch ist, Mutter …«

Sie stockte. Lieber nichts versprechen, was sie später bereuen würde. Wenn sie Michels Frau wurde, dann würde er sie küssen wollen! Sicher würde sie dabei an nichts anderes als an Schüsseln voller Blut, Zangen zum Zahnziehen und Skalpelle denken können. Ein fähiger Chirurg musste nicht unbedingt gut küssen können. Früher hätte sie das auch nicht wichtig gefunden, doch nun war alles anders. Sie wollte noch einmal diesen Wirbelsturm in ihrem Kopf erleben, in ihrem Inneren sollte es wieder jubilieren. Ihre

Mutter würde das nicht verstehen. Für sie war es das Los der Evastöchter, Kinder zu gebären. Was vorher im Bett geschah, war ein lästiges Übel zwischen Mann und Frau, das sich nicht vermeiden ließ.

Flora holte tief Luft und stieß seufzend hervor: »Ich weiß ja, dass eine Hebamme geboren haben muss. Das war schon immer so. Und alle erwarten von der Tochter einer Hebamme, dass sie einen Chirurgen heiratet. Ich werde darüber nachdenken, ob Michel Warneke infrage kommt. Das verspreche ich.« Sie schwieg einen Moment und überlegte, ob das genügte. Nach einer Weile fuhr sie fort: »Ich werde eine folgsame Tochter sein. Ich verspreche, dich nie wieder zu fragen, wo du heute warst. Ich schwöre es beim heiligen Evangelium!« Das Gesicht ihrer Mutter zeigte keine Reaktion. »Schlag die Augen auf, Mutter. Sag, dass du mir nicht mehr böse bist. Sieh mich an. Sprich mit mir.«

Doch an diesem Tag kam Alwine nicht mehr zu sich. Auch der nächste Tag verstrich, ohne dass eine Besserung eintrat. Flora wich nicht vom Bett ihrer Mutter. Jede Stunde flößte sie ihr mühsam ein paar Tropfen Wasser ein. Sie wusch ihre Mutter und wechselte die schmutzigen Laken. Wieder und wieder flehte sie dabei ihre Mutter an, beschwor sie, die Augen zu öffnen und mit ihr zu sprechen.

Erst als sie schon mutlos wurde und kurz davor war, sich am Krankenlager ihrer Mutter mit Michel zu verloben, trat eine Veränderung ein. Es war ein besonders milder Morgen und die Vögel zwitscherten so laut vor dem Fenster, dass Flora es öffnete und sich hinaus in den Frühling lehnte.

»Pass auf, dass du nicht hinunterfällst, Kind!«

Flora flog herum und strahlte über das ganze Gesicht.

»Mutter! Du bist wach! Wie geht es dir? Hast du Schmerzen?«

Ohne eine Antwort abzuwarten, kniete sie sich neben das Bett, ergriff die Hand ihrer Mutter und bedeckte sie mit Küssen. Alwine blinzelte und fragte: »Was ist geschehen? Ich erinnere mich nicht.«

»Du erinnerst dich nicht? Du bist von der Leiter gestürzt, die zum Dachboden führt. Michel ist dort eingezogen. Er hat sich rührend um dich gekümmert. Soll ich ihn holen?«

»Wer ist Michel?«
»Michel? Aber …«
Flora hielt inne und starrte ihre Mutter an. Sollte der Sturz wirklich alle Erinnerungen gelöscht haben? Immerhin wusste ihre Mutter, wer sie war. Oder etwa nicht? Misstrauisch beugte sich Flora vor: »Woran kannst du dich erinnern? Was ist das Letzte, an das du dich erinnern kannst?«
»Ich war mit dir in der Marienkirche und hörte die Predigt. Nein, warte«, Alwine runzelte nachdenklich die Stirn und fuhr dann fort, »das Kind der Möllerschen kam zur Welt. Die Wochenbettsuppe war versalzen. Michel, sagst du? Das muss der junge Mann sein, den ich tags zuvor einlud, hier zu wohnen.«
»An mehr kannst du dich nicht erinnern?«
»Nur an die versalzene Suppe auf meiner Zunge, dann ist da nichts mehr.«
Floras Gedanken überschlugen sich. Wenn die Erinnerungen mit dem Geschmack der Suppe abbrachen, dann konnte ihre Mutter sich auch nicht mehr an ihren Streit erinnern. Flora fühlte sich erleichtert und beunruhigt zugleich. Es war beängstigend, dass Gott ihre Gebete auf diese Weise erhört hatte. Sie hatte am Krankenbett ihrer Mutter geschworen, nie wieder über die Ereignisse jenes Tages zu sprechen. Nun wusste ihre Mutter nicht mehr, was der Vertreter des Stadtrats von ihr gewollt hatte. Sie hatte von den Schattenseiten des Hebammenberufs gesprochen. Was hatte sie bloß damit gemeint? Alwine unterbrach Floras Gedanken, indem sie sich an die Stirn griff und stöhnte: »Ich habe Kopfschmerzen.«
Flora hielt einen Becher mit Wasser an die aufgesprungenen Lippen ihrer Mutter und diese trank in kleinen Schlucken. Anschließend ging sie Michel holen.
Der kleine Chirurg saß plaudernd mit Ludgera in der Küche. Bei Floras Erscheinen brach er mitten im Satz ab und folgte ihr. In der Schlafkammer lag Alwine mit geschlossenen Augen da und atmete schwer.
»Sie döst jetzt«, flüsterte Flora, »aber eben hat sie ganz klar und deutlich mit mir gesprochen.«

Michel setzte sich ans Bett.
»Ich vermute, sie wird Kopfschmerzen haben. Dunkle Gifte zirkulieren in ihrem Blutkreislauf. Leider ist sie noch zu labil für einen Aderlass.« Etwas lauter fuhr er fort: »Wir versuchen es mit dem Puder der Sympathie. Der Apotheker beim alten Katharinenkloster stellt es her. Eine Mischung aus Eisenvitriol und Gummiarabikum. Kannst du es besorgen? Ich bleibe so lange bei ihr.«
Flora wusste, dass ihre Mutter von Pudern mit seltsamen Namen nichts hielt und dem Apotheker am Katharinenkloster nicht traute. Doch alles war besser als ein Aderlass. Allein der Geruch, der die Schlafkammer füllen würde, war entsetzlich. Sie schlüpfte in Tante Ludgeras Kammer, goss Wasser aus dem Krug in die Waschschüssel, wusch sich und wechselte das Kleid. Sie trug nun ein leichtes Sommerkleid ihrer Tante, in dem sie so früh am Morgen frieren würde, so warf sie noch einen Umhang über. Ihr unordentliches Haar wollte sie unter der weiten Kapuze verstecken, da fiel ihr Blick auf ein langes Stück Brüsseler Spitze. Ihre Tante hatte es noch nicht an dem Mieder befestigt, an dem sie gerade nähte. Flora konnte den Blick nicht von dem wunderschönen Band wenden. Wenn sie es trüge, würde der Apotheker sie wie eine reiche Dame behandeln und ihre Schulden anschreiben. Puder der Sympathie soll nicht billig sein. Kurz entschlossen griff sie nach der Spitze und wand sich das Band mehrmals um den Kopf. Es würde wie eine exquisite Haube wirken. Den letzten Rest schlang sie um ihren Haarknoten und ließ das Ende einfach keck baumeln. Flora betrachtete sich zufrieden in dem kleinen, fleckigen Spiegel über der Waschschüssel. Nun würde ihr jeder Händler in Stralsund Kredit gewähren. In Zeiten wie diesen war man besser darauf bedacht, die Münzen zusammenzuhalten.
Als sie aus dem Haus trat, ließ ein frischer Wind das Band in ihrem Nacken flattern. Hier draußen schien es plötzlich absurd und überflüssig, sich für den Apotheker und sein albernes Puder hübsch zu machen. Puder der Sympathie war zwar in aller Munde, doch jeder vernünftige Mensch wusste, dass es nichts mit der modernen Wissenschaft zu tun hatte, sondern fauler Zauber war. Nur leichtgläu-

bige Menschen glaubten, es würde gegen Leiden aller Art, gegen Liebeskummer und plötzliches Unglück wirken. Soldaten vertrauten vor einer Schlacht auf die Macht des Puders, aber die waren für ihren Aberglauben bekannt. Auf dem Markt priesen Männer in orientalischen Gewändern es als Allheilmittel an. Kein seriöser Arzt oder Apotheker würde es herstellen oder auch nur empfehlen.

Flora überquerte den Neuen Markt und fragte sich misstrauisch, ob Michel sie fortgeschickt hatte, weil er sie loswerden wollte. Vielleicht ahnte er, dass sie kein Blut sehen konnte? Sie überlegte schon, ob sie umkehren und behaupten sollte, es wäre ausverkauft, da sah sie die Mauern des alten Klosters aufragen. Gegenüber, auf der anderen Straßenseite, schaukelte über dem Laden des Apothekers das mit Stroh ausgestopfte Krokodil. Er selbst würde mit spitzem Hut und schwarzem Mantel zwischen seinen Gläsern und Flaschen stehen, ihr mit diebischem Vergnügen seine Mittelchen anpreisen und alles zu diesem speziellen Fall hören wollen. Als Kind war Flora so schnell an dem ausgestopften Krokodil vorbeigerannt, als wäre der Teufel hinter ihr her. Sie war überzeugt gewesen, dass der alte Apotheker Kinder stahl und in Käfigen hielt, die in Ketten von der Decke seines Ladens hingen. Sie hatte seinen Laden noch nie betreten und zögerte. Sie wollte gerade auf dem Absatz kehrtmachen, da ging die Tür auf und ein Mann trat auf die Straße.

Vor ihr stand Lucas Wurffrath und sie glaubte für einen Moment zu träumen. Sie hatte in den letzten Tagen so oft mit offenen Augen von ihm geträumt, dass es seltsam unwirklich schien, ihn plötzlich vor sich zu haben. Er hatte ein braunes Fläschchen in der Hand, das mit einem winzigen Korken verschlossen war. Als er Flora erkannte, ging ein Leuchten über sein Gesicht: »Da seid Ihr ja! Wo habt Ihr denn gesteckt? Die Kinder fragen schon nach Euch, besonders Cornelia.«

Flora hörte den neckenden Ton und wusste nicht, was sie erwidern sollte. Als sie ihn nur verstört anblickte, fuhr er fort: »Ihr könnt es wieder gutmachen. Kommt uns heute Abend besuchen. Die arme Cornelia hat Zahnschmerzen und ich bringe ihr Wacholderöl.« Er hielt die kleine Flasche in die Höhe und sagte skeptisch: »Der Alte hat es mit einem Zauberspruch versehen. Doch ich bezweifle, dass es wirken wird. Dagegen wird ein Besuch von Euch sie ganz gewiss aufmuntern. Mich übrigens ebenfalls. Seit unserer Begegnung in der Laube denke ich ständig an Euch und wollte schon jemanden damit beauftragen, Euch zu suchen. Das ist nun nicht mehr nötig. Ich habe Euch gefunden, der Herr sei gepriesen.«

Sein Lächeln war sehnsuchtsvoll und in seinen Augen standen unausgesprochene Versprechungen. Flora stand wie unter einem Bann. Das konnte doch nicht wahr sein? Lucas Wurffrath hatte jemanden beauftragen wollen, sie zu finden? Wie war das möglich? Sie wollte ihm sagen, dass sie auch ständig an ihn dachte. Doch wie sagte man so etwas? Unsicher zupfte sie an dem Spitzenband und überlegte. Plötzlich löste sich der Haarknoten und das Haar fiel herunter. Erschrocken bückte sich Flora nach dem wertvollen Band, das sich im Dreck ringelte. Als sie sich wieder aufrichtete, wagte sie nicht, den Mann anzublicken. Stattdessen senkte sie den Kopf und versteckte ihr Gesicht hinter ihren Haaren. Lucas Wurffrath schwieg einen Moment, dann sagte er so leise, dass sie es kaum verstehen konnte: »Heerlijk, ik will een …«

Tastend suchten sich seine Fingerspitzen einen Weg durch die Strähnen und fuhren sachte über ihre Wange. Die Berührung ging ihr durch und durch. Er soll weitersprechen, dachte sie verzaubert. Sie wollte seinem fremdartigen Küstendialekt lauschen und seine Finger auf ihrer Haut spüren. Doch als er die Hand zurückzog, erinnerte sie sich wieder, wo sie waren.

Hastig raffte sie ihr Haar zusammen und wollte das Spitzenband darum schlingen, doch er war schneller. Geschickt griff er zu und nahm es ihr ab. Nachdem er es um den Bauch der Flasche mit dem Wacholderöl gewickelt hatte, erklärte er: »So, nun müsst Ihr Euch Eurer Band zurückholen. Wir erwarten Euch …«

Sie blickte ihm nach, wie er davonschlenderte. Nun musste sie Ludgera erklären, wo sich ihre wertvolle Brüsseler Spitze befand. Dabei war sie doch für das Festtagsmieder bestimmt. Besser sie bekam sie zurück, bevor die Tante ihr Verschwinden bemerkte. In den nächsten Tagen würde sich ihre Mutter so weit erholt haben, dass Flora einen heimlichen Ausflug riskieren konnte. Was war schon dabei? Sie besuchte nur ein kleines Mädchen, das Zahnschmerzen hatte. Flora versteckte ihr Haar sorgsam unter der weiten Kapuze und blickte sich um, ob sie jemand beobachtet hatte.

Die Straße vor dem ehemaligen Katharinenkloster lag ruhig da. Nur ein paar Kinder spielten ein Hüpfspiel im Schatten der Mauern. Eine schwarze Katze schlief jetzt auf den Stufen zur Apotheke. Flora betrachtete nachdenklich das zusammengekugelte Bündel. Schwarze Katzen galten als Unglücksbringer, die Papisten verbrannten sie als Gefährten des Teufels. Diese Apotheke war voll dunkler Magie und der Apotheker sicher ein Hexenmeister. Wie seltsam, dass der Stadtrat gerade hier eine Medizin für seine Nichte kaufte. Bis zu den Häusern der Wohlhabenden war es ein gutes Stück zu laufen. War er womöglich mit bösen Mächten im Bund? Die Katze hob plötzlich den Kopf, stellte die Ohren auf und blitzte sie aus schmalen Augen an. Flora schien es, als könnte das Tier ihre Gedanken lesen. Unbehaglich wandte sie sich ab und lief an der alten Klostermauer entlang.

»Meerjungfer, Meerjungfer, kommst du zu dicht, holt dich Neptun aus schäumender Gicht!«, sangen die Kinder ihr nach. Flora beschleunigte ihre Schritte, ohne sich noch einmal umzublicken.

Zu Hause rannte sie die schmale Treppe zur Schlafkammer hoch. Ihre Mutter saß aufrecht im Bett und trank etwas Heißes aus einem dampfenden Becher. Neben ihr stand eine Aderlassschüssel, gefüllt mit Blut. War sie so lange fort gewesen? Flora blickte sich um, entdeckte Michel und rief vorwurfsvoll: »Ich habe dieses alberne Puder der Sympathie nicht besorgt. Wie ich sehe, ist es auch nicht mehr nötig!«

Er machte ein betroffenes Gesicht und sagte kleinlaut: »Es war eine Möglichkeit, dich aus dem Haus zu bekommen. Deine Tante hat mir erzählt, dass du Aderlässe fürchtest wie Tod und Teufel. Das Pulver ist wirkungslos und hätte keinen Schaden angerichtet.«

Flora biss sich auf die Lippen. Sie war verärgert, dass Michel sie wie ein kleines dummes Mädchen behandelte. Stumm beobachtete sie, wie er die Schüssel mit dem dunklen Blut hinaustrug, und warf ihrer Mutter einen fragenden Blick zu.

Alwine sah schon viel besser aus. Sie wärmte ihre Hände an dem Becher und murmelte: »Puder der Sympathie! Dachte er wirklich, eine Wullenwewerin würde so einen Unsinn kaufen?« Sie lächelte Flora zärtlich an und ließ sich in ihre Kissen zurücksinken: »Er soll meine kluge Tochter nicht unterschätzen!«
In diesem Moment liebte Flora ihre Mutter über alles und war dankbar, dass der Streit vergessen war. Sie wollte nicht mehr an die Schattenseiten des Hebammenberufs denken, lieber an ihren Besuch bei Cornelia. Ob sie bereits heute Abend dort vorbeischauen konnte? Oder wirkte es zu ungeduldig? Allerdings hatte das kleine Mädchen Zahnschmerzen und brauchte Ablenkung. Flora stellte sich vor, wie sie Onkel Lucas wieder dabei überraschen würde, wie er mit den Kindern im Hof spielte. Der Gedanke heiterte sie auf. Sie strich die Decke ihrer Mutter glatt und sagte: »Ruh dich aus. Ich werde bei dir bleiben, bis du eingeschlafen bist.«

Am Abend schlief die Mutter tief und atmete ruhig. Flora konnte sie getrost der liebevollen Fürsorge von Michel und der Tante überlassen. Sie steckte sich in Ludgeras Kammer die Haare mit Nadeln hoch, warf sich ein Schultertuch über und erklärte der Tante, dass sie noch schnell zum Semlower Tor laufen würde, um sich Rügener Bruch zu kaufen, denn eine Tüte mit Leckereien wäre jetzt genau das Richtige. Die Mutter hätte den Ausflug zu dieser späten Stunde nicht mehr erlaubt, doch Ludgera war gutmütig und selbst schrecklich vernascht. So schlüpfte Flora mit ihrem stillschweigenden Einverständnis aus dem Haus.
Ihr Herz klopfte vor Aufregung, als sie den Weg zum Semlower Tor einschlug. Sie dachte an das letzte Mal, als sie hier entlanggegangen war. Sie war gar nicht bis zum Semlower Tor gekommen. Statt Rügener Bruch zu kaufen, hatte sie den Stadtrat und die Kinder im Hinterhof des großen Hauses kennen gelernt. Sie hatte sich mit verbundenen Augen gedreht und Lucas Wurffrath hatte oben am Fenster mit den dänischen Gesandten gesprochen. Seit Tagen hatte sie nicht mehr daran gedacht, in welcher Gefahr die Stadt schwebte. Unbehaglich zog sie die Schultern hoch und suchte den Toreingang

des Hauses, wo sie die kleine Cornelia erwartete. Während ihre Augen über die Häuserreihe glitten, dachte sie daran, wie lange sie keinen Rügener Bruch mehr gehabt hatte. Schließlich erkannte sie das Haus wieder. In den letzten Strahlen der bald untergehenden Sonne wirkte das prächtige Portal beängstigend imposant. Flora erinnerte sich an die kleine Treppe zur Hintertür. Sicher gingen dort die Dienstboten und die Kinder ein und aus. Schnell, bevor sie der Mut verlassen konnte, schritt sie durch den Torbogen und lief durch den Hof.

Die Tür war nur angelehnt und Kinderstimmen klangen aus dem Inneren des Hauses. Flora öffnete leise die Tür, blickte sich um und folgte den Stimmen. Sie führten sie bis in die Küche des Hauses. An der Schwelle blieb sie stehen. Die Küche war mindestens dreimal größer als die zu Hause. An den Wänden reihten sich die Teller neben Kupferpfannen, Hackbrettern und Schöpflöffeln. Die Feuerstelle verbreitete wohlige Wärme und aus einem Topf stieg brodelnd Dampf. Auf schmalen Tischen an der Wand standen Dosen aus feinstem Porzellan, gläserne Wasserkaraffen und mit Wappen geschmückte Zinnpokale. Vor Bergen von Austern und Krabben waren zwei Dienstmädchen dabei, das Abendessen vorzubereiten. Sie waren so beschäftigt, dass sie nicht einmal aufblickten.

In sicherer Entfernung von den Dampfschwaden entdeckte Flora Cornelias große Schwester Liselotte. Sie thronte auf einem hohen Stuhl und musterte Flora mit gerunzelter Stirn, dabei hielt sie einen kleinen Stickrahmen in den Händen. Vor ihr kniete Cornelia auf den Fliesen und spielte selbstvergessen mit Murmeln. Sie blickte auf, als Flora einen Schritt auf sie zutrat und in die Hocke ging, um mit ihr auf gleicher Höhe zu sein. Das Kind verzog sogleich den Mund zu einer Grimasse und stieß zwischen den Zähnen hervor: »Guck mal, mein Zahn ist draußen. Er hat den ganzen Tag gewackelt und dann hat Onkel Lucas ihn herausgezogen.«

Flora beugte sich vor und bewunderte die Lücke.

»Das hat er gut gemacht, nicht wahr?«, fragte das kleine Mädchen zufrieden.

»Dein Onkel ist großartig, wirklich«, bestätigte Flora.

Das Kind schnippte eine Glasmurmel über den Boden und erklärte: »Er mag dich auch sehr.« Die kleine Kugel schlingerte über die Fliesen. Cornelia blickte ihr verträumt nach und ergänzte: »Er hat gesagt, seine neue Frau müsse so sein wie du.«
Das hatte er wirklich gesagt? Flora bekam vor Aufregung ganz zittrige Finger und versteckte sie schnell hinter ihrem Rücken. Sie konnte fühlen, wie ihre Wangen glühten. Bestimmt sahen die Dienstmädchen zu ihr herüber. Das Klappern der Muschelschalen hatte aufgehört, als würden die beiden Frauen angespannt lauschen.
Liselotte brach die Stille, indem sie verärgert ausrief: »Was redest du da für einen Unsinn, Cornelia? Über solche Dinge darf ein Kind nicht sprechen.«
»Aber es ist die Wahrheit!«
Die große Schwester senkte den Stickrahmen und erklärte mit Nachdruck: »Die Wahrheit ist, dass Großvater Wurffrath eine Mitgift von mindestens zweitausend Mark sundisch erwartet. Dann, und nur dann, würde er über jedweden Stand hinwegsehen. Erst gestern haben sie darüber gesprochen. Der Onkel hat gesagt, so viel kostet ein ganzes Haus. So viel hat er nicht flüssig – und Sie gewiss auch nicht!«
Cornelia blickte hoffnungsvoll zu Flora auf und fragte leise: »Hast du so viel Geld?«
Flora schüttelte den Kopf. Das Klappern der Muschelschalen hatte wieder eingesetzt. Cornelia streckte sich nach der Murmel und sagte traurig: »Schade, ich hätte dich so gern als Tante.«
Liselotte schien zu zögern, dann sagte sie: »Unser Onkel ist nicht im Haus. Er ist in einer sehr wichtigen Sitzung. Bevor er ging, bat er mich, Euch dieses Päckchen zu geben.«
Flora blickte auf. Liselotte hielt jetzt ein kleines Bündel in der Hand. Ihr Onkel hatte die Spitze offensichtlich in das weiße Tuch eingewickelt, mit dem sie sich beim Spielen die Augen verbunden hatten. Das Mädchen beobachtete Floras Reaktion genau und hielt ihr das Päckchen herausfordernd entgegen. Flora versuchte sich ihre Enttäuschung nicht anmerken zu lassen. Erst jetzt wurde ihr bewusst, wie sehr sie gehofft hatte, ihn heute Abend zu sehen. Sie er-

hob sich und streckte die Hand aus. Liselotte reichte ihr das Bündelchen mit einem spöttischen Lächeln und sagte in einem Ton, als wäre sie die Dame des Hauses: »Es wird nun Zeit zu gehen.«
»Natürlich, vielen Dank«, murmelte Flora und ballte ihre Faust um das kleine Päckchen.
Außer der Spitze schien sich noch etwas darin zu befinden. Vielleicht barg es ein süßes Geheimnis? Ein Billett mit einem Gedicht oder ein Liebespfand. Sie hatte es plötzlich eilig, aus der Küche zu kommen. Nachdem sie Cornelia zum Abschied zugezwinkert hatte, lief sie hinaus. An der Hintertür holte die Kleine sie ein und griff nach ihrer Hand, um sie zurückzuhalten: »Warte! Du darfst erst gehen, wenn du versprichst, wiederzukommen.«
Flora drückte die Kinderhand und sagte lächelnd: »Ich verspreche es.«
Cornelia nickte ernst und ließ ihre Hand los.
Als das Kind im Haus verschwunden war, presste Flora das Bündel an ihre Brust und ging langsam zur Laube hinüber. Obwohl es zu dunkeln begann und bereits kühl wurde, ließ sie sich auf der Bank nieder. Behutsam legte sie das Päckchen in ihren Schoß und knotete das Tuch auf. Die Brüsseler Spitze war zu einem Kreis zusammengerollt, in dessen Mitte ein Ring lag. Er war aus mattem Gold. In einer kunstvoll gearbeiteten Fassung steckte ein Bernstein, der in der Dämmerung schimmerte, und Flora meinte für einen Augenblick, etwas Lebendiges wäre in seinem Inneren eingeschlossen. Sie dachte an wirbelnde Spuren längst vergangener Welten, die das Rauschen der Gischt formten und den säuselnden Wind auf den Dünen. Ein Geschenk des Meeres von einem Mann mit Seeräuberaugen, wie passend. Flora steckte den Ring an den Ringfinger. Er saß ein bisschen locker. Nachdem sie das Tuch wieder um die Spitze gewickelt hatte, wollte sie aufstehen, doch ein Geräusch ließ sie innehalten. Schritte näherten sich. Flora hielt den Atem an und wagte nicht, sich zu rühren. Ein Schatten fiel auf sie und jemand flüsterte: »Ich bin es.«
Mit einem Seufzer ließ sich Lucas Wurffrath auf den freien Platz neben ihr nieder und streckte die Beine von sich. Seine Stimme klang erschöpft und müde: »Ich hatte gehofft, Euch hier zu finden. Die

Sitzung dauert noch an. Ich habe mich vorzeitig davongemacht. Sie reden und reden. Die einen wollen nachgeben, die anderen ausharren und kämpfen. Während sie beraten, ziehen die Kaiserlichen den Kreis um die Stadt immer enger.«

Flora dachte bei seinen Worten an die zehn Kompanien Fußvolk, die sich der Stadt näherten, oder hatte Michel von vierzehn gesprochen? Pommersche Besatzungseinheiten wurden zusammengezogen und der Herzog versorgt das Lager bei Franzburg. Dennoch verstand sie seine Besorgnis nicht. Hatte er nicht mit den Dänen verhandelt? Zögernd fragte sie: »Aber wir haben doch die Geschütze aus Dänemark?«

»Der Rat hat das Hilfsangebot der Dänen ausgeschlagen. Sie wollen Wallensteins Feldherrn keinen Vorwand geben, die Verhandlungen abzubrechen und anzugreifen. Wenn sie die Geschütze angenommen hätten, wären sie in den Verdacht geraten, dänische Truppen in die Stadt aufzunehmen.«

»Wer die Stadt hat, besitzt die Vorherrschaft im Ostseeraum.«

Sie hatte Michel zitiert, um den Stadtrat zu beeindrucken. Anscheinend war er wirklich überrascht von ihrem politischen Verständnis, denn er setzte sich aufrecht hin und erklärte ernst: »Die Stadt ist strategisch von großer Bedeutung und genau aus diesem Grund wird sie es allein nicht schaffen. Sie braucht einen mächtigen Verbündeten. Ich bin mir nicht sicher, welches das kleinere Übel wäre: die Kaiserlichen, die Dänen oder vielleicht sogar die Schweden. Die Stadt wird ihre Selbstständigkeit so oder so opfern müssen.«

Sie wunderte sich, wieso er nicht »wir« sagte, wenn er von der Stadt sprach. Er klang erstaunlich neutral und unbeteiligt, so, als ginge ihn das Ganze nur entfernt etwas an. Auf welcher Seite stand er eigentlich? Misstrauisch rückte sie ein Stück zur Seite und sagte: »Wir können die Papisten nicht in die Stadt lassen. Sie zerstören unsere Kirchen und verfolgen unsere Geistlichen!«

Der Mann an ihrer Seite lachte leise: »Seid da nicht so sicher. Von Arnim ist selbst Protestant.«

Flora war verblüfft und fragte ungläubig: »Er dient bei den Kaiserlichen und ist Protestant?«

»Wallensteins Heer ist ein Söldnerheer. Er nimmt jeden und fragt nicht lange nach dem Bekenntnis. Allerdings haben die Einquartierungen seiner Männer in Wismar viel Unheil angerichtet. Nachdem Wismar sich ergeben hatte, haben sie sich dort aufgeführt wie die Tiere. Sogar die Tochter eines angesehenen Gildemeisters haben sie nicht verschont.«

»Wie schrecklich.«

»Ja, das war es. Stine Spreckelsen kam zwar mit dem Leben davon, trug aber ein Kind der Schande in ihrem Leib. Damit es kein Gerede gäbe, kam sie herüber zu uns. Doch auch hier befürchtete man, dass es bekannt werden und die Bevölkerung gegen die Einquartierungen aufbringen könnte. Der Rat schickte deshalb eine vereidigte Hebamme zu ihr. Die machte es ungeschehen und die junge Dame konnte heute Morgen in ihre Heimatstadt zurückkehren. So kam alles zu einem guten Ende.«

Flora hatte mit wachsender Unruhe zugehört und widersprach nun heftig: »Es kann unmöglich eine vereidigte Hebamme gewesen sein. Wahrscheinlich irrt Ihr Euch und es war eine Landhebamme, die man heimlich in die Stadt geholt hat. Eine vereidigte Hebamme würde so etwas nie tun!«

Als der Stadtrat nach ihrem Einwand verwirrt schwieg, kamen ihr Zweifel. Ein Mann des Stadtrats hatte ihre Mutter in einer dringenden Angelegenheit geholt. Alwine hatte von den Schattenseiten ihres Berufs gesprochen. Was lag da näher, als dass sie diejenige war, die man zu der Tochter des Gildemeisters geholt hatte? Doch ihre Mutter hatte geschworen, ihr Tun jederzeit vor Gott und ihrem Gewissen verantworten zu können. Hatte sie dennoch ein verbotenes Mittel angewandt, damit das ungeborene Kind vor der Zeit abging? Nur um Ruhe in der Stadt zu bewahren, so wie es der Stadtrat von ihr verlangte? Sie war eine christliche Wehmutter und durfte so etwas unter gar keinen Umständen tun! Es war eine schwere Sünde. Was war, wenn jemand ihr schaden wollte und es bekannt werden ließ? Was der Stadtrat wusste, wussten auch andere. Dann konnte ihre Mutter jederzeit als Hexe angeklagt werden – und sie selbst mit ihr.

Flora saß zusammengesunken da, drehte den Ring an ihrem Finger und hoffte inständig, dass es nur ein dummer Zufall war und sie ihre Mutter völlig zu Unrecht verdächtigte. Vielleicht irrte sich Lucas Wurffrath und es war alles ganz anders gewesen. Flora nahm sich vor, ihre Mutter nach Stine Spreckelsen zu fragen. Der Name konnte Erinnerungen wecken und ihre Zunge lösen.
Der Stadtrat deutete Floras bedrücktes Schweigen falsch und sagte entschuldigend: »Es tut mir Leid. Ich wollte Euch nicht erschrecken. Ich habe Dinge gesagt, die nicht für Euer Ohr bestimmt waren. Ich war nur so überrascht, dass sich eine junge Frau für Politik interessiert. Die Frauen, die ich bisher kannte, sprachen nur über die neuste Mode oder einen bevorstehenden Musikabend. Ihr seid anders. Das gefällt mir sehr. Alles an Euch gefällt mir sehr.«
Flora wollte seine Komplimente jetzt nicht hören. Sie hatte andere Sorgen. Vielleicht waren sie und ihre Mutter ernsthaft in Gefahr. Eine Hexenanklage würde ihren Ruf für immer schädigen und in Kriegszeiten kannte man keine Gnade. Sie griff nach dem Bündel in ihrem Schoß und sprang auf. »Ich muss nach Hause. Es ist schon spät. Meine Mutter, Alwine Wullenwewer, ist die geschworene Wehmutter der Stadt und ich bin ihre Lehrtochter – Flora Maria Wullenwewer. Wir werden oft nachts geweckt. Es gibt viel Arbeit, trotzdem können wir keine Schätze anhäufen.« Das hatte sie gar nicht sagen wollen. Was würde er nun von ihr denken? Sie war nur die Lehrtochter einer Hebamme und keine Frau, die zweitausend Mark Mitgift einbrachte.
»Deshalb seid Ihr so still geworden, als ich von der jungen Frau aus Wismar sprach. Ich plauderte so dahin, ohne recht zu wissen, was ich sagte. Bestimmt war es eine Landhebamme. Ihr versteht sicher mehr von diesen Dingen als ich.«
Was redete er da? Er verstand wirklich gar nichts. Sie wandte sich um und wollte die Laube so schnell wie möglich verlassen, doch bevor sie auch nur einen Schritt in den Hof setzen konnte, war er bei ihr, drehte sie zu sich um und zog sie an sich.
»Lauf nicht weg. Du hast den Ring angesteckt und mich erhört, dafür bin ich dankbar. Es war der Verlobungsring meiner Frau, nun ist er für dich, meine Flora.«

Meine Flora? Ihren Namen aus seinem Mund zu hören berührte sie seltsam. Es klang, als nähme er ihre ganze Person für sich in Anspruch. Sie wehrte sich nicht gegen seine Nähe und schüttelte auch seine Hände nicht ab, die er um ihre Schultern gelegt hatte.

»Keine gleicht meiner geliebten Dorothea so sehr wie du. Nur du bist würdig, ihre Stelle einzunehmen. Wir müssen nur warten, bis ich die angemessene Mitgift zusammenhabe, denn du wirst sie sicher nicht aufbringen können.«

Wovon redete er? Sie sollte die Stelle seiner verstorbenen Frau einnehmen? War das etwa ein Heiratsantrag? Das ging alles viel zu schnell! Flora fühlte sich überrumpelt und seine Nähe verunsicherte sie plötzlich.

Er schien es nicht zu bemerken und fuhr fort: »Ich werde die Mitgift irgendwie auftreiben. Glaub mir, ich kann das. Ich habe schon ganz andere Sachen geschafft. Ich werde dich zu meiner Frau machen und dich wie eine feine Dame ausstatten. Wenn dieser Krieg vorbei ist, schenke ich dir das schönste Geschmeide und gebe einen Ball, nur dir zu Ehren. Versprich mir, dass du bis dahin auf mich wartest. Versprich mir, dass du mir gehörst, Flora.« Sein Gesicht kam näher und sie konnte seinen Atem spüren. »Küss mich«, flüsterte er drängend, »lass uns den Bund damit besiegeln.«

Sie wollte die Augen schließen, ihn küssen und alles vergessen, doch es ging nicht. Die junge Wismarerin und die drohende Hexenklage schoben sich überdeutlich vor alle anderen Gedanken. Er verstand die Sorgen einer Hebamme nicht, wusste nichts von ihren Pflichten. Er war ganz und gar mit dem Schicksal der Stadt beschäftigt. Doch wieso sprach er dann so distanziert davon? Und warum musste er andauernd seine verstorbene Frau erwähnen? Sie wollte kein Ersatz, keine zweite Dorothea sein, keine sentimentale Erinnerung. Und doch …

Es klang so verlockend. Er sprach vom Heiraten, von Geschmeide und feinen Kleidern. Hatte sie sich nicht genau das immer erträumt? War es nicht eine wunderbare Möglichkeit, um einem Leben als Hebamme an der Seite eines blutverschmierten Chirurgen zu entkommen? Sie hatte den Kuss in der Laube so sehr genossen.

Es war der wundervollste Augenblick gewesen, er hatte die herrlichsten Gefühle geweckt, so berauschend und unwiderstehlich. Allerdings war es diesmal kein Spiel, kein flüchtiger Augenblick, der vorübergehen würde, sobald die Kinder vom Hof her riefen. Diesmal war es ernst. Seine Hände waren jetzt unter dem Schultertuch, glitten an ihrem Körper entlang, tasteten über den festen Stoff des Kleides und suchten sich raschelnd einen Weg zum Mieder, dann waren seine Lippen auf den ihren. Doch sie wandte den Kopf und entzog sich ihm.

Während sie aus der Laube schlüpfte, dachte sie an die Warnung ihrer Mutter vor Männern, die auf eine schnelle Verlobung drängten. Meistens hatten sie anderes im Sinn als das Heiraten. Sie wollten eine Frau vor der Ehe besitzen und versprachen ihr dafür das Blaue vom Himmel. Sie dachte an seine fordernden Hände unter ihrem Tuch. War er auch so einer? Oder war er ein Ehrenmann? Spielte das eine Rolle? Kein Blut und keine Weiberlast mehr, dafür seine wundervollen Küsse, jeden Tag, immer. Als sie den Torbogen erreicht hatte, hörte sie ihn mit gedämpfter Stimme rufen: »Wann sehe ich dich wieder?«

»Bald«, flüsterte sie in die Dunkelheit. Es hatte viel zu zärtlich geklungen, um eine Abfuhr zu sein. Sie war sich sicher, dass er es als Versprechen deutete, das nächste Mal entgegenkommender zu sein. Doch sie hatte keine Zeit, darüber nachzudenken. Es war viel zu spät geworden und zu Hause würden sie bereits ungeduldig auf sie warten. Sie entschied, eine Abkürzung durch die unbelebteren Gassen zu nehmen. Dort würde sie keiner kennen und keiner würde sich fragen, woher sie zu dieser späten Stunde käme. Flora zog sich ihr dunkles Schultertuch über den Kopf und machte sich auf den Weg.

Im selben Moment trat Marten aus dem Semlower Tor und blickte sich um. Die Häuser waren viel zu groß und herrschaftlich, überlegte er. Er musste das falsche Tor erwischt haben. Eigentlich hatte er durch das Fährtor in die Stadt gelangen wollen. Der Hafenmeister hatte ihn dorthin geschickt. Der Mann war kurz angebunden und sehr beschäftigt gewesen.

Trotzdem hatte er sich die Zeit genommen, Martens Papiere zu überprüfen und ihn nach dem Zweck seines Besuchs zu befragen. Marten hatte geduldig seinen Reisesack geöffnet und ihm das Schriftstück gereicht, das er sich vor seiner Abreise selbst angefertigt hatte. Es wies ihn als Kupferstecher und Mitarbeiter der *Ordentlichen Wöchentlichen Postzeitung* in Antwerpen aus. Nun, wo er ungehindert von den Kaiserlichen in die Stadt gekommen war, wäre Amsterdam passender gewesen, denn das war protestantisch, doch das schien dem Hafenmeister egal zu sein. Obwohl Marten sterbensmüde von der langen Reise war, hatte er in dem Gedränge am Hafen ausgeharrt, bis der Hafenmeister fertig gelesen hatte. Währenddessen hatte er in der Reihe der Wartenden gestanden und dem Trubel um sich herum zugesehen.
In einem Hafen war immer etwas los, doch am Stralsunder befanden sich viele soldatisch gekleidete Männer. Ihre Kleidung war ein buntes Gemisch aus geflickten und erbeuteten Stücken. Eine Gruppe von ihnen hatte auffällig lange herübergesehen. Marten hatte sich gefragt, ob die Stralsunder noch nie einen hoch gewachsenen rothaarigen Holländer in der strengen schwarzen Tracht der Calvinisten gesehen hatten. Er hatte das schwarze Wams mit den kleinen Knöpfen und dem schlichten weißen Leinenkragen gewählt, um nicht aufzufallen, doch anscheinend bewirkte dies genau das Gegenteil. Der Hafenmeister hingegen hatte von Martens äußerer Erscheinung kaum Notiz genommen und ihn weitergewinkt. In dem Augenblick war Marten eingefallen, dass dieser Mann bestimmt alle Kaufleute kannte, die Stralsund regelmäßig anliefen. Er hatte die Zeichnung mit dem Gesicht des Kaufmanns hervorgeholt, die Rembrandt für ihn aus dem Gedächtnis gemacht hatte. Es war eine gelungene Skizze. Vor allem durch die Schatten um die eng stehenden Augen und die Barthaare am Kinn wirkte das Porträt sehr lebendig.
Marten hatte es während der Reise immer wieder angesehen. Irgendetwas war ihm an den in lockeren Strichen auf das Blatt geworfenen Gesichtszügen vertraut vorgekommen. Er hatte nicht sagen können, was es war. Irgendetwas im Kinnbereich? Oder um die Augen?

Der Hafenmeister hatte nur einen flüchtigen Blick darauf geworfen und geknurrt: »Kann schon sein, solche gibt's hier viele, der sieht Euch ähnlich, täuscht vielleicht, keine Ahnung.«
Nun hielt Marten die Zeichnung immer noch in der Hand und lehnte unschlüssig am Torbogen. Hier schien ein Konditor sein Geschäft zu haben, denn es duftete verführerisch nach Backwaren. Marten schluckte, um den aufkommenden Hunger zu vertreiben. Er überlegte, ob er umkehren und den Fährleuten am Fährtor das Porträt zeigen sollte. Doch genauso gut konnte er weiterlaufen und sich im Rathaus erkundigen, in welchem Haus die holländischen Handelsherren abstiegen. Vielleicht konnte er die Sache abkürzen, indem er alle Holländer aufsuchte, die sich gerade in der Stadt aufhielten. Sie würden wissen, ob der Mann auf Rembrandts Zeichnung bereits nach Danzig oder Königsberg unterwegs war. Noch war der Strelasund frei, aber Marten hatte die dänischen Kriegsschiffe bemerkt, die im Hafen vor Anker lagen. Er war unschlüssig, was er tun würde, wenn der Kaufmann fort wäre. Ihm folgen oder unverrichteter Dinge nach Leyden zurückkehren? Wenn das Poesierätsel nicht mehr in der Stadt war, dann konnte es sich auf allen Weltmeeren befinden. In dem Fall wäre es das Beste, der belagerten Stadt so schnell wie möglich den Rücken zu kehren und zu warten, so wie sein Freund Rembrandt ihm geraten hatte. Während Marten noch grübelte, spürte er plötzlich eine Bewegung in seinem Rücken.
Jemand war ihm gefolgt. Vielleicht waren es auch mehrere und bestimmt lauerten sie darauf, welche Richtung er einschlagen würde. Probeweise machte er ein paar Schritte aus dem Torbogen hinaus. In seinem Rücken knirschten Sohlen auf dem sandigen Pflaster. Marten schaute flüchtig über seine Schulter. Der kurze Blick genügte, um die Männer wiederzuerkennen, die ihn am Hafen beobachtet hatten. Es waren vier, einer davon ein recht stämmiger Kerl. Sie wirkten wie die heruntergekommene Schlägertruppe eines Straßenräubers. Was hatten sie vor?
Marten beschleunigte seine Schritte. Er bemerkte erst jetzt, wie dunkel es schon war. Hinter den Häuserecken krochen die nächt-

lichen Schatten hervor und nur vereinzelt flackerten Lichter hinter den Fenstern. Wie spät mochte es sein? Wäre es heller Tag gewesen, hätte er seine elfenbeinerne Klappsonnenuhr aus dem Reisesack geholt. Seit seiner Ankunft schienen die Stunden schneller zu vergehen. Auf dem Schiff hatten sie sich dagegen endlos ausgedehnt. Marten war jetzt stehen geblieben und auch hinter ihm war jede Bewegung zum Stillstand gekommen. Waren sie hinter seinem Geld her? Sah er etwa aus wie ein Reicher, der Schätze in seinem Sack mit sich herumschleppte? Womöglich hatten sie es auf holländische Gulden abgesehen. Sollte er sich umdrehen? Lieber nicht, besser, er lief davon. Mit seinen langen Beinen hatte er schon so manchen Verfolger abgeschüttelt. Laufen konnte er besser als kämpfen.

Gemächlich setzte er sich wieder in Gang. Vor ihm ragten die Zwillingstürme einer mächtigen Kirche auf, dort musste sich das Rathaus befinden. Er tat so, als wollte er darauf zugehen, dann schlug er einen Haken, bog unversehens nach links und verschwand in einer dunklen Gasse. Doch gerade als er losrennen wollte, stolperte er und verlor die Zeichnung. Das Blatt wurde vom Wind erfasst und segelte über den Boden. Im letzten Moment konnte er es mit einem Fuß erwischen und am Davonfliegen hindern. Nur wenige Atemzüge später holten ihn seine Verfolger ein. Sie kreisten ihn ein und gaben drohende Laute von sich. Es klang wie das Knurren einer Hundemeute. Marten versuchte sich nach dem Stück Papier unter seinem Fuß zu bücken. Einer der Männer war schneller, stieß ihn grob zur Seite und hob es auf: »Was haben wir denn hier für eine Schmiererei?«

Bevor ihn Marten daran hindern konnte, zerriss er das Blatt in unzählige Stücke, die sofort in alle Richtungen davonflatterten.

»Nein!«, brüllte Marten und versuchte die Schnipsel einzufangen. Es war sinnlos und er wusste es im selben Augenblick. Wie sollte er nun je den Kaufmann finden? Ohne die Zeichnung war er verloren. Vergiss die Zeichnung und lauf, warnte ihn eine innere Stimme. Er ließ den Reisesack fallen und warf sich herum, doch sie hatten es kommen sehen. Der Stämmige, der sich bis jetzt im Hintergrund gehalten hatte, sprang rasch vor. Mit einem schnellen Griff packte er Martens Arm und drehte ihn herum. Es krachte, als würden sämtliche Knochen splittern. Marten schrie auf und versuchte sich zu befreien. Mit seiner freien Hand schlug er um sich, traf nur den Ärmel seines Peinigers und trat nach hinten aus, ohne ihn zu erwischen. Der Griff wurde verstärkt und einer der Männer versetzte ihm von vorn einen Schlag in den Magen. Marten krümmte sich vor Schmerz. Tränen schossen ihm in die Augen, es flimmerte und er japste auf Holländisch: »Help!«

Doch es kam keine Hilfe und während er hilflos keuchte, hörte er sie wie aus weiter Ferne miteinander diskutieren, was mit ihm geschehen solle. Marten gab seine sinnlosen Versuche auf, sich aus der Umklammerung zu befreien, und ließ den Kopf hängen.

»Das ist er, daran besteht kein Zweifel. Ein dünner langer Holländer mit rotem Haar. Genauso hat er ihn beschrieben.«

»Trödel nich' rum. Wir soll'n keine Zeit verlieren. Er soll aufs nächstbeste Schiff und so schnell wie möglich zurück. So lautet der Befehl.«

»Also zum Hafen, oder was? Warum steh'n wir hier noch rum, äh?«

»Wartet, Leute. Nicht so fix.«

Der Stämmige, der Martens Arm immer noch nach hinten bog, meldete sich zu Wort. Er hatte einen schmeichelnden Tonfall: »Warum das Geld des Auftraggebers für eine Überfahrt ausgeben? Wir könnten es behalten und den Rothaarigen aus dem Weg schaffen. Ein paar gezielte Schläge und der fährt nirgendwo mehr hin – außer ins Grab.«

Wie um seine Worte zu bekräftigen, schob er sein wehrloses Opfer grob vor sich her. Zustimmendes Schnalzen begleitete ihn. Vor der Ecke einer Hauswand wurde Marten unvermutet losgelassen und nach vorn geschleudert. Er schlug hart mit der Stirn an die Wand und ein heftiges Pulsieren zog durch seinen Kopf, gleichzeitig rann etwas Warmes über sein Gesicht, es schmeckte süßlich und leicht metallisch. Die folgenden Schläge auf den Hinterkopf spürte er kaum noch. Sie mussten ein Holzstück gefunden haben oder hatten sie schon die ganze Zeit Knüppel dabeigehabt? Er hatte gar keine bemerkt. Es war ein unsinniger Gedanke – und der letzte, bevor er das Bewusstsein verlor.

Flora sah bestürzt, wie er zusammensackte. Seit die Männer in der Gasse aufgetaucht waren, hockte sie verängstigt in einer dunklen Ecke zwischen zwei Holzschuppen. Dort hatte sie sich verkrochen und nicht mehr gerührt. Mit wild klopfendem Herzen hatte sie beobachtet, was geschah. Sie bereute die Abkürzung längst, denn sie hatte nicht bedacht, dass die unbelebten Gassen auch die gefährlichen waren. Nun hatte es einen armen Kerl erwischt, den sie gleich zu viert malträtierten. Er hatte keine Chance. Flora betete inständig, dass sie endlich von ihm ablassen würden. Er rührte sich doch längst nicht mehr. Warum traten sie immer noch zu? Dabei lachten sie, als würde ihnen das Ganze einen Heidenspaß machen. Flora schauderte und sah erleichtert, wie sie endlich von ihm abließen.
»Der ist hinüber«, stellte einer von ihnen sachlich fest, versetzte dem Bündel vor der Wand noch einen Tritt und fragte: »Was soll mit ihm geschehen?«
»Wir werfen ihn, mit Steinen beschwert, in den Knieperteich. Der taucht nie wieder auf. Dann teilen wir den Betrag gerecht unter uns auf. Der Auftraggeber wird nichts erfahren.«
»Tod und Teufel, so machen wir's: Wir behaupten einfach, wir hätten den Holländer aufs Schiff gebracht, und setzen uns mit dem Geld ab!«
»Du hast es endlich kapiert.«
Hatte sich der arme Kerl nicht eben gerührt? Flora schien es, als hätte ein Fuß gezuckt, als sie den Teich erwähnten. Ihr Opfer war noch am Leben! Sie musste etwas tun. Wenn sie nicht handelte, würden sie ihn ertränken. Sie drückte nervös das Seidentuch mit Ludgeras Spitzenband zwischen ihren Fingern und überlegte, wie sie die Männer vertreiben könnte, ohne selbst gesehen zu werden. Schließlich tastete sie mit der freien Hand suchend über den Boden, bis ihre Finger an einen Stein stießen. Vorsichtig richtete sie sich auf und holte aus. Sie hatte gut gezielt. Der Stein flog über die Gasse und traf eines der kleinen bleiverglasten Fenster.

Sofort ging es auf. Dahinter musste jemand gelauert haben, der sich nicht hatte einmischen wollen. Jetzt allerdings fühlte sich dieser Jemand persönlich angegriffen. Ein Schatten wurde im Fensterrahmen sichtbar und eine Stimme keifte: »Was ist da los? Verzieht euch, elendes Pack. Ich bin bei der Bürgerwehr und besitze eine schnelle Schusswaffe!«

»Kommt, lasst uns lieber verschwinden!«, knurrte einer der Männer und auf dieses Kommando hin rannten sie alle los. Das Fenster ging wieder zu. Ein Riegel schnappte ein und ringsherum klapperten weitere und wurden Lichter gelöscht. Die Bewohner der Gasse zogen sich zurück. Niemand fühlte sich für das Opfer des Überfalls verantwortlich. Flora schielte zu den Fenstern hinauf. Alle hofften, andere würden den barmherzigen Samariter spielen, und verkrochen sich unter ihrer Bettdecke. Sie stand auf und lief zu der Wand hinüber, wo der Unglückliche immer noch regungslos lag. Ihr war etwas unbehaglich, als sie sich neben ihn kniete und ihn vorsichtig herumdrehte.

Alles war blutdurchtränkt. Seine Haare, die Kleidung und der Boden ringsherum, alles war rot und sah im schwachen Licht der aufgehenden Sterne seltsam unwirklich aus. In der Mitte seiner Stirn klaffte ein großes Loch. Hautstücke hingen wie Lappen herunter und ihr war, als schimmerte weißer Knochen hindurch. Der Backstein hatte ein tiefes Loch in seine Stirn geschlagen. Um die Blutung zu stillen, presste Flora nach kurzem Zögern die Seide samt Brüsseler Spitzen in die Wunde. Sofort begann sich der Stoff rot zu verfärben, doch der Mann gab keinen Laut von sich. Atmete er überhaupt noch? Oder hatten sie ihn totgeprügelt? Was sollte sie bloß tun?

Flora erinnerte sich, was ihre Mutter mit einem Neugeborenen tat, das sich nicht rührte. Sie hatte oft gesehen, wie Alwine ihren Finger befeuchtete und unter seine kleine Nase hielt. Wenn sie keinen Luftzug spürte, hob sie das Kind an den Beinen hoch und versetzte ihm einen kräftigen Schlag aufs Hinterteil. Dabei betete sie: »Lebe, du kleines Wesen, du Kind der Schöpfung, lebe durch Gottes Ratschluss.« Genau das tat Flora jetzt. Sie befeuchtete ihren Handrücken und hielt ihn dem jungen Mann unter die Nase. Als sie meinte, einen Hauch zu spüren, schlug sie ihm ins Gesicht und beschwor ihn leise: »Lebe, du kleines Wesen, du Kind der Schöpfung, lebe durch Gottes Ratschluss.«

Er blinzelte und schlug die Augen auf. Sie war sich nicht sicher, ob er sie ansah oder durch sie hindurch in eine andere Welt blickte. Er schien nicht ganz bei sich zu sein, trotzdem erklärte sie ihm: »Du hast eine Kopfwunde. Wir müssen die Blutung zum Stillstand bringen. Hier, hilf mir. Drück dies, während ich Verbandszeug mache.«

Anscheinend hatte er sie verstanden, denn er hob sogleich mit einer fahrigen Bewegung die Hand und presste den Handrücken auf das blutdurchtränkte Stoffbündel an seiner Stirn. Flora ließ los, zog ihre Hand unter seiner hervor und begann nach ihrem Unterrock zu tasten. Mit den Zähnen zerbiss sie den Saum und riss einen Streifen ab, dann noch einen und noch einen. Das Geräusch des reißenden Stoffes klang beruhigend und flößte ihr Mut ein.

»Du kannst loslassen. Ich bin fertig. Halt still.«

Er nahm die Hand fort und das Knäuel fiel zu Boden. Geschickt und so, als hätte sie ihr Leben lang nichts anderes getan, schlang Flora die Stoffstreifen fest um seinen Kopf.

»Es wird nicht lange halten. Wir brauchen einen fähigen Chirurgen. Ich werde Hilfe holen.« Sie hatte sich vorgebeugt und eindringlich gesprochen, damit er sie auch verstand.

»Nein, geh nicht fort! Bitte bleib!«

Flora seufzte und überlegte, was sie tun sollte. Konnte sie ihn allein zurücklassen und nach Hause laufen, um Michel zu holen? Es würde ihr nichts anderes übrig bleiben. Die unfreundlichen Bewohner dieser Gasse dachten nicht daran, aus ihren Häusern zu kommen. Doch was war, wenn die Männer zurückkamen? Sie waren unterbrochen worden und vielleicht wollten sie sichergehen, dass er wirklich tot war. Der angstvolle Blick des jungen Mannes zeigte, dass er genau dies befürchtete. Flora beugte sich vor und fragte leise: »Kannst du aufstehen? Kannst du es bis zu den Holzschuppen da drüben schaffen?«

Sie deutete in die Richtung, in der das Versteck lag, indem sie bis vor kurzem ausgeharrt hatte. Seine Antwort war kaum zu verstehen: »Ich kann es versuchen.«
Stöhnend richtete er sich auf und sie schob helfend einen Arm hinter seinen Rücken, um ihn zu stützen. Er keuchte vor Schmerz auf und hielt sich die Schulter: »Verdammt! Er hat mir den Arm ausgekugelt. Ich kann ihn nicht mehr bewegen.«
»Langsam, es sind nur ein paar Schritte.«
Flora schob ihn vorwärts und versuchte ihn gleichzeitig, so gut es ging, zu stützen. Er bewegte sich stakselig und taumelte vorwärts, während sein Arm schlaff und kraftlos herunterbaumelte. Als sie die dunkle Ecke zwischen den Schuppen erreicht hatten, ging er sofort in die Knie und unterdrückte einen gequälten Schluchzer. Flora half ihm, sich an die Holzwand zu lehnen, und nahm ihr Schultertuch ab. Behutsam legte sie es ihm um und bemühte sich, ihm dabei nicht wehzutun.
»Mein Reisesack – er muss dort irgendwo liegen. Mein Hut … ach ich hatte ja gar keinen auf«, murmelte er, bevor seine Augen sich schlossen und sein Kopf zur Seite fiel. Er hatte wieder das Bewusstsein verloren.
Flora blickte sich nach dem Reisesack um und entdeckte ihn nur ein kleines Stück entfernt. Sie erhob sich und holte das Gepäck des jungen Mannes herüber. So leise wie möglich stellte sie das schwere Ding neben den Holzschuppen und betrachtete den regungslos Daliegenden. Er war noch sehr jung, vielleicht so alt wie sie selbst, eher jünger, fast noch ein Kind. Die Bewusstlosigkeit verlieh ihm einen ruhigen Zauber, so als wäre er nicht von dieser Welt. Ohne recht zu wissen, was sie tat, fuhr sie an der geschwungenen Linie seiner Wange entlang und flüsterte: »Feenkind, Koboldjunge.«
Sacht wischte sie das Blut fort, säuberte sein Gesicht und studierte die Züge, als wollte sie sich alles für immer einprägen. Er wirkte so jungenhaft, zart und verletzlich mit dem roten Haar, der blassen Haut und den Sommersprossen auf den Schläfen. Gleichzeitig kam ihr sein Gesicht eigentümlich vertraut vor, als hätte sie es in einem anderen Leben schon einmal gesehen. Doch woher sollte sie ihn

kennen? Er war ein Reisender, ein Fremder in der Stadt. Und er brauchte Hilfe. Flora schüttelte sich, als wollte sie aus einem Traum erwachen, und sprang auf. Es wurde Zeit, Michel zu holen. Jetzt würde sie keine Umwege mehr machen, sondern die große Straße nehmen.

Als Marten erwachte, hörte er als Erstes ihre Stimme. Er war erleichtert, dass sie noch da war. Gleichzeitig merkte er, dass er sich an einem anderen Ort befand. Sie hatte dafür gesorgt, dass er ein weiches Lager hatte und es ein knisterndes Feuer gab. Wie versprochen, hatte sie Hilfe geholt und ihn fortgebracht. Er nahm an, dass es ihr Zuhause war, doch es spielte keine Rolle, wo er sich befand, denn sie war hier. Sie, die aus der Dunkelheit gekommen war und ihn ins Leben zurückgeholt hatte. Als er meinte, sterben zu müssen, hatte sie zu ihm gesprochen: »Lebe, du kleines Wesen, du Kind der Schöpfung, lebe durch Gottes Ratschluss.« Doch die erste Erleichterung und das Gefühl, alles würde gut werden, wichen schnell, denn er registrierte immer deutlicher, dass ihm alles wehtat. Die Wunde an seiner Stirn klopfte und spannte, als würde sein Kopf gleich platzen. Noch bevor der Schmerz voll in sein Bewusstsein dringen konnte, ahnte er bereits, dass er Stralsund nicht so bald wieder verlassen würde. Der Überfall machte es ihm erst einmal unmöglich, den Amsterdamer aus Rembrandts Atelier zu suchen, und außerdem hatte er die Skizze verloren. Die Papierfetzen waren in alle Winde zerstreut und mit ihnen die Möglichkeit, das Testament seines Vaters zu finden. Doch in diesem Augenblick wollte er nicht darüber nachdenken. Er wollte nur daliegen und ihre Stimme hören. Gerade schien sie sich mit jemandem zu streiten.

»Ich wäre ja früher nach Hause gekommen, doch ich war so durcheinander und verwirrt.«

»Das ist keine Entschuldigung, Flora Maria!«

Flora, dachte Marten, wie in Vaters Poesierätsel. Ein Frühlingsgruß aus Floras Füllhorn. Es war Frühling und er hatte seine Flora gefunden. Das konnte kein Zufall sein. Er schreckte aus seinen Gedanken auf, als Flora erbost rief: »Daran warst du nicht ganz unschuldig, Mutter!«

»Was meinst du damit? Reich mir endlich den Krug, Kind.«

Es klirrte und Wasser plätscherte. Marten lag mit geschlossenen Augen da und lauschte.

Flora fragte nach einer Weile zögernd: »Kennst du eine Stine Spreckelsen?«

Ihre Mutter fragte: »Müsste ich? Wer soll das sein?«

»Sie ist aus Wismar. Der Rat der Stadt hat vor ein paar Tagen eine Hebamme zu ihr geschickt – bist du das gewesen?«

»Seit dem Sturz kann ich mich an nichts erinnern. Warum hat der Rat sich eingemischt? War irgendetwas mit ihr nicht in Ordnung? Woher weißt du davon?«

»Nur Gerüchte von der Straße.«

Ihre Mutter schien nun ärgerlich zu werden und schimpfte: »Du sollst dich nicht um Klatsch kümmern. Kümmere dich lieber um diese verdorbene Spitze hier. Du nimmst Brüsseler Spitze als Verbandszeug! Das Blut kriegen wir nie wieder raus.«

»Dann hat Ludgeras Festtagsmieder eben rot gefleckte Spitze.«

Flora schien mit den Schultern zu zucken und ihre Mutter hob die Stimme: »Ludgeras Festtagsmieder? Du irrst dich, Kind. Sie war für dein Hochzeitskleid bestimmt. Michel Warneke hat gestern, als du fort warst, um deine Hand angehalten.«

»Mutter, was redest du da? Ich soll Michel Warneke heiraten? Niemals! Ich bin mit einem anderen Mann verlobt. Heimlich verlobt, aber verlobt. Lucas Wurffrath ist verwitwet und ein bedeutender Stadtrat. Sobald die Kaiserlichen abziehen, heiratet er mich.«

»Ein Wurffrath? Um Himmels willen, Kind, bedenke deinen Stand. Die Wurffraths sind eine alte und bedeutende Familie! Niemals wird einer der ihren eine schlichte Bürgerin ehelichen. Niemals. Das wäre ein nie da gewesener Skandal.«

»Schau, diesen Ring hat er mir geschenkt. Er hat seiner ersten Frau gehört und ist der Beweis für seine Aufrichtigkeit!«

»Er hat dich damit verführt und dir schöne Versprechungen gemacht. Hast du dich ihm etwa hingegeben? Der Herr steh' uns bei, ich habe oft genug gesehen, wie das endet. Ehe ein Jahr um ist, wirst du allein und mit einer unliebsamen Last im Leib dastehen. Du hast dich versündigt …«

»Nicht ich habe mich versündigt, sondern du. Welche Mittel hast du angewandt, damit die Wismarerin ohne unliebsame Last in ihrem Leib heimkehren konnte?«

»Ich soll so etwas getan haben? Prüfe lieber deine Worte, bevor sie großen Schaden anrichten – still jetzt, Michel kommt zurück.«

Marten konnte eine Tür klappern hören. Kurz darauf näherten sich Schritte und eine freundliche Stimme sagte: »Wach auf, Junge. Du musst etwas zu dir nehmen. Du hast viel Blut verloren.«

Ein Becher wurde an seine Lippen gehalten und er spürte lauwarme Flüssigkeit in seinen Mund rinnen. Sie schmeckte leicht bitter. Marten schluckte und schlug gleichzeitig die Augen auf. Er befand sich in einer kleinen Wohnküche, in die kaum Tageslicht drang. Über ihm hing eine glänzende Kupferpfanne an der Wand. Sein Lager war auf einer schmalen Bank gegenüber der Kochstelle eingerichtet worden. Marten blickte in das runde Gesicht eines jungen Mannes und trank behutsam. Jeder Schluck tat weh und er versuchte nicht daran zu denken, dass dies der Mann war, den Flora heiraten sollte, wenn es nach ihrer Mutter ginge. Er wollte auch nicht daran denken, was er eben über Floras Verlobung mit einem Stadtrat gehört hatte. Er hatte keinerlei Anspruch auf sie. Sie war nicht seine Flora, auch wenn er sich das wünschte. Ihre Heiratspläne gingen ihn nichts an. Ihn sollte nur der Mann kümmern, der gerade seinen Stirnverband prüfte, seinen Brustkorb abtastete, ihm den Becher abnahm und sagte: »Ich bin der Chirurgenmichel. Zum Glück musste ich deinen Arm nicht einrenken und du hast auch keine gebrochenen Rippen. Kannst du deinen Arm bewegen? Vorsicht!«

Marten stöhnte viel lauter, als es nötig gewesen wäre. Er hoffte, dass es ihr Herz erweichen würde. Und wirklich, Flora kam herüber und beugte sich besorgt über ihn. Sie war noch schöner, als er sie in Erinnerung hatte. Ihre Gesichtszüge wirkten wie mit einem feinen Pinselstrich gemalt und in ihrem hellblonden Haar spielte das Licht

in allen Abtönungen des Goldes. Kein Wunder, dass sie die Aufmerksamkeit der Männer von Stralsund auf sich zog, auch die der Wohlhabenden und Einflussreichen. Marten wünschte, er könnte dieses Gesicht seinem Freund Rembrandt zeigen. Es würde sich gut auf einem seiner Historienbilder machen. Flora aus Stralsund als biblische Gestalt. Er murmelte: »Susanna im Bade, Judith und Holofernes, Simson und Delila«, und konnte den Blick nicht von ihr wenden.
Sie schüttelte den Kopf und sagte: »Nicht Susanna, Judith oder Delila! Ich heiße Flora Maria Wullenwewer und bin die Tochter der städtischen Hebamme – und wer bist du? Wo kommst du her?«
Michel ließ von Martens Arm ab und blickte ihn ebenfalls neugierig an. Dabei zuckte sein Augenlid schelmisch und es sah aus, als blinzelte er Marten aufmunternd zu. Flora hatte ihren Blick prüfend auf ihn gerichtet. Marten konnte ihr nicht in die Augen sehen und behaupten, dass er ein Kupferstecher sei und für die Antwerpener *Postzeitung* zu den Kriegsschauplätzen reise. Er brachte es nicht fertig, sie anzulügen, also sagte er die Wahrheit: »Ich bin Marten Gottholdzoon Olearius aus Leyden. Ich bin Landschaftsmaler und gerade erst in der Stadt eingetroffen. Auf dem Weg vom Hafen in die Stadt haben sie mir aufgelauert.«
Flora runzelte die Stirn und fragte misstrauisch: »Was haben diese Kerle von dir gewollt?«
»Ich habe keine Ahnung. Ich bin ihnen nie zuvor begegnet.«
»Aber sie schienen dich zu kennen.«
Von der Küchentür her erklang die Stimme von Floras Mutter: »Flora? Kommst du?«
Flora verzog das Gesicht und erklärte seufzend: »Diesmal muss ich sie auf ihrer Runde zu den Wöchnerinnen begleiten. Ich habe sie heute schon genug verärgert.«
Michel lächelte verständnisvoll und Flora verschwand.
Noch ahnt der Arme nichts, dachte Marten und empfand Mitleid mit Michel. Zwar hatte er den Anfang des Wortwechsels nicht mitbekommen, doch begriffen, dass Flora Lucas Wurffrath, einen verwitweten Stadtrat, liebte. Er hatte anscheinend laut gedacht und

den Namen vor sich hin gemurmelt, denn Michel sah ihn verwundert an und fragte: »Wurffrath? Bist du mit dieser Familie bekannt? Sollst du für sie ein Landschaftszimmer malen? Hier, ich habe gestern Nacht deinen Reisesack unter die Bank gestellt. Es ist noch alles da, was du brauchst. Das hast du Flora zu verdanken.«
»Ich weiß.«
»Weißt du auch, dass sie dir das Leben gerettet hat? Die hatten vor, dich, mit Steinen beschwert, in den Knieperteich zu werfen.« Michel schilderte in knappen Worten, was er von Flora erfahren hatte.
»Sie wollten mich ertränken und Flora hat es verhindert?«
»Sie war sehr tapfer. Ein Leben kann keiner aufwiegen, doch du solltest wenigstens ein paar Worte des Dankes finden.«
Michel klang nicht vorwurfsvoll und fügte einlenkend hinzu: »Du wirst noch reichlich Gelegenheit dazu haben. Es wird noch ein paar Tage dauern, bis du wieder auf den Beinen bist. So lange bleibst du hier in der Küche. Es gibt kein anderes Zimmer, ich selbst schlafe in der Dachkammer. Stralsund ist überfüllt mit Flüchtlingen. Du solltest so schnell wie möglich in deine Heimat zurückkehren. Wenn die Papisten kommen, braucht niemand mehr ein Landschaftszimmer.« Nach diesen düsteren Worten drehte er sich um und verließ die Küche.
Marten war nun allein. Michels Trank hatte die Schmerzen ein wenig abklingen lassen, aber seine Worte gingen ihm im Kopf herum. Flora hatte ihm das Leben gerettet. Wie sollte er ihr das jemals danken? Michel hatte gesagt, ein Leben ließe sich nicht aufwiegen. Doch Marten konnte Flora mit Geld für ihre Tapferkeit belohnen. Noch hatte er keines, das würde sich jedoch bald ändern. Er musste nur das Poesierätsel zurückbekommen. Wie viel sollte er ihr geben? Marten starrte auf die Kupferpfanne und entschied, dass er mit Flora teilen würde. Ihr Anteil würde mindestens zweitausend Gulden betragen, wenn nicht mehr.
Er erinnerte sich daran, dass sie gefragt hatte, was die Kerle von ihm gewollt hatten. Er versuchte sich zu konzentrieren. Warum hatten die Männer ihm aufgelauert? Es gab einen Auftraggeber. Der suchte einen rothaarigen Holländer. Davon gab es nicht viele am Hafen

von Stralsund, also konnte eigentlich nur er gemeint gewesen sein. Doch wer hatte von seiner Ankunft gewusst? Niemand, überlegte Marten und starrte weiter die Kupferpfanne an, als erwartete er von dort eine Antwort. Er sollte aufs nächste Schiff zurück nach Holland gebracht werden. Jemand wollte ihn so schnell wie möglich aus Stralsund fortschaffen. Wer konnte das sein? Keiner wusste von dem Vorfall im Atelier und dem verschwundenen Testament. Nein, das stimmte nicht. Rembrandt wusste davon. Er war der Einzige, der den Zweck seiner Reise nach Stralsund kannte. Hatte Rembrandt womöglich das Poesierätsel gar nicht verloren? Hatte er es irgendwo versteckt? Wollte er es selbst lösen? Vielleicht hatte er Marten nach Stralsund gelockt, um ihn loszuwerden? Das würde alles erklären. Doch konnte Rembrandt überhaupt der Auftraggeber sein? Er könnte einen Brief nach Stralsund geschickt haben, der noch vor Martens Ankunft eingetroffen war. Unsinn, dachte Marten, Rembrandt war gegen die Reise nach Stralsund gewesen. Er hatte ihm geraten zu warten, bis der Amsterdamer Kaufmann wieder auftauchen würde. Außerdem würde Rembrandt so etwas nicht tun. Er war sein bester Freund. Manchmal war er ein Angeber, aber er war kein Betrüger und er war erst recht keiner, der Intrigen schmiedete. Doch wer war dann der mysteriöse Auftraggeber?

Das Grübeln ermattete Marten und er schloss die Augen, um die Kupferpfanne nicht mehr sehen zu müssen. Das Pochen in seiner Kopfwunde war zu einem beständigen Rhythmus im Hintergrund geworden. Er fühlte sich müde und ratlos. Der Umstand, dass er für einen Moment sogar seinen besten Freund verdächtigt hatte, zeigte, dass er nicht klar denken konnte. Marten glitt in einen unruhigen Schlaf hinüber. Im Traum sah er Rembrandt an seiner Staffelei stehen und eine Judith mit Floras Gesicht malen. Der abgeschlagene Kopf des Holofernes lag auf einem glänzenden Teller. Er hatte die zu einer Grimasse verzerrten Gesichtszüge des Stämmigen.

Die Tage vergingen, ohne dass Marten sein Lager verließ. Manchmal kam Michel und prüfte seine Prellungen, die Beweglichkeit der Schulter und den Sitz des Verbands. Selbst als es Marten schon etwas besser ging, blieb er in der Küche. Denn Michel hatte ihm geraten, das Haus erst einmal nicht zu verlassen, da seine Verfolger noch hinter ihm her sein könnten. Flora kam nur selten herein und bei den wenigen Gelegenheiten wirkte sie verlegen und richtete nie das Wort an ihn. Er wollte ihr Zeit geben, sich an seine Anwesenheit zu gewöhnen, und sprach sie nicht an. Dafür redete er in diesen ersten Tagen umso mehr mit ihrer Tante. Ludgera war fast den ganzen Tag mit der Zubereitung der Mahlzeiten beschäftigt. Trotzdem nahm sie sich seiner an, versorgte ihn mit Neuigkeiten und steckte ihm Leckereien zu. Währenddessen befragte sie ihn nach den Sitten in seiner Heimat. Er erzählte ihr von den zugefrorenen Kanälen, dem Krapfenessen zur Fasnacht und dem gezuckerten Bier. Nebenbei versuchte er ihr möglichst viel über Flora zu entlocken. So erfuhr er, dass Flora sich dagegen sträubte, einmal den Platz ihrer Mutter einzunehmen. Ungläubig hörte er von Floras Widerwillen gegen Blut und andere Körpersäfte, ihrem Grauen vor Schmerzen und Krankheiten. Er erinnerte sich, wie energisch sie ihm in jener Nacht geholfen hatte, wie sie seine Wunde versorgt und dabei keine Miene verzogen hatte. Vielleicht steckte viel mehr in ihr, als sie ahnte. Sie war noch jung und würde Erfahrungen sammeln. Marten war immer noch entschlossen, ihr die Hälfte seines Vermögens anzubieten, doch er wartete auf eine Gelegenheit, allein mit ihr zu sprechen. Als es endlich so weit war, wusste er nicht, wie er beginnen sollte. Der Morgen schien nicht besonders günstig zu sein. Flora sah müde und abgekämpft aus. Er zögerte und wagte nicht, sie anzusprechen. Hatte sie ihn überhaupt bemerkt?

Flora hatte kaum die Küche betreten, da fühlte sie schon seine Augen auf sich gerichtet. Dieser Marten aus Leyden schien sie immer zu beobachten. Ihr war, als würde ein Band zwischen ihr und dem Fremden in der Küche bestehen. Wo sie auch war und egal, was sie tat, sie fühlte es. Es war nicht unangenehm, doch es verstörte sie. Während sie sich Milch aus einem Krug in einen Becher goss, dachte sie daran, was Menschen mit rotem Haar nachgesagt wurde. Rothaarige standen den dunklen, heidnischen Mächten nah. Sie kannten sich mit Zauberei und Hexenkünsten aus. Flora stellte vorsichtig den Krug ab und betrachtete den jungen Mann auf seinem Lager verstohlen. Er hatte helle Wimpern und eine blasse, fast durchscheinende Haut, die mit Sommersprossen besprenkelt war. Es waren unzählige, wie flüchtig hingeworfene kupferne Flecken. Sie sahen aus, als wären sie nicht von dieser Welt. Sie hatte ihn Koboldkind genannt, in jener Nacht, als sie ihn gefunden hatte, und das war er wirklich. Ein Feenwesen mit ernsten, wissenden Augen, die in eine Seele blickten wie in einen tiefen Teich. Flora wandte sich ab und trank einen Schluck Milch. Was gingen ihr heute Morgen nur für Dinge durch den Kopf? Der Schlafmangel schien ihr den Verstand zu rauben.

Sie schmeckte die samtige, lauwarme Milch auf ihrer Zunge und zwang sich, an Lucas' Seeräuberaugen zu denken. Sein Blick war immer offen und fordernd. Seine lebhaften Augen waren ganz bestimmt von dieser Welt. Sie verhießen Abenteuer, wilde Eroberungen und großartige Siege. Flora war sich nicht sicher, was die des Fremden versprachen.

Sie drehte sich wieder zu Marten und warf ihm einen scheuen Blick zu. Im selben Moment wurde ihr bewusst, welchen Anblick sie bot. Ihre Augen brannten und Strähnen waren aus ihrem Haarknoten gerutscht. Sie spürte das Bedürfnis, es ihm zu erklären: »Ich habe die ganze Nacht nicht geschlafen, sondern am Bett einer Sterbenden verbracht. Ihr winziges Kind ist gegen Morgen mutterlos zurückgeblieben.«

»Das tut mir Leid. Gott sei ihrer Seele gnädig und führe sie in sein Himmelreich. Es muss sehr schwer für dich gewesen sein.«

»Meine Mutter hat mich darauf vorbereitet. Hitzige Krankheit nennt sie das Fieber, das meistens neun Tage nach der Geburt kommt. Es tritt besonders bei Spät- und Frühgebärenden auf und kann bis zu vier Wochen dauern.«

Flora hatte alles notiert. Sie hatte mit dem aufgeschlagenen Buch auf den Knien neben der Fiebernden gesessen und über das von Gott auferlegte Schicksal der Frauen nachgedacht. Irgendwann hatte sie angefangen, das Gesicht der Sterbenden neben die Beschreibung der hitzigen Krankheit zu zeichnen. »Evastochter« hatte sie darunter geschrieben und dann das Büchlein mit schlechtem Gewissen zugeschlagen. Auch jetzt dachte sie, dass es nicht recht gewesen war, das Leid der Frau festzuhalten. Doch das würde sie dem fremden jungen Mann nicht erzählen. Sie trank noch einen Schluck Milch, stellte den Becher ab und wischte sich den Mund mit dem Handrücken ab. Während sie sich zur Tür umwandte, murmelte sie: »Entschuldige, ich bin entsetzlich müde …«

»Warte!«, sagte der junge Mann hinter ihr schüchtern.

Sie hielt in der Bewegung inne. Als er weitersprach, war seine Stimme nur ein Flüstern: »Kann ich mit dir reden? Allein und unter vier Augen?«

»Nicht hier. Ludgera kann jeden Moment kommen. Wir gehen nach hinten in den Kräutergarten. Dort gibt es eine kleine Bank und wir sind ungestört.«

Noch während sie es vorschlug, wunderte sie sich über sich selbst. Wieso kam sie seinem Wunsch, mit ihr allein zu sein, so bereitwillig nach? Was konnte es zwischen ihnen geben, was Ludgera nicht wissen durfte?

Sie führte ihn durch die Hintertür hinaus in den Hof und zeigte ihm die Bank. Nun spürte Marten zum ersten Mal seit Tagen wieder den frischen Wind. Schnuppernd hielt er seine Nase in die Luft und sagte: »Riecht wie am Rhein bei uns zu Hause. Ich sollte heimreisen. Es wird Zeit zu erledigen, was mich herführte. Weiß du, es ist nicht so, wie Michel vermutet. Ich habe in der Stadt keinen Auftrag. Ich soll nicht für irgendeine reiche Familie ein Landschaftszimmer gestalten. So weit reicht mein Ruf als Landschaftsmaler nicht.«

Er hielt inne und wusste offenbar nicht, wie er fortfahren sollte. Sie ließ ihm Zeit und betrachtete die grünen Triebe in den Beeten und folgte mit den Augen einer vorwitzigen Hummel, die aufgeregt um die ersten zarten Blüten von Alwines Heilkräutern kreiste. Vieles, was die Geburt erleichterte und vorantrieb, war hier angepflanzt und leistete gute Dienste. Jede Hebamme besaß einen gepflegten Kräutergarten. Flora mochte diesen Platz. Er war friedvoll und hatte etwas Unverdorbenes. Der frische Wind und die Morgensonne bewirkten, dass Martens Gesicht weniger blass aussah. Flora betrachtete unauffällig seine langen, schmalen Finger. Auf den Handrücken befanden sich ebenfalls kupferne Sommersprossen. Sie stellte sich vor, wie diese Hände mit dem Pinsel arbeiteten, und dachte an ihre eigenen kleinen Zeichnungen neben Alwines Lehrsätzen für die Hebamme. Er schien ihren Blick zu bemerken, bewegte sacht die Finger und erklärte ernst: »Du hast mir das Leben gerettet. Michel hat mir erzählt, was in jener Nacht geschehen ist.«

»Denk nicht weiter darüber nach. Es war meine Christenpflicht.«

»Niemand sonst hat mir geholfen. Die Einwohner der Gasse haben sich in ihren Häusern versteckt. Es war nicht selbstverständlich, was du getan hast. Deshalb will ich dich belohnen. Mein Vater ist vor kurzem gestorben und hinterließ mir eine ansehnliche Summe. Allerdings gibt es ein Problem.«

Worum konnte es sich dabei handeln? Gab es gierige Miterben, die ihm sein Erbe streitig machten? Flora spielte mit ihrem Ring, drehte ihn hin und her und wartete auf eine Erklärung. Marten betrachtete den Bernstein, wandte dann aber schnell den Blick ab.

»Mein Vater hat sein Testament in einem Wortspiel verschlüsselt. Das bedeutet, ich muss erst ein kompliziertes Poesierätsel lösen, bevor ich das Versteck des Geldes finden kann. Mein Vater liebte solche Aufgaben. Er war Humanist, lehrte an der Universität, verehrte Seneca und die deutsche Dichtung. Deshalb wählte er ein Gedicht von Martin Opitz.«

»Du hast das Rätsel noch nicht gelöst? Ist es so schwierig?«

»Ich habe es nicht mehr. Es befindet sich im Besitz eines Amsterdamer Kaufmanns, der geschäftlich hier zu tun hat. Er hat das Rätsel versehentlich eingesteckt. Es war meine Schuld. Ich schlief in einer Schenke über dem Rätsel ein. Meinem Freund Rembrandt gelang es nicht, mich zu wecken, darum nahm er es mit in sein Atelier. Er ist Maler, so wie ich. Unglücklicherweise lag das Papier wohl verkehrt herum und Rembrandt skizzierte das Porträt des erwähnten Kaufmanns auf die Rückseite. Es sollte nur ein Entwurf sein und der Amsterdamer reiste damit noch am selben Tag ab. Zwar versprach er wiederzukommen, doch ich befürchtete das Schlimmste und reiste ihm nach.«

»Das war nicht klug, Marten. Konntest du das Rätsel nicht auch so lösen? Ach, es ist ja ein Wortspiel. Wahrscheinlich ist es lang und verworren. Das ist das ungewöhnlichste Testament, von dem ich je gehört habe.«

»Vermutlich wollte mich mein Vater auf die Probe stellen. Als ich hier eintraf, hatte ich eine Skizze vom Gesicht des Kaufmanns dabei, die Rembrandt aus dem Gedächtnis angefertigt hatte. Aber die Kerle, die mich überfallen haben, haben sie zerrissen. Ich habe versucht, sie nachzuzeichnen, doch ich habe kein Talent für Gesichter. Deshalb bin ich ja Landschaftsmaler.«

»Schade«, sagte Flora und dachte an ihre eigenen Zeichnungen. Ob sie ihm das Buch einmal zeigen sollte? Vielleicht später. In diesem Augenblick hatte er andere Sorgen. Sein Problem faszinierte sie – und es klang nach einem richtigen Abenteuer. Sie überlegte einen Moment, dann entschied sie: »Marten, ich werde dir helfen, den Kaufmann zu finden. So schwierig kann es nicht sein. Sobald wir das Rätsel haben, lösen wir es gemeinsam!«

Während sie das sagte, lächelte Flora. Der Gedanke, mit ihm einen Schatz zu suchen, gefiel ihr. Sie würden ein Geheimnis teilen und die Verbundenheit zwischen ihnen wäre nicht länger beunruhigend. Alles bekam einen Sinn. Seine äußere Erscheinung, seine ernst blickenden, wissenden Augen mussten sie nicht länger kümmern. Stattdessen konnte sie ihm helfen und das würde die Dinge vereinfachen. Sie überlegte, wie viel sein Vater ihm wohl hinterlassen hatte. Würde es für eine Mitgift reichen, die eines Stadtrats würdig war? Marten wirkte nicht wie ein Geizhals und er schien ihr wirklich dankbar zu sein. Sie blickte auf seine sommersprossigen Hände und fragte zögernd: »Du sprachst von einer Belohnung?«

»Wenn wir den Amsterdamer gefunden und das Rätsel gelöst haben, werde ich nach Leyden zurückkehren und das Versteck des Vermögens finden. Dann komme ich zurück und wir teilen. Dein Anteil wird mindestens zweitausend Gulden betragen, das wird für ein großes Haus oder ein ansehnliches Stück Land reichen.«

Oder für eine Mitgift, dachte Flora. Sie müsste nicht Hebamme werden wie ihre Mutter. Kein Los der Evastöchter mehr und keine Weiberlast. Vielmehr wäre sie an der Seite von Lucas Wurffrath eine vornehme Dame mit schönen Kleidern, die mit einer Kutsche herumfuhr und ein großes Haus führte. Sie schloss die Augen, um das Bild, wie schon so viele Male zuvor, heraufzubeschwören. Doch irgendetwas war falsch. Das Bild hatte auf einmal zu grelle Farben, die Dinge waren unnatürlich verzerrt und übergroß. Das Ganze kam ihr dumm vor und bedrückte sie. Was war nur los mit ihr? Sonst hatte die Vorstellung, eine große Dame zu sein, nicht diese Wirkung auf sie.
Marten seufzte: »Es wird nicht einfach werden.«
Sie öffnete die Augen und auf einmal fiel ihr ein, was in jener Nacht geschehen war. Jemand hatte ihm aufgelauert. Das konnte nur eines bedeuten. Sie blickte Marten besorgt an und erklärte: »Der Kaufmann ist nicht ahnungslos. Dieser Amsterdamer ist der Auftraggeber. Er ist der Mann, der den Überfall angestiftet hat.«
Marten ergänzte zögernd: »Auf dem Weg nach Stralsund muss er bemerkt haben, was sich da auf der Rückseite seiner Zeichnung befindet, immerhin war der Wortlaut meines Vaters ziemlich eindeutig. Nun will er selbst das Versteck in Leyden finden. Er ist hinter meinem Geld her! Doch vorher muss er das Rätsel lösen. Wahrscheinlich wollte er Zeit gewinnen und hat deshalb seine Leute angewiesen, mich mit dem nächstbesten Schiff zurückzuschicken. Und ich habe Rembrandt verdächtigt!«
»Der Kaufmann ist also vorgewarnt. Das bedeutet, dass wir sehr vorsichtig sein müssen. Ich werde mich allein in der Stadt umhören. Du bleibst besser hier. Gleich morgen fange ich an.«
Marten seufzte und wirkte niedergeschlagen. Um ihn aufzuheitern, fragte Flora: »Ist dein Freund ein guter Maler?«
Er zögerte einen Moment, bevor er wegwerfend sagte: »Er ist ganz passabel.«
Das klang eher mürrisch und Flora vermutete, dass er dem Freund das Missgeschick mit dem Testament immer noch nicht ganz verziehen hatte. »Was malt er denn, außer Porträts von Kaufleuten?«

Marten blickte in den Himmel, als könnte er dort Rembrandts Bilder in den Wolken schweben sehen. Schließlich holte er tief Luft und stieß hervor: »Er malt großartige Historienbilder, biblische Szenen und Gestalten. Gerade hat er die Lobpreisung Simeons fertig gestellt. Er versteht es, durch Licht und Schatten einen Zauber über die Leinwand zu werfen. Ich kenne zwar das Geheimnis seiner Grundierung, doch sein Bleiweiß leuchtet aus einer verborgenen Kraft heraus. Mir gelingt das nie so.« Er hielt inne und fuhr nach einer Weile voller Bewunderung fort: »Er kann Gesichter durch ihre Mimik zum Leben erwecken. Alles wirkt so echt und wahrhaftig, dass man sofort in das Bild hineingezogen wird. So hat noch keiner vor ihm gemalt. Wenn der Prophet Bileam die Eselin züchtigt, glaubt man ihre Schreie zu hören. Wenn Christus die Wechsler aus dem Tempel vertreibt, spürt man ihr Entsetzen. Manche sagen Rembrandt eine große Zukunft voraus.«

Flora wünschte bei diesen Worten, den Freund mit der großen Zukunft kennen zu lernen. Vielleicht könnte sie eines Tages nach Holland reisen und seine leuchtenden Bilder sehen? Sie würde an Martens Seite stehen und sich von ihm erklären lassen, worauf es in der Malerei ankam, denn davon verstand er offensichtlich eine Menge. Weil ein entspanntes Lächeln seine Lippen umspielte, wagte sie zu fragen: »Was spürt der Betrachter, wenn er deine Bilder ansieht?«

»Meine Bilder? Sie spiegeln Gottes Schöpfung. Sie preisen die Weite des Horizonts und die unbezähmbare Freiheit der Wolken, die in Fetzen vom Sturm über den Himmel getrieben werden. Sie jubilieren über den beginnenden Morgen, der in einem Meer aus Rottönen über einer stillen Landschaft tanzt. Jedes Bild verherrlicht Gottes Werk auf seine Weise.«

Flora blickte ihn an und bemerkte, dass eine Veränderung in ihm vorging, wenn er über die Malerei und ihre Wirkung sprach. Ein Strahlen umgab ihn, als würde er von etwas Göttlichem reden, dem man sich nur mit dem größten Respekt nähern dürfte. Flora sehnte sich danach, ebenso zu empfinden. Hätte sie doch etwas, das sie genauso begeisterte. Sie ahnte, dass als feine Dame in einer Kutsche herumzufahren dem nicht gleichkam. Und etwas sagte ihr, dass ihre

Mutter Recht hatte und Lucas Wurffrath niemals eine einfache Bürgerin heiraten würde. Über die heimliche Verlobung hatten sie nicht mehr gesprochen. Das war auch gar nicht nötig gewesen. Alwine verstand es, allein durch vieldeutiges Schweigen Zweifel zu säen. Flora drehte wieder gedankenverloren an ihrem zu weiten Bernsteinring. Wenn Lucas sie nicht zur Frau nahm, was würde dann werden? Würde sie ihrer Mutter folgen und Wehmutter werden?

Ein Kanonenschuss durchbrach die Stille und Flora schreckte auf.

Michel kam in den Kräutergarten. Er blieb vor dem Beet stehen, verscheuchte die Hummel, die seine Nasenspitze umtanzte, und sagte ernst: »Es geht los. Sie haben die Stadt eingeschlossen. Keiner kann mehr auf dem Landweg herein oder hinaus. Man erwartet stündlich den Angriff. Ich bin heute Nacht zur Wache auf der St.-Jürgen-Schanze, dem neuen Außenwerk vor dem Kniepertor, eingeteilt.«

Flora blickte zu ihm auf und wusste nicht, was sie sagen oder tun sollte. Sie alle hatten diesen Tag gefürchtet, nun konnte sie nicht fassen, dass es wirklich geschah. Bis zum Schluss hatte sie gehofft, die Papisten würden abziehen. Marten stand auf, umarmte Michel und sagte: »Gott schütze dich.«

Gott schütze uns alle, dachte Flora angstvoll und meinte in der Ferne bereits vereinzelte Schüsse zu hören.

Koschenille – Rot aus der weiblichen mexikanischen Schildlaus

Das Mädchen stand zwischen den Schanzen und blickte sehnsüchtig über die Erdwälle hinweg in den Himmel. Dort hinten lag das Meer. Sie war noch nie am Meer gewesen und legte den Kopf schräg, um das Rauschen der Wellen hören zu können. Könnte sie doch nur einmal das Meer sehen, dachte sie sehnsüchtig. Es war windstill und außer dem Kreischen der Möwen war es ganz ruhig. Die Ruhe vor dem Sturmangriff, nannte es die Mutter.

Die Mutter konnte die Sprache des Windes verstehen, das Wetter vorhersagen und die Zukunft aus den Exkrementen von Tieren lesen. In diesem Moment war sie wieder einmal mit einem Soldaten beschäftigt. Das Kind verstand nicht, was im Wagen geschah, und wollte es auch gar nicht wissen. Betrübt blickte die Kleine an sich herunter. Sie trug ein schmutziges Kleid, an dessen Saum Erdbrocken hingen, und hielt einen Spaten in der Hand. Hin und wieder waren Schüsse zu hören und jedes Mal zuckte sie zusammen.

Isabel war in diesem Winter acht Jahre alt geworden und deshalb mit den anderen Kindern zu den Schanzarbeiten eingeteilt worden. Sobald der Tross sein Lager aufschlug, wurde ein schützender Erdwall ausgehoben und wenn dann ein Regenguss oder anderes die Schanzen beschädigte, mussten sie ausgebessert werden. Isabel hasste diese Arbeit, denn die anderen Mädchen mieden sie und die großen Jungen nutzten jede Gelegenheit, um sie zu verspotten.

Heute Nachmittag hatten sich die Mädchen früh hinter ein Stück geflochtenes Schanzwerk zurückgezogen und die Jungen waren noch aufgekratzter und übermütiger als sonst. Bis vor kurzem hatten sie sich noch mit Erdbrocken beworfen und dabei Geräusche gemacht, als würden Kanonen aufschlagen und Schüsse durch die Luft peitschen. Das ganze Lager war von erwartungsvoller Unruhe erfüllt. Jeder wartete gespannt darauf, dass es losging. Jetzt allerdings hatten die Jungen sich zwischen die Spaten und Eimer gehockt und flüsterten, als würden sie etwas aushecken. Isabel tastete besorgt nach dem Rosenkranz, den sie unter der Schürze trug, und sandte ein stummes Gebet an die Heilige Jungfrau. Wenn die Jungen die Köpfe zusammensteckten, kam nie etwas Gutes dabei heraus. Meistens wurde ein Tier gequält. Isabel kam es vor, als wären sie kleine Männer, die besonders hinterhältig und böse waren. Ihre Mutter nannte sie verlotterte Trossbuben und verrohte Bengel. Trossbuben mussten während einer Schlacht durch den Kugelhagel laufen und die verschanzten Soldaten versorgen. Manche von ihnen hatten Gesichter wie Greise, vernarbte Hände und verkrüppelte Gelenke. Jetzt sprangen sie auf und brüllten.

»Hexenkind, lauf …«

»Hurenkind! Brut einer Trosshure!«

»Wir holen dich!«

Sie lachten wiehernd, doch kamen nicht näher. Sie stimmten ihr Kriegsgeschrei an, bevor sie sich in Bewegung setzten. So war es jedes Mal.

Isabel überlegte nicht lange, ließ den Spaten fallen und setzte sich in Bewegung. Wenn sie heute ihr auserwähltes Opfer war, dann wollte sie es ihnen wenigstens nicht zu leicht machen. Sie würde die Jungen vom Lager fortlocken, denn sie wurden bestraft, wenn sie sich zu weit entfernten. Isabel sprang über die Erdhügel, umkreiste die Schanzen aus Binsengeflecht und rannte in die Richtung, in der sie das Meer vermutete. Vor dem Meer würden die Jungen sich fürchten. Es war eine gewaltige, unbekannte Macht. Als Isabel eine Böschung hinunterrannte, schlug ihr Buschwerk ins Gesicht und scharfkantiges Dünengras hieb nach ihren nackten

Knöcheln. Sie konnte die Jungen nicht mehr hören, sie waren ihr nicht gefolgt. Wichtigtuer und Feiglinge, dachte Isabel und war erleichtert. Obwohl sie die Jungen offensichtlich los war, lief sie immer weiter. Der Boden wurde weicher. Das Laufen fiel ihr schwerer und ihre Schuhe sanken ein. Bald konnte sie ein schmales Silberband zwischen den Büschen ausmachen. Sie hatte es geschafft, vor ihr lag das Meer.
Ein freudiges Hochgefühl ließ sie die blutigen Kratzer auf ihrer Wange kaum spüren. Fliegen umtanzten die Striemen an ihren Knöcheln und ihr Atem ging schnell und unregelmäßig. Das letzte Stück mäßigte sie sich und ging langsam. Es war so herrlich! Es war genau so, wie sie es sich vorgestellt hatte, nur noch viel schöner. Sie kauerte sich ganz nah an die kräuselnde Gischt und ließ alles auf sich wirken. Ein kaum fühlbarer Wind streifte die schillernde Oberfläche und die sinkende Sonne schickte lange Strahlen über das Wasser. Isabel war wie verzaubert und hätte sich nicht gewundert, wenn die Heilige Jungfrau Maria auf einem Strahl von Licht heruntergeschwebt wäre. Ganz so, wie es der Feldpriester bei der Messe beschrieben hatte. Er hatte gerufen: »Wenn ihr für die Muttergottes euer Leben im Kampf opfert, kommt sie mit einem Lächeln zu euch hernieder und ihr fahrt zum Herrgott.«
Isabel hatte ihre Arbeit an den Schanzen und die höhnenden Jungen längst vergessen. Träumend starrte sie in die anbrechende Dunkelheit und ihr war, als ob das leise Plätschern der Wellen das Geflüster von Engeln wäre. Sie war so versunken, dass sie die Zeit vergaß und gar nicht merkte, wie die Nacht hereinbrach und es kühl wurde.
Als sie die Silhouetten der Männer bemerkte, war sie ganz steif und konnte sich im ersten Moment nicht bewegen. Sie kamen mit schnellen Schritten am Saum des Meeres entlanggelaufen und waren sicher auf einem Erkundungsgang. Die Patrouille näherte sich mit geschulterten Lanzen im Gleichschritt. Ein Voraustrupp unserer Leute, der erkunden soll, ob die Luft rein ist, dachte Isabel und wollte schon winken. Doch vielleicht war es auch ein Spähtrupp des Feindes? Er schickte regelmäßig Männer aus, um die Bewegungen vor der Stadt zu beobachten. Isabel hatte die Söldner am Lagerfeuer

darüber sprechen hören. Wie konnte sie sichergehen? Soldaten sahen alle gleich aus, sie trugen immer dieselbe zusammengestückelte, geflickte und zerschlissene Kleidung. Nur vor einer Schlacht schlangen sie sich Bänder in derselben Farbe um den Arm oder den Hut, damit sie sich nicht versehentlich gegenseitig erschlugen. Manche Angeber trugen ein goldbesticktes Wams, das jedoch bald seinen Glanz verlor. Diese Männer hier schienen auf auffällige Stücke verzichtet zu haben, denn sie wirkten düster, grau und unfreundlich. Es war besser, sich zur Böschung zurückzuziehen.
Isabel erhob sich ganz langsam und bewegte sich vorsichtig rückwärts. Dabei stolperte sie ungeschickt über eine Kuhle und ruderte, um ihr Gleichgewicht zu halten, mit den Armen. Die Soldaten waren stehen geblieben und blickten in ihre Richtung. Ich bin nur ein kleines Nachttier, ein huschendes Wiesel, ein wehender Busch, dachte Isabel und presste ganz fest die Fäuste zusammen, als könnte sie es so wahr machen. Verwandle mich, o süßes Jesulein, flehte sie. Doch es nutzte nichts, denn voller Schrecken sah sie, wie die Männer zu ihr herüberdeuteten und sich besprachen. Eine kleine, dunkle Gestalt ohne Hut löste sich aus der Gruppe und stapfte geräuschvoll auf sie zu. Wenn es ein Soldat aus dem Tross war, würde er sie schimpfend und fluchend zu ihrer Mutter zurückbringen. Doch was geschah, wenn er der Feind war? Im Lager erzählte man sich schaurige Dinge über die verfluchten Lutheraner.
Der Mann, der nun vor ihr stand, sah gar nicht wie ein Kinder fressendes Monster aus. Er trug keine Lanze und auch sonst keine Waffe. Seine Haare standen ihm in lustigen Borsten vom Kopf ab und seine kugelrunden Augen musterten sie freundlich. Deshalb wich sie auch nur ein ganz klein wenig zurück, als er die Hand ausstreckte, ihre zerkratzte Wange berührte und sagte: »Da klebt Schmutz drin, besser wir kümmern uns drum. Ich bin der Michel und kenne mich mit Wunden aus. Wie heißt du? Bist du heute Morgen von einem Fischerboot ins Meer gefallen und an Land gespült worden?«
Besser zu allem nicken, dachte Isabel und schenkte ihm ein scheues Lächeln. Er deutete es als Zustimmung und griff ihre Hand. Wäh-

rend er sie zu dem Trupp führte, summte er die ganze Zeit. Es klang unbekümmert. Vor diesem Mann konnte sie einfach keine Angst haben. Er würde selbst davor zurückschrecken, eine Fliege zu erschlagen. Zumindest würde er sich zuvor liebenswürdig bei ihr entschuldigen. Isabel stellte sich vor, wie er das tat, und musste genau in dem Moment kichern, als sie vor den Soldaten angelangt waren. Fast alle Gesichter verzogen sich ebenfalls zu einem Grinsen und ein dicker Kerl mit einem großen, federgeschmückten Hut gluckste in sich hinein. Michel erklärte leise: »Das Kind eines Fischers. Es wird aus seinem Boot gefallen sein. Nur durch Gottes große Gnade wurde es gerettet.«
Der mit dem Federhut musste der Anführer sein, denn er befahl: »Warneke, bring sie hinter das Bollwerk und such den Büchsenburschen. Er soll sie in die Stadt zurückbringen. Kleine Kinder haben hier nichts verloren. Die Fischer sollen besser auf ihre Gören aufpassen. Und trage dem Burschen auf, er soll deine Chirurgentasche mitbringen. Ich denke, als Wundarzt wirst du heute Nacht nötiger gebraucht. Spute dich!«
»Jawohl, Herr Hauptmann!«
Ehe Isabel wusste, wie ihr geschah, wurde sie fortgezogen und die Schritte der Soldaten entfernten sich in der Dunkelheit. Michel hatte es offensichtlich eilig, den Befehl auszuführen, denn er machte so große Schritte, dass sie kaum mithalten konnte, dabei murmelte er die ganze Zeit vor sich hin: »Endlich kann ich das tun, was ich am besten kann. Ich war wohl der schlechteste Wachsoldat, den die Bürgerwehr jemals hatte. Knochen zersägen, das kann ich, aber mit so einem stinkenden, donnernden Ding schießen ...«
Als er die Knochen erwähnte, zuckte sie unwillkürlich zusammen und er schien sich wieder an sie zu erinnern. Er blieb stehen und beugte sich zu ihr: »Wie heißt du, Kleine? Wer sind deine Eltern?«
Isabel wusste nicht, was sie antworten sollte, und schwieg einfach. Er drang nicht weiter in sie, sondern setzte seinen Weg und sein leises Selbstgespräch fort: »Sie spricht nicht. Der Schock war zu groß. Ihr Geist ist verwirrt. Das kommt in solchen Fällen häufig vor. Erst

wenn die Krise im Inneren vorbei ist, wird das arme Ding seine Sprache wiederfinden. Was mache ich nur?«

Isabel wollte ihn schon bitten, sie zurück zum Lager und zu ihrer Mutter zu bringen, doch da besann sie sich, wer er war. Er gehörte zur Bürgerwehr der belagerten Stadt. Er war der Feind, gegen den sie Schanzen aufgeworfen hatte, bis sie Blasen an den Händen bekommen hatte. Es war besser, einfach zu schweigen. Er hatte gesagt, sie hätte eine Krise in ihrem Inneren, ihr Geist wäre verwirrt. Das hörte sich wirklich klug und bedeutend an. Es gefiel ihr.

Vor ihnen aus der Dunkelheit tauchte ein fensterloses großes Bauwerk auf, das wie ein graues Ungeheuer aussah. Es befand sich genau zwischen dem Meer und dem großen Teich auf einer Art schmaler Landzunge, die beides voneinander trennte. Es gab keinen Eingang und kein Tor und Isabel fragte sich, wie sie in die Stadt gelangen sollten. Michel schien ihre Gedanken zu erraten, denn er flüsterte: »Das ist das Außenwerk, die St.-Jürgen-Schanze, dahinter schützen kleinere Erdwerke das Kniepertor. Um dorthin zu gelangen, gibt es nur einen Weg: Wir müssen durchs Wasser um die Palisaden herumwaten. Zieh deine Schuhe aus und versuch, möglichst nicht zu plätschern, sonst schießen sie noch auf uns.«

Er ließ ihre Hand los und bückte sich, um seine Schuhe abzustreifen. Sie tat dasselbe und griff danach wieder nach seiner Hand. Er führte sie behutsam ins Wasser. Die Schuhe fest umklammernd, hob sie ihren Rock über die Knie, damit der Saum nicht nass wurde. Das Wasser war unerwartet kalt und erschrocken hielt sie die Luft an. Langsam gewöhnte sie sich an die Temperatur und das Ganze fing fast an, Spaß zu machen. Wohin führte er sie wohl? Ihre Augen huschten suchend über das graue Mauerwerk. Als eine größere Welle kam, klammerte sie sich erschrocken an ihn. Er hielt sie fester und flüsterte: »Sieh, da drüben, wo die Mauer nicht ganz so hoch ist, gibt es ein Gitter. Man muss nur das Losungswort kennen und es öffnet sich.«

Als sie die Stelle erreicht hatten, klopfte er mit dem Fingerknöchel gegen die Eisenstäbe, wartete einen Moment und wisperte etwas.

Es dauerte eine Weile, bis sich das Gitter quietschend öffnete. Sie duckten sich und krochen ins Innere der Befestigungsanlage.
Die Dunkelheit wurde nur von einer winzigen Lampe durchbrochen, die ein Jüngling in den Händen hielt. Michel begrüßte ihn mit einem freudigen: »Du bist es! Ich dachte schon, wir müssten das ganze Munitionslager und die Pulverkammer nach dir absuchen.«
»Der Quartiermeister sieht dort nach dem Rechten«, nuschelte der Halbwüchsige und blickte unschlüssig auf seine Füße.
Michel schnaufte: »Das ist gut. Ich habe einen Auftrag für dich. Bring diese Kleine in die Stadt. Wir fanden sie am Meer unten. Sie spricht nicht und es könnte schwierig werden, ihre Eltern zu finden. Vielleicht ist ihr Vater ein Rügenfischer. Vorerst bringst du sie zu Alwine Wullenwewer, dort habe ich Quartier bezogen. Das Haus findest du hinter der Marienkirche. Es hängt ein Hebammenschild über der Tür. Jemand soll ihr das Gesicht waschen. Und bring meine Chirurgentasche mit, hörst du? Befehl vom Alten.«
»In Ordnung. Wird es heute Nacht losgehen?«
»Wenn sie angreifen, werden sie uns oder die Frankenbastion im Osten wählen. Beides sind Schwachpunkte. Vielleicht greifen sie auch von beiden Seiten gleichzeitig an. Wir müssen auf der Hut sein. Nun geh schon.«
Der Jüngling zögerte einen Moment, als wäre es ihm gar nicht recht, die Bastion gerade jetzt zu verlassen, wo möglicherweise ein Angriff bevorstand. Schließlich seufzte er, hielt die Lampe etwas höher und wandte sich einem schmalen Gang zu, in den ihm Isabel mit hängenden Schultern folgte. Sie wäre lieber bei Michel geblieben.
Sie mussten eine ganze Weile gehen, um nach draußen zu gelangen. In der Finsternis umrundeten sie gut bewachte Erdwälle und liefen über einen gepflasterten Platz, bis ihnen ein Wachmann eine schmale Tür in einem Tor öffnete, durch die sie in die menschenleeren Straßen der Stadt gelangten. Isabel war das Lagerleben gewöhnt und mochte keine Städte. Es gab zu viele Mauern und geschlossene Türen. Sie hetzten an unzähligen solcher fest verriegelten Türen

vorbei. Isabel fragte sich, ob diese Alwine mit dem Hebammenschild sie wohl herzlich empfangen würde. Sie hatte keine Zeit, um sich die Front des Rathauses oder die große Kirche anzuschauen, auch die Giebelhäuser zogen nur an ihr vorbei, wie Perlen auf einer Schnur. Ihr Begleiter hielt nicht einen Moment inne, bis sie das Haus der Hebamme erreicht hatten. Die Tür mit dem bunten Schild darüber öffnete sich erst nach wiederholtem Klopfen.

Eine blonde Frau steckte den Kopf heraus und blinzelte in die Dunkelheit.

»Was wollt Ihr?«

Der Schatten eines Mannes tauchte hinter ihr auf. Er zischte: »Flora, mach die Tür zu! In so einer Nacht darfst du nicht öffnen!«

»Sieh doch, es ist nur ein Junge mit einem kleinen Mädchen. Ihre Wangen sind ganz zerkratzt und sie sieht hungrig und verängstigt aus …«

Der Mann schob sie zur Seite und sagte dabei: »Seid gewarnt, wir sind bewaffnet und ganz und gar nicht schutzlos.«

Isabels Begleiter hob abwehrend die Hände und versicherte: »Der Michel schickt mich. Ich soll die Kleine zu Alwine Wullenwewer bringen, wo er Quartier hat.«

»Das bin ich!«, sagte eine resolute Frauenstimme und eine kleine Person drängte sich vor. Sie musterte Isabel prüfend, dann trat sie beiseite und winkte sie herein. Der Mann sagte nichts mehr, warf dem Jungen jedoch einen misstrauischen Blick zu.

Die junge Frau, die er Flora genannt hatte, schob Isabel in eine ordentlich aussehende Stube, in der alles seinen festen Platz zu haben schien. Im Wagen ihrer Mutter hingen überall Kleidungsstücke, Flaschen lagen herum und es gab geweihte Schutzbildchen von der Heiligen Jungfrau und den Heiligen. Hier hing kein einziges Bild an den weiß gekalkten Wänden.

Während Isabel eingetreten war und sich mitten in der Stube umgeblickt hatte, war ihr Begleiter im Türrahmen stehen geblieben. Ungeduldig rieb sich der Jüngling nun die Hände und sprudelte hervor: »Michel sagt, sie ist das Kind eines Rügenfischers, das sie unten am Wasser gefunden haben. Sie ist taub und stumm.«

Isabel riss die Augen auf. Was erzählte er da? Er verdrehte alles und brachte die Botschaft ganz falsch heraus. Ehe sie protestieren konnte, hatte er auch schon auf dem Absatz kehrtgemacht und rief: »Ich muss zurück. Der Angriff steht kurz bevor, da brauchen sie jeden Mann. Der Spähtrupp wird längst zurück sein.«

Die Tür fiel ins Schloss und Isabel kam sich bei dem Geräusch etwas verloren vor. Sie stand mitten zwischen Fremden, die nicht an den lebendigen Leib glaubten, Mariens Himmelfahrt anzweifelten und nicht zur Beichte gingen. Sie hielten Isabel für taub und stumm, deshalb deuteten sie ihr mit Handzeichen zum Tisch zu kommen und sich zu setzen. Dabei lächelte die blonde Frau, die Flora hieß, sehr nett und der Mann sah auch gar nicht mehr böse aus. Die ältere Frau verschwand und kam nach einer Weile mit einem Teller dampfender Suppe zurück, den sie ohne ein Wort auf den Tisch stellte. Während Isabel das Essen hinunterschlang und dabei das Tischtuch bekleckerte, standen alle um sie herum und beobachteten sie schweigend. Plötzlich fiel Isabel etwas ein, sie schaute von ihrem Teller auf und rief: »Die Chirurgentasche! Michel muss seine Chirurgentasche haben. Er braucht sie ganz dringend, sonst muss er doch schießen!«

Die drei starrten sie fassungslos an, bis die ältere Frau stammelte: »Sie spricht! Es ist ein Wunder!«

»O nein«, beeilte sich Isabel zu erklären, »so ist das nicht. Mein Geist war nur verwirrt, weil ich doch aus dem Boot gefallen bin, sagt der Michel. Ich bin die Isabel, ich kann sprechen und hören kann ich auch.«

»Und wo kommst du her, Isabel?«, fragte Flora und musterte sie.

»Mein verwirrter Geist hat das vergessen«, flüsterte Isabel kleinlaut. Der Herrgott mochte ihr diese Lüge verzeihen. Sie würde eine Kerze anzünden und folgsam Buße tun, damit er ihr diese Notlüge durchgehen ließ.

Der junge Mann hatte die ganze Zeit mit gerunzelter Stirn zugehört, nun räusperte er sich und fragte: »Habt ihr denn nicht gehört? Michel braucht seine Chirurgentasche. Jemand muss sie ihm bringen.«

»Du bleibst schön hier«, rief Flora, »niemand darf dich erkennen und es ist auch viel zu gefährlich!«
Der Mann griff nach einem großen Schlapphut, der an einem Nagel neben der Tür hing, und sagte: »Hol mir die Tasche, Alwine. Es wird viele Verwundete geben. Es ist unsere Christenpflicht.«
»Nein, Marten!«
Alwine achtete nicht auf Flora und ging die Tasche holen. Der Mann, der Marten hieß, setzte sich den Schlapphut auf, zog ihn sich tief in die Stirn und erklärte: »Niemand wird mich erkennen. Wenn die Papisten kommen, achtet niemand auf einen Holländer mit einer Chirurgentasche.«
»Das darfst du nicht! Sie könnten dich töten, eine Kugel könnte dich treffen ...«
In Floras Gesicht stand Angst und ihre Hände fuhren fahrig über ihre Schürze. Isabel dachte, dass Flora diesen Marten sehr lieb haben musste, wenn sie sich so um ihn sorgte. Ihre Mutter sorgte sich nie um ihre Männer. Sie kamen entweder aus dem Kampf zurück oder blieben auf dem Schlachtfeld. Niemand konnte etwas daran ändern.
Schritte waren zu hören und Alwine kam mit einer großen, abgewetzten Tasche, die offensichtlich sehr schwer war, ins Zimmer zurück. Marten nahm sie ihr ab und wandte sich zur Tür.
»Marten, bleib hier«, versuchte es Flora noch einmal. »Geh nicht, bitte! Sollen sie doch jemanden von der Schanze nach der Tasche schicken.«
Der Mann achtete nicht auf sie, sondern verließ die Küche. Kurz darauf fiel die Haustür ins Schloss und Flora zuckte zusammen. Im selben Augenblick krachten die ersten Kanonensalven durch die Nacht.

Marten trat auf die Straße hinaus und hörte das laute Dröhnen der Kanonen. Der Lärm kam genau aus der Richtung, in der die St.-Jürgen-Schanze liegen musste. Zögernd stand Marten unter dem Hebammenschild und überlegte, was er tun sollte. Was war nur in ihn gefahren? Es musste an den vielen Stunden liegen, die er

wie ein Gefangener im Haus verbracht hatte. Während die anderen Männer ihre Stadt verteidigten, war er zur Untätigkeit verdammt gewesen. Das war ihm aufs Gemüt geschlagen und hatte ihn dazu verleitet, vor den Frauen den Helden zu spielen. Anders konnte er sich die Chirurgentasche in seiner Hand nicht erklären.
Er kräuselte die Stirn, legte den Kopf in den Nacken und starrte in den Himmel. Über der Stelle, wo er die St.-Jürgen-Schanze vermutete, war er hell erleuchtet. Gelber Dunst lag über der Schanze. Marten wurde bei seinem Anblick an das hervorbrechende Licht auf Rembrandts Bildern erinnert. Dieses unheilvolle Leuchten dort konnte nur die Folge eines Bombardements von Feuerbällen sein. Wie sollten die Verteidiger dem lange standhalten? Marten hörte plötzlich wieder Floras Worte. Marten, bleib! Wenn sie nicht wollte, dass er sich der Gefahr aussetzte, dann bedeutete er ihr etwas. Plötzlich schämte er sich seines Verhaltens. Wie sollte er sie je für sich gewinnen, wenn er sich so kindisch benahm?
Der Kanonendonner schien heftiger zu werden und Marten fluchte leise. Er konnte nicht zurück, ohne sich zu blamieren. Wie würde er dastehen, wenn er jetzt ins Haus geschlichen käme? Als ein erbärmlicher Feigling, der erst großspurig tat und dann den Schwanz einzog!
Marten setzte sich in Bewegung und marschierte geradewegs auf den erleuchteten Himmel zu. Dabei dachte er daran, wie sehr Michel seine Chirurgentasche heute Nacht benötigte. Ihr Gewicht gemahnte ihn, keine Zeit zu verlieren. Sie enthielt alles, was ein Feldwundarzt benötigte. Und er würde dafür sorgen, dass Michel sie erhielt. Er rannte nun fast, fest entschlossen, sein Vorhaben zu Ende zu bringen.
Bald erreichte er das Kniepertor. Er rief dem Wachmann zu, dass er zum Feldwundarzt müsse, und hielt ihm zum Beweis die Tasche entgegen. Der öffnete ihm sogleich das Mannloch. Marten rannte über den gepflasterten Platz und gelangte schließlich keuchend in die Schanze. Männer mit kohlschwarzen Gesichtern und gehetztem Blick schleppten Verletzte vorbei. Alle brüllten durcheinander und wollten sich Gehör verschaffen.

»Wir brauchen mehr Pulver.«
»Der Infanterieangriff wird stärker.«
»Noch eine Salve singender Kugeln, dann kommt das Trommeln der Kavallerie.«
Es krachte und Schmutz bröckelte von der Decke. Rauchwolken zogen durch die Gänge. Gerade als Marten sich ans Ende der Schanze durchgekämpft hatte und sich hinaus in den Qualm wagen wollte, schrie jemand: »Verdammt will ich sein, das ist doch meine Tasche! Komm herüber damit!«
Marten blieb stehen und blickte sich um. Vor einem wie tot daliegenden Mann kniete Michel in einer dunklen Ecke und wies auf die Tasche in Martens Hand: »Wird aber auch Zeit, Bursche. Ich brauche meine Schraub- und Fasszangen zum Entfernen der Kugeln.« Er sah erschöpft aus, Schweiß und Schmutz bedeckten sein Gesicht. Er hockte neben einem zermatschten Bein und versuchte die blutigen Reste zusammenzuhalten. »Hörst du nicht? Die Tasche! Oder hat dich der Gesang der Kugeln taub gemacht?«
Marten wurde beim Anblick der Wunde übel und er schwankte. Ein Soldat mit einem Federhut kam und packte ihn am Ärmel. Auffordernd hielt er ihm eine große Muskete unter die Nase und brüllte: »Zurück zu den Palisaden. Wo ist dein Pulverhorn, Soldat? Stopf die Ladung fest und beweg deinen Hintern.«
»Der gehört zu mir, Herr Hauptmann«, rief Michel da durch den Lärm.
Der alte Kämpe ließ Marten los und stieß ihn verärgert zur Seite. Ohne ein weiteres Wort verschwand er im Rauch. Bei dem Zusammenstoß hatte Marten seinen Hut verloren, sodass Michel ihn nun erkannte. Etwas vorwurfsvoll fragte er ihn: »Was hast du hier verloren? Du verstehst doch von Lunten und Zündvorrichtungen so wenig wie ich von der Malerei. Du bist blass.«
»Er verliert so viel Blut«, stammelte Marten und blickte auf das Bein des Verwundeten, der angefangen hatte, unruhig den Kopf hin und her zu werfen und laut zu stöhnen.
»Denk dir einfach, es ist frisch mit Leinöl angerührte Farbe.«

Marten schluckte. Michel wühlte in seiner Tasche und erklärte: »So eine Wunde überleben die wenigsten. Die Bleikugeln des Feindes leisten ganze Arbeit. Da ist schon ein Wunder nötig.«
Ein junger Soldat tauchte auf, wedelte aufgeregt mit den Händen und schrie: »Unser Hauptmann wurde getroffen! Einen Feldwundarzt, schnell …«
Michel sprang auf, bückte sich nach seiner Tasche, öffnete sie und erklärte dabei: »Der Feldwundarzt der Bürgerwehr ist auf der Frankenbastion und so wurde ich vom einfachen Wachsoldaten kurzerhand befördert. Wir entfernen die Kugeln später. Hier, drück das auf die Wunde.«
Er zog einen Verbandsfetzen aus der Tasche und warf ihn Marten zu. Während der sich bemühte, das Stück Tuch auf das zerfetzte Bein zu pressen, folgte Michel dem Soldaten. Der Verwundete ächzte gequält auf und stöhnte: »Entfernt endlich dieses verfluchte Ding. Es nützt mir sowieso nichts mehr, verdammte Teufel das.«
»Nur ruhig. Er kommt gleich zurück.«
Doch die Zeit verging unendlich langsam. Lärm und Geschrei brandeten über sie hinweg, Kugelsalven sangen und Feuerblitze zuckten über den Himmel. Ihr Licht erhellte in unregelmäßigen Abständen den Raum. Hin und wieder schlug eine Kugel ein, dann erzitterte das ganze Bauwerk. Martens Augen tränten vom Pulverdampf, seine Kehle war trocken und das Atmen fiel ihm immer schwerer. Was tat er hier eigentlich, fragte er sich verwundert und dachte an seine Heimat. Dies war nicht seine Stadt. Er gehörte nach Hause. Wie war er nur in diese Hölle geraten? Was würde er dafür geben, um in diesem Augenblick friedlich über den Büchern der Rechtsgelehrten zu sitzen! Oder eine Landschaft unter einem weiten holländischen Himmel zu malen und anschließend mit Rembrandt ein starkes Bier trinken zu gehen. Sie könnten gemeinsam scherzen und über interessante Probleme der Malerei diskutieren. Wäre er doch nie in dieses verfluchte Stralsund gekommen! Es war nicht seine Stadt und es war nicht sein Krieg.
Er wischte sich mit dem Handrücken über sein von Staub und Tränen verklebtes Gesicht. Mit der anderen Hand presste er das Tuch

auf die Wunde. Es färbte sich mehr und mehr rot. Marten stellte sich vor, wie seine Hände bald mit Blut getränkt sein würden. Denk an Farbe, hatte Michel geraten. Er versuchte sich Zinnoberrot oder Koschenille vorzustellen. Letzteres wurde aus der weiblichen mexikanischen Schildlaus gewonnen. Er dachte daran, wie er es mit einem feinen Pinsel auf der Leinwand verstrich. Getupft in einen Sonnenaufgang, gespiegelt im Wasser eines kleinen Teiches, an dessen Ufer Rinder weideten. Um ihn herum wäre es ganz still. Er wollte nie wieder etwas mit dem Krieg zu tun haben. In Leyden schliefen die Bewohner in ihren Betten und niemand versuchte ihre Stadt niederzubrennen. Es stand schlimm um Stralsund. Wallensteins Armee hatte noch nie eine Schlacht verloren. Der große Feldherr war berüchtigt für seine brillante Strategie und seine Hartnäckigkeit. Er würde sehr bald selbst kommen und sich die Stadt holen, die sich ihm so hartnäckig widersetzte. Und dann gnade Gott den Einwohnern von Stralsund, dachte Marten. Er selbst würde längst fort sein. Er würde keinen Tag länger hier bleiben. Das Vermögen seines Vaters konnte in seinem Versteck verrotten. Es war nicht wert, dafür in der Fremde zu sterben. Er würde auch so auskommen, indem er hin und wieder ein Bild verkaufte und seinen Rat bei Rechtsstreitereien anbot. Er musste Flora vergessen. Sie war mit einem Stadtrat verlobt. Gut, sie hatte sich heute Nacht um ihn gesorgt, doch was hatte das schon zu bedeuten? Deshalb musste sie noch lange nichts für ihn empfinden. Um Kinder sorgte man sich ebenfalls, auch um junge Hunde und streunende Kätzchen. Er sollte sich keine falschen Hoffnungen machen. Wenn er das hier überlebte, würde er ihr sagen, dass er kein Interesse mehr an seiner Erbschaft hatte. Ihre gemeinsame Suche war vorbei, ehe sie richtig angefangen hatte. Wenn keine Schiffe in die Niederlande ausliefen, würde er eben eines nach Danzig nehmen, das Munition und Pulver holte. Von dort würde er schon irgendwie nach Hause kommen.

Ein gewaltiger Treffer ließ den Boden unter ihm erzittern und Gesteinsbrocken rieselten von der Decke. Schützend hielt er sich den Unterarm vor das Gesicht und presste gleichzeitig das Tuch in die

Wunde. Als er den Arm sinken ließ, bemerkte er breite Risse in der Wand. Marten wünschte, es wäre bereits Tag und er an Deck eines Schiffes.

Flora lauschte unterdessen den beunruhigenden Geräuschen der Nacht. Es war, als würde jeder Donnerschlag ihr Innerstes treffen. Seit Marten fort war, hatte sie kein Wort mehr gesagt. Der Lärm nahm immer noch zu und gleichzeitig wuchs Floras Sorge. Michel und Marten waren dort draußen. Sie waren mitten im Gefecht und konnten jederzeit getroffen werden. Unfähig, etwas anderes zu denken, knetete sie ihre Finger im Schoß und betete still, dass der Herr die beiden Männer bewahren möge. Lass sie unversehrt wiederkommen, es sind gute Männer, flehte sie. Ohne sie würde es furchtbar leer im Haus sein. Nur sie, Tante Ludgera und ihre Mutter. Marten würde nicht mehr an seinem gewohnten Platz in der Küche sitzen und ihr mit Blicken folgen. Das war so ein vertrauter Anblick geworden. Wie verlegen er immer wurde, wenn sie in seine Nähe kam. Dabei sagte er so kluge Dinge, hatte studiert und kannte sich in der Malerei aus. Sie begann bereits, ihn zu vermissen. Das hatte nichts mit dem versprochenen Anteil an seinem Vermögen zu tun. Mit dem Geld für die Mitgift hatte sie sowieso nicht gerechnet und sie glaubte auch nicht wirklich an eine Hochzeit mit Lucas. Und dann gab es immer noch Michel. Flora seufzte, als sie an den Chirurgen dachte. Er war ein angenehmer Mensch, den man gern um sich hatte. Wenn es denn sein musste, würde sie lieber ihn heiraten als einen der alten Männer, die ihre Mutter sonst vorschlug. Oder sie ging mit Marten und sah sich an, was die Maler in Holland mit dem Pinsel vollbrachten. Wenn er sie denn mitnahm. Würde sich die Frage überhaupt stellen? Vielleicht lagen beide Männer in diesem Moment mit verrenkten Gliedern zwischen Leibern von Toten und blickten mit leeren Augen ins Nichts. Sie fröstelte und rieb sich die Oberarme. Dabei dachte sie zum ersten Mal wieder an das kleine Mädchen, das ihnen in dieser Nacht so unvermutet gebracht worden war. Flora hatte es ihrer Mutter überlassen, sich um das Kind zu kümmern. Isabel hatte sich das Gesicht abwischen lassen und ganz still

gehalten, als eine Salbe auf ihre Kratzer aufgetragen wurde. Sie hatte sich auch geduldig das Haar kämmen lassen, wobei Alwine ihren Kopf unauffällig nach Läusen abgesucht hatte. Die Wullenwewerin fasste gerade das braune Haar des Kindes im Nacken zusammen und wollte es mit einem Band zu einem Knoten schlingen, da hielt sie inne und fragte: »Was ist denn das?«
Flora sah, wie ihre Mutter etwas unter der Schürze des Kindes hervorziehen wollte, um es zu betrachten.
»Nein!«, rief die Kleine entsetzt und wich zurück. Sie wirkte auf einmal gar nicht mehr brav und folgsam.
»Zeig es mir, Kind«, forderte Alwine und streckte die Hand aus. Isabel wich noch ein Stück zurück und flüsterte: »Das darf ich nicht!«
»Warum nicht?«, fragte Flora, die aufgesprungen war und neugierig um den Tisch herumkam. Sie hatten das Mädchen von beiden Seiten eingekreist. Es blickte eingeschüchtert von einer Frau zur anderen.
»Weil ...«
Während Isabel nach Worten suchte, trat Flora vorsichtig näher und versuchte einen Blick unter die Schürze des Kindes zu werfen.
»Lass, ich habe genug gesehen«, ihre Mutter senkte die Stimme, als vermutete sie Spione hinter der Tür: »Ein Rosenkranz ...«
Ein Rosenkranz? Der Pfarrer nannte solche Dinge heidnischen Mummenschanz. Flora hatte noch nie einen Rosenkranz gesehen und sagte ungläubig: »So etwas haben nur die Katholischen. Wieso trägt sie gotteslästerlichen Plunder unter der Schürze?«
Doch dann begriff sie und stieß verblüfft hervor: »Sie ist aus dem Lager der Papisten! Sie ist gar nicht das Kind eines Rügenfischers. Aber wie ist das möglich?«
Alwine legte dem Kind beruhigend eine Hand auf den Arm, dabei flüsterte sie: »Du musst uns sagen, wer du bist. Deine Leute werden dich vermissen. Deine Mutter sucht dich bestimmt schon.«
Isabel hatte bei diesen Worten große Augen bekommen und schien die Tränen hinunterzuschlucken. Stotternd und leise begann sie zu sprechen: »Ich wollte doch so gern das Meer sehen ... und ich bin vor den Trossbuben geflohen – das sind ganz garstige Jungen.«

»Sie gehört zum Lager des Feindes! Wir müssen es der Bürgerwehr melden.«

In der Ferne donnerten die Kanonen, als wollten sie Floras hastig eingeworfene Worte unterstreichen. Doch ihre Mutter schüttelte den Kopf: »Das werden wir nicht tun. Die Lage ist angeheizt, die Gemüter erregt, wer weiß, was sie mit ihr anstellen würden.«

Flora stellte sich vor, wie sie die Kleine mit Piken drangsalierten. Doch wie sollten sie das Kind zurückbringen? Die ganze Stadt glich einer Festung. Niemand kam unbemerkt hinein oder hinaus. Ihre Mutter schien dasselbe zu denken, denn sie sagte zögernd: »Bis wir entschieden haben, was mit ihr geschieht, bleibt sie hier. Ich liefere doch kein Kind an kampfwütige Männer aus, die es als Geisel missbrauchen könnten. Ein Kind wird unter großen Mühen und Schmerzen geboren. Es ist ein Geschenk Gottes. Ob Papistengöre, Calvinistenbalg oder Lutheranerkind, sie alle verdienen unseren Schutz und unsere Liebe.«

»Ja, Mutter«, murmelte Flora, als hätte sie soeben eine Hebammenlektion erteilt bekommen, die sie in ihrem Buch vermerken musste. Isabel blinzelte und schniefte, sagte jedoch nichts. Alwine fuhr fort, der Kleinen das Haar zu richten. Als das Band herumgeschlungen und der Knoten befestigt war, zog sie das Mädchen kurz entschlossen an sich und drückte es liebevoll.

In diesem Augenblick klopfte es.

Es war kein stürmisches, ungehaltenes Hämmern, sondern eine rhythmische Folge von Tönen, die sich nach einer kurzen Pause wiederholte. Flora kannte diese Klopfzeichen gut, sie wurden benutzt, wenn mitten in der Nacht eine Geburt bevorstand. An der vereinbarten Abfolge konnte Alwine erkennen, bei wem es so weit war. Sie ließ Isabel los und lauschte konzentriert, dann sagte sie seufzend: »Das erste Kind der Boldewins. Ausgerechnet in so einer Nacht.«

Alwine ging zur Tür und machte sie nur einen kleinen Spalt auf, um dem Boten der Boldewins zu sagen, dass sie auf dem Weg sei. Die Boldewins waren eine alte Stralsunder Familie, reiche Fernkaufleute, die überall in der Welt herumkamen. Die kennen bestimmt jeden Fremden in der Stadt, dachte Flora und überlegte, dass dies eine gute Gelegenheit wäre, um sich nach dem Amsterdamer zu erkundigen.

»Ich komme mit«, rief sie und fügte hinzu: »Bei einer Erstgebärenden kann man viel lernen.«

Suchend wandte sie sich nach ihrem Hebammenbuch um. Alwine war bereits dabei, ihre Tasche zu packen, nun blickte sie auf und fragte besorgt: »Aber was machen wir mit Isabel? Ludgera besucht ihre Base am anderen Ende der Stadt und kommt erst in einigen Tagen wieder. Wir können das Kind nicht allein im Haus zurücklassen. Nicht in so einer Nacht.«

»Dann müssen wir Isabel eben mitnehmen. Ich werde auf sie Acht geben«, erwiderte Flora und legte der Kleinen ihr bestes Schultertuch um. Sie selbst begnügte sich mit dem zerschlissenen, klemmte sich das Buch unter den Arm und griff nach der Hand des Mädchens.

Draußen war die Luft verändert. Alles schien nach Schwarzpulver zu schmecken. Flora kam es vor, als würde sie mit jedem Atemzug den Krieg einatmen. Feine Schwaden aus Nebel und Qualm hingen über der Straße, als ob ein Drache versuchte, in die Stadt einzudringen. Das Krachen der Einschläge war hier draußen deutlich lauter und um zum Rathaus zu kommen, mussten sie ihre Schritte genau darauf zulenken. Isabel hatte im Laufen den Kopf in den Nacken gelegt und starrte nach oben. Der gelbe Himmel, in den immer wieder schwarze Qualmwölkchen stiegen, lag wie eine leuchtende Kuppel über dem Kampfgeschehen an der Schanze. Der Lärm schien ihr keine Angst zu machen. Sie ist ein Trosskind und an Krieg und Belagerung gewöhnt, rief sich Flora in Erinnerung. Das zarte Aussehen und die sanften braunen Augen täuschten leicht darüber hinweg. Flora hätte sich an ihrer Stelle weinend an Alwine geklammert. Isabel aber schaute sich alles ruhig an und als sie den Alten Markt erreichten, betrachtete sie genauso gelassen die großen Giebelhäuser der wohlhabenden Bürger. Das Haus der Boldewins lag dem Rathaus gegenüber. Es war hell erleuchtet. Sie wurden bereits erwartet, denn die Tür öffnete sich sogleich.

Ein Dienstmädchen führte sie am erleuchteten Kontor vorbei, die Treppe hinauf. Flora fand es für das Haus einer Gebärenden ungewöhnlich ruhig. Gerade als sie sich darüber wunderte, durchdrang ein entsetzlicher Schrei die Stille und aufgeregte Schritte, Poltern und Rufe folgten. Alwine war vor der Tür, hinter der die Unruhe ausgebrochen war, stehen geblieben und zögerte. Als die Geräusche gedämpfter klangen, wandte sie sich um und wies Flora in einem Tonfall, der keine Widerworte duldete, an: »Das ist nichts für ein kleines Mädchen wie Isabel. Flora, lass dir einen Ort zeigen, wo ihr warten könnt, bis es vorbei ist. Erstgeburten wird es für dich noch viele geben.«

Alwine griff nach ihrer Hebammentasche, die sie auf dem Boden abgestellt hatte, und legte die andere Hand auf den Türgriff. Das Dienstmädchen lächelte und flüsterte: »Ihr könnt im Nähzimmer warten. Heute sind die Damen zu beschäftigt, um etwas dabei zu finden – kommt.«

Flora und Isabel folgten ihr die Treppe wieder hinunter. Flora wäre lieber geblieben. Im Nähzimmer, einem abgeschiedenen Frauenort, würde es niemanden geben, der ihr Auskunft über einen Amsterdamer in der Stadt geben könnte. Und die Männer saßen sicher in der Stube und tranken Portwein, um sich zu beruhigen oder um im richtigen Moment auf den Nachwuchs anstoßen zu können. Flora sah ein, dass sie da nicht stören durfte. Sie liefen an einer großen Doppeltür vorbei, hinter der gedämpfte Stimmen und Gelächter zu hören waren. Die Portwein trinkenden Männer, dachte Flora amüsiert und sah sich suchend um. Gerade als das Dienstmädchen die Tür zur leeren Nähstube aufstieß, fiel ihr Blick auf das Kontor.

»Warum ist das Kontor beleuchtet? Wird zu dieser Stunde noch gearbeitet?«

Das Dienstmädchen schmunzelte und flüsterte: »Das ist nur der Kontorvorsteher, der gemeinsam mit dem Gehilfen die Geschäftsbücher durchgeht. Der Herr fürchtet die Einnahme der Stadt und so muss jeder Hinweis auf Geld und Gewinn getilgt werden. Ich glaube, sie haben bereits einen Schatz unter der Treppe vergraben. Die schwarzen Ränder unter den Fingernägeln verraten sie.«

Sie kicherte und trat in das Nähzimmer, um eine Lampe anzuzünden. Flora dachte darüber nach, ob sie den eifrigen Kontorvorsteher nach dem Amsterdamer fragen sollte. Manchmal kannten sich gerade die besonders gut in der Stadt aus, die das Haus kaum verließen. Es musste doch eine Möglichkeit geben, mit diesem Mann zu sprechen. Oder vielleicht wusste sein Gehilfe etwas?
Isabel lief ins Zimmer und suchte das hübscheste Nähtischchen aus. Flora folgte ihr und bemerkte, dass die Arbeitsfläche mit Szenen einer Hirschjagd geschmückt war. Sie legte ihr Buch fast andächtig auf die glänzend polierte Fläche, dann setzte sie sich an das Tischchen, als würde sie jeden Moment eine der winzigen Schubladen aufziehen und mit zierlichen Stichen eine kunstvolle Näharbeit beginnen. Isabel fuhr bewundernd mit dem Finger über die wertvolle Einlegearbeit und sagte: »Deine Mutter braucht mich nicht wegzuschicken. Im Lager laufen immer alle zusammen, wenn es so weit ist. Ich habe schon viele Geburten gesehen. Es macht mir gar nichts aus.«
Flora konnte sich gut vorstellen, dass sich auf einem langen Marsch nichts verbergen ließ. Die dünnen Planen der Marketenderwagen ließen gewiss jedes Geräusch durch. Flora dachte daran, wie sie als kleines Mädchen ihre Mutter zum ersten Mal begleitet hatte. Sie war so verstört gewesen, dass sie danach den ganzen Tag vor sich hin geweint hatte. Nachdenklich betrachtete sie das Kind und sagte: »Dann bist du mutiger als ich. In deinem Alter wurde ich die Lehrtochter meiner Mutter. Die Arbeit einer Hebamme machte mir gewaltig Angst.«
Das Dienstmädchen stand immer noch in der Tür und als sie Floras Bemerkung hörte, erklärte sie zustimmend: »Es kann einen schon mächtig erschrecken. Erst neulich ist eine junge Wismarerin, nur ein paar Häuser weiter, um ein Haar verblutet. Wegen einer unerwünschten Leibesfrucht kam sie in die Stadt und vor lauter Elend ist sie von einem Tisch gesprungen. Dadurch verlor sie fast ihr eigenes Leben! Doch Eure Mutter ist eine gute Wehmutter. Sie hat zwar für das Kind nichts mehr tun können, aber nach vielen bangen Stunden hat sie die junge Frau gerettet.«

»Davon wusste ich gar nichts«, murmelte Flora überrascht.
»Sie wollten es auch geheim halten, aber den Fischweibern auf dem Markt entgeht nichts. Sie erfahren alles, was in der Stadt geschieht.« Das Dienstmädchen kicherte erneut und verschwand.
Flora starrte die Hirsche auf dem Tischchen an. Sie hatte ihre Mutter völlig zu Unrecht verdächtigt. Die Andeutungen über die dunklen Seiten des Hebammenstandes hatten sie in die Irre geführt. Die Mutter hatte damit natürlich die Fehlgeburt der Wismarerin gemeint. Der Vertreter des Stadtrats hatte die städtische Hebamme geholt, um die junge Frau zu retten, nicht um eine Leibesfrucht abzutreiben. Flora hatte eine drohende Hexenklage befürchtet. Dabei waren sie und ihre Mutter gar nicht in Gefahr, angeklagt zu werden. Es gab für alles eine ganz einfache Erklärung. Das Dienstmädchen hatte Alwine eine gute Wehmutter genannt und das war sie. Ein leises Geräusch unterbrach Floras Gedanken und sie blickte auf.
Isabel hatte das Hebammenbuch aufgeschlagen vor sich liegen und blätterte vorsichtig die Seiten um. Sie betrachtete jedes Bild ganz genau. Manchmal runzelte sie kurz die Stirn, bevor sie verstehend nickte. Flora war noch nicht dazu gekommen, die Zeichnung von der toten Wöchnerin zu übermalen. Besorgt beugte sie sich vor und bemerkte, dass das kleine Mädchen gerade dieses Bild eingehend betrachtete.
»Leg das fort. Es ist nicht für deine Augen bestimmt.«
»Ist sie tot? Ich habe schon viele Tote gesehen. Manchmal werfen die Söldner sie in die Gräben und schütten Erde darauf. Diese Frau sieht sehr friedlich aus.«
»Sie ist gewiss beim Herrgott.«
Isabel blätterte um und betrachtete eine Zeichnung von einem Neugeborenen, das die Nabelschnur um den Kopf gewickelt hatte. Flora dachte an ihre vielen Skizzen von gespreizten Beinen, von Nachgeburten und von zu früh zur Welt gekommenen Würmchen, die sie so genau wie möglich wiedergegeben hatte. Sie nahm das Buch an sich und schlug es zu. Isabel protestierte: »Aber das ist hübsch. Du kannst das alles so zeichnen, dass es gar nicht grausig ausschaut. Aber ich kann nicht lesen. Kannst du mir den Text vorlesen?«

»Nein!«, sagte Flora und das Kind wirkte enttäuscht.
Doch dann blickte es auf und fragte: »Wirst du auch bald eine Hebamme sein, wie deine Mutter?«
»Erst muss ich selbst geboren haben, bis dahin bleibe ich ihre Lehrtochter.«
»Dann wirst du ja bald heiraten.«
Flora zupfte an der abgenutzten Kante ihres Büchleins herum. Sie vermied es, das Mädchen anzusehen. Isabel flüsterte: »Es muss schön sein, Hebamme werden zu dürfen.«
Flora betrachtete sie nachdenklich. Isabel blickte sie voll aufrichtiger Bewunderung an. Gab es einen Grund, die Tochter einer Hebamme zu bewundern oder gar zu beneiden? Wahrscheinlich gab es den wirklich, überlegte Flora. Es war ja tatsächlich etwas sehr Schönes, den Frauen unter den Wehen zu helfen, ihnen Mut zuzusprechen und ihnen mit Aufgüssen und Massagen Erleichterung zu verschaffen. Andererseits gab es den Schmerz und das Blut, all die Schattenseiten. Das allerdings konnte sie dem kleinen Mädchen unmöglich anvertrauen. Sie konnte ihm auch nicht sagen, dass sie sich heimlich mit einem vornehmen Herrn verlobt hatte, gerade um diesen Schattenseiten zu entfliehen. Flora betrachtete ihre Hände. Hebammenhände nannte Alwine sie. War es richtig, wenn sie sie nach einer Hochzeit für immer in eleganten Seidenhandschuhen verbarg? Wenn sie nie mehr in ihr Buch zeichnete? Vielleicht konnte es einmal nützlich sein? Durfte sie es unvollendet lassen? Es hatte noch so viele weiße Seiten.
Flora geriet immer tiefer ins Grübeln. So saßen sie eine Weile da und keine sagte etwas, bis Isabel zu gähnen begann, sich die Augen rieb, ihren Arm anwinkelte und ihren Kopf hineinbettete. Sie war sofort eingeschlafen. Flora betrachtete das Mädchen. Es war gewohnt, selbst unter ungünstigen Bedingungen tief und fest zu schlafen. Das war die Gelegenheit, um sich zum Kontor zu schleichen. Flora stand leise auf und verließ das Zimmer.
Das Kontor war von der Eingangshalle durch eine Holzwand abgetrennt, die auf halber Höhe mit Wappen bemalt war. Vor dieser Wand stand der Kontorvorsteher und beugte sich über sein Pult. Er

hatte Schweißperlen auf seiner Glatze und sah sehr beschäftigt aus. Flora wollte sich zuerst an den jüngeren Mann wenden, der gerade einen Haufen Papiere sortierte. Als der Ältere aufblickte, entschied sie sich jedoch anders und ging direkt auf ihn zu. Sie wusste nicht, wie sie beginnen sollte, und so sagte sie erst einmal gar nichts. In ihrem verlegenen Schweigen schien das Donnern der Kanonen besonders laut und bedrohlich zu werden. Es war wie eine Mahnung an das, was ihnen bevorstehen mochte. Während Flora noch nach Worten suchte, waren die Kanonen auf einmal aus einer anderen Richtung zu hören. Der Kontorvorsteher runzelte die Stirn und erklärte heiser: »Sie beginnen das Außenwerk vor dem Frankentor anzugreifen. Offenbar wollen sie uns heute Nacht von beiden Seiten in die Zange nehmen. Durch den doppelten Angriff hoffen sie unsere Gefechtsstärke zu schwächen. Was kann ich für Euch tun, Jungfer?«

Flora war überrascht. Wieso fragte er sie so direkt nach ihrem Anliegen? Er schien sich nicht zu wundern, dass sie mitten in der Nacht, in ein altes Schultertuch gewickelt, durch das Kaufmannshaus schlich. Es war eben keine gewöhnliche Nacht, überlegte sie. Der Feind begann einen doppelten Angriff und im Haus sollte ein Kind geboren werden. In so einer Nacht konnte man auch herumlaufen und seltsame Fragen stellen. Flora holte tief Luft, stellte sich aufrecht hin und fragte, als wäre es nicht weiter verwunderlich: »Kennt Ihr einen Amsterdamer Kaufmann, der öfter in der Stadt ist? Und könnt Ihr mir sagen, wo er sich im Moment aufhält? Ich bin die Lehrtochter der Hebamme – sie lässt das fragen.«

Letzteres war ihr gerade eingefallen. Warum nicht höhere Autoritäten vorschieben? Immerhin könnte es doch sein, dass die Hebamme ein besonderes Kraut von dem Amsterdamer benötigte. Der Vorsteher schien genau das anzunehmen. Er nickte verstehend und kratzte sich mit der Schreibfeder am Kinn, wobei er einen Tintenfleck hinterließ.

»Das ist nicht schwierig. Jeder kennt den Holländer. Er wohnt schon seit Jahren in der Stadt. Er handelt mit Kunst und reist nur hin und wieder in seine Heimat, um Werke berühmter Maler zu

kaufen. Einen verehrt er besonders, ich habe seinen Namen vergessen.«
Flora hatte nicht erwartet, dass es so leicht sein würde. Es passte alles ganz vorzüglich zusammen. Der Mann, den sie suchte, hatte das Atelier eines Malers aufgesucht. Er hatte sich von Rembrandt eine Skizze als Probe seiner Kunst machen lassen und versprochen wiederzukommen. Es musste sich um denselben Mann handeln. Vielleicht war Rembrandt der Maler, den er besonders verehrte. Der Amsterdamer handelte mit Kunst und wollte erst Interessenten und Kunden auftreiben, kein Zweifel.
»Das muss er sein! Könnt Ihr mir sagen, wo ich ihn finde?«
Der Vorsteher wandte sich an seinen jungen Gehilfen. »Paul? Weißt du, wo der Holländer wohnt, den der Herr manchmal aufsucht? Du hast doch bestellte holländische Kunst dort abgeholt.«
Der Angesprochene blickte von seinen Papieren auf. »Es ist in den Büchern vermerkt. Zwei Stillleben, davon eins mit Eidechse, und ein sturmgepeitschtes Meer. Abzuholen im grünen Haus hinter dem Langentor.«
»Reicht das, Jungfer?«, fragte der Vorsteher und beugte sich wieder über seine Bücher.
Flora murmelte einen Dank und verließ das Kontor. Sie hatte den Amsterdamer gefunden und am liebsten wäre sie sofort zu Marten gerannt und hätte es ihm erzählt. Da fiel ihr ein, dass er sich ja mitten im Gefecht befand. Das Triumphgefühl, das sie soeben noch verspürt hatte, wich schlimmen Befürchtungen. Erst musste Marten unversehrt die Nacht überstehen, bevor sie Pläne schmieden konnten. Wenn Stralsund den doppelten Angriff abgewehrt hatte, dann erst konnte sie den Holländer am Langentor suchen. Und vor allem musste die Frau des Hauses endlich ihr Kind zur Welt bringen.
Flora ging über die Fliesen der Halle zurück ins Nähzimmer. Sie hatte ein schlechtes Gewissen, weil sie Isabel allein gelassen hatte, doch das Kind saß noch genauso da wie zuvor. Nur eine Hand lag jetzt Besitz ergreifend auf Floras Buch und das Schultertuch war halb heruntergerutscht. Flora zog es vorsichtig wieder hoch und

setzte sich an den Nähtisch. Beim Anblick der rennenden Hirsche musste sie daran denken, dass der Hausherr in dem grünen Haus Bilder gekauft hatte. Er war offensichtlich ein Kunstliebhaber. Vor ihr tauchte eine Eidechse auf, die auf einem Floß im sturmgepeitschten Meer trieb. Es schaukelte zwischen Licht und Schatten, wirbelte auf Farbschlieren und verwischten Strichen … Sie musste eingenickt sein, denn als sie die Stimme ihrer Mutter hörte, brauchte sie einen Moment, um zu sich zu kommen.

»Flora? Es ist vorbei. Das Kind ist munter und der Mutter geht es gut. Wir müssen los. Der Morgen graut bereits.«

Eine erschöpft wirkende Alwine stand in der offenen Tür. Es dauerte nicht lange, da war Isabel aufgesprungen und an ihrer Seite. Flora erhob sich ebenfalls. Fast hätte sie ihr Buch liegen gelassen, so schlaftrunken war sie. Nicht einmal auf dem Rückweg wurde sie richtig wach. Dabei war es bereits hell und es war nur noch vereinzelt Kanonendonner zu hören. Der kurze Schlaf im Nähzimmer hatte ihr nicht gut getan. Ihre Beine fühlten sich schwer an. Doch dann bogen sie hinter der Marienkirche um die Ecke und zwei Gestalten standen wartend unter dem Hebammenschild.

»Das sind Marten und Michel!« Flora war auf einmal gar nicht mehr müde. Sie rannte ihnen mit wild klopfendem Herzen entgegen und breitete die Arme aus, als wollte sie beide gleichzeitig umarmen. »Der Herr sei gepriesen, ihr lebt und seid unversehrt!«

Glücklich blickte sie von einem zum anderen. Michel hatte Staub und Blutreste in seinem borstigen Haar kleben und grinste sie aus schiefen Mundwinkeln belustigt an. Marten dagegen sah ernst und nachdenklich aus. Er hatte Tränenspuren im verrußten Gesicht und seine Ärmel hingen schmutzig und zerrissen aus seinem befleckten Wams. Alwine ließ Isabels Hand los und öffnete die Tür: »Kommt erst mal rein. Ihr seht ja furchtbar aus. Ich hole Wasser. Und zieht das stinkende Zeug aus. Seht sie euch an – wie zwei Teufel!«

Michel lachte und sagte zwinkernd: »Wir haben auch gegen Teufel gekämpft. Gegen den Teufel des Wundbrands und des Amputierens. Dieser junge Holländer hier war besonders tapfer.«

»Sei still, Michel«, murmelte Marten und folgte ihm ins Haus.

Flora hielt ihn an einem Fetzen seines Ärmels zurück und wisperte: »Warte, ich muss mit dir reden.«
»Ich habe dir auch etwas zu sagen, aber nicht jetzt. Ich bin müde.«
»Jetzt!«, sagte Flora und blitzte ihn herausfordernd an, als sie hinzufügte: »Oder willst du nicht wissen, was ich über den Amsterdamer herausgefunden habe?«
»Den Amsterdamer?«, gab er zurück und es klang, als ob er nicht mehr wüsste, wer das sein sollte.
Flora wedelte ungeduldig mit der Hand und flüsterte: »Na, der mit der Zeichnung!«
Sie standen allein im dunklen Flur und konnten die Stimmen der anderen in der Küche hören. Marten setzte sich auf die unterste Treppenstufe und vergrub seufzend sein Gesicht in den Händen. Flora blickte verwundert auf sein verklebtes, staubiges Haar. Was war nur mit ihm los? Hatte er alles vergessen? Interessierte es ihn denn gar nicht, was sie herausgefunden hatte? Er ließ die Hände sinken und erklärte: »Ich verzichte auf das Vermögen meines Vaters und werde sofort nach Hause zurückkehren. Das ist nicht mein verfluchter Krieg. Keine Stunde länger bleibe ich in dieser von Gott verlassenen Stadt.«
»Sofort? Vorher wirst du dich waschen und umziehen müssen. Bevor du zum Hafen hinunterläuft, wirst du essen und ein wenig ruhen, da kannst du dir auch anhören, was ich zu sagen habe.«
Er schien nicht auf sie zu achten und fuhr gedankenverloren fort: »Ich gehe mit schwerem Herzen, denn ich mache mir Sorgen um Michel. Er ist heute Nacht mein Freund geworden und ich will nicht, dass ihm dort auf der Schanze etwas passiert. Um euch mache ich mir natürlich auch Sorgen, um dich und deine Mutter, Tante Ludgera und Isabel. Was wird aus euch werden, wenn der Feind in die Stadt kommt?«
Flora wollte jetzt nicht daran denken. Nach dem Amsterdamer und Martens Testament zu suchen war eine willkommene Abwechslung gewesen und hatte sie von dem bevorstehenden Kampf um die Stadt abgelenkt. Sie wollte nicht, dass Marten fortging. Das würde bedeuten, dass sie die Mitgift nie zusammenbekäme. Außerdem würde sie

nichts mehr über die holländische Malerei erfahren und sie würde Marten nie wieder sehen. Letzteres beunruhigte sie am meisten.
»Du hast versprochen …«
Da sprang Marten auf und stieß hervor: »Das war vor dieser Nacht! Ich habe den Tod gesehen und die Schrecken des Krieges. Männer verbluteten unter meinen Händen und sackten, von Kugeln getroffen, zusammen. Ihre Schreie waren furchtbar … Diese Hölle will ich nie wieder erleben.«
Seine Stimme klang gequält und obwohl im Flur nur wenig Licht war, konnte Flora die Schrecken der Nacht in seinem Gesicht lesen. Die Stunden auf der Schanze hatten ihn verändert. Er war kein unbeschwerter Junge mehr, der einer Fremden im Überschwang großzügige und unüberlegte Versprechungen machte. Flora wusste, dass sie verloren hatte. Die Schatzsuche war vorbei. Nichts und niemand würden ihn dazu bewegen, in der Stadt zu bleiben. Sie versuchte ihre Enttäuschung zurückzudrängen und flüsterte: »Es tut mir Leid.«
Von hinten rief Alwine aus der Küche: »Flora? Marten? Wo steckt ihr denn? Das Wasser ist warm und es gibt frisches Brot.«
Flora wandte sich zur Küche. Diesmal war es Marten, der sie zurückhielt: »Warte, Flora. Bist du sicher, dass du den Amsterdamer gefunden hast?«
Überrascht blickte sie sich um. »Ja, natürlich. Wenn er sich in der Stadt aufhält, wohnt er im grünen Haus am Langentor. Ich habe es bei einem Kaufmann erfahren, der ihm Bilder holländischer Maler abgekauft hat. Es kann sich nur um den Mann handeln, der deinen Freund Rembrandt besucht hat.«
»Er handelt mit Kunst?«, Marten überlegte kurz. »Gut, ich verschiebe meine Abreise um einen Tag. Gleich morgen früh werden wir den Amsterdamer aufsuchen.«
»Danke!«
Flora strahlte ihn an, doch Marten lächelte nicht zurück, sondern warnte: »Aber nur einen Tag, nicht mehr.«
»Das wird genügen.«
Den Rest dieses Tages verschlief Marten auf seinem Platz in der Küche und erst am späten Abend kam sein Appetit zurück. Flora

und Isabel leisteten ihm beim Essen Gesellschaft. Isabel schlang den klumpigen Getreidebrei hinunter, als hätte sie seit Tagen gehungert. Was nicht stimmte, denn Alwine achtete sehr darauf, dass das zierliche Mädchen gut aß. Flora war alles andere als zierlich. Man sah ihr an, dass sie warmen Getreidebrei liebte, besonders wenn er mit einer dicken Schicht Zucker bestreut war. Doch Zucker wurde knapp und wenn die Belagerung noch lange dauerte, würde sie bald ihre schönen Rundungen verlieren und so dünn werden, dass sie nur noch aus Knochen bestand. Flora zerdrückte die Klümpchen des Breis auf ihrer Zunge und dachte sehnsüchtig an Rügener Bruch, Marzipanbröckchen und Esskastanien in Backteig. Flora gefiel die Vorstellung nicht, dass ihr Hochzeitskleid an ihr herunterhing wie an einer Vogelscheuche. Sie war immer stolz auf ihre weichen Formen gewesen und ihr gefülltes Mieder. Keiner wollte eine Frau, deren Körper von Entbehrungen gezeichnet war. Das galt für einen Chirurgen genauso wie für einen Stadtrat. Flora dachte daran, wie Lucas' Hände über ihren Körper geglitten waren. Sie hatten jede Rundung liebkost und waren genussvoll an jeder Wölbung entlanggefahren.
Die Sorge um ihre Mutter und der drohende Hexenprozess hatten sie zu sehr beschäftigt, um seine Hände länger zu dulden. Wenn sie gewusst hätte, dass alle Befüchtungen unnötig waren, hätte sie ihn dann fortfahren lassen? Sie starrte in ihre Breischüssel und wusste keine Antwort.
In diesem Augenblick kam Michel in die Küche. Er hatte sein gesäubertes Wams an, trug einen Dolch im Gürtel und suchte offensichtlich etwas.
»Wo ist meine Tasche? Ich bin heute Abend wieder auf der St.-Jürgen-Schanze eingeteilt. Sie rechnen mit einem weiteren Sturmangriff. Ah, da. Diesmal gehe ich nicht ohne meine Instrumente.«
Marten sah zerknirscht aus und Michel klopfte ihm auf den Rücken und sagte aufmunternd: »Niemand erwartet, dass du mich begleitest, Marten. Du bist kein Bürger dieser Stadt und hast dich nicht wie ich freiwillig zur Bürgerwehr gemeldet. Ruh dich aus und bete für meine sichere Rückkehr.«

Marten wirkte nicht überzeugt und Michel fügte augenzwinkernd hinzu: »Wir brauchen dich hier nötiger. Einer muss doch die Frauen und Kinder beschützen – besonders die Kinder.«
Alle blickten Isabel an. Erst jetzt schienen sich die beiden Männer darüber zu wundern, dass sie immer noch da war. Michel stellte die Tasche wieder ab und fragte: »Warum hat sie noch keiner abgeholt? Wo sind ihre Angehörigen? Vermisst sie denn niemand?«
»Wahrscheinlich schon. Doch wir können nichts tun. Nicht, solange noch gekämpft wird«, erklärte Alwine.
Flora fügte hastig hinzu: »Sie ist katholisch!«
»Sie ist katholisch?«, fragte Michel und blinzelte nervös.
»Sie ist aus dem Lager des Feindes fortgelaufen. Wir haben einen Rosenkranz bei ihr gefunden.« Alwine sagte es so, als wäre es etwas Garstiges.
Marten runzelte die Stirn und meinte nachdenklich: »Wenn Isabel einen Rosenkranz besitzt, dann kann sie auch die sieben Psalmen, das Ave Maria, das Credo, die Gebote Gottes und der katholischen Kirche, die Stundengebete des Kreuzes, des Heiligen Geistes und der Muttergottes beten.«
»Damit verschwenden die Papisten ihre Zeit, in der sie besser gute Werke täten«, sagte Alwine, doch sie tätschelte dem Kind gutmütig die Schulter und fügte seufzend hinzu: »Was machen wir nur mit unserer Kleinen?«
Michel fuhr sich durch das Haar und blickte ernst in die Runde: »Wir können nur warten, bis die Kämpfe vorbei sind. Lange kann die Stadt die Angreifer nicht in die Stellungen zurücktreiben. Irgendwann wird es eine Waffenruhe und Verhandlungen geben. Dann wenden wir uns an den Rat und bitten ihn um Hilfe. Sie werden das Kind gegen Gefangene austauschen.«
Sein Vorschlag klang vernünftig und niemand erhob einen Einwand. Michel nickte, winkte Isabel aufmunternd zu und griff nach seiner Tasche. »Ich muss los. Versteckt den Rosenkranz lieber. Er könnte uns in Gefahr bringen. Wir sehen uns wieder, sobald der Tag anbricht und das Donnern der Kanonen nachlässt.«
Als Michel fort war, murmelte Alwine: »So Gott will!«

Flora blickte Isabel an, die etwas traurig in ihrem Rest Getreidebrei herumrührte. »Gibst du mir deinen Rosenkranz? Ich bewahre ihn gut für dich auf, damit die bösen Männer ihn nicht finden. Du bekommst ihn auch ganz gewiss zurück.«
Isabel kniff die Augen zusammen und fragte misstrauisch: »Zeigst du mir, wo du ihn versteckst?«
»Natürlich. Komm mit.«
Flora schob Isabel aus der Küche und hörte noch, wie Alwine murmelte: »Die bösen Männer sind aufrichtige Lutheraner!«
Sie führte Isabel die Treppe hinauf. In ihrem Schlafraum zündete sie eine Kerze an und hob ihre Röcke. Mit einem verschwörerischen Lächeln zeigte sie Isabel die Tasche, die sie in die Unterrockpolster eingenäht hatte. Isabel nickte und holte den Rosenkranz unter der Schürze hervor. Mit andächtigem Gesichtsausdruck reichte sie Flora die Perlen. Sie waren aus billigem grünem und milchig blassem Glas gefertigt. Daran baumelte ein blechernes kleines Kreuz. Es war verbogen und seinen Anhänger schmückte eine zierliche Blume. Flora war von seinem Anblick seltsam berührt und hastig ließ sie alles in ihrem Versteck verschwinden. Während sie die Röcke glatt strich, spürte sie Isabels Blick auf sich gerichtet.
»Was ist?«, fragte Flora. Sie befürchtete schon, dass das Mädchen seinen Rosenkranz zurückfordern würde, doch es flüsterte stattdessen: »Wird sie nun böse sein?«
»Wer?«
»Na, die Jungfrau Maria.«
»Nein, bestimmt nicht. Sei unbesorgt.«
Isabel knickste und bekreuzigte sich.

Am nächsten Morgen war Alwine schon früh zur boldewinschen Wöchnerin aufgebrochen. Da Isabel darum gebettelt hatte, hatte sie sie kurz entschlossen mitgenommen. Flora saß mit Marten in der Küche, um Michels Rückkehr abzuwarten. Sie wollten erst zum Haus des Amsterdamers aufbrechen, wenn sie sicher sein konnten, dass Michel die Nacht unversehrt überstanden hatte. Je mehr Zeit verstrich, umso unruhiger wurden sie.

Flora hatte ihr bestes Schultertuch umgelegt und trug die Haube mit dem Spitzenrand. Sie wollte wie eine wohlhabende Bürgerin aussehen, die sich für holländische Malerei interessierte. Sie hatten ausgemacht, dass Marten gar nichts sagen sollte, um seine Herkunft nicht zu verraten. Vorher hatten sie noch darüber gestritten, ob er überhaupt mitkommen sollte. Flora hielt es für zu gefährlich, da sie den Amsterdamer immer noch verdächtigte, der Auftraggeber des Hinterhalts zu sein. Wenn er Marten nun erkannte und selbst hinter dem Vermögen her war! Ihren Einwand hatte Marten mit der Bemerkung abgetan, dass es ihm lieber wäre, seinem Feind endlich offen in die Augen zu blicken, als sich immer nur vor ihm zu verstecken. Sie hatten sich darauf geeinigt, dass Marten den großen Schlapphut ins Gesicht ziehen und sich in Schweigen hüllen würde.
Als Michel endlich kam, war er genauso verdreckt und staubig wie in der vorigen Nacht. Doch diesmal hatte ihn ein Streifschuss an der Schulter erwischt, der nur notdürftig verbunden war. Flora warf einen Blick darauf und sah sofort, dass der Verband von jemand Ungeübtem angelegt worden war. Das konnte sie besser. Als sie die schmutzigen Streifen abwickelte, beobachtete Marten sie lächelnd, doch er kommentierte ihren Eifer nicht, stattdessen fragte er Michel: »Wir hörten die ganze Nacht die Einschläge. Haben wir die Schanze verloren?«
Flora säuberte Michels Wunde und freute sich, dass Marten »wir« gesagt hatte. Von wegen, das ist nicht mein Krieg. Er dachte ja schon wie ein Stralsunder.
Während sie in den blutigen Hautfetzen herumtupfte, verzog Michel keine Miene, sondern erklärte ernst: »Wir konnten sie wieder in ihre Stellungen zurücktreiben. Heute Nacht werden sie sich ein neues Angriffsziel suchen.« Er machte eine kleine Pause, als müsste er sich Mut machen, und fügte zuversichtlich hinzu: »Es gibt gute Neuigkeiten. Gestern ist ein schwedisches Kriegsschiff gekommen. König Gustav II. Adolf schickt uns hundert Zentner Pulver. Wenn das Schiff in ein paar Tagen wieder ausläuft, wird man eine städtische Abordnung mitschicken, die ihn um weitere Unterstützung bittet.«

Marten schien nicht überzeugt: »Wird es nicht einige Wochen dauern, bis die schwedische Hilfe hier sein kann? Mit der Erstürmung muss aber jeden Tag gerechnet werden.«
Flora betrachtete unschlüssig die offene Wunde und fragte: »Womit soll ich es abdecken?«
Sie wollte lieber nicht daran denken, was bei einer Erstürmung geschehen konnte. Die Stadt hatte sich den Kaiserlichen so lange widersetzt, bestimmt würde sie deren ganzen Zorn zu spüren bekommen. Keine Gnade für Stralsund. Von Arnim versuchte schon seit Oktober vergeblich, seine Söldner in der Stadt einzuquartieren, und er würde die Demütigung durch harte Maßnahmen vergelten. Flora drängten sich Bilder einer brennenden Stadt auf, die von plündernden und vergewaltigenden Horden heimgesucht wurde. Davor konnte sie nur noch eine fremde Macht retten, wenn nicht die Schweden, dann die Dänen. Und bevor Michel ihre Frage nach der Wundbehandlung beantworten konnte, setzte sie hinzu: »Dänische Truppen könnten in wenigen Tagen zur Stelle sein. Doch die Dänen sind in der Stadt nicht gerade beliebt ...«
»Wenn Christian IV. seine Soldaten zu Hilfe schickt, wird die Stadt in ihrer bedrängten Lage unmöglich ablehnen können. Habt ihr Terpentin im Haus? Eine Mischung aus Terpentin, Eigelb und Oleum rossatum hilft besser als das übliche Ausbrennen mit siedendem Öl. Das fand ein französischer Feldwundarzt heraus. Er wurde später Chirurg des französischen Königs. Was einem König hilft, wird auch Michel Warneke helfen.«
»Hoffentlich dauert das nicht bis zum Mittag, dann erwischen wir den Amsterdamer vielleicht nicht mehr.«
Marten klang missmutig und schien nur halb zuzuhören, als Michel fortfuhr, über die Behandlungsmethoden des berühmten Franzosen Ambroise Paré zu sprechen. Flora zerriss eines von Ludgeras sauberen Leinentüchern und wickelte die Streifen sorgsam um die Schulter, nachdem sie die von Michel beschriebene Mischung auf die Wunde gestrichen hatte. Sie hatte sorgfältig darauf geachtet, dass ihre Ärmel nicht schmutzig wurden. Ihre feine Aufmachung war ganz und gar nicht geeignet, um einen Verwundeten zu versorgen.

Als sie das Haus verließen, hatte sich Michel bereits auf Martens Schlafplatz neben dem Herd ausgestreckt. Auf dem Weg warf Flora Marten verstohlene Blicke zu. In Erwartung, gleich den schweigsamen Begleiter spielen zu müssen, schien er nicht zu einem Gespräch aufgelegt. Er schaute sich auch nicht um, machte vielmehr den Eindruck, als würde er die Gassen kennen. Marten schien mehr und mehr wie ein Stralsunder zu fühlen. Doch er war Holländer und würde schon bald nach Leyden zurückkehren. Warum missfiel ihr diese Vorstellung nur so sehr? Wenn sie daran dachte, hatte sie das Gefühl, etwas Unwiederbringliches und Kostbares zu verlieren.
Als sie an der St.-Jakobi-Kirche vorbei waren, begann Flora sich nach einem grünen Haus umzusehen. Vielleicht war es nur ein Spitzname, überlegte sie und blickte die Häuserreihe entlang, die zum Langentor führte. Ihre Augen blieben an einem alten, von Efeu überrankten Fachwerkhaus hängen, das sich trotzig zwischen zwei großen Backsteinhäusern behauptete. Das musste es sein. Marten hatte es auch bemerkt und einträchtig gingen sie darauf zu. Jemand hatte die Efeuranken über der Tür entfernt. Trotzdem kam es ihnen vor, als müssten sie sich durch das Grün hindurchkämpfen, um ins Innere des Hauses vorzudringen. Die Triebe streckten ihre Finger nach den Fenstern aus und schlangen sich um die Dachbalken, als würden sie sie würgen wollen. Auf Floras Klopfen hin öffnete ein junges Dienstmädchen die Tür. Sie zupfte ein Efeublatt von ihrer Schürze und winkte sie herein: »Wartet in der Diele, Mevrouw.«
Obwohl sie nicht viel gesagt hatte, klangen ihre Worte in Floras Ohren fremd. Zögernd trat Flora ein. Marten folgte ihr stumm, doch als er die vielen Bilder sah, konnte er einen kleinen Ausruf nicht unterdrücken. Sie hingen in den unterschiedlichsten Formaten und Rahmen in Dreierreihen übereinander. Flora betrachtete die flachen grünen Landschaften, die eleganten Gesellschaften in paradiesisch anmutenden Gärten und die schwarz gewandeten Bürger in steifen Halskrausen. Das schwache Licht der vom Efeu verdunkelten Butzenfenster ließ die Farben geheimnisvoll glänzen. Es war, als wären die Niederlande nach Stralsund gekommen, um

den Charme und die Lebenslust der fernen Provinzen zu verströmen. Marten würde bald dorthin zurückkehren und Stralsund vergessen.

Langsam und fast andächtig schritt Flora die Reihen ab. Es gab Stillleben, auf denen die Hummerscheren noch zu zittern schienen, und Porträts, auf denen die Perlen zum Greifen nah waren. Marten folgte ihren raschelnden Röcken. Hin und wieder gab er einen überraschten Laut von sich. Flora blieb vor dem lachenden Gesicht eines Musikanten stehen, der gerade seine Flöte an die Lippen heben will. Was für ein unbeschwertes Glück, dachte sie mit einem Anflug von Neid. Sinnend verharrte sie vor dem nächsten Gemälde. In einer Gartenanlage schaukelten Jungfern so unbeschwert an herabhängenden Zweigen, dass man es fast frivol nennen konnte. Plötzlich fiel ihr ein, dass Marten von Historienbildern gesprochen hatte. Hier fand sich kein einziges biblisches Thema, keine Judith und kein Holofernes und keine Susanna im Bade. Sie suchte Martens Blick und flüsterte: »Welches ist von Rembrandt?«

Marten schüttelte bedauernd den Kopf.

»Warum hat er keine Historienbilder im Angebot?«, flüsterte sie fast vorwurfsvoll, als wäre dies Martens Schuld.

»Sie verkaufen sich nicht so gut.«

»Und warum malt dein Freund Rembrandt dann welche?«

»Ihm ist das gleichgültig. Er richtet sich nicht nach dem Geschmack der Leute. Zurzeit experimentiert er mit Innenräumen in Bronzetönen und samtigem Schwarzbraun.«

Sie hörten sich nähernde Schritte und verstummten augenblicklich. Kurz darauf stand ein hoch gewachsener Mann vor ihnen. Er hielt eine Lampe in seinen manikürten Händen und machte einen gepflegten Eindruck. Marten drückte sich in eine dunkle Ecke und Flora trat einen Schritt vor. Der Kunsthändler musterte sie aus eisblauen Augen, die unter dichten grauen Brauen recht skeptisch hervorblickten.

»Womit kann ich dienen, Mevrouw?«

Flora bemühte sich, ihm in die Augen zu blicken. So damenhaft wie möglich wies sie auf die Bilder und sagte leicht abfällig: »Das ist

alles sehr hübsch, ich jedoch suche etwas von Rembrandt. Ich interessiere mich besonders für die Zeichnungen des jungen, Erfolg versprechenden Malers.«
»Ich bedaure sehr, Mevrouw. Den kenne ich nicht.«
»Sie kennen Rembrandt aus Leyden nicht? Er soll dort beachtlichen Ruhm genießen. Viele bekannte Bürger lassen sich von ihm porträtieren!«
Der Kunsthändler lachte kurz und trocken auf, als hätte sie einen besonders guten Witz erzählt, und erklärte belustigt: »Sie bringen da etwas durcheinander. Ich bin aus Flandern, das liegt in den spanischen Niederlanden. Leyden liegt in der so genannten Republik der Vereinigten Niederlande. Unser Land ist geteilt und befindet sich seit vielen Jahren im Bürgerkrieg. Es gibt einen katholischen Süden und einen protestantischen Norden. Die wenigsten Deutschen begreifen das. Sie sind allesamt Ignoranten! Für die Bürger dieser Stadt bin ich ein Holländer, aus welchem Teil des Landes auch immer.«
»Ihr seid nicht aus Amsterdam?«
»Nein, Mevrouw. Ich bin katholisch und aus Antwerpen. Genau wie unser berühmter Peter Paul Rubens. Er ist ein wahrer Malerfürst und genießt wirklichen Ruhm. Zu seinen Kunden zählen die europäischen Königshäuser und zum Dank schenken sie ihm goldene Ketten, Perlen und Adelstitel. Leider besitze ich nur unverkäufliche Arbeiten aus seiner Zeit in Italien. Hauptsächlich von seiner Hand kopierte Werke Tizians und Tintorettos. Wenn Ihr mir nach hinten folgen wollt, könnt Ihr sie ansehen und Ihr werdet zugeben müssen, dass kein junger Maler aus Leyden ihm gleichkommt.«
Er machte eine einladende Geste, doch Flora schüttelte den Kopf und erklärte: »Das ist zu liebenswürdig, mein Herr. Ein anderes Mal vielleicht. Nun muss ich mich verabschieden, denn ich habe noch Einkäufe zu erledigen. Vielen Dank für Eure Mühe.« Sie warf den Kopf zurück und rief Marten zu: »Als Nächstes suchen wir den Stoffhändler am Rathaus auf.«
Marten grummelte etwas Unverständliches und folgte ihr hinaus.

Die Tür des efeubewachsenen Hauses fiel ins Schloss und Marten schob sich den Hut in den Nacken.
»Die so genannte Republik der Vereinigten Niederlande! Gott soll ihn strafen, diesen eingebildeten Flamen. Und dieses Gerede von Rubens! Was Mijnheer in seiner Diele zum Verkauf anbietet, ist alles nur Mittelmaß. Er ist ein Prahlhans.«
Flora stand unschlüssig da und blinzelte in die hoch stehende Mittagssonne. Schließlich seufzte sie und sagte traurig: »Wir haben den Amsterdamer nicht gefunden. Nun wirst du zum Hafen gehen und dich nach einem Schiff erkundigen.«
Marten widersprach nicht, sondern schlenderte gedankenverloren neben ihr her. Flora musste an das denken, was sie bei dem Kunsthändler aus Antwerpen gesehen hatte. Marten hatte es Mittelmaß genannt. Ihr waren die Gemälde nicht mittelmäßig vorgekommen. Sie dachte an die beschwingten, lebenslustigen Menschen, an die prächtigen Interieurs und die friedvollen Stillleben. Eine unbestimmte Sehnsucht erfüllte sie. Könnte sie doch nur mit Marten reisen! Die Provinzen der Niederlande waren ein vom Bürgerkrieg zerrissenes Land und schufen doch solche Bilder. Die Maler in Stralsund brachten nur Bilder von schaukelnden Fischerbooten auf sturmgepeitschtem Meer zustande, das eher an ein aufgewühltes Butterfass erinnerte. In der Provinz Flandern dagegen wurden die Maler mit Adelstiteln beschenkt. Sie erinnerte sich an die Worte des Kunsthändlers und fragte: »Ist Peter Paul Rubens wirklich so großartig? Oder mögt ihr ihn nicht, du und dein Freund?«
»Rubens ist der Größte, ohne Zweifel. Rembrandt verehrt ihn sehr. In vielem nimmt er ihn zum Vorbild und träumt davon, selbst eines Tages so erfolgreich zu sein. Rubens' Bilder sind nicht nur im spanischen Königshaus zu finden, auch der englische König besitzt welche und ist stolz darauf. Niemand kann sich mit Rubens messen – noch nicht.«
»Das klingt, als ob du es Rembrandt durchaus zutraust.«
»Seine Zeit wird kommen.«
Flora stellte sich vor, wie Marten in höfischen Kleidern herumspazierte und in den Königshäusern dieser Welt Rembrandts Bilder

anpries. Sie fand die Vorstellung amüsant, deshalb verpasste sie Marten in Gedanken einen Spitzbart, modische Brokatschleifchen am Hosenbund und eine höfische Locke an der Schläfe. Den ganzen Rückweg über kleidete sie ihn wie einen Gecken.

Unter dem Hebammenschild kam sie wieder zu sich. In der Küche begrüßte Marten Alwine mit den Worten: »Ich muss fort. Hoffentlich findet sich ein Schiff, das mich mitnimmt.«

Alwine saß am Herd und zeigte Isabel gerade, wie man Strümpfe stopfte. Das kleine Mädchen hatte vor Anstrengung rote Flecken im Gesicht. Ludgera stand am Herdfeuer und Michel war dabei, die Fläschchen in seiner Tasche zu sortieren. Er blickte auf und sagte: »Wie schade, Marten. Aber es muss wohl sein. Noch ist der Strelasund frei. Wer weiß, wie lange noch.«

»Ja, wirklich schade«, stimmte ihm Ludgera zu, »du warst ein angenehmer Gast und bist hier jederzeit willkommen. Hier, eine kleine Wegzehrung. Etwas Besseres habe ich nicht, die Vorräte werden knapp.«

Marten nahm dankbar die beiden verschrumpelten Äpfel, die sie ihm reichte, und packte sie in seinen Reisesack. An der Tür wandte er sich noch einmal zu Flora um und sie kam zu ihm. Er sah unschlüssig aus, schließlich sagte er leise: »Leb wohl, Flora. Wenn ich mein Vermögen doch noch finden sollte, kehre ich zurück und löse mein Versprechen ein.«

»Warum gibst du so schnell auf? Wir können den Amsterdamer immer noch finden!«

»Wenn es hier einen gäbe, dann hätte es uns der Kunsthändler ganz sicher erzählt. Er hätte keine Gelegenheit ausgelassen, um über einen aus der Republik der Vereinigten Niederlande herzuziehen.«

»Ich weiß, der protestantische Norden, die ›so genannte Republik‹, wie er sie nannte.«

»Meine Heimat. In ihr regiert die Freiheit des Geistes, Gott sei gepriesen. Gute Maler finden sich auch bei uns. Rubens selbst hat die Gilde in Utrecht gelobt. Und Rembrandts Lichtkegel in …«

»… den Innenräumen in Bronzetönen und samtigem Schwarzbraun. Ich weiß«, ergänzte Flora.

Er lächelte und flüsterte: »Goede reis wünscht man bei uns. Sag es zum Abschied, Flora. Ich will es in meiner Muttersprache aus deinem Mund hören!«
»Goede reis«, wisperte sie und die Tür schloss sich hinter ihm.

Fast eine Woche später stürmte Michel morgens in die Küche und keuchte: »Es ist vorbei! Der Sturmangriff ist gescheitert. Von Arnim hat um Waffenruhe gebeten. Er will die Toten bestatten. Heute noch verhandelt er mit unserer Delegation.«
Flora war von ihrem Platz aufgesprungen und glaubte ihren Ohren nicht zu trauen. Endlich, dachte sie erleichtert, die Stadt war nach vier heftigen Angriffen völlig erschöpft. Michel hatte ihnen täglich von den Kämpfen berichtet. Er hatte es dabei nicht versäumt, die Mutlosigkeit unter den städtischen Söldnern zu betonen. Die Übermacht des Feindes schien überwältigend, vor allem nachdem die St.-Jürgen-Schanze verloren gegangen war. Kaiserliche Kavallerie war am Strand durch das Wasser um die Palisaden herumgeritten und den Verteidigern in die Flanke gefallen. Dem war ein großer Sturmangriff gefolgt und die Stadt hatte sich verzweifelt an den dänischen König gewandt. Niemand hatte geglaubt, dass sich die Stadt allein wehren könnte. Doch nun blickte Michel stolz in die Runde. »Ihr Vorstoß kam unter dem Feuer unserer Geschütze ins Stocken! Wir haben sie überall zurückgeschlagen. Sogar aus den bereits eroberten Schanzen haben wir sie wieder herausgeworfen. Nun herrscht erst einmal Ruhe.«
Ludgera stellte ihm eine Schüssel wässrigen Getreidebrei hin und fragte skeptisch: »Ja, aber für wie lange? Eine Waffenruhe ist noch kein Sieg.«
Alwine wirkte nachdenklich und erklärte schließlich: »Nun ist der Zeitpunkt gekommen, Isabel zurückzuschicken. Wir wollten eine Waffenruhe abwarten und den Rat um Hilfe bitten.«
Michel begann zu essen. Flora setzte sich neben Isabel und betrachtete sie unschlüssig. War der Zeitpunkt wirklich günstig? Das Mädchen senkte den Löffel und sah sie halb ängstlich, halb hoffnungsvoll an. Flora lächelte ihr aufmunternd zu.

Alwine fuhr zögernd fort: »Ich bezweifle, dass die Herren Zeit haben, mich anzuhören. Weiberkram, werden sie sagen und sich nicht um ein Papistenkind scheren.«
»Aber was ist mit einem Gefangenenaustausch?«, fragte Flora.
Michel schüttelte den Kopf: »Sie haben kaum Gefangene gemacht. Außerdem sind keine Männer von Rang darunter. Alwine hat Recht. Sie werden sie nicht anhören. Nicht wegen eines Kindes. Sie haben andere Sorgen.«
Alwine wischte sich die Hände an der Schürze ab und musterte Flora prüfend. Sie schien mit sich zu ringen. Endlich holte sie tief Luft und stieß hervor: »Aber dich werden sie anhören, Flora. Du kennst doch einen Wurffrath, der nicht ohne Einfluss ist.«
»Mutter, das ist unmöglich ...«
Flora dachte daran, wie ihre Mutter sie vor Lucas Wurffrath gewarnt hatte. Für Alwine war er ein Verführer. Nun schien das alles vergessen. Der Krieg kannte andere Gesetze. Alwine wies auf Isabel und sagte: »Tu es für das Kind! Es muss endlich seiner Mutter zurückgegeben werden. Wir haben schon viel zu lange gewartet, der Herr vergebe uns. Geh zu diesem Lucas Wurffrath, Flora. Bitte ihn um Hilfe.«
»Ich habe ihn seit den Angriffen nicht mehr gesprochen. Wer weiß, ob er Zeit für mich hat. Sicher gehört er zu der Delegation, die mit von Arnim verhandelt.«
»Umso besser. Geh am besten sofort. Setz deine hübsche Spitzenhaube auf. Darin hast du ihm einmal gefallen und wirst es wieder tun.«
»Ich kann sie begleiten«, warf Michel ein und wollte schon aufspringen, doch Alwine legte ihm eine Hand auf die Schulter: »Das muss Flora allein machen. Es wird weibliches Fingerspitzengefühl erfordern.«
Flora wagte nicht zu fragen, was ihre Mutter damit meinte. Doch ihre Tante sprach aus, was alle dachten. Sie murmelte: »Weibliche List und Verführungskunst. Der Herr steh' uns bei. Es wird uns in Teufels Küche bringen.«
Flora stand auf, um ihre Haube mit dem Spitzenrand zu holen. Als sie mit der Haube auf dem Kopf zurückkam, betrachtete ihre Mut-

ter sie und sagte leise: »Wenn jemand es schafft, dann du. Du weißt von klein auf über die Männer Bescheid. Tag für Tag wurden dir die Folgen von Leichtsinn und Verführung vor Augen geführt. Du wirst dich vorsehen, da bin ich sicher.«
»Darf ich mit?«, fragte Isabel und versuchte ihre kleine Hand in Floras zu schieben.
»O nein«, beschied Alwine und zog Isabel fort. »Du wirst schön hier bleiben, deine Gebete sprechen und artig sein.«
Draußen vor der Tür dachte Flora amüsiert, dass es ausnahmsweise jemand anders war, der artig sein musste. Voller widerstreitender Gefühle schlug sie die Richtung ein, in der das Haus der Wurffraths lag. Den ganzen Weg über grübelte sie, was sie sagen sollte. Sollte sie gleich zur Sache kommen oder ihm erst noch einen Kuss gestatten? Er würde sicher Verständnis für ihre Sorge um ein kleines Mädchen haben. Er war so freundlich zu seinem Neffen und seinen Nichten. Sollte sie erwähnen, wie Michel das Mädchen am Strand gefunden hatte, oder lieber nicht? Brachten sie und die Ihren sich in Gefahr, weil sie ein Kind aus dem feindlichen Lager beherbergten? Würde er nicht fragen, wieso sie es nicht gleich gemeldet hatten?
Vor dem Haus angekommen, zögerte Flora unschlüssig. Sie hatte ein offizielles Anliegen und so wollte sie sich nicht durch den Hintereingang im Hof hineinschleichen. Sie wollte gerade nach dem Türklopfer greifen, da schwang die Tür auf. Erschrocken wich sie zurück und presste sich an die Hauswand.
Lucas trat in Begleitung dreier ernst blickender Herren in militärisch anmutender Kleidung heraus und eilte an ihr vorbei, ohne sie zu bemerken. Flora starrte entsetzt auf seinen sich entfernenden Rücken. Wie sollte sie jetzt ihr Anliegen vorbringen? Sicher waren sie auf dem Weg ins Rathaus und er würde bis zum Abend beschäftigt sein. Solche wichtigen Verhandlungen dauerten viele Stunden, vielleicht sogar die ganze Nacht. Flora wollte nicht unverrichteter Dinge nach Hause gehen. Bürgermeister Steinwich und Oberst von Arnim mussten warten. Immerhin war sie Lucas' Verlobte. Entschlossen trat sie einen Schritt vor und rief: »Einen Moment nur!«

Die Männer blieben stehen und wandten sich um. Lucas' Gesicht blieb völlig ausdruckslos. Er presste die Lippen aufeinander und für einen Augenblick glaubte Flora, er würde sie verleugnen. Sie wagte nicht zu atmen und holte erst wieder Luft, als er auf sie zukam. Seine drei verblüfften Begleiter ließ er einfach auf der Straße stehen. Er griff nach ihrem Arm und führte sie in den Hinterhof, außer Sichtweite. Ungestüm drückte er sie an sich: »Flora, Gott sei Dank. Wo bist du gewesen? Jeden Tag habe ich auf dich gewartet.«
»Ich …«
»Nein, sag nichts. Wir haben nicht viel Zeit. Hör mir nur zu!«
Er ließ sie los, umschlang ihren Nacken jedoch sogleich wieder, als würde er sie nie wieder fortlassen wollen. Seine Hände an ihrem Hals fühlten sich warm und schwer an. Seine Nähe verwirrte sie und sein Geruch bewirkte ein schwirrendes, federleichtes Gefühl in ihrem Kopf. Sie versuchte angestrengt an ihr Anliegen, an Isabel und ihre Mutter zu denken. Es war unmöglich. Sie konnte keinen klaren Gedanken fassen. Die verheißungsvolle, dunkle Tiefe seiner Seeräuberaugen verschlang alles andere. Und dann gab es da so ein süßes Versprechen um seine leicht geöffneten Mundwinkel. Seine Lippen lockten zart und köstlich wie eine verbotene Süßigkeit. Nur einen Kuss, dachte Flora sehnsüchtig. Sofort schalt sie sich ein albernes, dummes Ding und versuchte daran zu denken, dass sie einen wichtigen Auftrag hatte. Ein Kind brauchte ihre Hilfe. Sie schluckte und wollte etwas sagen, doch er ließ sie nicht zu Wort kommen.
»Flora, du musst fort! Du musst die Stadt verlassen. Der Waffenstillstand wird nicht lange halten. Die Belagerungsarmee zählt über achttausend Mann und unsere Bürgerwehr gerade mal eintausendfünfhundert. Dazu kommen zwar noch tausend Söldner, aber das ändert nichts an der verzweifelten Lage. Sie haben damit begonnen, Frauen und Kinder auf die Schiffe zu bringen. Die Plätze sind rar und sie verlangen viel Geld. Nur die Familien wohlhabender Bürger werden berücksichtigt. Mit Mühe habe ich es geschafft, dir zusammen mit meiner Schwägerin und ihren Kindern einen Platz zu reservieren. Du musst alles zurücklassen und dich mit ihnen in

Sicherheit bringen. Komm morgen früh wieder, dann begleite ich euch zum Hafen. Meine Schwägerin weiß Bescheid und Cornelia freut sich auf dich.«

Ehe sie etwas erwidern konnte, hatte er ihr schon einen flüchtigen Kuss auf die Lippen gedrückt und war verschwunden.

Fassungslos stand Flora da. So hatte sie sich den Kuss nicht vorgestellt und auch das Gespräch war anders verlaufen, als sie erhofft hatte. Er war so in Eile gewesen, dass sie gar nicht zu Wort gekommen war. Wie sollte sie das zu Hause erklären? Sie würde alle enttäuschen. Schlimmer noch, sie würde verschweigen müssen, was vorgefallen war. Er hatte sie aufgefordert, aus der umkämpften Stadt zu flüchten. Er hatte anscheinend viel Geld dafür bezahlt. Du musst alles zurücklassen, hatte er gesagt. Wie konnte er annehmen, sie würde ihre Familie im Stich lassen? Niemals würde sie so etwas tun. Kopfschüttelnd trat Flora aus dem Hof auf die Straße.

Ein Stück weiter konnte sie ihn und die drei anderen Männer sehen, die in Richtung Alter Markt und Rathaus verschwanden. Die Federn auf ihren breitkrempigen Hüten wippten unternehmungslustig und die Bänder an ihren Degen flatterten. Der Waffenstillstand würde nicht lange halten und die Belagerer waren weit in der Überzahl. Wenn die Wohlhabenden ihre Frauen und Kinder in Sicherheit brachten, was würde dann mit Stralsund geschehen? Gedankenversunken sah Flora der Delegation nach. Plötzlich schnalzte jemand neben ihr mit der Zunge und sie wandte den Kopf. Da stand eine alte Frau und wies auf die Männer. Flora kannte die Alte, denn sie saß oft auf dem Markt zwischen den Ständen und sagte den Leuten für ein paar Schilling die Zukunft voraus. Sie las sie in den Sternen, deutete sie aus Spielkarten und aus den Linien der Hand. Manchmal stand sie nach einer Geburt vor dem Haus einer Wöchnerin und bot an, dem Neugeborenen die Konstellation der Sterne zu deuten. Alwine scheuchte sie immer fort, denn sie traute ihren undurchsichtigen Voraussagen nicht. Flora hatte es bei solchen Gelegenheiten stets vermieden, die Alte anzusehen. Diesmal konnte sie den Blick nicht von den knitterigen Runzeln und den trockenen Lippen wenden. Die Wahrsagerin schien irgendetwas zu sehen, was von größter Wichtigkeit war, denn sie sagte mit bedeutungsvoll gesenkter Stimme: »Da geht er hin, dein Schatz. Nimm dich vor ihm in Acht, Kleine. Du bist ein nettes Mädchen und hast einen Besseren verdient. Er ist nicht, was er scheint. Er spielt ein gefährliches Spiel. Wenn du nicht aufpasst, wird es dich mit in den Abgrund reißen.«

Flora spürte bei den Worten einen Schauer, der ihr vom Rücken in alle Glieder kroch. »Was weißt du über ihn?«

Die Runzeln gerieten in Bewegung und es sah aus, als ob die Alte lächelte. Ihr Kopf wippte vielsagend hin und her und sie murmelte: »Er täuscht sie alle. Er täuscht auch dich.«

»Wie das? Was tut er? Macht er gemeinsame Sache mit dem Feind? Ist er ein Verräter?«

Die alte Frau wiegte weiter den Kopf, sagte jedoch nichts mehr. Flora überlegte, ob sie ihr Geld anbieten sollte, doch da hatte sich die Alte schon umgewandt und schlurfte davon.

»Warte! Ich muss noch mehr wissen!«, flehte Flora und sah erleichtert, dass die Alte sich umdrehte.

»Mehr verraten die Sterne nicht. Sie plappern nicht wie die Waschweiber.« Mit diesen Worten setzte die alte Frau ihren Weg fort und ließ Flora stehen.

Alwine hatte sie immer vor der Wahrsagerin gewarnt. Sie nutze nur die Leichtgläubigkeit der Menschen aus, hatte sie oft erklärt. Ob Gottes Hand schützend über einem Neugeborenen lag oder ob er es zu sich rief, daran konnten die Sterne nichts ändern. Sterndeutung und Wahrsagerei war etwas für wankelmütige, unstete und flüchtige Gemüter. Aufrechte Protestanten gaben sich nicht mit solchen Dingen ab. Sie suchten in der Bibel Antworten und nicht in den Sternen. Eigentlich gab Flora ihrer Mutter darin Recht. Doch bezweifelte sie, dass sie in der Bibel eine Antwort darauf finden würde, ob Lucas ein Verräter war. Trieb er ein doppeltes Spiel, indem er mit dem Feind gemeinsame Sache machte? Seit die kaiserliche Armee erschienen war, hatte es immer wieder Klagen gegeben, dass Stralsunder Kaufleute mit ihnen Geschäfte machten und Vorräte, welche die Stadt dringend benötigte, heimlich ins feindliche

Lager verkauften. Doch ein Stadtrat, der mit den Kaiserlichen paktierte? Das war undenkbar! Flora beschloss, nach Hause zu gehen und den Worten der Wahrsagerin keine Beachtung zu schenken. Die Alte wollte sie sicher nur zu ihrem Stand am Markt locken. Darauf würde sie nicht hereinfallen.
Der Himmel hatte sich zugezogen und eine graue Wolkendecke lag über der Stadt. Es ging nur ein leichter Wind. Flora dachte an die schlaffen Segel der abfahrbereiten Schiffe im Hafen. Nur die Frauen der Reichen konnten sich in Sicherheit bringen, alle anderen waren gezwungen, in der Stadt auszuharren. Flora beobachtete ein paar Kinder, die selbstvergessen am Straßenrand spielten. Sie wünschte, sie könnte sie alle auf die Schiffe bringen. Sie hatten alle Brüder und Väter, die tapfer in der Bürgerwehr kämpften. Genau wie Michel, der kein Stralsunder war und dennoch ihre Wunden versorgte.
Zu Hause erzählte Flora, sie hätte den Stadtrat nicht angetroffen. So konnte sie verschweigen, dass er ihr angeboten hatte, aus der Stadt zu fliehen. Es war besser, die Mutter wusste nichts von dieser Möglichkeit. Alwine würde sie vielleicht drängen, das Angebot anzunehmen, und das wollte Flora auf keinen Fall. Sie wollte selbst entscheiden, wohin sie ging. Vor allem wollte sie bei den Menschen bleiben, zu denen sie gehörte. Zu Lucas' Familie gehörte sie bestimmt nicht, das konnte sie deutlich fühlen. Die Schwägerin kannte sie nicht einmal. Die Frau wäre sicher nicht erfreut, Flora als neues Familienmitglied aufzunehmen. Und würde Lucas es überhaupt über sich bringen, Flora als seine heimliche Verlobte vorzustellen? Vielleicht sollte sie als Kindermädchen für seinen Neffen und die Nichten mitreisen? Oder als besseres Dienstmädchen?
Flora lag in dieser Nacht hellwach neben ihrer schlafenden Mutter und stellte sich vor, wie Lucas am Hafen vergeblich auf sie warten würde. Was würde sie tun, wenn er persönlich käme, um sie zu holen? Statt zu schlafen, machte Flora sich Sorgen, ob er zu ihrem Haus kommen und sie vor allen anderen auffordern würde, die Stadt zu verlassen. Erst gegen Morgen fiel sie in einen unruhigen Schlaf und träumte von Lucas, der sie wie ein Paket zusammenschnürte und gegen ihren Willen zum Hafen hinuntertrug.

Den ganzen Morgen wartete Flora. Immer wieder rannte sie zum Fenster, um nach Lucas zu sehen. Auch in den nächsten Tagen kam er nicht. Vielleicht lag es daran, dass er zu beschäftigt war. Die politische Lage hatte sich verändert. Endlich war Hilfe eingetroffen. Nachdem sechshundert dänische Soldaten in die Stadt gekommen waren, folgten drei Tage später noch einmal dreihundert. Flora teilte Michels Begeisterung über die dänische Hilfe nicht. Zwar waren mit dem Hilfsangebot keine Forderungen verbunden, dafür saß der Anführer der dänischen Truppen im städtischen Kriegsrat. Deshalb wurde es immer schwieriger, zu einer friedlichen Einigung zu kommen. Flora dachte an die achttausend Kaiserlichen vor der Stadt. Die gut gemeinte Hilfe des dänischen Königs würde nicht ausreichen. Der Feind war immer noch weit überlegen.
Ein paar Tage später erzählte Michel ihnen von den neuen Kriegsartikeln, die der Hauptmann der Bürgerwehr vor Dienstantritt verlesen hatte. Mit verstellter Stimme zitierte er: »Wer Verrat übt, von Aufgabe der Festung spricht oder den ihm anvertrauten Posten verlässt, der soll, gleichviel ob Offizier, Soldat oder Bürger, ohne alle Gnade an Ehre und Leben gestraft werden, in gewissen Fällen lebendig geschunden und seine Haut anderen zum warnenden Beispiel auf den Pfosten genagelt werden.«
Flora musste an die Warnung der Wahrsagerin denken. War Lucas ein Verräter? Würde sich bald zeigen, wer er wirklich war? Würde er ohne Ansehen seiner Person und ohne alle Gnade bestraft werden? Flora hoffte, dass sie es vor allen anderen herausfinden würde.
Mit wachsender Unruhe hörte sie jeden Abend Michels Berichte. Es gab nur wenige Gefechte während der Kampfpause, in der alle ihre Kräfte sammelten und auf Verstärkung warteten. Er erzählte von den Verhandlungen zwischen den verfeindeten Lagern. Flora beruhigten diese Bemühungen um eine Einigung eine Weile. Sie sagte sich immer wieder, dass Lucas schon wissen würde, was er tat. Doch man brauchte keine Wahrsagerin, um zu wissen, dass jeder Mann in Gefahr war, der politische Verantwortung trug. Rat und Bürgerschaft lagen seit Beginn des Konflikts im Streit um das Wohl der Stadt. Die Bürgerschaft verdächtigte die Ratsfamilien,

die Stadt durch Kompromisse verkaufen zu wollen. Wer konnte in diesen Zeiten schon sagen, wo die Grenze zwischen Friedenswunsch und Verrat lag? Jeder, der sich um eine Einigung bemühte, geriet in Verdacht, ein Verräter an den Interessen der Stadt zu sein. Doch was waren die Interessen der Stadt? Flora war sich nicht sicher. Es gab Gerüchte über schreckliche Gräueltaten in den von Kaiserlichen besetzten Landstrichen. Sie wurden ausgeplündert und litten Not an allem. Stralsund war dies erspart geblieben, doch wie lange noch?

In der ersten Juninacht kam Flora weit nach Mitternacht mit ihrer Mutter von einer schweren Niederkunft nach Hause. Sie waren beide erschöpft und niedergeschlagen. Es hatte viele Stunden gedauert und schließlich war die Frau verblutet und ihr Mann weinend neben dem kleinen Bündel zusammengesunken. Er hatte seinen kleinen Sohn gar nicht angeschaut. Alwine hatte Flora zur Tür hinausgedrängt und geflüstert, man müsse nun auf Gott vertrauen. Auf dem Rückweg waren sie sehr schweigsam gewesen und nun taumelten beide müde in den Flur.

Flora sehnte sich nach ihrem Bett. Sie wollte nur noch auf ihr Kissen sinken und schlafen, vergessen, ins selige Nichts eintauchen, nicht mehr an das viele Blut denken müssen. Trotz der späten Stunde drang durch den Türspalt Licht aus der Stube. Dort saß Marten neben einer munter wirkenden Isabel am Nähtisch. Die flackernde Lampe warf einen kupferfarbenen Schimmer auf sein Haar. Die eine Hälfte seines Gesichts lag im Schatten, wodurch seine Sommersprossen dunkler und seine Nase schmaler wirkten. Bei seinem Anblick vergaß Flora für einen Moment die Erlebnisse der Nacht. Am liebsten wäre sie auf ihn zugelaufen und hätte ihn umarmt. Erst jetzt wurde ihr bewusst, wie sehr sie ihn vermisst hatte. Ohne ihn hatte etwas gefehlt. Vielleicht war es sein aufmerksamer Blick oder seine geduldige, angenehme Stimme, die kluge und interessante Sachen sagte. Durch sein unvermutetes Auftauchen fühlte sie sich wie beschenkt und war plötzlich kein bisschen mehr müde. Bevor irgendjemand etwas sagen oder erklären konnte, rief sie: »Marten! Wie ist das möglich? Bist du schon zurück?«

»Er war nie fort«, mischte sich eine murrende Stimme von der Tür zur Küche her ein. Dort stand eine fest in ihren Schal gewickelte Ludgera. Sie sah Floras erstaunten Gesichtsausdruck und fuhr im selben anklagenden Ton fort: »Er hat am Hafen auf ein Schiff gewartet. Doch zuerst fand sich keines. Windige Wirtsleute überredeten ihn, ein überteuertes Zimmer am Hafen zu nehmen, um die Ankunft und Abfahrt der Schiffe nicht zu verpassen. Dann haben die Schiffseigner damit begonnen, die Plätze an reiche Bürgersfrauen zu verkaufen. Da hatte unser Marten sein letztes Geld schon für die Wuchermiete verschwendet. Deshalb, und nur deshalb, hat er sich wieder an die einzigen Menschen in der Stadt erinnert, die gut zu ihm gewesen sind!«

Marten erwiderte nichts, schaute Flora nur an. Sein Blick war ihr vertraut und sie konnte ohne Mühe die Entschuldigung darin lesen. Er hatte sich die ganze Zeit in der Stadt aufgehalten und sie hatte nichts davon geahnt. Doch sie war so froh, ihn zu sehen, dass sie Ludgeras Empörung nicht teilen konnte. Ihrer Mutter schien es ähnlich zu gehen, denn sie sagte nur: »Er ist hier immer willkommen«, und drängte sich an Ludgera vorbei in die Küche. Sie hatte offensichtlich vor, am Herd Wasser zu erhitzen und sich das Blut der Wöchnerin abzuwaschen. Bevor sie verschwand, wandte sie sich noch einmal um und rief: »Das Kind gehört ins Bett!«

Ludgera folgte Alwine in die Küche. Isabel sah Flora an und bettelte: »Noch nicht! Wir sind noch nicht fertig.«

Flora fragte sich, was die beiden hier trieben, und trat neugierig an den Nähtisch heran. Marten und Isabel hatten einen Stapel Zeichnungen vor sich liegen und waren gerade dabei, die oberste zu betrachten.

»Was ist das?«, fragte Flora und blickte auf die dunklen Striche, die einen wilden Tanz auf dem Blatt vollführten. Marten rückte ein Stück zur Seite und sie ließ sich auf den Stuhl neben ihn sinken. Dabei ließ sie das Bild keinen Moment aus den Augen. Jetzt konnte sie erkennen, dass es sich um Männerkörper handelte, die nackt ineinander verschlungen waren. Schlangen wanden sich um ihre Glieder und mehrere Hunde hatten sich in ihre Fersen verbissen.

Marten wirkte verlegen und erklärte leise: »Ich habe versucht, meine Erlebnisse auf der Schanze festzuhalten. Ich habe ein antikes Thema gewählt, um die Schrecken darzustellen. Das ist der Kriegsgott Mars im zähen Kampf mit Zentauren.«
»Nichts erinnert an einen Sturmangriff auf eine Schanze«, sagte Flora leicht vorwurfsvoll und unter dem Eindruck der blutigen Niederkunft fügte sie hinzu, »nirgends gibt es auch nur einen Tropfen Blut zu sehen.«
»Ich wollte nur die Idee des Krieges einfangen. Die Schreie und das Blut in jener Nacht waren anders.« Nachdenklich fuhr Marten über ihre Hand. Flora fand seine sachte Berührung tröstlich und wünschte, er würde niemals damit aufhören. »Es war wie das Ende der Welt. Ich glaubte es nicht mehr länger auszuhalten. Deshalb stellte ich mir vor, ich befände mich in einem Bild. Ein schmerzverzerrtes Gesicht wurde zum Antlitz des heiligen Stephanus, wie Rembrandt ihn gemalt hat. Die Fratzen der Söldner wurden zu den Grimassen der Peiniger, die den Märtyrer steinigen. Das Blut auf der Kleidung wurde zu Zinnoberrot und das rinnende Blut zum intensiv leuchtenden Koschenille, einem Rot, das man aus der weiblichen mexikanischen Schildlaus gewinnt. War es Unrecht, mich in ein Bild hineinzuträumen, während um mich herum die Welt in Blut versank?«
»Wieso nur aus der weiblichen Schildlaus? Was ist mit den männlichen?«, fragte Isabel und erst in diesem Augenblick schien Marten sich wieder an ihre Anwesenheit zu erinnern. Geduldig erklärte er: »Weil nur sie den Stoff enthalten, der nötig ist, um das Pigment herzustellen. Manches findet sich eben nur bei weiblichen Wesen, anderes nur bei ihren männlichen Artgenossen. Das ist das Geheimnis der göttlichen Ordnung der Dinge und alles geht nach seinem Willen.«
»Zeichnen können Frauen auch«, sagte Isabel und warf der Zeichnung auf dem Nähtisch einen abschätzigen Blick zu.
»So?«, fragte Marten und wartete auf eine Erklärung.
»Flora, zeig ihm dein Buch!«
»Nein.«

Flora starrte auf Martens Hand, die er wie zufällig auf der ihren hatte liegen lassen. Sie hatte es gar nicht richtig bemerkt. Es hatte etwas Vertrautes und zugleich Besitzergreifendes. Nun zog er die Hand fort und fragte: »Welches Buch? Wovon spricht sie?«
Flora stand seufzend auf. »Sie meint mein Hebammenbuch. Darin notiere ich mir alles, was es Wissenswertes über den Berufsstand zu lernen gibt, und versehe es zur Anschauung mit Bildern. Warte, ich hole es.«
Alwine hatte ihre Tasche neben der Tür stehen gelassen. Flora hatte mit einem Griff ihr Buch herausgezogen und trug es zum Tisch. Als sie nun hastig die Seiten umschlug, entfuhr Marten ein überraschter Laut. Er stoppte ihr schnelles Durchblättern, indem er einen Finger auf die besonders gelungene Zeichnung eines Neugeborenen legte. Die Augen hatte es zu Schlitzen zusammengepresst, die gekräuselte Nase hatte sich in fächerförmige Falten gelegt und ein glänzender Film lag auf dem fleckigen Gesichtchen. Er schnalzte anerkennend mit der Zunge und fragte: »Das hast du gemacht? Man glaubt, das Kind schreien zu hören, so gut ist es getroffen. Die Lebendigkeit des Ausdrucks wirkt durch die lockere Strichführung ganz natürlich. Selten findet man so eine sichere Hand. Wer hat dich so zeichnen gelehrt?«
»Niemand. Das ist doch nicht schwierig. Man muss ja nur hinsehen.«
»Genau das können aber die wenigsten.«
Gähnend rieb sich Isabel die Augen und fragte: »Wie heißt das Kind? Hat es ein Geschwisterchen?«
Als sie keine Antwort bekam, bettete sie ihren Kopf auf den Arm. Nach wenigen Augenblicken waren die gleichmäßigen Atemzüge einer Schlafenden zu hören. Niemand achtete auf sie.
Marten blickte wieder auf die Zeichnung und flüsterte: »Das Sehen ist eine besondere Gabe. Manche gehen Jahre bei einem großen Meister in die Lehre und lernen es nie.«
Flora fühlte sich geschmeichelt. Sie hatte gedacht, dass jeder so zeichnen konnte wie sie. Wenn sie Martens Skizze allerdings genauer betrachtete, fiel ihr auf, wie klobig seine Körper, wie bemüht und

gekünstelt seine Gesichter wirkten. Lag es am Thema? Er schien ihre Gedanken zu erraten und erklärte leise: »Ich male eigentlich menschenleere Landschaften unter wolkenschwerem Himmel. Wolkenwirbel, wehende Grassoden und sturmgepeitschte Bäume sind darauf zu sehen. Und manchmal ein paar grasende Kühe in der Ferne, aber nie Menschen.«

Flora fragte sich, ob sie seine Landschaftsbilder je zu sehen bekäme oder wenigstens die Skizze einer Landschaft. Seit er hier war, hatte er seinen Reisesack mit den Malerutensilien nicht angerührt. Sie hatte es der Stirnwunde zugeschrieben, die er bei dem Überfall davongetragen hatte und die nur ganz langsam zu einer sichelförmigen Narbe verheilte.

Marten blätterte aufmerksam ihr Buch durch und sagte gedankenverloren: »Mancher muss die großen Meister jahrelang kopieren, um solches zu vollbringen. Schon Leonardo hat die Reihenfolge genau festgelegt. Vom Kopieren gelangt man zur Naturzeichnung, vom Aktstudium zur Stellungs- und Bewegungsstudie, von der Draperie zur Landschaft und schließlich zur Meisterschaft der Komposition.«

»Ein langer mühsamer Weg«, sagte Flora.

Sie fragte sich etwas neidisch, ob er ihn gegangen war. Vielleicht war Marten sogar in Italien gewesen. In jedem Fall brauchte es Geld oder einen reichen Gönner und man musste ein Mann sein – natürlich.

»Doch damit ist es nicht genug«, unterbrach Marten ihre Gedanken. »Frederico Zuccari sagt, man muss beim Zeichnen die göttlichen Ideen erspüren, die dieser Welt zugrunde liegen. Ein göttlicher Funke ist nötig, der den Geist berührt und die Fantasie beflügelt. Wenn ich deine Bilder betrachte, kann ich diesen göttlichen Funken spüren. Er ist im Gesicht der friedlich Stillenden eingefangen. Er findet sich auch in den Zügen der Sterbenden hier. Sie sind so gut getroffen, dass man weinen möchte.«

Isabel seufzte im Schlaf auf, als wollte sie seine Worte kommentieren.

Flora sah ihre Zeichnungen plötzlich mit anderen Augen und betrachtete nachdenklich gespreizte Beine, deformierte Kinderköpfe und helfend zupackende Hände. Gab es in alldem einen göttlichen Funken? War es mehr als die Veranschaulichung der Vorgänge für eine angehende Hebamme? Marten schien davon überzeugt.

»Hast du mal versucht, auf blauem oder gelbem Papier zu zeichnen? Hast du mal Kohle, Kreide, Rötel oder Silberstift ausprobiert? Die Wirkung ist jedes Mal ganz verschieden.«

»Nein, bis jetzt hatte ich nur eine Kiel- oder Rohrfeder zur Verfügung, mit der ich auch die Texte schreibe. Aber ich lerne gern dazu. Wenn du nun länger in der Stadt bleiben musst, kannst du es mir zeigen. Ich denke, es würde mir Freude machen. Ich werde ganz ruhig, wenn ich zeichnen darf. Es ist ein Glücksgefühl wie ...«

Wie was? Flora hielt inne. Sie hatte über den Genuss von Marzipantörtchen und Zuckerzeug sprechen wollen. Doch das klang bestimmt ziemlich albern und wenn sie es recht bedachte, war das Gefühl beim Küssen dem viel ähnlicher. Als wären die Lippen das zerschnittene Ende einer Feder, die sich spreizte, während sie sich erwartungsvoll auf das Papier drückte. Träumend fuhr sie mit dem Finger über die Tischkante. Marten beobachtete sie und sagte leise: »Sobald das hier vorbei ist, gehen wir zusammen nach Holland, Flora.«

»Nach Holland?«

Überrascht blickte sie auf. Wovon redete er? Sie hatte ihn doch nur darum gebeten, ihr ein paar Zeichenstunden zu geben. Er erklärte mit kaum verhohlener Begeisterung in der Stimme: »Ich will dich meinem Freund Rembrandt vorstellen. Wenn er auch noch keine eigene Werkstatt gründen und Schüler annehmen darf, so kann er doch eine Empfehlung aussprechen. Du solltest bei einem Meister die Grundlagen erlernen. Wenn deine großen Bilder sind wie das hier«, er wies auf das Buch und beendete seinen Satz mit einer weit ausholenden Geste, »dann werden sie überall großes Aufsehen erregen!«

»Bist du närrisch? Ich soll bei einem Meister in Holland in die Lehre gehen? Hast du vergessen, dass ich eine Frau bin? Hast du vergessen, dass ich die Lehrtochter einer städtischen Hebamme bin?«

»Jeder wird vergessen, dass du eine Frau bist, wenn er das hier sieht.«

Flora dachte, dass sie nun einwenden müsste, sie wäre mit Lucas Wurffrath verlobt. Doch war sie das überhaupt noch? Hatte er die Verlobung nicht längst gelöst, weil sie nicht aus der Stadt geflohen war, wie er es gewünscht hatte? Sie hatte gestern Abend versucht, mit Lucas zu sprechen. Ein Dienstmädchen hatte ihr mitgeteilt, dass die Hausherrin und ihre Kinder die Stadt verlassen hätten und der junge Ratsherr zu beschäftigt sei, um jemanden zu empfangen. Wollte er sie nur nicht sehen oder war er wirklich zu beschäftigt? Beschäftigt womit? Mit offiziellen Verhandlungen oder mit Verrat?

Verärgert, dass sie in diesem Augenblick an Lucas gedacht hatte, schlug sie das Buch zu und sagte: »Du hast es leicht! Du bist ein Mann. Wenn du Maler werden willst, dann stehen dir alle Wege offen.«

»Da irrst du dich. Zuerst hatte niemand etwas dagegen, dass ich mich der Malerei widmete. Als Kind kritzelte ich herum und wurde für meine frühen Versuche gelobt. Da stand noch fest, dass mein älterer Bruder Rechtsgelehrter wird, so wie es mein Vater wünschte. Doch als er fort war, war nur noch ich übrig, um seine Position einzunehmen und die Ehre der Familie wieder herzustellen.«

»Was heißt das, ›als er fort war‹?«, fragte Flora verblüfft.

»Er hat Geld unterschlagen und wurde vom Rat der Stadt nach Übersee verbannt. Er ahnt noch nicht einmal, dass Vater tot ist. Hendrik ist sieben Jahre älter als ich. Er hat mich auf seinen Schultern huckepack getragen und ist mit mir im Winter auf den Kanälen Schlittschuh gelaufen. Ich habe ihn vergöttert. Ich war erst fünfzehn, als er verbannt wurde, und verstand es nicht.«

Flora runzelte die Stirn. Ein Bruder hatte ein Anrecht auf das Vermögen. Nachdenklich sagte sie: »Könnte er nicht hinter dem Vermögen deines Vaters her sein? Vielleicht ist er der Mann, den sie den Auftraggeber nannten? Er könnte den Überfall geplant haben …«

»Aber er ist doch in Übersee! Irgendwo in den Kolonien. Vielleicht ist er längst tot. Wir haben seit seiner Verbannung nichts mehr von ihm gehört. Mein Vater hat nie wieder von ihm gesprochen.«

Marten machte eine lange Pause und Flora fand, er sah traurig aus, doch dann holte er tief Luft und stieß hervor: »Ich bin der einzige Sohn, der übrig ist. Deshalb bin ich es dem Andenken meines Vaters schuldig, sein Wortspiel zu enträtseln. Nicht des Geldes wegen, sondern ihm zu Ehren. Aber nicht hier, das ist sinnlos. Ich werde in Leyden jeder Spur nachgehen, die ich finden kann.«
»Vielleicht taucht der Amsterdamer ja wieder in Rembrandts Atelier auf? Dann klärt sich alles auf.«
»So Gott will. Flora, hast du morgen Zeit für eine kostenlose und unverbindliche Zeichenstunde von einem jungen Dilettanten? Ich habe alles, was man dafür braucht, in meinem Reisesack.«
Flora stand auf, presste ihr Buch an sich und nickte. Sie wollte sich schon abwenden, da fiel ihr noch etwas ein: »Und kein Wort mehr über Holland. So eine weite Reise wird meine Mutter niemals erlauben. Schlag dir das aus dem Kopf.«
Sie wartete seine Antwort nicht ab, sondern ließ ihn mit dem schlafenden Kind am Nähtisch zurück. So konnte sie auch nicht sehen, wie Marten lächelte.
Er dachte gar nicht daran, so schnell aufzugeben.

Am nächsten Morgen überraschte Flora ihn im Kräutergarten. Es war noch sehr früh und er wirkte bedrückt und nachdenklich. Sie wollte sich erst wieder zurückziehen, um ihn nicht zu stören, dann setzte sie sich jedoch neben ihn. Eine Weile sagte keiner von ihnen ein Wort. Beide betrachteten die Tautropfen, die überall im Morgenlicht schimmerten, und sahen den schon eifrig ihr Tagwerk verrichtenden Insekten zu. Schließlich strich Flora ihren Rock glatt und fragte: »Was ist mit dir? Irgendetwas lastet auf deiner Seele. Sind es die Ereignisse auf der Schanze, die dich bekümmern?«
Marten war bei ihren Worten zusammengeschreckt, als hätte sie ihn aus einem tiefen Schlaf geweckt. Er starrte weiter auf die Beete, als er leise antwortete: »Ich habe heute Nacht von meinem Vater geträumt. Er hatte eine aus Weinranken geflochtene Krone auf dem Kopf, hob sein gefülltes Glas und verspottete mich, weil ich sein Rätsel noch nicht gelöst habe. Bist du im Traum schon einmal ver-

spottet worden? Es ist grauenhaft. Mein Vater hob tadelnd den Zeigefinger und rief: ›O Sohn, was treibst du wieder? Lässt du dich einmal mehr ohne Vernunft und Verstand vom eigentlichen Ziel ablenken?‹ Wie ungemein erheiternd. Sein darauf folgendes Lachen triefte vor hämischer Genugtuung. Ich höre es immer noch.«
»Das Tageslicht vertreibt solche Gespinste. Sieh doch, wie lustig der Falter um die Halme flattert.«
»Alles erinnert mich heute Morgen an meinen Vater. Selbst dieser kleine Kräutergarten mit seinen Beeten. Er lässt mich daran denken, dass Vater immer davon gesprochen hat, einen Garten anzulegen. Es war sein Herzenswunsch. Ständig machte er Pläne, wie er ihn anlegen wollte.«
»Einen Garten? Das ist hübsch. Vor der Belagerung hatten die reichen Bürger Gärten und Gartenhäuser vor den Mauern der Stadt. Für die Verteidigung mussten sie eingeebnet werden. Angeblich gab es deswegen einen Tumult unter den Ratsherren.« Flora erzählte von den Gärten, um Marten von seinem Traum abzulenken. Da er nichts erwiderte, fragte sie: »Gibt es in Leyden auch solche Gärten vor der Stadt?«
»O ja. Natürlich haben viele ein Rasenstück im Hof. Manchmal ranken sich Holunderbüsche und Goldregen an der Hauswand empor und es gibt einen Obstbaum. Doch wer etwas auf sich hält, hat einen Garten vor der Stadt. Zumeist trennt ein kleiner Weg gepflegte Rasenflächen, auf denen sich geometrisch angeordnete Blumenbeete befinden. In der Mitte ist oft ein Pavillon. Auf den Entwurf eines solchen Pavillons verwandte mein Vater am meisten Zeit.«
»Und, hat er einen Garten angelegt? Vielleicht ist die Erbschaft dort versteckt?«
Marten schüttelte den Kopf, klang jedoch nachdenklich: »Soviel ich weiß, sind die Entwürfe meines Vaters nie verwirklicht worden. Es war immer nur ein kurzweiliger Zeitvertreib, ein Gedankenspiel. Überall lagen die Skizzen herum und einmal kam ich dazu, wie er mit Rembrandt über den vollkommen angelegten Garten stritt. Mein Vater beharrte darauf, dass die Blumen nach Sorten und Far-

ben sortiert bleiben müssten. Rembrandt witzelte darüber, dass sich wenigstens ihre Düfte mischen würden.«
»Verbrachte dein Vater häufig Zeit in dem Garten eines Bekannten? Gab er irgendeinem Garten den Vorzug?«
Sie wollte den Gedanken, dass das Vermögen in einem Garten versteckt sein könnte, noch nicht aufgeben. Wenn Martens Vater so viel Zeit auf den Entwurf eines Gartens verwandt hatte, was lag da näher? In ihrer Vorstellung spazierte sie bereits durch einen von ihm angelegten Garten. Sie sah die gut sortierten Beete und bewunderte die Nelken, die Iris und die Lilien. War Martens Erbschaft unter den Hyazinthen oder den Heckenrosen vergraben? Er unterbrach ihr Sinnen, indem er sagte: »Mein Vater liebte es, durch den botanischen Garten der Universität zu spazieren. Dort verbrachte er viel Zeit. Manchmal unterhielt er sich mit einem der Gärtner.«
»Vielleicht weiß einer von ihnen, ob dein Vater irgendwo etwas vergraben hat?«
»Das ist sehr unwahrscheinlich. Meist ging es um die verschiedenen Tulpensorten, die sich wachsender Beliebtheit erfreuen. Der botanische Garten ist riesig – wenn es dort vergraben ist, dann gnade mir Gott! Ohne die Hinweise des Rätsels finde ich es nie.«
Das Rätsel, immer wieder das verschwundene Rätsel, dachte Flora missmutig und scharrte mit ihrer Fußspitze im Sand unter der Bank. Marten schien ihre Verärgerung zu spüren und wollte offensichtlich das Thema wechseln, denn er griff hinter sich und holte eine große Zwiebel hervor. Er hielt sie in die Höhe und rief: »Die habe ich vorhin aus der Küche stibitzt. An ihr lässt sich die Zeichenkunst wunderbar studieren. Wenn ich sie halbiere, wird ihr feucht glänzendes Inneres sichtbar. Da es von matter Schale und fransigem Wurzelwerk umgeben ist, finden sich alle Arten von Oberflächen an ihr. Warte hier! Statt über das Rätsel zu grübeln, werden wir den Morgen zum Zeichnen nutzen.«
Ehe sie etwas erwidern konnte, war er aufgesprungen und nach drinnen verschwunden. Nach einer Weile kam er mit einem Zeichenbrett zurück. Er drückte ihr ein Stück Rötelkreide in die Hand und forderte sie auf: »Los, versuch die verschiedenen Oberflächen-

strukturen der Zwiebel einzufangen. Danach versuchen wir es mit einem Ei vor der hellen Hauswand. Das ist eine schwierige Aufgabe, die jeder Schüler beim Eintritt in eine Werkstatt bewältigen muss.«

Marten legte ihr das Zeichenbrett auf den Schoß und zerschnitt mit einem kleinen Messer die Zwiebel, die er vor ihr im Beet platzierte. Als Flora sich mit der Kreide über das Papier beugte, hatte sie das Rätsel bereits vergessen.

In den folgenden Wochen machten es sich Flora und Marten zur Gewohnheit, jede freie Minute zusammenzusitzen und zu zeichnen. Für die anderen Mitglieder des Hauses war dies bald ein vertrauter Anblick. Er zeigte ihr den Gebrauch von Rötel oder Kohle und erläuterte deren Vorzüge und Tücken. Er erklärte, wie man das Papier vorher in Leinwasser tränken, trocknen und glätten und nach dem Zeichnen über Wasserdampf halten musste, damit die Kohle haften blieb, dass Ölkohle keine Korrekturen zuließ und nur von einer absolut sicheren Hand benutzt werden sollte. Er beschrieb ihr die Wirkung von Tinte auf braun oder blau getöntem Papier und referierte über die Skala der Strichbreiten und die Möglichkeiten, mit der Feder harte und weiche Linien zu ziehen, zu punktieren oder zu schraffieren. Oft verwendete er holländische Ausdrücke. Er sagte dann tekenen statt zeichnen und schoonmaken statt reinigen. Nach einer Weile waren Flora die holländischen Ausdrücke vertraut und sie bat ihn, ihr die Sprache beizubringen. Holländisch zu lernen fiel ihr leicht, manches war dem Dialekt ihrer Küste ähnlich. Bald konnte sie schon einfache Sätze. Es bereitete ihnen Vergnügen, miteinander zu sprechen, ohne von den anderen verstanden zu werden. Marten arrangierte Stillleben aus zermatschtem Obst und angesprungenen Krügen, die sie eifrig abzeichnete. Sie lachten gemeinsam über holländische Anekdoten, die keiner außer ihnen verstand. Er berührte sie oft wie zufällig und es störte sie nicht.

Michel beobachtete die beiden gleichmütig. Entweder schien es ihn nicht zu stören, dass ein anderer so vertraut mit der Frau war, die er zu heiraten gedachte, oder er hatte den Plan längst fallen gelassen. Er brachte ihnen Zeichenmaterial und besorgte das benötigte Papier. Er bewunderte Floras Zeichnungen und schlug vor, sie solle Isabel, unter dem Fenster sitzend, porträtieren. Es wurde ein gelungenes Porträt und alle waren voll des Lobes, nur Alwine knurrte etwas von Hebammenhänden. Über das Heiraten sprach sie nicht mehr. Die Stadt war in Gefahr und man hatte andere Sorgen.

Michel diente weiter in der Bürgerwehr als Feldwundarzt und berichtete jeden Tag über die Vorgänge in der Stadt. Mitte Juni ging das beunruhigende Gerücht um, dass sich Wallenstein mit einem Heer von über fünfundzwanzigtausend Mann der Stadt nähern würde. Wenige Tage später traf zur Erleichterung aller ein schwedisches Geschwader von acht Schiffen mit sechshundert Mann ein. Der schwedische König hatte auf die Bitten der Stadt reagiert, stellte jedoch zur Bedingung, dass ein festes Bündnis geschlossen wurde, von zwanzig Jahren war die Rede. Vorher würden die Soldaten nicht an Land gehen. Drei Tage später war ein Allianzvertrag ausgehandelt und am 24. Juni kamen die schwedischen Soldaten in die Stadt.

Es vergingen weitere drei Tage, bis Michel berichtete, dass Wallenstein im feindlichen Lager eingetroffen sei. Flora erkundigte sich, ob die Schweden noch mehr Soldaten schicken würden, doch er zuckte nur mit den Achseln. Voller Sorge dachte sie daran, dass Wallenstein noch keinen Kampf verloren hatte. Wie konnte Stralsund seinen Angriffen standhalten? Sie beschloss, noch am selben Abend Lucas aufzusuchen und ihn zu fragen. Vielleicht wusste er mehr als die einfachen Soldaten auf den Schanzen.

Als die Nacht hereinbrach, wickelte sie sich in ihr Schultertuch und stahl sich davon. Marten hatte ihren heimlichen Aufbruch beobachtet und zögerte keinen Augenblick. Er warf sich seinen Reisesack über die Schulter und folgte ihr so unauffällig wie möglich. Seit er Isabel dabei erwischt hatte, wie sie selbstvergessen darin herumkramte, trug er ihn immer bei sich. Das Ungetüm, das mit Zeichnungen, Kreiden und allerlei Malutensilien gefüllt war, behinderte ihn beim Laufen. Trotzdem gelang es ihm, Flora zu folgen.

Obwohl sie sich immer wieder in den Schatten einer Hauswand drückte, war sie in der mondhellen Nacht gut zu sehen. Marten ahnte, wohin sie wollte. Sie bewegte sich direkt auf die vornehmen Häuser der Ratsfamilien zu.

Mit jedem Tag, an dem nicht über den Stadtrat gesprochen worden war, hatte Marten mehr Hoffnung geschöpft. Er hatte gehofft, dass sie mit ihm nach Holland kommen würde, sobald die Belagerung vorüber wäre und sie die Stadt verlassen könnten. Während sie zeichnete, hatte er ganz dicht neben ihr gesessen, ihren Duft eingeatmet und mit offenen Augen vor sich hin geträumt. Er hatte sie lachend auf einem Schiff gesehen, seinen Namen rufend, ihr Haar ungebändigt vom Wind zerzaust. Manchmal träumte er davon, wie sie gemeinsam in Rembrandts Atelier standen. Es roch nach Leinöl und Harz. Flora betrachtete versonnen ein Bild, dann drehte sie sich um, flüsterte seinen Namen und lächelte. Sie hatte dieses verführerische kleine Lächeln, bei dem sich ihre vollen Wangen rundeten und ihre Augen strahlten. Alles an ihr war weich und lieblich, voll und verlockend. Er wollte nicht ohne sie fortgehen. Sie sollte mitkommen, bei ihm bleiben und ihn nie wieder verlassen. Bis zu diesem Augenblick war er sicher gewesen, dass er sie früher oder später überzeugen würde. Die gemeinsamen Stunden über dem Zeichenpapier hatten ihn darin bestärkt. Doch nun schwand seine Hoffnung dahin.

Flora war ganz offensichtlich auf dem Weg zu Lucas Wurffrath. Sie zog sich das Schultertuch über den Kopf und blickte sich verstohlen um. Marten erstarrte und wagte kaum zu atmen. Was sollte er sagen, wenn sie ihn entdeckte und zur Rede stellte? Flora setzte ihren Weg fort. Erst vor dem Hofeingang eines großen Hauses blieb sie stehen. Er drückte sich in den Schatten gegenüber und wartete. Sie schien zu lauschen. Waren da Schritte? Jetzt wich sie zurück und verbarg sich rasch, indem sie sich an die Hauswand presste, als würde sie mit ihr verschmelzen wollen. Ein Mann trat leise aus dem Hof. Er hatte sich einen dunklen Mantel übergeworfen. Sein Gesicht lag im Schatten einer breiten Hutkrempe verborgen, die mit zwei großen Straußenfedern geschmückt war. Eine davon war in einem seltsamen Winkel abgeknickt und wippte erwartungsvoll.

Das musste Lucas Wurffrath sein. Er schien in einer wichtigen Mission unterwegs zu sein, denn er zögerte keinen Augenblick, sondern huschte eilig davon. Marten erwartete, dass Flora ihm etwas zurufen und sich bemerkbar machen würde. Zu seinem großen Erstaunen löste sie sich von der Wand und folgte ihm leise und unauffällig, als wäre sie nur ein nächtlicher Schatten. Marten überlegte einen Moment, was er tun sollte. Er wollte die beiden auf keinen Fall bei einem Stelldichein überraschen. Aber sah das nach einem heimlichen Treffen Liebender aus? Irgendetwas stimmte hier nicht. Eine dunkle Ahnung drängte sich ihm auf. Wenn der Stadtrat Heimlichkeiten hatte und etwas Unüberlegtes tat, dann war Flora in Gefahr. Er musste sich beeilen, wenn er sie nicht aus den Augen verlieren wollte. Gerade konnte er noch ihren Rocksaum im Mondlicht flattern sehen. Rasch setzte er ihr nach. Sie war so darauf bedacht, nicht entdeckt zu werden, dass sie ihn nicht bemerkte. So kamen sie rasch voran. Vor dem Kniepertor blieb die Gestalt mit dem Schlapphut stehen und flüsterte mit den Wachhabenden. Er will aus der Stadt hinaus, dachte Marten besorgt und beobachtete aus sicherem Abstand, wie die dunkle Gestalt durchgelassen wurde. Kurz darauf war es Flora, die mit der Wache verhandelte und nach kurzem Disput durchgewinkt wurde.
Marten wartete einen Moment, dann näherte er sich ebenfalls dem Tor. Als er angerufen wurde, hielt er inne und erklärte barsch, dass sein Vögelchen gerade durch das Tor geflogen sei. Die Wachsoldaten lachten und riefen, dass das Vöglein längst einen anderen Gockel habe. Marten fragte, wer der Kerl sei, und sie erklärten amüsiert, dass der Mann eine wichtige Botschaft für den Hauptmann der Schanze hätte. Auf Martens skeptischen Blick hin beteuerten sie, dass er sich mit dem städtischen Siegel ausgewiesen habe. Die Wachleute ließen Marten durch und riefen ihm derbe Späße nach. Er lief über den Platz, umrundete die Erdwälle und erreichte die starken Gemäuer der St.-Jürgen-Schanze. Niemand hielt ihn auf, alle schienen beschäftigt. Da er schon einmal hier gewesen war, kannte er den Weg und wusste, wo er den Hauptmann finden würde. Zumindest dachte er das. Doch es dauerte nicht lange, da hatte

er sich in den düsteren, schmalen Gängen verlaufen. Er irrte umher und auf einmal sah alles gleich aus. Als er Flora schon verloren glaubte, entdeckte er sie am Ende eines Ganges.
Sie stand an einem vergitterten Durchlass. Das Mondlicht malte Streifen auf ihren Rock, während sie mit Michel sprach, dessen kleines, rundes Gesicht gut zu erkennen war. Michel zögerte, dann machte er einem Soldaten ein Zeichen und der öffnete umständlich das Gitter. Flora bückte sich und verschwand durch die schmale Öffnung. Marten glaubte seinen Augen nicht zu trauen. Was wollte sie da draußen? Dort konnte jeden Augenblick der Teufel los sein. Der Feind würde heranstürmen und das Feuer eröffnen. Flora würde mitten ins Gefechtsfeuer geraten. War sie von Sinnen? Was hatte sie vor? Der Stadtrat war doch mit einer wichtigen Botschaft beim Hauptmann. Oder etwa nicht?
Der Soldat wollte sich gerade daranmachen, das Gitter abzusperren, da rief Marten: »Nein, wartet!«, und rannte los.
Erstaunt blickten die Männer auf. Dann stand Marten keuchend vor ihnen, stützte sich an der Wand ab und stieß schwer atmend hervor: »Warum hast du das zugelassen? Es kann jeden Moment losgehen. Sie werden sie umbringen!«
»Sie hat Nachricht erhalten, dass Isabels Mutter vor der Schanze wartet. Sie ist gleich zurück.«
Marten wunderte sich über Floras dreiste Lüge. Wie konnte Michel so gutgläubig sein? Marten schüttelte den Kopf und schnaufte: »Das ist nicht wahr! Sie rennt einem Mannsbild hinterher und in ihr Verderben. Lasst mich durch. Ich werde sie zurückholen. Sie kann noch nicht weit sein.«
Michel erklärte schuldbewusst: »Gerade eben haben wir einen Späher durchgelassen. Du meinst wirklich, Flora könnte ihm folgen?«
Marten antwortete nicht, sondern schwang sich aus der Öffnung und ließ sich nach draußen ins helle Mondlicht fallen. Es spritzte und er landete mit den Stiefeln in knöcheltiefem Wasser. Michel beugte sich zu ihm hinaus und wisperte: »Sei vorsichtig. Du musst um die Schanze herumwaten, dann gelangst du an den Strand. Es gibt keine Deckung, schlag dich in die Böschung hinauf. Dort

wirst du Flora finden. Der Herrgott und seine Engel mögen dich begleiten.«
Marten empfand Michels Worte und die kühle Nachtluft als tröstlich. Beherzt marschierte er los. Als er die Schanze umrundet hatte, konnte er die dunklen Schatten der Böschung erkennen, dahinter zuckten hin und wieder Lichtblitze, von dumpfem Dröhnen begleitet. Der Boden unter ihm zitterte und Rauchschwaden verdunkelten den Mond. Waren sie etwa schon im Anmarsch? Kam jetzt der Feind? Marten versuchte die aufkommende Panik zu unterdrücken. Wie war er bloß in diese Situation geraten? Wo steckte sie?
»Flora?«
Es war nur ein gedämpfter Ruf gewesen, trotzdem schien er die Luft zu zerschneiden. Marten duckte sich und lief auf die dunklen Schatten oberhalb des Strandes zu. Seine nassen Stiefel verfingen sich im hohen Gras und er stolperte auf einen schmalen Sandweg, der sich zwischen den niedrigen Büschen schlängelte. Ein Stück weit entfernt konnte er eine kleine Gestalt ausmachen. Vor Erleichterung wurde ihm ganz schwindelig.
Flora bewegte sich vorsichtig vorwärts und blickte sich immer wieder ängstlich nach allen Seiten um. Auch sie hatte das Geschützfeuer gehört. Marten konnte an nichts anderes denken als an die heranmarschierenden Soldaten, die direkt auf Flora zukamen. Bleib stehen, flehte er, kehr um. Doch sie lief immer weiter.
Mehrere dunkle Gestalten näherten sich. Flora schien die Gefahr nicht zu bemerken, denn sie hatte den Kopf in den Nacken gelegt und blickte zu dem verhangenen Mond hinauf. Marten konnte den Lauf von Musketen erkennen. Sie waren direkt auf die ahnungslose Flora gerichtet. Noch waren sie zu weit entfernt, um zu zielen. Er musste handeln. Marten rannte los, als wäre der Leibhaftige hinter ihm her, Sand spritze auf, Grashalme schlugen ihm gegen die Beine und in seinem Kopf wirbelten die Gedanken durcheinander. Wirf dich nach vorn Flora, auf den Boden, aus der Schusslinie, in Deckung. Flora hörte ihn kommen und wandte den Kopf. Sie machte ein erschrockenes Gesicht. Ihre Augen kamen ihm riesig vor.

»Runter!«, zischte er und riss sie zu Boden. Schützend warf er sich mit seinem Körper über sie. Sie gab einen hohen gepressten Ton von sich, wehrte sich aber nicht. Der Reisesack rutschte von seiner Schulter, Papier knisterte und Schreibgeräte rollten über den sandigen Boden. Im selben Augenblick knallten Schüsse. Kugeln peitschten über ihre Köpfe hinweg und schlugen irgendwo im Gras hinter ihnen ein. Dann folgte eine unheimliche Stille. Marten hörte Floras heftigen Atem. Ihr Körper bebte unter ihm. Sie müssen nachladen, dachte er und nutzte den Augenblick, um sich von ihr runterzubewegen und ihr zuzuraunen: »In Deckung!«

Flora richtete sich auf und sagte vorwurfsvoll: »Sie hätten mich gar nicht bemerkt, wenn du nicht so einen Lärm ...«

Ein vereinzelter Schuss knallte in der Dunkelheit und sie warf sich wieder zu Boden.

»Verflucht, sie werden gleich hier sein.«

Er versuchte sie kriechend mit sich zu ziehen, doch sie war wie erstarrt. Als er den Kopf hob, sah er die Schützen mit gesenkten Musketen nahen.

»Wir müssen hier weg! Sie stürmen die Schanze!«

»O nein. Das ist nur ein Scheingefecht. Lucas wäre nicht so dumm, in einen Angriff zu laufen.«

Obwohl sie den Ernst der Lage immer noch nicht zu begreifen schien, begann sie, auf die Ellenbogen gestützt, rückwärts zu robben. Plötzlich waren die nahenden Männer verschwunden. Auf wundersame Weise war der Sandweg vor ihnen leer und nur hin und wieder peitschten Schüsse in der Ferne. Schweres Geschützfeuer war von der Frankenbastion zu hören. Flora schien Recht zu haben. Die St.-Jürgen-Schanze würde verschont bleiben.

Erleichtert wollte er sich schon aufrichten, da fiel sein Blick auf ein paar staubige Söldnerstiefel, die wie aus dem Nichts plötzlich direkt vor ihm standen. Mehrere gut bewaffnete Männer hatten sie umzingelt und blickten schweigend auf sie herunter. Marten fühlte sich wie ein Tier in der Falle. Sie hatten ihn an der Nase herumgeführt und gedemütigt. Während er sich in Sicherheit wähnte, waren sie von hinten aus den Büschen gekommen. Es musste sich um einen Spähtrupp handeln, der schoss, sobald sich etwas Verdächtiges bewegte. Eine Stimme über ihm fragte spöttisch: »Wen haben wir denn da? Hat der Feind so wenig Truppen, dass er schon Frauen zum Spähen ausschickt?«

Marten zog sich auf die Füße, während er gleichzeitig versuchte, Flora aufzuhelfen. Er musterte die Männer unauffällig. Es waren einfache Söldner mit harten, ausgemergelten Gesichtern, die nicht lange fackelten, wenn ihnen Spione aus dem feindlichen Lager ins Netz gingen. Schon jetzt, so schien es ihm, sahen sie Flora an wie ein Stück Beute, mit dem sie sich amüsieren wollten. Verzweifelt blickte er um sich, doch der Weg war schmal und im Sand würden sie nicht vorankommen. An Flucht war nicht zu denken. Sein schweifender Blick fiel auf den Reisesack und plötzlich wusste er, was zu tun war. Mit einem möglichst flämisch klingenden Akzent erklärte er: »Wir wollen zu Wallenstein. Ein Fischerboot hat mich und meine Frau am Strand abgesetzt. Offensichtlich zu dicht an der belagerten Stadt. Ich bin Kupferstecher und arbeite für die *Ordentliche Wöchentliche Antwerpener Postzeitung*. Sie wünschen, dass ich eine Ansicht von der Belagerung mache. Damit die ganze katholische Welt Anteil am Ruhm des großen Feldherrn nehmen kann. Natürlich nur wenn Wallenstein einverstanden ist.«

»So, ein Flame von der Zeitung«, sagte der Mann und musterte Marten misstrauisch.

Marten reckte selbstbewusst das Kinn und ein anderer fragte: »Hej, Kupferstecher, ist das da dein Kram?«, und deutete auf den Reisesack.

»O ja doch. Ein kleines Zeichenbrett, Feder, Tusche, Tinte und allerlei noch.«

Der Söldner war immer noch skeptisch und stieß hervor: »Aus Antwerpen ist er! Einer von den kleinkrämerischen Flamen, die mit den Spaniern buhlen!«

Seinen Kameraden schien das nicht zu bekümmern, gutmütig sagte er zu Marten: »Na, dann kommt mal mit. Wallenstein hat sein Hauptquartier am Hainholz.«

Marten bückte sich nach dem Reisesack, steckte die Federn hinein und verschnürte ihn sorgsam. Mit einem unbehaglichen Gefühl folgte er den Soldaten. Sie wirkten jetzt, da sie keine Feinde mehr waren, viel weniger einschüchternd, trotzdem war ihm nicht wohl bei dem Gedanken, den Flamen spielen zu müssen. Um deutlich zu machen, dass sie zu ihm gehörte und niemand sonst ein Anrecht auf sie hatte, griff er Floras Hand und zog sie hinter sich her. So stolperten sie den Sandweg entlang in Richtung Hainholz.

Flora musterte ihn anerkennend von der Seite. Anscheinend hielt sie seine Lüge für einen genialen Plan. Doch es gab Tücken und er wollte nicht daran denken, was geschah, wenn er seinen Reisesack öffnen und Beispiele seines Könnens präsentieren sollte. Da gab es keine Ansichten von Schlachten und belagerten Städten. Er hatte nur Isabels Porträt und ein paar Stillleben aus Ludgeras Küche dabei, die Flora angefertigt hatte. Zwar gab es noch eine Hafenansicht mit dem schwedischen Geschwader am Horizont, doch die würde ihn eher verraten, als ihm nützen. Vielleicht gelang es ihm, noch in dieser Nacht ein paar Skizzen zu machen, die Schlachtordnungen und Geschütze hinter Palisaden zeigten? Das Geschützfeuer vor der Frankenbastion schien lauter zu werden und Marten wandte sich an den Anführer der Männer: »Wird der große Feldherr denn in so einer Nacht Zeit haben, mich zu empfangen?«

»Gerade in so einer Nacht. Den Angriff führt von Arnim und Wallenstein läuft wie ein Tier im Käfig im Quartier auf und ab. Er liebt in solchen Momenten Zerstreuung. Natürlich nur, wenn es sich um eine Angelegenheit von strategischer Bedeutung handelt.«

»Natürlich«, murmelte Marten und fragte sich beunruhigt, ob er gleich dem unbesiegbaren kaiserlichen General gegenübertreten würde. War ein Kupferstich von strategischer Bedeutung? Offensichtlich, denn sie hielten genau auf die großen Holzhäuser zu, die rasch im Hainholz errichtet worden waren, als die Belagerung begann. Vor dem größten Gebäude standen hoch gewachsene, einschüchternd wirkende Wachen. Fahnen mit dem Wappen von Friedland schmückten den Eingang. Der Anführer des Spähtrupps wandte sich an einen von Wallensteins Männern und redete leise mit ihm. Marten fragte sich, was er wohl über den flämischen Kupferstecher erzählte, der so unvermutet mit seinem Weib am Rand des Lagers aufgetaucht war. Der Mann nickte ein paar Mal und wandte sich gerade zum Eingang, da sprang die Tür auf und ein Mann trat heraus. Er war prächtig gekleidet und sah sehr respekteinflößend aus. Über einem weich fallenden, breiten Spitzenkragen prangte ein Spitzbart. Die geölten Enden eines gepflegten Oberlippenbarts zeigten herausfordernd nach oben. Er hatte ein schmales Gesicht und hervorspringende Wangenknochen. Seine stechenden Augen musterten die Anwesenden und durchbohrten schließlich Marten. Doch bevor der sich von dem Schrecken erholen konnte, Wallenstein so unvermutet gegenüberzustehen, hatte der Feldherr Flora entdeckt. Abschätzig musterte er ihre zerknitterten Röcke, ihr verrutschtes Schultertuch und die sandverklebten Schuhe. Flora wich zurück und trat unbehaglich von einem Fuß auf den anderen.

»Wer ist das?«, blaffte Wallenstein und kräuselte die Lippen, als hätte er einen unangenehmen Geruch in der Nase.

»Den hier«, erklärte der Wachhabende und schob Marten ein Stück nach vorn, um die Aufmerksamkeit auf ihn zu lenken, »hat die *Ordentliche Wöchentliche Antwerpener Postzeitung* zu uns geschickt. Die da ist nur sein Weib. Der Mann soll von den Kämpfen Bericht erstatten und vor Ort eine Skizze für einen Kupferstich anfertigen.«

Als Marten sah, wie sich Wallensteins Unterlippe interessiert vorschob, beeilte er sich hinzuzufügen: »Wir haben eine große Leserschaft und auch andere Zeitungen werden den Kupferstich mit Freuden drucken. Er wird in ganz Europa vervielfältigt werden. Sogar über Europa hinaus, bis in die Kolonien, werden Exemplare gelangen.«

Ein feines Lächeln und die Bartspitzen spreizten sich. Der Friedländer, wie man Wallenstein auch nannte, deutete auf Flora und sagte: »Bringt sein Weib zu den Marketenderinnen. Es sind so viele Weibsbilder beim Tross, da wird eine mehr nicht auffallen. Der Zeitungskerl aus Flamen kommt mit. Es ist gerade die richtige Nacht, um etwas für unseren unsterblichen Ruhm zu tun.«

Zwei Soldaten packten Flora links und rechts am Ellenbogen und führten sie fort. Sie blickte sich noch einmal zu Marten um und lächelte ihn an. Mach deine Sache gut, schien ihr Blick zu sagen. Marten wünschte, sie würde bei ihm bleiben. Gleichzeitig war er erleichtert, dass sie nicht noch mehr Unheil anrichten konnte. Ihr unüberlegtes Handeln hatte ihrer beider Leben in Gefahr gebracht. Doch ihr Lächeln zum Abschied ließ ihn das fast vergessen. Er wünschte, er wäre wirklich ein Kupferstecher und mit ihr verheiratet.

Allerdings war er das ganz und gar nicht. Stattdessen hatte sie ihn in eine unmögliche Lage gebracht. Wäre sie nicht dem Ratsherrn zur Schanze gefolgt, müsste er nun nicht Wallenstein in sein Quartier folgen und ihm eine Lüge auftischen. Wenn herauskam, dass er kein Kupferstecher war …

Mit einem kleinen Seufzer trat er hinter dem Feldherrn in den gut beheizten Raum, dem man nicht ansah, dass es sich nur um ein Provisorium handelte. Marten konnte sich denken, wie elend die Zelte der Soldaten ausgestattet waren. Hier dagegen war alles vom Feinsten. Es gab schwere, dunkle Teppiche, behagliche Sitzmöbel und einen gewaltigen Schreibtisch, hinter den sich Wallenstein stellte und mit einer Flasche Portwein hantierte: »Einen Schluck, bevor wir beginnen?«

Der Feldherr war nun viel weniger furchteinflößend. Erst jetzt bemerkte Marten die feinen Lachfältchen um seine Augen, nickte schüchtern und ließ sich einen Kelch mit der roten, samtig schimmernden Flüssigkeit füllen. Beginnen? Womit?

Wie um seine Frage zu beantworten, wies Wallenstein auf eine Karte auf dem Tisch und erklärte: »Wir müssen einen geeigneten Standpunkt ausfindig machen, wo Er am nächsten Tag stehen wird. Vom Mühlenberg werden die Geschützfeuer gut zu sehen sein. Er wird uns morgen zu den Stellungen begleiten und sich einen Überblick verschaffen. Was meint Er?«

Marten beeilte sich, zustimmend zu nicken, und sagte: »Ja, Euer Gnaden.«

»Es sollten dem Bildnis des Geschehens noch ein paar erhebende Zeilen hinzugefügt werden, welche unsere glorreichen Taten hervorheben. Die Welt soll wissen, dass Stralsund uns gehört. Denn

selbst wenn die Stadt mit Ketten am Himmel befestigt wäre, würden wir sie herunterholen. Hat Er das?«
Marten wollte nach seinem Reisesack greifen und Feder und Papier hervorholen, doch wurde ihm beides gereicht. Der große Feldherr schien es eilig zu haben. Hastig kritzelte Marten drauflos. Während Wallenstein fortfuhr, seine Entschlusskraft und seinen unerbittlichen Kampfeswillen in Worte zu fassen, schrieb Marten alles auf, ohne den Sinn richtig zu erfassen. Stattdessen fragte er sich, wieso der Feldherr keine Probe seines Könnens verlangte. Wallenstein unterbrach seinen Wortschwall und schenkte ihm leutselig nach. Anschließend sprach er von der Tapferkeit und der Standhaftigkeit der Flamen im Bürgerkrieg und hob Antwerpens Rolle darin hervor. Marten spürte die Wirkung des schweren Weins und eine matte Müdigkeit erfasste ihn. Alle Unruhe fiel von ihm ab. Was sollte ihm schon geschehen? Morgen würde er auf dem Mühlenberg stehen und die Geschütze zeichnen, die auf die Stadt gerichtet waren. Seine Figuren würden sicher wie Ameisen wirken und nicht wie behelmte Söldner, doch die Türme der Stadt würden ihm eindrucksvoll gelingen. Dem Feldherrn kam es sowieso nur auf den erklärenden Text unter dem Stich an. Wahrscheinlich konnte er die Qualität eines Kupferstichs gar nicht beurteilen oder hielt sie bei einem Zeitungsdruck nicht für wichtig. Ein Kupferstecher im Tross war nichts weiter als eine willkommene Zerstreuung. Ein weiterer Zeuge, der seinen Ruhm in die Welt trug. Und heute Nacht hatte Wallenstein nur jemanden zum Plaudern gesucht.
»Auf Antwerpen!«, sagte Marten und hob sein Glas.
»Möge es wieder zu seiner ursprünglichen Blüte gelangen!«, ergänzte Wallenstein und trank seinen Becher in einem Zug aus.

Flora saß unterdessen in einem Planwagen und löffelte lauwarme Suppe aus einem verbeulten Teller. Sie machte sich große Sorgen um Marten. Fast genauso sehr sorgte sie sich wegen Lucas' nächtlichen Ausflugs. Was wollte er zu dieser Stunde im Lager des Feindes und wieso war er nicht von den Söldnern aufgehalten worden?

Das alles schien ihr sehr verdächtig. Nun hatte sie seine Spur verloren und befand sich selbst im feindlichen Lager.
Die Frau, die ihr gegenübersaß, beobachtete sie. Sie war schön, hatte markante Gesichtszüge, eine dunkle Haut und volles schwarzes Haar. Sie sah ganz anders aus als die zarte, blonde Maria auf dem Bildchen, das hinter ihr über dem Geschirr hing. Flora staunte über die vielen Heiligenbilder im Wagen. Sie hingen an den unmöglichsten Stellen, blickten hinter unordentlichen Wäschebergen hervor und baumelten sogar von den Wagenstreben herunter, sodass man sie mit dem Kopf streifte. Die Frau hatte sie gerettet. Jedenfalls kam es Flora so vor. Sobald die Soldaten sie an den Zelten vorbei durch das Lager zu den Wagen geführt hatten, waren die Trossweiber zusammengeströmt und hatten sie feindselig gemustert. Anscheinend waren sie eine verschworene Gemeinschaft und mochten keine Fremden. Als die Schwarzhaarige sich ihrer angenommen hatte, da hatten die anderen ihnen nachgerufen: »Ja, geh nur mit der Trosshur, der Hex.«
Flora hatte sich schon denken können, was eine Trosshur war, trotzdem hatte sie sofort Vertrauen gefasst. Sie war schon solchen Frauen begegnet, hatte deren vaterlosen Kindern auf die Welt geholfen und die erschöpften Wöchnerinnen gepflegt. Flora bemerkte die scharfen Falten um die Mundwinkel, die von einem harten Leben voller Entbehrungen zeugten. Schweigend hatte die Fremde aus einem Topf Suppe geschöpft und sie Flora mit einem etwas spöttischen Lächeln gereicht. Während Flora die viel zu salzige Suppe schluckte, überlegte sie, ob sie sich als Frau eines Kupferstechers vorstellen sollte, der gerade bei Wallenstein im Quartier war. Die andere schien sich jedoch gar nicht dafür zu interessieren, wo sie herkam und wer sie war. Sie nahm ihr den leeren Teller ab und wies auf einen Haufen Decken auf einer viel zu kleinen Pritsche. Es war eindeutig das Lager eines Kindes, doch es war weit und breit kein Kind zu sehen. Als sie Floras fragenden Blick sah, wollte sie etwas sagen, doch Lärm von draußen unterbrach sie. Ein Mann brüllte und schlug immer wieder gegen die Plane. Der ganze Wagen geriet ins Schaukeln und Flora klammerte sich erschrocken an ihrem Hocker fest.

»Frederike? Bist du da?«
»Hau ab. Heute nicht. Ich habe einen Gast.«
Sie hatte nicht gebrüllt, doch ihre kräftige, tiefe Stimme genügte. Murrend verzog sich der Störenfried. Seine Schritte entfernten sich und Flora traute sich den Kopf zu heben und zu fragen: »Du heißt also Frederike? Ich bin Flora. Mein Mann ist Kupferstecher und soll für Wallenstein eine Ansicht von der Belagerung anfertigen.«
»Du bist verheiratet? Die Weiber hier rühmen sich alle damit, einem Mann zu gehören, diese Gänse. Eine schöne Gemeinschaft ist das. Sie plündern gemeinsam und teilen ihren Proviant. Dafür behandeln die Söldner sie schlecht. Schlagen sie wegen Kleinigkeiten und spucken in ihr Essen. Die Dummchen lassen sich alles von ihnen gefallen.«
»Und du tust das nicht?«, fragte Flora schüchtern. Dieses Gespräch entwickelte sich in eine Richtung, die ihr Unbehagen bereitete. Was verstand sie schon von Männern?
Frederike lächelte und warf mit einer stolzen Bewegung ihr Haar zurück: »Ich suche mir meine Liebhaber aus. Wenn mir einer frech kommt, jage ich ihn davon. Manchmal auch nur, wenn ich genug von ihm habe. Die meisten Männer sind langweilig und haben einer Frau nicht viel zu bieten.«
Flora hatte noch nie jemanden so über Männer reden hören. Sollten Frauen nicht fügsam und geduldig sein? Verkündete der Pfarrer nicht jeden Sonntag auf der Kanzel, dass die Evastöchter Buße für den Sündenfall tun mussten und sich still und demütig verhalten sollten? Frederike schien das nicht zu kümmern. Flora schluckte und fragte unsicher: »Du jagst sie davon? Aber lassen die sich denn einfach so fortschicken, wenn du genug von ihnen hast?«
Frederike lachte rau und es klang bitter, als sie antwortete: »Natürlich sind sie in ihrem männlichen Stolz gekränkt und schreien Zeter und Mordio. Die meisten tun dann aber doch nichts weiter, als böse Gerüchte über mich zu verbreiten.«
»Gerüchte?«
»Sie sagen, ich wäre eine Hur und eine Hex. Du hast die Trossweiber doch gehört. Sie können es nicht ertragen, dass eine sich

nicht fest bindet, sondern nur tut, was ihr gefällt. Die Männer schreckt das nicht. Im Gegenteil, sie stehen Schlange vor meinem Wagen.«
Flora schwieg betreten. Frederike war vielleicht keine Hure, doch sie war eine, die mit den Männern spielte und Vergnügen daran fand. Flora wusste nicht, was sie davon halten sollte. Diese Frau war so anders als alle, die sie bis jetzt kennen gelernt hatte.
Frederike seufzte plötzlich und erklärte traurig: »Mir machen die Gerüchte nichts aus, doch für meine Kleine ist es schlimm gewesen.«
»Du hattest ein Kind? Ist es am Fieber gestorben?« Sobald sie es ausgesprochen hatte, merkte sie, wie neugierig sie klingen musste. Hastig fügte sie hinzu: »Ich kenne mich mit Kinderkrankheiten ein wenig aus. Ich gehe meiner Mutter oft zur Hand, wenn sie ein fieberndes Neugeborenes pflegt. Meine Mutter ist Hebamme, musst du wissen. Sie hat mir viel beigebracht.«
Frederike sah sie interessiert an und schien zu überlegen. Schließlich seufzte sie erneut und sagte mit seltsam rauer Stimme: »Ich hatte eine kleine Tochter. Sie ist vor einiger Zeit fortgelaufen. Vielleicht haben die Weiber da draußen sie auch fortgeschafft. Wer kann das wissen? Sie neiden mir meine Unabhängigkeit von den Männern. Hexenkind haben sie meiner armen, kleinen Isabel nachgerufen.«
»Isabel? Sie heißt Isabel?«
Flora meinte, ihr Herz würde für einen Moment aufhören zu schlagen. Konnte das möglich sein? Hatte sie Isabels Mutter gefunden? Sie dachte an die Lüge, die sie Michel am Gitter erzählt hatte. Ich treffe Isabels Mutter vor der Stadt, hatte sie behauptet. Und nun war es wahr geworden. Flora betrachtete Frederike genauer. Sie hatte überhaupt keine Ähnlichkeit mit der zarten Isabel, die goldbraunes, welliges Haar und hellbraune Augen hatte. Die Bildchen im Wagen zeugten wiederum von einer tiefen Frömmigkeit. Das schien zu passen. Flora fragte möglichst leise, um die vertrauensvolle Stimmung zwischen ihnen nicht zu zerstören: »Kennt sie alle Gebete und die Namen der Heiligen?«

»O ja. Ich habe sie alles gelehrt, was eine gute Katholikin wissen muss. Sobald ich das Geld zusammengehabt hätte, wollte ich sie in ein Kloster schicken. Dort sollte sie Lesen und Schreiben lernen. Sie sollte mal ein besseres Leben führen als ich.«

Flora dachte daran, wie andächtig Isabel ihr den Rosenkranz gereicht hatte. Sie schien wirklich gut auf ein Leben im Kloster vorbereitet zu sein. Frederike bemerkte, dass Flora über etwas grübelte, denn sie sah sie fragend an. Es ist an der Zeit, die Wahrheit zu sagen, dachte Flora.

Eine Mutter vermisste ihr Kind und hielt es für tot. Was zählte da schon die Gefahr? Gut, sie war im feindlichen Lager und Marten ebenso. Alles, was sie erzählte, konnte auch ihn gefährden. Allerdings schien es fast, als befände sich Frederike ebenfalls unter Feinden. Sie war eine Außenseiterin und würde sie ganz sicher nicht verraten. Sie war nett zu Flora gewesen und hatte ein Recht darauf zu erfahren, wo ihre kleine Tochter war.

Flora nahm ihren ganzen Mut zusammen, holte tief Luft und stieß hervor: »Ich kenne deine Tochter. Isabel ist ein liebes Mädchen. Sie steckt zwar manchmal ihre Nase in Dinge, die sie nichts angehen, aber sie tut folgsam, was man ihr aufträgt, und stopft ohne zu murren Strümpfe.«

Frederike runzelte die Stirn und fragte misstrauisch: »Was soll das? Machst du dich über mich lustig?«

»Nein, nein! Deine Tochter lebt in unserem Haus. Ein Freund hat sie am Strand gefunden und zu uns bringen lassen. Wir dachten zuerst, sie sei das verloren gegangene Kind eines Rügenfischers, das an den Strand gespült wurde. Dann entdeckten wir den Rosenkranz unter ihrer Schürze und reimten uns zusammen, dass sie aus dem Lager vor der Stadt sein musste.«

Frederike starrte sie immer noch ungläubig an. Um zu beweisen, dass sie die Wahrheit sprach, stand Flora auf und stellte ihren Fuß auf den Hocker. Als sie ihren Rock hochschlug, weiteten sich Frederikes Augen noch mehr. Erstaunt verfolgte sie, wie Flora den Rosenkranz aus der geheimen Tasche hervorzog und ihr die Glasperlen reichte. Frederike sah das verbogene Blechkreuz und rief: »Das gehört meiner Isabel! Dem Herrn sei Dank. Sie lebt und ist in Sicherheit! Wo ist sie? Kann ich zu ihr?«

Frederikes Hände schlossen sich um den Rosenkranz, als würde sie ihn nie wieder loslassen wollen. Hoffnungsvoll blickte sie Flora an. Flora wusste, dass jetzt der Zeitpunkt gekommen war, die ganze Wahrheit zu sagen. Wahrscheinlich nahm Frederike an, ihre Tochter wäre in einem der Dörfer oder Gehöfte rings um das Lager. Doch dem war nicht so. Isabel befand sich in der belagerten Stadt. Das würde Frederike gar nicht gefallen. Flora beugte sich vor und flüsterte: »Sie ist gesund und munter, doch du kannst nicht zu ihr.«

»Warum nicht?«

»Sie ist in Stralsund.«

Frederike schwieg und Flora fühlte sich plötzlich ganz elend. Wie hatten sie das Kind so lange bei sich behalten können, ohne nach der Mutter zu suchen? Sie beeilte sich hinzuzufügen: »Meine Mutter Alwine bringt ihr das Lesen bei und meine Tante Ludgera steckt ihr Leckerbissen aus der Küche zu. Ein holländischer Maler, der bei uns Zuflucht gefunden hat, zeichnet mit ihr, wenn sie Lust dazu verspürt, und Michel von der Bürgerwehr, das ist der, der sie gefunden hat, singt ihr Söldnerlieder vor, bis sie sich den Bauch vor Lachen hält. Es geht ihr gut, doch du kannst wirklich nicht zu ihr. Niemand kommt in die belagerte Stadt.«

Frederike schien nicht überzeugt. Sie lehnte sich vor und wisperte vorwurfsvoll: »Wenn du aus Stralsund bist, dann bist du doch rausgekommen. Also kommt man auch hinein! Was hat dich überhaupt hierher geführt? Du bist doch nie im Leben die Frau eines Kupferstechers, der für Wallenstein arbeitet. Das war doch gelogen, du kennst gar keinen Kupferstecher.«

Flora kaute verlegen auf ihrer Unterlippe herum und stammelte: »Es … es war nicht gelogen, jedenfalls nicht richtig. Ich kenne den Mann schon. Marten ist der holländische Maler, der bei uns wohnt. Er ist mir aus der Stadt heraus gefolgt und wurde mit mir zusammen von der Wache überwältigt.«

»Und dieser Michel? Ist der dir auch gefolgt?«

»Nein. Michel ist der Mann, den ich heiraten soll. Er ist im Moment als Feldwundarzt tätig und zu beschäftigt, um sich um mich zu sorgen. Zum Mann will ich einen anderen. Dem bin ich gefolgt, weil ich um sein Leben fürchtete. Es ist etwas kompliziert.«

»Und dieser Marten ist dir gefolgt, weil er dich liebt?«

So hatte Flora es noch gar nicht betrachtet. Es musste wohl stimmen. Frederike lachte leise und frohlockte: »Drei Männer hat sie! Dabei sieht sie aus wie ein Unschuldslamm. Und da sagen die Leute, ich würde mit den Männern spielen.«

Flora warf ihr einen wütenden Blick zu und murmelte: »So ist das gar nicht!«

»Wenn wir in der Stadt sind, werde ich mir die drei ansehen und dir raten.«

»Wir können nicht in die Stadt! Und Marten kannst du dir schon morgen früh ansehen.«

Frederike sprang auf und sagte gähnend: »Das werde ich auch. Mit Mannsbildern kenne ich mich aus. Wenn er dich wirklich liebt, dann spür ich das sofort. Du kannst meinem Urteil vertrauen.«

Frederike hob ihr Mieder an und ließ den Rosenkranz zwischen ihren Brüsten verschwinden. So hat jede Frau ihr Geheimversteck, dachte Flora. Frederike gähnte noch einmal herzhaft und erklärte: »Morgen überlegen wir uns, wie wir zu Isabel gelangen können. Jetzt bin ich zu müde, um einen vernünftigen Plan auszuhecken.«

Flora wollte etwas einwenden, doch dann ließ sie es bleiben. Frederike würde alles daransetzen, nach Stralsund zu gelangen und ihre kleine Tochter wiederzusehen. Es war völlig sinnlos, sie aufhalten zu wollen.

Am nächsten Morgen wurde Flora davon geweckt, dass jemand vor dem Wagen ihren Namen flüsterte. Sie erkannte Martens Stimme und erhob sich von dem viel zu schmalen Lager, auf dem sie genächtigt hatte. Es musste noch sehr früh sein, denn es war ziemlich dunkel im Wagen und sie konnte Frederikes gleichmäßige Atemzüge hören. Um sie nicht zu wecken, versuchte Flora möglichst kein Geräusch zu machen, während sie ans Ende des Wagens schlich und vorsichtig die Plane anhob. Die Sonne ging gerade auf. Die tief stehenden Strahlen blendeten Flora, sodass sie im ersten Moment nichts erkennen konnte. Blinzelnd kroch sie unter der Plane durch. Marten sah aus, als hätte er die ganze Nacht nicht geschlafen. Sein rotes Haar war zerzaust und das Hemd hing ihm unordentlich aus dem Wams. In seinem blassen Gesicht sah sie jedoch ehrliche Freude blitzen. Er schien nicht mehr wütend zu sein, weil sie heimlich die Stadt verlassen hatte. Flora dachte daran, was Frederike gesagt hatte. Wenn dieser Mann dir gefolgt ist, liebt er dich. Aufmerksam betrachtete sie Marten. Es kamen keine Vorwürfe und keine Strafpredigt. Stattdessen führte er sie zu einem umgekippten Karren, den jemand wohl vergessen hatte, lehnte sich dagegen und flüsterte: »Sie haben mir gesagt, dass ich dich hier finden würde.«

Flora schlug die Arme vor der Brust zusammen und fragte: »Wo hast du gesteckt? Hast du etwa die ganze Nacht bei Wallenstein verbracht und mit ihm über die Kupferstecherei philosophiert? Braucht der Mann keinen Schlaf?«

»Das tut er. Deshalb hat er mich fortgeschickt, um noch ein paar Stunden zu ruhen. Leider wurde versäumt, mir einen Platz zuzuweisen. Kann ich bei dir bleiben? Ist im Wagen genügend Platz?«

»Ich weiß nicht. Wir müssen Frederike fragen. Sie schläft noch. Aber sei gewarnt: Sie behandelt Männer nicht besonders respektvoll und schon gar nicht unterwürfig.«

Flora überlegte, ob sie ihm erzählen sollte, dass die Frau im Wagen Isabels Mutter war. Doch er begann schon wieder von Wallenstein zu reden: »Den Wallenstein hält keiner auf. Er ist fest entschlossen, die Stadt einzunehmen. Selbst wenn sie mit Ketten am Himmel hinge, würde er sie herunterholen. Das hat er wirklich gesagt! Dann haben wir die ganze Nacht über Flandern im Bürgerkrieg gesprochen und Portwein getrunken. Mein Kopf brummt von dem schweren Wein und den vielen Worten. Und so viel davon war gelogen! Von wegen Kupferstecher aus Antwerpen. Sobald der Entwurf fertig ist, verschwinden wir von hier. Dann hindert uns nichts und niemand mehr, über dem Landweg zum nächsten Hafen zu gelangen und ein Schiff nach Amsterdam zu nehmen. Von dort ist es nicht weit bis nach Leyden.«

Was redete er da? Flora sah ihn erstaunt an. Sie sollte nicht nach Stralsund zurückkehren, sondern ohne Abschied einfach so mit ihm gehen? Das war unmöglich. Flora schüttelte den Kopf: »Ich kann nicht mitkommen! Wie stellst du dir das vor? Ich kann meine Mutter und die anderen unmöglich im Stich lassen. – Aber du, du musst gehen! Dich hindert nichts. Geh am besten jetzt gleich. Niemand ist hier, der deine Flucht bemerken würde. Und deinen Reisesack hast du auch dabei.«

Marten hatte den Sack neben sich in den Dreck gestellt. Nun stieß er unwillig mit der Stiefelspitze dagegen und knurrte: »Wenn ich mich jetzt davonmache, werden sie Verdacht schöpfen und mir nachsetzen. Wallenstein würde mir seine Männer auf den Hals hetzen und ich würde nicht sehr weit kommen.«

»Du könntest es versuchen. Vielleicht während eines nächtlichen Angriffs, dann ist niemand aufmerksam.«

»Nein, Flora. Solange die Kämpfe andauern, muss ich bleiben. Ich werde auf dem Hügel stehen und eine Ansicht von der belagerten Stadt zeichnen. Natürlich werde ich die Geschütze der Angreifer besonders gewaltig darstellen. Wenn ich in ein paar Tagen fertig bin, zeige ich Wallenstein den Entwurf. Ich werde mit seinem Segen nach Antwerpen abreisen. Dann wird mir bestimmt keiner folgen. Niemand wird merken, dass ich in Wirklichkeit nach Amsterdam reise und den Entwurf einem Kupferstecher dort überlasse. Natürlich werde ich zuvor den Text unter der Stadtansicht ändern. Statt die Entschlusskraft der Angreifer zu preisen, werde ich die Not der Belagerten beschreiben. Der Kupferstich wird in vielen Zeitungen erscheinen und alle Welt wird erfahren, was Stralsund erleiden muss.«

Flora dachte an das, was Michel ihr von den Verlusten auf den Schanzen erzählt hatte, an die schwindenden Vorräte und die fliehenden Frauen und Kinder auf den Schiffen. Stralsund litt und Martens Entwurf würde es in die Welt hinaustragen. Es war gut, wenn er noch blieb. Während sie grübelte, erwachte das Lager zum Leben und der Morgengesang der Vögel wurde von den Geräuschen des Lagers überdeckt. Wagenplanen wurden zurückgeschlagen, Zeltbahnen öffneten sich und Feuer wurden entfacht. Rufe waren zu hören und Trommelwirbel riefen die Söldner zum Appell. Vereinzelt krähte ein Hahn und gackernde Hühner liefen umher. Marten berührte Flora ganz leicht an der Schulter und sie wandte den Kopf. Er sah sie ernst an und flüsterte: »Warum bist du ihm gefolgt? Warum musstest du dem Mann mit dem Federhut aus der Stadt folgen?«

Flora fiel auf, dass sie seit dem Vorabend nicht mehr an Lucas gedacht hatte. Als sie gestern durch das Lager geführt worden war, hatte sie die Augen umherwandern lassen und ihn gesucht. Sie hatte sich die würfelnden Hauptmänner am Lagerfeuer ganz genau angesehen, auch die Kürassiere, die bei ihren Pferden zusammenstanden, und die Musketiere, die lachend vor ihren Zelten saßen und ihre Waffen reinigten. Lucas war nicht unter ihnen gewesen. Es war sein Hut mit der geknickten Feder, woran sie ihn sofort erkannt hatte, als er das Haus verlassen hatte. Allerdings konnte auch ein anderer Mann diesen Hut tragen. Mit derselben Statur und demselben Gang wie Lucas? Das war unwahrscheinlich. Sie war ihm gefolgt, weil sie befürchtete, dass Lucas ein Verräter war. Sie hatte sich vom Gegenteil überzeugen wollen. Darüber, was sie tun würde, wenn sie es herausfand, hatte sie gar nicht nachgedacht. Nun hatte sie statt Lucas Isabels Mutter gefunden. Plötzlich erschien es ihr nicht mehr wichtig, was Lucas trieb. Wahrscheinlich war er längst wieder in die Stadt zurückgekehrt. Und sie war immer noch hier! Marten schien auf eine Antwort zu warten. Sein Blick hatte etwas Flehendes und sein Griff um ihren Arm wurde fester und fordernder. Flora sagte unsicher: »Ich weiß es nicht. Ich weiß es wirklich nicht.«

Der Druck auf ihren Arm ließ nach. Marten entfuhr ein halb gequälter, halb empörter Laut. Flora beeilte sich hinzuzufügen: »Es tut mir Leid. Es war dumm von mir. Ich werde es bestimmt nie wieder tun. Ich meine … wahrscheinlich nicht.«

Ein nettes Lächeln umspielte seine Lippen. Sie verspürte plötzlich Lust, ihn zu küssen. Nicht schwesterlich oder freundschaftlich, sondern so, wie sie Lucas geküsst hatte. Der Wunsch war übermächtig, sie stellte sich auf die Zehenspitzen und schloss die Augen. Im letzten Moment siegte ihr Verstand und sie drückte ihm nur einen ganz zarten Kuss auf die Wange. Anschließend war sie zu durcheinander, um etwas zu sagen, und ihm schien es genauso zu gehen.

»Flora, du bist schon wach? Ich vermute, das ist dein Kupferstecher. Hübscher Kerl.« Frederike stand mit wüst aussehenden Haaren und einem zerknitterten Tuch um die Schultern unter der hochgeschlagenen Plane und blickte amüsiert zu ihnen herüber. Marten bückte sich hastig nach dem Reisesack und folgte Flora verlegen zum Wagen. »Ist der Kupferstecher aus Stralsund hungrig? Oder will er etwas trinken?«

»Du hast ihr gesagt, wo wir herkommen! Wie konntest du nur?«, zischte Marten und blickte sich misstrauisch um. Er hatte die Schultern hochgezogen, als würde er jeden Moment einen Angriff befürchten, und fügte etwas lauter hinzu: »Nein danke. Sehr freundlich, aber ich bin nur müde.«

»Am Trunk hat es heute Nacht nicht gemangelt, nur am Schlaf«, spottete Flora.

Frederike ordnete ihr Haar und musterte Marten nachdenklich: »Er kann hier bleiben, während du mich begleitest. Ich muss im Lager noch einiges klären, bevor wir nach Stralsund aufbrechen.«

»Bevor ihr was?«

Marten blickte verstört von einer zur anderen. Er glaubte anscheinend, seine Müdigkeit hätte sein Hörvermögen beeinträchtigt, denn er rieb sich mit den Händen mehrmals über die Ohren. Flora setzte sich auf einen schiefen Hocker und erklärte: »Frederike ist Isabels Mutter.«

»Sie ist Isabels Mutter? Beim Teufel auf Stelzen!«

Marten ließ sich auf dem Boden vor ihr niedersinken. Er schüttelte den Kopf, als könnte er es nicht fassen: »Wie hast du sie nur so schnell gefunden?«

Flora lächelte stolz, beugte sich vor und flüsterte: »Der Rosenkranz hat mich zu ihr geführt.«

Marten sah sie skeptisch an. Seine protestantische Seele war sichtlich empört darüber, dass Mummenschanz wie Glasperlen etwas bewirken sollten. Bevor er etwas über Katholiken sagen konnte, erklärte Flora schnell: »Sobald es möglich ist, werde ich sie zu ihrer

Tochter bringen. Das Kind aus der Stadt zu bringen ist viel zu gefährlich. Bei der angespannten Lage wird ohne Warnung auf alles geschossen, was sich bewegt.«

»Das gilt auch für euch!«, warf Marten ein.

Flora nickte. Ohne aber weiter auf seinen Einwand einzugehen, fuhr sie fort: »Wenn sie heute Nacht wieder gegen die Frankenbastion anrennen und all ihre Kraft dort zusammenballen, können wir unbemerkt in die St.-Jürgen-Schanze gelangen. Wir machen es genau so wie gestern. Wir waten durch das Wasser und klopfen an das Gitter. Ich kenne zwar die heutige Losung nicht, doch ich werde nach Michel verlangen. Der wird uns schon hineinlassen. Vor allem, wenn ich ihm sage, wen ich mitgebracht habe. Er wird sich so für Isabel freuen!«

»Und du meinst, deshalb wird er seinen Kopf für sie riskieren?« Marten klang zwar skeptisch, doch zeigte seine Miene, dass er jeden Widerstand gegen den Plan aufgegeben hatte. Er schwieg einen Moment, dann fügte er hinzu: »Ich werde euch bis zum Gitter begleiten. Ich kenne die Losung für heute zwar auch nicht, aber mich werden sie nicht gleich fortschicken, wie sie es mit zwei Weibsbildern tun werden. Immerhin habe ich eine Nacht auf der Schanze verbracht, vielleicht erkennt mich einer von ihnen wieder. Außerdem werde ich Wallensteins Männern erklären, dass ich mir die Schanze mal aus der Nähe ansehen will, um den Kupferstich präziser machen zu können. Dann werden sie nicht sofort schießen, wenn jemand dort herumschleicht.«

»Ich denke, so sollten wir es machen«, sagte Flora leise.

Frederike fand das anscheinend auch. Sie war während des Gesprächs die ganze Zeit im Wagen umhergegangen und hatte Sachen in einen Reisesack gestopft. Nun hielt sie inne und mischte sich ein: »Solange ich fort bin, kann er meinen Wagen haben. Er braucht doch einen Platz, wo er bleiben kann. Ich werde meinem Kerl sagen, dass er den Wagen deshalb nicht gleich in Stücke hauen soll, der eifersüchtige Tropf.«

»Marten wird in ein paar Tagen fortgehen. Wenn der Entwurf von der Belagerung fertig ist, wird er ihn in die Niederlande bringen.«

»Umso besser. Komm, wir lassen den Künstler schlafen. Der kippt gleich um, so müde ist er. Er kann die Decken haben, die dort drüben liegen.«
Flora fand, dass Frederike sehr nett zu Marten war. Es war völlig überflüssig gewesen, ihn zu warnen. Als sie den Wagen verließen, hatte sich Marten schon in die Decken gerollt.
Draußen hakte sich Frederike bei ihr unter, als wären sie alte Freundinnen, und begann fröhlich draufloszureden: »Jetzt muss ich erst mal hinter die Büsche und dann holen wir uns was Gutes zu essen. Für alles gibt es hier seinen Platz. Bald wirst du dich im Lager auskennen, als wärst du schon seit Jahren mit dem Tross unterwegs, so wie ich.«
»Magst du das Herumziehen und das Lagerleben? Es klingt fast so.«
»Nein, da täuscht du dich! Ich habe es gründlich satt. Wenn es uns in deiner Stadt gefällt, werden wir dort bleiben, ich und Isabel. Die Belagerung geht vorüber und sterben kann man überall.«
Flora fiel ein, dass sie Isabel hier Hexenkind nannten, und verstand sie. Frederike schien einen Moment nachzudenken und ergänzte: »Und Männer gibt es auch überall. Mal sind sie erträglich, mal nicht. Komm, ich zeig dir das Exemplar, das mir mit seinen Muskeln die Nächte versüßt und mit seiner Dummheit die Tage versauert. Es wird Zeit, ihn loszuwerden. Heute ist gerade der richtige Tag dafür.«
Flora ließ sich zu den Zelten der Söldner hinüberziehen. In Gedanken war sie bei ihrem Vorhaben, in die belagerte Stadt zu gelangen. Sie würden es auch ohne Martens Hilfe schaffen, doch mit ihm war es leichter. Alles schien ihr leichter, wenn er da war. Sie dachte daran, dass er heute Nacht zurückbleiben würde. Sicher würde er die Stadtansicht bald fertig haben und nach Holland aufbrechen. Würde er sein Vermögen je finden und sich an eine Flora aus Stralsund erinnern? Würde er wie versprochen zu ihr zurückkehren? Mit einer unwirschen Handbewegung verscheuchte sie die Fragen aus ihrem Kopf. Erst jetzt bemerkte sie, dass sich Frederike vor einem der Zelte mit einem breitschultrigen Mannsbild herumstritt. Es klang grässlich. Viele unflätige Worte fielen, manche hatte Flora noch nie zuvor gehört. Es schienen doppelte Flüche und dreifache Verwün-

schungen darunter zu sein. Sie beschworen das Höllenfeuer und ewige Qualen.

Flora floh vor dem lautstarken Disput. Schließlich wanderte sie allein am Rand einer Wiese entlang. Vor ihr hoben sich die Türme Stralsunds von einem leuchtend blauen Himmel ab. Das Blau war so herrlich und die Ansicht so friedlich, dass der Krieg weit weg schien. Flora blieb stehen, schirmte mit der Hand die Augen gegen das blendende Sonnenlicht ab und starrte zur Stadt hinüber. Über ihr zwitscherte eine Lerche in den Zweigen und es klang, als würde sie die Menschheit verspotten. Sie belagerten einander, hungerten sich aus und feuerten aus schweren Geschützen aufeinander. Flora dachte an das dröhnende Donnern der Einschläge und den Qualm. Hoffentlich würden die Geschütze heute Nacht schweigen. Eine Mutter musste zurück zu ihrem Kind. Was verstand ein kleiner Vogel schon davon? Flora warf einen Blick nach oben und als die Lerche verstummte, straffte sie ihre Schultern und ging zurück ins Lager.

Grünspan aus schwedischem Kupfer

Den ganzen Tag dachte Flora darüber nach, ob es wirklich klug war, Frederike in die Stadt zu bringen. Sobald die Dämmerung einsetzte, wollten sie den Versuch wagen. Marten hatte Einwände und Bedenken, doch Frederike ließ sie nicht gelten, diese Nacht sollte Isabel nicht mehr mutterlos in der Stadt verbringen. Ohne Zwischenfälle schafften sie es zur St.-Jürgen-Schanze. Dort war alles ruhig. Das Mondlicht warf lange Schatten auf das Wasser und die Festung wirkte bedrohlich. Frederike zog sich die Schuhe aus und fragte: »Los, was zögerst du noch?«

Flora bückte sich ungeschickt, um ebenfalls ihre Schuhe abzustreifen. Die Wellen malten weiße Bögen aus Gischt in den Sand. Das Meer tat das, was es seit tausenden von Jahren an diesem Strand tat, und kümmerte sich nicht um das Dröhnen der Geschütze, das von der Frankenbastion herüberkam. Den ganzen Tag über hatte das Frankenwerk auf der anderen Seite der Stadt unter schwerstem Gefechtsfeuer gelegen. Das hatte Martens Bedenken schließlich zerstreut und nun stand er, mit seinen Stiefeln in der einen und einem Fernrohr in der anderen Hand, knöcheltief im Wasser und blickte zu ihnen herüber. Er sollte sie bis vor das Gitter begleiten, dann als Kupferstecher aus Antwerpen in Wallensteins Lager zurückkehren.

Die Soldaten aus dem Lager wussten, dass sich Marten hier herumtrieb, und hatten ihm sogar großzügig das kleine Fernrohr überlassen. Die Stralsunder ahnten jedoch nichts. Von ihnen ging die größte Gefahr aus. Flora beunruhigte die Vorstellung von so vielen Waffen, die sich auf sie richten würden. Als sie ihre Zehen ins kalte Wasser steckte und vorsichtig zu Marten hinüberwatete, bemühte sie sich, möglichst kein Geräusch zu machen. Frederike hatte Marten längst erreicht und bedeutete ihr, sich zu beeilen. Sie schien das Gitter entdeckt zu haben, denn sie begann aufgeregt mit Marten zu flüstern. Was gab es dort zu sehen? Flora kniff die Augen zusammen, doch sie konnte nichts erkennen.

»Sie lauern im Dunkeln«, wisperte Marten, »es ist besser, wir machen auf uns aufmerksam.«

Er riss den Arm in die Höhe, schwenkte seine Stiefel und rief: »Nicht schießen! Wir sind aus Stralsund. Wir gehören zu Michel Warneke.«

»Dem Feldwundarzt?«, fragte eine Stimme aus der Dunkelheit zurück.

Marten ließ Flora und Frederike zurück und näherte sich dem Gitter. Flora beobachtete, wie er sich vorbeugte und zu ihnen herüberdeutete. Frederike packte ihren Ellenbogen und zog sie mit sich: »Komm, es scheint keine Gefahr zu bestehen.«

Hinter den Gitterstäben flackerte ein Licht auf. Es zuckte gespenstisch über die bleichen Gesichter der Bürgerwehr. Flora meinte, die Männer von gestern Nacht wiederzuerkennen, doch sie konnte sich täuschen. Einer der Männer blaffte: »Was sind das für Weibsbilder? Es werden keine Huren in der Stadt geduldet, so steht es in den Kriegsartikeln.«

Marten beeilte sich zu erklären: »Das sind anständige Weiber. Wo ist Michel? Er wird es bezeugen.«

»Michel Warneke ist heute Nacht am Frankenwerk eingeteilt. Dort wird er dringender benötigt.«

»Erkennt ihr mich nicht? Ich war eine Nacht hier bei euch und half Michel, unsere Verwundeten zu versorgen.«

»Kann schon sein.«

Der Mann wirkte skeptisch. Der Soldat hinter ihm mischte sich ein: »Aber ja doch! Da war so ein rothaariger Zivilist, der sich vor Angst in die Hose gemacht hat.«

Marten ignorierte die letzte Bemerkung. Er beugte sich vor und zischte: »Das ist die Verlobte des angesehenen und hoch geschätzten Stadtrats Lucas Wurffrath. Wenn ihr keinen Ärger bekommen wollt, lasst ihr sie und ihre Begleiterin besser durch.«

Die Soldaten schienen beeindruckt, denn plötzlich klapperte das Gitter und öffnete sich einen Spaltbreit.

»Gut, die Weibsbilder können herein. Du bleibst aber draußen.«

Ein anderer fügte hinzu: »Denk nicht, dass wir so leichtgläubig sind. Wir werden die Frauen zum Haus der Wurffraths begleiten und den Herrn Stadtrat höchstpersönlich fragen, ob er sie kennt und für sie bürgen kann.«

Flora kletterte als Erste durch die kleine Öffnung. Sie konnte hören, wie Frederike ihr folgte und dabei murmelte: »Die Verlobte eines Stadtrats … darauf hätte ich kommen sollen.«

Flora stützte sich an der Wand ab und streifte sich die Schuhe über die Füße. Sie konnte nur hoffen, dass Lucas vor ihr in die Stadt zurückgekehrt war. Wer würde sonst im Haus der Wurffraths für sie sprechen? Es war eine heimliche Verlobung gewesen und niemand außer Lucas selbst konnte sie bezeugen.

Sie blickte durch das nun wieder geschlossene Gitter auf die andere Seite, wo Marten immer noch im knöcheltiefen Wasser stand. Sie dachte daran, dass sie ihn vielleicht nie wieder sehen würde. Einer der Männer hatte die Fackel an sich genommen und Martens Gesicht wirkte im Mondlicht unwirklich. Er hatte die Finger um die Stäbe gekrallt, wie um daran zu rütteln, und seine Stirn gegen das kühle Metall gepresst. Flora riss sich los und folgte den Soldaten, die Frederike bereits den Gang hinunterführten. Mit jedem Schritt, den sie sich entfernte, schien es ihr, als schnitte ihr etwas ins Herz. Plötzlich drehte sie sich um und lief zurück. Er stand immer noch genauso da. Sie hatte das Gefühl, gleich weinen zu müssen. Es war nicht der erste Abschied. Marten war schon einmal gegangen. Doch diesmal war es anders. Sie hatten seitdem viele Stunden zusammen über dem Zeichenbrett verbracht. Es war nicht nur das, überlegte sie, während sie sich auf die Zehenspitzen stellte. Sofort ging er ein wenig in die Knie, um auf gleicher Höhe mit ihr zu sein. Sie drückte nun ebenfalls ihre Stirn an die Stäbe und dachte daran, wie er sein Leben für sie riskiert hatte, als er ihr aus der Stadt gefolgt war. Heute Morgen hatte sie ihn geküsst. Es war ein schwesterlicher Kuss gewesen. Jetzt waren seine Lippen so nah, dass sie seinen warmen Atem spüren konnte.

»Flora!«, rief Frederike ungeduldig und Flora wünschte, sie könnte die Zeit anhalten und ewig so stehen bleiben und ihn ansehen.

Marten streckte beim Klang von Frederikes Stimme eine Hand durch das Gitter, berührte sanft Floras Wange und flüsterte: »Mijn lieveling.«

Wo hatte sie diese Worte schon einmal gehört? Flora erinnerte sich an die Bank in der Laube und an verbundene Augen. Lucas hatte sie geflüstert, als er sie überrascht hatte. Lucas konnte Holländisch? Natürlich konnte er das. Hatte seine Nichte nicht erklärt, dass er viele Sprachen sprach, die er alle auf seinen Reisen gelernt hatte?

»Hej, Mädchen.« Die Soldaten wurden langsam ungeduldig. Sie waren bereits ein gutes Stück entfernt und würden bald außer Hörweite sein. Flora löste sich vom Gitter und trat einen Schritt zurück. Marten drückte seine Stirn noch fester an die Stäbe und flüsterte: »Ik hou van je!«

Sie wollte den Satz wiederholen, doch dann hielt sie verstört inne. Hatte er gesagt: Ich liebe dich? Er sollte so etwas nicht sagen. Nicht hier, nicht so, nicht beim Abschied. Es tat nur weh. Sie wandte sich um, um Frederike und den Soldaten zu folgen, doch Marten rief: »Je hebt prachtige ogen. Je lacht zo leuk. Wil je met trouwen, Flora?«

»Still!«, flüsterte sie, doch sie drehte sich nicht zu ihm um, sondern blickt starr den Gang hinunter. Er sollte jetzt nicht über ihre wunderschönen Augen sprechen und auch nicht über ihr Lachen. Es war einfach nicht der richtige Zeitpunkt. Und hatte er sie wirklich gefragt, ob sie ihn heiraten wollte? Das Mondlicht musste ihm den Verstand geraubt haben oder das beständige Krachen in der Ferne. Flora senkte den Kopf und lief den Gang hinunter.

»Ik hou van je!« Marten hatte es so laut gerufen, als sollte die ganze Welt wissen, dass er sie liebte. Bevor er es noch einmal tun konnte, besann sie sich auf die wenigen Abschiedsworte, die sie in seiner Sprache kannte. Sie wandte sich um und rief: »Tot ziens! Goede reis! Tot gauw!«, dann stolperte sie ein paar Schritte rückwärts. Während sie ihn nicht aus den Augen ließ, stammelte sie unglücklich: »Tot gauw, Marten ...«

Bis bald, hatte sie gesagt, als würde sie ihm Hoffnung machen wollen. Schon einmal hatte sie einen Mann so stehen lassen. Auch Lucas hatte sie keine richtige Antwort gegeben. Sie war einfach fortgelaufen und er hatte es als ein Ja gedeutet. Wieso mussten sich die Dinge wiederholen? Lernte sie denn gar nichts? Flora kam nicht dazu, ihren Fehler wieder gutzumachen, denn einer der Soldaten kam nun mit ungeduldigen Schritten auf sie zu. Sein Gesichtsausdruck machte deutlich, dass er keine Verzögerung mehr duldete. Er griff grob nach ihrem Arm und zog sie mit sich den Gang hinunter. Floras Gedanken waren noch bei Marten und so bekam sie kaum mit, wie sich die Männer bei ihrem Hauptmann abmeldeten. Wie erwartet, erhielten sie den Befehl, den Stadtrat aufzusuchen, um die Identität der beiden Frauen zu klären.

Auf dem Weg in die Stadt war Flora sehr schweigsam. Frederike dagegen plauderte unbekümmert mit den Männern von der Bürgerwehr. Sie fragte sie nach ihren Familien aus und nahm Anteil an ihrem häuslichen Kummer. Vom Kniepertor bis zum Alten Markt war es nicht weit. Flora hatte kaum Zeit, darüber nachzudenken, was sie tun würde, wenn Lucas nicht zu Hause wäre. Sie war auch viel zu durcheinander, um sich darüber zu sorgen. Sie musste die ganze Zeit an Martens Gesicht hinter den Gitterstäben denken. Wie aus weiter Ferne hörte sie den jüngeren Soldaten über sein krankes Kind klagen. Stattdessen war ihr, als würde Marten direkt hinter ihr rufen: Ik hou van je. Sie drehte sich um, doch natürlich war da niemand.

Als sie sich dem Markt näherten, fielen die beiden Männer ein paar Schritte zurück und gingen hinter ihnen. Frederike nutzte den Moment. Sie kam ganz dicht heran und sagte leise: »Jetzt wird's brenzlig. Wie erklären wir dem ahnungslosen Stadtrat, dass er mit dir verlobt ist und unser Leumund sein muss?«

»Er ist nicht ahnungslos! Wir sind wirklich verlobt, heimlich. Außer Marten weiß nur meine Mutter davon. Und natürlich Michel, der arme Tropf, der in unserem Haus alles mitbekommt und ja nicht dumm ist.«

»Ach, den gibt es ja auch noch. Heiratskandidat Nummer drei hatte ich ganz vergessen!«

»Er hat sich längst damit abgefunden, dass ich ihn nicht heiraten werde. Er weiß, dass ich den Stadtrat gewählt habe.«

Frederike wiegte nachdenklich den Kopf und flüsterte: »Aber der holländische Maler, der am Gitter nach dir gerufen hat, was ist mit dem? Der hat sich anscheinend nicht damit abgefunden.« Flora schwieg, da sie nicht wusste, was sie darauf antworten sollte. Frederike erwartete auch keine Antwort, denn sie erklärte sogleich: »Ich mag diesen Kupferstecher. Er ist einer von der guten Sorte. Glaub mir, Männer wie den gibt es nicht viele, da muss sich der feine Stadtrat schon mächtig anstrengen, um den auszustechen.«

Flora ärgerte sich, dass Frederike sich über sie lustig zu machen schien, deshalb sagte sie nur: »Immerhin hat Marten uns in diese Lage gebracht. Er hat vor der Bürgerwehr die Verlobung benutzt, damit sie uns in die Stadt lassen.«

Die Soldaten waren nun wieder neben ihnen und Frederike beeilte sich zu flüstern: »Man könnte sogar sagen, er hat dich direkt in die Arme des Stadtrats getrieben ...«

Sie standen nun vor dem Haus der Wurffraths und alle sahen Flora erwartungsvoll an. Flora unterdrückte einen Seufzer und näherte sich unschlüssig der Vordertür. Vielleicht war es besser, durch den Hof zu gehen und die Hintertür zu nehmen? Sonst bekam die Sache einen offiziellen Anstrich. Besser war es, die Angelegenheit nicht hochzuspielen. Flora wandte sich um und führte die kleine Gruppe durch das Tor zum Hof. Wie erwartet war die Hintertür nicht verschlossen. Sie steckte vorsichtig ihren Kopf hindurch und rief: »Ist Lucas Wurffrath im Haus? Flora Wullenwewer wünscht ihn zu sprechen.«

Ein Dienstmädchen trat aus der Küche in die schmale Diele und zog bei Floras Anblick erstaunt die Augenbrauen hoch. Flora öffnete die

Tür ein Stück weiter und gab damit den Blick auf die Soldaten im Hof frei. Erschrocken weiteten sich die Augen des Dienstmädchens und sie stammelte: »Ich … ich hole schnell den jungen Herrn.«
Flora war erstaunt über ihre Reaktion, gleichzeitig jedoch erleichtert, dass Lucas sich im Haus aufhielt. Er musste das Lager nur kurz besucht und sofort wieder verlassen haben, während sich Flora noch in Frederikes Wagen und Marten bei Wallenstein aufgehalten hatten.
Es dauerte nicht lange, da trat ein müde wirkender Lucas in die Diele. Sein Wams war offen und der Spitzenkragen mit Wein bekleckert. Er hatte eine Schreibfeder hinter dem Ohr stecken und einen Tintenfleck auf der Nasenspitze. Offensichtlich hatte er bei einem Glas Wein seine Korrespondenz erledigt. Er blickte an Flora vorbei, schien sie gar nicht zu bemerken und starrte auf die bewaffneten Männer. Auf einmal hatte er einen Degen in der Hand und fluchte: »Tod und Teufel, habt ihr mich also! Aber lieber sterbe ich im Kampf als durch den Henker.«
Die Männer von der Bürgerwehr wirkten erschrocken. Sie hatten zwar die Hände an ihre Waffen gelegt, rührten sich jedoch nicht vom Fleck. Stattdessen hob einer der beiden beschwichtigend die Hände und rief: »Guter Mann, beruhigt Euch. Wir sind nicht gekommen, um Euch zu verhaften. Wir haben nur diese beiden Frauenspersonen begleitet, von denen die eine behauptet, sie wäre Eure Verlobte.«
Lucas legte den Degen beiseite und sagte verlegen: »Ihr habt mich aber erschreckt. Zu so nächtlicher Stunde und in diesen Zeiten …«
»Ist das Eure Verlobte, Herr Stadtrat? Denn wenn sie es ist, können wir ohne weitere Verzögerung auf unsere Posten zurückkehren. Wenn nicht, müssen wir sie zum Haus des Henkers bringen, wo man sie und ihre Begleiterin in Verwahrung nehmen und dem Richter vorführen wird. Die Kriegsartikel bestimmen es so.«
Floras Magen krampfte sich bei diesen Worten zusammen. Sie wollte einwenden, dass sie die Tochter der vereidigten Hebamme der Stadt war, die dies jederzeit bezeugen konnte, da fiel ihr ein, dass sie dann Isabel finden würden. Sie würden Frederike befragen und herausfinden, dass sie aus dem feindlichen Lager war. Frederike

schien etwas Ähnliches zu denken. Bis jetzt hatte sie mit gesenktem Kopf im Schatten des Hauses gewartet, doch nun sah sie auf und warf Flora einen vielsagenden Blick zu. Verrat mich nicht, schien sie sagen zu wollen, denk an mein Kind.

Lucas lachte plötzlich erleichtert auf und zog Flora zu sich heran. Er legte einen Arm um ihre Schulter und erklärte freundlich: »Kehrt nur auf eure Posten zurück. Ihr habt recht daran getan, mir meine Verlobte zu bringen. Mein Dank ist euch gewiss.«

Mit seiner freien Hand nestelte er aus seinem Gürtel ein paar Münzen hervor, die er den Soldaten zuwarf. Die Männer steckten das Geld ein, verbeugten sich höflich und verschwanden in der Dunkelheit.

Lucas nahm den Arm von Floras Schulter und fragte verärgert: »Was hast du dir dabei gedacht, die Bürgerwehr zu meinem Haus zu führen? Und wer ist diese Frauensperson?«

»Das ist meine Freundin Frederike. Ähm ... wir waren bei ihrer schwangeren Schwester, die meinen Rat brauchte. Wir vergaßen darüber die Zeit und so wurden wir nachts ohne männliche Begleitung auf der Straße aufgegriffen.«

Lucas sah zu Frederike hinüber, die wieder den Kopf gesenkt hatte und einen sittsamen Knicks machte. Ganz die brave Stralsunder Bürgersfrau, dachte Flora. Sie fuhr zusammen, als Lucas ungehalten rief: »Und da bringst du sie nicht zu deiner Mutter, sondern führst sie ausgerechnet zu mir? Warum reichte nicht der städtische Hebammenbrief deiner Mutter zu deinem Schutz?«

»Daran habe ich gar nicht gedacht. Verzeih mir, bitte!«

Flora merkte, dass sie wie ein gescholtenes Kind klang. Lucas schien sich zu beruhigen. Er legte wieder den Arm um sie und sagte einlenkend: »Ich habe nicht erwartet, dich unter solchen Umständen wiederzusehen. Warum bist du auch nicht meinem Rat gefolgt und hast die Stadt verlassen? Die Schiffspassage war schon bezahlt und alles geregelt. Ein Leben unter Kriegsartikeln ist nicht besonders angenehm.«

»Ich wollte bei dir bleiben«, murmelte Flora und er drückte sie fest an sich, dabei flüsterte er: »Ist gut, meine Liebste. Schon vergeben und vergessen. Bitte verzeih, aber ich muss dringend zu meiner

Korrespondenz zurück. Ich sage dem Kutscher, dass er dich und deine Freundin nach Hause begleiten soll.«
Flora nickte stumm und trat zu Frederike in den Hof hinaus. Diese sah sie prüfend an und sagte leise: »Nur nicht weinen, Kleine. Er ist es nicht wert. Dein Stadtrat ist ein schneidiger Kerl, selten sah ich so ein prächtiges Mannsbild. Groß gewachsen, breitschultrig und diese eindrucksvollen Augen über den markanten Wangenknochen! Aber der hat Dreck am Stecken, so viel ist sicher.«
»Was meinst du damit?« Flora stellte sich dicht neben Frederike und hüpfte gegen die Kälte auf und ab.
Frederike zischte: »So wie der verhält sich nur einer, der etwas auf dem Kerbholz hat. Hast du nicht gehört, was ihm entfuhr, als er den Degen zog? Dass er entdeckt sei und nicht durch den Henker sterben wolle. Der hat etwas angestellt und fürchtet nun die Folgen. Oder er ist noch dabei, etwas anzustellen.«
»Du hast Recht. Er hat sich sehr seltsam benommen.«
Flora dachte an ihre eigenen Vermutungen. War Lucas ein Verräter? Verhandelte er hinter dem Rücken des Rats und der Bürgerschaft mit der feindlichen Macht? Es sah ganz danach aus. Zwar hatte sie seine Spur vor der Stadt verloren, doch hatte er sich nicht eben selbst überführt? Kein unbescholtener Bürger zog gleich den Degen, wenn die Bürgerwehr vor seinem Haus stand. Was sollte sie nur tun? Flora fürchtete, in etwas hineingeraten zu sein, dem sie nicht gewachsen war. Sie hatte ein behütetes Leben an der Seite eines wohlhabenden Mannes führen wollen, stattdessen war sie allem Anschein nach auf Intrigen und Verrat gestoßen.
Die Hintertür wurde geöffnet und ein mürrisch dreinblickender Mann mit einer Fackel erschien. Das musste der Kutscher sein, der sie nach Hause begleiten sollte. Ohne ein Wort marschierte er über den Hof und erwartete offensichtlich, dass sie ihm folgten. Ihm schien die Vorstellung, nachts durch die umkämpfte Stadt zu laufen, nicht zu gefallen. Flora konnte ihn gut verstehen, ihr behagte die Situation genauso wenig.
Das Donnern der Geschütze wurde lauter, als sie aus dem Tor traten und den Weg zur Marienkirche einschlugen. Flora blieb stehen und

lauschte. Der Lärm kam immer noch vom Frankenwerk. An der St.-Jürgen-Schanze war es ruhig. Erleichtert setzte sie ihren Weg fort. Da fiel ihr plötzlich ein, dass zwar Marten in Sicherheit war, doch Michel in der Frankenbastion um das Leben der Verwundeten kämpfte. Lucas dagegen trank Wein und führte seine Korrespondenz. Oder schmiedete er gerade jetzt ein Komplott gegen die Interessen der Stadt?
Ein besonders lauter Einschlag brachte Frederike dazu, sich umzudrehen und zu sagen: »Als hätten sie einen Hexenkessel geöffnet und Dämonen freigelassen. Der Pulvergestank ist entsetzlich. In so einer Nacht sollte ein Kind bei seiner Mutter sein.«
»Wir sind gleich da. Da vorn, das kleine, schiefe Haus mit dem Schild über der Tür.«
»Klein und schief ist mir egal, wenn nur meine Tochter in Sicherheit ist.«
»Ist sie«, sagte Flora und schlug mit der flachen Hand an die Tür. Sobald ihnen geöffnet wurde, stapfte der Mann mit der Fackel davon.
Ein schwacher Lichtstrahl fiel auf die Gasse. Im Türspalt stand Alwine mit einer Kerze. Ihr entfuhr ein Schrei, als sie Flora erkannte. Mit der Hand vor dem Mund starrte sie ihre Tochter aus weit aufgerissenen Augen an. Flora wurde bewusst, dass ihre Mutter sich seit ihrem Verschwinden große Sorgen gemacht haben musste. Alwine fasst sich schnell wieder und rief: »Wo um Himmels willen bist du gewesen? Wir haben überall nach dir gesucht!«
Sie zog Flora ins Haus und achtete nicht auf die Fremde, die ebenfalls eintrat. In der Diele blieb Flora nichts anderes übrig, als die Wahrheit zu sagen: »Ich war draußen vor der Stadt.«
»Du warst was?«
Bevor ihre Mutter weitersprechen konnte, schob Flora Frederike durch die Diele zur Küche hinein. Wo steckte nur das Kind? Bei diesem Krach konnte doch keiner schlafen. Flora sah sich suchend um und rief: »Isabel? Ich habe jemanden für dich mitgebracht!«
Mit einem Aufschrei stürzte Isabel aus einer Ecke hervor, klammerte sich an ihre Mutter, lachte und weinte zugleich. Frederike

nahm sie auf den Arm und küsste sie. Ihre Augen strahlten. Flora blickte zu ihrer Mutter und sagte: »Darf ich vorstellen: Isabels Mutter!«
Ludgera sprang vom Tisch auf, an dem sie im Nachthemd über einer Näharbeit gesessen hatte, und rief: »Wo hast du sie gefunden?«
»Flora war vor der Stadt. Diese Verrückte!«, erklärte Alwine grimmig, doch dann lachte sie verblüfft und fügte kopfschüttelnd hinzu: »Aber ich kann ihr nicht böse sein. Ich versuche es, aber ich kann nicht. Nicht bei diesem Anblick!«
Alle blickten zu Mutter und Tochter hinüber. Frederike hatte sich auf den Boden gesetzt. Sie wiegte ihre Tochter und flüsterte ihr besänftigende Worte zu, dabei lächelte sie in sich hinein, als wäre sie weit weg und säße nicht in einer fremden Küche, umgeben von Menschen, die sie nicht kannte. Keiner wagte es, etwas zu sagen.
Flora dachte daran, dass Isabel ihre Ausrede gewesen war, damit Michel sie aus der Stadt ließ. Wie hätte sie ahnen können, dass sie tatsächlich Isabels Mutter finden würde? Zum ersten Mal hatte sie das Gefühl, etwas wirklich Wichtiges getan zu haben. Sie war zwar müde und erschöpft, doch Stolz und Zufriedenheit überwogen.
Ludgera stellte derweil Brot und Käse auf den Tisch, Alwine holte einen Krug sowie mehrere Zinnbecher und sagte: »Isabels Mutter ist mir willkommen. Sie kann bleiben. In Zeiten wie diesen müssen wir helfen, wo wir können. Jeder ist in der Not unser Nächster.« Dann schenkte sie schwungvoll ein und stellte den Krug mit einem Knall auf den Tisch.
Frederike blickte auf und lächelte: »Danke, du bist sehr freundlich.«
Isabel schniefte glücklich: »Das ist Alwine. Und da drüben, das ist Ludgera. Sie kann gut kochen!« Sie griff nach der Hand ihrer Mutter und zog sie zum Tisch.
Flora schilderte in knappen Worten, was seit dem vorherigen Abend alles geschehen war, und schloss mit einem Blick zu Isabel: »Deine Mutter hat mich in ihrem Wagen aufgenommen. Den hat sie nun Marten großzügig überlassen. Die Zeichenstunden sind leider vorbei. Er wird nicht wiederkommen, sondern nach Hause zurückkehren.«

»Er ist fort und kommt nicht wieder?« Ludgera klang traurig.
»Flora kann auch zeichnen. Sogar besser als Marten«, erklärte Isabel ihrer Mutter und stopfte sich trockenes Brot in den Mund. Frederike wischte die Krümel vom Tisch und erklärte: »Wenn wir dürfen, werden wir eine Weile hier bleiben.«
Ludgera richtete sich auf und protestierte: »Aber die Stadt kann jeden Moment gestürmt werden! Jeder, der kann, flieht. Niemand nimmt den umgekehrten Weg!«
»Manchmal ist der umgekehrte Weg der richtige«, sagte Frederike und niemand widersprach.
Nach einer Weile meinte Alwine: »Gottes Wege sind uns allen verborgen. Jetzt kommt sowieso keiner mehr raus aus der Stadt, vor allem nicht mit einem Kind. Hört die Geschützfeuer! So schlimm war es noch nie. Wir sollten zu Bett gehen und versuchen, ein wenig zu schlafen. Frederike kann Martens Lager haben.«
Alwine und Ludgera räumten das Geschirr vom Tisch. Flora beobachtete ihre Mutter. Sie hatte nicht erwartet, dass sie Frederike so bereitwillig aufnehmen würde. Zumal diese eine Katholikin aus dem feindlichen Lager war. Doch Alwine schien Frederike zu mögen. Vielleicht lag es daran, dass sie Isabels Mutter war und sie das kleine Mädchen ins Herz geschlossen hatte. Gerade in dem Moment stemmte Alwine die Hände in die Hüften und rief: »Aber kein Mummenschanz in meinem Haus. Papistenplunder dulde ich nicht, auch kein süßliches Geplapper und katholische Gesänge.«
Frederike blickte sie erstaunt an. Flora wunderte sich nicht. Natürlich machte ihre Mutter sich Sorgen. Sie konnten Schwierigkeiten bekommen, wenn sie Katholiken versteckten. Doch wenn sie Isabel verbergen hatten können, würde es ihnen mit Frederike ebenfalls gelingen. Sie war keine Frau, die Tag und Nacht fromme Gesänge anstimmte.
Als Alwine und Ludgera fort waren, blieb Flora noch eine Weile am Tisch sitzen und beobachtete, wie Frederike ihr Kind in die Decken bettete. Hatte ihre Mutter sie früher auch so liebevoll zugedeckt? Es kam ihr so vor, als wäre Alwine immer woanders gewesen. Doch vielleicht stimmte das gar nicht und ihre Erinnerung täuschte sie.

Frederike streichelte ihr Kind und summte dabei eine Melodie. Flora ging zu ihr hinüber und hockte sich vorsichtig neben das Lager. Die schlafende Isabel sah aus wie ein Engel. Ein glücklicher kleiner Engel, ergänzte Flora in Gedanken. Beide schauten sie stumm auf das Kind, bis Frederike sich zu Flora beugte und wisperte: »Deine Mutter ist eine großherzige Frau. Du hast Glück, so ein Zuhause zu haben. Es steckt voller Wärme und Geborgenheit und deine Mutter ist der gute Geist darin. Hier sollte ein Kind groß werden und nicht in einem Lager.«
Flora sah sie nachdenklich an. So hatte sie das noch gar nicht betrachtet. Doch Frederike ahnte nichts von den Nächten, in denen es an der Tür klopfte und sie aus dem Schlaf gerissen wurden.
»So friedlich ist es nicht immer. Meine Mutter kämpft oft die halbe Nacht um das Leben einer Wöchnerin. Ich, als ihre Lehrtochter, muss sie begleiten. Das musste ich schon in Isabels Alter. Es ängstigte mich und bereitete mir Albträume. Heute zeichne ich das alles, das macht es leichter. Willst du es sehen?«
Frederike nickte und Flora stand auf, um ihr Buch aus der Hebammentasche zu ziehen, die neben der Tür stand. Als sie zurückkam, saß Frederike vor der Kerze am Tisch und sah sie erwartungsvoll an. Flora setzte sich neben sie, schlug ihr Büchlein auf und zog ein Blatt hervor.
»Marten hat Isabel manchmal Zeichenstunden gegeben. Sieh, dieses Stillleben mit Schmetterling ist von ihr.«
»Wirklich? Das ist sehr hübsch.«
Frederike legte die Zeichnung ihrer Tochter zur Seite und blätterte neugierig das Hebammenbuch durch. Sie betrachtete auch ein paar der Übungen und Entwürfe, die unter Martens Anleitung entstanden waren. Schließlich klappte sie das Buch zu und sagte: »Du bist eben eine Künstlerin und keine Hebamme wie deine Mutter. Ich bin sicher, sie wird das verstehen.«
»O nein, da irrst du dich. Seit meiner Geburt steht fest, dass ich ihre Nachfolgerin werden muss.«
»Hast du ihr deine Bilder gezeigt? Hast du mit ihr gesprochen?«
Flora schüttelte den Kopf. Sie dachte daran, dass sie sich immer noch nicht bei ihrer Mutter entschuldigt hatte. Seit dem Streit

hatten sie nicht mehr über die Wismarerin gesprochen. Frederike flüsterte: »Und wieso willst du dein Talent vergeuden und die Frau eines Stadtrats werden?«

»Viele reiche Bürgersfrauen finden neben ihren Pflichten im Haushalt noch Zeit zum Malen oder Musizieren.«

»Deshalb willst du einen feinen Pinkel nehmen? Auch noch einen, der bis zum Hals in Schwierigkeiten steckt? Der wird dich mit in den Abgrund ziehen und dich Kopf und Kragen kosten. Hat er nicht sofort den Degen gezogen, wie ein Halunke? Und besonders freundlich zu dir ist er auch nicht gewesen.«

»Nein, das ist er nicht«, gab Flora kleinlaut zu.

»Vergiss den Stadtrat. Sieh zu, dass du aus der Stadt kommst. Sonst geht der Holländer noch ohne dich fort.«

Ik hou van je, dachte Flora und erinnerte sich an den Abschied am Gitter. Bis bald, hatte sie gesagt. So klang kein Abschied für immer. Wo war er jetzt? Schlief er traumlos in Frederikes Wagen oder trank er Wallensteins Portwein?

»Flora, du träumst ja mit offenen Augen!«

Frederike grinste. Flora nahm das Hebammenbuch vom Tisch und stand auf.

»Ich gehe jetzt besser zu Bett.«

Hastig lief sie nach oben. Als sie neben ihrer Mutter zwischen den Decken lag, hielt sie das Buch mit den Zeichnungen fest an sich gedrückt.

Marten verbrachte den nächsten Tag auf dem Hügel vor der Stadt und zeichnete. Eigentlich war es nicht üblich, sich mit dem Zeichenbrett in die Landschaft zu hocken. Normalerweise streifte ein Landschaftsmaler stundenlang durch die Natur, um dann im Atelier alles aus dem Gedächtnis wiederzugeben. Doch hier hatte er kein Atelier, im Wagen war es zu eng, und so konnte er genauso gut hier sitzen.

Neben dem Problem, wie man eine Qualmwolke darstellte, ohne dass sie wie eine große Larve aussah, beschäftigten ihn die Anordnung der Türme der Stadt und die Anzahl der Geschütze. Dabei

schweiften seine Gedanken immer wieder ab. Gegen welche Bastion würden sie wohl heute Nacht anstürmen und würde sich der arme Michel gerade dort aufhalten?
Bis zum Abend war Marten nicht sehr viel weitergekommen. Unzufrieden mit seiner Arbeit, packte er zusammen und verließ den Platz, an dem er den ganzen Tag gesessen hatte. Als er an den Lagerfeuern vorüberging, schnappte er Gesprächsfetzen auf. Es schien, als wäre Wallenstein bereit zu verhandeln. Neugierig gesellte er sich zu den Männern. Sie sprachen über die verlustreichen Kämpfe und es war zu spüren, dass ihr Angriffsgeist erlahmt war. Alle beklagten die vielen Opfer, die eine Eroberung kosten würde. Viele befürchteten auch eine dänische oder schwedische Landung an der Küste. Marten hörte sich eine Weile um und schöpfte wieder Hoffnung für die Stadt. Das Stück Wurst, das ihm einer für ein paar Schilling überließ, schmeckte gleich viel besser.
Als er zu später Stunde in Frederikes Wagen zurückkehrte, war es ungewohnt ruhig. In dieser Nacht schwiegen die Geschütze, denn am nächsten Tag sollte erneut mit den Vertretern der Stadt verhandelt werden. Er kauerte sich auf der schmalen Pritsche zusammen, auf der Flora die Nacht zuvor gelegen hatte. Mit angewinkelten Knien lag er da und presste die Decken ganz dicht an seinen Körper. Zum ersten Mal an diesem Tag gestattete er sich, an Flora zu denken. Im letzten Augenblick hatte er ihr seine Liebe gestanden. Es war etwas unbeherrscht gewesen, nicht holländisch zurückhaltend und auch nicht wohl durchdacht protestantisch. Warum hatte er sich nur hinreißen lassen? Hatte sie ihn nicht sogar mitleidig angesehen? Es war dunkel gewesen und er hatte ihren Blick nicht deuten können. Immerhin war sie ans Gitter zurückgekehrt. In dem Augenblick hatte er gehofft, sie würde etwas sagen, an das er sich klammern konnte. Stattdessen hatte sie nur Abschiedsworte für ihn gehabt. Sie hatte als Letztes etwas gesagt, das geklungen hatte wie: Geh weg. Er hatte es nicht anders verdient.
Marten dachte an die Stunden neben ihr über dem Zeichenbrett. Ihre Knie hatten sich wie zufällig berührt. Er hatte ihre Hand über das Brett geführt und ihr geholfen, die Feder über das Papier gleiten

zu lassen. Schwebend, wie im Tanz, ganz locker. Er hatte in ihr Ohr geflüstert und ihr Haar hatte in seiner Nase gekitzelt. Bei der Erinnerung daran krümmte er sich noch mehr zusammen und schob die geballten Fäuste zwischen die Knie. Könnte er doch die Zeit zurückdrehen. Nur noch einmal einen Strich mit ihr über das Papier ziehen. Noch einen einzigen schelmischen Seitenblick von ihr, während ihre Zungenspitze die Bewegungen der Hand begleitete. Er würde keinen Augenblick länger zögern und sie küssen. Stattdessen hatte er ihr hinterhergebrüllt, dass er sie heiraten wolle. Vor so einem musste sie ja davonlaufen. Marten lag grübelnd wach, bis ihm schließlich die Augen zufielen. Im Halbschlaf rollte er von der Pritsche. Auf dem Boden ausgestreckt, zwischen den Decken, in denen noch Floras Duft zu hängen schien, schlief er gegen Morgen endlich ein.
Erst als das Lager vollständig zum Leben erwacht war, kam er aus einem bleiernen Schlaf hoch. Sein erster Gedanke galt Flora. Im Licht des Morgens war er plötzlich sicher, dass ihr Abschied Holländisch gewesen war. Zuerst hatte sie gesagt: Tot ziens, goede reis, tot gauw. Das hatte er genau verstanden. Doch was hatte sie dann gesagt? Sodemieter op? Geh weg, hau ab? Er war sich plötzlich ganz sicher: Sie hatte ihm zu verstehen gegeben, dass er verschwinden sollte. Wahrscheinlich hatte sie die spöttischen Bemerkungen ihrer neuen Freundin befürchtet, die sich über den Dummkopf am Gitter lustig machen würde. Sodemieter op. Ja, das würde er. Sobald Wallenstein mit dem Entwurf von der Belagerung zufrieden war, würde er von hier verschwinden. Mit einer heftigen Bewegung warf er die Decken zur Seite und sprang auf. Nachdem er sich hinter den Büschen erleichtert hatte, fand er im Wagen einen Krug mit abgestandenem Bier und ein paar Brotkanten. Nach diesem kärglichen Frühstück suchte er sein Zeichenbrett, schwang sich den Reisesack über die Schulter und ging den Hügel hinauf, um seinen Entwurf zu beenden.
Sein Entschluss, schnell abzureisen, trieb ihn an und so arbeitete er mehr und besser als am Tag zuvor. Er sah und hörte nicht, was um ihn herum geschah, und blickte erst auf, als ihm ein Söldner über

die Schulter schaute: »Du musst dich sputen. Bald ist es hier vorbei. Die städtischen Abgeordneten haben sich bereits zum Hauptquartier ins Hainholz begeben.«
Marten senkte die Feder. »Hat Wallenstein sie freundlich empfangen?«
»O ja. Er ist ihnen mit ausgestreckter Hand entgegengekommen. Allerdings hatten sie zuvor ihre Waffen vor dem Quartier abgeben müssen. So blöde ist er nicht, dass er das Schicksal herausfordert und einen Anschlag auf sein Leben riskiert. Die Sterndeuter haben ihm verraten, dass er noch vor dem Greisenalter sterben wird.«
»Er glaubt an Astrologie und Sterndeuterei?«
»Mehr als an die Jungfrau Maria. Ist wohl eine böhmische Eigenart.«
Der Soldat lachte und spazierte davon.
Marten blickte ihm nach und überlegte, ob es Wallenstein gefallen würde, wenn er den Kupferstich mit astrologischen Symbolen und Zeichen umgäbe. Doch dann entschied er sich dagegen. Er senkte das Zeichenbrett und fuhr sich nachdenklich durchs Haar. Die städtischen Abgeordneten im Hainholz würden in wenigen Stunden in die Stadt zurückkehren. Vielleicht war es möglich, sie abzufangen und ihnen eine Nachricht für Flora zuzustecken? Einen Versuch war es wert. Eine andere Möglichkeit hatte er nicht. Vielleicht befand sich sogar ihr Stadtrat unter den Männern. Doch wie sollte er ihn erkennen? Marten war Lucas Wurffrath noch nie begegnet. Es sei denn, man zählte die nächtliche Verfolgung mit, bei der Marten einem Schatten mit einem Federhut gefolgt war. Er suchte sich ein leeres Blatt, tauchte die Feder in die Tinte und schrieb:

Flora, gewähr mir die Gunst, meine Worte zurückzunehmen. Sie sollen wie unausgesprochen sein. Wenn ich zurückkomme, soll nichts mehr zwischen uns stehen. Ich werde bei meiner Rückkehr so leidenschaftslos wie mattes, angelaufenes Kupfer sein. Grünspan gewinnt man aus der Kruste des schwedischen Kupfers. Es ist ein sattes und verlässliches Grün, so zuverlässig und geduldig wirst du mich finden.
Dein ergebener Freund Marten Olearius

Marten zögerte einen Moment, schließlich setzte er darunter: *Unter dem grün gewordenen Kupfer verbirgt sich immer noch sein Glanz.* Einen Moment überlegte er, ob er den Zusatz streichen sollte, doch dann faltete er das Papier zu einem kleinen Brief zusammen, den er mühelos in seiner Hand verbergen konnte. Zuerst hatte er auf Holländisch schreiben wollen, doch das war ihm zu auffällig erschienen. Schon so konnte man das Schreiben für die Nachricht eines Spitzels halten. In diesen Zeiten wirkte alles verdächtig. Vorsichtshalber hatte er Schweden erwähnt. Für einen Stralsunder musste schwedisches Kupfer sehr tröstlich klingen. Flora würde die Anspielung verstehen. Sie hatten ausführlich über die Herstellung von Pigmenten gesprochen und dem tiefen, satten Grün besondere Aufmerksamkeit geschenkt. Marten bückte sich nach dem Reisesack, zog seine Klappsonnenuhr hervor und verbarg das Brieflein unter den Messingornamenten im Innendeckel. Er würde die Abordnung aus Stralsund bitten, Flora Wullenwewer eine Sonnenuhr zurückzugeben, die sie ihm einst geliehen hätte. Das erregte weniger Aufmerksamkeit als ein Brief. Flora würde ihn schon finden. Mit der Sonnenuhr unter dem Wams machte er sich zum Hainholz auf.

Die Sonne stand hoch und es war fast Mittag. Die Beratungen konnten sich den ganzen Tag hinziehen. Während Marten sich dem Hauptquartier näherte, stellte er sich auf eine lange Wartezeit ein. Deshalb suchte er sich einen schattigen Platz unter einem krumm gewachsenen Baum, von wo er das Hauptquartier im Auge behalten konnte. Es war sehr still und nach einer Weile sackte Martens Kopf nach vorn und er nickte ein.

Ein Lachen weckte ihn. Er riss den Kopf hoch und sah zu den Wachen, die sich Hähnchen vom Spieß schmecken ließen. Söldner aus dem Lager hatten ihnen eine Stärkung gebracht und scherzten mit ihnen. Die Stralsunder schienen immer noch mit Wallenstein zu verhandeln. Nun hatten die Männer ihn entdeckt und bedeuteten ihm, ihnen Gesellschaft zu leisten. Marten schlenderte zu ihnen hinüber und sie begrüßten ihn wie einen alten Bekannten und forderten ihn auf, etwas vom Hähnchen zu nehmen. Marten löste einen

Schenkel und biss herzhaft hinein. Es schmeckte köstlich. Kauend blickte er sich um. Das Wachzelt stand offen und gab den Blick auf die Waffen der Stralsunder Abordnung frei. Sie lagen aufgereiht auf einem Klapptisch, Feuerwaffen, Spieße und Degen. Plötzlich blieben seine Augen an einer Handfeuerwaffe hängen. Er stutzte, denn die sah aus wie die Radschlosspistole seines Vaters, die jahrelang unbenutzt über dem Kamin im Arbeitszimmer gehangen hatte. Zögernd trat er durch die Zeltöffnung und näherte sich dem Tisch. In der Einlegearbeit am Schaft befand sich das Monogramm seines Vaters. GWO für Gotthold Wilhelm Olearius. Die ineinander verschlungenen Buchstaben aus glänzendem Perlmutt waren ihm so vertraut, dass ihm für einen Moment der Atem stockte. Wie kam die Pistole seines Vaters hierher? Wieso hing sie nicht über dem Kamin im Arbeitszimmer? Spielte ihm sein Erinnerungsvermögen einen Streich? Das konnte unmöglich die Waffe aus Leyden sein. Er wollte Gewissheit haben. Er musste die Pistole untersuchen. Wenn es die Handfeuerwaffe seines Vaters war, musste ein Stück der Einlegearbeit auf der Rückseite des Schafts herausgebrochen sein. Wie ein Schlafwandler streckte er die Hand aus.

»Finger weg!« Die Wachleute hatten ihn bemerkt und zogen ihn so grob vom Tisch weg, dass ihm der Hähnchenschenkel aus den Fingern rutschte.

»Ich wollte sie nicht stehlen. Sie kam mir nur bekannt vor und ich wollte den Schaft prüfen. Wenn er beschädigt ist, ist es die Waffe, die ich zu kennen meine.«

»Wurde sie dir etwa gestohlen?«, fragte einer der Männer, doch schien er diese Möglichkeit selbst nicht zu glauben.

Marten wehrte ab: »Nicht mir, sondern jemandem, den ich gut kenne.«

»So ist es deine Sache nicht. Verschwinde. Wir bekommen Ärger, wenn die Waffen beschädigt werden.«

Ein anderer fügte etwas ruhiger hinzu: »Komm, spiel mit uns Karten. Wenn dein Einsatz reicht, wirst du schon mitbekommen, wie die Männer ihre Waffen holen. Dann kannst du den Besitzer der Pistole selbst fragen.«

Sein Vorschlag löste zustimmendes Gemurmel aus, doch einer knurrte: »Zettle ja keinen Streit mit denen aus der Stadt an. Es wurden schon Gefechte durch geringeren Zwist ausgelöst.«
Marten dachte an die schöne Helena, deren Raub zum Untergang Trojas geführt hatte.
»Ich werde vorsichtig sein. Nur höflich fragen, ob ich mir die Pistole ansehen darf.«
Er hockte sich in die Runde und fragte sich, ob er auch noch ruhig bleiben würde, wenn sich herausstellte, dass es tatsächlich die Waffe seines Vaters war. Gedankenverloren grübelte Marten vor sich hin. Wie kam die Radschlosspistole seines Vaters nach Stralsund? War sie wirklich gestohlen worden? Mit Sicherheit wäre der Dieb derjenige, der auch den Überfall auf ihn geplant hatte. Doch wer hatte den Schlägertrupp zum Hafen geschickt? Irgendjemand wollte ihm schaden, so viel stand fest. Und war hinter dem Nachlass seines Vaters her, zu dem auch die kostbare Radschlosspistole gehörte. Flora hatte vermutet, dass der Amsterdamer Kaufmann hinter der ganzen Sache steckte. Hatte der die Waffe vielleicht an einen Ratsherrn verkauft? Oder war er gar selbst unter den Vertretern der Stadt, die sich in diesem Augenblick bei Wallenstein befanden? Es musste jemand sein, der die Familie Olearius gut kannte und sich Zutritt zu ihrem Haus verschaffen konnte. Marten hatte vor seinem Aufbruch nicht kontrolliert, ob die Pistole noch an ihrem Platz hing. Warum sollte er auch? Hundertmal war er am Kamin vorbeigelaufen, ohne nach oben zu blicken. Er rieb sich verärgert das Kinn und wünschte, Flora wäre hier und er könnte mit ihr über seine Entdeckung reden. Es bestand immer noch die Möglichkeit, dass es sich nur um eine ähnliche Pistole handelte, die zufällig dasselbe Monogramm hatte. Nur die Rückseite konnte ihm Gewissheit verschaffen.
Inzwischen hatte das Kartenspiel begonnen, ein einfaches Spiel, das bei Soldaten sehr beliebt war. Doch Marten war nicht bei der Sache und spielte ein paar Mal die falsche Karte aus. Er geriet mehr und mehr in Rückstand, spielte aber trotzdem weiter, denn jeden Moment konnte sich die Tür zum Hauptquartier öffnen und der Besit-

zer der Radschlosspistole herauskommen. Die Stunden verstrichen und die Sonne sank immer tiefer. Schließlich suchten seine Mitspieler die Karten zusammen und forderten ihn auf, seine Spielschulden zu bezahlen. Marten erwiderte unwillig: »Ich habe mein Geld im Wagen versteckt.«
»Dann geh und hol es.«
»Später, zuerst will ich den Mann mit der Radschlosspistole sprechen.«
»Jetzt sofort oder wir machen dir Beine.« Der Mann hatte seine Augen zu schmalen Schlitzen zusammengekniffen und starrte Marten herausfordernd an. Es war besser zu tun, was er verlangte. Das Hauptquartier wirkte ruhig. Wenn er sich beeilte, war er zurück, bevor die Abordnung sich sehen ließ.
Marten verließ im Laufschritt das Hainholz und rannte zum Lager. Dort sah auf einmal alles gleich aus. Hektisch blickte er sich um. Welche Wagengruppe war es? Wo stand Frederikes Planwagen? Fluchend stolperte er umher, bis er endlich den richtigen Wagen entdeckte. Dann verlor er wertvolle Zeit, weil er den Geldbeutel zuerst am falschen Ort suchte. Als er ihn schließlich fand, schob er ihn hastig zu der Sonnenuhr unter sein Wams. Wenn er die Stralsunder nicht verpassen wollte, musste er sich beeilen. Er sprang auf, schlug die Plane zurück und kletterte aus dem Wagen. Als er gerade mal fünf Schritte gelaufen war, versperrte ihm ein Mann den Weg und knurrte: »So, Freundchen, jetzt bist du fällig!«
Marten versuchte sich an dem muskelbepackten Söldner vorbeizudrängen, dessen Kreuz doppelt so breit war wie bei gewöhnlichen Sterblichen und dessen Oberarme ihm gehörigen Respekt einflößten. »Geh mir aus dem Weg, bitte.«
»Nicht bevor ich dir eine Abreibung verpasst habe …« Der Fremde ballte die Fäuste und trat auf ihn zu.
Marten sah, dass er es ernst meinte, und fragte erschrocken: »Was willst du von mir? Ich habe dir nichts getan.«
»O doch, mein Freundchen. Du hast mir mein Liebchen gestohlen und dich in ihrem Wagen breit gemacht.« Erwartungsfroh rieb er die Fäuste aneinander.

Marten hob abwehrend die Hände und beteuerte: »Ich habe sie dir nicht gestohlen. Ich kenne Frederike kaum. Sie hat mir den Wagen überlassen, weil sie etwas erledigen muss. Sie wird bald zurück sein.« Zumindest hoffte er das.
Sein Gegenüber schien skeptisch. Er kaute auf seiner Unterlippe und fragte: »Verflucht, wo steckt sie?«
»Sie holt ihre Tochter aus der Stadt.«
Bei diesen Worten verdüsterte sich das Gesicht des anderen. »Du lügst.«
»Nein!«
»Von einer miesen, rothaarigen Ratte lasse ich mir nicht die Frau stehlen.«
Marten wollte einwenden, dass er ihm Frederike nicht gestohlen und nichts mit der Angelegenheit zu tun hatte, doch da traf ihn schon ein Faustschlag mitten ins Gesicht. Sein Kopf schleuderte herum und schien in tausend Stücke zu gehen. Marten sah grelle Blitze zucken, hörte ein surrendes Geräusch, dann gaben seine Knie nach und um ihn herum wurde es dunkel.
Als er wieder zu sich kam, lag er ausgestreckt im Gras und ein Hund schnupperte interessiert an seiner Stiefelsohle.
»Verschwinde.«
Der Köter sah ihn freudig hechelnd an und trottete davon. Martens Stimme war nur ein schwaches Krächzen gewesen. Stöhnend setzte er sich auf. Seine Nase fühlte sich wie zermatscht an und Blut rann ihm in den Mund. Vorsichtig tastete er am Nasenrücken entlang. Es schien nichts gebrochen zu sein, doch sie begann bereits anzuschwellen. Um die Blutung zu stillen, presste er seinen Ärmel vors Gesicht und legte den Kopf in den Nacken. Ganz ruhig atmen und bis hundert zählen, das hatte sein Vater ihm immer geraten. Vater?
Vaters Radschlosspistole auf dem Klapptisch! Verdammt! Bestimmt hatte er die Abordnung verpasst! Viel zu schnell kam er auf die Beine und alles um ihn her schien sich zu drehen. Wie spät mochte es sein? Wie viel Zeit war seit seiner Begegnung mit dem eifersüchtigen Muskelpaket vergangen? Marten tastete nach der Klappsonnenuhr. Sie befand sich noch unter seinem Wams, genau wie der Geld-

beutel. Der Mann war nicht hinter seinem Geld her gewesen. Doch auch ohne die Uhr zu bemühen wusste Marten, dass er ihm wertvolle Zeit gestohlen hatte. Die Sonne war bereits hinter dem Horizont versunken und schickte nur noch wenige Strahlen durch die Bäume. Was hatte es jetzt noch für einen Sinn, sich zu beeilen? Die Abgeordneten waren sicher längst fort. Trotzdem machte er sich zum Hainholz auf.
Beim Hauptquartier waren die Wachen dabei, zusammenzupacken. Sie bauten das Zelt ab und trugen den Klapptisch zurück ins Gebäude. Marten wusste auch ohne zu fragen, dass er zu spät gekommen war. Die Abordnung war wieder in die Stadt zurückgekehrt und mit ihr die Pistole. Enttäuscht ließ er sich ins Gras fallen und beobachtete den Aufbruch. Da entdeckte einer der Wachmänner Marten im Gras und schlenderte zu ihm. Es war der freundliche Soldat, der ihn aufgefordert hatte, mit ihnen Karten zu spielen. Als er näher kam, galt seine erste Sorge jedoch nicht den Spielschulden: »Was ist dir denn übers Gesicht gefahren? Siehst aus, als wärst du unter ein Geschütz geraten.«
»So fühl ich mich auch.«
Im selben Augenblick schien seine Nase noch weiter anzuschwellen. Der Schmerz breitete sich über das ganze Gesicht aus und die Augen begannen zu tränen. Marten wollte sich nichts anmerken lassen, wischte sich verstohlen die Augen und fragte: »Gibt es eine Einigung?«
»Neee, Wallenstein war großzügig und hat ihnen äußerst milde Bedingungen gestellt. Sie sollten nur Abbitte tun und eine herzogliche Truppe als Garnison aufnehmen. Doch die feinen Herren aus der Stadt wollen sich erst mit der Bürgerschaft beraten. Damit sind die Würfel gefallen, denn die unternimmt nichts ohne die Zustimmung der Dänen und Schweden. Wallenstein ist fuchsteufelswild. Kannst du deine Spielschuld jetzt begleichen?«
Marten nickte, zog den Geldbeutel unter dem Wams hervor und zählte dem Mann das Geld in die offene Hand. Dabei fragte er: »Hast du gesehen, wie der Mann aussah, der die Radschlosspistole an sich genommen hat?«

Ein weiterer Söldner war zu ihnen gestoßen und hatte Martens letzte Frage gehört. Er erklärte zuvorkommend: »Ich habe ihn gesehen. Es war ein großer hübscher Kerl. Sah dir fast ein bisschen ähnlich, nur ein paar Jährchen älter als du und …«
Der andere unterbrach ihn: »Na, der sah doch ganz anders aus. Er war blond und hatte einen Spitzbart.«
»Den haben sie doch alle. Aber er hat genauso geredet wie der da. Hat die Worte so komisch gerollt …«
Marten fragte verblüfft: »War er etwa Holländer?«
»Kann schon sein. Was weiß ich denn. Jedenfalls hat er die Pistole eingesteckt, als hätte er jedes Recht dazu. War auch keiner da, um sie ihm streitig zu machen.«
Nein, dachte Marten, sonst hätte er sich selbst davon überzeugen können. Wenn der Mann aus Holland war, hatte er seinen Amsterdamer gefunden. Der Umgänglichere der beiden schien zu merken, wie wichtig Marten die Angelegenheit war. Er legte die Stirn in Falten und dachte nach. Schließlich sagte er: »Als sie an uns vorbeigingen, drehte er sich noch einmal um und sagte zu keinem Bestimmten: ›Arme drommel.‹«
Das war Holländisch. Nun hatte Marten den Beweis. Er hatte den Amsterdamer gefunden.
»Das heißt armer Teufel. Er bezeichnete jemanden als armen Teufel.«
Der grimmigere Soldat schnaufte: »Meinte der etwa unseren Wallenstein? So ein hochnäsiger Kerl. Wartet ab, bald legen wir ihm seine hübsche Stadt in Schutt und Asche.«
Beide wirkten ehrlich erbost und marschierten ohne ein weiteres Wort davon, doch wenige Augenblicke später hatten sie anscheinend jedes Interesse an der Angelegenheit verloren, denn sie scherzten sogleich mit ihren Kameraden.
Marten hörte, wie ihr Lachen sich entfernte, und dachte über die letzte Bemerkung nach. Sie hatten Stralsund als »seine hübsche Stadt« bezeichnet. Wenn der große Mann aber aus Amsterdam war, war Stralsund nicht seine Stadt. Was hatte er dann unter den Abgesandten zu suchen? Warum sollte er sich für die Belange der Stadt

einsetzen, wenn er doch hinter dem Vermögen der Olearius her war? Marten überlegte, ob sein Vater einen großen, blonden Amsterdamer mit Spitzbart gekannt hatte. Ihm fiel kein einziger Bekannter ein, auf den die Beschreibung zutraf.
Niedergeschlagen blickte er zu den Türmen der Stadt hinüber. Den Amsterdamer hatte er verpasst und die Klappsonnenuhr mit dem Brief befand sich immer noch in seinem Wams. Da es keine Einigung gegeben hatte, würde er auch nicht ohne weiteres in die Stadt gelangen. Außerdem wollte Wallenstein heute Abend den Entwurf begutachten. Der große Feldherr würde nicht besonders gut gelaunt sein. Marten seufzte und erhob sich schwerfällig, um seine Zeichnungen zu holen.

Drei Tage später war Flora des Nachts mit ihrer Mutter auf dem Rückweg von einer Entbindung. Nach den gescheiterten Verhandlungen versuchte Wallenstein seit dem frühen Morgen die Stadt mit seiner Artillerie sturmreif zu schießen. Der Angriff richtete sich besonders gegen das Frankentor. Offensichtlich sollte eine Bresche in das Mauerwerk geschossen werden. Flora war froh, dass Michel keinen Dienst hatte. Nachdem er sich pausenlos um die Sterbenden und Verwundeten gekümmert hatte, war er am frühen Abend nach Hause geschickt worden. Er selbst hätte wohl noch weitergearbeitet, doch bei der Versorgung eines Streifschusses war er eingenickt. Der schottische Söldner, dessen Wunde er gerade gereinigt hatte, hatte es mit Humor genommen und herzlich gelacht. Dadurch war der Hauptmann aufmerksam geworden und hatte Michel kurzerhand für ein paar Stunden Schlaf beurlaubt.
Michel war, ohne etwas zu sich zu nehmen und ohne sich zu waschen, in seinen blutbespritzten Kleidern zu seiner Kammer auf dem Dachboden hinaufgewankt.
Als Flora und Alwine nun das Haus betraten, war alles dunkel. Trotz des Kanonendonners schien das ganze Haus in tiefem Schlaf versunken zu sein.
»Komm, gehen wir zu Bett«, wisperte Alwine. »Vielleicht können auch wir trotz allem schlafen. Jede Stunde Schlaf ist kostbar.«

Neben der Leiter, die zu Michels Dachboden führte, blieb sie plötzlich stehen und lauschte. Flora wollte gerade fragen, was los sei, da hörte sie es auch. Von oben war unterdrücktes Kichern zu hören. Hin und wieder wurde es durch lustvolles Stöhnen unterbrochen. Floras Augen weiteten sich. Das konnte doch nicht wahr sein! Kaum war ein Mann im Haus, war Frederike schon bei ihm. Es schien keine Rolle zu spielen, wie verdreckt und hungrig er war. Empört raffte Flora ihre Röcke und begann die Leiter hinaufzusteigen.

»Nicht, Flora. Tu es nicht! Es geht uns nichts an.«

Flora achtete nicht auf ihre Mutter, sondern erklomm die Sprossen. Es ging sie nichts an? Der Mann, den sie nach dem Willen ihrer Mutter noch immer heiraten sollte, amüsierte sich mit einer anderen und es sollte sie nichts angehen? Sie schwang sich durch die Luke und erstarrte. Mitten im Raum stand ein völlig veränderter Michel Warneke. Er war nackt, hatte die Augen geschlossen und das Licht von unzähligen Kerzen zuckte über seinen Körper. Sein Gesicht hatte einen friedvollen Ausdruck. Frederike stand hinter ihm und presste ihm ein nasses Tuch auf den Rücken. Das Wasser rann über seine gerötete Haut. Er stöhnte leise. Frederike blickte auf und bemerkte Flora. Ein belustigtes Glitzern trat in ihre Augen. Sie tauchte den Lappen in die bereitstehende Schüssel und lächelte. Sie schien jedes Gefühl für Raum und Zeit verloren zu haben. Ihr Haar war aufgelöst und schwere, schwarze Strähnen tanzten ungebändigt vor ihrem Gesicht. Das Band an ihrem lose herunterhängenden Kragen war zerrissen, die Haut darunter gerötet und fleckig. Über Michels Gesicht hatte der Pulverdampf der Schanze eine feine Rußschicht gelegt. Das Blut der Verwundeten klebte noch an seinen Waden. Seine schmutzigen Kleider lagen überall verstreut. Es roch nach Blut und ungewohnt scharf nach Schweiß. Ein leichter Schwindel erfasste Flora und sie meinte zu stürzen. Die Luft war erfüllt von Schwingungen. Sie war getränkt mit Lockungen und Ahnungen. Unter Floras Bauchnabel begann es zu kribbeln und ihr Mund fühlte sich trocken an.

»Flora? Was ist los? Ist alles in Ordnung?«

Ihre Mutter klang besorgt. Endlich fand Flora ihre Stimme wieder. Sie wandte sich zur Dachluke und rief: »Ja, Mutter. Michel wäscht sich nur und Frederike hat ihm eine Schüssel mit Wasser gebracht.«
»Genauso war es«, erklärte Frederike und rieb den Lappen in kreisenden Bewegungen über die Rückseite von Michels Schenkeln. Der hatte nun die Augen geöffnet und wirkte seltsam abwesend, als wäre er betrunken. Er schwankte leicht, als Frederike den Druck auf seine Schenkel verstärkte, dabei wisperte sie: »Der Arme hatte einen Albtraum und hat so geschrien, dass ich befürchtete, Isabel würde davon aufwachen. Da bin ich heraufgegangen und habe ihn getröstet. Es hat ihm sehr gefallen.«
Sie warf den nassen Lappen zurück in die Schüssel.
Was, wollte Flora fragen, was hat ihm gefallen? Doch Anstand und Erziehung siegten über ihre Neugier. Sie wollte gar nicht wissen, was passiert war. Sie hatte Frederike freimütig erzählt, dass sie Michel nicht wollte, und durfte sich nicht beklagen. Doch konnte Frederike Michel einfach so für sich beanspruchen? Sie benutzte die Männer nur zu ihrem Vergnügen und schickte sie fort, wenn sie genug von ihnen hatte. Das hatte Michel nicht verdient. Flora würde nicht zulassen, dass Frederike mit ihm umsprang wie mit ihrem Söldner, ihrem Exemplar für süße Nächte. Sie war dabei gewesen, als Frederike ihn abserviert hatte. Ihr Ton war voller Verachtung gewesen. Flora suchte Frederikes Blick. Das Kerzenlicht flackerte über ihr schönes Gesicht und sie hatte einen dunklen Glanz in den Augen, der betörend war. Hastig sagte Flora: »Wir sprechen morgen darüber«, und wandte sich ab.
Ohne eine Antwort abzuwarten, kletterte sie so schnell wie möglich die Leiter hinunter. Ihre Mutter war bereits in der Kammer verschwunden. Als Flora eintrat, richtete sie sich auf dem Bett auf und sagte scharf: »Denk nicht, ich wüsste nicht, was da vor sich geht! Halt mich nicht für dumm.«
Flora schloss die Tür, tastete sich zu ihrem Bett vor und murmelte schuldbewusst: »Es tut mit Leid. Sie ist das Lagerleben gewöhnt. Ich hätte sie nicht hierher bringen dürfen.«

»Es ist nicht deine Schuld. Es ist der Krieg«, erklärte die Mutter schlaftrunken und drehte sich auf die andere Seite. Flora kroch ins Bett. Sie versuchte die Geräusche von oben zu ignorieren. Stattdessen hallte dann das Krachen vom Frankentor in ihren Träumen wider.

Am späten Vormittag des nächsten Tages stellte der Feind das Feuer ein. Es wurde so still, dass Flora von der ungewohnten Ruhe erwachte. Für einen Moment dachte sie, die Belagerer hätten Erfolg gehabt. Sie erwartete, dass fremde Söldner mit Geheul und Waffengeklirr kommen würden. Doch es gab keinen Feuerqualm und keine Pistolenschüsse. Draußen vor den Fenstern war dafür der muntere Gesang der Vögel zu hören. Offensichtlich war es dem Feind nicht gelungen, eine Bresche in das Mauerwerk zu schießen. Hastig wechselte sie ihr zerknittertes Kleid, indem sie ganz gegen ihre Gewohnheit geschlafen hatte, und wusch sich mit dem abgestandenen Wasser in der Schüssel vor dem fleckigen Spiegel. Ihre Mutter hatte die Kammer längst verlassen und so beeilte sich Flora mit dem Kämmen und Frisieren. Sie schlang ihr Haar zu einem festen Knoten. Dabei kreisten ihre Gedanken darum, wie sie sich verhalten sollte, wenn sie unten in der Küche mit Michel zusammentraf. Noch mehr Kopfzerbrechen bereitete ihr, was sie Frederike sagen sollte, ohne sie vor dem Kind in Verlegenheit zu bringen. Flora wünschte, sie könnte die Bilder der Nacht vergessen. Die Erinnerung löste immer noch ein Kribbeln im Bauch aus. Es war nicht der nackte Michel, der es auslöste, sondern vielmehr das, was Frederike mit ihm gemacht hatte. Das hervorgerufene Gefühl war nicht unangenehm, dachte Flora, im Gegenteil. Doch Sünde sollte sich nicht so anfühlen. Nicht für sie. War sie nicht die Tochter der städtisch vereidigten Hebamme? Hatte sie nicht oft genug die schrecklichen Folgen der Sünde mit eigenen Augen gesehen? Hatte sie nicht jeden Sonntag die Mahnungen von der Kanzel gehört?

Flora lief die Treppe hinunter und dachte darüber nach, ob Frederike eine sündhafte Evastochter war. Als sie die Tür zur Küche aufstieß, hatte sie ganz deutlich das Bild von der nackten Eva mit der Schlange vor Augen. Bei ihrem Eintreten stellte sie fest, dass

sich nur ihre Tante in der Küche befand. Ludgera blickte von den Karotten auf, die sie gerade putzte, und erklärte freundlich: »Sie sind alle fort. Bereits im Morgengrauen wurde Michel zur Frankenbastion geholt. Dort gibt es nach dem heftigen Beschuss viele Verwundete. Frederike hat ihn begleitet. Sie hat mit Wunden Erfahrung und will ihm zur Hand gehen.«
»Sie hat ihn zur Bastion begleitet? Aber Frauen werden in einer Festung nicht geduldet!«
»Na, sie ist schließlich nicht irgendeine Frau. Die lässt sich nicht so einfach fortschicken. Wenn sie erst einmal resolut anpackt, dann werden sie sie schon dulden.«
In Ludgeras Stimme lag aufrichtige Bewunderung. Flora hatte gar nicht gewusst, dass ihre Tante diese Eigenschaften bei einer Frau schätzte. Immer noch verblüfft, setzte sie sich an den Tisch und beobachtete ihre Tante, die gleichmütig weiterarbeitete und sagte: »Nimm dir etwas Brot. Milch ist auch noch da. Das Kind hat kaum welche getrunken. Es war ganz aufgeregt, weil es Alwine zum Hafen begleiten durfte. Dort ist ein Schiff gekommen und alle strömen hin. Wenn es Pulver und kein Korn geladen hat, werden sie enttäuscht heimkehren.«
»Wir benötigen Pulver dringender als Korn. Wallenstein wird nicht so schnell aufgeben.«
»Er hat das Feuer eingestellt und alle Versuche, das Frankenwerk zu stürmen, abgebrochen. Für die Stadt ist kaum Schaden entstanden. Und dabei soll der große Feldherr mehrmals vor seinen Soldaten damit geprahlt haben, dass er sich Stralsund schon holen würde, selbst wenn es mit Ketten am Himmel befestigt wäre. Überall in der Stadt macht man sich heute darüber lustig. Sie spotten, dass die Stadt wohl zu hoch am Himmel hinge.«
»Hochmut kommt vor dem Fall. Sie sollten sich nicht zu sicher fühlen.«
»Und du solltest schnell etwas essen und mir dann im Haus helfen. Die Wäsche muss in die Lauge, das Geschirr gespült und das Gemüse geputzt werden. Die Treppe sollte auch mal wieder gewischt werden und vor dem Haus muss dringend jemand fegen. Ach ja,

der Kräutergarten deiner Mutter … Ich soll dir ausrichten, dass das Unkraut wuchert, und dich an deine Pflichten erinnern.«
Flora seufzte. Sie nahm sich etwas Brot, kaute lustlos daran herum und machte sich anschließend an die Arbeit.
Es wurde ein schweißtreibender Tag. Als Isabel zurückkam, fand Flora kaum Zeit, sich mit ihr über das Treiben am Hafen zu unterhalten. Noch weniger Zeit hatte sie zum Grübeln. Erst beim Fegen vor dem Haus schweiften ihre Gedanken ab. Sie dachte daran, wie Frederike mit dem Lappen über Michels Schenkel gefahren war. Heftig wirbelte sie den Besen durch den Dreck, bis der Staub aufwirbelte. Beim Unkrautzupfen störte sie der grüne Pflanzensaft, der an ihren Fingern kleben blieb. Der betörende Duft der winzigen Blüten bereitete ihr ein unbestimmtes Unbehagen. Die ganze Natur war durchtränkt mit wollüstigen Gerüchen und Säften. Das Kribbeln im Bauch kam wieder und sie presste die Hände in die feuchte Erde, damit es aufhörte.
Am Abend waren Michel und Frederike zurück. Sie wirkten erschöpft und gleichzeitig zufrieden. Gemeinsam wuschen sie die blutigen Instrumente im Hinterhof und scherzten dabei. Beim Abendessen war es ganz selbstverständlich, dass sie nebeneinander saßen. Sie munterten Isabel mit lustigen Geschichten auf. Es ging dabei um eine verschwundene Fasszange zum Entfernen von Kugeln und allerlei albernes Zeug. Beim Erzählen blitzten Michels runde Augen vor Schalk und seine Borstenhaare standen in alle Richtungen ab. Flora musterte ihn unauffällig und dachte daran, dass dieser lustige Igelmann auch anders sein konnte. Sie erinnerte sich noch gut, wie ruhig er geworden war, als er ihre bewusstlose Mutter untersucht hatte. Frederike schien bereits beide Seiten dieses Mannes kennen und schätzen gelernt zu haben. Als das Mahl beendet war, bot Frederike an, ihm zu helfen, und gemeinsam trugen sie die Instrumente nach oben.
Flora blieb am Tisch sitzen und fühlte sich überflüssig. Sie hatte es längst aufgegeben, Frederike ins Gewissen reden zu wollen. Was hatte es für einen Sinn, sich einzumischen? Niemand würde auf sie hören. Die Dinge entwickelten sich und sie konnte nichts tun.

Alwine schien zu merken, wie unglücklich sie war. Als Ludgera und Isabel mit dem Abwaschen beschäftigt waren, setzte sie sich zu Flora und legte tröstend eine Hand auf ihren Arm. Flora fühlte sich missverstanden. Sie war nicht eifersüchtig. Ihre Mutter sollte nicht denken, sie würde Michel Warneke nachtrauern. Hastig erklärte sie:
»Ich habe ihn sowieso nie gewollt.«
»Das weiß ich doch.«
»Aber es ist nicht recht. Sie sollten sich schämen – Frederike besonders.«
Alwine lächelte und erklärte sanft: »Sie verhält sich sehr klug. Wenn die Belagerung zu Ende ist, schuldet die Stadt dem tapferen Feldwundarzt Michel Warneke ihren aufrichtigen Dank. Die Bürgerwehr wird ihn mit einer ansehnlichen Summe abfinden und die Ärzteschaft wird ihn in ihren Reihen willkommen heißen. Er ist dann ein gemachter Mann und hat es nicht mehr nötig, die Tochter der städtischen Hebamme zu heiraten. Frederike kann sich glücklich schätzen. Isabel bekommt einen Vater, der sie als sein Kind anerkennen wird.«
»Du klingst, als wäre das alles ausgemacht.«
»Was stört dich daran? Der Krieg wirbelt alles durcheinander und schafft neue Verhältnisse. Mach dir keine Sorgen, nach der Belagerung wird sich schon noch ein passender Mann für dich finden.«
Flora erwiderte nichts und starrte nachdenklich auf ihre Finger. Die Kuppen waren vom Pflanzensaft grün verfärbt. Marten hatte ihr erklärt, dass man ein intensives Grün aus der Kruste des schwedischen Kupfers gewinnt. Man musste es nur in Kontakt mit einer Säure bringen. Der fermentierte Abfall von schlechtem Wein eignete sich besonders gut dafür. Aus Abfall entstünde manchmal etwas überraschend Schönes. Marten sagte immer solche Dinge. Überall sah er eine Verbindung von Malerei und göttlicher Schöpfung. Seine Begeisterung für Farben war richtig ansteckend gewesen. Wenn sie doch nur noch einmal neben ihm sitzen und seine Stimme hören könnte! Nun war er fort und würde nie wieder neben ihr auf der Bank sitzen und über die Herstellung von Pigmenten reden.

Alwine warf ihr einen scharfen Blick zu und sagte tadelnd: »Du denkst an deinen Stadtrat. Sei klug, Flora. Lass dich nicht von einem feinen Herrn verführen. Wenn er seinen Willen bekommen hat, giltst du ihm nichts mehr.«
»Ich habe gar nicht an ihn gedacht. Ich denke schon lange nicht mehr an ihn.«
Alwine machte ein skeptisches Gesicht und ging zu ihrer Tasche hinüber. Mit sicheren Handgriffen suchte sie zusammen, was sie für eine Entbindung benötigen würde. Flora beobachtete sie. Hätte sie Lucas bloß nicht erwähnt. Flora fürchtete die nächste Begegnung mit ihm fast ein wenig. Hatte er wirklich etwas auf dem Kerbholz, wie Frederike vermutete? Noch vor wenigen Wochen hatte sie ihn so sehr gewollt, nun machte er ihr Angst und bereitete ihr Unbehagen. Wie angenehm war es dagegen, sich an Marten zu erinnern: Ik hou van je.
Immer schien das begehrenswert, was man nicht haben konnte. Wie oft hatte sie sehnsüchtig auf ein teures Stück Marzipankuchen geblickt? Nur der Geschmack von Mandeln und Rosenwasser schien dann wirklich glücklich zu machen und der einfache Kuchen in ihrer Hand war ihr zu gewöhnlich gewesen. Die Küsse von Lucas Wurffrath waren nicht wie Kuchen, sondern wie Zuckerwerk, das musste sie zugeben. Doch war nicht der ganze Mann falsch und trügerisch? War er nicht wie gefärbtes Konfekt, das herrlich aussah und dann nur in den Zähnen klebte? Seeräuberküsse, sturmgepeitscht und flüchtig. Martens Küsse wären nicht beutegierig, dessen war sie sich sicher. Sie dachte an seine feingliedrigen Finger, an die Sommersprossen auf seinen Handrücken und das leichte Zittern seiner Wimpern, wenn er ihre Hand über das Papier führte. Wo steckte er jetzt? Befand er sich noch im Lager vor der Stadt oder war er längst auf dem Weg nach Amsterdam? Flora schloss die Augen und stellte sich vor, wie er sich immer weiter durch das leuchtende Grün sommerlicher Wiesen entfernte.

In der Nacht zum fünften Juli begann es heftig zu regnen. Marten erwachte von dem ungewohnten Geräusch. Lauschend lag er in

Frederikes Wagen und starrte in die Dunkelheit. Er überlegte, was der Regen für die Belagerung bedeutete. Obwohl er nicht viel von Strategie verstand, begriff er, dass er der Stadt zugute kam. In den Zelten und Katen am Hainholz würde es ziemlich ungemütlich werden. Er wünschte, der Wolkenbruch würde das Belagerungsgerät des Feindes einfach fortschwemmen. Dann wäre Flora in Sicherheit und er könnte beruhigt abreisen. Kurz entschlossen rollte er sich von der Pritsche und kniete sich nach Art der Protestanten mit gefalteten Händen hin. Begleitet von beständigem Geprassel auf die Plane, sprach er ein kurzes und dringliches Gebet, in dem er Gott bat, dass der Regen in dieser Heftigkeit andauern möge. Wie zur Antwort regnete es noch ein wenig stärker. Das Wasser tropfte durch die Löcher in der Plane und bildete Rinnsale auf dem Boden. Marten beeilte sich, mit seiner Zunderbüchse eine Kerze zum Flackern zu bringen. Es wurde Zeit, sich um seine Zeichnungen und Skizzen zu kümmern, bevor sie unter der Feuchtigkeit leiden würden. Er faltete die Entwürfe, wickelte sie sorgsam in Ölpapier und überlegte, was ihn wohl heute in Wallensteins Quartier erwarten würde. In den vergangenen Tagen war er dreimal dort gewesen und nie war der große Feldherr zufrieden gewesen. Der Mann schien ein Perfektionist zu sein, der auch von anderen immer nur das Beste erwartete. Marten gab sich alle Mühe, doch Belagerungsszenen waren nicht seine Stärke. Er war Landschaftsmaler und verstand mit Farben umzugehen. Figuren gerieten ihm immer lächerlich und bei einer Stadt wurden die Häuser zu verstreuten Kästen und Klötzen. Dass seine Gedanken beim Zeichnen immer abschweiften, machte es nicht besser. Während er auf dem Hügel saß und den Entwurf nach Wallensteins Vorstellungen korrigierte, dachte er die ganze Zeit an Flora. Wenn er zu den Türmen von Stralsund hinüberblickte, war ihm nur zu bewusst, dass sie sich dort befand. Jedes Geschütz, das er zeichnete, war auf sie gerichtet, und jede Lanze stellte eine Bedrohung für sie dar. Wann würden die Belagerer endlich abrücken?

Seufzend machte er sich daran, seinen Reisesack für eine weitere Begegnung mit Wallenstein zu packen. Dabei geriet ihm die Klappsonnenuhr zwischen die Finger und erinnerte ihn daran, dass Flora den Brief noch nicht erhalten hatte. So viel war geschehen. Marten entschied, dass Flora erfahren sollte, dass er den Amsterdamer gefunden hatte. Er riss ein größeres Stück von einer misslungenen Skizze ab, drehte es um, tauchte die Feder in die Tinte und kritzelte im schwachen Schein der Kerze:

Eine neue Wendung ist eingetreten, die mich vermuten lässt, der von uns Gesuchte befindet sich unter den ersten Vertretern der Stadt, welche als Abordnung am dreißigsten des vorigen Monats gekommen sind. In seinem Besitz befindet sich eine Radschlosspistole mit dem Monogramm meines Vaters, welches aus den ersten Buchstaben von Gotthold Wilhelm Olearius in Messing gebildet wird. Sie ist gestohlenes Gut und allem Anschein nach von dem entwendet, der auch Rembrandts Zeichnung mit sich nahm, wohl wissend, so scheint es, dass sich ein lohnendes Testament auf der Rückseite der Skizze befindet. Da er des Holländischen mächtig ist, vermute ich, es handelt sich um den von uns gesuchten Amsterdamer, und ersuche dich, äußerst vorsichtig zu sein. Wenn er von unserer Verbindung wohl informiert ist, bist du in höchster Gefahr. Mein Herz bebt bei dem Gedanken, er könnte dir an meiner Stelle etwas antun. Möge der Herr dich beschützen und uns ein baldiges Wiedersehen schenken.

Als die Tinte getrocknet war, faltete er das Stück Papier zusammen und schob es zu dem anderen Brief in den Deckel. Nun galt es, Flora die Uhr zukommen zu lassen. Danach war es höchste Zeit, nach Leyden zurückzukehren. Er war sich sicher, dass er nur dort etwas über die wahre Identität des Mannes herausfinden konnte. Hatte der Unbekannte erst einmal einen Namen, war es leichter, nach Stralsund zurückzukehren und ihn zur Rede zu stellen. Marten war überfallen worden, man hatte ihm nach dem Leben getrachtet und ihn bestohlen. Wenn die Belagerung zu Ende war, würde er wiederkommen und den Amsterdamer dafür zur Rechenschaft ziehen. Nachdenklich starrte er vor sich hin. Er sah die Ereignisse vor sich, als würden sie schon geschehen.

Doch dann blinzelte er, um zu sich zu kommen. Heute Morgen musste er erst einmal den großen Feldherrn zufrieden stellen. Noch vor Sonnenaufgang, so hatte ihn Wallenstein gestern beschieden, solle er ihn in seinem Quartier aufsuchen, denn später wäre er mit dem Morgenappell und den Ordern für den Tag beschäftigt. Nachdem Marten ein wenig kalten Getreidebrei vom Vortag gegessen hatte, trat er mit dem gut verschnürten Reisesack hinaus in den Regen.

Der kurze Weg zum Hainholz genügte, um ihn bis auf die Haut zu durchnässen. Um die Zeichnungen zu schützen, presste er den Reisesack vor seine Brust und lief vornübergebeugt. Die Wachen erkannten ihn sogleich und ließen ihn durch. Als er die Tür zu Wallensteins Quartier aufstieß, brachte er einen Schwall Regenwasser mit hinein.

»Holla!«, rief Wallenstein und blickte auf. Er saß mit einer Feder in der Hand über ein Blatt gebeugt und sah wach und ausgeschlafen aus. Der Regen schien seine Nachtruhe nicht gestört zu haben, seine kleinen Augen waren stechend und herausfordernd wie immer. Das schmale Gesicht mit den hohen Wangenknochen zeigte keinerlei Anzeichen von Ermüdung. Während er seinen durchnässten morgendlichen Besucher musterte, verirrte sich ein amüsiertes Lächeln in seine Mundwinkel.

Marten sparte sich jegliche Erklärung. Seine letzten Besuche hatten ihn gelehrt, dass Wallenstein auf jede Verschwendung von Zeit ziemlich ungehalten reagierte. Wortlos öffnete er den Reisesack und die Augen des großen Feldherrn weiteten sich erwartungsvoll. Marten entfernte das Ölpapier und breitete seine gelungenste Zeichnung auf dem Tisch aus, dann trat er einen Schritt zurück, verbeugte sich und sagte: »Wenn es nicht zur vollkommensten Zufriedenheit ist, werde ich sogleich eine neue Ansicht entwerfen.«

»Nein«, blaffte Wallenstein und warf den Federkiel auf den Tisch. Er zog den Kandelaber näher heran, um mehr Licht zu haben. Kritisch fuhr er mit zusammengekniffenen Augen über die Türme der Stadt, die Geschütze und die marschierenden Söldner mit den geschulterten Lanzen. Er war nicht zufrieden. Marten konnte es an den feinen gefurchten Linien auf der Stirn erkennen. Erneut wollte er seine Bereitschaft versichern, ein besseres Bild von der Stadt zu machen, doch der Feldherr kam ihm zuvor und erklärte: »Es muss so gehen. Wir dürfen keine Zeit mehr verlieren. Nur wenn die Welt noch an uns glaubt, können wir an uns glauben. Zweifelt die Welt erst einmal an unserer Unbesiegbarkeit – dann sind wir verloren.«

»Keiner zweifelt an …«

»Still. Er hat nichts weiter zu tun, als sich nach Antwerpen zu begeben. Die guten katholischen Zeitungsblätter sollen so bald wie möglich verkünden, wie zäh und ausdauernd wir hier stehen. Rolle Er das wieder ein. Sobald der Morgenappell vorüber ist, werden Ihn zwei meiner Männer nach Wismar zum Hafen bringen. Sie sollen mir dafür sorgen, dass Er ein schnelles Schiff nach Flandern nimmt.«

»Zu gütig«, murmelte Marten und machte sich daran, den Entwurf wieder in das Ölpapier einzuschlagen. Wallensteins Ankündigung entsprach ganz und gar nicht seinen Plänen. Wie sollte er ein Schiff nach Amsterdam nehmen, wenn Wallensteins Männer ihn überwachten? Dazu kam, dass ihm nun nicht mehr viel Zeit blieb. Er verstand Wallensteins Eile nicht. Der Regen würde die Kampfhandlungen einschränken und eine Entscheidung über die Stadt hinauszögern. Fürchtete der Feldherr etwa, er könnte gezwungen sein, unverrichteter Dinge abzuziehen? Sollte die Welt noch möglichst lange an seine Unbesiegbarkeit glauben, obwohl die Würfel längst gefallen waren? Was machte das für einen Sinn?

Wallenstein schien seine Gedanken zu erraten. Wie um seine Entscheidung zu rechtfertigen, fügte er hinzu: »Beim Appell werde ich erwähnen, dass bereits jemand unterwegs ist, um unseren Sieg in die Welt zu tragen. Das wird meine Offiziere aufmuntern und Aufmunterung können sie jetzt brauchen. Wenn der Herrgott es weiter so vom Himmel schütten lässt, werden unsere Männer absaufen wie nasse Katzen. Diesen Regen haben uns die Pfaffen in Stralsund über den Hals gebetet. Mögen sie dafür ewig in der Hölle schmoren!«

Marten öffnete den Mund, um etwas zu sagen, doch der Friedländer winkte ihn zur Tür und sagte unwirsch: »Den Entwurf kann Er hier liegen lassen. Hier drinnen ist es wenigstens trocken. Er soll seinen anderen Kram nehmen und später wiederkommen.«
Der Feldherr nahm die Schreibfeder, tauchte sie in die Tinte und beugte sich wieder über das Blatt. Marten hoffte, dass die Zeit bis zum Appell reichen würde, um Flora noch vor seiner Abreise zu warnen.
Hastig nahm er seinen Reisesack und stolperte rückwärts ins Freie. Der Regen kam ihm jetzt gerade recht. Unter dem nächsten Baum blieb er stehen und blickte sich nach den Soldaten vor dem Hauptquartier um. Die prasselnde Regenwand würde ihn verbergen. Niemand würde bemerken, wenn er sich zur St.-Jürgen-Schanze schlich. Keiner würde hören, wenn er durchs knöcheltiefe Wasser zum Gitter watete. Dort würde er nach Michel Warneke fragen und ihm die Sonnenuhr durch die Stäbe des Gitters reichen. Auf Michel war immer Verlass. Er würde keine Fragen stellen.
Die Soldaten wandten Marten den Rücken zu und er nutzte den Moment, um sich aus seinem Unterstand hervorzuwagen. Mit vor die Brust gepresstem Reisesack rannte er durch die peitschenden Tropfen hindurch, die ihn hart im Gesicht trafen und kalt in seinen Nacken rannen. Erst als die St.-Jürgen-Schanze grau und verschwommen vor ihm lag, blieb er stehen und lauschte. Über dem aufgewühlten Meer zeigte sich ein schwaches gelbes Licht. Hinter den dunklen Wolkentürmen am Horizont dämmerte der Morgen. Außer dem gleichmäßigen Rauschen des allmählich nachlassenden Regens war nichts zu hören. Er nahm all seinen Mut zusammen, streifte die Schuhe ab und tauchte den Fuß in das wirbelnde Wasser.
»Halt!« Jemand riss ihn heftig zurück und Marten wäre fast gestürzt. Der Soldat, der ihn zum Kartenspiel eingeladen hatte, presste ihm eine Hand auf die Schulter und sagte: »Nichts da! Was immer du vorhast, du wirst schön hier bleiben. Wallenstein gab uns den Befehl, dich nicht mehr aus den Augen zu lassen. In aller Früh mussten wir ihm schwören, dass du noch heute nach Antwerpen

aufbrichst.« Dabei deutete er mit seiner freien Hand auf seinen Kumpanen, der am Strand stand und zu ihnen herüberblickte.

Verzweifelt starrte Marten auf das Meer. Er war so nah dran gewesen. Ihm fiel nur eine Möglichkeit ein: Er musste versuchen, den Mann davon zu überzeugen, dass es wichtig war, ihn gehen zu lassen. Als ihn der Soldat zum Ufer zurückdrängen wollte, rief Marten: »Warte, ich muss an einem Gitter dort hinter der Schanze etwas abgeben. Es geht ganz schnell. Ich bin sofort wieder da.«

»Was kann so wichtig sein, dass ich dafür meinen Hals riskiere?«, fragte der andere, doch er klang nicht unfreundlich, eher interessiert.

Marten wischte sich mit einer Hand den Regen aus den Augen, griff mit der anderen unter sein Wams und holte die Sonnenuhr hervor: »Die schulde ich einer Frau als Pfand, weil ich ihr Porträt nicht fertig bekommen habe. Ich kenne sie aus Antwerpen. Sie ist die Frau eines reichen Holländers, der sich häufig geschäftlich in der Stadt aufhält. Wir haben ein kleines Techtelmechtel, ihr wisst schon …«

»Sooo? Ist sie schön?«

»O ja! Sie sieht aus wie ein Engel. Sie wird sehr verärgert sein, wenn ich meine Schuld nicht begleiche. Sie wird mich nie wieder vorlassen!«

»Das wäre wirklich schlimm«, der Mann sagte es mit einem Augenzwinkern und schüttelte sich amüsiert die Tropfen vom Hutrand. Er schien das Ganze als vergnügliche Abwechslung zu betrachten und fügte hinzu: »Gut, du kannst zum Gitter vorgehen, doch wir werden dich im Auge behalten. Mein Kamerad wird seine Muskete auf deinen Rücken richten und sobald du Anstalten machst, in die Stadt zu verschwinden, wird er schießen. Ich zähle bis dreihundert, wenn du dann nicht zurück bist, gebe ich den Befehl zu schießen. Ist das klar?«

»Ja, völlig klar. Ich danke dir tausendfach.«

Der Soldat watete durchs Wasser zurück an den Strand und Marten die Schanze herum zu der Stelle, wo sich das Gitter im Mauerwerk befand. Kurz bevor er es erreichte, wandte er sich noch einmal um und konnte durch den nur noch in feinen Fäden fallenden Regen die beiden Soldaten sehen, die ihm in einigem Abstand folgten. Der eine hatte eine Muskete geschultert. Als das Gitter in Schussweite war, stellte er im flachen Wasser das Gestell zum Zielen für die Muskete auf, doch solange es regnete, würde es schwierig sein, Schwarzpulver auf die Zündplatte zu geben. Marten wollte keine Zeit verlieren und rannte auf das Gitter zu. Die ganze Zeit war ihm bewusst, dass gleich eine feuerbereite Muskete auf seinen Rücken gerichtet sein würde.

Im selben Augenblick erreichte Flora die Schanze. Sie war völlig durchnässt und außer Atem. Den ganzen Weg war sie gerannt und die ganze Zeit hatte sie an Isabel gedacht. Das Mädchen hatte in der Nacht hohes Fieber bekommen. Es war glühend heiß erwacht und hatte nach seiner Mutter gewimmert. Alwine hatte ihr Möglichstes getan, doch ließ sich das Fieber nicht senken. Stattdessen hatte Isabel gegen Morgen das Bewusstsein verloren. Flora war losgeschickt worden, um Frederike zu holen, die am Abend zuvor wieder mit Michel zur St.-Jürgen-Schanze aufgebrochen war, um ihm zur Hand zu gehen. Als Flora am Tor erschien, wusste die Wache sogleich, wer Frederike war, und winkte sie durch. Sie lief durch die düsteren Gänge und fragte sich zum Feldchirurgen durch. Neben der Rüstkammer fand sie die Verwundeten schließlich und blickte sich suchend um. Frederike war gerade dabei, Verbände zu wechseln, und bemerkte sie nicht. Erst als Flora sich neben sie hockte und das Wasser aus ihren Haaren zu Boden perlte, blickte sie auf. Flora wischte sich über die Nase und sagte: »Isabel ist furchtbar krank! Sie hat hohes Fieber und Mutters Kräuter helfen nicht! Wir haben es mit kalten Bädern und feuchten Umschlägen versucht, alles vergebens. Frederike, es steht sehr schlimm …«
»Ich komme!« Frederike warf die blutigen Verbände in eine Schüssel und sprang auf. Ohne den Protest des Mannes am Boden zu beachten, den sie gerade versorgt hatte, wandte sie sich zur Tür. Dort stand Michel. Als er Flora erkannte, runzelte er die Stirn. Frederike drängte sich an ihm vorbei und rief: »Isabel ist sehr krank. Ich

muss sofort zu ihr.« Ein paar Augenblicke später war sie verschwunden.
Flora wollte Michel gerade die Ereignisse der Nacht schildern, da tauchte ein Mann von der Bürgerwehr auf und brüllte: »Michel Warneke? Am Gitter vorn steht einer, der Euch sprechen will. Er behauptet, er sei Holländer und Euer Freund.«
»Marten!«, rief Flora und fühlte eine Welle der Erleichterung. Erwartungsfrohe Freude erfasste sie. Marten war noch nicht fort! Er stand nur wenige Schritte von ihr entfernt!
Michel nickte dem Soldaten zu und erklärte: »Ich kenne einen Holländer und er ist mein Freund.«
Der Mann von der Bürgerwehr zog sich den nassen Hut vom Kopf, kratzte sich und mahnte: »Seid vorsichtig. Da draußen steht der Feind und beobachtet genau, was hier vorgeht. Noch ist es ruhig, doch der Regen hat fast aufgehört und wird ihn bald nicht mehr daran hindern, das Feuer zu eröffnen.«
Michel nickte wieder und sah dabei sehr ernst und besorgt aus. Diesen Ausdruck behielt er auch, als er sich in Bewegung setzte, um dem Soldaten zu folgen. Flora lief ihm nach. Eine düstere Vorahnung hatte sie erfasst. Als sie Michel eingeholt hatte, fragte sie leise: »Was kann Marten wollen? Müsste er nicht längst auf dem Weg nach Hause sein? Warum lockt er den Feind zur Schanze?«
»Ich weiß es nicht, Flora. Das musst du ihn schon selbst fragen.« Michel klang etwas ungehalten und als sie das Gitter erreichten, stürzte er vor und fragte vorwurfsvoll: »Marten, was tust du hier? Du bringst uns alle in Gefahr!«
Bei Martens Anblick vergaß Flora alle Vorsicht, drängte sich an Michel vorbei und rief: »Hat Wallenstein dich entlassen? Wirst du nun in der Stadt bleiben? Schnell, sie sollen das Gitter öffnen!«
Marten wirkte etwas verstört, sie so unvermutet zu sehen, und so hatte sie Zeit ihn anzusehen. Kleine Rinnsale liefen ihm die geröteten Wangen hinunter und es tröpfelte aus seinen Haaren und von den Wimpern. Seine Unterlippe zitterte, als er hervorstieß: »Ich kann nicht zu euch in die Stadt! Eine Muskete ist auf meinen Rücken gerichtet und sobald sich das Gitter öffnet, wird sie abgefeu-

ert. Wir haben nicht viel Zeit! Sie zählen nur bis dreihundert und ich stehe hier schon viel zu lange …«

»Verflucht, zum Teufel auch, das sind Unmenschen!«

Flora fluchte sonst nie. Ihr Herz zog sich angstvoll zusammen, während sie versuchte, die feindliche Bedrohung zu erkennen. Doch da waren nur verwischte dunkle Schatten hinter einem dunstigen Vorhang aus Nieselregen, der von dem schwachen Schimmer der aufgehenden Sonne durchbrochen wurde.

Marten streckte seinen Arm durchs Gitter und zog sie zu sich heran. Er umklammerte sie mit festem Griff und flüsterte: »Ich habe den Amsterdamer gefunden! Hier, in dieser Uhr, ist ein Brief für dich. Er wird alles erklären.« Mit der freien Hand tastete er sich suchend an ihrem Arm entlang, bis er ihre geöffneten Finger fand. Während er etwas hineinschob, das sich glatt und kalt anfühlte, wisperte er: »Pass auf dich auf, Flora.«

Unvermutet ließ er ihren Arm los und wandte sich um. Ehe sie etwas erwidern konnte, rannte er in den Morgendunst hinein. Im nächsten Augenblick war er nur noch eine sich entfernende Silhouette, ein Geisterwesen im Nebel. Gerade als sich ihre Augen mit Tränen zu füllen begannen, krachte ein Schuss. Ein orangeroter Feuerblitz zuckte über das Wasser, Funken wirbelten und erloschen knisternd. Marten stürzte nach vorn. Das aufspritzende Wasser teilte sich unter dem Gewicht seines Körpers und die Gischt schlug schäumend über ihm zusammen.

Eine unheimliche Stille folgte.

Nach einem Moment der Erstarrung schrie Flora auf: »Er ist tot! Er ist tot! Sie haben ihn umgebracht!«

Niemand widersprach ihr. Die Zeit schien stehen zu bleiben. Floras Brustkorb zog sich schmerzhaft zusammen und das Atmen fiel ihr schwer. Sie starrte in die blassgelben Schleier, als sich plötzlich zwei Gestalten näherten. Sie bewegten sich unnatürlich langsam durch das Wasser. Auf einmal blieben sie stehen, bückten sich fast gleichzeitig und zogen Marten an den Armen aus dem Wasser. Gemeinsam schleiften sie seinen wie leblosen Körper hinter sich her.

Als der Dunst die drei Männer verschluckt hatte, gestattete Flora sich tief durchzuatmen und schöpfte ein klein wenig Hoffnung. Vielleicht war Marten gar nicht getroffen worden? Vielleicht hatten sie daneben gezielt? Michel sprach aus, was sie dachte: »Er ist nicht tot. Würden sie sich sonst die Mühe machen, ihn an den Strand zurückzubringen?«
Der Mann von der Bürgerwehr schnaufte und ergänzte: »Nein, sie würden ihm einen Fußtritt geben und ihn ins Meer stoßen. Niemand belastet sich in diesen Zeiten unnötig mit einem Leichnam. Außerdem ist es ziemlich schwierig, bei diesem Wetter aus der Entfernung zu zielen.«
»Aber warum haben sie dann überhaupt gefeuert?«, wollte Flora wissen und drehte sich zu dem Mann von der Bürgerwehr um.
Der schüttelte den Kopf und erklärte unwillig: »Sie haben sich einen Spaß daraus gemacht, eurem Freund einen tüchtigen Schrecken einzujagen. Vielleicht haben sie absichtlich daneben gezielt? Verschwendung von Schwarzpulver, wenn ihr mich fragt.«
Flora war nicht überzeugt und wandte sich an Michel. »Warum ist er dann gestürzt? Er hat doch wie tot im Wasser gelegen?«
Michel sah verlegen aus. »Wer kann das wissen? Der Schrecken kann ihm das Bewusstsein geraubt haben oder er ist unglücklich gestrauchelt, als der Lärm losging.« Er klang nicht besonders überzeugt. Als er Floras verzweifelten Gesichtsausdruck sah, trat er auf sie zu und rief: »Mach dir keine Sorgen! Marten lebt und du wirst ihn ganz sicher bald wiedersehen!«
Flora war ihm dankbar für seine Worte und lehnte sich erleichtert an seine Schulter. Michel drückte sie an sich, streichelte ihr über das Haar und fragte leise: »Du liebst ihn, nicht wahr?«
Flora konnte nicht antworten. Ein dicker Kloß hatte sich in ihrem Hals gebildet. Sie wollte nur noch weinen. Sie wollte für immer an Michels Brust gelehnt bleiben und sich von ihm trösten lassen. Doch der Mann von der Bürgerwehr scharrte schon ungeduldig mit den Füßen. Sie schluckte die Tränen hinunter und versuchte, fest daran zu glauben, dass Marten lebte und in diesem Augenblick im feindlichen Lager trockene Kleider bekam. Sie löste sich aus

Michels Umarmung und trat ans Gitter. Während sie in den Dunst hinausstarrte, brach die Sonne durch. Ein heller Streifen war am Horizont zu sehen. Flora schickte der Spiegelung auf dem Wasser ein Gebet. Sie bat Gott inständig, dass Marten noch leben und zu ihr zurückkehren möge. Das stärker werdende Morgenlicht nahm sie als ein Zeichen, dass alles gut werden würde.

Hinter ihr entfernte sich der Mann von der Bürgerwehr mit schweren Schritten. Michel stand wartend neben ihr. Als sie sich endlich zu ihm drehte, hatte sie das Gefühl, ihm eine Antwort auf seine Frage schuldig zu sein. Liebte sie Marten? Sie war sich nicht sicher. Sie wollte daran glauben, dass er noch lebte. Das allein war jetzt wichtig.

Michel blickte sie fragend an und ihr fiel ein, dass sie ihm noch nichts von den Ereignissen der Nacht erzählt hatte, deshalb sagte sie hastig: »Isabel hat sehr hohes Fieber und Mutter befürchtet das Schlimmste!«

»Dann sollten wir keine Zeit verlieren. Ich werde mich beim Hauptmann abmelden und dich begleiten. Michel Warneke hat noch jedes Fieber gesenkt.« Mit diesen Worten wandte er sich zum Gehen.

Flora wollte ihm folgen, da merkte sie, dass sie immer noch Martens Uhr umklammert hielt. Sie öffnete die Finger und betrachtete den glänzenden Deckel der kleinen Klappsonnenuhr. Darin befand sich eine Nachricht. Plötzlich fiel ihr ein, dass er gesagt hatte, er hätte den Amsterdamer gefunden. Wie war das möglich? Er war doch die ganze Zeit im Lager vor der Stadt gewesen. Konnte er da dem Unbekannten begegnet sein? Nachdenklich betrachtete Flora das hübsche Ding in ihrer Hand.

»Kommst du, Flora?« Michel stand am Ende des Ganges und blickte zu ihr herüber.

Martens Brief musste warten. Zuerst musste sie wissen, wie es um Isabel stand. Eilig verbarg sie die Uhr wieder zwischen ihren Fingern. Die Faust presste sie so fest vor ihre Brust, als wäre ein kostbarer Schatz darin. Dann folgte sie Michel.

Marten lag mit ausgebreiteten Armen im nassen Gras und weigerte sich, die Augen zu öffnen. Sollten sie doch denken, er wäre bewusstlos. Ihm tat sowieso alles weh. Er nahm es ihnen sehr übel, dass sie ihre Warnung wahr gemacht und das Feuer auf ihn eröffnet hatten. Das war völlig unnötig gewesen, denn er hatte sich bereits auf dem Rückweg zu ihnen befunden.

»Der simuliert nur. Ein Eimer Jauche wird ihn wieder munter machen.«

Schritte entfernten sich und jemand lachte leise vor sich hin. Marten beschloss, dass es Zeit war, die Augen zu öffnen. Er blinzelte in die matte Morgensonne, die sich nur schwer durch die Wolkendecke kämpfen konnte. Eine schwarze Wand kündigte neuen Regen an. Neben ihm hockte der Besitzer der Muskete und wühlte in Martens nassem Reisesack. Er förderte durchnässte Pinsel, in Ölpapier geschlagene Skizzen und eine triefende Geldbörse hervor.

»Nimm deine dreckigen Finger von meinem Geld, du Bastard!«

Noch vor ein paar Stunden hätte es Marten nicht gewagt, in so einem Ton mit einem Söldner aus dem feindlichen Heer zu sprechen, doch nun war er dem Tod nah gewesen und er war zornig. Sehr zornig sogar, denn ihm fiel ein, wie es für Flora aussehen musste. Er richtete sich auf und brüllte den verblüfften Mann an: »Beim Teufel auf Stelzen, warum musstest du feuern? Sie wird es gesehen haben und denken, ich bin tot!«

»Beruhig dich, Kleiner. Deine Hübsche am Gitter wird gesehen haben, dass du dich auf den Bauch geworfen hast, als der Schuss krachte. Wenn einer von vorn getroffen wird, dann fällt er auf den Rücken wie ein wehrloser Käfer. Sie wird nicht dumm sein und das wissen.«

Marten hoffte, dass dem so war. Flora hatte noch nicht viele getroffene Männer fallen sehen. Und Michel hatte zwar schon eine Menge sterben sehen, aber eher auf dem Krankenlager. Am Gitter hatte noch einer von der Bürgerwehr gestanden, der würde wissen, wie es aussah, wenn einer in Deckung ging. Doch es war dunstig und die Sicht schlecht gewesen. Wenn Flora ihn nun für tot hielt? Der Gedanke schien ihm unerträglich. Er hatte das dringende Bedürfnis, ihr mitzuteilen, dass er am Leben war. Schnell beugte er sich vor, nahm dem Soldaten den Reisesack weg und begann darin herumzusuchen.

»Was machst du denn da? Ich sehe schon, mit der Jauche hab ich mich umsonst abgeschleppt.«

Marten blickte auf und sah, wie sich der andere Soldat mit einem schweren Eimer näherte. Als der seine stinkende Fracht ins Gras gestellt hatte, richtete sich Martens Wut auf ihn und er fauchte den verdutzten Mann an: »Du hast höchstens bis zweihundertachtzig gezählt, du Mistkerl. Wenn er mich nun getroffen hätte, wie hättet ihr euren Schwur halten und mich nach Wismar bringen können?«

»Du bist ja nicht tot.«

»Aber sie wird es denken. Sie stand am Gitter und hat zugesehen! Fast war mir, als könnte ich ihren Schrei hören.«

»Du hast im Wasser gelegen und gar nichts gehört. Sei froh, dass wir dich so schnell herausgezogen haben, Dummkopf.«

Marten hatte endlich sein Tintenfass gefunden, suchte nun nach einem trockenen Fetzen zwischen dem Ölpapier und bat etwas milder gestimmt: »Lasst mich ihr wenigstens eine Nachricht zukommen lassen. Ich werde ihr einen kurzen Brief schreiben. Sie muss wissen, dass ich lebe!«

Wallensteins Söldner sahen ihn an, als hätte er den Verstand verloren.

»Du wirst schön hier bleiben und dir die Holländerin aus dem Kopf schlagen. Ist eh das Weib eines anderen.«

Der Besitzer der Muskete fügte mürrisch hinzu: »Der Morgenappell ist vorüber und Wallenstein erwartet uns im Hauptquartier.«

Wie um seinen Worten Nachdruck zu verleihen, nahm er die Stutzgabel, in die er seine schwere Luntenschlossmuskete vor dem Abfeuern stellte, und klopfte damit vielsagend auf das Pulverhorn an seiner Schärpe. Marten sah ein, dass ihm nichts anderes übrig blieb, als den beiden zu folgen. Er würde später einen Weg finden, Flora zu schreiben. Wenn Munition über den Strelasund in die Stadt gelangte, dann würde es eine Nachricht auch können.

Seufzend stopfte er das Tintenfass zurück in den Reisesack und erhob sich. Er wollte schon fragen, was sie denn noch beim großen Feldherrn wollten und warum sie nicht gleich nach Wismar aufbrachen, da fiel ihm ein, dass sich sein gelungenster Entwurf für den Kupferstich noch im Hauptquartier befand. Zumindest war der bei seinem Sturz ins Wasser nicht nass geworden. Während er den beiden Soldaten nachtrottete, versuchte er die Tropfen von seinem Wams zu klopfen und seine weiten Ärmel auszuwringen. Es war allerdings ganz sinnlos, denn ohne Vorwarnung ging auf einmal ein gewaltiger Platzregen auf sie nieder, der in die Pfützen rings um das Hauptquartier peitschte und das Laufen erschwerte.

Ein durchnässter Wachmann geleitete sie sofort zum großen Feldherrn. Wallenstein stand breitbeinig im Raum. Er hatte die Hände in die Seiten gestützt und schien zu lauschen. Der Regen trommelte so hartnäckig auf das Dach, als würde er Einlass begehren. Der Wachhabende räusperte sich verlegen und kündigte den Kupferstecher aus Antwerpen an.

Wallenstein machte sich nicht die Mühe, sich umzublicken, sondern fragte: »Warum stellt mir keiner diesen verfluchten Regen ab? Was ist das für ein elendes Herzogtum, in dem man noch nicht einmal im Sommer anständig kämpfen kann? Alles versinkt im Schlamm. Sieh Er sich diese Pfützen an! Hat Er in Antwerpen auch solche? Nein, in Antwerpen regiert der Spanier und der gestattet nicht so eine Sauerei vor seiner Tür.« Er erwartete keine Antwort, eilte zum Tisch hinüber und winkte die Söldner hinaus.

Als diese gegangen waren, befahl er mit einer herrischen Geste Marten zu sich. »Da, alles falsch.« Der Feldherr fuhr unwillig mit dem Finger über den Entwurf.

Marten fürchtete, er würde die Tinte verschmieren, trat nervös einen Schritt vor und wisperte: »Ich kann es ändern …«

Wallensteins Finger malte Streifen über das Kampfgeschehen, immer weiter und länger, so als würde er das Papier zerpflügen wollen. »Regen, Regen, viel zu viel Regen. Er schwemmt jeden Kampfeswillen fort und ertränkt jeglichen Mut und jede Entschlusskraft.

Nicht der Feind wird uns besiegen, sondern der Regen. Dafür wird der Kaiser in Wien kein Verständnis haben.«
Marten nahm an, dass sein Entwurf nun nicht mehr erwünscht war. Er zeigte einen sommerlich blauen Himmel und keine einzige Regenwolke am Horizont. Während er eine ernste und besorgte Miene aufsetzte und verständnisvoll nickte, dachte er daran, welche Möglichkeiten sich auftaten. Er könnte hier bleiben und auf eine Gelegenheit warten, um in die Stadt zu entwischen. Ein versonnenes Lächeln schlich sich in seine Mundwinkel, als er an Flora dachte.
Wallenstein sah das Zucken um seinen Mund und hob erstaunt die Augenbrauen, dabei sagte er nicht unfreundlich: »Er amüsiert sich? Recht hat Er. Was gibt es zu sagen oder zu rätseln, wenn alles längst entschieden ist. Wir sind lächerlich in unseren Versuchen, das Schicksal abwenden zu wollen. Der kaiserliche Mathematiker Johannes Kepler stellte mir einst ein Horoskop, das er später nur ein wenig korrigierte. Er berechnete eine Planetenkonstellation, in der Mars und Saturn dominant sind. Der Mars steht für Entschlusskraft, während der Saturn hemmt und melancholisch macht, aber er steht auch für die Selbstbeherrschung.« Der Friedländer warf Marten einen prüfenden Blick zu und der nickte eifrig. Marten hatte ja schon davon gehört, dass der große Feldherr die Astrologie schätzte. Er selbst verstand dagegen kaum etwas von den Himmelshäusern und ihrer Bedeutung. Wallenstein schien das nicht zu kümmern, er richtete die Augen zum Dach des Holzhauses, auf das immer noch der Regen prasselte, und fuhr fort: »Den Kepler werde ich mir ins Herzogtum Sagan holen. Wenn er schon meinen Niedergang errechnen kann, so will ich ihn wenigstens in meiner Nähe wissen. Er hat vorausgesagt, dass es kein gutes Jahr wird. Von Krankheit hat er gesprochen. Was ist dieses Wetter anderes als eine krank machende Pest?«
Marten fror plötzlich in seinen nassen Sachen und nieste. Wallenstein lächelte, als hätte sein Gegenüber seinen Worten auf vortrefflichste Weise zugestimmt, und ging zu einer Truhe hinüber. Schwungvoll hob er den Deckel und zog einen fellgefütterten Man-

tel hervor. Bevor Marten wusste, wie ihm geschah, breitete der große Feldherr den Mantel um seine Schultern und erklärte: »Nehm Er ihn als Lohn für seine Arbeit.«
Marten fühlte die Wärme des weichen Innenfutters und hoffte, dass ihn Wallenstein nun entließ. Was hatte es jetzt noch für einen Sinn, dass er so eilig aufbrach? Wenn der Regen nicht bald aufhörte, versanken die Stellungen im Schlamm und musste die Belagerung abgebrochen werden. Keine Zeitung der Welt würde sich dann noch für seinen Entwurf interessieren. Doch der Feldherr machte eine weit ausholende Bewegung, mit der er wohl die ganze Welt einzuschließen gedachte, und rief: »Wer bin ich, dass ich etwas gegen die Sterne ausrichten könnte? Wenn sie für einen Kupferstecher aus Antwerpen vorgesehen haben, dass er meinen Ruhm in die Welt trägt, so soll es geschehen. Reise Er mit Gott.«
Marten hoffte schon, die beiden Söldner mit der Muskete los zu sein. Das hieße, er könnte ungehindert ein Schiff nach Amsterdam nehmen. Er überlegte, ob noch Zeit bliebe, um am Gitter eine Botschaft für Flora zu hinterlassen, oder gar, um ihr einen Besuch abzustatten, da brüllte Wallenstein: »Wache!«
Die Tür ging auf und mit dem Regen kamen drei ziemlich nasse Söldner hereingestolpert. Sie fluchten leise und nahmen vor ihrem Feldherrn Haltung an. Dabei tropfte es vom Lauf der Musketen und Rinnsale bildeten sich am Boden. Wallenstein rümpfte die Nase und musterte sie ungehalten: »Um Lunte und Zündvorrichtung trocken zu halten, sucht der gute Soldat stets einen Unterstand auf.« Er wies auf Marten: »Er braucht ein Reittier. Begleitet ihn, bis die Türme von Wismar zu sehen sind, dann kehrt um und verrichtet getreulich euren Dienst an den Schanzen.«
Die Männer beeilten sich und schoben sich gegenseitig diensteifrig zur Tür. Als Marten hinaus in den strömenden Regen gestoßen wurde, wünschte er, die Türme von Wismar wären unerwähnt geblieben. Seine lästigen Bewacher würde er so schnell nicht loswerden. Enttäuscht beschleunigte er seine Schritte und sprang über eine Pfütze. Der aufspritzende Schlamm kümmerte ihn nicht, ebenso wenig die grimmigen Zurufe der Söldner. In Gedanken for-

mulierte er bereits einen Brief an Flora, in dem er ihr versicherte, dass er wohlauf war. In Wismar würde er sich darum kümmern, dass sie ihn so bald wie möglich erhielt.

Erst in diesem Augenblick kam Flora dazu, den Deckel der Sonnenuhr zu öffnen. Sie war in der Küche am Lager der kranken Isabel zurückgeblieben, nachdem alle anderen in die Stadt aufgebrochen waren. Alwine und Ludgera sollten verschiedene Kräuter besorgen, die Michel zur Linderung für notwendig hielt, und hatten eine lange Liste für den Apotheker mitbekommen. Er selbst war mit Frederike losgezogen, um die letzten Vorräte an fiebersenkender Weidenrinde aufzutreiben. Die ständig wachsende Zahl von Verwundeten hatte dazu geführt, dass kaum noch etwas vorhanden war. Michel hatte erklärt, dass außerdem bei diesem Regenwetter mit einer steigenden Anzahl von Fieberkranken zu rechnen sei, und betont, dass das feuchte Wetter Isabels Fieber anfache. Isabels Fieber ging am Morgen zurück und kam am Abend umso heftiger wieder. Im Moment schien sie dagegen anzukämpfen. Das schlafende Mädchen warf sich unruhig hin und her. Flora betrachtete sie besorgt.
Isabel hatte Schweißtropfen auf der Stirn und eine trockene, rissige Oberlippe. Flora legte die geöffnete Sonnenuhr zur Seite und griff stattdessen nach einem Tuch, um Isabels Stirn abzutupfen. Anschließend befeuchtete sie die Lippen des Kindes mit Wasser, das in einer Schale neben ihr stand, und flüsterte: »Es wird alles gut. Gleich kommt deine Mutter mit etwas zurück, das dir helfen wird.«
Isabels Lider flackerten, doch sie schlug die Augen nicht auf. Flora fühlte sich schrecklich hilflos. Es gab nichts, was sie tun konnte, außer auf die Rückkehr der anderen zu warten. Schließlich nahm sie die Uhr wieder zur Hand und zog zwei zusammengefaltete Zettel aus der Messingverzierung im Deckel. Unschlüssig drehte sie sie zwischen den Fingern. War es jetzt noch wichtig, was Marten geschrieben hatte? War es noch von Bedeutung, dass er den Amsterdamer gefunden hatte? Vielleicht wurde Martens lebloser Körper längst aufs Meer hinausgetrieben? Nein, dachte Flora, so etwas wollte sie nicht denken. Manche Dinge wurden wahr, wenn man

sie sich zu häufig vorstellte. Außerdem würde sie es spüren, wenn er tot wäre. Es fühlte sich stattdessen an, als wäre er noch sehr lebendig. Fast war ihr, als könnte er jeden Moment zur Tür hereinkommen und sie anlächeln. Michel hatte gefragt, ob sie Marten liebte. Wie konnte sie das wissen? Er bewirkte etwas in ihr. Sie ahnte, dass etwas in ihr für immer unentdeckt bleiben würde, wenn er nicht wiederkäme. Er brachte etwas zum Klingen. Oder war es die Malerei, die dies bewirkte? Oder Holland? Die Sehnsucht, dorthin zu gelangen und all die neuen Bilder der jungen Maler zu sehen? Waren es Martens Worte gewesen, die diese Bilder in ihrem Kopf entstehen ließen? Die diese Sehnsucht weckten? Bilder aus Farbe und Licht gezaubert. Sie konnte sich noch gut an jedes seiner Worte erinnern. Doch was hatte er am Gitter zu ihr gesagt?

Sie versuchte sich an seine hastig gesprochenen Worte zu erinnern. Es war alles so schnell gegangen! Könnte sie den Augenblick doch zurückholen. So vieles wollte sie ihn fragen. Wo und wann hatte er den Amsterdamer gefunden? Was gedachte er nun zu unternehmen? Was sollte sie tun? Doch vielleicht gaben die Briefe in ihrer Hand Aufschluss. Vorsichtig faltete sie den ersten Brief auseinander und las die wenigen Zeilen. Es handelte sich um eine Entschuldigung, in der von schwedischem Kupfer die Rede war. Kein Wort über den Amsterdamer. Was hatte das zu bedeuten? Vielleicht eine verschlüsselte Botschaft? Rastlos entfaltete sie den anderen Brief und vertiefte sich darin. Als sie zu Ende gelesen hatte, senkte sie die Hand und starrte gedankenverloren vor sich hin. Martens Sätze schlängelten sich in ihrem Kopf herum und erzeugten ein wildes Durcheinander. Warum schrieb er so undurchsichtig? Alles war nur angedeutet und vieles waren nur Vermutungen. Er war sich gar nicht sicher, ob der Mann, der die Radschlosspistole gestohlen hatte, auch wirklich der Amsterdamer war. Dass er Holländisch sprach, war noch kein Beweis, oder? Und wieso gehörte er zu den ersten Vertretern der Stadt, die zu Wallenstein gekommen waren, um mit ihm zu verhandeln? Das ergab doch keinen Sinn.

Isabel jammerte im Schlaf und Flora blickte auf. Im selben Augenblick wurde die Küchentür aufgestoßen und Frederike und Michel

kamen herein. Alwine folgte ihnen mit einer mutlos aussehenden Ludgera. Frederike lief sofort zum Lager ihres Kindes. Mit bangem Blick fuhren ihre Hände am Hals des schlafenden Mädchens entlang, befühlten seine Stirn und tasteten nach seinem Herzschlag. Das Ergebnis schien sie zu ängstigen. Sie blickte Hilfe suchend zu Michel auf, der sich nun ebenfalls zu Isabel hinunterbeugte. Er zog ihr prüfend das Augenlid hoch und erklärte leise: »Einen alten Menschen hätte so hohes Fieber längst umgebracht, doch Isabel ist jung und stark. Sie ist eine Kämpferin, wie ihre Mutter.«
Frederike versuchte tapfer zu lächeln. Ludgera machte sich daran, das Feuer wieder in Gang zu bringen, und stellte einen Topf über die züngelnden Flammen. Flora bemerkte erst jetzt, wie hungrig sie war. Ihr Magen begann laut zu gluckern und alle schauten sie an. Verlegen schob sie die Briefe wieder in die Uhr und ließ den Deckel mit einem schnappenden Geräusch zuklappen. Niemand schien sich über die kleine Reisesonnenuhr zu wundern. Keiner fragte, wie sie in ihren Besitz gekommen war. Sie hatten andere Sorgen. Alwine ließ sich auf einen Stuhl sinken und erklärte seufzend: »Es ist in der ganzen Stadt kein einziges fiebersenkendes Kraut aufzutreiben! Überall Kranke und nirgends ein Mittel, um ihnen Erleichterung zu bringen. Dafür gib es reichlich Regen. Unmengen von Wasser vom Himmel. Für jeden ist es kostenlos zu haben.«
Michel richtete sich wieder auf und sagte verärgert: »Es gibt noch Weidenrinde in der Stadt. Doch für das wenige, was die Apotheker unter ihren Kitteln verbergen, verlangen sie Unsummen. Nur wer reich ist, kann es erwerben.«
Alwine runzelte die Stirn: »Woher weißt du davon?«
Michel lachte mutlos: »Ich war bei dem Apotheker am ehemaligen Katharinenkloster, dem mit dem prahlerischen ausgestopften Krokodil. Ein unangenehmer Mensch. Der Kerl bot mir hinter vorgehaltener Hand Weidenrinde in ausreichender Menge und von guter Qualität an. Er verlangt acht Mark und fünf Schilling sundisch für ein Lot. Für weniger lässt er sich auf keinen Handel ein.«
Ludgera hörte auf, im Topf herumzurühren, und schnaufte empört: »Dafür bekommt man in Friedenszeiten eine Tonne gutes Barther

Bier am Hafen. Gott möge ihn strafen, diesen Halsabschneider! So viel Geld hat niemand übrig, nicht in diesen Zeiten.«
Frederike fügte traurig hinzu: »Außer vielleicht ein paar Ratsfamilien. Aber die Vornehmen scheren sich einen Dreck um uns …«
Alwine warf Flora einen vielsagenden Blick zu. Flora wusste sofort, was ihre Mutter in diesem Moment dachte. Am liebsten wäre sie aufgesprungen und hätte gerufen: O nein, ohne mich, diesmal nicht, sucht euch jemand anderes! Sie war schon einmal zu Lucas gegangen, um ihn um Hilfe zu bitten. Sie war wenig erfolgreich gewesen und noch einmal würde sie es nicht tun. Alwine schien ihren Widerwillen zu spüren, denn sie stand auf und legte ihr bittend eine Hand auf die Schulter: »Es ist ja nur dieses eine Mal. Wenn er dich wirklich liebt und es ernst meint, wird er es dir nicht abschlagen.«
Flora rieb mit dem Finger über den Deckel von Martens Uhr und wünschte, sie hätte ihrer Mutter nie etwas von Lucas Wurffrath erzählt. Sie wollte jetzt nicht an den Stadtrat denken, denn jeder Gedanke an ihn war Verrat an Marten. Wenn sie an Lucas dachte, schien es immer wahrscheinlicher, dass Marten tot war. Und mit Marten starb Holland, die Malerei und alle Hoffnung. Sie würde dann nie etwas über Lichteinfall und Farbwirkung, Schattierungen und Konturen lernen. Ihre Mutter würde das nicht verstehen, also sagte Flora nur: »Er wird keine Zeit haben, mich zu empfangen! Letztes Mal war er auch unterwegs und nicht zu sprechen.«
Michel schien sofort zu wissen, von wem sie sprachen, denn er blickte zu ihnen und fragte: »Lucas Wurffrath? Denkt ihr, er würde Flora die geforderte Summe aushändigen?«
Flora sagte: »Nein!«
Alwine korrigierte sie rasch: »Er wird, wenn sie zu ihm geht und ihn freundlich bittet.«
»Wirst du gehen?«, fragte Frederike und sah Flora flehend an.
Als diese die Augen senkte, trat sie zu ihr, ergriff ihre Hände und bat: »Flora, lass uns nicht im Stich! Dein Stadtrat mag ein garstiger Kerl sein, der eine Menge auf dem Kerbholz hat, doch er wird einem kranken Kind helfen! Und wenn du ihn dafür küssen musst, so wird es schon nicht allzu schlimm werden. Tu es für Isabel …«

»Frederike, er wird mehr wollen als mich nur küssen.«
Flora hatte nur geflüstert, trotzdem war sie sicher, ihre Mutter hatte es gehört. Frederike wollte etwas einwenden, doch Alwine ließ sie nicht zu Wort kommen: »Flora hat Recht. Der Stadtrat darf erst die allerletzte Möglichkeit sein. Zuerst versuchen wir es noch einmal mit Bädern und feuchten Wickeln.«
Frederike ließ Floras Hände los und Michel trat zu ihnen. »Wir werden abwarten. In so einem Fall tritt die Krise immer am neunten Tag der Krankheit ein, also am dreizehnten des Monats. In der folgenden Nacht kommt entweder eine Wende zum Besseren oder der Tod. Ich werde am Morgen des dreizehnten Juli entscheiden, ob die Weidenrinde nötig sein wird, um Isabel über die Krise zu helfen.«
Alle, selbst Frederike, nahmen seinen Plan ohne Widerspruch an. Keiner von ihnen dachte in dem Moment daran, dass dann vielleicht keine Weidenrinde mehr zu bekommen war. Flora war ihm dankbar, dass er ihren Besuch bei den Wurffraths hinausgezögert hatte. So konnte sie noch hoffen, dass sie Lucas gar nicht aufsuchen musste. Plötzlich fiel ihr ein, was Marten über das Zeichnen gesagt hatte. Eine Federzeichnung preist mit jedem Strich Gottes Schöpfung. In Gedanken tauchte sie einen Federkiel in die Tinte und zog schwungvoll eine Linie über ein Blatt. Isabel gefiel es, wenn sie so unbekümmert mit einer Zeichnung begann. Wenn die Kleine wieder gesund war, würde Flora sie zeichnen und ihr Porträt dem Hebammenbuch voranstellen. Isabel sollte dann für alle gesunden und fröhlichen Kinder stehen. Flora konnte die Zeichnung schon vor sich sehen.
Alwine holte Flora in die Wirklichkeit zurück: »Lasst uns alle gemeinsam niederknien und für Isabels Genesung beten.«
Frederike schlug ein Kreuz und sank in die Knie. Flora beeilte sich, es ihr gleichzutun. Ludgera nahm den Topf vom Feuer und auch Michel trat zu ihnen. Alle senkten in andächtigem Schweigen die Köpfe.

In den folgenden Tagen wiederholten sie ihr gemeinsames Gebet viele Male. Isabel schien es auch wirklich besser zu gehen. Ihr Schlaf war ruhiger und ihr Atem ging gleichmäßiger. Manchmal nahm sie sogar ein paar Löffel Suppe zu sich und blinzelte die Anwesenden matt an. Für Frederike genügte dies, sie in eine euphorische Stimmung zu versetzen. Dennoch verzichtete sie darauf, Michel zur Schanze zu begleiten, und blieb bei ihrem Kind.

Am neunten Juli traf im Hafen Verstärkung aus Dänemark ein. Michel nutzte das Gebet, um dem Herrgott für die Truppen zu danken, die der Bürgerwehr zu Hilfe kamen. Am Morgen des Zwölften kam Michel mit der Neuigkeit in die Küche, dass man eine weitere große dänische Flotte vor Rügen gesichtet habe.

Flora saß neben Isabels Lager und sorgte sich um das Kind, denn heute Nacht würde die Krise eintreten. Schon den ganzen Morgen konnte sie an nichts anderes denken. Sie hörte kaum zu, als Michel berichtete, dass die dänischen Schiffe sicher bald damit beginnen würden, die kaiserliche Schanze bei Brandshagen anzugreifen. Wann würde Michel Isabel untersuchen? Sein Urteil würde darüber entscheiden, ob Flora zu Lucas gehen musste. Doch Michel stand nur breitbeinig da und rief: »Wisst ihr, was das bedeutet? Es bedeutet, dass sie jederzeit an der pommerschen Küste landen und den Kaiserlichen in den Rücken oder in die Flanke fallen können!«

Alwine kam herein und hörte noch seine letzte Bemerkung über die pommersche Küste. Sie nickte zustimmend: »Damit weitet sich der Krieg über ganz Pommern und Mecklenburg aus. Dann steht Stralsund nicht mehr im Mittelpunkt ihres Interesses. Sie werden ihre Truppen vor der Stadt abziehen! Der Herr sei gepriesen.«

Frederike drängte sich an Alwine vorbei in die Küche, warf einen Beutel mit der spärlichen Ausbeute vom Markt auf den Tisch und fragte ungeduldig: »Was quatscht ihr von den Dänen? Meinetwegen sollen sie die ganze verdammte Küste besetzen. Mich interessiert heute nur mein krankes Kind. Wie steht es, Michel? Wird Isabel die Nacht überstehen oder ist das Fieber wieder gestiegen?«

Michel ging zu Isabel hinüber und hockte sich an ihr Lager. Er betrachtete das schlafende Kind eingehend und ohne es zu berühren entschied er: »Ihre Wangen sind eingefallen und sie hat bläuliche Ringe unter den Augen. Sie ist sehr geschwächt – Flora soll gehen!«

Flora erhob sich auf der Stelle, suchte Frederikes Blick und erklärte: »Ich werde gehen … jetzt sofort! Dann können wir die Weidenrinde schon in wenigen Stunden verabreichen und die Krise ist abgewendet.«
Alwine wandte zögernd ein: »Wenn die Dänen vor Rügen liegen, wird der Stadtrat am Hafen sein, wie alle anderen auch.«
Michel schnaufte: »Pah, die Nachricht wird noch nicht bis in die Häuser der Vornehmen gedrungen sein. Erst wenn sie das Feuer eröffnen und der Lärm in ihre behaglichen Stuben dringt, werden die Herren ihre Köpfe von den Samtkissen heben und sich fragen, was es denn Neues gibt. Bis jetzt wissen nur wir von der Bürgerwehr von den Dänen vor Rügen.«
Frederike band Flora eine sittsame Haube ohne Spitzenrand um, deren breiter steifer Rand bis weit über die Schläfen reichte und ihr blondes Haar fast vollständig verbarg. Flora ließ es sich gefallen, dass Frederike ihr in die Wangen kniff und ihre Brauen mit Spuke nachzog. Sie hielt auch noch still, als Frederike ihr ein züchtiges Schultertuch umlegte und dabei erklärte: »So, nun siehst du frisch und unschuldig aus. Das lieben die Kerle besonders, denn es reizt ihre Eroberungslust. Wenn du dich beeilst, wirst du ihn noch antreffen, bevor er die Neuigkeiten erfährt. Und selbst wenn er es schon weiß – für eine kleine Eroberung wird er die Dänen vor Rügen warten lassen.«
Bei Frederikes letzter Bemerkung zog Alwine scharf die Luft ein. Daraufhin schüttelte Flora Frederikes Hände ab und erklärte fast feierlich: »Mach dir keine Sorgen, Mutter. Er wird mich nicht erobern!«
Flora drehte sich abrupt um und verließ ohne ein weiteres Wort die Küche.
Draußen auf der Straße begrüßte sie der helle Morgen. Nachdem es zuerst drei Tage ununterbrochen geregnet hatte, schien nun schon seit fünf Tagen die Sonne. Flora war froh über den breiten Rand ihrer Haube, denn so wurde sie nicht geblendet. Sie versuchte nicht an Frederikes Andeutungen über die Eroberungslust der Männer zu denken. Heute würde sie in einer ernsten Angelegenheit zu Lucas

kommen. Das Leben eines Kindes war in Gefahr, nur ein sehr verworfener Mensch würde ihre Lage ausnutzen.
Vor dem Haus der Wurffraths blieb sie stehen und blickte zu den hohen Fenstern hinauf, aus denen Musik erklang. Jemand spielte auf dem Virginal. Es war ein Instrument für Frauenhände. Flora fragte sich, ob die Schwägerin mit ihren Kindern zurück war. Doch das war unmöglich. Es war eine unbekümmerte, beschwingte Melodie, die Flora zu kennen meinte. Plötzlich brach das Spiel ab und einen Augenblick später trat jemand ans Fenster. Ein Schatten war hinter den dicken, milchigen Scheiben zu sehen. Flora wich zurück und senkte den Kopf, als würde sie hinter der Haube unsichtbar werden. Der Fensterflügel schlug zurück und jemand schien sich aus dem Fenster zu lehnen. Erfreut rief Lucas zu ihr hinunter: »Flora! Wie schön, dass du mir an so einem strahlend schönen Morgen die Ehre eines Besuchs erweist. Mein Spiel muss dich herbeigezaubert haben. Auf den Schwingen der Töne kamst du, meine Schöne, herangesegelt. Komm hoch und füge meinem dilettantischen Spiel deinen Glanz hinzu!«
Er lachte gut gelaunt und bevor jemand aufmerksam werden konnte, huschte Flora zum Tor und eilte über den Hof zum Hintereingang, von dem sie wusste, dass er an der Küche vorbei zur Treppe führte. Sie lief durch die Diele und konnte einen Blick durch eine offen stehende Tür werfen. Im Vorbeihuschen nahm sie einen festlich herausgeputzten Raum wahr, an dessen langem Tisch viele Besucher Platz nehmen konnten. Das Sonnenlicht spiegelte sich in großen silbernen Kandelabern. Als Flora die Tür im oberen Stockwerk erreicht hatte, hinter der wieder die beschwingte Melodie erklang, wurde ihr ganz leicht ums Herz. An diesem Morgen würde es nicht schwierig sein, Lucas um etwas zu bitten.
Er beendete sein Spiel mit einem ausgelassenen Schnörkel disharmonischer Töne und wandte sich schwungvoll zu ihr: »Heute in aller Früh erreichte mich die herrliche Nachricht, dass in drei oder vier Tagen die Schweden hier sein werden. Tausendzweihundert Mann Verstärkung unter dem Kommando von Alexander Lesley und Graf Brahe! Beide Herren sind mir gut bekannt, denn seit Mo-

naten korrespondiere ich mit ihnen über jede Bewegung des kaiserlichen Haufens. Sie sind mir zu Dank verpflichtet.«
Flora stand im Türrahmen und blinzelte unter ihrer Haube hervor. Er korrespondierte mit den Schweden? Also hatte er in ihrem Auftrag vor der Stadt spioniert? Er paktierte gar nicht mit den Kaiserlichen! Flora begann langsam zu begreifen. Lucas war heute so gut gelaunt, weil er sich auf die Schweden freute. Wenn die Schweden kamen, hatte er nichts mehr zu befürchten. Die Schweden konnte ihm keiner verübeln. Immerhin hieß die Stadt auch begeistert die Dänen willkommen. Sie trat ein paar Schritte vor und fühlte sich, als wäre eine schwere Last von ihr genommen worden. Lucas war kein Bösewicht. Er war auch kein verworfener Verführer, wie Alwine annahm. Er war keines von beidem. Flora blickte in sein offenes, sympathisches Gesicht und wunderte sich, wie sie so schlecht von ihm hatte denken können. Sprach nicht ehrliche Begeisterung aus seinen blaugrauen Augen? Hatte seine Freude über die ankommenden Schweden nicht etwas anrührend Kindliches? Zeugten nicht die überall nachlässig verstreuten Notenblätter von unbekümmerter Lebensfreude? Hatte nicht sein weißes Hemd mit den langen Rüschen, die schmeichelnd über die Handrücken fielen, etwas betörend Unschuldiges? Sein Eingeständnis, mit den Schweden im Bund zu sein, hatte all ihr Misstrauen wegschmelzen lassen, all ihre Ängste und Zweifel fortgewischt. Sie konnte plötzlich das sehen, was sie bei ihrer ersten Begegnung in ihm gesehen hatte. Er war wieder der gut aussehende, freundliche Mann mit den Seeräuberaugen, der mit seinem Neffen und den beiden Nichten herumtollte und sich nicht schämte, auf einem so weiblichen Instrument wie dem Virginal zu spielen. Flora war so verzaubert wie an jenem Morgen in der Laube, als sie ihn zum ersten Mal gesehen hatte.
Unwillkürlich bewegte sie sich auf ihn zu. Er ergriff ihre Hand und zog sie neben sich auf die kleine gepolsterte Bank vor dem Virginal. Erst jetzt bemerkte sie, wie schön und elegant der Raum war. Es gab farblich auf die Vorhänge abgestimmte Tapeten und auch der Bettvorhang hatte dasselbe grüngelbe Muster. Auf einem blank polierten Tisch neben dem Virginal stand ein Teller mit Leckereien. Flora

sah sehnsüchtig zu den Pastetchen mit kandierten Früchten, dem überzuckerten Backteig und den Marzipankringeln, die sie noch nie in einem Stück, doch schon häufig im Rügener Bruch gekostet hatte. Sie wollte nicht gierig erscheinen und zwang sich wegzusehen. Um sich von den Kuchenstücken abzulenken, fragte sie: »Die Schweden kommen? Aber die Dänen sind doch längst da! Erst heute Morgen wurde eine große Flotte vor Rügen gesichtet.«

»Die Dänen … Wer sind schon die Dänen? Die haben genug eigene Probleme mit den Kaiserlichen. König Christian hat große Mühe, sein Herzogtum Holstein zu verteidigen, und ist sehr geschwächt. Gustav Adolf von Schweden dagegen ist stark. Er ist ein grimmiger Löwe, ein Verteidiger des Protestantismus und die Hoffnung der deutschen Fürsten gegen den Kaiser. Gustav Adolf bereitet sich seit langem darauf vor, die Schlacht um den wahren Glauben zu schlagen. Wenn es einer mit Wallenstein und dem Kaiser in Wien aufnimmt – dann er.« Er machte eine kurze Pause, um seinen Worten Bedeutung zu verleihen, und fuhr dann in einem weniger feierlichen Ton fort: »Wenn die schwedischen Kommandanten eintreffen, werde ich ihnen zu Ehren ein Fest geben. Unten ist schon alles vorbereitet, geschmückt und geputzt. Du, als mein schönster Schmuck, sollst auch zu dem Fest kommen. Und nun nimm endlich die Haube ab, Flora. Ich kann ja dein Gesicht gar nicht richtig sehen!«

Flora zog sich die Haube vom Kopf. Sie dachte noch darüber nach, was er über den schwedischen König gesagt hatte, und so merkte sie nicht, wie sie zwei Haarnadeln mit herauszog. Das lange Haar fiel ihren Rücken hinab und erinnerte sie daran, dass Lucas sie schon einmal mit offenen Haaren gesehen hatte. Es war vor dem Haus des Apothekers mit dem ausgestopften Krokodil über der Tür gewesen. Der Apotheker am ehemaligen Katharinenkloster. Er war der Grund, wieso sie hier war. Wie hatte sie das nur vergessen können? Sie bückte sich nach den Nadeln, steckte sich das Haar wieder hoch und rief: »O Lucas, ich würde gern auf dein Fest kommen, doch mich bedrückt etwas und ich bin hier, um dich um Hilfe zu bitten.«

»Wenn du deswegen nicht mit uns fröhlich sein kannst, will ich gern alles tun, um …«
»Das Kind einer Freundin braucht dringend Weidenrinde gegen sein hohes Fieber. Es stirbt sonst!«
»Was kann ich tun?«
»Der Apotheker am ehemaligen Katharinenkloster verlangt acht Mark und fünf Schilling sundisch für ein Lot. So viel Geld haben wir nicht!«
»Und nun kommst du zu mir?«
Klang er empört? Oder gar enttäuscht? Verlegen drehte sie die Haube zwischen den Fingern, die zuvor in ihrem Schoß gelegen hatte, und legte sie nervös neben sich auf die Bank. Lucas lachte amüsiert und fuhr sich entspannt durch die Haare. Sie wäre am liebsten aufgesprungen und geflohen. Es gefiel ihr nicht, wie er sie musterte. Schließlich sagte er: »Geld ist eine lästige Angelegenheit zwischen Liebenden. Wir werden ein kleines Spiel daraus machen. Wir setzen einen Vertrag auf. Der Apotheker lässt auf meinen Namen anschreiben und du überlässt mir im Gegenzug dafür das Kostbarste, was du besitzt.«
Mein Hebammenbuch, dachte sie erstaunt. Wieso will er mein Hebammenbuch mit den Zeichnungen haben? Nein, das meint er nicht, überlegte sie, als sie den blitzenden Schalk in seinen Augen bemerkte. Verwundert fragte sie: »Aber was …«
»Es sei denn, du hast es schon einem anderen geschenkt.«
Ihre Jungfräulichkeit, er meinte ohne Zweifel ihre Jungfräulichkeit. Flora starrte ihn wortlos an. Frederike hatte Recht gehabt. Ein Kuss würde nicht genügen. Er war doch ein verworfener Mensch. Er nutzte ihre Lage aus. Ein Spiel unter Liebenden hatte er es genannt. Von wegen! Sie schnappte nach Luft, doch er ließ sie nicht zu Wort kommen und hob abwehrend die Hände: »Natürlich hast du das nicht. Ich weiß, du bist eine ehrbare Frau. Du wirst auch eine bleiben, denn wir werden heiraten, sobald die Kaiserlichen abgezogen sind. Was schadet es also, wenn wir schon vorher …? Ein fröhliches Fest mit den trinkfesten Schweden dauert die ganze Nacht, keiner wird merken, wenn wir uns zurückziehen.«

Lucas stand auf, ging zu einem kleinen Sekretär an der Wand und suchte nach Papier, Federkiel und Tinte. Flora beobachtete ihn sprachlos, während er sich über das Blatt beugte: »Ohne Zeugen, jedoch vor Gottes Angesicht legen die Jungfer Flora Maria Wullenwewer und der …«

»Es gilt nur, wenn das Kind überlebt! Nur wenn die Medizin wirklich von Nutzen ist!« Das war dumm, denn es machte auch noch einen Handel mit Gott daraus. Dennoch nahm sie es nicht zurück. Wenn sie schon so etwas Einzigartiges wie ihre Jungfräulichkeit opfern sollte, dann nicht für einen faulen Zauber von einem Scharlatan am Katharinenkloster. Lucas nickte nur und beugte sich wieder über den Sekretär. Flora konnte die Feder kratzen hören und zog unbehaglich die Schultern hoch. Sie hoffte, dass alles nur ein Scherz, eine Neckerei unter Liebenden war.

Als die Tinte getrocknet war, trat er mit zwei Schriftstücken zu ihr. Er legte eines davon neben sie auf die Bank und hielt ihr die Feder hin. Die Stickerei des Polsters würde durchdrücken und ihre Unterschrift unleserlich werden. Er schien dasselbe zu denken und schob noch einen Packen Notenblätter darunter. Das andere Blatt schwenkte er vor ihren Augen und erklärte: »Das ist die Vollmacht für den Apotheker. Er kennt mich gut und wird dir aushändigen, was immer du verlangst. Hör nicht auf sein Gerede, er plaudert gern. Seine vermeintlichen Geheimnisse sind zumeist seiner Fantasie entsprungen. Damit will er Kunden fangen. Hier, deine Unterschrift.«

Er tippte auf eine freie Stelle des Schriftstücks, das den Vertrag zwischen ihnen regelte. Ohne nachzudenken kritzelte sie ihren Namen hin. Lucas nahm das Blatt zur Hand und hauchte auf die Tinte, um sie zu trocknen.

Flora griff nach der Vollmacht für den Apotheker und ging damit zur Tür. Sie wollte es unbedingt vermeiden, Lucas in die Augen zu sehen. Das triumphierende Glitzern darin könnte sie nicht ertragen. Am Türrahmen blieb sie stehen und drehte sich halb zu ihm um. Zögernd erklärte sie: »Wenn die kleine Isabel die Nacht übersteht, benachrichtige ich dich.«

»Sicher. Bis dann, meine Liebste. Ich zähle die Stunden.«
Als sie an der Treppe war, konnte sie ihn leise lachen hören. Seltsamerweise löste es ein Kribbeln in ihrem Bauch aus, das ihr nicht unbekannt war. Unten kam sie wieder an dem prächtig geschmückten Saal vorbei. Hier würde bald das ausgelassene Fest für die Schweden stattfinden und sie würde dabei sein. Dieser Gedanke behagte ihr ganz und gar nicht und sie rannte an der Küche vorbei zur Hintertür, als wäre der Leibhaftige hinter ihr her.
Draußen mäßigte sie ihren Schritt und lehnte sich schwer atmend gegen die Hauswand. Ihr Herz klopfte, als würde es gleich zerspringen, und ihre Gedanken wirbelten durcheinander. Kein Wort würde sie zu Hause darüber verlauten lassen, was hier geschehen war. Sollte ihre Mutter doch denken, dass Lucas ein großzügiger Mann war. Außerdem hatte er vom Heiraten gesprochen. Gleich wenn die Kaiserlichen abgezogen wären.
Flora versuchte, ruhig zu atmen, und stieß sich von der Wand ab. Zögernden Schrittes machte sie sich zum ehemaligen Katharinenkloster auf. Wenn sie die Vollmacht beim Apotheker einlöste, akzeptierte sie den Vertrag. Doch hatte sie eine Wahl? Das Kind war wichtiger als alles andere. Die Stunden, die dem Fest folgten, würden schnell vergehen. Sie wollte nicht schuld an Isabels Tod sein. Sollte doch der Apotheker die Schuld tragen oder sein überteuertes Kraut oder der Krieg und die Belagerer vor den Toren, die die Preise in die Höhe trieben.
Flora hatte gar nicht gemerkt, wie schnell sie den Weg zum ehemaligen Katharinenkloster zurückgelegt hatte. Als das ausgestopfte Krokodil vor ihren Augen auftauchte, blieb sie überrascht stehen und umklammerte die Vollmacht. Niemals hatte sie einen Fuß dort hineinsetzen wollen. Immer noch schien es ihr möglich, dass er kleine Kinder einfing und sie in Käfige einsperrte, die an schweren Ketten von der Decke hingen. Immer noch wäre sie am liebsten über die Steine auf der Straße gesprungen, ohne auf die Linien zu treten, um das Unheil abzuwenden. Heute Morgen sah allerdings alles ganz friedlich aus. Keine unheimliche Katze döste vor der Tür und keine Wahrsagerin kam mit Verwünschungen auf den Lippen

aus dem Schatten der Häuser. Flora holte tief Luft und stieß die Tür auf, die ein lautes Knarren von sich gab, während gleichzeitig ein Glockenspiel schellte.
Zu ihrer großen Erleichterung war der Laden leer und so hatte sie genügend Zeit, sich umzusehen. Die vielen Gefäße an der Wand hinter dem Verkaufstisch hatte sie erwartet. Jeder Apotheker sammelte solche konservierten Objekte. Sie wollte gar nicht wissen, was diese mit matter Flüssigkeit gefüllten Gläser enthielten. Schnell wollte sie sich abwenden, da fiel ihr Blick auf etwas, das sie zu erkennen meinte. War das dort in dem hohen Glas nicht ein verkümmertes Ungeborenes? Oder doch nur ein Vogeljunges? Jetzt erst bemerkte sie ein vollständiges menschliches Skelett in der Ecke. Es sah aus dunklen Augenhöhlen zu ihr herüber und beobachtete sie. Wie poliert der Schädel glänzte und wie unheimlich der Kiefer auseinander klaffte! Auch du wirst einmal so aussehen wie ich, schien es ihr mitzuteilen. Flora hatte plötzlich Mühe, in der stickigen Luft zu atmen, die von sauren und gleichzeitig widerlich süßlichen Gerüchen durchtränkt war. Sie wollte gerade die Flucht ergreifen, da hörte sie von hinten Schritte und der alte Apotheker tauchte zwischen den hohen Regalen auf. Seine stechenden Augen ruhten einen Moment auf ihr, dann schnalzte er mit der Zunge und rief: »Ihr seid der guten Dorothea wie aus dem Gesicht geschnitten. Im ersten Moment hielt ich Euch für die Verstorbene, Gott hab sie selig.«
Unbehaglich trat Flora von einem Fuß auf den anderen. Sie hatte das Gefühl, als wäre es unerhört vermessen, einer Verstorbenen zu ähneln. Der Apotheker lächelte beschwichtigend und entblößte dabei eine gelbe Zahnreihe, die in deutlichem Kontrast zu seiner dunklen Kleidung stand. Er trug keinen spitzen Hut wie die anderen seiner Zunft und auf seiner Glatze reflektierten Lichter. Eigentlich sah er gar nicht so finster und böse aus, wie Flora es sich vorgestellt hatte. Wenn sie genauer hinsah, konnte sie in seinen Zügen Güte und Freundlichkeit ausmachen. Allerdings hatte er kein einziges Haar im Gesicht. Sowohl Augenbrauen als auch Wimpern fehlten. Wahrscheinlich war ihm alles abgesengt worden, als er eine

explosive Mischung zusammenrührte, überlegte Flora. Als sie sich vorstellte, wie er einen Glaskolben über einem dampfenden Gefäß leerte, fiel ihr die Weidenrinde wieder ein, und sie fragte leise: »Stimmt es, dass Ihr noch Weidenrinde verkauft? Zu acht Mark das Lot?«

Der Apotheker ging zum Ladentisch hinüber und richtete geschäftig die Gewichte der Messingwaage: »Acht Mark und fünf Schilling sundisch, gnädiges Fräulein. Doch für eine junge Dame, die so hübsch klein, rund und wohlgeraten ist, wie die einst so wundervolle Tochter des Ratsherrn Wurffrath werde ich mit dem Preis heruntergehen. Das hätte ich für die arme Dorothea auch getan.«

Wurffrath? Auf einmal verstand Flora. Er hatte Lucas verstorbene Frau, Cornelias Tante Dorothea, gemeint. Er hatte dieselbe Ähnlichkeit bemerkt, die auch schon der kleinen Nichte des Stadtrats aufgefallen war. Der Gedanke, dieser Dorothea zu ähneln, war weniger beängstigend. Der Alte musste die Familie Wurffrath gut kennen. Flora wollte diesen Umstand für sich nutzen und legte kurz entschlossen das Schriftstück von Lucas auf den Tisch. Der Apotheker blinzelte überrascht und sie erklärte: »Ich besitze eine Vollmacht von der Familie Wurffrath. Ich darf in ihrem Auftrag bei Euch anschreiben lassen, was immer ich benötige.«

Der Apotheker lächelte wissend, nahm das Blatt zur Hand und machte sich ans Lesen. Schließlich blickte er auf. »Lucas Wurffrath hat das unterzeichnet? Wenn eine junge Frau seiner Dorothea so ähnlich sieht, dann ist das verständlich. Was immer sie sich wünscht, wird er ihr nicht abschlagen können.«

Die Andeutungen in seinem Mienenspiel gefielen ihr nicht, deshalb beeilte sie sich, auf ihr Anliegen zurückzukommen: »Ich möchte Weidenrinde, bitte sehr, ein Lot und nicht weniger.«

Das war wahrscheinlich zu viel, doch was übrig blieb, konnte Michel sicher gut brauchen.

Der Alte nickte und zog ein braunes Glas aus dem Regal. Vorsichtig schüttete er ein Pulver auf die munter schaukelnde Schale der Waage und erklärte dabei: »Möge es besser wirken als das Kraut, mit dem wir damals versuchten, Wurffraths Sohn zu retten. Das gesamte schwedische Schiff war verseucht, die ganze Mannschaft elendig verendet, keiner der Männer hat seinen Fuß an Land gesetzt. Alle haben wir sie nach Kot stinkend und halb verwest von Bord getragen. Alle – bis auf einen …«

In die bedeutungsvolle Pause hinein, flüsterte Flora: »Alle, bis auf Wurffraths Sohn.«

»O nein, dessen Leichnam haben wir als Allererstes von Bord getragen. Der Holzhandel hatte ihn nach Schweden geführt. Dort traf er einen entfernten Vetter dritten Grades, der aus einem Lübecker Zweig der Wurffraths stammen sollte. Er wollte ihn mit diesem Schiff nach Stralsund bringen. Als das Schiff mit seiner grausigen Fracht einlief, hatte die Ruhr nur einen am Leben gelassen. Der bewusstlose junge Mann hatte neben sich eine Tasche mit Papieren liegen, die ihn als Lucas Wurffrath aus Lübeck auswiesen. Jeder nahm an, dass es sich um den besagten Vetter handelte. Nichts anderes hat er behauptet, als er im Haus der Wurffraths zu sich kam.«

Dem alten Mann stand ins Gesicht geschrieben, dass er da seine Zweifel hatte. Flora dachte daran, wie Lucas sie gewarnt hatte. Sie solle den Geschichten des Apothekers keinen Glauben schenken, er plaudere gern, um Kunden zu fangen. War das nun eine Geschichte, um sie zum Narren zu halten? Oder war es die Wahrheit? Misstrauisch fragte sie: »Wann ist all das geschehen und woher wisst Ihr davon?«

»Hm, lasst mich rechnen. Im Spätsommer werden es fünf Jahre sein. In dieser Jahreszeit findet man häufig die Ruhr auf den Schiffen. Ich werde dann immer hinzugerufen. Diesmal konnte ich nicht viel tun. Wir haben das Schiff ausgeräuchert und die Toten begraben. Ein paar Monate später hat der alte Wurffrath den einzig Überlebenden an Sohnes statt angenommen und ihm seine Tochter Dorothea zur Frau gegeben.«

Flora beobachtete nachdenklich, wie der Apotheker mit sicherer Hand das Pulver in einen Leinenbeutel füllte und diesen sorgsam verschnürte. Lucas war gar kein Stralsunder, dachte sie, das erklärte, warum er manchmal so distanziert über die Stadt sprach. Die Geschichte des Apothekers klang glaubwürdig, doch irgendetwas gefiel ihr daran nicht. Sie beugte sich vor und fragte so leise, als wäre jemand anwesend, der ihr Gespräch belauschen könnte: »Aber das ist bald fünf Jahre her! Man wird sich doch in Lübeck nach dem jungen Vetter erkundigt haben?«

»Warum sollte man? Er hat sich bewährt, dieser vorgebliche Vetter. Ist Stadtrat geworden und berät Bürgermeister Steinwich in allen wichtigen Angelegenheiten. Ein schlauer Fuchs, jeder fasst sofort Vertrauen zu ihm. Ja, er wickelt alle um den Finger.«

»Euch nicht. Ihr glaubt nicht, dass er der Vetter aus Lübeck ist!«

»Nein, das glaube ich nicht. Er hat den Kontakt nach Schweden nie abgebrochen. Ich selbst habe seine geheime Korrespondenz weitergeleitet, wann immer ich am Hafen ein schwedisches Schiff aufsuchen musste. Ich halte ihn für einen schwedischen Spion, der hier alles vorbereiten soll, damit Gustav Adolf leichtes Spiel mit der Stadt hat. Und nun kommen sie ja auch, die Schweden, erst heute Morgen hat mir jemand im Vertrauen davon berichtet. Die Mission des mysteriösen Überlebenden vom Ruhrschiff scheint geglückt.«

Flora erinnerte sich bei seinen Worten an das geschmückte Zimmer im Haus der Wurffraths und dachte an das geplante Fest für die Schweden. War Lucas wirklich ein schwedischer Spion, der sich unter falschem Namen in die Stadt geschmuggelt hatte? Er hatte selbst zugegeben, dass er vor den Toren für die Schweden spioniert hatte. Er nannte die Schweden seine Freunde. Er sprach sicher fließend Schwedisch, genauso wie die anderen Sprachen, denen er mächtig zu sein schien.

Der Apotheker reichte ihr den Leinenbeutel und sagte: »Dorothea Wurffrath habe ich vor ihrer Hochzeit mit ihm gewarnt. Ich kannte sie schon als kleines Mädchen und sie lag mir am Herzen. Doch sie wollte nicht auf mich hören. Seid klüger als sie!«

»Er hat doch nichts wirklich Schlimmes getan. Die Schweden kommen und retten die Stadt! Niemand kann ihm das zum Vorwurf machen. Im Gegenteil, er hat sich für Stralsund eingesetzt.«

»Eine falsche Identität anzunehmen ist ein schweres Vergehen. Wenn es ans Licht kommt, dass Lucas Wurffrath ein Betrüger ist, werden sie kein Erbarmen haben. Sie werden ihn häuten und die Haut als Warnung an die Tür von St. Nikolai nageln. Wollt Ihr das mit ansehen müssen, Jungfer?«

Flora erinnerte sich voller Unbehagen an die Warnung der Wahrsagerin und an Frederikes Verdacht. Frederike hatte von Anfang an vermutet, dass Lucas etwas auf dem Kerbholz hatte. Wenn er tatsächlich nicht Lucas Wurffrath war, so hatte er Flora unter falschem Namen Versprechungen gemacht. Waren seine Worte dann überhaupt etwas wert? Konnte sie ihm noch trauen? Er hatte versprochen, sie zu heiraten. Doch wer war der Mann mit den Seeräuberaugen wirklich? Sie wusste gar nichts über ihn. Und hatte ihm ihre Jungfräulichkeit für einen Beutel pulverisierte Weidenrinde verkauft! Was sollte sie nur tun? Flora starrte ratlos auf die Maserung des Verkaufstischs und wünschte, in dem verschlungenen Muster eine Antwort lesen zu können. Der Alte spürte ihre Verzweiflung. Freundlich tätschelte er ihr die Hand und sagte in aufmunterndem Ton: »Kopf hoch! Lasst Euch Eure Ähnlichkeit mit der schönen Dorothea nicht zum Verhängnis werden. Denn ob nun Betrüger oder nicht, geliebt hat er sie, ja fast vergöttert. Das ist aber auch gefährlich. Seid auf der Hut! Dieser Mann hat ein Ruhrschiff überlebt und die Schweden nach Stralsund geholt. Er wird die Frau, die er liebt, niemals aufgeben.«

Letzteres klang schön und unheimlich zugleich. Das Skelett in der Ecke grinste schadenfroh. Voller Unbehagen presste Flora den Beutel mit der Weidenrinde vor ihre Brust. Bevor sie sich zum Gehen wenden konnte, hielt sie der Alte am Arm zurück und warnte unheilschwanger: »Wenn das Kuckucksei aus dem Nest gestoßen wird, zerbricht es. Es bleibt am Boden kleben, bis die Krähen sich daran satt essen. Bald schon könnte sich das Blatt für den falschen Wurffrath wenden. Wenn Ihr Hilfe braucht, kommt zu mir. Das bin ich Dorothea schuldig.«

Flora stellte sich vor, wie Lucas mit verrenkten Gliedern auf dem Alten Markt lag. Männer mit schwarzen Flügeln statt Mänteln kamen aus dem Rathaus. Sie blinzelte, um das Bild zu verscheuchen, und erklärte viel zuversichtlicher, als ihr zumute war: »Das wird

nicht geschehen! Dennoch habt Dank für Euren Rat. Nun muss ich mich aber beeilen.«
Sie zog ihren Arm weg und ging zur Tür. Hinter ihr murmelte er besorgt: »Geht mit Gott.«
Flora öffnete die Tür und floh ins Licht der Mittagssonne. Nach der stickigen Düsternis des Ladens kam ihr der Tag wunderbar hell vor. Ein erfrischend kühler Wind wehte vom Hafen herüber und löste ein paar Strähnen aus dem Haarknoten, den sie bei Lucas so hastig hochgesteckt hatte. Die sittsame Haube mit dem breiten Rand hatte sie bei den Wurffraths vergessen. Hätte sie sie getragen, wäre dem alten Apotheker ihre Ähnlichkeit mit Dorothea vielleicht gar nicht aufgefallen. Dann hätte der Alte ihr auch nicht erzählt, was damals auf dem Ruhrschiff geschehen war. Er hätte keine Zweifel säen können, ob Lucas der war, für den er sich ausgab.
Sie erinnerte sich an den gefüllten Leinenbeutel vor ihrer Brust und ging schneller.Sie hatte schon viel zu viel Zeit vertrödelt und musste sich beeilen. Sie presste den Beutel an sich und hob mit der freien Hand ihre Röcke an. Es tat gut, zu laufen und den Wind im Gesicht zu spüren. Es tat auch gut zu wissen, dass sie gleich freudig empfangen werden würde. Sie hatte das Weidenrindenpulver dabei, alles andere war unwichtig. Natürlich würde Lucas behaupten, der Apotheker erzähle nur Geschichten. Vielleicht gab er sogar zu, dass er erst vor fünf Jahren in die Stadt gekommen war und aus Lübeck stammte. Doch was spielte es für eine Rolle? Hatte er je behauptet, der Sohn des alten Wurffrath zu sein? Nein, hatte er nicht. Sie war so in Gedanken, dass sie auf dem Neuen Markt fast mit einer matronenhaften Frau zusammengestoßen wäre, die einen schweren Korb trug.
»So gib doch Acht!«
Flora blieb vor der Frau stehen, deren graues Haar sorgfältig unter eine Haube gesteckt war. Sie hatte viele Falten und kluge Augen. Sie wirkte wie jemand, der mit dem Klatsch der Stadt vertraut war. Flora knickste brav und sagte entschuldigend: »Verzeiht, doch ich dachte gerade darüber nach, ob sich wohl noch jemand an das Schiff aus Schweden erinnert, auf dem mein Bruder als Schiffsjunge

gedient hat. Alle hatten die Ruhr und mein Bruder starb ebenfalls daran. Es ist schon ein paar Jahre her.« Der Herrgott möge mir diese Lüge verzeihen, dachte Flora und sah die Frau fragend an.
Diese runzelte die Stirn und sagte mitleidig: »Armer Junge, möge Gott seine Seele erretten. Er wird wohl noch recht jung gewesen sein?« Flora nickte und die Frau fuhr fort: »Ja, an das Schiff erinnere ich mich. Es ist keine fünf Jahre her und nur der entfernte Verwandte eines Stadtrats soll überlebt haben. Ich habe seinen Namen vergessen – nein, ich weiß ihn wieder: Lucas Wurffrath. Ein schneidiger Mann, der dem Alten den Sohn ersetzt hat. Mit manchen meint es unser himmlischer Vater eben besonders gut. Ich werde für die Seele deines armen Bruders beten, Kind.«
Flora knickste noch einmal und lief an der Frau vorbei über den Platz. Anscheinend war stadtbekannt, dass Lucas kein Stralsunder war. Er würde es auch nicht abstreiten, warum auch? Und nur weil er mit den Schweden in Kontakt stand, musste er noch lange kein Spion sein. Während Flora die Marienkirche hinter sich ließ und in die kleine Gasse hineinlief, wo man sie sicher bereits ungeduldig erwartete, entschied sie, den Verdächtigungen des Apothekers keine Beachtung zu schenken.
Ungeduldig klopfte sie an die Tür unter dem Hebammenschild. Ihre Mutter riss die Tür auf, als hätte sie bereits dahinter gewartet, und rief beim Anblick des Leinenbeutels erleichtert: »Gott sei es gedankt! Du kommst gerade rechtzeitig. Dem Kind geht es zusehends schlechter.«
Michel und Frederike kamen in die Diele gelaufen. Flora reichte Frederike das Weidenrindenpulver und diese gab es sofort an Michel weiter. Zusammen mit Alwine verschwand er in der Küche. Sobald sie weg waren, fiel Frederike Flora um den Hals und flüsterte: »Das werde ich dir nie vergessen! Was immer es dich gekostet hat, ich werde es dir hundertfach zurückzahlen.«
Das war unmöglich. Ihre Jungfräulichkeit würde Frederike ihr nicht zurückgeben können. Dennoch fühlte sich Flora in Frederikes Umarmung getröstet. Sie hatte noch nie gesehen, dass Frederike weinte, doch nun zuckte ihr Körper, als würde er von Schluchzern

geschüttelt. In diesem Augenblick bereute Flora nicht, dass sie sich auf Lucas' Bedingungen eingelassen hatte.

Alwine kam zurück und in dem strengen und zugleich gütigen Tonfall, der sonst den Frauen unter den Wehen vorbehalten war, sagte sie: »Frederike sollte jetzt ein paar Stunden schlafen, denn es wird eine lange Nacht werden. Flora, du bist uns nur im Weg, geh in den Kräutergarten, während Michel und ich die Weidenrinde verabreichen. Wir können jetzt nur abwarten und hoffen, dass die Nacht die Wende bringt.«

Alwine führte eine erschöpft wirkende Frederike die Treppe zur Schlafkammer hinauf. Flora sah ihnen nach, dann beeilte sie sich, durch die Küche hindurch in den Kräutergarten zu schlüpfen. Draußen ließ sie sich seufzend auf der Bank nieder. Hier hatte sie oft mit Marten gesessen und gezeichnet. Jetzt tanzten Sonnenstrahlen durch die Blätter des fast schon verblühten Fingerhuts und eine fleißige Hummel verschwand in einem der tief hängenden Blütenkelche. Flora meinte plötzlich Marten neben sich sagen zu hören: »Man muss die Blüte so zeichnen, dass der Betrachter selbst zum Insekt wird. Er muss die Zartheit der Pflanze mit all seinen Sinnen spüren. Er muss beim Betrachten der Zeichnung erahnen, wie Gott die Pflanze gemeint hat.«

Zum ersten Mal an diesem Tag gestattete sie sich, an Marten zu denken. Sie hatte es bis jetzt tunlichst vermieden. Doch hier, an diesem Ort, war es unmöglich. Sie konnte seine Anwesenheit deutlich spüren. Flora dachte daran, was sie heute getan hatte. Es fühlte sich an, als hätte sie Marten damit wahrhaftig getötet. Er würde nie zurückkommen, denn sie hatte ihn weit ins offene Meer hinausgestoßen. Mit ihm schwand alles dahin, was sie heimlich erhofft hatte. Hatte sie wirklich in Holland die Malerei erlernen wollen? Niemals hätte sich dieser Traum erfüllt. Wie gern hätte sie seinen Freund Rembrandt und dessen lichtdurchflutete Bilder gesehen. Doch sie war die Tochter der Hebamme von Stralsund und konnte wohl kaum etwas Besseres erhoffen, als einen wohlhabenden Stadtrat zu heiraten – selbst wenn dieser unter einem falschen Namen in der Stadt leben sollte. Sie wollte nicht mehr an Marten denken und auch nicht an

die unzähligen Möglichkeiten, Gott in einer Zeichnung zu preisen. Sie würde sich Lucas hingeben und nie wieder mit Marten über das Zeichnen sprechen. Seine Stimme würde für immer schweigen.
Müde schloss Flora die Augen. Die Hitze der Mittagssonne hatte sie schläfrig gemacht. Bald würde Marten nur noch eine Erinnerung sein. Eine Ahnung davon, was es außerhalb der Mauern dieser Stadt geben mochte. Eine Welt voller Bilder und Zeichnungen, Pigmente und Paletten. Sie musste an die vielen leuchtenden Farben und das intensive Grün aus schwedischem Kupfer denken. Beständig und treu wie Grünspan hatte Marten sein wollen. Doch er war fort … fort … Ihr Kopf sackte nach vorn und sie schlief ein. Im Traum sah sie Martens leblosen Körper auf den Wellen des Strelasund treiben. Träumend wurde sie von einer Traurigkeit erfüllt, die so groß war, dass es ihr schier das Herz zerriss. Sie merkte nicht, wie die Sonne sank und der Nachmittag vorüberging. Als es kühler wurde, trug Michel sie schlafend ins Haus. Erst in der Küche erwachte Flora. Isabel saß aufrecht da und sah sie aus fiebrig glänzenden Augen an. Michel stellte Flora neben ihr auf die Füße und sagte: »Die Weidenrinde zeigt schon Wirkung. Dabei habe ich sie erst vor wenigen Stunden verabreicht. Sag deiner Tante Flora ein herzliches Dankeschön, Isabel.«
Isabel piepste ein schüchternes Danke. Sie schien verlegen und durcheinander. Die Krankheit stand ihr noch ins Gesicht geschrieben. Es würde noch Tage dauern, bis die hohlen Wangen und die durchsichtige Blässe verschwanden. Doch sie lebte und würde wieder gesund werden. Flora hockte sich neben sie und strich ihr über das Haar. Dann begann sie, in Gedanken einen Brief an Lucas zu formulieren: Das Kind lebt. Teile mir bitte mit, wann das Fest für die Schweden stattfindet. Ich werde da sein.
Sie konnte fast das gurgelnde Wasser sehen, als Marten im Strelasund versank.

Der Monat Juli näherte sich seinem Ende und Marten traf endlich in Leyden ein. Wenige Stunden später stand er schon in Rembrandts Atelier und erzählte seinem Freund ausführlich, was sich zugetragen hatte. Nicht die kleinste Kleinigkeit ließ er aus. Er schilderte den Überfall bei seiner Ankunft und ließ nicht unerwähnt, wie Flora ihn gerettet und die Familie Wullenwewer ihn aufgenommen hatte. Rembrandt wirkte nicht besonders interessiert. Er summte vor sich hin und setzte fort, was er getan hatte, als Marten hereingekommen war. Gut gelaunt pfeifend posierte Rembrandt vor dem Spiegel und zog Grimassen. Bei Martens Eintreffen hatte er das Fratzenschneiden nur für einen kurzen Augenblick unterbrochen, um seinen Freund zu umarmen, dann hatte er sich wieder vor den Spiegel gestellt und sich kritisch betrachtet. Er hatte Marten ermuntert, sich nicht stören zu lassen, er studiere die menschlichen Gesichtszüge für ein geplantes Bild von Judas, der die Silberlinge zurückbringt. Nun, in Martens erwartungsvolles Schweigen hinein, strich er sich das krause Haar aus der Stirn, riss die Augen auf und formte mit den Lippen einen lautlosen Ausruf. Anschließend sah er Marten erwartungsvoll an.

»Sieht das so richtig erstaunt aus?«

»Es sieht einfach nur dumm aus. Was hältst du von alldem? Hast du denn gar nichts zu meinem Abenteuer zu sagen?«

Rembrandt zog die Stirn kraus, sodass sich tiefe Falten eingruben und sich seine breite Nase blähte. Durch schmale, aufeinander gepresste Lippen fragte er: »Sieht das aus, als würde der Hohepriester bei Judas Anblick ergrimmen?«

»Hör auf mit dem Unsinn. Solange du keine Skizzen machst, ist es verschwendete Zeit. Ich hab dich gefragt, was du von der Sache hältst?«

Rembrandts Gesicht entspannte sich und er grinste Marten an: »Du meinst, was ich von deiner hübschen Blonden halte, die so gut zeichnen kann? Hol sie nach Leyden und ich sag dir, ob sie was kann. Der alte Leyster in Haarlem soll eine begabte Tochter haben. Deine Flora könnte bei ihr lernen. Ich glaube, sie heißt Judith und wird bald ihr eigenes Atelier eröffnen.«

»Sie ist nicht meine Flora!«

Marten ließ sich ärgerlich auf dem Mahlstein nieder und blickte sich im Atelier um. Gegenüber an der Staffelei lehnte eine Holz-

tafel, auf der Rembrandt gerade ein Gemälde von Simson und Delila beendet hatte. Marten betrachtete die blonde Delila, die so gar keine Ähnlichkeit mit Flora hatte. Flora war viel hübscher. Marten bewunderte die entspannte Haltung, mit der Simson in Delilas Schoß ruhte. Es sah aus, als wüsste Rembrandt nur zu gut, wie sich ein Mann danach fühlte. Sein Freund kam zu ihm herüber und blickte nun ebenfalls auf das Bild. Nach einer Weile sagte er: »Es hat noch keinen Käufer, doch es hat mir Vergnügen gemacht, dafür Studien zu betreiben. Die Verführungskunst des schönen Geschlechts und seine Macht über uns arme verlorene Seelen.«
»Die Freudenhäuser in Leyden werden gut an dir verdient haben.«
»Wo denkst du hin? Ich beobachte nur, wie sie im Wirtshaus schäkern, das kostet nichts. Für den erschöpften Zustand, in dem die Weiber uns zurücklassen, habe ich nichts übrig. Ich muss arbeiten.«
So spricht nur einer, der noch nie richtig verliebt war, dachte Marten. Wenn Rembrandts Herz erst einmal für die Richtige entflammt war, würde er sich mit Freuden von der Arbeit ablenken lassen. Er wollte gerade einwenden, dass Rembrandt die Weiber schon noch entdecken werde, da sagte dieser vorwurfsvoll: »Du dagegen, mein Freund, hast in Stralsund das Ziel deiner Reise gründlich aus den Augen verloren.«
Marten richtete sich auf und rief: »Das ist nicht wahr! Flora half mir bei der Suche nach Vaters Rätsel.«
»Und ist es etwa nicht ihre Schuld, dass du nun Wallensteins Pelz trägst und eine Amsterdamer Zeitung demnächst einen Kupferstich von der Belagerung drucken wird? Frauen lenken nur ab.«
Marten rieb sich verlegen die Nase. Rembrandt hatte nicht ganz Unrecht, trotzdem bereute er nicht, dass er Flora begegnet war. Er sah ihr Gesicht vor sich, wenn er morgens erwachte, und sie begleitete ihn den ganzen Tag. Oft richtete er in Gedanken das Wort an sie und fragte sie nach ihrer Meinung. Wie würde es ihr wohl gefallen, ihn nach Haarlem zu begleiten und dort die Malerei zu erlernen? Er hatte schon von der begabten jungen Frau dort gehört, die alles von ihrem Vater gelernt hatte und ihn nun mit harmonischen Szenen und Charakterköpfen weit übertraf. Er könnte Flora schrei-

ben und ihr von Judith Leyster erzählen. Sogleich verwarf er es wieder, denn solange die Belagerung dauerte, erreichte kein Brief die Stadt. Am Hafen von Wismar hatte er verzweifelt jemanden gesucht, der bereit war, einen Brief nach Stralsund zu bringen. Selbst für eine hohe Summe und viele Versprechungen hatte sich niemand gefunden. Flora wusste immer noch nicht, dass er unversehrt und in Sicherheit war. Sicher nahm sie an, er wäre verwundet oder gar tot.

Rembrandt unterbrach seine Gedanken, indem er zur Staffelei hinüberging und mit dem Finger gegen den Rand des Gemäldes tippte, als wollte er es so zum Leben erwecken. Die Sonne stand schon tief und das matte Fensterglas ließ nur noch wenig Licht durch. Doch es genügte, um Rembrandts Besorgnis zu zeigen. Um ihn zu trösten, sagte Marten: »Du wirst bald einen Käufer finden. Es ist ein sehr gelungenes Bild.«

»Das weiß ich auch. Das ist es nicht, was mich bedrückt.«

Rembrandt fuhr sich ungehalten durch sein Haar und ließ eine Verwüstung auf seinem Kopf zurück. Naserümpfend, als hätte er etwas Unangenehmes gerochen, stieß er hervor: »Es ist etwas geschehen, als du fort warst.«

»Was denn? War der Amsterdamer Kaufmann hier und hat die Skizze zurückgebracht?«

»Nein, etwas anderes. Es wird dir nicht gefallen …«

Marten stand auf und ging zu ihm hinüber. Das Bild von Simson, der so ahnungslos schlief, während sich hinter ihm das Unheil zusammenbraute, beunruhigte ihn plötzlich. Unbehaglich starrte er auf dessen nackte, verletzliche Füße und fragte: »Ist mein Bruder Hendrik zurückgekehrt und hat sein Erbe eingefordert?«

»Nein, dein Bruder ist es auch nicht. Ein alter Freund deines Vaters kam zu mir. Er hat dich in einer dringenden Angelegenheit gesucht.«

»Was wollte er? Kenne ich ihn? Wie heißt er?«

»Pieter van Haverbeeck.«

»Pieter? Er ist mein Pate. Er hat sich lange nicht in Leyden blicken lassen. Als Rechtsgelehrter hat er die Anklage gegen meinen Bruder geführt. Er war einer der härtesten und unerbittlichsten Ankläger. Nach Hendriks Verbannung ging Pieter nach Amsterdam.«

»Nun ist er wieder da.«

»Warum hat er mich gesucht? Hat es etwas mit Vaters Tod zu tun?«

»So kann man sagen. Dein Vater hatte ihn gebeten, dich drei Monate nach seinem Ableben aufzusuchen. Van Haverbeeck konnte ein Schreiben vorweisen, in dem dein Vater ihm genaue Anweisungen gab. Sie betreffen dich, Marten.«

»So sag schon. Was kann es sein? Soll er mich zu meinem Erbe führen, wenn ich es bis dahin nicht selbst gefunden hätte? Kennt er die Lösung des Rätsels und das Versteck?«

Marten schöpfte Hoffnung. Die Suche hatte ein Ende. Sein Vater hatte Erbarmen mit ihm. Vorausschauend hatte er seinen alten Freund Pieter geschickt.

Rembrandt zögerte, schließlich erklärte er: »Ich muss dich leider enttäuschen. Van Haverbeeck soll dich nach einer Frist von drei Monaten nach Amsterdam holen. Dein Vater hat errechnet, dass dein Geld so lange reichen würde. Wenn du bis dahin deine Erbschaft nicht gefunden hast, sollst du für van Haverbeeck arbeiten, um dir deinen Unterhalt zu verdienen.«

Marten stolperte rückwärts und sank wieder auf den Rand des Mahlsteins nieder. Alle aufkommende Hoffnung war mit einem Schlag vernichtet. Rembrandt kam zu ihm und legte ihm seine Hand auf die Schulter. Marten war wie betäubt und flüsterte: »Das klingt, als wäre es längst über meinen Kopf hinweg entschieden worden.«

»Nimm es nicht so schwer. Sieh es mal so: Amsterdam steckt voller Möglichkeiten. Van Haverbeeck ist fest entschlossen, dich mit vielen einflussreichen Männern bekannt zu machen. Eine glänzende politische Karriere steht dir offen und viel Geld winkt, dazu kommen Ansehen und Ehre. Wenn du es erst einmal weit gebracht hast, dann kannst du nach Stralsund gehen und deine Flora nach Amsterdam holen. Ihr werdet ein großes Haus führen und eine hübsche Familie gründen.«

»Aber ich will malen! Mein Vater wusste das. Wie konnte er mir das nur antun? Jetzt sag nicht wieder, er hat es aus Liebe getan.«

»Hat er aber.«
Rembrandt zog seine Hand fort, ging wieder zur Staffelei hinüber und ließ sich seufzend auf den Stuhl davor fallen. Marten erwiderte nichts, er war viel zu verärgert.
Während sich die Dunkelheit ins Atelier senkte und das Gemälde in ein diffuses Licht tauchte, stritten Wut und Enttäuschung in ihm. Er fühlte zutiefst mit dem wehrlosen Simson, dem die Männer im Hintergrund gleich die Locken abschneiden würden, um ihm so alle Kraft zu rauben. Auch ihm würden sie seine Kraft rauben. Statt leuchtend grüne Landschaften zu malen, würde er Anwalt werden und für seinen Paten in Amsterdam arbeiten. Doch hatte es einen Sinn, weiter nach dem verschwundenen Rätsel zu suchen? Selbst wenn er das Testament zurückbekommen sollte, so war es noch lange nicht gelöst. Aber was würde Flora sagen, wenn er jetzt einfach aufgab? Vielleicht machte es einen Unterschied, wenn er vermögend war? Würde sie ihm dann nach Amsterdam folgen? Sie fühlte sich von reichen, einflussreichen Männern, wie dem Stadtrat, angezogen. Geld war immer ein Argument.
In das Schweigen hinein fragte Rembrandt: »Was wirst du tun?« Und als Marten nur mit der Schulter zuckte, sagte er: »Falls du es dir bis morgen überlegst, wirst du van Haverbeeck im Wirtshaus Zum zerschmetterten Krug antreffen. Dort wollte er ein paar Tage deine Rückkehr abwarten, bevor ihn die Geschäfte wieder nach Amsterdam rufen.«
Das Wirtshaus sollte lieber Zu den zerschmetterten Träumen heißen, dachte Marten und starrte weiter schweigend auf das Bild von Simson und Delila.
Rembrandt stand auf und trat an das Gemälde heran. »Wenn es verkauft wäre, könnte ich dir Geld leihen.«
»Bemüh dich nicht. Es ist alles vergebens.«
»Vielleicht nicht. Dein Pate sollte auch mir etwas ausrichten. Der alte Olearius hat mir ebenfalls etwas hinterlassen, doch es handelt sich nicht um Barschaft.«
Marten sah überrascht auf. Was konnte es sein, was sein Vater Rembrandt hinterlassen hatte? Vielleicht eine weitere Ausfertigung des

Poesierätsels? Hoffnungsvoll blickte Marten zu seinem Freund hinüber und wartete darauf, dass dieser fortfuhr. Rembrandt räusperte sich verlegen und erklärte mehr dem Bild als seinem Freund: »Er hat einen Garten nach mir benannt.«

»Einen Garten nach dir benannt? Was soll das?«

»Dein Vater hatte ein Grundstück erworben, um es zu kultivieren und der Universität von Leyden zu seinem Andenken zu hinterlassen. Es sollte zuerst Olearius' Hain heißen. Kurz vor seinem Tod entschloss er sich, den Garten mir zu widmen, und nannte ihn Rembrandts Garten. Die entsprechenden Dokumente hat van Haverbeeck heute Morgen der Universität zur Prüfung vorgelegt.«

»Ein Garten der Universität soll nach dir benannt werden? Das ist eine große Ehre, Rembrandt.«

Marten dachte daran, dass sein Vater ihm Rembrandt immer vorgezogen hatte. Mit Interesse hatte er dessen Werdegang verfolgt und ihn häufig besucht. Und nun widmete er ihm sogar einen Garten! War das gerecht?

Rembrandt schien zu spüren, was in seinem Freund vorging, hastig erklärte er: »Der Garten liegt direkt hinter dem botanischen Garten der Universität. Man soll von dort einen herrlichen Blick über den hortus academicus haben, in dem über dreihundert Einzelbeete mit den verschiedensten Kräutern und unzähligen Arzneipflanzen prunken.«

»Warst du denn noch nicht dort? Wenn er nach dir benannt wird, solltest du ihn dir anschauen.«

»Ich wollte zuerst das Gemälde beenden, doch morgen in aller Früh werde ich hingehen und du wirst mich begleiten!«

Das war das Letzte, was Marten tun wollte. Er spürte, dass das seinen Neid noch verstärken würde, und schüttelte den Kopf.

Rembrandt sprang auf, kam zu ihm herüber, fuchtelte mit den Armen und rief: »Aber verstehst du denn nicht? Es handelt sich um eine Botschaft! Dein Vater gibt dir einen weiteren Hinweis.«

»Ja, dass er dich mehr schätzte als mich.«

»Unsinn. Überleg doch mal. Van Haverbeeck soll mir die Neuigkeit überbringen, wenn er dich nach drei Monaten aufsucht. Das kann doch kein Zufall sein! Dein Vater gibt dir noch eine letzte Chance, das Versteck zu finden. Bevor van Haverbeeck dich in die Finger bekommt, solltest du dir den Garten genau ansehen. Immerhin wurde er nach den Vorschlägen deines Vaters gestaltet.«

»Du denkst, auf diesem Stück Land hat mein Vater das Vermögen versteckt?«

Flora hatte so etwas vermutet, erinnerte sich Marten. Das Gespräch mit ihr im Kräutergarten schien ihm eine Ewigkeit her zu sein. Er hatte sie dazu gebracht, eine Zwiebel zu zeichnen, und sie hatten nicht mehr darüber gesprochen.

Rembrandt griff sich an die Stirn, als könnte er nicht fassen, wie langsam Martens Verstand arbeitete, und rief: »Natürlich! Er hat mich in seinen letzten Wochen oft besucht und davon gesprochen, dass man die Natur nach eigenen Vorstellungen zu einem Kunstwerk komponieren könnte. Er sprach von einer Oase des Friedens, einem Sinn stiftenden Raum der Göttin Felicitas, in dem die launische Fortuna keinen Platz beanspruchen dürfe, und dass sich in einem kultivierten Garten durch die Gestaltung Botschaften für den Betrachter verschlüsseln ließen. Ich habe gedacht, er redet nur irgendetwas daher. Doch nun wird mir alles klar.«

»Du glaubst, er hat sich auf die erste Strophe von Opitz bezogen, die er im Testament zitiert? Dort heißt es: ›In dem Grünen zu ergehen, wo die schönen Blumen stehn.‹«

»Ja, es ist ein Hinweis auf einen kultivierten Garten. Ich bin sicher: Selbst wenn du das Testament nicht verloren hättest, wäre es unmöglich gewesen, das Rätsel zu lösen, bevor van Haverbeeck bei mir erschien. Dein Vater wollte anscheinend deine Geduld prüfen. Also, was ist? Nimmst du die Herausforderung an und triffst mich morgen kurz nach Sonnenaufgang vor dem Haupteingang des botanischen Gartens?«

Alles sollte nur ein geplanter Schachzug seines Vaters gewesen sein? Marten konnte es kaum glauben. Doch andererseits war es die letzte Hoffnung, das Versteck jemals zu finden. Noch nach seinem Tod trieb sein Vater Spielchen und narrte sie. Müde erhob sich Marten und sagte wenig begeistert: »Gut, ich werde mitkommen und mir deinen Garten ansehen. Danach kann ich Pieter immer noch aufsuchen.«

Rembrandt rieb sich die Hände und rief: »Vergiss das Gedicht von Opitz nicht. Mit seinen Strophen vor Augen erinnern wir uns vielleicht wieder an den Wortlaut des Testaments.«

Marten nickte und dachte daran, dass das Buch von Opitz sich im Reisesack befunden hatte, als er vor der Muskete in Deckung gegangen war. Es war im Strelasund nass geworden und seine Seiten wellten sich, doch das Gedicht war noch lesbar. Morgen würde er es zu Rembrandts Garten mitnehmen. Marten versuchte sich den Garten vorzustellen. Bei der Gestaltung hatte sein Vater sicher seinen ganzen Witz und seine Intelligenz versprüht, um seinem Sohn noch einmal seine Genialität vor Augen zu führen. Irgendwo aber lag die Lösung des Rätsels. Was spielte es da für eine Rolle, wie der Garten hieß? Plötzlich fiel ihm etwas ein: »Wird nicht alles, was wir dort finden, der Universität gehören?«

»Van Haverbeeck hat erwähnt, dass mir laut Dokument ein Anrecht auf Lebenszeit gewährt wird, den Garten aufzusuchen, wann immer es mir beliebt. Außerdem darf ich hinzufügen oder entfernen, was immer ich möchte. Dein Erbteil werde ich dir ganz sicher nicht streitig machen. Dein Vater wird darauf vertraut haben.«

Marten schwieg und wandte sich zur Tür. Während er sie öffnete, dachte er daran, dass Rembrandt ihm die Liebe seines Vaters gestohlen hatte. Er, Marten Olearius, hätte derjenige sein sollen, der dem Garten seinen Namen gab. So hätte ihm sein Vater seine Liebe zeigen sollen, nicht durch ein vertracktes Poesierätsel.

Rembrandt schien seine Gedanken zu erraten, denn bevor die Tür zufiel, rief er ihm nach: »Wir könnten veranlassen, dass er wieder Olearius' Hain genannt wird, wenn dir das lieber ist!«

Marten antwortete nicht, denn er überlegte angestrengt, wo er nach seiner Rückkehr das Buch von Opitz abgelegt hatte. Er würde Neeltje fragen müssen, die sich um seine schmutzige Reisekleidung gekümmert hatte. Die ehemalige Bettgenossin seines Vaters hatte ihn freundlich empfangen, doch über die verschwundene Radschlosspistole hatte sie nichts sagen können. So wenig wie der Rest der Dienerschaft. Tante Augusta hatte das Verschwinden der Pistole noch nicht einmal bemerkt gehabt. Marten war zu dem Schluss gekommen, dass ein gewöhnlicher Dieb sie gestohlen haben musste. Die Halterung über dem Kamin war recht klein. Zu klein für die Waffe im kaiserlichen Lager, so schien ihm, oder trog ihn seine Erinnerung?

Am nächsten Morgen trafen Marten und Rembrandt fast zur selben Zeit am Haupteingang zum botanischen Garten ein. Rembrandt kam ein paar Augenblicke später mit einem Gärtner, der einen dicken Schlüsselbund über seiner Schürze befestigt hatte. Der Mann führte sie an den großen Hauptbeeten vorbei, einen schmalen Sandweg entlang, bis sie ein gusseisernes Tor im hinteren Teil des Gartens erreichten. Dort hantierte er mit dem Schlüsselbund und überreichte Rembrandt mit einer feierlichen Verbeugung einen davon. Rembrandt zögerte und warf Marten einen Blick zu, dann steckte er den Schlüssel ins Schloss, drehte ihn herum und stieß das Tor auf. Was durch die gusseisernen Schnörkel hindurch nur wie eine lichtüberflutete Grünfläche ausgesehen hatte, wurde zu einem wohlgestalteten Areal, durch das sich einladend ein Kiesweg zog. Marten wagte im ersten Moment nicht, den schnurgeraden Pfad zu betreten. Sein Vater war hier entlanggegangen. Auch Rembrandt rührte sich zunächst nicht. Beide Freunde blickten auf die Beete, die sich links und rechts des Weges erstreckten. Wohlgeordnet standen dort die schönsten Rosen in voller Blüte und wiegten sich im Morgenwind. Dahinter stieg ein leichter Hügel an, der von einem plätschernden Bach eingerahmt wurde. Am Fuß des Hügels vereinigte sich das Wasser über kantigen Felsbrocken zu einem Wasserfall und stürzte herab. Auf dem höchsten Punkt stand ein Pavillon, vor dem sich eine weiße Statue erhob, die anmutig grüßend den Arm emporreckte. Hinter dem Pavillon, bevor der Hügel wieder abfiel, lagen weitere Beete, die den Bau halbmondförmig umgaben. Hier war alles geplant und gut durchdacht. Kein Stein lag zufällig herum und selbst das Buschwerk, das sich hinter dem Hügel erhob, war in gefällige Formen

geschnitten. Der Garten war größer, als Marten vermutet hatte, und erinnerte an einen kleinen Park.
Der Gärtner merkte, wie beeindruckt seine jungen Begleiter waren. Er hob den Kopf und erklärte stolz: »Um den Hügel aufzuschütten, mussten wir die Erde von weit her holen. Den Bach haben wir ebenfalls umgelenkt. Meister Olearius wollte unbedingt einen Wasserfall haben.« Er schüttelte den Kopf, als könnte er immer noch nicht fassen, dass ihnen all das gelungen war, und fügte hinzu: »Er hatte den Einfall, die Beete nach den Farben der Palette eines jungen Malers zu bepflanzen. Die Rosen hier tragen zinnoberrote Blüten auf erdfarbenen Stängeln. Wenn die Tulpen auf dem Beet dort drüben im Frühjahr blühen, bilden sie violettschwarze Flammen auf den Blättern, manche schmücken ockerfarbene Ränder oder schiefergraue Tupfer auf leuchtendem Weiß. Alles Farben, die sein Malerfreund bevorzugt. Meister Olearius hielt es für eine hübsche Idee. Der Garten soll deshalb nach dem Maler benannt werden. Sein Name ist mir im Moment leider entfallen.«
Rembrandt sagte schmunzelnd: »Dann wird er nicht wichtig sein. Dank dir, guter Mann, dass du uns das Tor geöffnet hast. Hier hast du ein paar Gulden. Gönn dir dafür ein gutes Bier.«
»Dank Euch, junger Herr. Gebt bitte den Schlüssel anschließend am Pförtnerhäuschen ab«, erwiderte der Gärtner und wandte sich zum Gehen.
Als er fort war, fragte Marten erstaunt: »Wieso hast du ihm nicht gesagt, wer du bist?«
»Ich wollte mir den Garten erst ansehen, bevor ich mir ein Urteil über ihn erlaube.«
Rembrandt betrat den Kiesweg. Marten lief neben ihm an den Beeten vorbei und fragte erwartungsvoll: »Und?«
»Die Farben meiner Palette auf Beeten geordnet, was für ein Einfall. – Dein Vater kannte mich schlecht. Dieser Garten strahlt Harmonie und Eintracht aus. Genau wie deine Landschaftsbilder. Ich bevorzuge den Wildwuchs, das Raue, Unbequeme, das direkt und ungekünstelt spricht, wie die Runzeln in einem alten Gesicht. Die Studien zum greisenhaften Paulus haben mich Falten in einem Ge-

sicht schätzen gelehrt. Aus ihnen spricht Wahrheit und echtes Leben, genau wie aus dem abgeblätterten Putz auf einer Wand oder der verfaulten Schale einer Frucht. Du und dein Vater, ihr habt immer die Harmonie gesucht, empfandet sie als tröstlich und beruhigend. Ich will aber nicht beruhigt und getröstet werden! Dieser Garten bedrückt mich.«

»Es tut mir Leid, dass mein Vater dich so wenig kannte. Ich finde diesen Garten überaus gelungen«, erklärte Marten ein wenig verärgert.

Rembrandt hatte schon oft kritisiert, dass Martens Bilder nicht die Realität spiegelten. Doch was sollte er in dieser düsteren Welt mit der Wirklichkeit? Sollte er statt eines Sonnenaufgangs in seiner Pracht ein brachliegendes Feld im peitschenden Regen darstellen? Plötzlich musste er an Floras Zeichnungen denken. Ihr Hebammenbuch zeigte hundertfach die raue Wirklichkeit, bildete Schmerz und Qualen ab, beschrieb Missbildungen und verkrüppelte Glieder. Flora hatte sich nicht der Harmonie verschrieben. Ob Rembrandt ihre Zeichnungen deshalb loben würde?

»Sei nicht beleidigt, Marten. Jeder sucht nach etwas anderem.«

»Ich suche vor allem nach meiner versteckten Erbschaft. Wie soll ich sie hier finden? Ich kann unmöglich alles umgraben. Der Garten ist viel größer, als ich angenommen hatte.«

Sie hatten nun den Rand des Hügels erreicht und blickten zum Pavillon. Der Wasserfall plätscherte friedvoll und die Statue vor dem kleinen Gebäude mit den schlanken Säulen schien sie spöttisch zu belächeln. Vor den halbkreisförmig angeordneten Säulen stand eine marmorne Bank, die zum Verweilen einlud. Die beiden stiegen den Hügel hinauf und setzten sich einträchtig nebeneinander. Von hier hatte man eine gute Aussicht über den ganzen botanischen Garten der Universität. Rembrandt ließ den Blick darüber gleiten und sah aus, als wäre er heute Morgen ganz zufrieden damit, die Harmonie zu genießen. Schließlich seufzte er tief und fragte: »Hast du das Buch von Opitz dabei? Bei der Statue vor uns könnte es sich um Plato handeln. Lies die erste Strophe vor, man sollte immer am Anfang beginnen.«

Marten zog das gewellte Buch aus seiner Tasche, räusperte sich und begann zu übersetzen.

Ich empfinde fast ein Grauen,
Dass ich, Plato, für und für
Bin gesessen über dir;
Es ist Zeit hinaus zu schauen,
Und sich bei den frischen Quellen
In dem Grünen zu ergehn,
Wo die schönen Blumen stehn,
Und die Fischer Netze stellen.

Wozu dienet das Studieren,
Als zu lauter Ungemach?
Unter dessen läuft die Bach
Unsers Lebens das wir führen,
Ehe wir es innen werden,
Auf ihr letztes Ende hin;
Dann kömt ohne Geist und ohne Sinn
Dieses alles in die Erden.

»Halt!«, rief Rembrandt und hob abwehrend die Hände. »Diese Dichterworte ergeben ohne das Testament keinen Sinn.«
»Was sollen wir nur tun?«, fragte Marten kleinlaut und schlug das kleine Buch zu.
»Wir können wirklich nicht alles umgraben. Wenn die Statue wenigstens auf einen bestimmten Punkt zeigen würde, sie deutet jedoch in eine unbestimmte Ferne.«
»Es muss ein Vermögen gekostet haben, diesen Garten anlegen zu lassen. Wahrscheinlich ist von meinem Erbe sowieso nicht mehr viel übrig.«
»So geh nach Amsterdam und erwirb dir ein Vermögen. Vielleicht werde ich ebenfalls dorthin gehen. In Amsterdam ist es leichter, Gönner zu finden. Ich könnte ein Atelier mit vielen Schülern führen.«

»Vorerst bist du noch hier. Du musst zum Dekan gehen und dich vorstellen. Wenn er dir den Schlüssel zu diesem Garten aushändigt, können wir in den nächsten Tagen jederzeit wiederkommen und über Opitz' Worte nachsinnen.«

»Den Schlüssel werde ich mir besorgen, wenn es dich beruhigt. Doch herumrätseln ist sinnlos. Vergiss dein Erbe und schaffe dir etwas Eigenes.« Damit meinte Rembrandt nicht die Landschaftsmalerei, so viel war sicher, sondern van Haverbeecks Angebot.

Marten versuchte es sich nicht zu sehr zu Herzen zu nehmen, Rembrandt selbst hatte gesagt, dass jeder auf der Suche nach etwas anderem sei. Er presste sich den Buchrücken dicht vor die Nase und atmete den salzigen Geruch ein, den das Meer zurückgelassen hatte. Sein Blick schweifte in die Ferne. Er schwor sich, in Amsterdam so schnell wie möglich Geld für eine Reise zu beschaffen. Vielleicht musste er dafür borgen und überhöhte Zinsen zahlen, das würde ihn nicht aufhalten. Er musste unbedingt zurück nach Stralsund. Nicht um einen Unbekannten zu verfolgen oder um seiner Erbschaft hinterherzujagen, sondern um Floras Liebe zu gewinnen. Jeder war auf der Suche nach etwas anderem, dachte Marten noch einmal und erhob sich.

Genau in diesem Augenblick ließ sich Flora seufzend auf dem Rand ihres Bettes nieder. Es war ein schrecklich heißer und drückender Tag. Solche Tage waren an der Küste selten und ausgerechnet heute war die Luft zum Schneiden dick. Bei dieser Schwüle würde das Fest für die Schweden zur Qual werden, dachte sie niedergeschlagen. Und sie hatte nichts Passendes zum Anziehen. Sie würde in ihrem schwarzen Sonntagskleid und mit der Spitzenhaube gehen müssen. Tante Ludgera weigerte sich, das halb fertige Hochzeitskleid zu beenden, als könnte sie damit das Unvermeidliche hinauszögern. Dabei war es viel wahrscheinlicher geworden, dass Flora bald heiratete, nun da die Belagerung vorbei war.

Die Kaiserlichen waren endlich abgezogen. Wie Lucas es vorausgesagt hatte, waren die Schweden am sechzehnten Juli eingetroffen. Oberst Alexander Lesley und Graf Nils Brahe waren wirklich und wahrhaftig mit tausendzweihundert Mann gekommen und hatten die Gesamtstärke der Stadt erheblich vergrößert. Fünf Tage später waren außerdem zahlreiche dänische Schiffe vor Barth und Warnemünde erschienen. Nach dieser weiteren Drohgebärde hatte sich Wallenstein gezwungen gesehen, die Belagerung abzubrechen. Um die Rückzugsbewegungen zu verschleiern, hatte es noch ein paar Tage Scheingefechte gegeben. Doch am Nachmittag des vierundzwanzigsten Juli waren schließlich die letzten kaiserlichen Truppen, die noch vor dem Frankentor gestanden hatten, abgerückt.

Drei Tage darauf war Lucas' Billett im Hebammenhaus eingetroffen. Seit heute Morgen befand es sich in Floras Ärmel und begleitete sie überallhin. Selbst jetzt schien es sich in ihre Haut zu brennen. Flora kannte seinen Wortlaut auswendig. Lucas forderte sie in knappen Worten auf, heute Abend bei ihm zu erscheinen. Kein Wort von der Abmachung, keine Andeutung über den Vertrag zwischen ihnen. Dennoch war es Flora, als würde sie das unselige Wort Entjungferung zwischen den Zeilen heraus anbrüllen. Heute sollte es also geschehen. Allein der Gedanke trieb ihr den Schweiß auf die Stirn und ließ ihr Herz schneller schlagen.

»Flora? Was treibst du da oben?«

Frederikes Schritte waren auf der Treppe zu hören. Sie hatte den Aufbruch ihres einstigen Trosses mit Gleichmut hingenommen. Alwine hatte ihr an dem Tag, als die Schweden angerückt waren, versprochen, dass sie mit dem Kind bleiben könne, bis Michels Position in der Stadt gesichert wäre. Wäre er erst ein anerkannter städtischer Chirurg, wozu ihn sein aufopfernder Dienst bei der Bürgerwehr prädestinierte, würde er leicht eine Bleibe finden. Alle gingen stillschweigend davon aus, dass Frederike und Isabel dann mit ihm gingen. Von Heirat war nie die Rede. Frederike schien nichts dabei zu finden. Nun kam sie ins Zimmer und blickte Flora prüfend an. Flora hatte sich zuvor mit Kopfschmerzen entschuldigt, allerdings hatte Frederike nicht so ausgesehen, als würde sie ihr glauben. Mit verschränkten Armen stand sie da und musterte Flora kritisch.

»Was ist los? Seit der Bote den Brief für dich brachte, bedrückt dich doch etwas. Eigentlich wolltest du mit Isabel zeichnen. Du hattest es ihr versprochen.«
»Ich weiß, aber ich kann nicht.« Flora überlegte einen Moment, dann beschloss sie, alles zu beichten. »Heute wird im Haus der Wurffraths ein Fest für Oberst Lesley und Graf Brahe gegeben. Lucas erwartet, dass ich dort erscheine.«
»Das ist doch großartig! Ich beneide dich darum. Was wirst du anziehen? Wirst du Blumen im Haar tragen? Ich würde blaue und gelbe Blüten wählen, um die Befreier der Stadt zu ehren.«
»Er erwartet, dass ich nach dem Fest … bei ihm bleibe. Die ganze Nacht – begreifst du?«
Frederike ließ sich neben sie auf die Bettkante fallen, grinste süffisant und sagte: »Du sollst sein süßes Dessert sein? Dieser Lüstling. Genügt ihm wohl nicht, mit den Schweden zu saufen. Wie viel ist es ihm wert?«
»Ein Eheversprechen«, sagte Flora kleinlaut und fügte in Gedanken hinzu: und das Leben deiner Tochter. Frederike lachte spöttisch.
»Pah, das gilt nichts. Das haben schon viele gegeben und sich davongemacht.«
Flora gefiel der Ton nicht, in dem Frederike das sagte. Ihre ganze Verachtung für Lucas Wurffrath kam darin zum Ausdruck. Flora hatte plötzlich das Bedürfnis, ihn zu verteidigen. »So einer ist er nicht. Er hat mir immerhin geholfen, die Weidenrinde für Isabel zu beschaffen. Wer weiß, ob sie noch leben würde, wenn ich nicht eingewilligt hätte.«
»Eingewilligt? Ach so ist das! Dieser Schuft. Er hat deine Situation ausgenutzt. Gott verdamme ihn und lasse ihn in der Hölle schmoren. Du wirst heute Abend nicht zu seinem liederlichen Schwedenfest gehen. Sicher schleppen die Schweden Huren an und werfen dir begehrliche Blicke zu. Vielleicht erlaubt er ihnen, von seinem Dessert zu naschen.«
Flora wünschte, Frederike würde nicht solche Dinge sagen. Das weckte Bilder von einer schwül-feuchten Tafel, auf der sich nackte Weiber mit Zoten brüllenden Männern aalten. So würde es ganz

gewiss nicht sein. Lucas würde es niemals zulassen. Aufgebracht erklärte Flora: »Wenn ich nicht erscheine, schulden wir den Wurffraths eine Summe, die wir nie im Leben begleichen können.«
»Ich könnte an deiner Stelle gehen. Meine Jungfräulichkeit hat mir längst ein unbekannter Söldner geraubt, als ich fast noch ein Kind war. Doch ich kann deinen Stadtrat in Liebesdingen sicher noch überraschen. Es würde mir sogar gefallen, wenn es davor reichlich zu essen und einen guten Schluck gäbe.«
»Frederike, du bist unmöglich. Was würde Michel sagen?«
»Der mag es, wenn ich woanders Feuer fange und ihn anschließend verbrenne.« Frederike erhob sich, dabei sagte sie etwas enttäuscht: »Ich sehe schon, das festliche Mahl und den guten Wein willst du selbst genießen. Na, dann viel Glück mit ihm. Rücksichtsvoller als ein alter Söldner wird er allemal sein. Und er wird besser riechen – so viel ist sicher.«
Kurz darauf waren wieder ihre Schritte auf der Treppe zu hören. Flora blieb regungslos sitzen und versuchte sich an Lucas' Geruch zu erinnern.
Auch den Rest des Tages gab Flora vor, von argen Kopfschmerzen geplagt zu sein. Erst gegen Abend verließ sie, verstohlen um sich blickend, die Schlafkammer. Sie hatte sich in ein großes Tuch gehüllt, um das Sonntagskleid zu verbergen. Angespannt lauschend schlich sie die Treppe hinunter und schlüpfte unbemerkt aus dem Haus.

Ultramarin aus kostspieligem Lapislazuli

Schon von weitem konnte Flora die Musik hören. Als sie sich dem Haus näherte, begrüßten sie die beschwingten Töne von Saiteninstrumenten, die durch die einladend geöffneten Fenster drangen. Ein fröhliches Stimmengewirr und goldfarbenes Licht flutete aus den Fenstern. Es verlieh dem sonst so würdigen Backsteinhaus der Wurffraths etwas ungewohnt Heiteres. Die Luft war noch sehr warm, so als weigere sich der Sommertag vor der Nacht zu weichen. Vor dem Eingang kauerten ein paar schwedische Soldaten, die offensichtlich Wache halten sollten. Sie machten einen entspannten Eindruck. Vorsichtig trat Flora näher und suchte nach Worten, mit denen sie ihre Anwesenheit erklären könnte, ohne zu viel Aufsehen zu erregen. Während sie noch grübelte, trat jemand aus der Dunkelheit des Torbogens.

»Gnädiges Fräulein, Ihr sollt mit mir kommen!«, wisperte jemand und Flora wurde zum Tor und an der Laube vorbei über den Hof zur Hintertür geführt. Sie meinte, das Mädchen schon in der Küche gesehen zu haben. Obwohl es bei einem Fest viel zu tun gab, schien die junge Dienstmagd auf sie gewartet zu haben. Ob Lucas sie angewiesen hatte? Wartete er bereits in seinem Zimmer? Flora fühlte sich unbehaglich und wünschte, sie wäre zu Hause geblieben und hätte das Porträt von Isabel vollendet. Es hätte so ein friedvoller Sommerabend werden können. Stattdessen musste sie nun hinter dem Mädchen hergehen, das sich einer schmalen Treppe neben

der Speisekammer zuwandte und rief: »Vorsicht, die Dienstbotentreppe ist steil.«
»Wohin führt sie?«
»Zum Schlafzimmer der verstorbenen Herrin, Gott hab sie selig.«
Dorotheas Schlafzimmer, dachte Flora verwundert. Was sollte sie dort? Wie um ihre Frage zu beantworten, stieß das Mädchen oben eine Tür auf. Kerzenlicht fiel flackernd auf die Diele. Flora nahm die letzten Stufen und blickte in einen hell erleuchteten Raum. Er war ein kleines Juwel mit zierlichen Möbeln und einem eleganten Bett in der Mitte. Die Bettvorhänge bewegten sich sacht hin und her, sodass die fremd anmutenden Pflanzen und Vögel darauf lebendig schienen. Ein unfertiger Stickrahmen lag neben einem aufgeschlagenen Buch auf einem Tischchen. Dahinter verströmten geöffnete Töpfe und Tiegel auf einer Schminkkommode einen verlockenden Duft und Bänder schlängelten sich griffbereit aus den geöffneten Schubladen. Der Raum wirkte, als wäre seine Eigentümerin nur eben mal kurz hinausgegangen.
Flora ließ ihren Blick durch das Zimmer wandern, bis sie vor Schreck fast laut aufgeschrien hätte. Gegenüber an der Wand hing ein Bild, auf dem sie ihr Gesicht zu sehen meinte. Wie aus einem Spiegel blickte sie eine junge blonde Frau an. Sie war bis zum Kinn in Schwarz gekleidet und hatte die Hände fromm gefaltet. Alles war so, wie es üblich war, wenn sich die vornehmen Herrschaften der Stadt porträtieren ließen. Dennoch verunsicherte Flora das Bild, je länger sie es betrachtete. Dorothea Wurffrath schien in diesem Raum anwesend und beobachtete sie.
Flora machte zögernd ein paar Schritte ins Zimmer und die wissenden blauen Augen folgten ihr. Lag in Dorotheas Blick nicht ein verborgener Schalk, ein amüsiertes Glitzern? Wohin Flora sich auch wandte, die Augen machten jede Bewegung mit. Marten hatte erklärt, dass der Maler dies zustande brachte, indem er die Pupillen auf eine ganz besondere Weise anordnete und mit kleinen Lichtern versah. Obwohl sie um diese Kunstfertigkeit wusste, beunruhigten sie die Blicke der Frau auf dem Bild. Was schien sie bei Floras Anblick so zu belustigen? Hatte sie zu Lebzeiten etwas geahnt, was nie-

mand sonst wusste? Kannte sie das Geheimnis um die Herkunft ihres Mannes? Hatte sie geahnt, dass er nicht der entfernte Vetter aus Lübeck war? Gab es überhaupt ein Geheimnis? Vielleicht amüsierte sie sich nur über Lucas' neue Eroberung?

»Ich kann es abhängen, wenn es Euch stört«, sagte die Dienstmagd zuvorkommend.

Als Flora nur stumm den Kopf schüttelte, zog das Mädchen den Bettvorhang zur Seite. Was dahinter zum Vorschein kam, verschlug Flora endgültig die Sprache. Dort lag, in seiner ganzen Pracht ausgebreitet, ein unermesslich kostbares Kleid. Es war das schönste Kleid, das Flora je gesehen hatte. Der Rock bauschte sich in cremefarbenen Bahnen aus schillernder Seide. Die Ärmel waren aus demselben fließenden Stoff gearbeitet und an Ellenbogen und Handgelenken mit nussbraunen Schleifen und winzigen Perlen verziert. Das Mieder war aus Samt in der Farbe von dunklem Zimt. Das ganze Kleid war eine leckere Süßigkeit und seine Trägerin würde köstlich aussehen. Eine Schärpe mit eingestickten Seidenblümchen, die wie saftig glänzende Rosinen wirkten, vollendete den Eindruck. Flora würde an zartes Gebäck erinnern, das in einer sahnigen Soße schwamm. Hatte Frederike nicht gesagt, dass sie heute Nacht Lucas' Dessert sein würde? Sie würde unwiderstehlich verlockend sein und der Gedanke gefiel ihr. Verträumt betrachtete sie das herrliche Kleid und alle Ängste waren in diesem Augenblick vergessen. Das Mädchen neben ihr räusperte sich verlegen und sagte: »Der junge Herr wünscht, dass Ihr dieses Kleid heute Abend tragt. Wenn Ihr hergerichtet seid, sollt Ihr die Haupttreppe nehmen und der junge Herr wird Euch unten erwarten.«

Flora stellte sich vor, in diesem prächtigen Kleid die Treppe hinabzuschweben. Unten würde Lucas stehen und bewundernd zu ihr emporblicken. In der Diele würde er ihr seinen Arm anbieten und sie mit seinen dunklen Seeräuberaugen bedeutungsvoll anblicken. Stand er heute Abend nicht im Mittelpunkt? War er nicht der wichtigste Verbündete der Schweden? Der Mann, der die Schweden nach Stralsund geholt hatte? Und sie würde für alle Anwesenden sichtbar an seiner Seite sein. Sie würde allen als seine Verlobte vor-

gestellt werden. Konnte es ein besseres Eheversprechen geben? Konnte es einen schöneren Augenblick geben? War sie nicht am Ziel ihrer Wünsche? Plötzlich konnte sie es kaum erwarten, ihr eigenes langweilig schwarzes Kleid abzulegen. Heute Nacht wollte sie schön sein und alle mit ihrem Anblick verzaubern.
»Schnell«, rief sie, »ich will sie nicht zu lange warten lassen. Das Fest hat längst begonnen!«
Die junge Magd beeilte sich und gab ihr Bestes, um Flora in eine elegante Dame zu verwandeln. Sie schminkte Floras Lippen, puderte ihre Wangen und färbte ihre Wimpern. Sie vollendete ihr Werk, indem sie honigfarbene Bänder in Floras Haar flocht und alles zu einem anmutig wirkenden, lockeren Turm aufsteckte.
Als Flora schließlich wie eine duftige Wolke tatsächlich die Treppe hinunterschwebte, war ihr ganz leicht ums Herz, als hätte sie schon vom Wein gekostet. Das Mädchen verschwand, um Lucas aus dem Speisesaal zu holen. Flora blieb auf halber Höhe stehen und umklammerte nervös das Geländer. Erst als unten ein blonder Kopf erschien, entspannte sie sich wieder. Lucas sah beeindruckend aus. So elegant hatte sie ihn noch nie gesehen. Ein schneeweißer Spitzenkragen fiel auf sein tiefblaues Wams. Dieselbe Farbe hatten auch die Schleifen über den Stiefelstulpen und die Rosetten am Hosenbund. Lächelnd nahm er die untersten Stufen und reichte ihr auffordernd die Hand. Flora verlor sich für einen Moment in seinem Lächeln, dann ließ sie sich von ihm hinunterführen. Die Tür zum Speisesaal stand offen und in dem Augenblick, als sie über die Schwelle traten, beendeten die Musikanten gerade ihr Stück. Allerdings brach das Stimmengewirr nicht ab, alle redeten durcheinander und so bemerkte sie keiner der Anwesenden.
Flora blickte sich um und versuchte, alles gleichzeitig in sich aufzunehmen.
Zu ihrer großen Enttäuschung standen auf der Tafel nur noch die Reste eines vormals üppigen Mahls. Muschelschalen türmten sich neben roten Hummerscheren und leeren Krabbenhülsen. Viele der silbernen Platten waren nur noch mit Knochen oder abgegessenen Fruchtschalen bedeckt. Die Blumen in den Körben waren bereits

welk. Sie ließen ihre Köpfe hängen und verströmten einen leicht moderigen Geruch, der sich unangenehm mit dem Gestank von Schweiß und anderen Ausdünstungen mischte. Wespen machten sich über die letzten kandierten Früchte und zermatschten Beeren her. Kleine Fliegen umschwirrten tanzend eine Bierlache. Das Fest war weit vorangeschritten. Flora verging beim Anblick der abgegessenen Platten der Appetit. Als die heitere Tafelmusik wieder einsetzte, war sie fast erleichtert und wandte sich den drei Musikanten zu, die sich mit Erzlaute, Geige und Querflöte am anderen Ende des Raumes platziert hatten. Dort saßen auch die Schweden, die unschwer an ihren Uniformen zu erkennen waren. Ihre Wangen waren vom Alkohol gerötet und ihr vergnügtes Lachen wurde von fröhlich klingenden Sätzen in ihrer Muttersprache begleitet. Sie waren so laut, dass Flora Lucas kaum verstand, als er sich zu ihr beugte und flüsterte: »Die Unsrigen sind heute Abend leider nicht besonders unterhaltsam.«
Flora wandte den Kopf zur anderen Seite der Tafel und schaute zu den Vertretern der Stadt hinüber. Wie ein Haufen Bauern, dem es gerade gründlich die Ernte verhagelt hatte, saßen sie missmutig da. Keiner schien zu einem Gespräch aufgelegt und keiner von ihnen schien sich an der heiteren Musik zu erfreuen. Nur hin und wieder griff einer von ihnen nach seinem Becher und trank mit steinerner Miene einen Schluck. Flora fragte erstaunt: »Was ist mit ihnen los? Freuen sie sich denn gar nicht, dass die Kaiserlichen abgezogen sind?«
Lucas lachte leise und lehnte sich mit verschränkten Armen an die Wand. Während er die Herren der Stadt aus zusammengekniffenen Augen musterte, erklärte er leise: »Du vergisst, was es sie gekostet hat. Durch den Allianzvertrag verlieren sie ihre politische Selbstständigkeit. Er bedeutet die Unterwerfung der Stadt. Stralsund hat sich zur Unterhaltung und Einquartierung von schwedischen Truppen in unbegrenzter Zahl verpflichtet. Sieh dir Lambert Steinwich an! Der Bürgermeister trauert seiner Idee eines reichsfreien Status für die Stadt nach. Unabhängig ist Stralsund nicht geworden, dafür muss es nun aus der Hanse ausscheiden. Gustav Adolf will ein

Bündnissystem unter schwedischem Protektorat schaffen, dem auch die anderen Hansestädte und die norddeutschen Fürsten beitreten sollen. Es ist alles im Allianzvertrag festgehalten. Gustav Adolf hat zuerst gezögert, ihn zu ratifizieren. Die vielen Zugeständnisse passten ihm nicht.«

»Und ihnen sind es zu wenig Zugeständnisse«, flüsterte Flora mit Blick auf die Stadtherren.

»So ist es. Dabei haben sie ihn auf zwanzig Jahre heruntergehandelt. Zuerst hieß es im Vertrag, es sei eine beständige und immer währende Allianz.«

»Für zwanzig Jahre die Schweden in der Stadt. Das ist eine Ewigkeit.«

Flora war von dieser Vorstellung einen Moment lang überwältigt. Lucas fuhr unbeeindruckt fort: »In wenigen Tagen wird eine Gesandtschaft des Rates zu Gustav Adolf aufbrechen und versuchen, ihm weitere Zugeständnisse abzuringen. Es geht um ein eigenes Appellationsgericht und weiter reichende Handelsfreiheiten für die Stadt. Es ist eine äußerst wichtige Mission. Vielleicht werde ich sie begleiten.«

Ein paar Schweden hatten sie bemerkt und winkten fröhlich in ihre Richtung. Offensichtlich luden sie Flora ein, ihnen Gesellschaft zu leisten. Lucas sah es und erklärte hastig: »Komm hier herüber, dort sitzt mein Vater. Ich stelle dich ihm vor, das wird ihn aufmuntern.«

»Dein Vater?«, fragte sie.

»Eigentlich mein Adoptivvater. Du wirst sicher von dem Schiff gehört haben, auf dem die Seuche alle dahinraffte.«

Alle bis auf einen, dachte sie und erinnerte sich an die mahnenden Worte des Apothekers. Während sie Lucas zu der Seite der Tafel folgte, an der die Stadtherren saßen, fragte sie leise: »Bist du der Vetter aus Lübeck?«

»Das hast du doch gewusst? Ändert es etwas für dich, dass ich kein gebürtiger Stralsunder bin?«

»Natürlich nicht!« Flora schüttelte den Kopf, als könnte sie so die aufkommenden Zweifel abschütteln. Sie wollte nicht daran denken, dass er ein Betrüger und schwedischer Spion sein könnte.

Sie hatten nun das Ende der Tafel erreicht und blieben hinter dem Stuhl eines grauhaarigen Mannes stehen. Ein gutmütiges Gesicht wandte sich zu ihnen um.
»Setz dich zu mir, mein Junge.«
Lucas ließ sich auf einen der leeren Stühle sinken und Flora tat es ihm nach. Dabei gab sie sich große Mühe, die kostbare Seide nicht zu sehr zu zerdrücken und strich sorgsam den Rock glatt.
Der Alte beobachtete sie. Anscheinend brauchte er einen Moment, um sich zu fassen. Glitzerten nicht sogar Tränen der Rührung in seinen Augenwinkeln? Schließlich räusperte er sich, beugte sich vor und sagte: »Sie gleicht unserer Dorothea ganz außerordentlich. Fast ist mir, als hättest du mir meine Tochter wiedergegeben. Eine gute Wahl. Wo immer du dieses Ebenbild gefunden hast, sie sei uns willkommen.«
Lucas wirkte zufrieden und wisperte dem Alten etwas ins Ohr. Flora hätte zu gern gewusst, ob er sie als seine neue Frau vorstellte. Das Mienenspiel des alten Mannes veränderte sich. War es Empörung, was sich da in seinen Zügen spiegelte? Zu ihrer großen Erleichterung war es ein Lächeln, das auch in seiner Stimme lag, als er, an Flora gewandt, zu sprechen begann: »Diese junge Frau macht Dorotheas Andenken alle Ehre. In wenigen Tagen erwarte ich meine Schwiegertochter mit meinen drei Enkeln aus dem Exil zurück. Sie wird erfreut sein, bald weibliche Gesellschaft zu bekommen. Nach dem Tod meines ältesten Sohnes war sie oft einsam. Ihr werdet sicher von dem Schiff gehört haben, auf dem die Seuche so erbarmungslos gewütet hat?«
Flora nickte, doch ehe sie ihre Anteilnahme zum Ausdruck bringen konnte, erhoben sich hinter ihnen die ehrwürdigen Herren der Stadt. Es sah ganz nach einem Aufbruch aus. Der alte Wurffrath hatte es auch bemerkt und stand ebenfalls auf, dabei erklärte er: »Der Höflichkeit ist nun Genüge getan. Sie wollen aufbrechen und ich werde mich ebenfalls zurückziehen. Niemand kann erwarten, dass wir noch länger zusehen, wie die Schweden feiern. Der Allianzvertrag ist ärgerlich genug. Zwanzig Jahre werden wir sie nun dulden müssen! Der Herr möge uns Kraft geben.«

»Ich begleite dich nach oben, Vater.«
»Nein, du musst als Vertreter des Hauses bei Oberst Lesley und Graf Brahe ausharren. Gesell dich zu ihnen. Immerhin beherrschst du ihre Sprache. Aber sorge mir vorher dafür, dass deine Braut vom Kutscher nach Hause gebracht wird.«
»Gewiss, unsere Gäste werfen ihr schon Blicke zu, die mir ganz und gar nicht gefallen.«
Die Schweden hatten nun bemerkt, dass bereits mehrere Stadtherren an der Tür standen und das Fest offensichtlich verlassen wollten. Einer von ihnen stand auf und gab den Musikanten ein Zeichen. Die Musik verstummte. Der Mann breitete die Arme aus und brüllte in die Stille hinein: »Allt väl? Det var trevligt att träffas. God natt!«
Flora blickte erschrocken zu ihm hinüber und fragte leise: »Haben wir sie verärgert?«
Lucas schüttelte den Kopf.
»Graf Brahe fragt nur, ob alles in Ordnung sei, und wünscht eine gute Nacht. Es ist nicht das erste Fest, das für sie gegeben wird. Erst gestern waren sie bei Lambert Steinwich zu Gast.«
Wie auf ein Kommando standen plötzlich alle Schweden auf, hoben ihre Zinnbecher und brüllten: »God natt!«
Die Stralsunder Stadtherren sahen zuerst betroffen aus, dann flohen sie eilig in die Diele hinaus. Lucas lachte leise und erklärte: »Unsere Gäste haben schon reichlich vom guten Barther Bier gehabt. Das hat sie gutmütig gestimmt.«
Der alte Wurffrath verließ gemessenen Schrittes den Raum, dabei nickte er den Schweden zu und sagte so würdevoll wie möglich: »God natt.«
Die Schweden ließen sich lachend auf ihre Plätze fallen und die Musik setzte wieder ein. Lucas stand auf und half Flora von ihrem Stuhl. Während sie auf die Tür zugingen, zog er ein gefaltetes Blatt unter seinem Wams hervor. Sie wusste sofort, um was es sich handelte. Es war ohne Zweifel der Vertrag über ihre Jungfräulichkeit. Würde er auf seiner Einlösung bestehen? Heute Nacht noch? Lucas schien ihren alarmierten Blick richtig zu deuten. Er schob sie sanft

hinaus in die bereits menschenleere Diele und erklärte: »Keine Sorge. Manche Dinge bereiten nur freiwillig geschenkt Vergnügen.«
Mit einer ruckhaften Bewegung hatte er das Papier in zwei Hälften gerissen, die er ihr mit einem feierlichen Gesichtsausdruck überreichte. Seine Worte klangen nicht weniger bedeutungsvoll: »Du kannst dort entlang zur Küche gehen und nach dem Kutscher fragen, der dich sofort nach Hause bringen wird. Du kannst aber auch die Treppe nach oben nehmen und mich in meinem Zimmer erwarten. Es liegt ganz bei dir.«
Flora starrte ihn an. Er überließ ihr die Entscheidung? Er bedrängte sie nicht, die Nacht mit ihm zu verbringen? Er schien ihre Gedanken zu erraten, denn er schmunzelte und fügte hinzu: »Natürlich wird es mir das Herz brechen, wenn ich mein Zimmer nach dem Fest leer vorfinde. Aber das werde ich verwinden. Hier, nimm das und lege es dir zu Hause unters Kopfkissen. So wirst du wenigstens von mir träumen. Gute Nacht, Flora.«
Er löste eine dunkelblaue Rosette von seinem Bund und reichte sie ihr. Flora legte sie über den zerrissenen Vertrag und wusste nicht, was sie sagen sollte. Offensichtlich erwartete er keinen Dank. Er wollte schon über die Schwelle treten, da wandte er sich ihr noch ein letztes Mal zu: »Übrigens musst du dir keine Sorgen mehr wegen deiner Mitgift machen. Das habe ich auf meine Art geregelt.«
Dann tauchte er ins helle Kerzenlicht des Speisesaals ein. Nur noch die jubilierenden Töne der Querflöte waren zu hören. Flora blieb stehen und lauschte. Hin und wieder drang ausgelassenes Lachen zu ihr. Die Schweden schienen Lucas herzlich in ihrer Mitte aufgenommen zu haben.
Unschlüssig blieb sie stehen. Alles hatte sich verändert. Lucas hatte sie von dem Vertrag entbunden und sie freigegeben. Sie konnte gehen und hatte keinerlei Verpflichtungen mehr. Die Nacht würde vorübergehen und sie wäre am Morgen noch immer jungfräulich. Es würde keine Evassünde und kein Kribbeln im Bauch geben. Sie würde zu Hause das kostbare Kleid ablegen, um es irgendwann ins Haus der Wurffraths zurückzubringen. Ihre Zeit für Seidenkleider

war noch nicht gekommen, sie musste vorerst ihre alten tragen und sich gedulden. Mit einem erregten Schaudern dachte sie an Fredeikes aufgelöstes Haar und die Tropfen auf Michels nackter Haut. Was hatte die Luft auf dem Dachboden so zum Schwingen gebracht, als sie die beiden beobachtet hatte? Heute Nacht würde sie es nicht mehr erfahren. Sie spürte eine quälende Enttäuschung, die sich so gar nicht für ein anständiges Mädchen gehörte.
Ohne weiter darüber nachzudenken, wählte sie die Treppe. Später hätte sie nicht mehr sagen können, was sie in diesem Moment dazu getrieben hatte, das Geländer zu umfassen und den Fuß auf die erste Stufe zu setzen. Vielleicht lag es an der ungewöhnlich warmen Sommernacht oder an der beschwingten Flötenmusik und den vielen Kerzen. Vielleicht waren es auch die gütigen Augen des alten Wurffrath und sein herzliches Willkommen. Oder war es doch das kostbare Kleid und die Sehnsucht, für einen Mann wie Lucas etwas verlockend Süßes zu sein?
Als sie die letzte Stufe nahm, stieß sie fast mit der jungen Dienstmagd zusammen, die ihr beim Ankleiden behilflich gewesen war. Beide waren verlegen, bis die Magd flüsterte: »Benötigt Ihr noch etwas? Vielleicht ein Licht?«
Sie nahm einen sechsarmigen Leuchter von dem Ecktisch neben der Treppe und trug ihn zu Lucas' Schlafraum. Als sie die Tür öffnete, sah sie Flora fragend an. Genau gegenüber lag Dorotheas Schlafraum. Flora musste nur behaupten, sie wäre nach oben gekommen, um sich umzukleiden, und es würde in der Küche kein Gerede geben. Allerdings hing im Raum gegenüber Dorotheas Bild. Der Gedanke, von den gemalten Augen verfolgt zu werden, behagte Flora nicht und so erklärte sie leise: »Ich komme schon zurecht!«
Sie wollte in Lucas' Zimmer schlüpfen, da schlängelte sich das junge Mädchen an ihr vorbei. Geschickt brachte sie die Kerzen mit einer Zunderbüchse zum Brennen, stellte den Leuchter auf den Sekretär am Fenster und schlug den grüngelb gemusterten Bettvorhang zurück. Nachdem sie noch das Laken zurechtgezupft hatte, huschte sie ohne ein weiteres Wort aus dem Zimmer. Flora war endlich allein und holte erst einmal tief Luft.

Sie hatte den ersten Schritt in die Evassünde getan! In einem verführerischen Kleid stand sie im Zimmer eines Mannes mit verheißungsvollen Seeräuberaugen. Bei dem Gedanken fühlte sie eine ängstliche Erregung in sich emporsteigen. Fast schwindelte ihr ein wenig. Sicher lag es an dem eng anliegenden Korsett aus Fischbeinstäben, die sich gegen ihre Rippen drückten. Sie zog an dem braunen Samt, als könnte sie das Mieder so lockern, und ließ sich auf dem Rand des Bettes nieder.
Die Seide bauschte sich um ihre Beine und die Kerzen auf dem Sekretär flackerten. Auf einmal fühlte sich Flora erschöpft. Müde legte sie die blaue Rosette mit den zwei Hälften des Vertrags in ihren Schoß. Unter ihrem fächerförmig hochstehenden Kragen begann es zu jucken. Sie spürte, wie Schweiß die Spitze im Nacken verklebte. Der Raum kam ihr stickig vor und das Atmen fiel ihr schwer. Hoffentlich würde das Fest nicht bis in die frühen Morgenstunden dauern. Sie wünschte, die Tür würde aufgehen und Lucas hereinkommen. Was würde er sagen, wenn er sie hier fand? Würde er überrascht sein, erfreut oder amüsiert? Würde sein Kuss abermals die rauschenden Wogen und den tobenden Sturm in ihr wecken? Sie stellte sich vor, was seine fordernden Hände dabei tun würden. Fast meinte sie zu spüren, wie seine geschickten Finger die Bänder an ihrem Mieder lösten.
Flora seufzte sehnsüchtig und betrachtete die Rosette. Das Kerzenlicht, das über die Seide tanzte, zauberte das tiefe Blau des Ultramarins hervor. Flora erinnerte sich, dass man Ultramarin aus kostspieligem Lapislazuli gewann. Marten verwendete es äußerst selten und nur für ganz besondere Bilder. Ob er es für den weiten Himmel über einer winterlich verschneiten Landschaft nahm? Oder für das satte Schimmern der Grachten oder den flimmernden Streifen zwischen den aufgewühlten Wellen? Die Wellen des Strelasunds waren an jenem Morgen, als Marten im Nebel verschwunden war, mattgrau gewesen. Flora fühlte einen schmerzhaften Stich in ihrer Brust. Marten war tot, sonst hätte er ihr längst geschrieben. Es war schon so viele Wochen her und die Belagerung war längst vorüber. Mehrere Schiffe aus den Niederlanden lagen im Hafen, doch sie hatten

keine Nachricht gebracht. Er würde nie mehr zurückkehren. Sie würde nicht hier sitzen, wenn sie sich dessen nicht so sicher wäre. Sie wollte nach dem Vertrag greifen, doch ihre Finger zuckten zurück, als hätte sie sich verbrannt. Er bezeugte ihren Verrat an Martens Liebe. Er hatte Marten endgültig in die Wellen gestoßen und im Meer versinken lassen. Sie konnte den Anblick nicht länger ertragen und sprang auf. Sie schüttelte ihre Röcke, als müsste sie Ungeziefer loswerden. Die Rosette rollte davon und die beiden Blatthälften fielen neben dem Sekretär zu Boden. Da konnten sie unmöglich liegen bleiben!

Eine Dienstmagd würde sie finden, dachte Flora besorgt und bückte sich nach dem unseligen Papier. Die Worte sprangen sie höhnisch an. Lucas' Schriftzüge wirkten im flackernden Licht lebendig. »Die Jungfer Flora Wullenwewer«, las sie und trat an den Kerzenleuchter heran. Sie würde es nicht noch einmal lesen. Kurz entschlossen hielt sie den Vertrag in die Flammen. Qualmend wurde er vernichtet, verkohlte schwarz an den Rändern und krümmte sich. Immer gieriger fraßen sich die züngelnden Flammen vor. Die brennenden Fetzen in ihrer Hand wurden immer kleiner, gleich würden sie ihre Finger erreichen. Flora ließ mit einem Aufschrei los und sprang mit wehenden Röcken zurück. Dabei stieß sie an den Sekretär und fegte einen Stapel Papiere herunter, während sich gleichzeitig der glühende Rest des Vertrags in die Holzdiele fraß. Dort schwelte er rauchend, bis er endgültig zu schwarzen Krummen verglühte. Es stank abscheulich.

Flora hockte sich auf den Boden, um sich den entstandenen Schaden zu besehen. Die Fischbeinstäbe bohrten sich unangenehm in ihre Rippen und die Polster im Unterrock waren im Weg. Unwillig zerrte sie an den Stoffbahnen. Ihr Blick blieb auf einem von Lucas' Dokumenten haften, die sich rings um sie ausgebreitet hatten. Ohne es zu wollen, las sie.

»Höre Sohn und rege dich, rege Geist und Füße.« Ihre Augen flogen über den Text und blieben an den unteren Zeilen hängen. »Dein dich von ganzem Herzen liebender Vater Gotthold Wilhelm Olearius«.

Flora stockte der Atem. Es rauschte in ihren Ohren. Mit zitternden Händen griff sie nach dem Dokument. Konnte es wirklich möglich sein? Hatte sie Martens Testament gefunden? Ihr Herz klopfte zum Zerspringen, als sie das Blatt wendete. Und da war sie. Rembrandts Zeichnung, hingeworfen mit schnellen Strichen und doch vollkommen. Der Porträtierte blickte sie aus sehr lebendigen Augen an. Es schien, als würde er gleich den Mund öffnen und zu sprechen beginnen. Sie kannte diesen Mund nur zu gut. Fast meinte sie, die fein geschwungenen Lippen unter dem gepflegten Bart auf den ihren zu spüren.

Lucas Wurffrath war so gut getroffen, dass ihr jede Linie in seinem Gesicht vertraut vorkam. Rembrandt hatte sie auch gesehen, die Tiefe in den Seeräuberaugen. Mit wenigen Strichen hatte er Lucas' Wesen erfasst. Alles Verlockende und Dunkle war festgehalten worden, genauso wie das Humorvolle und Großzügige. Beim Betrachten der Zeichnung verstand Flora, warum sie sich zu Lucas hingezogen fühlte. Die Skizze war ein kleines Meisterwerk. Flora konnte sie nur bewundern. Wie würde das fertige Bild sie erst anrühren? Würde es je gemalt werden? Die Kerzen hinter ihr knisterten und Flora kam wieder zu sich.

Sie hatte sich von der Meisterschaft des Porträts in den Bann ziehen lassen und darüber fast vergessen, was sie da in den Händen hielt: Es war das Porträt des Amsterdamer Kaufmanns. Ihre Augen weiteten sich ungläubig, als sie begriff, was das bedeutete. Sie konnte zuerst nicht fassen, dass Lucas in Rembrandts Atelier gewesen sein sollte. Doch so musste es gewesen sein. Lucas hatte Martens Testament gestohlen und ihm am Hafen eine Schlägerbande auf den Hals gehetzt. Daran konnte kein Zweifel bestehen.

Flora dachte daran, wie sie mit Marten während der Belagerung den Amsterdamer gesucht hatte. Dabei war er die ganze Zeit so nah gewesen. Wie hatte sie sich so in Lucas täuschen können? Auch der alte Apotheker hatte sich geirrt. Lucas war kein schwedischer Spion. Er war überhaupt kein Schwede. Er war Holländer, genau wie Marten. Was sie bei ihrer ersten Begegnung für einen norddeutschen Küstendialekt gehalten hatte, war Holländisch gewesen.

Womöglich wusste der alte Wurffrath, wer sein neuer Sohn wirklich war. Vielleicht hatte er sich diesen Umstand sogar zunutze gemacht, denn Handelsgeschäfte mit den Vereinigten Niederlanden mussten Lucas kurz vor der Belagerung Stralsunds nach Leyden geführt haben. In Rembrandts Atelier hatte er sich nach einem Porträt erkundigt und war zufällig auf Martens Testament gestoßen. Auf dem Rückweg nach Stralsund musste er sich seinen Plan zurechtgelegt haben. Er hatte Marten am Hafen auflauern lassen, weil er selbst nach Leyden zurückkehren und das Rätsel lösen wollte. Vielleicht stand es um die Geschäfte der Wurffraths nicht besonders gut und das Vermögen der Olearius kam da gerade recht.

Hatte Lucas nicht beim Abschied gesagt, sie solle sich keine Sorgen um ihre Mitgift machen? Hatte er dem alten Wurffrath die Erbschaft aus Leyden in Aussicht gestellt? Sollte Martens Erbe ihre Mitgift werden?

Nachdenklich starrte sie auf das Porträt in ihrer Hand. Kannte sie nun das dunkle Geheimnis dieser schönen Augen? War dieser Mann anstelle des Vetters aus Lübeck vom schwedischen Schiff ins Haus der Wurffraths getragen worden? War er wirklich hinter Martens Erbe her, um ihr eine Mitgift zu verschaffen? Das konnte sie nicht zulassen!

Auch wenn Marten tot war, durfte ihn Lucas nicht um sein Erbe bringen. Das Geld sollte bis in alle Ewigkeit in seinem Versteck ruhen. Niemand hatte ein Recht, das Poesierätsel zu lösen. Niemand außer Marten, für den es bestimmt gewesen war. Sie würde lieber auf die Hochzeit mit Lucas verzichten, statt sie mit Martens Geld zu ermöglichen. Wenn diese Nacht vorüber war, würde sie keinen Verlobten Lucas Wurffrath mehr haben. Dieser Mann war zwar kein schwedischer Spion, doch ein Betrüger war er dennoch. Seinen holländischen Namen wollte sie gar nicht wissen. Sie wollte nur so schnell wie möglich nach Hause und ihn vergessen.

Behutsam rollte sie das Testament mit dem Porträt zusammen und steckte es sich ins Mieder. Anschließend machte sie sich daran, ihre Spuren zu beseitigen. Sie pustete den schwarzen Staub aus dem Brandloch am Boden, sammelte die Papiere ein und zog den Bettvorhang wieder zu. Mit dem brennenden Kerzenleuchter in der einen und der Rosette in der anderen Hand verließ sie das Zimmer. Nachdem sie den Leuchter auf den Ecktisch zurückgestellt hatte, schlich sie die Treppe hinunter. Aus dem Speisesaal drang immer noch ausgelassenes Gelächter. Flora huschte daran vorbei und verließ unbemerkt das Haus.

Es verging eine Woche, in der Flora abwartete. Sie tat es nicht mit Bedacht, sondern weil sie nicht wusste, was sie tun sollte. Sie wagte weder das Seidenkleid zurückzubringen noch Lucas zu schreiben. Seit sie herausgefunden hatte, dass er der Mann auf der Rückseite von Martens Testament war, grübelte sie ununterbrochen, was sie tun sollte. Sie dachte darüber nach, wenn sie Ludgera in der Küche half, wenn sie mit Isabel zeichnete und wenn sie Alwine zu einer Wöchnerin begleitete. Es waren immer dieselben Fragen, die Flora durch den Kopf gingen. Sollte sie Lucas aufsuchen und ihm sagen, dass sie die Wahrheit über ihn herausgefunden hatte? Es schien ihr riskant, denn niemand konnte wissen, wie er reagieren würde. Immerhin konnte sie für ihn nun überaus gefährlich werden. Sie erinnerte sich nur zu gut, was der Apotheker gesagt hatte. Die Stadt würde nicht zimperlich mit einem Betrüger verfahren, der unter falscher Identität in ihren Mauern lebte. Flora konnte sein Untergang oder seine Verbündete sein. Ihr Herz riet ihr zu schweigen. Doch er war ein Betrüger, ein skrupelloser Mann, der nur seinen Vorteil sah. Selbst wenn sie sein Geheimnis wahrte, würde sie diesen Mann niemals heiraten können. Sie musste einen Weg finden, die Verlobung mit ihm zu lösen, ohne sein Misstrauen zu wecken.
Während dieser Tage betrachtete sie das Porträt von Lucas, sooft es unbeobachtet möglich war. Das Blatt hatte im Mieder unschöne Knicke bekommen. Sie hatte es behutsam glatt gestrichen und zwischen den Seiten ihres Hebammenbuchs versteckt. Die von Rembrandt festgehaltenen Gesichtszüge faszinierten sie immer noch. Oft saß sie im Kräutergarten auf der Bank und studierte, wie die Zeichnung gemacht war. Wehmütig fuhr sie mit dem Finger den Schwung jeder Linie nach. Bald kannte sie jeden Strich auswendig. Ihre geplante

Reise nach Holland und Rembrandts Atelier schienen ihr ferner denn je. Dafür rückte der Tag näher, an dem sie eine Entscheidung treffen musste. Sie war sich sicher, dass Lucas langsam ungeduldig wurde. Oder war er viel zu sehr mit den Schweden beschäftigt?

Am Abend des siebten Tages hatte sie sich durchgerungen, endlich das Seidenkleid zurückzubringen. Mit dem in ein Tuch eingeschlagenen Kleid stand sie unter dem Hebammenschild und überlegte, ob sie den Bernsteinring dazulegen sollte, da kam Michel die Gasse herunter. Bei seinem Anblick wich Flora zurück, als hätte er sie ertappt. Gleich würde er neugierige Fragen stellen. Doch er schien zu sehr mit sich selbst beschäftigt, um sie zu beachten. Erst als es sich gar nicht mehr vermeiden ließ, hob er die Augen und blickte sie grimmig an. Flora erschrak über die Wut in seinem Gesicht. Sie kannte ihn nur als gutmütigen Mann, den so schnell nichts aus der Ruhe brachte. Irgendetwas musste geschehen sein, etwas, das ihn gehörig aufbrachte.

»Michel, was ist los?«

»Das soll dich nicht kümmern. Geh du nur, wohin es dich treibt. Ich hoffe, dein Weg führt dich nicht zum Haus der Wurffraths. Da wirst du enttäuscht werden, denn dein Lucas ist heute Morgen mit der Delegation des Rates zum schwedischen König aufgebrochen.«

»Oh«, sagte Flora überrascht und ließ das Kleiderbündel sinken.

Lucas hatte auf dem Fest so etwas angedeutet. Nun war er also ohne Abschied abgereist und es würde einige Wochen dauern, bis er zurück war. Das waren Wochen, in denen sie Zeit gewann. Sie konnte weiter im Kräutergarten Rembrandts Porträt betrachten und darüber nachdenken, was zu tun war. Erleichtert und enttäuscht zugleich ließ sie die Schultern sinken.

Michel hatte sie beobachtet und fragte: »Du hast es also nicht gewusst? Armes Mädchen, hast dir mehr erhofft. Dein schmucker Stadtrat wird dich niemals heiraten.«

War da ein hämischer Unterton? Das passte gar nicht zu dem sonst immer gut aufgelegten kleinen Chirurgen. Ehe Flora nach dem Grund seiner Übellaunigkeit fragen konnte, hatte er die Tür geöffnet und war im Haus verschwunden.

Flora folgte ihm die Diele hinunter in die Küche. Dort saßen Alwine und Ludgera über einem aufgeschlagenen Buch, das Flora für die Bibel hielt. Frederike und Isabel erhoben sich aus ihrer Ecke am Kamin und sahen sehr erschrocken aus. Frederike verbarg Isabels Rosenkranz hinter ihren Röcken und rief: »Bist du närrisch? Wir hielten dich im ersten Moment für einen von der Bürgerwehr auf der Suche nach Katholischen.«
»Pah, einer von der Bürgerwehr bin ich jetzt nicht mehr. Sie entlassen alle Stadtsöldner von außerhalb. Statt uns unseren Sold auszuzahlen, speisen sie uns mit Restzetteln ab. So ein Zettelchen, auf dem der Betrag verzeichnet ist. Was soll ich denn mit so was?«
Michel trat zu Alwine an den Tisch und ließ sich unsicher auf einem Hocker nieder. Alwine musterte ihn und sagte empört: »Du riechst nach Bier!«
»Na und? Um eine Meuterei zu verhindern, haben sie Bier ausschenken lassen. Soll ich da ablehnen? – Lange werden sich die Männer nicht mit billigem Bier begnügen. Sie werden einen anständigen Sold fordern. Das riecht nach Meuterei.«
Ludgera strich beunruhigt über die Seiten des Buches und erklärte leise: »Die Stadt hat kein Geld, um die vielen Söldner zu bezahlen. Die Belagerung hat alles verschlungen. Nun erhöht der Rat die Steuern und fleht fremde Mächte an, Kredit zu gewähren. Es wird ein harter Winter werden. Stralsund wird hungern.«
Michel schnaufte grimmig: »Stralsund kümmert mich nicht mehr. Zum Teufel mit der Stadt, da habe ich meinen Hals riskiert und Tag und Nacht ihre Söhne gerettet und was ist der Dank? Das Bürgerrecht? Von wegen, einen Zettel und einen Fußtritt, mehr geben sie dir nicht, die feinen Herren!« Er zog ein zerknittertes Blatt unter seinem Wams hervor und warf es angewidert auf den Tisch. Nachdem er es eine Weile betrachtet hatte, sprang er auf: »Ich werde dieser verdammten Stadt den Rücken kehren und nie wieder kommen. Soll sie doch sehen, was sie von den Schweden hat. Bald wird Gustav Adolf mit seiner Flotte an der Küste landen. Er wird von Stralsund aus das ganze Reich mit Krieg überziehen. Teufel auch, und wir haben ihm den Weg bereitet. Wir,

die Bürgerwehr und die schottischen Söldner, so tapfere Kerle, a – a – alle.«
Michel rülpste und schwankte leicht. Alwine runzelte die Stirn und nachdem sie Isabel einen Blick zugeworfen hatte, fuhr sie Michel ungehalten an: »Geh rauf und schlaf erst einmal deinen Rausch aus! Du weißt nicht mehr, was du sagst.«
»Das weiß ich wohl. Ein paar Bier hauen einen Mann nicht um. Ich werde nach Schottland gehen, ja nach Schottland. Dort gibt es wenigstens was An – sch – ständiges zu trinken. Lebt wohl.«
Michel wandte sich um und ging mit unsicheren Schritten zur Tür. Frederike hatte die ganze Zeit schweigend zugehört, doch Flora konnte sehen, wie sich ihr Gesicht immer mehr verfinsterte. Nun stemmte Frederike die Fäuste in die Seiten und rief: »Michel Warneke, bleib stehen und sieh mich an! Was denkst du dir dabei? Du kannst nicht einfach so fortgehen und mich zurücklassen.«
Michel drehte sich um und starrte sie finster an. Schließlich straffte er die Schultern und sagte mit bemüht fester Stimme: »Das kann ich wohl. Einer der tapferen Schotten will mich in die Highlands mitnehmen. Bin eingeladen, den Winter auf seinem Land zu verbringen. Wenn es Frühling wird, ziehe ich weiter. Das Leben eines Wanderchirurgen bin ich gewohnt. Niemals habe ich mich mit einer Frau und einem Balg belastet. Das werde ich auch weiter so halten.«
Isabel umklammerte Frederikes Hand und fragte: »Mutter, meint der Michel uns? Will er uns nicht nach Schottland mitnehmen, weil wir Papisten sind?«
»Sag nicht Papisten, das ist ein Schimpfwort der Lutheraner, und zerr nicht an meiner Hand. Wenn Michel gehen will, soll er gehen. Wir halten ihn nicht auf.« Frederike schüttelte Isabels Hand ab und trat auf Michel zu, dabei zischte sie: »Wehe dir, Michel Warneke, du bist ein treuloser Wortbrecher.«
Michel hob abwehrend die Hände. »Ich habe dir nie etwas versprochen, Frederike!«
»Hast die Freuden genossen und willst nicht dafür zahlen. Bist ein feiger Hund, der den Schwanz einzieht.«

Frederike blitzte ihn an. Gleich würde sie sich auf ihn stürzen und ihn verprügeln. Flora wich zurück und erwartete das Schlimmste. Michel trat auf Frederike zu und senkte die Stimme, sodass Isabel ihn nicht hören konnte, dann spuckte er die Worte aus: »Was bist du denn? Eine Trosshur, die unzählige Männer gehabt hat. Du wirst wieder einen finden. Du findest immer einen, darin bist du wirklich gut. Du hast geschickte Finger. Es hat nichts mit Liebe zu tun. Du würdest niemals so um mich trauern, wie – wie Flora es um den jungen Holländer tut.«

Michel hielt inne und wandte sich an Alwine: »Ich spreche von Marten. Deine Tochter sitzt jeden Tag im Kräutergarten und erinnert sich seiner. Zwar ist sie eine unfähige Hebamme, aber sie ist eine Frau, die zu lieben versteht. Bedauerlicherweise kann sie kein Blut ertragen und ist recht empfindlich. Sie eignet sich ganz und gar nicht zur Frau eines Chirurgen. Deine großzügige Gastfreundschaft kann ich dir deshalb nicht aufwiegen. Gott möge sie dir vergelten.«

Mit diesen Worten drehte er sich um und verließ die Küche.

»Er hat den Verstand verloren!«, krächzte Frederike benommen.

»Der Alkohol hat ihm die Zunge gelöst. Morgen früh bereut er seine Worte«, erklärte Ludgera und legte tröstend ihre Hand auf Frederikes Schulter, dann sah sie Flora an und flüsterte: »Fast hätte ich es vergessen. Als du heute Morgen auf dem Markt warst, ist ein Brief für dich abgegeben worden. Er liegt dort, im Korb neben dem Gemüse.«

Flora legte das Seidenkleid auf den Tisch, nahm den mit Wachs versiegelten Brief an sich und floh damit vor Alwines fragendem Blick in den Kräutergarten. Dort sank sie mit wild klopfendem Herzen auf die Bank. Beunruhigt untersuchte sie den Brief, wendete ihn um und strich darüber. Er war fleckig und schien einen weiten Weg hinter sich zu haben. Von Lucas konnte er nicht sein, denn der hatte erst heute Morgen die Stadt verlassen. Dann kam er aus den Vereinigten Niederlanden! Sie wagte nicht zu hoffen, was das bedeutete. Vor Erregung zitterten ihre Finger. Kaum gelang es ihr, das Siegel zu brechen und den Brief auseinander zu falten. Ihre Augen

flogen über das Blatt, bis sie die Unterschrift gefunden hatte. Da stand er. Martens Name.
Flora atmete tief und geräuschvoll aus. Sie hatte gar nicht gemerkt, dass sie die ganze Zeit die Luft angehalten hatte. Ihre Gedanken und ihr Herzschlag wurden eins: Er lebt, er lebt, er lebt. Wie ein freudiger Gesang jubilierten sie, hallten als nicht enden wollende Litanei in ihrem Kopf und frohlockten in ihrem Herzen. Lust, zu springen und die Welt zu umarmen, zu tanzen und laut zu lachen, erfasste sie. Marten lebte!
Sie versuchte sich auf den Brief zu konzentrieren. Es gelang ihr nicht. Freude und Dankbarkeit überwältigten sie. Sie schloss die Augen und schickte ihr Innerstes zu Gott. Inständig flehte sie ihn an, ihr zu vergeben. Wie hatte sie an seiner Güte zweifeln können? Der Allmächtige hatte Marten behütet. Herr im Himmel, Dank sei dir und ewige Anbetung, dein Friede komme. Mit einem tief empfundenen Amen öffnete sie die Augen.
Die Abendsonne zauberte schmale Streifen auf die vergilbten Blätter des Fingerhuts und seine braunen, vertrockneten Kelche. Flora betrachtete das flimmernde Licht und dachte daran, dass sie sich Lucas beinahe hingegeben hätte. Nur das Testament mit dem Porträt hatte sie vor einer Dummheit bewahrt. Zum Glück hatte sie es gefunden, bevor Lucas heraufgekommen war. Nun galt es, Marten an ihrer Entdeckung teilhaben zu lassen. Wo immer er sich aufhielt, er musste erfahren, wer der Amsterdamer war. Sie würde ihm helfen, das Rätsel zu lösen und sein Erbe anzutreten. Das war sie seiner Liebe schuldig. Dieser Gedanke mäßigte ihren Herzschlag und ließ sie ruhiger werden. Behutsam strich sie das Papier glatt und begann zu lesen.

Flora, längst wirst du denken, ich hätte vergessen, was uns verband. Die Vorstellung dauert mich außerordentlich. Seit unserem Abschied denke ich jede Stunde daran, dir eine Mitteilung zu machen. Leidige Umstände machten es unmöglich. Seit Wochen versuche ich vergeblich, einen Boten zu finden. Stralsund scheint am anderen Ende der Welt zu liegen, ferner als der Mond und dunkler als die Nacht. Nachdem die

Belagerung vorüber war, wagte es lange keiner, eine Nachricht durch die Reihen der Schweden zu bringen. Mit einem Geldstück konnte ich endlich einen überzeugen. Um den guten Mann nicht länger warten zu lassen, fasse ich mich kurz.

Es ist unmöglich, meine Sorge zu beschreiben, die mit jedem Tag wächst. Mein Bangen, ob es dir wohl ergeht und du nichts erleiden musst, raubt mir den Schlaf. Es bereitet mir Qualen, nicht zu wissen, ob du den Stadtrat erhört hast. Wenn der Morgen graut, beschwöre ich dein liebliches Gesicht herauf und sehe deinen angstvollen Blick beim Abschied. Es liegt alle Liebe darin, die eine Frau für einen Mann empfinden kann. So wage ich zu hoffen und die Stunde, in der ich Gewissheit haben werde, naht.

Durch meinen Paten Pieter van Haverbeeck, der mein Förderer geworden ist und mich in sein Haus in Amsterdam aufgenommen hat, habe ich die Möglichkeit, eine Abordnung zu begleiten, die am Ende des Monats in Stralsund eintreffen wird. Es sind einflussreiche Herren, welche die Kreditwürdigkeit der Stadt prüfen sollen. Bereits während der Belagerung hatte der Rat die Generalstaaten um die außerordentliche Summe von dreißigtausend niederländischen Gulden ersucht. Stralsunds Geldnot habe ich es zu verdanken, dass ich früher als erwartet zu dir zurückkehren kann.

In wenigen Stunden verlasse ich Amsterdam, um Herrn von Krakow aufzusuchen, der die Abordnung leitet, und um baldigst mit ihm in See zu stechen. Deine Antwort erreicht mich nicht mehr, so muss ich mich bis zu meinem Eintreffen in Geduld üben. Solange wird sich meine Qual mehren und meine Sehnsucht im Morgengrauen andauern. Den Tag der Ankunft zugleich fürchtend und ersehnend, schließt dein dir immer ergebener

Marten

Flora hatte den Brief hastig überflogen. Es dauerte einen Moment, bis sie begriff, was da stand. Marten würde wiederkommen! Er war bereits auf dem Weg zu ihr. Langsam las sie noch einmal, um ganz sicher zu sein. Sie verstand nicht, wieso er nicht in Leyden mit seinem Freund Rembrandt zusammen war. Was hatte ihn nach

Amsterdam geführt? Warum war ein einflussreicher Pate sein Förderer geworden? Marten würde ihr diese Fragen beantworten können, wenn er hier war. Im Augenblick zählte nur, dass seine Gefühle für sie unverändert waren. Er sehnte sich in den Morgenstunden nach ihr! Mit einem glücklichen Lächeln faltete sie den Brief zusammen, schob ihn in ihren Ärmel und stand auf. Der Abend war schon weit vorangeschritten und die Sonne fast verschwunden. Während Flora zurück ins Haus ging, lag immer noch ein Lächeln auf ihren Lippen.

Als sie die Küche betrat, verschwand es. Es war ein trauriger Anblick, wie Frederike mit ausdruckslosem Blick ins Leere starrte, während Isabel, in ihren Schoß gebettet, schlief. Flora hockte sich neben die regungslose Frau und flüsterte: »Nimm es nicht so schwer. Michel ist es nicht wert. Er hat uns alle enttäuscht. Keiner von uns hätte gedacht, dass er sich einfach davonmachen würde. Er wirkte immer so zuverlässig und anhänglich.«

Frederike erwachte aus ihrer Erstarrung und knurrte: »Wie ein Hündchen.«

Flora überhörte den Einwurf und fuhr fort: »Die Enttäuschung hat ihn verbittert. Nach all den Nächten auf der Schanze bekam er nichts als einen wertlosen Restzettel. Es hat nichts mit dir zu tun.«

Frederike schüttelte ungläubig den Kopf: »Es ist so demütigend. Noch nie hat einer mich verlassen. Immer habe ich die Kerle verlassen.«

Isabel regte sich im Schlaf und Frederike hob sie hoch, um sie auf ihr Lager neben dem Kamin zu betten. Sanft fuhr sie dem Mädchen über das Haar und wandte sich wieder Flora zu. Mit einem trotzigen Unterton in der Stimme erklärte sie: »Aber ich bin keine Trosshure. Ich habe mir die Männer selbst ausgesucht. Wenn einer mir gefiel und nicht zahlen konnte, hat es mich nicht gekümmert. Dann habe ich eben für die hohen Herren die Wäsche gewaschen und mir so etwas verdient. Bei Beutezügen fiel auch immer etwas ab.«

»Das ist jetzt vorbei. Uns kümmert nicht, was früher war.«

»Ja, deine Mutter hat ein großes Herz.«

Frederike blickte sich zum Tisch um.

Dort saß Alwine immer noch über dem aufgeschlagenen Buch. Neben ihr lag das Bündel mit dem Seidenkleid. Ludgera war verschwunden. Flora nahm an, dass sie bereits zu Bett gegangen war. Alwine sah auf. Flora erhob sich und ging zum Tisch hinüber. Frederike folgte ihr. Während sich Flora auf den Hocker setzte, auf dem zuvor Michel gesessen hatte, schlug Frederike das Tuch über dem Kleid zurück und frohlockte: »Es stammt aus dem wurffrathschen Haus. Du hast es auf dem Fest getragen und nach einer unvergesslichen Nacht behalten.«
»Sei still«, zischte Flora verärgert und warf ihrer Mutter einen Blick zu. Doch Alwine war schon wieder in das Buch vertieft und achtete nicht auf Frederikes Anspielung.
Flora beugte sich vor, betrachtete nun ebenfalls die aufgeschlagenen Seiten und fuhr zurück. »Woher hast du mein Hebammenbuch?«
Alwine schmunzelte und wies mit dem Kopf auf die schlafende Isabel. Flora wusste, wie hartnäckig Isabel sein konnte. Wenn sie sich etwas in den Kopf gesetzt hatte, war sie schwer davon abzubringen. Bisher hatte Alwine sich stets geweigert, zur Kenntnis zu nehmen, was ihre Tochter zeichnete, wenn sie ihr Hebammenbuch zur Hand nahm. Nun fuhr Alwine mit einer fast zärtlichen Geste über die Zeichnung einer Nachgeburt und sagte anerkennend: »Das ist großartig. Ich dachte, du würdest nur hin und wieder ein schlafendes Neugeborenes zeichnen, um dir die Zeit in der Wöchnerinnenstube zu verkürzen, doch das hier ist meisterlich beobachtet.«
Sie blätterte um. Während sie auf einen detailgetreu wiedergegebenen geöffneten Unterleib wies, sagte sie verwundert: »Alles ist bis ins Kleinste festgehalten. Man glaubt, die Haut berühren zu können und das Blut zu riechen. Fast ist mir, als könnte ich die Atemzüge der Frau hören. Dabei ekeln dich Körpersäfte, Schmerz und Blut kannst du nicht ertragen. Wie ist das nur möglich?«
»Wenn ich zeichne, rückt alles andere in den Hintergrund. Es ist, als würde sich etwas dazwischenschieben. Ich sehe die Dinge wie aus weiter Ferne.«
Flora überlegte, wie sie es noch besser erklären könnte. Alwine schien es auch so verstanden zu haben. Sie nickte und erklärte mit

einem wehmütigen Lächeln: »Meine Tochter hat die Hände einer Hebamme, aber versteht damit nur zu zeichnen. Sie hat auch die Augen einer Hebamme, denn sie beobachtet genau und übersieht nichts. Was ihr fehlt, ist das Herz einer Hebamme.«

»Mutter, ich ...«

»Lass nur, ich verstehe es ja. Michel hat Recht. Man kann dich nicht zwingen. Stattdessen sollten wir etwas aus deinem Talent machen. Schon längst sollte es ein Buch wie dieses geben. Es wäre den Wehmüttern auf dem Land und auch den städtischen Hebammen eine große Hilfe. Wir müssten nur ein paar Zeichnungen ergänzen und den Text vervollständigen. Ich bin dir gern dabei behilflich. Leider kann ich dir keinen Kupferstecher nennen. Und ich kenne auch keinen Drucker, der bereit ist, ein solches Buch zu drucken und zu verbreiten.«

Flora schlug nachdenklich ihr Buch zu und prüfte dabei, ob sich Lucas' Porträt noch an derselben Stelle befand. Es steckte unberührt hinten zwischen den Seiten. Sie strich mit dem Finger über die hervorstehende Papierkante. Dabei dachte sie darüber nach, was ihre Mutter gesagt hatte. Es war eine schöne Vorstellung, die Zeichnungen vervielfältigt zu wissen. Jeder könnte sie erwerben und bewundern. Plötzlich fiel ihr ein, dass Marten mit den Entwürfen, die er im Auftrag Wallensteins angefertigt hatte, zu einem Kupferstecher nach Amsterdam hatte reisen wollen. Vielleicht kannte er ja auch einen Drucker, der ihr Hebammenbuch auf dem ganzen Kontinent und sogar bis nach Übersee verbreiten würde. Sie presste das Buch an sich und rief: »Marten kann uns helfen! Er weiß bestimmt, was zu tun ist.«

Frederike hob verwundert die Augenbrauen. »Marten ist tot, Flora. Du selbst hast ihn fallen sehen.«

»Nein, ist er nicht! Der Brief, der heute für mich abgegeben worden ist, war von ihm. Er kündigt darin an, dass er bald hier sein wird. Er begleitet eine Delegation der Generalstaaten. Sie soll die Kreditwürdigkeit Stralsunds prüfen und Ende des Monats eintreffen. Marten wird erfreut sein, wenn er von unserem Plan erfährt. Ihm gefielen die Zeichnungen in meinem Buch.«

Alwine runzelte die Stirn und stand auf. »Das wäre eine Möglichkeit. Wir werden abwarten und gemeinsam an dem Hebammenbuch arbeiten. Ich weiß nur noch keinen passenden Titel. Ich werde zu Bett gehen und darüber schlafen.«
Mit diesen Worten verließ sie die Küche. Flora blieb mit Frederike allein am Tisch zurück. Frederike wisperte verschwörerisch: »Den einen vertreibt Stralsunds Geldnot und den anderen bringt sie zurück. Nun habe ich gar keinen und du bald zwei Männer. Ich fürchte, du wirst Probleme bekommen.«
Flora starrte auf die Kante von Lucas' Porträt, die so vorwitzig aus dem Buch hervorsah, und murmelte: »Das befürchte ich auch.«
In den folgenden Wochen wuchs Floras Sorge. Sie hatte keine Ahnung, was Marten tun würde, wenn sie ihm von ihrer Entdeckung berichtete. Vielleicht würde er wie Frederike reagieren? Wenige Tage nach ihrer abendlichen Zusammenkunft in der Küche hatte Flora sie eingeweiht und Frederike hatte lauthals gelacht.
Sie hatten sich auf dem Rückweg vom Hafen befunden, wo sie versucht hatten, billigen Fisch zu erstehen. Frederike hatte zuerst mit mäßigem Interesse zugehört. Erst als Flora ihr vom Schwedenfest erzählt hatte, hatten ihre Augen geleuchtet. Flora hatte ihr mit gesenkter Stimme berichtet, wie sie oben auf Lucas gewartet und dabei Martens Testament entdeckt hatte. Frederikes Augen hatten vor Vergnügen geblitzt. Sie schien die Intrige zu genießen und rühmte ihren eigenen Weitblick. Hatte sie nicht immer gesagt, dass mit dem Stadtrat etwas nicht stimmte? Für Frederike schien damit alles klar. Sie nahm an, dass Flora nun mit Marten nach Leyden gehen und ihm helfen würde, das Rätsel seines Vaters zu lösen. Für sie stand fest, dass Marten nicht so dumm sein würde, einen Landsmann bloßzustellen. Wenn Lucas gehofft hatte, Floras Mitgift aufzutreiben, dann war ihm das eher zur Ehre anzurechnen.
Flora teilte Frederikes Ansicht keineswegs. Frederike schien sich über Lucas zu amüsieren und sein Verhalten sogar zu bewundern. Das ist ein Mann, der weiß, wie man durchs Leben kommt, betonte sie bei jeder Gelegenheit. Sie versicherte Flora, dass er sich auch in einem kaiserlichen Söldnertross zu behaupten wüsste.

Als Flora erfuhr, dass die Delegation des Rates Ende August zurückerwartet wurde, konnte sie vor Sorge kaum noch schlafen. Nachts lag sie wach und wünschte, dass die Winde für Marten günstig stünden, während die schwedischen Schiffe eine Flaute treffen sollte. Sie malte sich die Vergeltungsmaßnahmen aus, die Lucas träfen, wenn seine wahre Identität bekannt würde. Die Delegation aus Stralsund würde den schwedischen Reichskanzler mitbringen, der dem Rat die schwedische Politik nahe bringen sollte. Was würde geschehen, wenn ein Betrüger in den Reihen des Rates entlarvt würde? Würde der schwedische Kanzler hart durchgreifen, um seine Macht zu demonstrieren? Flora konnte sich nicht vorstellen, dass Marten den versuchten Diebstahl seines Vermögens so gelassen aufnahm, wie Frederike dies annahm. Immerhin war er zusammengeschlagen und fast ertränkt worden. Auch wenn Lucas ein Landsmann war, würde Marten Gerechtigkeit fordern. Flora konnte nur inständig hoffen, dass die Delegation aufgehalten wurde.
So flehte sie Stürme, Flauten und sogar Piraten herbei, wann immer sie über dem Hebammenbuch saß und es nach Alwines Vorstellungen vervollständigte. Sie nahm jeden Vorschlag ihrer Mutter dankbar an, so erleichtert war sie, dass sie nicht mehr ihre Nachfolgerin werden musste. Sie begleitete Alwine nur noch, um dabeizusitzen und in ihrem Buch zu zeichnen. Niemand erwartete mehr etwas anderes von ihr. Wenn es in der Wöchnerinnenstube Schwierigkeiten gab, ging Frederike zur Hand. Zu harmlosen Besuchen wurde Alwine von Isabel begleitet. Das Mädchen zeigte mehr Interesse an den Vorgängen, als Flora es je getan hatte.
In den letzten Tagen des August steigerte sich Floras Unruhe fast ins Unerträgliche. Jeden Moment erwartete sie Martens Eintreffen. Kaum dass sie die Feder still halten und einen Strich über das Blatt ziehen konnte. Schließlich ließ sie das Zeichnen ganz und widmete sich der Stickerei. Was auch nicht besser geriet.

Schwere graue Wolken hingen über der Stadt und kündigten Regen an. Im Haus herrschte eine unheilvolle, düstere Stimmung. Flora saß so dicht wie möglich am Fenster und beugte sich über den

Stickrahmen, als es klopfte. Frederike und Isabel hatten Alwine zu einer bevorstehenden Geburt begleitet und Ludgera war eine alte Freundin besuchen. Zögernd legte Flora die Handarbeit zur Seite und erhob sich. Das Klopfen wurde dringlicher und jemand rief: »Keiner zu Hause?«
Es war eine Jungenstimme. Sie konnte nur einem Botenjungen vom Hafen gehören.
»Sind sie eingetroffen? Kommst du vom Hafen?«, rief Flora und riss die Tür auf. Sie wusste selbst nicht, ob sie damit die Delegation aus Schweden oder die niederländischen Kreditgeber meinte. Der Junge wich zurück und hielt ihr ein zerknittertes Papier hin.
»Das soll ich hier abgeben.«
»Bist du von einem schwedischen Schiff? Hat dir das einer unserer Ratsherrn gegeben? Oder war es ein Holländer?«
Der Junge sah verwirrt aus und streckte ihr nur weiter das Papier entgegen. Flora nahm es und er verschwand so schnell, als wäre jemand hinter ihm her. Kaum war er um die Ecke, tauchte Frederike aus der anderen Richtung auf und keuchte: »Die Geburt kann noch dauern. Ich will nur schnell etwas holen. Was hast du da? Ist es von Marten?«
»Ich weiß nicht, ich habe es noch nicht gelesen. Ein Botenjunge brachte es soeben.«
»Dann schnell, komm rein und sieh es dir an«, rief Frederike und drängte ins Haus. Flora stellte sich mit dem Rücken zu Frederike ans Fenster und versuchte, trotz des verhangenen Himmels etwas zu entziffern.

Soeben eingetroffen. Werden direkt vom Schiff zum Rathaus begleitet. Erwarte mich nicht vor dem Abend. Marten

»Von wem ist es?«, fragte Frederike.
Flora senkte das Papier und wandte sich um. »Es ist von Marten. Er kommt heute Abend.«
Frederike betrachte stirnrunzelnd die missglückte Stickerei, dann sagte sie unbekümmert: »Na, was für ein Glück. Im Rathaus hält

der schwedische Kanzler gerade eine wütende Rede. Als er heute Morgen mit einhundert Mann Begleitung eintraf, wurde er nicht mit Jubel und fliegenden Fahnen gefeiert. Statt mit einem herzlichen Empfang begrüßten ihn die Bürger mit eisigem Schweigen hinter geschlossenen Fensterläden. Nun brüllt er im Rathaus herum, dass man es bis auf den Alten Markt hört.«
»Der schwedische Reichskanzler ist im Rathaus?«, keuchte Flora erschrocken. »Marten ist auf dem Weg dorthin! Er wird Lucas direkt in die Arme laufen!«
»Beruhig dich. Er wird ihn nicht erkennen. Oder ist er ihm je vorgestellt worden?«
»Aber Lucas wird ihn erkennen. Wir müssen ihn unbedingt warnen!«
»Wie denn? Sie werden uns niemals vorlassen. Du wirst den Dingen ihren Lauf lassen müssen. Lucas wird ihn schon nicht erschlagen. Wahrscheinlich hat er den Verlust des Testaments noch nicht einmal bemerkt.«
Flora wollte davon nichts hören. Lucas hatte schon einmal versucht, Marten aus der Stadt zu vertreiben, und nun hatte er hundert Schweden an seiner Seite. Oder war es eher Lucas, um den sie fürchten musste? Immerhin standen ihm die finanzkräftigen Niederländer gegenüber, wenn Marten ihn als Amsterdamer bloßstellte. Wie auch immer. Sie musste unbedingt verhindern, dass Lucas und Marten unvorbereitet zusammentrafen. Eilig raffte sie ihre Röcke und lief in die Diele. Ehe sie die Treppe nach oben erreicht hatte, war Frederike hinter ihr und rief: »Was hast du vor? Tu nichts Unüberlegtes, Flora!«
Flora hatte das Gefühl, die Stufen hinauf zu fliegen. Sie würde sich nicht aufhalten lassen, egal was Frederike einwandte. Über ihre Schulter rief sie: »Ich werde das Seidenkleid tragen, wenn ich am Rathaus vorspreche. In diesem Kleid können sie mich nicht abweisen.«
In der Schlafkammer bückte sie sich und zog das Kleiderbündel unter ihrem Bett hervor. Frederike stand mit verschränkten Armen im Türrahmen und sah zu, wie Flora sich abmühte. Schließlich seufzte sie und kam herein, um ihr beim Umkleiden zu helfen.

»Liebe Flora, was du vorhast, ist völlig verrückt. Aber wenn du dich schon in die Höhle des Löwen begibst, werde ich dich begleiten.«
Flora streifte den wertvollen Bernsteinring von Lucas über und ließ es geschehen, dass Frederike ihr das Haar aufsteckte. Obwohl das Ergebnis eher entmutigend war, griff sie nach ihrem Mantel und rannte zur Treppe.
»So warte doch! Eine Dame von Welt braucht eine Zofe zur Begleitung.«
Frederike holte Flora unten ein und beobachtete, wie diese Martens Testament aus dem Hebammenbuch zog, es zusammenfaltete und in ihrem Mieder verbarg.
»Marten soll gleich wissen, mit wem er es zu tun hat.«
»Das kannst du nicht tun! Sie werden Lucas ...« Ehe sie zu Ende gesprochen hatte, war Flora aus dem Haus und Frederike musste sich beeilen, um sie nicht aus den Augen zu verlieren.
Sie liefen durch menschenleere Straßen. Es war noch dunkler geworden, Wind kam auf und die ersten Tropfen fielen. Als sie vor der backsteinernen Prunkfassade des Rathauses standen, regnete es bereits heftig. Flora blieb unschlüssig stehen und blickte zur Säulenreihe vor dem Südflügel hinüber. Hinter den Säulen befand sich der Gerichtssaal, direkt darüber der Sitzungssaal. Sie fragte sich, ob sich Lucas und Marten in diesem Augenblick hinter den Bogenfenstern mit den Rosetten gegenüberstanden. Plötzlich schien ihr ihr Vorhaben vermessen, doch wenn sie nicht völlig durchnässt vor all den versammelten Herren stehen wollte, musste sie sich beeilen. Der Regen perlte bereits aus ihren Haaren und ronn an ihren Schläfen entlang. Frederike folgte ihr in einigem Abstand. Links und rechts der Türen standen Wachsoldaten der Bürgerwehr, die sie misstrauisch musterten, bis einer von ihnen mit dem Ende seiner Pike auf den Boden klopfte und der andere sich Flora in den Weg stellte. Flora schlug ihren Mantel zurück, sodass man die Seide schillern sehen konnte, und reckte hochmütig das Kinn: »Ich will dem schwedischen Kanzler meine Aufwartung machen. Wenn sich niemand findet, um ihm die Ehre einer angemessenen Begrüßung zu gewähren, so ist das eine Schande. Sie sind unsere Retter! Wer will das bestreiten?«

Die Wachleute warfen sich einen Blick zu, traten jedoch zur Seite und öffneten eine der Türen. Flora schlüpfte hinein und auch Frederike gelang es, in den Vorraum zur Gerichtsbarkeit zu treten. Einer der Wachhabenden schnaufte unwillig und erklärte: »Es ist kein besonders günstiger Augenblick, meine Damen.«
Wie um seine Worte zu unterstreichen, erscholl von oben, aus dem Sitzungssaal, ein zorniger Wortschwall. Der Vorraum schien ihn zu vervielfachen. Flora fuhr zurück. Der Wachsoldat hinter ihr wisperte: »Der ehrenwerte Kanzler der Schweden beschimpft uns. Er beklagt unsere Faulheit, weil wir uns weigern, an den Befestigungen zu arbeiten. Er schimpft uns ungehorsam, weil wir keinen Respekt vor der Obrigkeit hätten. Jeder tut hier angeblich, was er will.«
»Unsere Kaufherren betreiben heimlich Handel mit den kaiserlichen Truppen im besetzten Umland. Das treibt ihn zur Weißglut«, fügte der andere Wachmann hinzu.
»Ach herrje«, sagte Flora. Ein wenig schämte sie sich für ihre Stadt. Oder war der Kanzler einfach keine freiheitsliebenden, selbstständigen Hansestädter gewöhnt?
Sie hatte die Schultern hochgezogen und ließ sie erst wieder sinken, als der Lärm von oben abebbte. Der Wachmann wies auf eine geschlossene Tür, die sich gegenüber befand: »Im Gerichtssaal wartet eine Deputation der Generalstaaten. Sie müssen sich gedulden, bis die Herren der Stadt Zeit haben, sie zu empfangen. Ihr könnt Euch hinzugesellen und ihnen Gesellschaft leisten, bis der Kanzler herunterkommt. Und keine Angst, mein Fräulein. Die Niederländer sind uns freundlich gesinnt.«
Flora blickte mit wild klopfendem Herzen zur Tür. Dahinter befand sich Marten! Noch war Zeit, ihn zu warnen.
»Ich fürchte die Niederländer nicht.«
Flora ging auf die Tür zu. Sie hatte das Gefühl, das Testament in ihrem Mieder würde ihr die Haut versengen. Doch jetzt war nicht der Zeitpunkt, um Marten zu sagen, wer der porträtierte Mann auf der Rückseite war. Sie konnte unmöglich das Testament aus ihrem Mieder ziehen, wenn die Deputation der Generalstaaten dabei zusah. Sie war sich auch nicht sicher, wie die Herren das plötzliche

Erscheinen einer Stralsunderin in einem festlichen Seidenkleid aufnehmen würden, die gekommen war, um dem schwedischen Kanzler zu huldigen. Oder würde Marten sie als eine gute Bekannte vorstellen?

»Nun mach schon«, drängte Frederike hinter ihr. Als Flora sich nicht rührte, griff sie an ihr vorbei und öffnete die Tür. Der Türflügel quietschte und vor ihnen erstreckte sich der Respekt einflößende Gerichtssaal. Flora beachtete kaum die Stuhlreihen und den hohen Richterstuhl unter dem Gewölbe. Sie hatte nur Augen für die Gruppe am Fenster. Zwischen den graubärtigen, ernst blickenden Männern stand er. Sie hätte ihn fast nicht erkannt.

Nur das rote Haar erinnerte noch an den alten Marten. Frederike schob sie sanft in den Saal und schloss lautlos die Tür. Flora konnte nichts anderes tun, als Marten ansehen. An wen erinnerte er sie bloß? Er war so verändert. Sie hatte ihn nur ein paar Wochen nicht gesehen. Wie konnte das möglich sein? Er schien größer zu sein. Oder lag es nur daran, dass sich seine Haltung verändert hatte? Selbstbewusst und lässig stand er da, so als hätte er sein Lebtag nichts anderes getan, als wichtige Männer zu ebenso wichtigen Missionen zu begleiten. Seine elegante Kleidung unterstrich den Eindruck. Er trug ein gelb gemustertes Wams und ein Hemd mit geschlitzten Ärmeln, die ihm etwas Militärisches verliehen. Vielleicht lag es auch an dem Pulverhorn an seiner Hüfte und dem unter der grünen Schärpe hervorblitzenden Messing einer Schaftkappe, die einer Pistole gehören musste. Von den Söldnern schien auch der breitkrempige Hut zu stammen, den eine tiefblau gefärbte Straußenfeder schmückte. Ultramarin, dachte Flora und fühlte einen kleinen Stich in der Brust. Die Feder hatte dasselbe Blau wie Lucas' Rosette. Der Farbton erinnerte sie an die Nacht des Schwedenfests und plötzlich wusste sie, wem Marten ähnelte.

Nun löste er sich aus der Gruppe und trat ihr entgegen. Dabei umspielte ein besonderes Lächeln seine Lippen, das sie von Lucas zu kennen meinte. Es fehlte nur noch der gepflegte Bart, dann wäre die Illusion vollkommen. Flora zwinkerte, um das Bild zu verscheuchen. Wahrscheinlich hatte sie nur zu lange im Kräutergarten geses-

sen und Lucas' Porträt angesehen, sodass sie seine Gesichtszüge nun überall zu finden meinte.
Als Marten nah genug war, glaubte sie auch einen veränderten Geruch an ihm wahrzunehmen. So roch kein Landschaftsmaler. Wo war der feine Leinölgeruch, der seit seiner Ankunft im Frühjahr in seinen Kleidern gehaftet hatte? Sein Pate hatte einen anderen Menschen aus ihm gemacht. Doch lieber wollte sie auf das Leinöl verzichten als ganz auf ihn. Statt einer Begrüßung sagte sie vorwurfsvoll: »Ich hielt dich viele Wochen lang für tot, Marten!«
»Es war nur ein Warnschuss und der Schreck hat mich umgeworfen. Ich entschuldige mich dafür, dass ich es gewagt habe, mich wieder aus den Fluten zu erheben.«
»Dummkopf.«
Er machte eine höfisch anmutende Verbeugung und bot ihr seinen Arm an. Sie hakte sich schweigend bei ihm unter. Formvollendet, als wollten sie einen Tanz anführen, schritten sie zu der Gruppe der wartenden Männer hinüber. Frederike blieb an der Tür zurück. Als sich Flora nach ihr umblickte, deute sie mit einer Hand am Ohr an, dass sie auf Geräusche von der Treppe achten wollte. Marten schob Flora unter das Fenster und erklärte: »Das ist Flora Maria Wullenwewer. Ihre Familie war so gütig, mich während der Belagerung aufzunehmen, Onkel Pieter.«
Flora musterte den Mann, an den sich Marten gewandt hatte. Es musste sich um den erwähnten Paten Pieter van Haverbeeck handeln, der Marten zu sich nach Amsterdam geholt hatte. Er war eine Respekt einflößende Erscheinung mit breiten Schultern und einem grau melierten Bart. Nach einer angedeuteten Verbeugung sagte er ernst: »Es ist mir ein Vergnügen.«
Er sprach gut Deutsch und Flora fragte sich, ob das auf alle anwesenden Herren zutraf. Um ihm eine Freude zu machen, wollte sie auf Holländisch antworten, doch Lärm vor der Tür ließ sie innehalten. Alle Köpfe wandten sich in die Richtung. Fußgetrappel war auf der Treppe zu hören und Stimmengewirr näherte sich. Der schwedische Kanzler hatte den Sitzungssaal verlassen und war mit seinen Männern auf dem Weg nach unten. Gleich würden

sie am Gerichtssaal vorbeikommen. Flora hielt den Atem an und lauschte.

Was würde geschehen, wenn sich die Tür öffnete, Lucas mit den Schweden hereinkäme und Marten erkannte? Was würde er denken, wenn er sie an Martens Seite fände? Würde er sie verdächtigen, Martens Komplizin zu sein? Würde er das Porträt zurückfordern, das unter mysteriösen Umständen von seinem Sekretär verschwunden war? Marten war in Begleitung gut bewaffneter Männer. Er selbst trug eine Pistole und ein Pulverhorn an der Hüfte. Auch die Schweden würden bewaffnet sein. Die Schritte entfernten sich und Flora atmete erleichtert auf.

Einen Moment später waren die Stimmen draußen verklungen und van Haverbeeck räusperte sich vielsagend. Wortlos folgten ihm die Männer der Deputation zur Tür. Die Schweden waren fort und die Aufmerksamkeit des Rates stand ihnen nun uneingeschränkt zur Verfügung. Die Niederländer marschierten mit stolz erhobenen Köpfen hinaus. Marten folgte ihnen nicht. Mit einem besorgten Ausdruck auf dem Gesicht beugte er sich zu Flora und sie wisperte: »Ich warte hier auf dich.«

»Ich werde mich unter einem Vorwand zurückziehen, sobald es möglich ist.«

Er hatte ganz leise gesprochen. Dennoch hatte Flora das Gefühl, sein Pate hätte jedes Wort gehört, denn er kam zurück, packte grob Martens Arm und zog ihn mit sich.

Als sie fort waren, stellte sich Flora ans Fenster und blickte in den Regen hinaus. Von den Schweden war nirgends etwas zu sehen. Frederike gesellte sich zu ihr und gemeinsam warteten sie. Es dauerte eine endlose Ewigkeit, so kam es Flora zumindest vor. Sie befürchtete schon, sein Pate würde ihn nicht gehen lassen, da öffnete sich die Tür. Martens blaue Feder wippte und ein Grinsen lag auf seinem Gesicht.

»Ich habe mich überzeugend mit Bauchgrimmen gewunden.« Das Grinsen verschwand und er wurde ernst: »Ich hätte dich doch heute Abend aufgesucht! Warum bist du ins Rathaus gekommen? Und wieso ist Frederike dabei? Ist etwas mit Isabel?«

Flora schüttelte so heftig den Kopf, dass ihr Mantel aufsprang und die kostbare Seide hervorblitzte. Marten runzelte sofort die Stirn.

»Du hast ihn also geheiratet, deinen feinen Stadtrat Lucas Wurffrath. Deshalb trägst du solche Kleider, nicht wahr? Du bist gekommen, um es mir zu sagen, bevor ich es auf anderem Weg erfahre.«

»Nein, so ist es nicht. Ich bin gekommen, weil ich dich unbedingt warnen muss. Ich weiß, wer der Amsterdamer ist. Warte, hier ...«

Flora fischte ungeschickt das Testament aus ihrem Mieder. Während sie es auseinander faltete und versuchte, die Knicke glatt zu streichen, flüsterte sie: »Ich habe das Testament deines Vaters gefunden. Hier ist es.« Sie wies auf den Text, dann wendete sie rasch das Blatt und rief mit vor Erregung zitternder Stimme: »Und sieh doch, das von Rembrandt gezeichnete Porträt zeigt Lucas – Lucas Wurffrath. Er ist der Amsterdamer!«

Marten warf nur einen flüchtigen Blick auf die Zeichnung. Seine Hand fuhr zum Schaft der Pistole, während er ungläubig hervorstieß: »Ausgerechnet dieser Mann ... Wo steckt er?«

»Ich nehme an, er ist nach der Rede des Kanzlers ins wurffrathsche Haus zurückgekehrt.«

»Rembrandt wird das Porträt niemals vollenden. Dafür werde ich sorgen!«

Er klopfte auf den Kugelbehälter an seinem Gürtel, in dem es unheilvoll klapperte.

»Marten, nein!«, rief Flora und ohne darüber nachzudenken, was sie tat, packte sie seinen Ärmel, um ihn zurückzuhalten.

Marten stieß sie so ungestüm fort, dass ihm sein Hut vom Kopf fiel, und sagte: »Dieser Mann wollte mich umbringen, Flora! Deshalb habe ich in den letzten Wochen Schießen geübt.« An der Tür wandte er sich noch einmal um: »Auf diesen Moment habe ich schon lange gewartet.«

Als er fort war, sagte Frederike verblüfft: »So kennen wir ihn ja gar nicht.«

Flora konnte ihre Augen nicht von seinem Hut abwenden. Die blaue Feder wirkte seltsam verloren, wie sie so vergessen am Boden lag.

Hastig faltete sie Martens Testament zusammen und schob es zurück ins Mieder. »Los, wir müssen ihn aufhalten.«
Mit fliegenden Röcken stürzten die zwei Frauen aus dem Gerichtssaal. Flora achtete nicht auf die Wache an der Tür, sondern rannte durch die Säulenreihen hinaus auf den Alten Markt. Dort drehte sie sich nach allen Seiten um. Die Häuserfassaden glänzten nach dem Regen wie frisch gewaschen. Hinter ihr keuchte Frederike: »Er wird zum Haus der Wurffraths laufen.«
Natürlich, dachte Flora beklommen. Sie selbst hatte ihm gesagt, wo er Lucas finden würde. Bevor sie sich wieder in Bewegung setzte, zögerte sie einen Moment. Dann rannte sie los. Es ist alles meine Schuld, dachte sie, während sich ihre Füße unablässig über das nasse Pflaster bewegten. Sie hatte die beiden aufeinander gehetzt. Die Männer, die sie liebte, würden sich gleich wutentbrannt gegenüberstehen. Wie hatte das nur geschehen können? Sie wusste selbst nicht, um welchen sie sich mehr sorgte. Keiner von ihnen hatte es verdient zu sterben.
Als sie das Haus der Wurffraths erreichten, konnten sie gerade noch sehen, wie Marten im Hinterhof verschwand. Flora und Frederike folgten ihm und liefen an den grünen Kegeln vorbei, die vor der Laube standen. Aus einem der geöffneten Fenster erklang eine Männerstimme. Marten musste sie auch gehört haben und war nun zielstrebig auf dem Weg nach oben. Flora meinte, ein Kinderlachen und die vereinzelten Töne eines Tasteninstruments zu hören. Frederike hatte die Kinder ebenfalls gehört und zögerte. Sie blickte Flora verwundert an.
»Um Himmels willen«, rief Flora, »die Kinder sind bei ihm! Sie müssen seit kurzem zurück in der Stadt sein. Marten kann doch nicht …«
Sie vollendete den Gedanken nicht. Frederike hatte sie auch so verstanden und rannte ohne ein weiteres Wort an ihr vorbei ins Haus. Flora folgte ihr und hastete hinter ihr die Treppe hinauf.
Oben kniete Marten mit einer Radschlosspistole vor der angelehnten Tür und duckte sich in ihren Schatten. Als Flora und Frederike den Treppenabsatz erreichten und sich schwer atmend auf das Ge-

länder stützten, blickte er nicht einmal auf. Stattdessen konzentrierte er sich auf die Geräusche hinter der Tür. Flora beugte sich vor und lauschte.
Jemand spielte stümperhaft auf dem Virginal. Jetzt unterbrach Lucas' belehrende Stimme das zögerlich vorgetragene Stück. Daraufhin rief ein eifriges Stimmchen: »Ich versuch es noch einmal.«
Das war die kleine Cornelia, dachte Flora. Ihr Onkel gab ihr eine Musikstunde und keiner von ihnen ahnte, was hier draußen vorging.
Frederike wisperte: »Ich hole Hilfe!«
Ihre Schritte entfernten sich und kurz darauf fiel unten eine Tür zu. Flora achtete nicht darauf. Sie war wie erstarrt und beobachtete mit wachsendem Entsetzen, wie Marten den Ladestock von der Pistole löste und das Pulverhorn öffnete. Langsam ließ er Schwarzpulver aus der Tülle in die Mündung rinnen. Flora wagte nicht, sich zu rühren. Die Erinnerung an die Tage der Belagerung hing mit dem Geruch des Schwarzpulvers in der Luft. Marten erhob sich langsam, dabei achtete er sorgsam auf die geladene Waffe. Ihr war, als könnte sie Michels Stimme hören, der ihr die Funktionsweise einer Radschlosspistole erklärte: Nach dem Laden wird der Mechanismus betätigt, der Bügel senkt sich in die Pfanne, gibt das Rad frei und löst einen Funkenregen aus. Sobald Marten seine Finger krümmte, würde es entsetzlich krachen, Schwarzpulver als feiner Staub niedergehen und dunkler Qualm aufsteigen. Das durfte nicht geschehen! Bei Lucas befanden sich Kinder und jeder wusste, wie ungenau eine Handfeuerwaffe traf. Vor Angst versagte Floras Stimme und sie konnte nur hilflos krächzen: »Marten, das kannst du nicht …«
Doch er hatte bereits die Pistole gehoben. Mit der Hand stützte er den Ellenbogen und mit dem Fuß stieß er geschickt die Tür auf. Der zitternde Lauf war auf die Gruppe am Fenster gerichtet. Flora blickte über Martens Arm hinweg in Lucas' vor Schreck geweitete Augen. Er saß auf dem gepolsterten Hocker vor dem Virginal und hatte sich überrascht umgewandt. Neben ihm saß Cornelia, deren Finger zum Spiel bereit auf den Tasten lagen. Beim Anblick der

Pistole kreischte das Mädchen auf. Marten senkte den Arm und keuchte ungläubig: »Hendrik?«

Lucas erhob sich langsam, dabei blickten seine grauen Augen Marten so durchdringend an, als wolle er ihm auf den Grund der Seele blicken. Marten schwankte und hätte fast die Pistole fallen lassen, doch Flora stützte schnell seinen Arm und echote verwirrt: »Hendrik?«

»Das ist mein älterer Bruder Hendrik. O gütiger Gott, ich hätte fast meinen Bruder getötet!«

Seine Stimme schien von sehr weit her zu kommen. Sein Brustkorb hob und senkte sich und seine Unterlippe zitterte. Er schien um Fassung zu ringen. Nach einer kurzen Pause fuhr er mit seltsam belegter Stimme und ohne die Augen von der Gruppe am Virginal zu lösen fort: »Ich habe dir von ihm erzählt. Er wurde vor vielen Jahren nach Übersee verbannt.«

»Sieben, um genau zu sein. Und es waren die Westindischen Inseln«, sagte der Mann am Virginal leise. Belustigung blitzte in seinen Augen und es lag ein schalkhafter Zug um seinen Mund.

Flora glaubte ihren Ohren nicht zu trauen. Dass Lucas womöglich nicht der entfernte Vetter aus Lübeck war, das hatte ja schon der Apotheker angedeutet. Aber Martens Bruder? Das konnte nicht sein! Hatte er sie wirklich die ganze Zeit über seine wahre Identität getäuscht? Als hätte er ihre Gedanken erraten, fragte er sie mit einem entschuldigenden Lächeln: »Was hätte ich denn tun sollen? Du hättest mich doch nicht mehr gewollt, wenn du die Wahrheit erfahren hättest.«

Sie wich seinem Blick aus. In seiner Stimme hatte aufrichtiges Bedauern gelegen, doch sie war zu aufgewühlt, um ihm zu widersprechen. In ihr herrschte ein großes Durcheinander. Sie wusste nicht, ob es Angst, Sorge oder Empörung war, was sie fühlte. Beunruhigt blickte sie von einem Mann zum anderen. Sie konnte nicht sagen, welcher der beiden gefährlicher war. Cornelia schien es ebenso zu gehen. Mit weit aufgerissenen Augen starrte sie erst den Fremden mit der Pistole an, um dann wieder den Mann anzublicken, den sie bis dahin für ihren Onkel Lucas gehalten hatte.

Der lächelte ihr beruhigend zu und forderte Marten auf: »Gib mir die Pistole, Kleiner. Mach keine Dummheiten. Du würdest niemals schießen. Dasselbe Blut fließt in unseren Adern.«
Marten stöhnte auf, als wäre ihm die Bedeutung der Worte soeben bewusst geworden, und sagte: »Ja, wir sind Brüder. Dennoch hast du Vater und mich im Ungewissen gelassen. Wie konntest du das nur tun? Wir hielten dich für tot und wir haben dich geliebt!«
»Du hast mich vielleicht geliebt. Vater hat jedoch keinen Finger gerührt, um mir zu helfen. Der große Gelehrte Olearius fand es unter seiner Humanistenwürde. Dabei war es sein alter Freund van Haverbeeck, der mich vernichten wollte.«
»Van Haverbeeck? Er ist ein grundgütiger Mann«, stieß Marten ungläubig hervor.
Flora erinnerte sich an den selbstbewussten, ernst blickenden Mann, dem sie eben im Gerichtssaal gegenübergestanden hatte. Er hatte nicht wie jemand ausgesehen, der einen unschuldigen jungen Mann in die Verbannung schickte. Und hatte er nicht Marten zu sich nach Amsterdam geholt?
Martens Bruder schnaufte, verschränkte die Arme vor der Brust und erklärte: »Wegen einer unbedeutenden Kleinigkeit, einem Nichts in der Geschäftswelt, einem zu einem Verbrechen aufgeblähten alltäglichen Vorgang hat er mich angeklagt. Es war ein verteufeltes Spiel. Er wusste von Vaters Ersparnissen und konnte sich den Gewinn aus den gedruckten Schriften ausrechnen. Er wollte sich bereichern. Du, als sein Patenkind, warst noch jung und formbar. Ich dagegen war aufmüpfig und seinen Plänen im Weg. Ich hatte mich vehement geweigert, in Amsterdam für ihn zu arbeiten.«
Marten wirkte plötzlich nachdenklich und unsicher. Seine Finger, die den Schaft der Pistole umklammert hatten, entspannten sich. Flora ließ seinen Arm los und er machte ein paar vorsichtige Schritte in den Raum hinein. Den Lauf der Pistole hatte er nun zur Decke gerichtet, als wüsste er nicht recht, was er damit anfangen sollte. Flora blieb, an den Türrahmen gelehnt, stehen und beobachtete gespannt, was er vorhatte. Einen Moment lang war sie sicher, er würde die Pistole seinem Bruder reichen. Es wäre eine Versöhnungs-

geste gewesen. Der hatte auch bereits die Arme von der Brust genommen und erwartungsvoll erhoben. Doch Marten beugte sich vor und platzierte die Pistole behutsam auf der Fensterbank. Dort stand die geladene Waffe aufrecht an die Scheibe gelehnt. Flora wäre es lieber gewesen, er hätte das furchtbare Ding aus dem anderen, geöffneten Fenster geworfen.
Als Marten sich umwandte und ans Virginal trat, fuhr Cornelia erschrocken zurück. Sie konnte die Augen nicht von der Pistole lösen. Sein Bruder beachtete die Waffe nicht. Stattdessen ließ er die Arme sinken und fuhr fort: »Kurz nach der Ankunft in Westindien gelang es mir zu fliehen. Ich konnte mich auf einem Handelsschiff verbergen, das bald darauf ins schwedische Königreich aufbrach. Dort blieb ich zwei Jahre und half in einem Kontor. Als ich mich auf einem unserer Schiffe nach Stralsund befand, erkrankten alle an Bord. Nur mich verschonte die Seuche. Zwar war ich vor Erschöpfung bewusstlos, als man mich von Bord trug, aber wenigstens am Leben. Als ich zu mir kam, bekam ich mit, dass man mich für Lucas Wurffrath hielt.«
Cornelia gab einen Laut von sich und sah aus, als würde sie gleich in Tränen ausbrechen.
Er fragte niemand im Besonderen: »Hätte ich es abstreiten sollen? Ich nahm es als Gottesgeschenk, genau wie die schöne Dorothea, die sich bei ihrem Vater für mich einsetzte.«
»Großvater wird aber sehr traurig sein«, schniefte Cornelia und eine Träne ronn ihre Wange entlang und blieb zitternd an ihrem Kinn hängen. Martens Bruder lächelte zärtlich, wischte ihr die Träne fort und flüsterte: »Na wie gut, dass er gleich nach der Rede des Kanzlers zum Hafen aufgebrochen ist. Wenn wir beide ihm nichts erzählen, dann wird er es nie erfahren. Auch deiner Mutter müssen wir nichts erzählen und vor deinen Geschwistern hast du doch gern Geheimnisse.«
Cornelia wollte etwas einwenden, doch Marten kam ihr zuvor. Er packte seinen Bruder am Arm und sah aus, als wollte er ihn schütteln. Nachdem er sicher war, dass er seine ganze Aufmerksamkeit hatte, runzelte er die Stirn und sagte drohend: »So leicht kommst

du nicht davon, Hendrik Olearius. Du selbst bist hinter Vaters Vermögen her! Was hat dich sonst in diesem Frühjahr nach Leyden geführt? Kurz nach Vaters Tod hast du Rembrandt im Atelier aufgesucht. Das konnte doch kein Zufall sein!«
»Nein, war es auch nicht. Während all der Jahre ließ ich euch beobachten. Ich hatte immer jemanden, der mir aus Leyden berichtete. Alte Freunde, bei denen ich noch was gut hatte. Aber der Zufall wollte es, dass ich gerade selbst in der Nähe war, als mich die Nachricht von Vaters Erkrankung erreichte. So bin ich nach Leyden gereist. Ich habe dich nach seinem Tod auf Schritt und Tritt beobachtet, ob du einen Versuch unternimmst, mich zu finden. Du hättest jemanden damit beauftragen können. Aber du hast nichts dergleichen getan. Du wolltest das Erbe nicht mit mir teilen.«
»Das ist nicht wahr! Ich hätte es mit Vergnügen geteilt, wenn es mir meinen Bruder zurückgegeben hätte.«
Marten hatte Hendriks Arm losgelassen und rang die Hände. Hendrik schüttelte bedauernd den Kopf: »Ich glaube dir, Marten, aber wie konnte ich das damals ahnen? Du hast so satt und zufrieden gewirkt, als du da mit deinem Freund Rembrandt im Gasthof über dem Testament gebrütet hast. Dann bist du eingeschlafen und er nahm das Blatt mit nach Hause. Ich bin ihm gefolgt, habe etwas gewartet und mich dann als Kaufmann aus Amsterdam vorgestellt. Der Rest war ganz einfach. Vergib mir, Marten. Ich war mir sicher, die Jahre hätten aus dir genauso einen halsstarrigen Geizhals gemacht, wie Vater einer war. Jetzt sehe ich, dass es nicht so ist …«
Er trat auf Marten zu und versuchte ihn zu umarmen. Marten wich zurück und sagte bitter: »Du hast mir am Hafen die Schlägerbande auf den Hals gehetzt. Die Kerle hätten mich fast umgebracht!«
»Wieso warst du auch so dumm, mir in eine belagerte Stadt zu folgen? Die Kämpfe konnten jeden Augenblick losgehen und ich wollte meinen kleinen Bruder in Sicherheit wissen. Sie sollten dich nur auf ein Schiff schaffen, das dich wieder nach Hause bringt. Ich habe ihnen geglaubt, als sie zu mir kamen und behaupteten, du wärst auf dem Weg zurück in die Niederlande.«

»Während der ganzen Belagerung habe ich mich in der Stadt aufgehalten. Ich war fest entschlossen, Vaters Testament zu finden. Erst als es aussichtslos schien, bin ich zurückgekehrt.«
Hendrik fuhr sich nachdenklich mit den Fingerknöcheln über die Unterlippe, leicht spöttisch sagte er: »Mein Fehler war, Rembrandt zu erzählen, dass ich nach Stralsund wollte. Hätte ich bloß den Mund gehalten! Das war aber auch mein einziger Fehler.«
Die ganze Zeit hatte Flora schweigend zugehört, nun konnte sie nicht mehr an sich halten. Sie stieß sich vom Türrahmen ab, trat zu ihm und rief empört: »O nein. Dein Fehler war, dass du deinen Bruder um sein Erbe bringen wolltest. Du wolltest ihn bestehlen wie ein ganz gewöhnlicher Dieb.«
Hendrik blickte sie überrascht an. Er schien ihre Anwesenheit vergessen zu haben. Als er ihren anklagenden Blick sah, hob er abwehrend die Hände und rief: »Ich habe es doch für dich getan. Es sollte deine Mitgift werden. Zuerst war es nur eine weit im Voraus geplante Rache an meinem Vater und seinem feinen Freund van Haverbeeck. Als ich dann zufällig an einem schönen Sonntagmorgen in der Laube über dich stolperte, war es um mich geschehen. Mein einziges Ziel warst nur noch du. Ich wollte dich und das will ich immer noch …«
Er blickte sie so verlangend an, dass sie erschauderte. Ratlos fuhr sie über den Bernsteinring an ihrem Finger und überlegte, was sie tun sollte. Sollte sie ihm den Verlobungsring zurückgeben und für immer auf diesen Mann mit den Seeräuberaugen verzichten? Das hatte sie vorgehabt, doch nun hielt sie das Feuer in seinen Augen davon ab. Sie hatte sich noch nicht zu einer Entscheidung durchgerungen, da erklang von unten ein wütender Ruf.
»Petekind? Marten? Ben je hier?«
»Verflucht, das ist van Haverbeeck. Wie hat er mich nur gefunden?«, fragte Marten.
Hastige Schritte polterten die Treppe herauf und ehe jemand sich rühren konnte, stand van Haverbeeck schon in der Tür. Seine breite Gestalt schien den ganzen Rahmen auszufüllen. Hinter ihm sah Flora die Männer der Delegation. Van Haverbeeck erkannte Hendrik

Olearius sofort, denn er runzelte die Augenbrauen und knurrte: »Niet te geloven! Was treibt der im Haus eines Ratsherrn? Ich nahm an, Olearius' Ältester sei in unseren Kolonien verreckt.«
Martens Bruder machte sich gar nicht die Mühe, seine Identität zu leugnen. Stattdessen kniff er die Augen zu zwei bedrohlichen Schlitzen zusammen und zischte: »Den Gefallen habe ich Euch nicht getan. Ihr habt mich aus der Stadt vertrieben, jedoch nicht vom Antlitz dieser Erde.«
»Das wäre aber besser für dich gewesen.«
»Das sehe ich anders. Hier bin ich ein geachtetes Mitglied des Rates. Sie werden nicht zulassen, dass Ihr mich in die Finger bekommt, auch unter den Schweden habe ich gute Freunde. Denkt nicht, Ihr könntet mich so einfach verunglimpfen. Selbst der schwedische König spricht mit Achtung von mir.«
Van Haverbeeck schnaufte abfällig, drehte sich zu seinen Männern um und befahl ihnen barsch: »Ergreift ihn! Fesselt und knebelt ihn und bringt ihn auf unser Schiff. Gebt Acht, dass euch niemand sieht. Das hier ist unsere Angelegenheit. Weder die Stralsunder noch die Schweden sollen ihn richten.«
Vor der Tür entstand Unruhe. Martens Bruder nutzte den Moment und warf sich zurück. Mit einer Hand griff er nach der Pistole auf der Fensterbank, mit der anderen zog er Flora zu sich heran. Er presste ihren Körper vor seine Brust und hielt ihr die Mündung der Pistole an die Schläfe. Flora keuchte erschrocken. Das Metall bohrte sich kalt in ihre Haut und sie konnte Hendriks Herzschlag an ihrem Rücken spüren. Er bugsierte sie unsanft durch den Raum.
»Geht zur Seite. Ich werde keinen Augenblick zögern und feuern, sobald sich mir einer in den Weg stellt.«
Hendriks Stimme klang hart und unerbittlich. Marten machte eine unbedachte Bewegung und Flora blickte ihn flehend an, wagte aber nicht zu sprechen. Marten zwinkerte unschlüssig, als wüsste er nicht, ob Hendrik wirklich ernst machen würde. Sein Bruder hatte die Bewegung aus den Augenwinkeln gesehen und warf ihm einen kurzen Blick zu. Flora hoffte inständig, dass er Marten stillschwei-

gend dazu aufgefordert hatte, sich keine Sorgen zu machen. Er würde sie doch niemals opfern, um selbst zu entkommen? Keiner im Raum schien sich dessen sicher zu sein. Alle waren wie erstarrt und jeder blickte auf den Abzug an Hendriks gekrümmtem Finger. Nur Cornelia hatte ihre Hände vor das Gesicht geschlagen und zitterte am ganzen Körper.

Hendrik drängte Flora an van Haverbeeck vorbei durch die Tür. Um diesen furchtbar wütend blickenden Mann nicht aus den Augen zu verlieren, warf er sich herum und bugsierte Flora und sich rückwärts an den Mitgliedern der Delegation vorbei. Die drückten sich steif an die Wand und ließen sie zur Treppe durch. Keiner unternahm etwas, um ihn an der Flucht zu hindern. Nach ein paar Schritten wisperte Hendrik in Floras Ohr: »Ganz ruhig. Es ist gleich geschafft.«

Floras Füße tasteten unsicher nach den Stufen und jede weitere war eine schier endlose Qual. Bei jedem Schritt bohrte sich der Lauf der Pistole tiefer in ihre Schläfe. Sie roch das todbringende Schießpulver und spürte, wie die Pistole vibrierte. Sie überlegte, was geschehen würde, wenn Hendrik stolperte, verdrängte den Gedanken aber sofort wieder, um nicht selbst die Kontrolle über ihre Schritte zu verlieren. Dann hörte sie von unten jemanden die Treppe heraufkommen und eine Stimme kreischte: »Hölle und Verderben, nimm das Ding von ihrem Kopf, du!«

Frederike! Sie schien an Hendriks Ärmel zu reißen, um ihn dazu zu bringen, die Hand mit der Waffe zu senken. Er wankte und fluchte. Flora spürte plötzlich, wie sie freier atmen konnte, weil er ihr nicht mehr mit seinem Unterarm die Luft abpresste. Sie nahm noch wahr, dass sich das kalte Metall nicht mehr an ihrer Schläfe befand, dann krachte ein gewaltiger Schuss über ihr.

Das Krachen vervielfachte sich in ihrem Kopf. Brocken rieselten von der Decke, schwarzer Qualm hüllte alles ein und nahm ihr die Sicht. Durch den dumpfen Nachhall in ihren Ohren hindurch hörte sie Frederike etwas rufen. Sie konnte die Worte nicht verstehen, ihre Augen brannten und sie glaubte in dem Rauch zu ersticken. Hilflos wedelte sie mit den Händen und hustete.

»Schnappt ihn euch! Lasst ihn nicht entwischen«, brüllte van Haverbeeck oben an der Treppe.
Die Männer liefen in die Qualmwolke hinein, die als grauer Nebel hochstieg. Sie überrannten Flora einfach und bahnten sich ihren Weg die Treppe hinunter. Flora wurde zur Seite geschleudert und fiel. Eine Stiefelspitze bohrte sich in ihre Rippen, während sie mit dem Kopf hart gegen das Geländer schlug.
Als sie wieder zu sich kam, beugte sich Marten über sie. »Flora? Flora? Bist du in Ordnung? Waar doet het pijn?«
Wo es wehtat? Alles tat weh und ihr Herz raste. Mit jedem Schlag klopfte der Schmerz in ihrem Hinterkopf. Schwerfällig richtete sie sich auf und stöhnte.
Die Männer, die sie in ihrem Eifer umgerannt hatten, waren verschwunden. Hendrik und Frederike waren ebenfalls fort und mit ihnen die Pistole. Stattdessen standen zwei Küchenmädchen an der Treppe. Eines drückte die schluchzende Cornelia an sich, während das andere erklärte: »Bring Cornelia zu dem Kleinen in die Küche. Etwas Warmes wird ihr gut tun. Ihre Mutter wird gleich mit Liselotte vom Stoffhändler zurück sein. Hoffentlich wird die gnädige Frau sich nicht aufregen.« Dann schaute sie zu Flora und Marten, die am Geländer lehnten, und sagte unwirsch: »Schert Euch lieber fort, ehe sie Euch zur Rede stellt. Ich weiß zwar nicht, was hier vorgeht, aber sie kann sich schrecklich aufregen, wenn eines ihrer Kinder weint.«
Cornelia schluchzte daraufhin ein wenig lauter. Flora zog sich am Geländer hoch und während sie noch etwas unsicher auf ihren Füßen stand, überlegte sie, wie sie das kleine Mädchen trösten konnte. Deinem Onkel Lucas wird schon nichts geschehen? Er wird bald wieder hier sein? Konnte sie da so sicher sein? Van Haverbeeck und die Männer der Delegation waren hinter ihm her. Sie würden nichts unversucht lassen, um ihn zu überwältigen, gefangen zu nehmen und auf ihr Schiff zu bringen. Vielleicht geschah es in diesem Moment. Marten klopfte sich den Staub von den Kniehosen und seufzte: »Lass uns hier verschwinden.«
Flora wollte nichts lieber als das. Keinen Augenblick länger mochte sie sich in diesem Haus aufhalten. Hier würde bald Trauer einzie-

hen. Ein Vater verlor seinen Sohn und die Hoffnung seines Alters. Seine Enkel verloren einen liebevollen Onkel, der mit ihnen gespielt und musiziert hatte.
Sie beobachtete, wie Cornelia in Richtung Küche geführt wurde. Das andere Dienstmädchen winkte ihnen, ihr zu folgen. »Geht hintenherum. Ihr macht ja sonst alles schmutzig, so wie Ihr ausseht.«
Flora blickte an sich herunter und ertastete die schmerzende Stelle am Hinterkopf. Der Umhang hatte das Seidenkleid vor dem Schwarzpulverqualm geschützt und sie schien auch nirgends zu bluten.
Marten nahm ihren Arm und sie machte ein paar unsichere Schritte. Der Schuss schien ihr alle Kräfte geraubt zu haben.
»Mir steckt der Schreck noch in allen Gliedern«, erklärte sie entschuldigend.
»Als ich den Knall hörte, blieb mir fast das Herz stehen. Und als ich dich dann am Fuß der Treppe liegen sah, war ich sicher, du wärst tot. Warum, um Himmels willen, hat er geschossen?«
Flora stützte sich auf ihn, humpelte an der Küche vorbei und dachte darüber nach. Erst als sie draußen im Hof waren und die Tür hinter ihnen zufiel, erklärte sie matt: »Er hat nicht schießen wollen. Frederike hat ihn ungestüm bedrängt, da hat sich der Schuss gelöst.«
»Zum Glück war er geistesgegenwärtig genug, die Waffe nach oben zu richten. Sonst wärst du durch meine Pistole ums Leben gekommen! Das hätte ich mir nie verzeihen können.«
»Wer nach dem Schwert greift, wird durch das Schwert umkommen.«
Flora dachte daran, wie er oben in der Diele gekniet hatte. Alles an ihm hatte wild entschlossen gewirkt. Er war wie im Rausch gewesen. Nun wirkte er bedrückt und kleinlaut.
Sie hatten die grünen Kegel vor der Laube erreicht, als die ersten Tropfen fielen. Es waren dicke Regentropfen und sie kündigten einen heftigen Schauer an. Marten zog sie zur Laube hinüber, wo sie unter dem Dach vor dem Regen geschützt waren. Wortlos setzten sie sich nebeneinander auf die Marmorbank und hörten den

Regen prasseln. Sie schwiegen lange. Keiner von ihnen wollte als Erster sprechen und der erste Satz wurde dadurch immer bedeutungsvoller. Flora überwand sich endlich und flüsterte: »Sollen sie ihn erwischen. Es bedeutet mir nichts. Er ist nicht mehr mein Verlobter.«

»Aber er ist immer noch mein Bruder«, stieß Marten verzweifelt hervor und vergrub sein Gesicht in den Händen. So saß er eine Weile vornübergebeugt da, als kämpfte er mit den Tränen, und es brach ihr schier das Herz. Voller Mitleid betrachtete sie seine zitternden Hände. Sie hatte nicht so etwas sagen wollen. Natürlich war Hendrik sein Bruder. Es konnte Marten nicht gleichgültig sein, was mit ihm geschah. Er senkte die Hände und umfasste seine Knie, wie um sich zu beruhigen. Tränen glitzerten in seinen Augenwinkeln. Sie berührte vorsichtig sein Handgelenk und bemühte sich, ihn nicht anzusehen, während sie sagte: »Er wird entkommen. Er ist schlauer als sie. Er ist schon einmal geflohen.«

»Ja, er hat es geschafft, sich jahrelang zu verbergen. Als er damals fortging, habe ich wochenlang um ihn getrauert. Vater hat jeden Abend Gäste geladen, um mich aufzuheitern. So haben wir viele Stunden mit meinem Paten Pieter van Haverbeeck Karten gespielt oder gewürfelt. Er war immer so zuvorkommend zu mir. Er war es auch, der mich in Amsterdam neu eingekleidet und mir die Pistole geschenkt hat. Ich kann nicht glauben, dass er Hendriks Verbannung veranlasst haben soll. Kann ich denn den Worten meines Bruders trauen? Immerhin war er es, der mir Vaters Testament stahl. Statt sich mir anzuvertrauen, hat er mich beschattet wie einen Feind, von dem man nur das Schlechteste erwartet.«

Flora hörte den Kummer in seinen Worten und wusste nicht, was sie raten sollte. Deshalb besann sie sich darauf, dass das Testament immer noch in ihrem Mieder steckte. Es war Zeit, es ihm zurückzugeben. Nicht zum ersten Mal an diesem Tag zog sie es zwischen den Stäben hervor und strich es glatt.

»Schau, wie gut Rembrandt ihn getroffen hat. Warum nur hast du im Gerichtssaal deinen eigenen Bruder nicht erkannt? Gut, es war zerknittert und das Licht war schlecht …«

Unwirsch unterbrach er sie: »Ich habe kaum hingesehen. Als ich hörte, Lucas Wurffrath sei der Amsterdamer, ging irgendetwas mit mir durch. Zeig es mir.«
Flora reichte ihm das Blatt. Marten betrachtete es versonnen, strich mit dem Finger darüber und sagte leise: »Ja, das ist er. Hendrik Olearius, der mich als Kind immer huckepack auf seinen Schultern getragen hat. Mein älterer Bruder, den ich immer so bewundert habe. Schon als Rembrandt die Skizze aus seinem Gedächtnis machte, kam mir das Porträt bekannt vor, doch nach dem Leben gezeichnet wirkt es viel natürlicher. Allerdings irritiert mich immer noch der Bart. Hendrik sieht viel härter aus, als ich ihn in Erinnerung hatte.«
»Das Leben hat Spuren in seinem Gesicht hinterlassen. Rembrandt hat alles darin festgehalten, ohne etwas zu beschönigen. Du musst in dich gehen und prüfen, ob du deinem Bruder verzeihen kannst.«
Sie selbst hatte es gekonnt. Hatte sie sich nicht sogar wieder von ihm betören lassen? Vorhin hatte sie ihm den Bernsteinring zurückgeben wollen und dann gezögert, denn da war dieser Blick gewesen. Genau wie Rembrandt hatte sie das Verlockende und Geheimnisvolle darin gesehen. Nun kannte sie sein Geheimnis, wusste alles über seine Vergangenheit und seine Betrügereien, dennoch konnte sie ihn nicht verurteilen. Trotz allem war er noch der Mann, in den sie sich an jenem Sonntag verliebt hatte. Sie beugte sich zu Marten, der nachdenklich vor sich hin starrte, und flüsterte verschwörerisch: »Ich hoffe, dass van Haverbeeck ihn nicht erwischt. Ich hoffe es für dich, Marten, nicht für mich.«
»Ich weiß. Ich hoffe es auch.«
»Was wirst du nun tun?«
»Um Gewissheit zu haben, werde ich das Gasthaus am Hafen aufsuchen, in dem die Deputation untergebracht ist. Bevor sie Hendrik nachts heimlich aufs Schiff schaffen, werden sie ihn dort verstecken. Sie wollen jeden Skandal vermeiden, deshalb wird es zu keiner öffentlichen Anklage vor dem Stadtgericht kommen. Wenn die Schweden sich erst einmal einmischen, wird eine Staatsangelegenheit daraus. Das wollen sie um jeden Preis verhindern.«

»Und er hat einflussreiche Freunde unter den Schweden. Hat er nicht gesagt, dass selbst der schwedische König für ihn eintreten würde?«

Marten seufzte bekümmert. Nach einer Weile sagte er: »Ich fürchte mich davor, in Hendriks Augen blicken zu müssen, falls sie ihn überwältigt, gefesselt und in eine Ecke geworfen haben sollten.«

Flora fröstelte bei seinen Worten. Marten warf einen kurzen Blick auf die Rückseite des Blattes, faltete es zusammen und schob es sich unter das Wams, dann erhob er sich. Der Regen hatte nachgelassen, es nieselte nur noch. Flora stand ebenfalls auf. Das Pochen an ihrem Hinterkopf hatte nachgelassen und ihr Herzschlag hatte sich normalisiert, deshalb fragte sie: »Soll ich dich begleiten?«

»Zum Gasthaus am Hafen? Lieber nicht. Wenn ich bei meinem Paten ein Wort für Hendrik einlegen will, sollte ich das allein tun. Geh nach Hause und bete, dass sie ihn verschonen. Es gefällt mir nicht, dass sie Waffen tragen.«

»Wirst du kommen und mir alles berichten, auch wenn … es zum Schlimmsten kommt?«

Sie hatte es nicht über sich gebracht, vom möglichen Tod seines Bruders zu sprechen. Trotzdem zog er scharf die Luft ein und widersprach heftig: »Dazu wird es nicht kommen. Nicht, wenn ich es verhindern kann.«

Sie wollte sich schon abwenden, da hob er die Hände und umfasste ihren Nacken. Er zog sie rasch zu sich heran und küsste sie ungestüm. Besitz ergreifend hielt er sie fest, während sie zu überrascht war, um zu protestieren. Sie hatte sich seinen Kuss ersehnt, doch so hatte sie sich das nicht vorgestellt, da war nichts Jubilierendes oder Überwältigendes. Nichts stieg auf, überflutete ihren Körper und berauschte ihre Sinne. Vernunft und Zweifel ertranken nicht in süßen Wonnen. Stattdessen fühlte sie nur seine innere Not und spürte, wie ihm nach Trost verlangte. Nur deshalb stieß sie ihn nicht sofort zurück, sondern ließ zu, dass seine Lippen in hungriger Verzweiflung nach den ihren suchten. Als er merkte, dass es keinen Widerstand gab, den er niederkämpfen oder in Zaum halten musste, veränderte sich der Griff seiner Finger und sein Mund wurde weich. Er küsste sie ein letztes Mal, bevor er zurückwich, seine Hände fortnahm und stammelte: »Het het was niet … Das wollte ich nicht. Mein Bruder … ihn am selben Tag wiederzusehen wie dich, das war … ich kann nicht mehr vernünftig denken.«

»Ich verstehe das«, sagte sie leise und da er sie zweifelnd ansah, versuchte sie es noch einmal: »Ik begrijp het.«

Er nickte, ging ein paar Schritte, zögerte, als wollte er noch etwas sagen, wandte sich jedoch zum Tor und trat auf die Straße. Flora stützte sich auf die Verstrebung der Laube. Nachdenklich blickte sie auf die regennassen grünen Kegel, die wie zwergenhafte Wächter vor ihr standen. Sie hatten alles beobachtet. Die Bäumchen waren auch stille Zeugen gewesen, als sie der vermeintliche Stadtrat an jenem Sonntagmorgen an genau dieser Stelle geküsst hatte. Es war anders gewesen. Nicht nur anders, dachte sie, sondern wie ein Sturmwind. Sie hatte nicht angenommen, dass es mit Marten genauso sein würde. Doch sie konnten den Kuss wiederholen. Unter anderen Bedingungen, vielleicht an einem sonnigen Sonntagmorgen. Jetzt galt es abzuwarten, was ihn im Gasthaus erwartete. Sie selbst würde nach Hause gehen und sich in Geduld üben. Nach einer zweiten Begegnung mit einer Radschlosspistole stand ihr ganz und gar nicht der Sinn.

Flora ging über den Hof und durch das Tor. Mit jedem Schritt wuchs die Gewissheit, dass sie niemals ins Haus der Wurffraths zurückkehren würde. Sie hatte es auf einmal eilig, nach Hause zu kommen. Dort war alles einfach und es erwartete sie nichts als eine überbesorgte Tante, eine verständnisvolle Mutter und ein kleines Mädchen, das sie anflehen würde, mit ihm zu zeichnen. Es war ein Ort der Zuflucht und der Geborgenheit. Nur Michel Warneke konnte so dumm sein, sich im Morgengrauen aus diesem Haus davonzustehlen. Sie lief durch den feinen Nieselregen, der in Böen über den Neuen Markt gefegt wurde, hielt sich die flatternden Röcke und dachte daran, wie sie frühmorgens von einem Geräusch in der Diele erwacht war. Michel hatte seinen Finger mahnend an die Lippen gehalten und sie bittend angesehen. Er hatte seine Tasche dabeigehabt und sowie er seinen Weg auf Zehenspitzen fortgesetzt hatte, hatten die Instrumente darin geklimpert, als würden sie protestieren. Am Morgen nach seinem Verschwinden hatte sich eine gedrückte Stimmung über das ganze Haus gelegt. Frederike war besonders still gewesen.

Gerade als sie an Frederike dachte, sah sie sie vor der Marienkirche stehen. Im selben Augenblick erkannte diese Flora, kam über den Platz und rief: »Die Muttergottes sei gepriesen, du bist wohlauf! Ich war so in Sorge. Sobald die Niederländer an mir vorbei hinter Lucas hergestürmt waren, sah ich dich reglos am Fuß der Treppe liegen, da bin ich sofort losgelaufen, um deine Mutter zu holen. Sie ist die Einzige in der Stadt, die weiß, was in so einem Fall zu tun ist.«

Mit geröteten Wangen und wirren, feuchten Haaren stand Frederike vor ihr, blickte sich immer wieder nach allen Seiten um und tänzelte wie ein nervöses Pferd von einem Fuß auf den anderen. Flora versuchte eine Haarsträhne zu bändigen, die der Wind vorwitzig vor ihre Nase blies, und fragte: »Was ist los? Du glühst ja, als hättest du Fieber. Ist etwas mit Mutter?«

»Sie ist mit Isabel noch nicht zurück. Ich fand das Haus leer.«

»Und die Niederländer? Wohin sind sie gelaufen? Haben sie ihn zum Hafen verfolgt? Hatte er die Pistole dabei?«

Endlich gelang es ihr, die Strähne einzufangen. Sie schob sie hinters Ohr, während Frederike sich bei ihr einhakte, sie über den Platz führte und verlegen erklärte: »Ich habe sie nicht auf ihn hetzen wollen. Wie hätte ich denn ahnen können, dass sie gerade hinter Lucas Wurffrath her waren? Als Marten so fest entschlossen schien, seine Waffe zu benutzen, bin ich zum Rathaus gelaufen. Die Wachen wollten mir nicht helfen und von den Schweden war keine Spur zu sehen. Aber die Deputation der Generalstaaten war ganz Ohr, als ich Martens Namen erwähnte. Der große Breitschultrige bekam einen lauernden Gesichtsausdruck und bellte Befehle.« Frederike schien zu überlegen, dann fügte sie hinzu: »Er hat sich benommen, als wäre Marten sein Eigentum, das es zu schützen gilt. Sehr sonderbar.«

»Nicht, wenn du die ganze Geschichte hörst«, sagte Flora und begann in allen Einzelheiten zu berichten, was während Frederikes

Abwesenheit vorgefallen war. Sie war mit ihrem Bericht erst am Ende, als sie unter dem vor Feuchtigkeit glänzenden Hebammenschild standen, das sich quietschend hin und her bewegte. Das Geräusch wurde von fröhlichen Stimmen untermalt, die hinter der Tür erklangen. Sie waren also wieder zurück. Flora konnte Isabels hohe Stimme hören und Alwines tiefes Lachen.

Bevor sie ins Haus traten, zischte Frederike: »Kein Wort zu deiner Mutter! Es wissen schon viel zu viele, wer sich hinter dem Stadtrat Lucas Wurffrath verbirgt. Für den Fall, dass es ihm gelingt zu entkommen, sollten wir den Mund halten, sonst jagt ihn bald die ganze Stadt.«

In der Diele hielt Flora sie zurück und fragte misstrauisch: »Warum kümmert dich das?«

Frederike zog die Schultern hoch und sah aus, als würde sie sich ducken.

Sie verbirgt doch etwas, dachte Flora beunruhigt. Sie war sich fast sicher, dass Frederike ihr etwas Wichtiges verheimlichte. Ehe sie ihren Verdacht in Worte fassen konnte, ging die Küchentür auf und Isabel stürmte heraus. Sie kam mit weit geöffneten Armen und vor Freude glänzenden Augen auf Frederike zugelaufen und rief: »Wir haben einem Kind auf die Welt geholfen. Es hat so kleine Fingerchen, dass ich Angst hatte, sie abzubrechen, und es hat mich angelächelt, als ich es an den Fußsohlen gekitzelt habe. Erst wollte es falschherum heraus, da hat Alwine es dazu gebracht, sich zu drehen.«

Frederike strich ihrer Tochter über das Haar, blickte Flora über Isabels Kopf hinweg an und sagte mit einem vieldeutigen Lächeln: »Manchmal muss man eben eingreifen, um Unheil abzuwenden.«

»Was meinst du? Von welchem Unheil redest du?«, fragte Flora aufgebracht und als Frederike nur weiter so unerträglich wissend lächelte, fluchte sie leise.

Geklapper von Schüsseln war zu hören und Flora folgte Isabel und Frederike voll böser Vorahnungen in die stickig warme Küche.

Marten hatte unterdessen das Gasthaus am Hafen erreicht. Unschlüssig stand er vor der schlichten Fassade und blickte zu den

Fenstern hinauf. Er hatte sich auf dem Weg sehr viel Zeit gelassen, denn mit jedem Schritt war die Furcht vor dem, was ihn hier erwarten würde, gewachsen. Dennoch hatte er kaum die vielen schwedischen Soldaten beachtet, von denen es in den Straßen nur so wimmelte. Er hatte auch kein Auge für die Bürger der Stadt gehabt, die wieder ihren Geschäften nachgingen, als machte es keinen Unterschied, wer in der Stadt herrschte. Das Gasthaus, in dem die Deputation logierte, war das Erste, das er seit dem Verlassen der Laube im wurffrathschen Haus bewusst wahrnahm. Erst jetzt fiel ihm auf, wie schäbig es war. Es konnte ganz gewiss nicht mit dem besten Haus am Platz verglichen werden, in dem die Schweden untergebracht waren. Die neuen Herren der Stadt wurden besser behandelt als die Kreditgeber aus den Generalstaaten, dachte Marten, doch eigentlich kümmerte es ihn wenig. Ihn interessierte im Augenblick nur, ob sich sein Bruder hinter diesen Mauern befand und in welcher Verfassung er war.
Voller Unbehagen betrat er das Gebäude, durchquerte den Eingangsbereich und fragte nach seinem Paten. In einem der rückwärtigen Zimmer, in die kaum Licht drang, fand er van Haverbeeck an einem ovalen Tisch, auf dem ein Kandelaber stand. Das Licht zuckte über die grimmig verzerrten Züge seines Paten und ließ ihn sehr bedrohlich erscheinen. Marten hielt sich nicht mit langen Begrüßungsformeln auf, sondern stützte beide Hände auf den Tisch, beugte sich vor und fragte lauernd: »Wo ist er?«
Van Haverbeeck blähte die Nasenflügel und schnaufte wie ein wütender Stier: »Wen meinst du? Du bist doch nicht etwa auch auf der Suche nach dem größten Taugenichts, den die Stadt Leyden jemals hervorgebracht hat? Diesen nichtswürdigen Traumtänzer, diesen Schandfleck der Familie Olearius, der deinem seligen Vater das Herz gebrochen hat, werde ich lehren, was es heißt, die Gesetze zu missachten.«
»Das Gesetz sieht vor, dass er bei einer vorzeitigen Rückkehr von den Kolonien abermals vor dem Gericht der Stadt angeklagt werden muss.«
Marten versuchte, das Zittern aus seiner Stimme herauszuhalten, das seinen ganzen Körper zu beherrschen schien. Er wollte klingen

wie ein nüchterner Rechtsgelehrter, nicht wie einer, der für seinen Bruder um Gnade flehte. Wenn Hendrik sich in der Gewalt dieses Mannes befand, sah es nicht gut für ihn aus. Davon zeugten die vor Wut funkelnden Augen seines Paten, als er hervorstieß: »Du kommst mir mit dem Gesetz? Er hat seine Rechte als Bürger der Stadt längst verwirkt. Das ist etwas zwischen deinem Bruder und mir. Halte dich da raus, Marten. Und nun störe mich nicht weiter, ich muss prüfen, ob drei Prozent Zinsen für eine Anleihe akzeptabel sind.«

Van Haverbeeck beugte sich wieder über die Papiere, in denen er gerade geblättert hatte. Für ihn schien die Angelegenheit damit erledigt. Marten wollte aber nicht lockerlassen. Er nahm die Hände vom Tisch, ballte die Fäuste und richtete sich auf.

»Was ist damals geschehen? Ich war noch jung, ein Heranwachsender, der von solchen Dingen nichts verstand. Ging es wirklich nur um eine Unterschlagung?«

»Ich habe ihm vertraut und er hat mein Vertrauen auf die schändlichste Art und Weise missbraucht. Er hat mich vor der ganzen Stadt lächerlich gemacht. Niemand führt mich ungestraft so vor.«

»Es ging also um Geld?« Marten konnte nicht verhindern, dass ein verächtlicher Ton in der Frage mitschwang.

Sein Pate schlug mit der Faust auf den Tisch, der Kandelaber wackelte und die Kerzen flackerten. Dann brüllte er: »Es ging um meine Ehre, mein Ansehen in der Stadt und mein Vermögen, ja, darum ging es auch. Es geht immer darum. Schreib dir das hinter die Ohren!«

Marten wich zurück und schluckte. Immer wenn sein Pate in dieser Weise die Stimme gegen ihn erhob, fühlte er sich in die Ecke gedrängt. Er wurde so klein und hilflos, als wäre er wieder ein Kind, das von seinem Vormund getadelt wurde.

Van Haverbeeck rückte den Kandelaber zurecht und erklärte etwas freundlicher: »Wir wären nicht hier, wenn es nicht um Geld ginge. Es geht um dreißigtausend Gulden niederländisch, nicht wahr? Während der Belagerung wurde alles für Geschütze, Munition und

Söldner ausgegeben. Nun fehlt das Geld, um die vielen Schweden in der Stadt zu versorgen und die Befestigungen nach deren Vorstellungen zu verstärken. Krieg führen ist teuer, sehr teuer sogar. Die Stralsunder haben bereits während der Belagerung die Königinmutter Sophia von Dänemark vergeblich um eine Anleihe angefleht. Wallenstein ist abgezogen, sie konnten ihre Haut retten, doch nun müssen sie fürchten, unter dem schwedischen Joch zu verhungern. Aber wir sind ihre Freunde. Wir werden ihnen das Geld leihen. Und wir vergeben ihnen großzügig, dass sich ein Verbannter der Generalstaaten in ihren Mauern verbergen konnte. Wir behelligen sie noch nicht einmal damit und kümmern uns selbst um diese unerfreuliche Angelegenheit.«

»Was habt ihr mit ihm vor?«

»Erst einmal müssen wir ihn kriegen. Ein Großteil unserer Delegation hat sich in ihre Kammern zurückgezogen, doch ihre Söhne, besonders die des ehrenwerten Abgesandten Carl von Krakow, haben die Verfolgung aufgenommen. Sie stellen am Hafen alles auf den Kopf, durchsuchen jedes Schiff und drehen in den Lagern jedes Fass um. Früher oder später werden sie erfolgreich sein. Sie sind jung und wild darauf, ihrem Vater ihre Hartnäckigkeit und mir ihre Verbundenheit zu beweisen. – Wirst du auch treu zu mir stehen, Marten? Wirst du mir danken, dass ich dich in mein Haus aufgenommen, dass ich dich wie ein liebender Vater behandelt habe? Ich habe so viel für dich getan. Du wirst mich doch nicht enttäuschen?«

Marten schluckte wieder, hob die Hand und fuhr sich nachdenklich mit der Nase über den Handrücken. Was sollte er darauf antworten? Musste er sich wirklich zwischen seinem Bruder und seinem Paten entscheiden? Van Haverbeeck spürte seinen inneren Kampf, die Unsicherheit und den Zwiespalt, denn mit einem fast verführerischen Lächeln und funkelnden Augen wisperte er: »Ich habe große Pläne mit dir. Mir fehlt der Sohn, was liegt da näher, als mein geliebtes Patenkind nach Kräften zu fördern? Ich kann dir alles verschaffen, einen Posten beim Statthalter, in der Diplomatie oder beim Militär. Was immer du dir wünschst ...«

Marten wich zurück und starrte seinen Paten an. Versuchte er ihn zu kaufen? Buhlte er wie der Teufel um seine Seele, indem er ihm schöne Versprechungen machte? Oder war es wirklich nur die Sehnsucht nach einem Erben, die ihn so sprechen ließ? Marten räusperte sich und sagte unsicher: »Das ist es nicht, was ich mir wünsche.«

Van Haverbeeck stand auf und kam um den Tisch herum. Er packte Marten an den Schultern, blickte ihm tief in die Augen und flüsterte beschwörend: »Was immer es ist, du bekommst es von mir. Arbeite eine Weile für mich, dann kannst du nach Italien gehen und die großen Meister studieren. Oder du kannst mit meiner Hilfe ein Vermögen machen und es in ihre Werke investieren. Werde ein einflussreicher Kunstsammler, umgib dich mit den Werken der ganz Großen, du bewunderst sie doch so sehr. Sammle Tizian und Veronese, kaufe Gemälde, Zeichnungen, Raritäten und Antiquitäten. Was immer du willst.«

Marten schwankte unter dem Druck der Hände. Das klang alles sehr verlockend. Wären da nur nicht diese teuflisch blitzenden Augen, die ihn an den Preis erinnerten, den er dafür bezahlen musste. Er musste seinen Bruder aufgeben und ihn seinem rücksichtslosen Paten in seiner gekränkten Ehre mit all seinen Racheplänen überlassen. Er musste sich selbst aufgeben und sich in die Hände dieses Mannes mit der schmeichelnden Stimme begeben. Doch hatte er das nicht längst getan? Er trug seine feinen Kleider, hatte mit ihm getrunken und gelacht, für ihn gearbeitet und die Malerei wegen ihm aufgegeben. In seinem Atelier unter dem Dach seines Elternhauses in Leyden hatte sich längst der Staub auf den Paletten niedergelassen. Spinnweben hatten die Pinsel erobert und an der Leinölflasche klebten tote Fliegen.

»Marten?«, fragte sein Pate und nahm die Hände von seinen Schultern. »Was ist mit dir? Was sagst du zu meinem Vorschlag?«

»Welcher Vorschlag?«, fragte Marten etwas abwesend, denn seine Gedanken waren noch bei den verklebten Pinseln in Leyden.

Van Haverbeeck bückte sich und hatte plötzlich eine Pistole in der Hand, eine Radschlosspistole, ähnlich der, die Marten noch bis vor kurzem besessen hatte. Sein Pate reichte sie ihm, schob ihn zur Tür und sagte: »Bring ihn mir, Marten. Beweis mir deine Treue, indem du ihn findest und mir bringst. Ich weiß, dass du mich nicht enttäuschen wirst. Auf dich kann ich mich immer verlassen. Du bist anders als dein Bruder.«

Marten griff nach der Pistole und stolperte rückwärts aus dem Hinterzimmer. Wie betäubt ging er durch den Vorraum und erst als er auf der Straße stand, kam er wieder zu sich. Er versteckte die Pistole in der Halterung unter seiner Schärpe, wo sich noch das Pulverhorn und der Behälter mit den Bleikugeln befanden. Er hatte alles, was er brauchte, doch er würde es ganz gewiss nicht benutzen, um Hendrik zu töten oder ihn zum Gasthof zu bringen. Als er sich zum Hafen wandte, hatte er nur einen Gedanken: Er musste Hendrik vor den übereifrigen Söhnen des Carl von Krakow retten.

Marten drängte sich an Söldnern, Matrosen und Lastenträgern vorbei. Er überhörte die vielen Rufe in fremden Sprachen, die harschen Kommandos und das Geschrei der Möwen. Genauso wenig schenkte er dem salzigen Geruch des Meeres, dem Gestank von moderndem Holz und faulenden Algen Beachtung. Es herrschte ein beständiger Wind, der hartnäckig an seiner Schärpe zerrte und ihm die Haare in die Augen blies. Nun ärgerte er sich darüber, dass er neuerdings das Haar lang trug, versuchte die Strähnen im Nacken zu bändigen und ließ den Blick schweifen.

Hölzerne Seebrücken reichten als direkte Verlängerung der Straßen weit ins Wasser hinaus und dienten als Anlegeplatz. Hier wurde Ware gelöscht und es herrschte ein reges Treiben. Marten beobachtete einen Moment die muskulösen Männer in schäbiger Kleidung, die sich unter den Lasten krümmten, Seile verknoteten und Karren schoben. Nirgendwo war der blonde Schopf eines bewaffneten Herrn von Stand zu sehen. Vielleicht war Hendrik längst auf einem der großen Schiffe, überlegte Marten und kniff die Augen zusammen, um besser sehen zu können. Sie lagen weit entfernt im tieferen Wasser und mussten deshalb mithilfe von Schuten entladen werden. Neben den vielen schwedischen und dänischen Schiffen wirkte das einzige niederländische, mit dem er selbst gekommen war, fast trotzig. Hendrik würde es niemals wagen, sich dort als blinder Passagier zu verstecken.

Also auf einem schwedischen oder dänischen Schiff, dachte Marten und ließ die Augen über die im Wellengang schaukelnden Takelagen wandern. Es waren alles Kriegsschiffe und nur das eine, mit dem der schwedische Kanzler gereist war, bot einigen Komfort. Sein Bruder stand mit den Schweden im Bund und sie würden ihm helfen. Wenn Hendrik bereits auf einem ihrer Schiffe war, würden ihn von Krakows Söhne vergebens am Hafen suchen. Und auf den Schiffen konnten sie ihn nicht suchen, ohne die Schweden gegen sich aufzubringen. Nach diesem beruhigenden Gedanken wollte er sich schon abwenden, da schlug ihm jemand freundschaftlich von hinten auf die Schulter.

»Marten, dich können wir brauchen. Wir waren schon in den Lagern und wollten uns gerade aufteilen. Joost nimmt die Fährbrücke, Cornelius die Königsbrücke und ich die Fischbrücke. Wie wäre es, wenn du dich auf der Langenbrücke umsiehst?«

Marten strich sich die flatternden Haare hinter die Ohren und blickte zu dem Gewimmel auf der Langenbrücke hinüber. Dort würde er seinen Bruder niemals finden, doch er konnte so tun, als würde er es wenigstens versuchen, um die anderen zu täuschen. Er wollte gerade etwas Zustimmendes murmeln und sich in Bewegung setzen, da brüllte der jüngere der Von-Krakow-Brüder: »Da, da ist er. Auf der Fährbrücke!«

Alle Köpfe wandten sich sofort in die Richtung, in die er wies. Und wirklich, hinter einem Lastenträger ragte eine große, breitschultrige Gestalt auf. Das lange, blonde Haar fiel in Wellen auf den Rücken, ganz so, wie es ein junger Herr von Stand halten würde.

»Los! Holt ihn euch!«, schallte es hinter Marten und wenige Augenblicke später stürmten die Männer an ihm vorbei.

Verflucht, dachte er, als er sah, wie Degen gezückt wurden und einer versuchte, im Laufen seine Pistole zu ziehen. Sie werden ihn umbringen! Sie töten ihn, nur um ihre Väter und van Haverbeeck zu beeindrucken. Er musste sie unbedingt aufhalten.

So schnell er konnte, drängte sich Marten an einer Gruppe schwedischer Söldner vorbei, sprang über ein Fass und stürmte auf die Fährbrücke. Ein Karren verstellte den Verfolgern den Weg und bis das Hindernis fort war, hatte Marten sie erreicht. Mit dem Ellenbogen stieß er sich seinen Weg frei, hetzte an Kisten und Säcken vorbei. Er hatte fast das Ende der Seebrücke erreicht, als der Blondschopf vor ihm auftauchte. Dicht hinter ihm waren Schritte, schnelles Atmen und Keuchen.

»Ladet eure Pistolen.«

»Lasst ihn nicht bis nach vorn kommen.«

»Er wird ins Wasser springen!«

Der Verfolgte hatte bemerkt, dass etwas nicht stimmte. Ohne sich umzudrehen und nachzusehen, was hinter ihm los war, übersprang er mehrere straff gespannte Seile und rannte, als wäre der Teufel hinter ihm her. Er lief wie einer, der körperliche Anstrengungen gewohnt war und dem es keine Mühe bereitete, große Kräfte in kurzer Zeit aufzubringen. Die jungen Holländer hatten Probleme, Schritt zu halten, und einer brüllte: »Treibt ihn in die Enge, Höllenteufel, verdammte.«

Einige Seeleute hatten den Ruf gehört und stellten sich dem Flüchtenden in den Weg. Sie waren ebenfalls kräftig gebaut und sahen ganz so aus, als würden sie mit Vergnügen an einer Schlägerei teilnehmen. Marten hörte, wie neben ihm ein Ladestock in eine Mündung geschoben wurde. Sie würden ernst machen, sie würden schießen. Eine unbändige Wut erfasste ihn. Was war sein Bruder doch für ein Idiot. Statt sich in die Arme der Schweden zu flüchten, trieb er sich mitten am Tag auf einer Seebrücke herum! Der Zorn auf Hendrik weckte ungeahnte Kräfte und brachte Marten dazu, sich nach vorn zu werfen, den Mann zu packen, herumzuwirbeln und ihm einen Faustschlag aufs Kinn zu versetzen.

Die Seeleute klatschten zustimmend und johlten. Der Getroffene taumelte zurück, hielt sich das Kinn und starrte Marten an.

Es war nicht Hendrik. Marten wich erleichtert einen Schritt zurück und rieb sich die schmerzende Hand, die unangenehm pochte. Währenddessen hatte er Zeit, den Fremden zu betrachten. Von vorn war er Hendrik gar nicht ähnlich. Er hatte eine Narbe unter dem Auge und fleischige Lippen. Er trug die schäbige Kleidung eines Söldners und nur von weitem konnte man sein zerschlissenes Wams für wertvoll halten. Nun musterte er die vornehmen jungen Herren, die ihn eingekreist hatten, und murmelte verstört: »Jag förstär inte. Jag förstär … inte.«

»Er ist Schwede!«, rief der jüngere von Krakow.

»Das merk ich auch«, knurrte sein Bruder und fuhr etwas verlegen fort: »Er wird einen verbotenen Landgang gemacht und gedacht haben, seine Kameraden hätten ihn dabei erwischt. Wartet, ich entschädige ihn.«

Von Krakows älterer Sohn fingerte an seinem Gürtel herum und holte ein paar Gulden heraus. Er warf sie dem schwedischen Söldner zu, der sie geschickt auffing, dankend die geballte Faust hob und nickte. Anscheinend hatte Marten nicht besonders hart zugeschlagen, denn der Mann blickte sich noch einmal um und ging davon, als wäre nichts gewesen.

Die beiden Brüder sahen Marten schweigend an. Wenn seine Hand nicht so wehgetan hätte, hätte er ihre Blicke für bewundernde Anerkennung gehalten. Schließlich senkte Joost seine Waffe, klopfte ihm freundschaftlich auf den Rücken und erklärte: »Das war schnell gehandelt. Wir werden van Haverbeeck erzählen, wie du dich bei der Jagd nach dem entflohenen Verbannten hervorgetan hast. Er wird stolz auf dich sein.«

Na wunderbar, dachte Marten und seufzte. Das war nicht das, was er sich erhofft hatte. Es würde ihn noch enger an seinen Paten binden. Bevor er sich umwandte und den anderen die Brücke hinunter folgte, warf er noch einen letzten Blick auf die schwedischen Schiffe. Lass ihn dort und in Sicherheit sein, dachte er dabei flehend.

Kurz darauf betrat er mit hängenden Schultern das Gasthaus. Er fühlte sich müde und erschöpft. Sein Kopf war leer und gleichzeitig voller unfertiger Gedanken, die ihn quälten. Vielleicht versteckte sich Hendrik gar nicht, sondern war ins Haus der Wurffraths zurückgekehrt, überlegte er, während er langsam die Treppe zu seiner Schlafkammer emporstieg. Doch warum sollte er so etwas tun? Von

unten hörte er Stimmen. Sie kamen aus einem der Hinterzimmer und gehörten ganz sicher den Brüdern von Krakow, die van Haverbeeck gerade berichteten, wie heldenhaft Marten sich auf der Seebrücke benommen hatte. Würden sie doch schweigen! Nun musste er sich van Haverbeecks Lob gefallen lassen. Im schlimmsten Fall deutete sein Pate den Vorfall als Beweis für Martens Loyalität.
Missmutig öffnete er die Tür zur Kammer und sank auf das knarrende Bett, in dem schon Generationen von Seefahrern und Lotsen genächtigt hatten. Er teilte sich die Kammer mit Joost, nur die älteren Herren waren in besseren Räumen untergebracht, in denen es Stühle und einen Kamin gab. Marten wollte die Zeit nutzen, bis Joost auftauchte, und zog seinen Reisesack unter dem Bett hervor. Er öffnete ihn und suchte nach dem Gedichtband von Opitz. Dabei versuchte er die Müdigkeit niederzukämpfen, indem er ein paar Mal tief Luft holte. Das kleine, vom Wasser des Strelasunds wellig gewordene Buch sprang sofort an der richtigen Stelle auf. Marten legte es sich auf die Knie und tastete nach dem Testament unter seinem Wams. Er verschwendete keine Zeit damit, das Porträt seines Bruders zu betrachten, sondern wandte sich gleich dem Text seines Vaters zu.
»Höre Sohn und rege dich, rege Geist und Füße … Nun an und beweise mir deinen klugen Witz und deinen fröhlichen Verstand …«
Martens Augen flogen über die Zeilen, bis er bei dem Rätsel angelangt war. »… findest du den Ort, wo ich deinen Anteil vergrub«, las er und dann sprangen ihm die Worte entgegen, als würden sie ihn verhöhnen: »Zähle das achte Wort der ersten Strophe, verbinde es mit seinem Dreifachen, dreie noch fehlen, zähl sie dazu.«
Marten ließ die Augen zu der ersten Strophe des Gedichts wandern und begann zu zählen. Das achte Wort war Plato und drei mal acht war vierundzwanzig, rechnete Marten und tippte mit dem Finger auf die Worte, zählte drei dazu und verharrte bei dem Wort Quellen. Plato und Quellen, dachte Marten und fühlte sich schon viel wacher. Beides bezog sich auf Rembrandts Garten, in dem es eine Statue gab, die durchaus den alten Philosophen darstellen konnte. Es gab künstlich angelegte Bäche und einen Wasserfall, der wie eine

Quelle über Felsbrocken sprudelte. Ermutigt las er weiter: »Nimm das drittletzte Wort der dritten Strophe und es führt dich zu dem Frühlingsgruß aus Floras Füllhorn, welches die erste Strophe nennt.« Letzteres bezog sich auf die schönen Blumen, welche die erste Strophe nannte. So weit war er auch schon mit seinem Freund Rembrandt gekommen. Doch was führte dahin? Martens Augen wanderten zur dritten Strophe und er las sie noch einmal:

Hola, Junger, geh und frage
Wo der beste Trunk mag sein:
Nimm den Krug, und fülle Wein.
Alles Trauern, Leid und Klage,
Wie wir Menschen täglich haben
Eh' uns Clotho fortgerafft
Will ich in den süßen Saft
Den die Traube giebt vergraben.

Seine Augen blieben in der letzten Zeile am drittletzten Wort hängen: Traube. Trauben konnte man durchaus als Gruß aus Floras Füllhorn bezeichnen, als einen sehr köstlichen sogar. Gab es Trauben in Rembrandts Garten? Marten konnte sich nicht erinnern. »... entlanggehen bis zur vierten Strophe«, las er und versuchte aus den nächsten Sätzen des Rätsels schlau zu werden. Als wollte er sie sich ins Gedächtnis einbrennen, sprach er sie laut vor sich hin: »Dort findet sich das Wort, das zu allem leitet. Zähle zurück Tage wie der Monat April hat weniger neun Regentage. Unter der giftigen Schönheit des unliebsamen Wetters wirst du finden, was ich dir auf Erden zurücklasse.«
Der April hat dreißig Tage und weniger neun macht einundzwanzig, rechnete Marten und begann wieder mit der Fingerspitze an den Zeilen entlangzufahren.

Kaufe gleichfalls auch Melonen,
Und vergiss des Zuckers nicht;
Schaue nur dass nichts gebricht.

Jener mag der Heller schonen,
Der bei seinem Gold und Schätzen
Tolle sich zu kränken pflegt
Und nicht satt zu Bette legt;
Ich will weil ich kann mich letzen.

Er landete auf dem Wort Gold und konnte seinen Herzschlag spüren, als seine Erregung wuchs. »Gold«, flüsterte er wie gebannt und sah große Goldgulden vor sich, die zwischen Erdbrocken hervorblitzten. Sein Vater wollte ihm mitteilen, dass er ihm Gold hinterlassen hatte! Woher es auch stammte, vielleicht hatte er es schon vor vielen Jahren erworben und vor der Welt geheim gehalten. Es war seinem Vater durchaus zuzutrauen, alle in Erstaunen zu versetzen, indem er echte Gold- statt nur gewöhnlicher Silbergulden hinterließ. Herrliches, glänzendes und unverwüstliches Gold! Nicht nur ein paar Silbergulden oder Schilling, nicht Wechselbriefe oder wertloses Zeug. Mit einer so großzügigen Erbschaft könnte sich Marten mühelos aus den Fängen seines Patenonkels befreien. Wenn er erst einmal diesen Schatz ausgegraben hätte, könnte er van Haverbeeck und seinen ehrgeizigen Plänen für immer den Rücken kehren. Er könnte wieder Landschaften mit weiten Horizonten malen und müsste sich nicht mehr über Büchern krumm machen. Doch wo in Rembrandts Garten sollte er suchen? Er las den letzten Satz des Rätsels noch einmal: »Unter der giftigen Schönheit des unliebsamen Wetters wirst du finden, was ich dir auf Erden zurücklasse.«
Was hatte das zu bedeuten? Wie sollte er unter dem Wetter etwas finden und wie konnte das Wetter giftig sein? Das Wetter war in Rembrandts Garten jeden Tag anders. Wie sollte es einen Hinweis geben? Verflucht, dachte Marten, ich bin genauso schlau wie vorher. Alles Grübeln hatte ihn kein Stück weitergeführt. Wenn er sich doch besser an den Garten erinnern könnte. Doch er war nur einmal dort gewesen und das war viele Wochen her.
Verärgert kämpfte er die aufsteigende Enttäuschung nieder und zog Zeichenpapier und Feder aus dem Reisesack. Nachdem er das Tin-

tenfass dazugestellt und die Spitze der Feder eingetaucht hatte, begann er den Grundriss des Gartens aus dem Gedächtnis wiederzugeben. Er zeichnete den Kiesweg, die Rosenbeete daneben, den ansteigenden Hügel, vor dem sich die Bäche trafen und an einem Felsbrocken herunterrauschten. Er vergaß auch nicht die Statue vor dem Pavillon mit den halbkreisförmig angeordneten Säulen und der Marmorbank. Dahinter lagen die Tulpenbeete, die in dieser Jahreszeit leer und eintönig wirkten. Er skizzierte sie nur mit dünnem Strich. Am Schluss deutete er das in Form geschnittene Buschwerk hinter dem Hügel an und vollendete die Zeichnung, indem er Wolken über das Ganze setzte. Bewölktes Wetter in Rembrandts Garten, dachte er trübsinnig und starrte sein Werk an. Auch mit der Skizze kam er der Lösung keinen Schritt näher. Die nächsten Stunden verharrte er so und grübelte. Erst als Joost hereinkam und ihn aufforderte, zum Essen zu kommen, erhob er sich mit steifen Gliedern.

Joost warf einen prüfenden Blick auf die Papiere und das aufgeschlagene Buch und grinste: »Na, sitzt du wieder fleißig über den Gesetzen? Unten gibt es Rügener Fischsuppe. Eine Delikatesse dieser Region, die solltest du auf keinen Fall verpassen.«

Marten stopfte alles zurück in den Reisesack, warf ihn sich über die Schulter, folgte Joost die Treppe hinunter und in den hinteren Raum, wo der ovale Tisch reichhaltig gedeckt war und es sich die Mitglieder der Delegation schmecken ließen. Sie diskutierten gerade lautstark die Höhe der Zinsen für die Stadt und beachteten Marten gar nicht. Er war während der Mahlzeit schweigsam und in sich gekehrt. Immer wieder wanderten seine Gedanken zu dem Reisesack hinter seinem Stuhl. Nach dem Abendessen würde er zu Flora gehen, wie er es versprochen hatte. Die Zeichnung von Rembrandts Garten würde er mitnehmen. Vielleicht konnte Flora ihm weiterhelfen.

Da die Tage schon kürzer wurden, war es bereits dunkel, als er endlich am Haus der städtischen Hebamme ankam. Er wollte an die Tür hämmern, um sein Kommen anzukündigen, doch das war gar nicht nötig. Flora musste am Fenster gestanden und auf ihn

gewartet haben, denn die Tür flog auf und sie zog ihn in die dunkle Diele.
»Wo ist er? Haben sie ihn geschnappt? Geht es ihm gut?«, flüsterte sie aufgeregt und zupfte ihn ungeduldig am Ärmel.
Marten blinzelte und fühlte sich von der Dringlichkeit in ihrer Stimme überrumpelt. Man musste ihr Gesicht nicht sehen, um zu erkennen, wie groß ihre Besorgnis war. Marten wusste nicht, wie er ihre heftige Anteilnahme an Hendriks Schicksal deuten sollte. Liebte sie ihren ehemaligen Verlobten doch noch? Hielt sie trotz allem an ihm fest? Es war schon nicht leicht gewesen, den unbekannten Stadtrat als Nebenbuhler zu ertragen. Wenn es sich um den eigenen Bruder handelte, war es um ein Vielfaches schwerer. Vor allem bei einem älteren Bruder. Marten wollte nicht eifersüchtig sein, wollte sie nicht unnötig quälen oder hinhalten. So bemühte er sich, seiner Stimme einen möglichst normalen Klang zu geben: »Er ist spurlos verschwunden. Wir haben den ganzen Hafen nach ihm abgesucht, doch er scheint sich in Luft aufgelöst zu haben.«
»Wir?«, fragte sie vorwurfsvoll und ließ seinen Ärmel los.
»Na, ich musste van Haverbeeck doch glauben lassen, dass ich auf seiner Seite stehe. Deshalb habe ich bei der Suche nach Hendrik scheinbar mein Bestes gegeben und war mit vollem Einsatz bei der Sache.«
Er dachte daran, wie er dem schwedischen Söldner einen Fausthieb versetzt hatte, und war kurz davor, ihr davon zu erzählen, da trat Alwine in die Diele. Als sie Marten erkannte, rief sie erfreut: »Marten! Wie schön, dass du uns nicht vergessen hast. Flora hat uns von der Delegation der Generalstaaten berichtet. Komm in die Küche, wärm dich bei einer guten Fischsuppe auf und erzähl, wie es dir ergangen ist.«
Marten wand sich verlegen. Wie sollte er ihr erklären, dass er lieber mit Flora allein sein wollte? Unbehaglich zog er die Schultern hoch und sagte so höflich wie möglich: »Vielen Dank, ich kann das nicht annehmen, denn ich hatte eben gerade zwei große Teller Rügener Fischsuppe. Außerdem habe ich etwas Wichtiges mit Flora zu besprechen. Mit ihr ganz allein, bitte.«

Alwine öffnete die Küchentür, sodass das weiche Licht eines Herdfeuers in die Diele fiel, und rief in die Küche: »Frederike, begleite mich bitte zur Krügerin am Frankentor, heute Nacht wird es Komplikationen geben, das spüre ich. Es passt gut, dass Isabel bei Ludgera oben ist, denn hier sind zwei junge Leute, die gern einen Moment unter vier Augen hätten.«
Frederike erschien kurz darauf mit Alwines Hebammentasche in der Tür. Ihr Gesicht lag im Schatten, doch auch ohne sie anzusehen konnte Marten spüren, wie sie sein Anblick erheiterte. Sie reichte Alwine die Tasche und verschwand noch einmal in der Küche. Einen Augenblick später war sie mit Martens elegantem Hut mit der blauen Fasanenfeder zurück, hielt ihn hoch und rief: »Den hast du im Rathaus vergessen. Ich war extra noch einmal dort und habe ihn geholt. Zuvorkommend, nicht wahr? Dafür kann ich doch verlangen, dass du besonders nett zu Flora sein wirst?«
Er wollte danach greifen, doch Frederike zog ihn neckisch zurück. Erst als er sagte: »Ich verspreche es!«, überließ sie ihm seine Kopfbedeckung und schob sich an ihnen vorbei zur Haustür, wo Alwine bereits wartete.
In der Küche standen noch die leeren Teller auf dem Tisch und Fliegen hatten sich bereits auf den Löffeln niedergelassen. Flora begann die Suppenteller abzuräumen und vorsichtig in die dampfende Wasserschüssel neben dem Herd gleiten zu lassen. Sie hatte ihm den Rücken zugekehrt, als sie fragte: »Wieso immer van Haverbeeck? Was hast du mit ihm zu schaffen?«
»Er ist mein Pate. Habe ich dir das nicht geschrieben? Er tauchte genau in dem Augenblick auf, als mir das Geld ausging. Mein Vater hatte das klug geplant. Zur selben Zeit ließ er Rembrandt mitteilen, dass er einen Garten neben der Universität angelegt und nach ihm benannt hatte. Wir waren dort, in Rembrandts Garten. Ich habe mit Rembrandt zusammen versucht, das Rätsel nur mit Hilfe des Gedichts von Martin Opitz zu lösen.«
»Einen Garten? Dein Vater hat wirklich vor seinem Tod noch einen Garten angelegt?«, fragte sie interessiert, wandte sich jedoch nicht um.

»Es scheint alles darauf hinzudeuten, dass das Vermögen dort versteckt ist. Als es uns nicht gelang, das Rätsel ohne das Testament zu lösen, blieb mir keine andere Wahl. Ich musste zu van Haverbeeck nach Amsterdam gehen und in seine Kanzlei eintreten. Wenn ich das Rätsel nicht löse, werde ich dort den Rest meines Lebens versauern und dicke Gesetzbücher wälzen, bis mir Gicht die Finger krümmt. Beim Teufel auf Stelzen, wie ich den Gedanken verabscheue!«
Flora schrubbte so heftig einen Teller, dass es spritzte, und rief: »Nun hast du das Rätsel doch wieder! Löse es so schnell wie möglich und schicke van Haverbeeck zum Teufel.«
Marten stellte den Reisesack ab und ließ sich an dem nun abgeräumten Tisch nieder. Seinen Hut platzierte er zwischen zwei kleinen Suppenpfützen, die Flora übersehen hatte. Er wischte nachdenklich an einer der Pfützen herum, malte Kringel und Schlangenlinien aus Fischsuppe und erzählte ihr von seinen Bemühungen am Nachmittag. Er kannte mittlerweile den Text des Testaments und das Gedicht von Opitz so gut, dass er beides im Reisesack stecken lassen konnte und die wichtigen Zeilen aus dem Gedächtnis zitierte. Als er das Gold erwähnte, wandte sie sich stirnrunzelnd zu ihm um und als er über das wechselnde Wetter in einem Garten schimpfte, ließ sie ihren Abwasch endgültig im Stich und kam zu ihm herüber.
»Zeig mir die Zeichnung von Rembrandts Garten«, forderte sie ihn auf und holte noch schnell einen Lappen, um den Tisch sauber zu wischen. Mit ernster Miene beobachtete sie dann, wie Marten den Hut zur Seite schob und seine Skizze vor ihr ausbreitete. Sie studierte das Blatt gründlich. Schließlich blickte sie auf, sah ihn zerknirscht an und sagte bedauernd: »Ich bin ebenso ratlos wie du. Vielleicht würde es helfen, wenn ich deinen Vater gekannt hätte, dann könnte ich vielleicht seine Gedankengänge besser nachvollziehen. Ganz sicher würde es aber helfen, wenn ich den Garten mit eigenen Augen sehen könnte. Vieles ist nur angedeutet und die Farben fehlen ganz.«
»Vielleicht sind gerade die von Bedeutung. Immerhin ließ mein Vater den Garten nach den Farben von Rembrandts Palette anlegen.«

Er hielt inne und blickte sie fast flehend an, dann wisperte er beschwörend: »Komm mit mir, Flora … komm mit mir nach Leyden und sieh dir den Garten an.«
Sie lächelte, berührte die Feder an seinem Hut und flüsterte: »Nichts will ich mehr, als Rembrandts Bilder sehen, deine natürlich auch. Schon lange ist es mein sehnlichster Wunsch …«
Sie hatte zuerst Rembrandts Bilder erwähnt und erst dann seine. Doch er versuchte sich nicht daran zu stören, sondern beobachtete, wie sie mit der blauen Feder spielte, und wartete darauf, dass sie fortfuhr. Nach einer Weile fragte sie gedankenverloren: »Ist das Ultramarin?«
»Es ist zumindest sehr ähnlich. Ultramarin leuchtet noch mehr aus einer satten Tiefe heraus. Es ist unvergleichlich«, antwortete er etwas verwundert über den Themenwechsel.
»Kann ich Ultramarin in deinen Bildern finden?«
»Was?«, lachte er verlegen. »Es ist unerschwinglich teuer und wird nur ganz sparsam verwendet. Es findet sich auf den Porträts reicher Männer in ihren Gewändern und kündet von ihrem Wohlstand. Ich habe es noch nie benutzt. Es würde den Himmel in meinen Bildern über dem weiten, flachen Land zum Strahlen bringen, doch mir fehlte immer das Geld.«
»Das kann sich ja bald ändern.«
Sie lächelte ihn hoffnungsvoll an. Ihre Augen schienen im Licht des Herdfeuers zu funkeln. Er wünschte, er könnte ihr Berge von Lapislazuli und anderen Edelsteinen zu Füßen legen. Das war der Augenblick, in dem er sich zu ihr beugen und sie küssen müsste. Doch er konnte es nicht. Er saß nur da und rührte sich nicht, gebannt von dem Strahlen in ihren Augen und ihrem Lächeln.
Flora stand auf, reichte ihm den Hut und sagte: »Es ist schon spät. Wir reden morgen weiter.«
Er erhob sich mit dem Gefühl, dass er einen besonderen Moment ungenutzt hatte verstreichen lassen. Um den Augenblick der Trennung hinauszuzögern, packte er so langsam wie möglich seine Zeichnung ein. Nachdem er mit zögernden Schritten durch die Diele gegangen war, wandte er sich an der offenen Haustür noch einmal

um. Er wollte sich noch nicht verabschieden und fragte deshalb leise: »Wo steckt Michel?«
»Er ist fort. Nachdem sich die Stadt ihm gegenüber äußerst undankbar gezeigt hat, ist er nach Schottland aufgebrochen, um dort sein Glück zu machen. Frederike hat ihm allerlei Schändliches an den Kopf geworfen und Isabel hat heimlich geweint, wenn sie dachte, niemand merkt es.«
»Das tut mir Leid. Seit wann ist er weg?«
Flora antwortete nicht. Sie schien ihren eigenen Gedanken nachzuhängen. Marten strich ihr mit der Fasanenfeder über den Handrücken, sie zuckte zusammen und sagte: »Ich habe gerade darüber nachgedacht, wieso dein Bruder damals so eilig nach Stralsund aufgebrochen ist. Nachdem er das Rätsel gestohlen hatte, hätte er es lösen und sich mit der Erbschaft davonmachen können. Stattdessen nimmt er es mit auf eine Reise. Zuerst habe ich gedacht, er hätte einfach zu viele Verpflichtungen in Stralsund gehabt, immerhin stand die Stadt kurz vor der Belagerung, doch jetzt verstehe ich, dass er es gar nicht lösen konnte, selbst wenn er es versucht hätte. Er wusste nichts von dem Garten!«
»Vielleicht wollte er Zeit gewinnen und ist deshalb nach Stralsund zurückgekehrt. Vielleicht hat er aber auch geahnt, dass Vater noch eine Überraschung für mich bereithielt. Er kannte ihn besser als ich. Zumindest traute er ihm jede Gemeinheit zu. Du hast ihn über Vater reden hören. Er ließ kein gutes Haar an ihm.«
»Es war keine Gemeinheit, den Garten geheim zu halten, jedenfalls keine boshafte. Es war ein Scherz, eine Tändelei, eine neckische Zerstreuung, um das Rätsel noch verzwickter zu machen.«
Bei ihren Worten fühlte Marten sich elend. Anders als Flora sah er nicht den neckischen Schalk darin. Für ihn bedeutete das Rätsel nichts als eine weitere Prüfung, ob er würdig war, Wilhelm Gotthold Olearius' Sohn zu sein und ihn zu beerben. Hendrik hätte es nie nötig gehabt, seinen Wortwitz und seinen Verstand zu beweisen. Er war immer der Erstgeborene gewesen. Wäre er nicht in Ungnade gefallen, hätte er das Erbe angetreten, ohne vorher Rätsel entwirren zu müssen. Van Haverbeeck hätte einen Partner in der Kanzlei gehabt

und er selbst hätte malen können. Marten hatte das Gefühl, als wäre sein Bruder schuld an all seinem Unglück, und wünschte ihn nicht zum ersten Mal an diesem Tag zur Hölle. Flora schien seine finsteren Gedanken zu erahnen, denn sie strich ihm tröstend über die Wange und flüsterte: »Kopf hoch. Wir werden das Rätsel bald lösen. Wenn wir erst einmal in Rembrandts Garten sind, wird es kinderleicht sein.«
Marten nickte und verschwand in der Dunkelheit.

Flora blickte ihm nach, bis er nicht mehr zu sehen war. Sacht schloss sie die Haustür und wandte sich zur Treppe. Es konnte noch dauern, bis Alwine und Frederike zurück waren, deshalb beschloss sie, ins Bett zu gehen, ohne auf sie zu warten. Eine bleierne Müdigkeit in den Gliedern lähmte sie plötzlich und sie unterdrückte ein Gähnen. Wie gut, dass Ludgera Isabel ins Bett bringen würde. Flora stieg langsam nach oben und dachte daran, dass heute so viel geschehen war, dass es für den Rest ihres Lebens reichen würde. Wenn da nicht das Rätsel wäre, überlegte sie und freute sich im selben Augenblick, dass es sie nach Leyden in Rembrandts Garten führen würde. Sie würde endlich Rembrandts Bilder sehen.
Als sie die letzten Stufen nahm, wurde ihre freudige Erregung mit einem Schlag zunichte gemacht. Ihr fiel ein, dass sie immer noch nicht wusste, wo sich Martens Bruder aufhielt. Er befand sich immer noch in größter Gefahr. Es bestand die Möglichkeit, dass van Haverbeeck ihn doch noch erwischte und sich brutal an ihm rächte. Ach Lucas, dachte Flora und öffnete seufzend die Tür zur Schlafkammer, wo steckst du nur? Nein, Lucas gab es ja gar nicht mehr, doch es war so schwer, an ihn als Hendrik zu denken. Es war auch ungemein schwierig, nicht mehr den angesehenen Stadtrat, sondern Martens verbannten älteren Bruder in ihm zu sehen. Es würde eine Weile dauern, bis sie sich an den Gedanken gewöhnt hatte, dass er Holländer war und sich unter falschem Namen das Vertrauen der Wurffraths erschlichen hatte. Flora war zu müde, um sich vorzustellen, wie aufgebracht alle sein würden, wenn es herauskam. Sie war auch zu müde, um sich auszuziehen, so kroch sie in ihren Klei-

dern unter die Decke. Neben ihr lag das Seidenkleid, das sie abgelegt hatte, sobald sie am frühen Nachmittag einen Augenblick Zeit gehabt hatte. Sie wollte nicht daran denken, dass sie es nun niemals zurückbringen konnte. Sie wollte gar nichts mehr denken, sondern einfach alles vergessen.

Als sie die Augen schloss, wurde sie sofort von allem hinweggetragen, was vorher noch so laut und dringlich in ihrem Kopf gewesen war. Stattdessen umfing sie eine erlösende Leichtigkeit. Sie träumte, dass sie mit ausgebreiteten Armen zwischen Wolken dahinschwebte, die gemächlich über einen ultramarinfarbenen Himmel zogen.

Ein Geräusch weckte sie. Es war stockdunkel im Zimmer und neben ihr waren die gleichmäßigen Atemzüge ihrer Mutter zu hören. Sie hatte gar nicht bemerkt, wie Alwine zurückgekehrt war. Flora wollte zurück in den Schlaf sinken, denn es war offensichtlich noch tiefste Nacht, da hörte sie es wieder. Das waren eindeutig Schritte. Und zwar auf dem Dachboden. Die Dielen knarzten, als würde Michel dort herumlaufen. Doch Michel war fort und der Dachboden seitdem unbewohnt. Nur jemand Unbefugtes konnte sich mitten in der Nacht dort aufhalten. Jemand, der Heimlichkeiten, etwas zu verbergen hatte. Bei dem Gedanken setzte sie sich im Bett auf. Mit vor Schreck weit geöffneten Augen starrte sie an die Decke und lauschte.

Nun schien es vorbei zu sein. Hatte sie etwa nur geträumt? Sie schlug die Decke zurück und stand auf, um sich zu vergewissern. Um ihre Mutter nicht zu wecken, schloss sie leise die Tür und ging auf Zehenspitzen zur Leiter hinüber, die nach oben führte.

Da war es wieder. Flora lauschte mit heftig klopfendem Herzen und angehaltenem Atem. Aufstöhnen und heiseres Keuchen. Es klang genauso wie in der Nacht, als sie Michel und Frederike überrascht hatte. Flora holte tief Luft und schluckte trocken. Sie glaubte an den Geräuschen ersticken zu müssen. Da, wieder dieses kurze, schnaufende Keuchen der kaum verhohlenen Evassünde. Eindeutig ein Mann, dachte Flora und konnte vor Empörung kaum stillstehen. Unruhig trat sie von einem Fuß auf den anderen und war kurz davor, die Leiter emporzusteigen. Jemand kicherte oben verhalten.

Es klang ganz nach Frederike, so spöttisch und lüstern zugleich, so völlig ohne Scham. Jetzt raschelte Stoff oder waren es Kleider? Flora starrte in die Dunkelheit und stellte sich vor, wie Frederike sich auf dem Dachboden für einen Unbekannten entkleidete. Hatte sie einen Mann am Hafen aufgelesen, um sich zu trösten, um Michel zu vergessen? Vergnügte sie sich da oben schamlos mit einem Fremden, während ihre kleine Tochter in der Küche auf der Bank schlief? Wieder Gestöhn und Geraschel.

Flora floh in ihre Schlafkammer und während sie den kleinen Raum durchquerte, sah sie den Pfarrer auf der Kanzel der Marienkirche stehen. »Sünde«, schrie er, ballte die Fäuste und erhob sie drohend zum Himmel. Zitternd schlüpfte Flora in ihr Bett und lag frierend in der Dunkelheit. Sie versuchte erst gar nicht, wieder einzuschlafen. Mit weit aufgerissenen Augen lag sie da und blickte zur Decke. Es war nichts mehr zu hören. So angestrengt sie auch lauschte. Es blieb ruhig. Gegen Morgen schlief sie endlich ein, schreckte jedoch sofort hoch, als sie jemanden die Leiter heruntersteigen hörte. War das der Unbekannte? Ohne an die Folgen zu denken, stürzte sie an die Tür, öffnete sie einen Spalt und spähte hinaus. Ihre Mutter wälzte sich im Bett herum, erwachte jedoch nicht, sondern grummelte nur etwas im Schlaf. Frederike kletterte gerade die letzte Sprosse hinunter. Sie wandte sich um und bemerkte die offene Tür.

Ihr Blick war herausfordernd und sie hatte die Arme vor der Brust verschränkt, als sie viel zu laut fragte: »Wer ist da?« Flora legte mahnend den Finger an die Lippen. Daraufhin flüsterte Frederike: »Wieso bist du schon wach? Hast du in deinen Kleidern geschlafen? Wie sehen deine Haare denn aus?«

Sie selbst wirkte nachlässig bekleidet und das schwarze Haar fiel ihr in unordentlichen Strähnen auf den Rücken. Man kann ihr die Sünde fast ansehen, dachte Flora und musterte sie voller Abscheu. Sie erinnerte sich an die Geräusche der Nacht und zischte: »Was treibst du da oben, Frederike? Nein, du musst gar nichts sagen. Du versteckst einen Mann. Ich habe euch heute Nacht gehört. Wenn Mutter davon erfährt!«

Frederike warf einen kurzen Blick über Floras Schulter und erklärte: »Es wurde spät gestern. Alwine wird erst gegen Mittag erwachen. Komm mit in die Küche, da können wir ungestört reden.«
»Dort schläft Isabel!«
»Nein, die habe ich heute Nacht schlafend in Ludgeras Bett gefunden und wollte sie nicht wecken. Deine liebe Tante hat ihr aus der Bibel vorgelesen. Isabel vermisst die Heiligen und Nothelfer sehr. Die Bildchen haben sie stets getröstet.«
»Womit hast du dich heute Nacht getröstet? War er wenigstens frei von Ungeziefer? Oder stank er nach Alkohol?«
Frederike sagte nur: »Komm«, nahm ihren Arm und schob sie Richtung Treppe.
Während Flora die Stufen hinunterstolperte, tobte ein Sturm in ihr. Am Fuß der Treppe wollte sie sich umdrehen, Frederike packen und sie schütteln. Doch sie kam nicht dazu. Frederike schob sie wortlos in die Küche und schloss die Tür mit einer so resoluten Bewegung, als wollte sie die ganze Welt aussperren. Mit ruhigen Schritten ging sie zum Vorratsschrank hinüber, nahm einen Rest Brot und schnitt seelenruhig etwas davon ab. Flora beobachtete, wie sie die letzte verbliebene Hartwurst vom Haken nahm und sie neben einem großen Stück Käse auf einem Teller platzierte. Flora wusste genau, für wen dieses herzhafte Frühstück bestimmt war. Frederike wagte es, ihren nächtlichen Liebhaber aus Alwines schwindenden Vorräten zu versorgen. Empört baute sie sich hinter Frederike auf und rief über deren Schulter: »Das wagst du nicht!«
Frederike legte das Messer hin, mit dem sie gerade den Käse schneiden wollte, und wirbelte herum: »Soll ich ihn etwa hungern lassen? Er war immerhin dein Verlobter. Da oben schläft Martens Bruder, vormals Lucas Wurffrath, der dir den Ring seiner verstorbenen Frau Dorothea schenkte, den Bernsteinring, den du immer noch am Finger trägst.« Flora war so überrumpelt, dass es ihr die Sprache verschlug. Frederike lächelte triumphierend, als hätte sie einen Sieg errungen, und fuhr fort: »Als die Niederländer hinter ihm her waren, zog ich ihn in einen Hauseingang, wo er sich verbarg, bis sie an uns vorbei zum Hafen gestürmt waren. Der Rest war einfach. Ich

brachte ihn hierher und da niemand zu Hause war, konnte ich ihn unbemerkt auf dem Dachboden verstecken. Was hätte ich denn tun sollen? Hätte ich etwa ein so prächtiges Mannsbild dem bärbeißigen Verfolger mit seiner Horde überlassen sollen? Auf dem Neuen Markt habe ich dann bei der Marienkirche auf dich gewartet, erinnerst du dich?«

Flora glaubte sich verhört zu haben und flüsterte ungläubig: »Er ist oben auf dem Dachboden?«

Im selben Augenblick fielen ihr die Geräusche der Nacht ein. Sie hörte wieder das verhaltene Stöhnen, das leise Keuchen und das Geraschel von Kleidern. Hass und Wut überschwemmten sie, brachten ihre Hände zum Zittern und nahmen ihr den Atem, sodass sie meinte ersticken zu müssen. Mit weichen Knien wich sie zurück und wisperte: »O Frederike, du bist schamlos. Wie konntest du nur?«

Flora spürte, wie sich ihre Augen mit Tränen füllten. Sie war bitter enttäuscht, fühlte sich von Frederike verraten und auf gemeine Weise hintergangen. Ihre Unterlippe bebte, als sie versuchte, ihre Gefühle zu verbergen. Niemand sollte wissen, wie sehr sie getroffen war. Niemals würde sie Frederike zeigen, wie verletzt sie war. Frederike trat auf Flora zu und flüsterte: »Es ist nicht so, wie du denkst.«

»Ich habe euch gehört!«, schniefte Flora und wich zurück. So eine dumme, verräterische Träne wagte es, über ihre Wange zu laufen. Ungehalten wischte sie sie fort. Frederike hob tröstend die Hand, doch Flora zischte: »Fass mich nicht an.«

»Hör mir wenigstens zu!«

»Nein, ich will das nicht hören. Es ist sündhaft und schmutzig.«

Flora hob die Hände, um sich die Ohren zuzuhalten, doch Frederike war schneller. Es gelang ihr, Floras Handgelenke zu packen und sie zu sich heranzuziehen. Mit einem wilden Blick, den Flora noch nie an ihr gesehen hatte, keuchte sie: »Für dich ist alles sündhaft, was Vergnügen bereitet. Was ist so schlimm daran, wenn zwei Menschen sich in der Nacht Trost spenden? Wenn sie ihre von Gott geschaffenen Körper einander schenken? Wenn sie sich der Lust hingeben und sich aneinander erfreuen?«

»So spricht eine Hure!«, sagte Flora und rümpfte die Nase, als hätte sie einen fauligen Geruch gewittert. Vergeblich versuchte sie ihre Handgelenke aus Frederikes Griff zu befreien.
»Nein, so spricht eine Frau, die das Leben genießt und die Männer kennt. Dein Stadtrat ist auch nicht anders. Schau nicht so, ich habe ihn nicht verführt!«
»Ich habe euch doch gehört!« Flora merkte, wie kleinlaut sie klang. Sie wünschte sich auf einmal so sehr, dass Frederike die Wahrheit sprach und ihn wirklich nicht verführt hatte. Flora stellte sich vor, wie er auf dem Dachboden zusammengerollt auf Michels Lager schlief. Er war trotz allem noch immer ihr Verlobter, der Mann mit den Seeräuberaugen, der sie in der Gartenlaube geküsst hatte. Die Vorstellung, dass Frederike sich heute Nacht mit ihm der Evassünde hingegeben hatte, war unerträglich. Dennoch wollte sie alles darüber wissen, wollte die Wahrheit kennen, selbst wenn sie qualvoll war. Sie hob den Kopf. »Was ist passiert?«
Frederike lächelte, als sie erkannte, dass Flora ihr nun zuhören würde. Sie ließ Floras Hände los, zuckte verlegen die Schultern und sagte: »Ich wollte schon, denn er lag so schutzlos da, als ich heute Nacht zurückkehrte. Sein schöner Körper, so halb unter den Decken verborgen, zuckte im Schlaf, wie bei einem Kind. Da konnte ich nicht widerstehen. Ich kroch zu ihm und schlang von hinten die Arme um ihn. Er schlief einfach weiter. Doch dann geschah das, was in so einem Fall immer passiert. Das wirst du gehört haben. Mittendrin seufzte er deinen Namen. Im Halbschlaf flüsterte er deinen Namen, hörst du? Nicht Dorothea oder Frederike. Verlangend und voller Qual rief er leise nach dir, Flora. Da kam ich wieder zu mir, stieß ihn weg und suchte mir einen Schlafplatz am anderen Ende des Dachbodens. Er schien kaum zu erwachen, wälzte sich herum und schlief wieder ein. Das alles wird ihm heute Morgen wie ein flüchtiger Traum erscheinen. Ein schöner Traum von dir, nicht von mir.«
»Er sagte meinen Namen und du stießt ihn weg?«
»Bist du jetzt zufrieden? Ich nehme mir vielleicht zu unbekümmert die Männer, wenn ich Lust dazu habe, aber von dem einer guten

Freundin lass ich normalerweise die Finger. Ich war der festen Überzeugung, dass du nichts mehr mit ihm zu schaffen haben willst. Wie konnte ich ahnen, dass er dich so sehr liebt? Ich habe ihn für einen Mann gehalten, der zuerst seinen Vorteil sucht, was in diesen Zeiten keinem zu verdenken ist, hielt ihn für rücksichtslos und unzuverlässig, doch ich scheine mich getäuscht zu haben. Geh zu ihm, Flora. Er liebt dich wirklich. Hier, bring ihm sein Frühstück.«

Frederike wandte sich um, griff nach dem Teller und hielt ihn Flora hin. Flora starrte auf den Käse, sah die kleinen feuchten Perlen auf seiner glatten Rinde und konnte sich von dem soeben Gehörten noch nicht lösen. Sie sah die Bilder der Nacht vor sich, die Frederike heraufbeschworen hatte, hörte ihre Worte im Kopf nachhallen. Um zu sich zu kommen, holte sie tief Luft, schluckte und krächzte mit belegter Stimme: »Und Marten? Was ist mit Marten?«

Frederike legte den Kopf schief und schnaufte: »Pah, Marten. Der denkt doch nur an sein dummes Rätsel. Zuerst hielt ich ihn für perfekt. Er schien auf dich einzugehen, auf deine Bedürfnisse und dein Talent zum Zeichnen. Doch in Wahrheit hat sein Vater immer noch viel zu viel Macht über ihn. Ihm will er gefallen und natürlich seinem Paten, dem grauhaarigen Holländer, der die Delegation anführt. Ich habe es bei dem Kerl in den Augen gesehen, als ich im Rathaus Hilfe holen wollte: Er erhebt Anspruch auf Marten. Und gleichzeitig füllt dieses Rätsel Martens ganzes Denken aus. Für dich ist da kein Platz, Flora. Geh nach oben.«

Auffordernd hielt sie den Teller hoch und Flora nahm ihn an sich. Das Mahl schien ihr plötzlich karg, so fischte sie noch einen Apfel aus einem Korb und legte ihn neben das Brot. Frederike lächelte zufrieden und schob sie zur Tür.

Kurz darauf stieg Flora die Leiter zum Dachboden hinauf. Es war schwierig, den vollen Teller in einer Hand zu balancieren. Während sie versuchte, nicht das Gleichgewicht zu verlieren, stellte sie sich vor, was sie oben erwarten würde. Würde sie ihn schlafend vorfinden? In dem Fall würde sie den Teller nur möglichst leise neben ihm abstellen und sich davonstehlen. Sie würde ihn nicht wecken. Als

sie durch die Luke gestiegen war und sich mit dem Teller umwandte, stellte sie erleichtert fest, dass Hendrik bereits wach war.
Mit angezogenen Knien, über die er eine graue Decke gebreitet hatte, saß er da und blätterte in einem Buch. Sein Oberkörper war nackt und das Buch sah vergilbt aus. Michel musste es hier zurückgelassen haben, überlegte Flora und musterte den Haufen Kleidung neben dem Lager. Darunter schienen nicht nur Hendriks Sachen, sondern auch Stücke von Michel zu sein. Michels typischer Geruch nach Schwarzpulver und Kampfer hing noch in der Luft. Eine vergessene Fasszange lag neben dem Strohballen, der als Bett diente. Michel war ja auch sehr hastig aufgebrochen, dachte Flora und die Erinnerung an den lustigen Igelmann überdeckte für einen Moment alle anderen Eindrücke. Dann blickte der Mann auf dem Lager auf und sofort stand sie im Bann seiner durchdringenden Augen und vergaß Michel. Die kleine, mit Brettern vernagelte Dachluke ließ nur wenige Sonnenstrahlen ein. Das Morgenlicht malte weiche Linien auf sein Gesicht und verlieh ihm einen unwirklichen Zauber. Sein Haar war vom Schlaf auf einer Seite zerdrückt, sein sonst so gepflegter Bart unrasiert und von Stoppeln umgeben.
Als er sie erkannte, flackerte etwas über seine entspannten Züge, das sie nicht einordnen konnte. Vielleicht erinnerte er sich an die Ereignisse der Nacht und war unsicher, was er davon halten sollte. Sie hätte ihm am liebsten versichert, dass es nur ein Traum gewesen war. Seltsam, plötzlich war es, als wäre sie bei ihm gewesen und nicht Frederike. Die nur mit Worten heraufbeschworenen Bilder der Nacht verbanden sich mit den erinnerten Geräuschen und wurden zu etwas, das Flora erlebt zu haben meinte. Sie war darüber so verwundert, dass sie nur dastehen konnte, bis er schließlich das alte Buch fortlegte, auf den Teller wies und freundlich fragte: »Ist das für mich?«
Flora schreckte beim Klang seiner Stimme zusammen und erklärte etwas verlegen: »Ich hatte dich am Hafen vermutet. Eben erst hat mir Frederike verraten, dass du dich hier versteckst.«
»Besonders erfreut darüber scheinst du nicht zu sein. Warum stehst du da? Komm näher.«

Flora trat an das Lager heran und bückte sich, um den Teller abzustellen. Er nutzte den Moment und zog sie neben sich. Nun befanden sich nur noch seine bedeckten Knie zwischen ihnen. Er stützte seufzend sein Kinn darauf und fragte, ohne dass es vorwurfsvoll klang: »Warum musstet du mit dem Testament zu Marten laufen? Es hätte so schön sein können! Du und ich, angesehene und geachtete Bürger der Stadt, bewundert von unseren Neidern und mit allem ausgestattet, was wir uns erträumt haben. Stattdessen bestiehlst du mich und verrätst mich an meinen Bruder. Der will mich erschießen und hetzt mir van Haverbeeck und seine Meute auf den Hals. Warum nur, Flora? Warum?«
Flora wunderte sich, wie man eine Beschuldigung so unverfänglich vorbringen konnte. Es klang wie eine liebevolle Ermahnung. Fast hätte sie ihm zugestimmt und eingestanden, dass sie einen Fehler gemacht hatte. Nur mit Mühe gelang es ihr, sich zu wehren und zu erwidern: »Du hast doch Marten bestohlen. Es war nicht recht … von dir.«
Hendrik hob den Kopf und fragte sanft: »So? War es nicht recht, dem Mann finanziell unter die Arme greifen zu wollen, der mich fünf Jahre lang wie einen Sohn geliebt hat? Und war es unrecht, dich zu lieben? War es unrecht, dir eine Mitgift zu verschaffen, damit ich für immer mit den einzigen beiden Menschen verbunden bin, denen ich je etwas bedeutet habe?«
Er sprach vom alten Wurffrath. Flora dachte daran, dass dieser jetzt verzweifelt nach seinem Sohn suchen und die Welt nicht mehr verstehen würde. War das ihre Schuld? Sie verdrängte alles aufsteigende Mitleid mit dem alten Mann und flüsterte: »Marten bedeutest du auch etwas.«
»Nein, ihm bedeute ich nichts. Er denkt nur an sich und an Vaters letzten Willen. Unserem Vater noch im Tod der gute Sohn zu sein, ihm zu beweisen, dass er Wortwitz und Verstand besitzt, nur das allein zählt für ihn. Nebenbei muss er auch noch van Haverbeecks Gunst erringen. Sieh dir nur seine Kleider an. Ein gemustertes Wams mit geschlitzten Ärmeln und eine grüne Schärpe. Fehlt nur noch ein Hut mit einer prahlerischen Fasanenfeder. Genauso hat

van Haverbeeck mich ausgestattet, als ich zu ihm nach Amsterdam kam. Marten ist schon sein Schoßhündchen geworden und hechelt hinter ihm her. Ich bedeute ihm nichts.«

Flora blickte zweifelnd auf das noch unberührte Frühstück. Sollte sie seinen Worten Glauben schenken, konnte sie seiner Urteilskraft vertrauen? Er sagte dasselbe wie Frederike über Marten. Allerdings klang es anders. Die Erbitterung über seinen Vater war deutlich zu spüren und er wirkte zutiefst verletzt und verwundet. Seine Augen blickten sie bittend an, als er fortfuhr: »Kannst du meinem Vater ausrichten, dass ich lebe und wohlauf bin? Schreib ihm ein paar Zeilen, das wird genügen. Teile ihm mit, dass ich nach Schweden zu meinen Freunden aufgebrochen bin und zu sehr in Eile war, um mich zu verabschieden.«

Seinem Vater? Sein Vater ist doch tot, dachte Flora, bis ihr einfiel, dass er seinen neuen Vater meinte, den Stralsunder. Ohne ihre Antwort abzuwarten, griff er nach der Hartwurst und biss hungrig hinein. Im selben Augenblick war unten eine Tür und eine verstörte Kinderstimme zu hören. Flora sprang auf und lief zur Leiter hinüber. Sie beugte sich über den Rand der Öffnung und sah eine verschlafene Isabel in der Diele stehen.

»Isabel? Frederike ist in der Küche. Aber geh leise hinunter, damit du niemanden weckst. Schläft Ludgera noch?«

»Ja, sie hat in der Nacht Baldrian und Hopfenkraut genommen«, wisperte Isabel zurück und setzte sich in Richtung Treppe in Bewegung, ohne sich darüber zu wundern, was Flora zu dieser Stunde auf dem Dachboden tat.

Flora richtete sich auf, drehte sich um und blieb unschlüssig stehen. Hendrik biss herzhaft in den Apfel und erklärte kauend: »Es wird das Beste sein, ich verdrücke mich, solange in diesem Haus noch alles schläft. Zu dieser Stunde ist am Hafen kaum jemand auf den Beinen, da wird es leicht sein, unerkannt auf ein schwedisches Schiff zu gelangen.«

»Ich warte unten in der Küche auf dich«, erklärte Flora und machte sich eilig davon. Sie wollte auf keinen Fall dabei zusehen, wie er aufstand und sich ankleidete. Als sie die Sprossen zur Hälfte hinunter-

geklettert war, hörte sie ihn oben leise lachen. Der Teller klapperte und Decken raschelten. Nun stand er nackt, wie Gott ihn erschaffen hatte, im schmeichelnden Morgenlicht, dachte sie beklommen. So schnell es ohne Lärm zu machen ging, floh sie in die Küche.
Isabel saß am Tisch und Frederike war dabei, ihr über dem Herdfeuer einen Rest Getreidebrei vom Vortag aufzuwärmen. Flora setzte sich zu Isabel, beobachtete Frederike am Herd und wartete. Sie hatte keinen Hunger. Isabel schaukelte ungeduldig mit den Beinen, bis ihr Teller mit dem dampfenden Brei gefüllt war. Konzentriert begann sie zu essen und unterbrach ihr emsiges Gelöffel auch nicht, als Hendrik in die Küche trat.
Flora runzelte bei seinem Anblick die Stirn. Er hatte seine eleganten Kleider zurückgelassen und trug Michels altes Wams. Der kleine Chirurg hatte es all die Nächte auf den Schanzen getragen und es war verdreckt und löchrig. Wieder nahm Flora den Geruch des Schießpulvers wahr und überlegte, dass der Kampfergeruch von der fleckigen, zerschlissenen Kniehose ausgehen musste. Michel hatte offenbar alles zurückgelassen, was ihn an die Belagerung erinnern konnte. Martens Bruder trug Michels Bürgerwehrkleidung ganz selbstverständlich, so als hätte er sein Lebtag nichts anderes getan. Irgendwo auf dem Dachboden hatte er noch einen von Kugeln durchsiebten Hut gefunden, den er sich in die Stirn gezogen hatte. Quer über seiner Brust glänzte ein speckiger Ledergurt, an dem seitlich Martens Pistole hing. Hendrik ähnelte einem kampferprobten Söldner und versuchte auch dessen lässige Haltung zu imitieren.
Isabel starrte ihn misstrauisch an. Erst als er zu ihr trat, sich verbeugte und mit einer schwungvollen Bewegung ein Geldstück hinter ihrem Ohr hervorzog, lächelte sie schüchtern. Hendrik ließ die Münze neben ihren Teller fallen und sagte gut gelaunt: »Das ist zum Dank für die großzügige Hilfe, die mir hier gewährt wurde. Natürlich kann es die freundliche Anteilnahme an meiner Person nicht aufwiegen.«
Frederike lächelte süffisant: »Es war mir ein Vergnügen.«
Flora wusste genau, woran Frederike dachte, und in diesem Augenblick hasste sie sie. Isabel kratzte den letzten Rest Brei zusammen

und fragte: »Muss er schon gehen? Er soll mir noch mehr Tricks zeigen! Kannst du auch ein Ei hinter meinem Ohr hervorzaubern?«
Hendrik lächelte bedauernd und erklärte: »Leider muss ich zum Hafen. Aber wenn du willst, kannst du mich begleiten. Weißt du, es darf mich niemand bemerken. Es ist eine Art … Versteckspiel.«
»Au fein!«, rief Isabel und blickte ihre Mutter bittend an. »Darf ich mitspielen? Ich mache auch keinen Unsinn und bin ganz brav.«
Frederike kam zu ihnen herüber und erklärte zögernd: »Nur wenn ich auch mitspielen darf und die Spielregeln bestimme.« Hendrik nickte und sah belustigt aus. Flora war sich nicht sicher, ob sie verstand, was hier vor sich ging. Frederike biss sich nachdenklich auf die Unterlippe, dann entwickelte sie ihren Plan: »Wir werden eine glückliche Familie spielen, die den geliebten Ehemann und Vater zum Schiff bringt. Das werden sie nicht erwarten. Sie halten nach einem einzelnen Mann Ausschau. Isabel geht auf dem Weg zum Hafen an seiner Hand. Ich werde mir eine züchtige Haube aufsetzen, die mein Gesicht verbirgt, und zum Abschied mit einem Tuch winken. So lange, bis er bei den Schweden in Sicherheit ist.«
»Werden die Schweden einen fremden Söldner überhaupt auf ihr Schiff lassen?«, warf Flora skeptisch ein.
»Das werden sie«, beteuerte Hendrik, »immerhin beherrsche ich ihre Sprache und kenne viele ihrer Leute.«
Flora blickte unschlüssig von Hendrik zu Frederike. Sie schienen sich einig zu sein. Fast fühlte sie sich ein wenig ausgeschlossen und fragte: »Und ich? Was werde ich tun?«
»Du wirst mir deine Haube leihen und hier warten. Dich könnte van Haverbeeck eher erkennen als mich, denn immerhin wurdest du ihm im Rathaus vorgestellt und Hendrik hatte dich als Geisel genommen«, erklärte Frederike in einem Ton, der keinen Widerspruch duldete.
Flora holte ihre Haube aus der Diele und während Frederike sie sich aufsetzte und sorgfältig die Bänder unter dem Kinn verknotete, kicherte Isabel vergnügt und hüpfte aufgeregt von einem Bein auf das andere. Flora meinte oben Schritte zu hören und rief: »Ihr müsst fort, schnell, bevor sie herunterkommen.«

Es war besser, wenn Alwine und Ludgera nicht erfuhren, was hier vor sich ging. Flora war sich nicht sicher, was sie von alldem halten würden. Frederike schien dasselbe zu denken. Sie schob Isabel eilig zur Tür und zischte: »Und kein Wort zu deiner Mutter!«
Flora nickte und sah zu, wie sie in der Diele verschwanden. Erst als sie hörte, wie die Haustür geöffnet wurde, konnte sie nicht länger zurückbleiben und rannte ihnen nach. Hendrik drehte sich zu ihr um und hob langsam die Hand. Zärtlich fuhr sein Zeigefinger über ihre Unterlippe und er flüsterte: »Ich komme wieder und hole dich.«
Flora erschauderte bei seinen Worten, konnte jedoch nichts erwidern, denn er wandte sich ab und ließ sie in der Tür stehen. Seine Abschiedsworte hingen in der Luft, umkreisten sie und vernebelten ihre Gedanken. Hatte er Anspruch auf sie erhoben? Auf ihre Liebe? Anspruch darauf, dass sie auf ihn warten würde und ihm allein gehörte?
Als sie der kleinen Gruppe nachblickte, die nun die Gasse hinunterging, wollte das Unbehagen nicht weichen. Er hatte Isabel an der einen Hand und Frederike an der anderen. Genau wie ein Söldner mit seiner Familie, der vorhatte, in aller Frühe auf einem schwedischen Schiff anzuheuern, dachte Flora. Sie wollte auf einmal ganz sicher sein, dass er das schwedische Schiff erreichte. Sie wollte mit eigenen Augen sehen, wie er Stralsund verließ. Ohne sich noch einmal umzublicken, schlüpfte sie aus dem Haus.
Auf dem Neuen Markt nahm Hendrik Isabel auf die Schultern und galoppierte mit ihr über den Platz. Flora konnte ihr fröhliches Lachen bis zur Marienkirche hören, in deren Schatten sie sich verbarg. Unauffällig folgte sie ihnen in die Straße hinein, die zum Hafen hinunterführte. Isabels Lachen im Ohr, erinnerte sie sich plötzlich an Cornelias angstvoll geweitete Augen. Das kleine Mädchen war so verstört gewesen, als Marten mit der Radschlosspistole vor dem Virginal gestanden hatte. Es war nicht recht, nicht mehr ins Haus der Wurffraths zurückkehren zu wollen. Sie schuldete zumindest Cornelia eine Erklärung. Doch hingehen und dem alten Wurffrath in die Augen blicken? Das war unmöglich. Außerdem hatte Hendrik

sie nur gebeten, seinem »Vater«, wie er ihn nannte, einen Brief zu schreiben, der sein Fortbleiben erklärte.

Während sie die Seebrücke betrat, nahm sie sich vor, noch ein paar Zeilen für Cornelia anzufügen. Sie würde dem Kind die Pistole mit einem Spiel erklären, das jemand ersonnen hatte, um ihren Onkel zu necken. Hoffentlich wunderten sich die Wurffraths nicht über Lucas' plötzliches Verwinden. Vielleicht sollte es lieber ein anonymer Brief sein, dann konnte ihr niemand unangenehme Fragen stellen, dachte sie und duckte sich hinter einen Fuhrwagen.

Von hier hatte sie einen guten Blick über die gesamte Länge der Brücke. Gerade drückte Hendrik Isabel zum Abschied an sich und sprang auf eine der Schuten. Während das kleine Boot sich immer weiter entfernte, winkten ihm Isabel und Frederike nach. Flora beobachtete, wie sich schwedische Seeleute über die Reling ihres Schiffes beugten und etwas zu Hendrik hinunterriefen. Sie wartete nicht, bis er an Bord gelangt war, sondern wandte sich eilig ab, bevor Isabel und Frederike sie bemerken konnten. Den ganzen Rückweg nahm sie im Laufschritt.

Als sie atemlos in die Küche gerannt kam und sich keuchend auf einen Hocker sinken ließ, sahen Alwine und Ludgera sie erstaunt an. Sie erklärte ihnen, dass sie Frederike und Isabel zu einem morgendlichen Spaziergang begleitet hätte und nun mächtig hungrig sei. Alwine zog verwundert die Augenbrauen hoch und fragte, warum es heute Morgen in der Küche so merkwürdig riechen würde. Auch Ludgera war der ungewöhnliche Geruch in die Nase gestiegen. Kopfschüttelnd stellte sie frisch zubereiteten Getreidebrei auf den Tisch und meinte, dass der Geruch sie an Michel erinnern würde. Ob das nicht verwunderlich sei, fragte sie niemanden Bestimmtes, wo er doch schon so lange fort sei. Flora fühlte, wie sie errötete. Sie senkte ihren Kopf über die Schüssel und löffelte schweigend den Brei.

In den folgenden Tagen wurde die Erinnerung an Hendrik immer unwirklicher. Wären nicht Frederikes verschwörerische Blicke gewesen, hätte Flora fast glauben können, alles wäre nur ein Traum

gewesen. Sie hatten Isabel überredet, Alwine und Ludgera nichts von dem morgendlichen Spiel am Hafen zu erzählen. Isabel gefiel die Vorstellung, ein Geheimnis zu hüten.
Flora hatte Cornelia einen Brief geschrieben, in dem sie die Pistole mit einem dummen Streich unter Freunden erklärte, ein paar förmliche Zeilen an den alten Wurffrath hinzugefügt und mit »ein Freund von Lucas« unterzeichnet. Den Brief hatte sie im Hof des wurffrathschen Hauses auf der Marmorbank in der Laube hinterlegt. Nachdem sie noch einen kurzen Blick hinauf zu dem Fenster geworfen hatte, hinter dem sich der unselige Vorfall zugetragen hatte, war sie so schnell wie möglich verschwunden.
Am liebsten hätte sie den Stadtrat Lucas Wurffrath für immer vergessen. Doch das war unmöglich. Als Martens Bruder Hendrik Olearius schwirrte er ständig in ihrem Kopf herum und verfolgte sie mit seinen letzten, so eindringlich und ernsthaft geflüsterten Worten: Ich komme wieder und hole dich. Sie fragte sich, wann das sein würde. Würde er warten, bis die niederländische Delegation fort war, und sich dann zurück nach Stralsund wagen? Was würde sie tun, wenn er wieder vor ihr stand? Sie wusste darauf die meisten Stunden des Tages keine Antwort. Nur an den Abenden, wenn Marten kam, schien alles ganz einfach zu sein. Dann gab es nur noch ihn.
In diesen Stunden wunderte sich Flora über sich selbst. Wie war es möglich, dass Martens Anwesenheit Hendrik zu einem bedeutungslosen Nichts schrumpfen ließ? Dabei tat Marten nichts Besonderes, um sie für sich zu gewinnen. Er unternahm noch nicht einmal den Versuch, sie zu küssen. Sie hatten einfach nur ihre Zeichenstunden im Kräutergarten wieder aufgenommen. In den ersten Tagen des September wurde es zwar früher dunkel als in den Wochen zuvor, doch sonst war es genauso wie während der Belagerung.
Auch an diesem Abend hatte sie ein Zeichenbrett auf den Knien. Aber anstatt den vertrockneten, braunen Fingerhut mit seinen welken Blättern zu zeichnen, blickte sie auf das leere Papier und drehte zögernd die Rötelkreide zwischen ihren Fingern. Marten bemerkte es nicht, sondern fuhr fort, über die Malerei zu sprechen: »Mit

einem weißen Strich wird die Figur konturiert und modelliert, anschließend werden die dunkleren Partien durch lange braune oder schwarze Striche hervorgehoben. Sie treten so aus den großflächigen Schattenpartien heraus, gleichsam als wären sie aus ihnen erschaffen. Rembrandt bevorzugt Weiß, Ocker und Rauchschwarz, ich dagegen verwende für den Schatten unter den Wolken zumeist eine Mischung aus …«

Floras Gedanken schweiften ab, verließen die Kunst der Malerei und die Besonderheiten von Farbgebung und Schattenpartien. Stattdessen starrte sie auf die Rötelkreide in ihrer Hand und dachte über ihre besondere Beziehung zu den beiden Olearius-Brüdern nach. Es schien ihr, als gäbe es zwei parallel verlaufende Straßen, die einander niemals trafen. Sie lief immer nur auf einer davon, doch es gelang ihr mühelos, auf die andere hinüberzuspringen und die vormalige zu vergessen. Flora hörte Marten wie aus weiter Ferne etwas über die Beschaffenheit der Leinwand sagen. Sie nahm die Begeisterung in seiner Stimme wahr, spürte sein Bemühen, sie in seine Welt einzuweihen und Anteil daran haben zu lassen. Im selben Augenblick kam sie zu der Erkenntnis, dass sie beide Brüder liebte. Jeden von ihnen auf andere Weise, doch jeden leidenschaftlich. Am liebsten hätte sie beide, ohne zwischen ihnen wählen zu müssen. Dieser Gedanke schockierte sie so, dass ihre Hände zitterten und die Rötelkreide zu Boden fiel.

Marten bückte sich danach und sagte: »Hat deine Mutter es dir gesagt? Bevor wir abreisen, wird mein Pate am Sonntagnachmittag eurem Haus einen Besuch abstatten.«

»Wie bitte?« Flora richtete sich auf und wischte die Kreide von ihren Fingern. Sie war wieder im Hier und Jetzt. Alle vorigen Gedanken rückten in den Hintergrund. Sie dachte an ihre Begegnung mit van Haverbeeck im Rathaus und runzelte die Stirn. Was wollte der Mann im Haus der städtischen Hebamme? Hier würde er ganz gewiss nichts über die Kreditwürdigkeit der Stadt erfahren.

Marten hob beschwichtigend die Hände und erklärte: »Er will sich nur bei den Menschen bedanken, die seinem Patenkind während der Belagerung Unterschlupf gewährt haben.«

In diesem Augenblick erschien Alwine und rief: »Da steht ein gewisser von Krakow an der Haustür und will Marten zum Abendessen abholen. Ich soll ausrichten, dass es Rügener Fischsuppe gibt.«

»Schon wieder?«, murmelte Marten und erhob sich. Er wirkte wenig begeistert. Bevor er Alwine folgte, berührte er sacht Floras Handgelenk und flüsterte: »Bis Sonntag.«

Flora blieb noch eine Weile sitzen und fragte sich, warum ihr der Gedanke an den Besuch gar nicht behagte. War es, weil Hendrik so abfällig von van Haverbeeck gesprochen hatte? Er hatte Martens Paten als wahren Teufel beschrieben, der Macht über die Seelen jener erlangen wollte, die ihm unterstanden. War dieser Mann wirklich so etwas wie ihr Feind, der ihr Marten entfremdete? Oder war er vielmehr ein Gönner, der es gut mit Marten meinte und ihn nach Kräften förderte? Der Abend senkte sich über den kleinen Garten und eine ungewohnte Kühle kroch unter ihre Röcke. Als auch ihre Finger klamm wurden, erhob sie sich und ging ins Haus. Mit Bedauern stellte sie fest, dass der Sommer sich seinem Ende zuneigte.

Am folgenden Sonntag fiel es Flora schwer, sich auf die Predigt zu konzentrieren. Ihre Gedanken wanderten immer wieder zu Martens Paten. Sie hörte den Pfarrer auf der Kanzel der Marienkirche über Hochmut predigen und fragte sich, ob es Dünkel war, was van Haverbeecks Handeln bestimmte. Würde er heute Nachmittag anmaßend sein? Immerhin kam er in ein sehr kleines und wenig komfortabel ausgestattetes Heim.

Als es dann so weit war und van Haverbeeck mit federnden Schritten in die Stube trat, war nichts Hochmütiges an ihm. Er kam allein, ohne die anderen Mitglieder der Delegation, und trug sonntägliches Schwarz. Der zylinderförmige Hut mit der kleinen Krempe, die glänzende Knopfreihe auf seinem Wams und die steife Krause am Hals waren sein einziger Schmuck, wäre da nicht die helle Pfeife gewesen, die neckisch in seinem Mundwinkel hing und vergnügt vor sich hin qualmte. Marten hatte Flora vor einiger Zeit erklärt, dass das Pfeiferauchen in Holland ein weit verbreitetes Laster war, dem auch Frauen und manchmal sogar Kinder verfallen waren.

Sie beobachtete amüsiert, wie ihre Mutter missbilligend die Augenbrauen hob. Für eine fromme Frau wie sie war dieses Betragen am Sonntag äußerst ungehörig, dennoch bat sie den Besuch höflich, Platz zu nehmen, und forderte Ludgera durch ein Handzeichen auf, ihm Portwein einzuschenken.
Die gute Stube war zuvor gründlich entstaubt worden, doch da sie nur zu besonderen Anlässen benutzt wurde, wirkten die Möbel wenig behaglich. Flora schien, als wäre das Gebäck auf dem Teller das einzig Verlockende im Raum. Sie setzte sich van Haverbeeck gegenüber und ihre Mutter und Frederike taten es ihr gleich. Isabel stand hinter dem Stuhl ihrer Mutter und ihre Augen ruhten sehnsüchtig auf den Blätterteigteilchen und den Pflaumentörtchen, die sie zubereiten geholfen hatte. Ludgera verscheuchte eine Fliege von den Leckereien. Sie beeilte sich, das runde rheinische Glas mit dem breiten Fuß zu füllen, das nur an Festtagen hervorgeholt wurde.
Van Haverbeeck nahm die Pfeife aus dem Mund, nippte zufrieden an der roten Flüssigkeit und ließ seine Augen wohlwollend auf Flora ruhen. Es gefiel ihr nicht, dass er der einzige Mann im Raum war, und sie wünschte, Marten hätte ihn begleitet. Hatte Marten nicht beim Abschied »Bis Sonntag« gesagt? Womöglich hatte es ihm sein Patenonkel verwehrt. Wenn ja, steckte da eine besondere Absicht dahinter? Diesem Mann war alles zuzutrauen, auch wenn seine Augen sie durchaus freundlich anblickten.
Alwine beugte sich auf ihrem Stuhl vor und schob sich zwischen seinen interessierten Blick und ihre Tochter. Van Haverbeeck stellte das Glas ab und kaute nachdenklich auf seiner Pfeife, schließlich erklärte er: »Ich konnte unmöglich abreisen, ohne dem Haus, das meinem Patensohn in der Not beistand, aufrichtig zu danken.«
»Es war unsere christliche Pflicht und Schuldigkeit. Es ist nicht besonders erwähnenswert. Jeder hätte dies für seinen Nächsten getan. In Zeiten der Not steht man sich bei.«
»Sicher«, er nahm die Pfeife aus dem Mund und stieß den Rauch zwischen seinen Zähnen hervor, »deshalb werden die Generalstaaten auch ihren Brüdern im Glauben beistehen. Es ist eine große Summe, um die Stralsund bittet, deshalb werden wir uns in Ams-

terdam beraten und nötigenfalls den Statthalter konsultieren. Schon in wenigen Tagen werden wir dorthin zurückkehren und alles Nötige in die Wege leiten. Um die Güte zu vergelten, die Marten hier zuteil wurde, würde ich die junge Dame des Hauses gern in mein Haus in Amsterdam einladen. Ich würde auch ihre Frau Mutter willkommen heißen, doch vermute ich, sie ist hier nicht abkömmlich.«

Flora brauchte einen Moment, bis sie begriff, dass sie die junge Dame war, von der er sprach. Er lud sie nach Amsterdam ein? Verblüfft über diese Wendung, konnte sie ihn nur anstarren. Allen anderen schien es genauso zu gehen. Alwine fand als Erste ihre Sprache wieder und erklärte: »Das Angebot ehrt uns. Ich befürchte allerdings, ich kann auf meine Tochter nicht verzichten. In diesen unruhigen Zeiten hat eine Stadthebamme viel zu tun. Wenn ich nur an die schottischen Söldner und ihr wildes Treiben denke, an die vielen Schweden in der Stadt und ihr kraftstrotzendes Gehabe … Im nächsten Frühjahr werden wir eine Menge Niederkünfte zu erwarten haben.«

Van Haverbeeck war von ihrer direkten Art nicht schockiert, sondern zeigte sich äußerst verständnisvoll. Lächelnd legte er die Pfeife zur Seite und erklärte: »Marten hat mir von dem Hebammenbuch Eurer Tochter erzählt. Das Buch zu einem Drucker nach Amsterdam zu bringen scheint mir eine hervorragende Idee zu sein. Ich werde mich darum kümmern. Mit den meisten Druckern dort bin ich gut bekannt. Eure Tochter wird gegebenenfalls ein paar Änderungen vornehmen müssen. Das allein macht ihre Reise nach Amsterdam wünschenswert. Mit den Schweden werdet Ihr schon allein fertig werden.«

Floras Herz schlug plötzlich so heftig, dass es dumpf in ihren Ohren hämmerte. Marten musste bei seinem Paten für ihr Hebammenbuch eingetreten sein und ihn überredet haben, ihr zu helfen. Ein Gefühl von Dankbarkeit durchströmte sie und sie rief: »Wie überaus freundlich von Euch! Gern will ich Euch nach Amsterdam begleiten.« Sie wandte sich an ihre Mutter und bat: »Lass mich mit ihm reisen! All das Wissen, das du über die Jahre angesammelt hast, wird mit meinen Zeichnungen verbreitet. Viele Frauen werden daraus Nutzen ziehen. Es wird ihnen in den Kindsnöten helfen.«

Alwine sagte zögernd: »Ja, das scheint mir gottgefällig. Jeder muss seine Gaben zum Wohl seiner Nächsten einsetzen. Die letzten Monate haben mich gelehrt, dass nichts Bestand hat. Krieg macht die Dinge flüchtig. Es ist deshalb nur recht, wenn ich dich gehen lasse.«

»O Mutter!«, jubelte Flora und hätte sie am liebsten umarmt, doch sie bemerkte den unschlüssigen Gesichtsausdruck. Anscheinend hatte ihre Mutter noch Bedenken.

»Ich lasse dich nur ungern allein reisen. Es schickt sich einfach nicht.«

Nun mischte sich Frederike ein, die bisher schweigend zugehört hatte: »Ich könnte sie begleiten. Ich kann als Anstandsdame überaus überzeugend sein.«

Flora hätte fast laut aufgelacht. Ausgerechnet Frederike, dachte sie und blickte die Freundin überrascht an. Die blinzelte ihr zu und wandte sich an van Haverbeeck: »Natürlich nur, wenn es gewünscht wird.«

Van Haverbeeck legte den Kopf schief, als müsste er erst darüber nachdenken, zog an seiner Pfeife und erklärte fast feierlich: »Wen immer die junge Dame mitzubringen wünscht, sei mir willkommen.«

»So ist es also abgemacht«, gab Alwine ihr Einverständnis.

Martens Pate erhob sich. Da er den Hut gar nicht erst abgelegt hatte, brauchte er zum Abschied nichts weiter zu tun, als höflich zu nicken und zu sagen: »Wenn wir entschieden haben, an welchem Tag wir in See stechen, schicke ich Marten vorbei.« Damit wandte er sich zur Tür.

Alwine forderte ihre Tochter leise auf, ihn hinauszubegleiten. Flora folgte ihm bis zur Haustür und öffnete diese zuvorkommend. Daraufhin lächelte van Haverbeeck etwas gönnerhaft und murmelte: »Eine gute Wahl«, als hätte er sich soeben für eine Weinsorte entschieden, die ihm mundete. Flora fühlte sich unbehaglich. Sie fragte sich, ob nicht alles viel zu schnell ging. War nicht über ihren

Kopf hinweg entschieden worden? Was war mit Leyden und Rembrandts Garten? Wollte Marten ihr nicht den Garten zeigen? Wo steckte Marten überhaupt? Bevor van Haverbeeck sich abwandte, fragte sie: »Warum hat Euer Patensohn Euch nicht begleitet, Herr? Er ist hier immer herzlich willkommen.«

Van Haverbeeck schmunzelte: »Marten war heute Morgen viel zu aufgeregt. Er hätte alles verdorben. Doch ich musste ihm schwören, dass er Euch zuerst nach Leyden mitnehmen und sein Elternhaus zeigen darf. Bevor Ihr mein Gast in Amsterdam werdet, ist ein Besuch bei Martens Tante Augusta geplant. Ist Euch das genehm? Die Gicht plagt sie und sie sehnt sich nach ihrem Neffen. Außerdem muss Marten noch einiges regeln, was das Testament seines Vaters betrifft.«

O ja, dachte Flora, das Rätsel musste entschlüsselt werden. Sie fragte sich, wie viel van Haverbeeck darüber wusste. Sie traute diesem Mann immer noch nicht. Er war zwar freundlich gewesen, hatte ihre Mutter mit Respekt behandelt und Frederike großzügig mit in die Einladung einbezogen, dennoch ... irgendetwas hatte er an sich, etwas Teuflisches, Unberechenbares und Kaltes, das einen zum Frösteln brachte. Er deutete ihr langes Schweigen falsch und fragte: »Ist es nicht genehm? Marten wird zwar enttäuscht sein, wenn Ihr ihn nicht nach Leyden begleitet, aber wir können auch ...«

Sie beeilte sich zu versichern: »Nein, nein. Ich begleite ihn gern dorthin. Und ich bin sicher, meine Freundin Frederike ebenfalls.«

Van Haverbeeck verbeugte sich höflich, lüftete kurz seinen Hut und wandte sich endgültig zum Gehen.

Flora lief zurück zu den anderen. Es gab vor ihrem Aufbruch noch so viel zu besprechen und vorzubereiten und sie wollte allen von dem geplanten Besuch in Leyden erzählen. Wie froh sie über diese Neuigkeit war! Als sie allerdings in die Stube trat, herrschte dort eine angespannte Stimmung und sie fragte verwirrt: »Was ist geschehen?«

Frederike stand neben Isabel und legte ihr tröstend eine Hand auf die Schulter. Das Mädchen starrte trotzig auf die Gebäckstücke und schien geweint zu haben. Alwine erklärte mit einem Seufzer: »Ich

habe Frederike gebeten, mir Isabel zu lassen. Das Kind wäre mir eine große Hilfe. Ich könnte sie zu meiner Lehrtochter machen und sie würde mir eines Tages im Amt nachfolgen. Sie taugt mehr zur Hebamme, als du es je tatest.«
»Ich will bei meiner Mutter bleiben!«, schniefte Isabel unglücklich und fügte nach einer Weile hinzu: »Aber ich will nicht fort von hier.«
Frederike hockte sich neben sie, sodass sie auf selber Höhe mit ihr war, und erklärte sanft: »Wir können ihnen nicht länger zur Last fallen. Wir sind das Umherziehen gewöhnt.«
Alwine schnaufte empört. Frederike blickte zu ihr hinüber und erklärte in einem harschen Ton: »Du wirst keine kleine Lutheranerin aus ihr machen! Sie ist und bleibt ein Papistenkind, wie ihr es nennt. Niemand nimmt ihr die Jungfrau Maria, die Heiligen und Nothelfer. Sie soll ihren Rosenkranz beten dürfen, wann immer es ihr gefällt.«
Alwine schnaufte noch einmal und erklärte schnippisch: »Holland ist calvinistisch, meine Liebe. Sie werden dort auch keinen Rosenkranz dulden!«
Frederike stand auf und sagte versöhnlich: »Wir begleiten Flora auf der Seereise. Beschützen sie auf dem Schiff voller Männer. Und sobald sie sich nach ihrem Besuch in Leyden in Amsterdam eingelebt hat, werden wir nach Flandern gehen. Das ist gut katholisch. Dort wird sicher eine tüchtige Dienstmagd benötigt und für Isabel gibt es ein Kloster, das kleine Mädchen lesen und schreiben lehrt. Sie wird ihr Leben Jesus Christus weihen und für meine sündige Seele beten, wenn ich mal nicht mehr bin.«
Isabels tränenverschmiertes Gesicht verzog sich zu einem Lächeln und sie nickte, als wäre all das lange zwischen ihnen abgemacht.
Alwine gab sich geschlagen und deutete auf die Gebäckstücke: »Greift zu, sonst verderben sie noch.«
Das ließ sich Isabel nicht zweimal sagen. Sie stürzte zum Tisch und schnappte sich ein besonders großes Pflaumentörtchen. Flora nahm sich ein Blätterteigteilchen, Alwine folgte ihrem Beispiel und auch Ludgera und Frederike konnten nicht widerstehen. Sie kauten einträchtig und hingen ihren Gedanken nach.

Flora genoss den süßen Geschmack auf der Zunge und dachte daran, dass sie nun endlich nach Holland reisen würde. Sie würde aus einer belagerten Stadt voller fremder Söldner in ein Land reisen, in dem an süßen Gebäckstücken kein Mangel herrschte. Man schmauchte sein Pfeifchen, sammelte Kunst, legte Gärten an und ließ es sich gut gehen. In diesem Moment schien ihr Holland der friedvollste Ort der Welt zu sein. Bald würde sie alles sehen: Rembrandts Historienbilder, Martens Landschaften und den Garten, der die Lösung des Rätsels barg. Zufrieden wischte sie sich den Mund ab und wählte als Nächstes ein köstliches Pflaumentörtchen. Während sie genussvoll hineinbiss, fielen ihr Hendriks Abschiedsworte ein und das Unbehagen, das sie bei ihr ausgelöst hatten. Mit einem Fingerschnippen verscheuchte sie die Erinnerung daran. Wenn er tatsächlich käme, um sie zu holen, hätte sie die Stadt längst verlassen.

Zinnoberrot – Zermahlen beginnt es zu leuchten

Amsterdam, dachte Flora fasziniert. Das also war das große und mächtige Amsterdam. Es war genau so, wie sie es sich vorgestellt hatte, und doch ganz anders. Sie hatte mit Gedränge auf den Anlegern des Damraks gerechnet, mit Kaufleuten, Schiffern, Händlerinnen, Trommlern und Bettlern. Das kannte sie alles von zu Hause. Hier jedoch gab es Männer in orientalischen Gewändern, wie sie sie noch nie gesehen hatte, und in allen möglichen Dialekten brüllende Händler, die auf den Landungsbrücken Eier, Milch, Kalk und bunten Tand feilboten. So etwas hätten die Stralsunder niemals geduldet. Auf ihren Landungsbrücken wurde gearbeitet und kein Marktgeschrei veranstaltet.

Flora erinnerte sich inmitten des ohrenbetäubenden Lärms daran, dass sie bei der Ankunft in der Ij-Bucht möglichst gelassen hatte bleiben wollen. Immerhin kam sie aus einer Hansestadt, die im Ostseeraum ihresgleichen suchte. Als das Schiff der Delegation dann endlich an der Palisade geankert hatte, hatte Flora die Silhouette Amsterdams zwar bestaunt, doch keineswegs zu sehr bewundert. Auch in Stralsund gab es hohe Türme, Mühlen rings um die Stadt, schaukelnde Masten, Kräne und farbenfrohe Wimpel. Hier wie dort wimmelte es im Hafenbecken von Ruder- und Segelbooten, Lastkähnen und Schuten. Allerdings musste Flora zugeben, dass das Hafenbecken von Amsterdam erheblich größer war. Ungewöhnlich war, dass hier fast jedes Stück Land mühsam dem Wasser abgerungen schien. Bemooste Pfähle ragten aus dem Nass und trugen windschiefe Holzgebäude. Überall gab es verstreute Inseln mit Holzkränen, dazu kamen unzählige Stege und abgezäunte Wasserbecken.

Flora ließ den Blick über all das schweifen und suchte das Schiff der Delegation. Bei seinem Verlassen war Flora fast wehmütig zumute gewesen. Es war so viele Tage und Nächte ihr Zuhause gewesen. Die Fahrt auf dem Meer hatte ihr gefallen. Im Gegensatz zu Frederike, der ständig übel gewesen war, hatte sie jeden Augenblick auf dem Wasser genossen. Sie hatten gute Winde gehabt. Keine verfrühten Herbststürme und keine Seeräuber hatten sie belästigt. Flora und Marten hatten die Zeit genutzt, um zu zeichnen und nebenbei Floras Holländisch zu vervollkommnen. Frederike hatte sich geweigert, dieses Kauderwelsch, wie sie es nannte, zu lernen. Doch Isabel hatte sich eifrig bemüht und einige Brocken aufgeschnappt.

Bei der Ankunft hatte im Hafenbecken ein frischer Wind geweht und Marten hatte Flora fürsorglich seinen gefütterten Mantel umgelegt. Währenddessen hatte er von der Bedeutung Amsterdams für die Welt geschwärmt. Er hatte die vielen Immigranten erwähnt, die hier Zuflucht und Arbeit fanden, und die Toleranz der Stadt gelobt. Flora hatte kaum hingehört, als er die Gewichtigkeit der Börse, der Wechselbank und der verschiedenen neuen Zeitungen erklärte. Stattdessen hatte sie dem Glucksen des Wassers und dem Geschrei der Möwen gelauscht, hatte den vertrauten modrigen Geruch am Hafen eingesogen und ein wenig Heimweh verspürt.

Nun standen Flora, Frederike und Isabel auf einer der vielen Treckschuten, die die Wasserwege rings um die Stadt befuhren. Gleich würden sie ablegen. Wie so viele Reisende nutzten sie diese praktische Möglichkeit, um ans Ziel ihrer Reise, nach Leyden, zu gelangen. Die Treckschuten wurden getreidelt und fuhren auf die Minute genau zu allen Tages- und Nachtzeiten ab. In dem Gebäude, in dem auch die Hafengebühr bezahlt wurde, hingen Zettel mit den Ankunfts- und Abfahrzeiten. Flora hatte mit Staunen gesehen, dass sie sogar stündlich nach Haarlem fuhren. Nach Leyden fuhren sie allerdings nicht so oft und brauchten etwas länger.

Marten war noch bei seinem Paten an der Abfahrtsstelle, wo sich Passagiere, Gepäckträger, Prediger und die Kundenfänger der Gasthöfe herumtrieben. Pieter van Haverbeeck hatte Floras Hebammenbuch unter den Arm geklemmt, denn er hatte versprochen, sich darum zu kümmern. Während Marten ihr sein Geburtshaus in Leyden zeigen und Tante Augusta besuchen würde, würde der einflussreiche Pate seine Beziehungen spielen lassen. Er hatte versprochen, einen Drucker zu finden, der bereit war, sich Floras Buch anzusehen. Flora hatte es nur ungern aus der Hand gegeben, immerhin steckte sehr viel von ihr darin und sie hatte so lange daran gearbeitet. Wenn es nun verloren ginge oder beschädigt würde? Doch sie sagte sich immer wieder, dass es vernünftig war, es in Amsterdam bei van Haverbeeck zu lassen. Es war abgemacht, dass sie bald nach Amsterdam zurückkehren und bei Martens Paten in der Anthonisbreestraat wohnen sollten. Sicher würde er bis dahin einen Drucker gefunden haben. Für gewöhnlich war der Drucker gleichzeitig Kupferstecher und Verleger. So ein Mann würde wissen, was zu tun war. Mit diesem Gedanken tröstete sich Flora, als van Haverbeeck sich mit ihrem Buch unter dem Arm abwandte und in der Menge verschwand.
Marten beeilte sich, an Bord zu gehen. Isabel hüpfte hinter Flora auf den Planken herum und Frederike verfluchte den schaukelnden Treidelkahn, der ganz sicher ihr Tod sein würde. Flora schaute sie besorgt an. Frederike sah immer noch etwas blass um die Nase aus. Sie warf Flora einen vorwurfsvollen Blick zu, beugte sich über das Wasser und gab Würgegeräusche von sich. Da konnte gar nichts kommen, dachte Flora. Frederike hatte, seit sie das Schiff verlassen hatten, kaum etwas zu sich genommen. Die Reise bis Amsterdam war für ihre Freundin eine Tortur gewesen und sie würde diese weitere Fahrt auf dem Wasser ebenfalls leiden. Als sich Frederike wieder aufrichtete, legte ihr Flora mitleidig eine Hand auf die Stirn. So sah sie nur aus den Augenwinkeln, wie die letzten Passagiere an Bord kamen. Stoff schillerte in der Sonne und sie nahm an, dass es sich um wohlhabende Bürger handelte, die sich etwas verspätet hatten. Marten kam zu ihr, wies auf die Neuan-

kömmlinge und erklärte: »Für ein paar Stuiver mehr lassen sie uns auch in den Unterstand.«

Der Unterstand war nicht mehr als ein Holzverschlag an Deck der schmalen Schute. Flora stellte sich vor, dass es dort eng und stickig sein würde. Sie wehrte ab: »Lass nur, so sehe ich wenigstens etwas von der Landschaft.«

In diesem Augenblick brüllte der Bootsführer etwas und sie setzten sich in Bewegung. Frederike seufzte und ließ sich mit geschlossenen Augen auf den Planken nieder. Isabel gesellte sich zu ihr, dabei starrte sie sehnsüchtig zu einem kleinen Mädchen mit einer Puppe hinüber. Frederike blinzelte und sah zu ihrer Tochter: »Geh spielen, Schatz.«

Das ließ sich Isabel nicht zweimal sagen. Sie stand auf, um sich der Gleichaltrigen zu nähern. Bald darauf hockten die beiden einträchtig nebeneinander und schaukelten abwechselnd die Puppe.

Unterdessen waren sie ein gutes Stück vorangekommen und fuhren an vierstöckigen Giebelhäusern, großen Lagerhallen und schäbigen Baracken vorbei. Flora sah Gemüsegärten, Wassergräben, Schuppen, Werkstätten und Schweinekoben. Sie versuchte sich alles einzuprägen, während Marten neben ihr ununterbrochen redete. Nach einer Weile wurde die Bebauung spärlicher. Sandhaufen und Karren, Baugerüste und Eimer schleppende Männer zogen an ihr vorüber.

»Sie errichten ein neues Grachtenviertel«, erklärte Marten, »oder eher einen ganzen Grachtengürtel. Hier erwerben reiche Kaufleute und Bankiers Baugrundstücke, nachdem es in der Stadt zu eng geworden ist. Vor allem jetzt, wo immer mehr sephardische Juden aus Portugal kommen. Sie fliehen vor der Inquisition nach Amsterdam.«

»Und sie werden hier geduldet? Bei den Calvinisten?« Flora war immer überzeugt gewesen, dass Calvinisten viel strenger als Lutheraner waren. Sie verboten sogar das Tanzen und da sollten sie sich von sephardischen Juden aus der Stadt verdrängen lassen?

Marten schien ihre Gedanken zu erraten und sagte: »Der jüdischen Gemeinde wurde sogar erlaubt, in Ouderkerk an der Amstel einen

eigenen Friedhof anzulegen. Die Juden verstehen viel vom Tabakhandel und vom Handel mit Diamanten. Das Geschäft geht in Amsterdam über alles, da schicken sie niemanden weg, der den Reichtum der Stadt vergrößern könnte. Diese Stadt ist großzügig und fortschrittlich wie keine andere.«
»Und Leyden?«, fragte sie etwas vorwurfsvoll. »Erzähl mir davon.«
Sie wusste von Michel, dass Leyden eine angesehene Universität besaß, in der es öffentliche Anatomievorlesungen gab und Leichen seziert wurden. Marten hatte anscheinend keine Lust, über seine Geburtsstadt zu sprechen, denn er seufzte nur und blickte sehnsüchtig auf die schwindenden Türme und Giebel Amsterdams. Sie hatten jetzt die Felder vor der Stadt erreicht und glitten an hohen, von der Sonne gebleichten Ähren vorbei. In der Ferne spielte das Sonnenlicht in windschiefen Baumwipfeln und das weite Land erstreckte sich vor ihnen, soweit das Auge reichte. Das Wasser durchschnitt die Landschaft wie eine niemals endende Schnur. Doch am Ende dieser Reise lag Leyden und Flora wollte wissen, was sie erwartete.
»Marten! Was ist mit Leyden?«, rief sie ungeduldig.
»Oh, es ist eine schöne Stadt und ihre Universität ist alt und ehrwürdig. Aber im Vergleich mit Amsterdam ist es dort engstirnig und provinziell. Wer etwas werden will, geht nach Amsterdam. Rembrandt wird das auch bald einsehen. Alle großen Maler zieht es nach Amsterdam. Pieter Lastmann hat sein Atelier gegenüber der Zuiderkerk. Vor vier Jahren war Rembrandt für ein halbes Jahr bei ihm in der Lehre. Ich habe nie verstanden, wieso er nach Leyden zurückgekehrt ist.«
Aus demselben Grund, aus dem es bis vor kurzem gut genug für dich war, dachte Flora. Sie verstand plötzlich, warum Marten so angetan von Amsterdam war. Dort hatte ihn sein Patenonkel mit allem umgarnt, was einem jungen Mann den Kopf verdrehen konnte. Er hatte ihm schöne, elegante Kleidung und eine Radschlosspistole gekauft. Marten war mit einflussreichen Männern zusammengetroffen, die den fortschrittlichen Geist der Stadt verkörperten. Van Haverbeeck hatte ein Netz für ihn gesponnen, ganz so, wie Hendrik

gesagt hatte. Flora wurde unbehaglich bei der Erinnerung an Martens Bruder, ihren ehemaligen Verlobten, den Mann mit den Seeräuberaugen. Wo steckte er jetzt? Plante er bereits seine Rückkehr nach Stralsund, um sie zu holen? Würde er ihr folgen, wenn er sie nicht mehr in der Stadt vorfand? Ehe sie weiter darüber nachsinnen konnte, brach Tumult aus. Vom Unterstand klang Stimmengewirr zu ihnen herüber und der Bootsmann rief seinen Leuten etwas zu. Flora wandte sich um und fragte: »Was ist los? Ich verstehe kein einziges Wort.«

Marten zuckte mit den Schultern: »Das ist kein Wunder. Hier herrscht ein heilloses Sprachbabel. Neben der Amsterdamer Mundart wird das Antwerpener Platt der Einwanderer aus Flandern und natürlich das Französisch der Wohlhabenden gesprochen. Warte, ich sehe nach, was da vor sich geht.«

Mit diesen Worten verschwand Marten in der Menge, während die Bootsleute dem Treidelführer etwas zuriefen, der daraufhin die Pferde zum Stehen brachte. Der schmale Kahn ruckte und wurde am Ufer vertäut. Frederike stöhnte auf, dann beugte sie sich erneut über das Wasser. Flora versuchte, Martens roten Schopf zwischen den aufgeregt gestikulierenden Passagieren auszumachen. Warum fuhren sie nicht weiter? Was war geschehen? Die Stimmen schienen immer lauter zu werden. Schrie da nicht jemand? Endlich tauchte Marten wieder bei ihr auf. Er wirkte etwas verlegen und fuhr sich durch das Haar, bevor er sagte: »Eine der Bürgersfrauen im Unterstand hat Wehen bekommen. Die Geburt scheint kurz bevorzustehen. Es ist niemand da, der helfen kann. Ihre Dienstmädchen sind vor Schreck völlig aufgelöst. Ich habe ihnen gesagt, dass sich die Lehrtochter der vereidigten Hebamme von Stralsund an Bord befindet. Sie wollen dich unbedingt sehen!«

»Mich? Das geht doch nicht. Sie werden keine Auswärtige dulden. Die Tochter einer Hebamme schon gar nicht.«

Zumindest hoffte sie das. Marten winkte ab: »Die Not erlaubt vieles. Niemand wird von dir ein Zunftzeichen verlangen, wenn du deine Sache gut machst.«

»Aber ich kann das nicht! Ich habe das noch nie allein gemacht.«

Wie sollte sie ohne Alwines Hilfe eine Geburt überstehen? Von Frederike war keine große Hilfe zu erwarten. Die blickte nur blass und elend zu ihr auf und krümmte sich vielsagend zusammen. Isabel war auch nirgends zu sehen. Marten packte Floras Hand und zog sie durch die Menge. Flora protestierte: »Ich kann das nicht! Ich weiß nicht, was für Gebete sie hier sprechen und welche Sinnsprüche vor welchem Handgriff nötig sind. Ich verstehe ja noch nicht einmal, was sie sagen.«

»Du schaffst das schon.«

Wie konnte er da sicher sein? Seine Stimme klang so zuversichtlich, als hätte er nie daran gezweifelt, dass sie eine gute Wehmutter war. Er schob sie an den Schaulustigen vorbei und drängte unerbittlich weiter zum Unterstand. Davor war nur ein großes, zerschlissenes Tuch gespannt, hinter dem eine unheimliche, fast andächtige Stille herrschte. Die Ruhe vor dem Sturm, dachte Flora beklommen. Gleich würde sich dort ein neues Leben Bahn brechen und es würde keine stille und saubere Angelegenheit sein. Stattdessen würden sich Geschrei und Wehklagen erheben. Blut, Schleim und Schweiß würden tropfen. Schmerz und quälendes Ziehen, Stechen und Rumoren würden unbehindert toben, bis es den Leib der armen Niederkommenden fast zerriss. Und sie, Flora, würde diesmal nicht bloß Zuschauerin sein, die alles aus einer sicheren Entfernung beobachtete, die es zeichnete und für die Nachwelt festhielt. Heute würde sie es sein, auf der alle Augen ruhten. Sie sollte das Neugeborene sicher auf seinem Weg ins Leben begleiten. Ihre Finger zitterten jetzt schon und der Gedanke an das zähe rote Blut ließ ihren Mund trocken und ihren Magen flau werden. Wahrscheinlich würde sie einfach ohnmächtig werden. Oder, was noch schlimmer wäre, starr vor Angst dastehen und sich nicht rühren können.

Marten forderte die Umstehenden auf, zur Seite zu treten. Nachdem eine Gasse entstanden war, drückte Marten ihre Hand und flüsterte: »Du kannst das, Flora. Ich weiß es«, dann ließ er sie los und erwartete offensichtlich, dass sie sich unter dem Tuch hindurchbückte. Flora zögerte einen Moment. Sie versuchte sich an das Gesicht zu erinnern, das Alwine aufsetzte, wenn sie ein Wöchnerinnenzimmer betrat. Ihre Züge drückten Zuversicht und Gottvertrauen aus. Flora holte tief Luft und während sie den Atem langsam wieder entweichen ließ, konzentrierte sie sich darauf, genau dies in ihrem Gesicht zu spiegeln. Gut, sie hatte Angst, doch das musste ihr ja niemand ansehen. Niemand musste wissen, wie schwach und elend sie sich fühlte, wie weich ihre Knie waren und wie heftig ihr Herz klopfte. Sie wollte der armen Frau da drinnen das Gefühl geben, dass nun Hilfe nahte und jemand kam, der wusste, was zu tun war.

Flora straffte die Schultern, suchte Martens Blick und sagte möglichst ruhig: »Ich brauche saubere Tücher, ein kleines Seil, ein Messerchen, Nadeln und Wasser.«

Marten nickte und beeilte sich, das Verlangte zu besorgen. Flora duckte sich unter dem Tuch hindurch und dachte wehmütig an die Hebammentasche ihrer Mutter. Wie gut könnte sie jetzt die Instrumente gebrauchen, die sich darin befanden. Doch sie musste ohne Spekulum, Ausweiter oder Klammern auskommen. Stattdessen würde sie ihre Hände benutzen, ihre Hebammenhände, wie Alwine sie nannte.

So waren es auch ihre Hände, die sie den wartenden Frauen entgegenstreckte, wie um zu zeigen, dass diese sauber und kräftig waren. Die Frauen wirkten erleichtert, sie zu sehen. Die drei Dienerinnen sprangen sofort auf, um ihr Platz zu machen. Niemand schien infrage zu stellen, dass Flora eine erfahrene Wehmutter war, und das flößte ihr Mut ein. Bestärkt von so viel stillschweigendem Vertrauen, schob sie ihre Ärmel hoch und hockte sich vor die Gebärende, die nur ein kümmerliches Lächeln zustande brachte und sich sogleich stöhnend aufbäumte. Ihr Gesicht war schweißbedeckt und ihr vormals ehrbares schwarzes Kleid feucht und zerknittert. Die weiße Halskrause, die sie als Dame von Stand kennzeichnete, hatte man gelöst und ihre Unterröcke bauschten sich über den angewinkelten Knien.

Sie braucht jemanden, der ihren Rücken stützt, hörte Flora Alwine in ihrem Kopf sagen. Eine der Frauen muss sich hinter sie setzen. Besser noch, zwei von ihnen ersetzen den fehlenden Gebärstuhl, indem sie ihre Schenkel stützen. Flora gab den Dienerinnen durch Handzeichen zu verstehen, was sie vorhatte. Es dauerte eine Weile, doch dann hatten sie die Gebärende in eine halb aufrechte, sitzende Lage gebracht. Die veränderte Körperhaltung beschleunigte die Wehen. Die junge Frau presste die gespreizten Finger an einen Stützbalken des Unterstands. Sie unterdrückte einen Aufschrei, stattdessen kam ein kläglicher Laut aus ihrer Kehle.

»Ruhig, es wird alles gut«, sagte Flora mit Alwines Stimme und vergaß völlig, Holländisch zu sprechen. Das Gesicht der Frau entspannte sich trotzdem beim Klang ihrer Stimme.

Flora fühlte, wie sie selbst ganz ruhig wurde. Alle Angst fiel von ihr ab, als sie die Hände vorstreckte, um unter den Röcken zu tasten. Sie untersuchte gerade gewissenhaft und geschickt die Gebärende, als das Tuch angehoben wurde und Marten die gewünschten Sachen brachte. Im selben Augenblick kam eine Wehe und der durchdringende Schrei, der sie begleitete, ließ Marten erschrocken zurückfahren. Schnell machte er, dass er hinauskam. Dabei stieß er fast die Wasserschüssel um, die er neben Flora auf dem Boden abgestellt hatte. Bis auf diesen Zwischenfall schien alles so zu sein, wie es bei einer normalen Geburt zu erwarten war.

Flora wurde immer zuversichtlicher. Sie musste Gleichmut und Gottvertrauen nicht mehr vortäuschen. Die Wehen kamen jetzt regelmäßig und die Abstände wurden kürzer. Sie hatte das Gefühl, ihre Mutter würde neben ihr stehen und mit ruhiger Stimme Anweisungen geben. Jetzt falte die Hände, dreh sie herum, beuge dich vor und unterstütze die Wehe, indem du sanften Druck von oben ausübst. Jetzt! Gib Acht! Die Kraft verlässt sie. Sie will nicht mehr mitmachen. Hilf ihr. Jetzt!

Und Flora presste ihre Hände auf den Leib, stöhnte mit, atmete und schwitzte. Als die junge Frau den Kopf nach hinten warf und fluchte, hätte Flora vor Erleichterung fast aufgelacht. Darin waren alle Gebärenden gleich, dachte sie, in welcher Sprache auch immer. Wenn es so weit war, beklagten sie ihr Los als Evastöchter, verfluchten die Männer und schworen, niemals wieder einen in ihr Bett zu lassen.

Als die Frau erneut aufschrie und erschöpft die Augen schloss, hörte Flora ein leises, vertrautes Knacken. Als würde ein Zweig brechen. Fast hätte sie das Geräusch mit einem Jubel begrüßt. Die Fruchtblase war geplatzt. Das Kind hatte es nun eilig. Und wirklich, als sie abermals unter den Röcken tastete, spürte sie warme Flüssigkeit über ihre Finger rinnen. Die Gebärende schien beunruhigt und machte eine fahrige Bewegung mit der Hand. So, als wüsste sie nicht, wohin mit ihrer Erschöpfung. Sie muss durchhalten, es ist nicht mehr weit, sagte Alwine aufmunternd in Floras Ratlosigkeit hinein. Sprich ein Gebet, Kind. Jetzt! Flora hob beschwörend ihre Hände und flüsterte: »Gib ihrem Herzen Kraft, o Herr, dass es die Schmerzen der Niederkunft ertrage und dass wir sie als Ausdruck Deiner Gerechtigkeit hinnehmen, die Du wegen der Sünden der ersten Frau an unserem Geschlecht übest. Gib ihrem Herzen Kraft, o Herr.«

Die Gebärende lächelte dankbar und nickte, als hätte sie jedes Wort verstanden. Da Floras geflüsterte Worte ihr wirklich Kraft einzuflößen schienen, wiederholte sie noch einmal: »Gib ihrem Herzen Kraft, o Herr.«

Flora spürte, wie es zwischen ihren Fingern weich wurde und nachgab. Die Haut schien sich zu dehnen, mit der nächsten Wehe wich die Spannung und dann konnte sie das Köpfchen fühlen. Ein zarter, nasser Flaum bedeckte es. Es drängte hinaus in die Welt, indem es sich hartnäckig nach vorn schob.

»Preist den Herrn! Es kommt«, rief Flora und die Dienerinnen wisperten aufgeregt, während die junge Frau keuchte und erneut presste. In Floras Kopf überschlugen sich die Gedanken. Was sollte sie bloß tun, wenn das Kind feststeckte? Warum schwieg Alwine so beharrlich? Was würde sie raten, wenn es keine Klammern und kein Spekulum gab? Wie sollte man das Kind in dem Fall packen, drehen und halten? Während Flora noch darüber nachdachte, glitt ein nasses und glitschiges Etwas in ihre Hände. Es war lebendig und warm, zerbrechlich und zart. Es krähte empört, als Flora es zunächst vorsichtig abtrocknete und dann immer wieder mit einem feuchten Tuch abtupfte. Das Neugeborene war ein feingliedriges

Mädchen mit wachen Augen und langen Wimpern. Es schien wie aus Wachs geformt und doch war seine Stimme schon voller Kraft. Flora durchtrennte mit wenigen Handgriffen die Nabelschnur, wie sie es hundertmal bei Alwine gesehen hatte. Anschließend wickelte sie ein frisches Tuch um den Leib des Kindes, das nun zu schreien aufgehört hatte. Eine der Dienerinnen nahm ihr das Bündel so achtsam ab, als wäre es aus Glas, und hielt es sacht schaukelnd im Arm.

Ohne dass Alwines Stimme sie daran erinnern musste, achtete Flora darauf, dass die Nachgeburt vollständig herauskam. Als es so weit war, scheute sie sich nicht, den roten Ballen gründlich zu untersuchen. Statt sich davor zu ekeln, hieß sie ihn als Stück des Lebens willkommen, begrüßte ihn als Teil der guten Schöpfung und vergrub ihre Finger voller Andacht und Freude darin. Selbst der Geruch hatte auf einmal nichts Abstoßendes mehr, sondern gehörte ganz selbstverständlich zum Geschehen. Sie wickelte die Nachgeburt in das letzte saubere Tuch und reichte sie weiter. Zu Hause würde man sie zum Schutz vor dem Bösen an der Türschwelle begraben, doch hier wahrscheinlich dem Wasser übergeben. Es gab auch keine Wiege, über die man die Nabelschnur hängen konnte. Doch das alles schien nicht wichtig. Flora wusch sich die blutigen Hände in der Schüssel und blickte dabei zur Wöchnerin, der inzwischen das Kind gereicht worden war. Ein unvergleichliches Leuchten lag auf dem Gesicht der jungen Mutter, das alle Mühe, den Schmerz und die Qual vergessen ließ. Flora hatte das Gefühl, etwas sagen zu müssen. Etwas, das ihre Anteilnahme, Hochachtung und Freude zum Ausdruck brachte. Sie rief sich die holländischen Worte in Erinnerung, die Marten ihr beigebracht hatte. Keines schien zu genügen und so stammelte sie schließlich: »Geweldig … fantastisch. Wat … wat fijn.« Doch zu sagen, wie herrlich und großartig sie es fand, schien ihr nicht genug. Sie wollte das Kind loben und sagen, wie gut geraten und wundervoll es war, deshalb fügte sie noch hinzu: »Wat een schat van een kind!«

Die junge Frau lächelte erfreut und wandte ihre Aufmerksamkeit wieder dem Bündel in ihrem Arm zu. Während ihr eine der Diene-

rinnen half, das Kind an die Brust zu legen, stand Flora auf und verließ den Unterstand.
Draußen begrüßten sie das Sonnenlicht und die neugierigen Blicke der Wartenden. Flora suchte Marten zwischen den Umstehenden und als sie ihn entdeckt hatte, rief sie: »Een meisje! Es ist ein gesundes Mädchen! Und ich war seine Wehmutter!«
Jubel brach aus und Marten grinste zufrieden: »Ich wusste, du würdest es gut machen.«
Hinter ihm tauchte Frederike auf, die etwas weniger blass wirkte und Isabel an der Hand hielt. Isabel strahlte Flora an und fragte: »Darf ich es sehen?«
»Später vielleicht«, sagte Frederike und trat auf Flora zu. Sie sah ein bisschen spöttisch aus, als sie wisperte: »Na, dann gratulier ich dir – zu deiner ersten gewonnenen Schlacht!«
Flora knurrte ärgerlich: »Und nächstes Mal lässt du mich nicht so arg im Stich«, doch dann lächelte sie und als Frederike murmelte: »Deine Mutter wäre stolz auf dich«, hörte sie nur noch halb hin. Sie wollte nicht über ihre Mutter nachdenken, sondern den Augenblick genießen. Während Marten sie wegführte, wurde ein Krug herumgereicht und auf das Kind getrunken. Jemand spielte auf einer Flöte und ein paar zerlumpt aussehende Frauen tanzten unbekümmert zu der Melodie. Der Bootsführer brüllte zum Ufer hinüber, Seile wurden entknotet, Männer sprangen an Bord und die Treckschute setzte sich wieder in Bewegung, ganz so, als wäre alles wie vorher. Doch das war es nicht, dachte Flora. Etwas war geschehen und hatte sie verändert. Nun, da sie selbst Teil des Geschehens gewesen war, würde sie sich nie mehr vor Blut oder anderen Körperausscheidungen fürchten. Sie blickte über das weite Land, spürte den beständigen Wind und bemerkte zum ersten Mal, wie schön der holländische Himmel war.
Marten lehnte sich neben Flora an die Bootswand und sagte: »Zuerst habe ich mich gewundert, warum sie die Fahrt unterbrechen, doch dann habe ich mich erinnert, wie abergläubisch Seeleute sind. Sie glauben, dass Frauen auf einem Schiff Unglück bringen. Eine Geburt muss sie ungemein erschrecken.«

»Es gibt viele alte Bräuche, manche sehen die Prediger in Stralsund gar nicht gern.«
»Hier ist es üblich, unmittelbar nach der Geburt eines Sohnes eine mit roter Seide bedeckte und mit Spitzen verzierte Schrifttafel an die Haustür zu hängen. Ist es ein Mädchen, wird dies durch ein weißes Rechteck auf der Tafel angezeigt. Die Nachbarn laufen zusammen und man schenkt ihren Kindern hörnchenförmigen Zwieback. Bei einem neugeborenen Jungen erklärt man ihnen, er sei auf einem Kohlkopf gefunden worden. Bei einem Mädchen, es habe auf einem Rosmarinbüschel gelegen.«
»Das gefällt mir.«
»Nach der Geburt gibt es immer ein großes Fest. Der Vater des Kindes trägt eine besondere Federkappe aus Pikeesamt und es gibt Punsch, in dem eine Zimtstange schwimmt, manchmal auch Branntwein, und dazu gebrannte Mandeln. Die ärmeren Leute trinken gezuckerten Wacholderschnaps. In jedem Fall ist es ein ausgelassenes Festgelage.«
Das gefiel ihr schon weniger. Zu Hause feierte man still und andächtig, fastete und betete. Allerdings gab es eine Wöchnerinnensuppe und die Nachbarinnen saßen nach der Geburt mit der Wehmutter zusammen und ließen es sich schmecken. Flora bedauerte ein wenig, dass sie nun auf die Suppe verzichten musste. Gerade als sie ihre Mutter zu vermissen begann, sagte eine schüchterne Stimme hinter ihr: »Mevrouw?«
Flora wandte sich um. Da stand eine der Dienerinnen der Wöchnerin. Sie knickste verlegen und überreichte ihr einen kleinen Lederbeutel. Offensichtlich enthielt er den Lohn. Bevor Flora etwas sagen konnte, war die Frau wieder in der Menge verschwunden. Flora schnürte das Lederbändchen auf und sah Geldstücke blitzen. Es waren keine kleinen Stuiver, sondern große Guldenstücke. Neben ihr sagte Marten: »Ich habe mich erkundigt. Sie ist die Frau eines angesehenen Professors aus Leyden. Dein Ruf als Hebamme wird sich bald in der ganzen Stadt herumgesprochen haben.«
»Ja, und das wird der städtischen Wehmutter nicht besonders gefallen. Hebammen sind schlimmer als Zunftmeister und lassen es nicht zu, dass man in ihrem Revier wildert.«

»Sie wird dir deinen Lohn schon nicht streitig machen.«
Nein, dachte Flora, der steht mir zu. Sie verschnürte den kleinen Beutel sorgsam. Es war ein gutes Gefühl, etwas eigenes Vermögen zu besitzen. Die anerkennenden Blicke der anderen Passagiere gefielen ihr und Martens Zuspruch tat gut. Und es schien in diesem Moment nichts zu geben, was sie nicht tun konnte.
Dieses beschwingte Gefühl hielt den Rest der Reise an. Selbst am ersten Morgen, als sie im Haus von Tante Augusta erwachte, war noch eine Spur davon vorhanden. Flora lag zwischen dickem Bettzeug, das sich ungewohnt warm und schwer um sie herum türmte, und dachte an ihre Ankunft zurück. Tante Augusta hatte sie herzlich willkommen geheißen. Marten hatte ihren holländischen Redefluss übersetzt, bis sie ins Französische gewechselt war und Frederike sich an die Worte erinnert hatte, die sie im Tross von Söldnern aufgeschnappt hatte. Sofort hatte sich ein holpriges Hin und Her zwischen ihr und Augusta entspannt, während dessen sich beide köstlich amüsiert hatten. Martens Tante hatte ihre neuen Gäste sofort ins Herz geschlossen und bemuttert, wo immer es möglich war. Sie hatte Isabel an sich gedrückt, mit Kosenamen überhäuft und mit Leckereien gefüttert. Sie hatte ihnen allen das Gefühl gegeben, dass dieses Haus auch ihr Heim war und dass sie bleiben konnten, solange es ihnen gefiel.
Marten war das überschwängliche Verhalten seiner Tante etwas unangenehm gewesen, doch er hatte zugelassen, dass sie ihm den Kopf tätschelte wie einem kleinen Jungen. Tante Augusta hatte mit dem Knöchel auf eine Amsterdamer Zeitung geklopft, die Martens Ansicht von der Belagerung Stralsunds gedruckt hatte, und immer wieder die Worte »heerlijk« und »prachtig« gerufen. Marten hatte versucht, die Zeitung wegzuziehen, doch Flora war schneller gewesen. Lange hatte sie den Kupferstich studiert und sich alles eingeprägt. Sie hatte gesehen, wie die ameisengleichen Söldner mit ihren Piken marschierten und die Türme der Stadt den gestrichelten Dampfwolken trotzten. Die Erinnerung an die Sommermonate in der umkämpften Stadt hatte sie ganz still werden lassen. Marten hatte ihr bedrücktes Schweigen richtig verstanden. Sie hatte es an dem ernsten Blick gemerkt, mit dem er sie angesehen hatte.

Nun schlief er auf einem Strohbündel auf dem Dachboden, wo sich auch sein lange nicht mehr genutztes Atelier befand, während sich Flora, Frederike und Isabel seine alte Kammer teilten. Das große Bett bot reichlich Platz und Frederike lag so zwischen den Kissen vergraben, dass Flora sie kaum sehen konnte. Isabel schlief mit abgewandtem Gesicht an der Kante und ihr Arm hing aus dem Bett, als würde er schon einmal Morgenluft schnuppern wollen.
Flora kletterte aus dem Bett und schlich barfuß durch das Zimmer. Auf Zehenspitzen umrundete sie den Raum und betrachtete die Bilder an den Wänden. Die Morgensonne wurde durch das trübe Fensterglas gemildert und schmeichelte den Farben. Es waren alles Landschaftsbilder und Flora vermutete, dass Marten sie gemalt hatte. Eines gefiel ihr besonders und sie verweilte lange davor. Im Vordergrund graste eine Kuh. Sie ließ die Kirchturmspitze dahinter winzig klein erscheinen. Wolken türmten sich um das Tier, rahmten es ein, bedrängten es und schienen die Kirche im Hintergrund verschlingen zu wollen. Die Kuh schien völlig unbeeindruckt und fraß gleichmütig dahin. Er kann nicht nur Himmel malen, dachte Flora. Marten konnte auch Tiere darstellen, und zwar besser, als sie erwartet hatte.
Gestern Abend hatte Marten sie mit auf den Dachboden genommen und ihr sein Atelier gezeigt, während die anderen unten am Esstisch Karten spielten. Im Atelier hatte es nach Leinöl gerochen und Flora war sofort zu dem Tisch hinübergegangen, auf dem die Pigmente hergestellt wurden. Sie hatte den Blick über die seltsam fremden und zugleich vertrauten Gegenstände gleiten lassen. Manches hatte sie an Michels Chirurgeninstrumente erinnert, vor allem die Glaskolben, Messerchen und Phiolen. Doch Pulver in Muschelschalen und mit Farbe gefüllte Schweineblasen hatte sie nie zuvor gesehen. Marten hatte das Pergament von den kleinen Farbtöpfen gezogen und ihr die braunen und gelben Erdfarben, das Ocker, das Beinschwarz und das Bleiweiß gezeigt. Er hatte ihr erklärt, wie man Ocker brannte, wie man mit dem Palettenmesser aus Öl und Bleiweiß eine geschmeidige Masse mischt und wie aus einem matten Klotz leuchtend rotes Pulver hergestellt wurde. Mit Leinöl ange-

rührt, wurde ein intensives Zinnoberrot daraus. Letzteres hatte sie unbedingt sehen wollen und sie hatten über dem Anrühren von strahlend schönem Zinnoberrot fast die Zeit vergessen. Obwohl es spät geworden war, hatte sie sich noch Martens Bilder angesehen, die an der Wand neben der leeren Staffelei lehnten. Eines hatte den Rand eines Feldes gezeigt, an dem ein vom Gewitter gefällter Baum lag. Das Wurzelwerk war so gut gemalt, dass sie gemeint hatte, hineingreifen zu können. Als sie das Bild gelobt hatte, hatte Marten plötzlich bedrückt gewirkt. Erst nach mehrmaligem Nachfragen hatte er etwas missmutig erklärt, dass dies das einzige Bild war, das sein Freund Rembrandt je gelobt hatte. Flora hatte nicht weiter nachgehakt. Wenn sie nun daran dachte, tat es ihr Leid, überhaupt gefragt zu haben.

Seufzend setzte sie sich auf den Nachttopf, wusch sich anschließend in der Waschschüssel neben dem Krug und zog sich leise an. Nachdem sie einen letzten Blick auf Isabel und Frederike geworfen hatte, schlich sie sich aus dem Zimmer. In der Diele war es kühl und sie fröstelte, als sie die Treppe hinunterging. Unten traf sie mit Marten zusammen, der ihr gähnend einen guten Morgen wünschte. Er sah blass aus, als hätte er wenig oder überhaupt nicht geschlafen. Sie musterte ihn besorgt, sah die dunklen Ringe unter seinen Augen und fragte: »Hast du die ganze Nacht Pigmente hergestellt? Oder hat dich nur der Leinölgeruch am Schlafen gehindert?«

»Ich bin hin und her gelaufen und habe nachgedacht. Auf der Reise war ich abgelenkt, doch hier kommen die Erinnerungen wieder. Das Haus ist voll mit Eindrücken, gegen die ich mich nicht wehren kann. Jeder Winkel erinnert mich an meinen Bruder und jedes Möbelstück beschwört meinen Vater herauf.«

Flora dachte an die Herzlichkeit seiner Tante und Martens unwirsche Reaktion darauf. Sie fühlte sich in diesem Haus sicher und geborgen und hatte darüber ganz vergessen, dass es für Marten anders sein musste. Seit seinem letzten Aufenthalt hier war viel geschehen. Er hatte seinen Bruder gefunden und das Testament mit dem Wortspiel zurückbekommen. Letzteres war der Grund seiner Rückkehr nach Leyden. Wieso konzentrierte er sich nicht darauf? Sie suchte Martens Blick und fragte leise: »Was hast du vor? Wie willst du das Rätsel deines Vaters lösen? Was ist mit der giftigen Schönheit des unliebsamen Wetters? Nur noch diese eine Zeile und du wirst finden, was dein Vater dir hinterließ.«

»Ich wollte mich gerade in Vaters Arbeitszimmer umsehen. Vielleicht gibt es dort einen Hinweis auf das unliebsame Wetter. Nach dem Frühstück suche ich Rembrandt in seinem Atelier auf und frage ihn um Rat. Er kannte Vater sehr gut und er kennt den Garten, den Vater nach ihm benannte. Den Garten sollten wir heute auch noch unbedingt aufsuchen.«

»Wir?«, fragte sie hoffnungsvoll. »Darf ich dich begleiten? Zu Rembrandt und zu seinem Garten?«

Marten nickte und hielt ihr zuvorkommend die Tür zum Arbeitszimmer auf. Drinnen war es warm und stickig. Während Flora sich umblickte, öffnete Marten ein Fenster. Dazu musste er den unteren Teil nach oben schieben und es quietschte, als wäre das Fenster lange nicht mehr benutzt worden. Der Luftzug bewegte die Seiten der aufgeschlagenen Bücher auf dem Sekretär. Flora lehnte sich über das abgewetzte Polster der Stuhllehne und sah sich die Bücher an. Manche waren auf Französisch, andere auf Griechisch. Es war auch erbauliche Literatur in deutscher Sprache und Poesie von ihr unbekannten Dichtern darunter. Nichts deutete auf Opitz hin.

»Hier gibt es nichts über die giftige Schönheit des unliebsamen Wetters«, sagte sie und wandte sich zu Marten um. Der stand an einem ovalen Tisch in der Mitte des Raumes und starrte zum Kamin hinüber. Flora wunderte sich über sein düsteres Gesicht und ging zu ihm.

»Was hast du?«, fragte sie und folgte seinem Blick. Über dem Kamin war nur ein leerer Wandhalter zu sehen. Marten deutete vorwurfsvoll darauf und erklärte: »Da hing Vaters Radschlosspistole, die mit seinem Monogramm im Schaft. Kurz nach Vaters Tod muss Hendrik hier gewesen sein und sie an sich genommen haben. Als er dann mit der Delegation bei Wallenstein war, habe ich sie entdeckt.«

»Und dann hast du ihn verpasst.«
»Ja, wegen der dummen Spielschulden. Aber was wäre geschehen, wenn ich Hendrik an diesem Tag erkannt hätte? Hätte ich ihn verraten? Hätte ich den vornehmen Herren aus Stralsund erklärt, wer sie all die Jahre zum Narren gehalten hat? Hätte ich meinen eigenen Bruder ans Messer geliefert? Hätte ich ihn dem Stralsunder Gericht und seinem Scharfrichter überlassen? Wahrscheinlich nicht.«
Flora schüttelte den Kopf. Das hätte er niemals getan. Oder doch? Es fiel ihr schwer, sich Marten als wütenden Racheengel und Hendrik als hilfloses Opfer vorzustellen. Hätte sich sein Bruder nicht herausgeredet und alles darangesetzt, Marten unglaubwürdig zu machen? Sie war fast sicher.
Marten seufzte schwer und sagte bedauernd: »Ich wünschte, die Dinge hätten sich anders entwickelt. Nach all den Jahren sehnte ich mich danach, Hendrik in die Arme zu schließen. Ich hatte mir ein freudiges Wiedersehen vorgestellt. Nun fürchte ich mich fast vor meinem Bruder. Wie kann ich sicher sein, dass er nicht wieder kommt und sein Erbteil einfordert? Wer sagt mir, dass er wirklich in Schweden ist? Vielleicht ist er längst auf dem Weg zu uns?«
Marten drehte sich um und ging zum Fenster hinüber, als wollte er nachsehen, ob Hendrik schon vor der Tür stünde. Flora blickte ihm über die Schulter und dachte daran, dass er nur aussprach, was sie schon lange befürchtete. Hendrik würde nicht so schnell aufgeben und für immer nach Schweden gehen. Er würde sie suchen und bei der Gelegenheit sein Erbe verlangen. Dieses elende Vermögen, dachte sie aufgebracht. Es quälte Marten. Vielleicht wäre es das Beste, wenn das dumme Rätsel ungelöst bliebe. Dann würde es kein Vermögen geben, um das sich die beiden Brüder streiten konnten.
Ehe sie vorschlagen konnte, die giftige Schönheit des unliebsamen Wetters einfach zu vergessen, begann Marten wieder zu sprechen: »Da unten auf der Straße haben wir gespielt. Dort hat mein Bruder mir beigebracht, wie man den Ball am weitesten wirft und wie man die Murmel direkt ins Ziel rollt. Er war geduldig und liebevoll. Dafür habe ich ihn vergöttert.«

»Jeder vergöttert seinen großen Bruder. Wenn man erwachsen ist, sieht man ihn kritischer.« Flora hatte keinen großen Bruder, dennoch schien es ihr, als müsste es so sein. Vergötterte man als Kind nicht auch seine Mutter und sah später ihre Fehler und Schwächen? Liebte man sie dafür nicht umso mehr?
Marten unterbrach ihre Gedanken, indem er wütend hervorstieß: »Wieso kann er mir nicht trauen? Warum hat er unseren Vater so verachtet? Weil er ihn nicht vor der Verbannung retten konnte? Und woher kommt sein abgrundtiefer Hass auf meinen Paten? Weil van Haverbeeck zuerst sein Förderer war und nun mich nach Amsterdam geholt hat?«
Flora dachte daran, was Hendrik beim Abschied gesagt hatte, und erklärte: »Er fühlt sich von allen im Stich gelassen. Auch von dir.«
»Aber ich war ein ahnungsloser Halbwüchsiger! Wie kann er mich für das verantwortlich machen, was damals geschehen ist? Nein, er ist ungerecht. Er hat es nicht verdient, dass ich ihn immer noch wie einen Bruder liebe. Vaters Vermögen steht ihm nicht zu und er ist es nicht wert, dass ich mich seinetwegen weiterhin sorge.« Marten wandte sich abrupt vom Fenster ab, marschierte mit wütenden Schritten durch den Raum und öffnete die Tür.
Frederike und Isabel kamen gerade die Treppe herunter und Tante Augusta winkte sie in die Küche. Nachdem alle reichlich gefrühstückt hatten, zogen sich Tante Augusta und Isabel mit einem Kartenspiel in die Stube zurück. Frederike stand in der Diele und beobachtete nachdenklich, wie Flora und Marten aufbrachen. Als sie schon ein gutes Stück die Straße hinuntergegangen waren, hörten sie Frederike rufen: »Wartet! Wo wollt ihr eigentlich hin? Ich will mit.«
Flora wandte sich um. Frederike stand vor dem dreistöckigen Backsteinhaus mit dem schiefen Stufengiebel und winkte.
»Lass sie mitkommen«, sagte Marten, »es wird nicht schaden, wenn sie hier ein wenig unter die Leute kommt. So lernt sie wenigstens unsere Sprache und findet sich besser zurecht.«
Flora nahm an, dass Frederike andere Gründe hatte: Sie wollte dabei sein, wenn sie das Rätsel lösten, und nichts verpassen. Als Frederike sie eingeholt hatte und sich zufrieden bei ihr unterhakte, er-

klärte Flora ihr: »Wir wollen zu dem jungen Maler, von dem ich dir erzählt habe.«

»Rembrandt?«

Marten nickte: »Ja, der. Sein Atelier liegt unten am Rhein bei den Mühlen. Er und Jan Lievens gehören zu den besten Malern der Stadt. Jan ist sein derzeit engster Freund.«

»Wie aufregend«, sagte Frederike.

»Rembrandt hat es nicht gern, wenn man ihn am Vormittag bei der Arbeit stört.« Marten klang, als hätte er am liebsten mahnend den Zeigefinger gehoben.

Frederike murmelte: »Ich werde schweigen wie ein Grab und sittsam sein wie ein Nönnchen.«

Bis zum Stadtrand schwieg sie wirklich, doch als die Mühlen vor ihnen auftauchten, begann sie wieder zu sprechen: »Das ist nicht gerade eine vornehme Gegend.«

Marten runzelte die Stirn und erwiderte: »Es ist nicht so vornehm wie an der Gracht bei der Rapenburg, aber seinem Vater gehört eine Mühle.«

»Ein malender Müllersohn«, kicherte Frederike und verstummte erst, als sie vor dem kleinen Haus gegenüber der Mühle angekommen waren.

Die Tür ging auf und sie wichen erschrocken zurück. Ein junger Mann stürmte heraus, den Flora zuerst für Rembrandt hielt. Der Fremde erkannte Marten, hob zornig die Hände und redete so aufgeregt auf ihn ein, dass Flora kein Wort verstand. Bevor Marten etwas erwidern konnte, wandte sich der andere ab und verschwand fluchend in der Gasse. Marten blickte ihm nach und erklärte: »Das war Jan, Jan Lievens. Er ist fuchsteufelswild, weil ihm Rembrandt das Modell heute Morgen nicht überlässt. Zurzeit arbeiten sie beide mit demselben, anscheinend einem alten Mann aus der Nachbarschaft. Das tun sie häufig und meist gibt es keinen Streit. Heute jedoch scheint Rembrandt nicht besonders gut gelaunt zu sein. Vielleicht sollten wir ihn ein anderes Mal besuchen?«

»O nein«, rief Frederike und drängte zur Tür, »jetzt sind wir hier, jetzt gehen wir auch hinein.«

Drinnen war es düster und beengt. Flora zuckte erschrocken zusammen, als aus irgendeiner Ecke urplötzlich eine runzlige, alte Frau auftauchte. Die Alte, die Rembrandts Mutter zu sein schien, begrüßte Marten freundlich und er wechselte ein paar Worte mit ihr. Dann ging er weiter nach hinten durch. Flora und Frederike folgten ihm bis zu einer unscheinbaren, eisenbeschlagenen Tür. Flora konnte nicht glauben, dass sich dahinter einer der besten Maler der Stadt befinden sollte. Alles wirkte so schlicht und einfach. Der Eindruck verstärkte sich noch, als Marten die Tür öffnete und sie den fleckigen Bohlenfußboden und die schlecht verputzten Wände sah. Wie in Martens Atelier roch es nach Leinöl und Pigmenten.

Vor einer Staffelei saß vornübergebeugt ein junger Mann. Er trug einen lose fallenden, grauen Malerkittel ohne Kragen und grobe, abgenutzte Schuhe. Flora erinnerte sich an das, was Marten ihr über Rembrandt erzählt hatte. Wenn er malte, vergaß er alles um sich herum. So wohl auch heute. Martens Freund blickte auf eine Holztafel auf der Staffelei und schien die Neuankömmlinge nicht zu bemerken. Schräg hinter ihm befand sich ein hohes Fenster. Das hereinfallende Licht beleuchtete sein Profil, hob seine knollenartige Nase hervor und umspielte sein krauses, unordentlich vom Kopf abstehendes Haar. Auf seinem linken Unterarm ruhte eine Palette, in der rechten Hand hielt er einen Pinsel, der sich nun der Holztafel näherte. Die Hand zögerte und der feine Pinsel zitterte erwartungsvoll in der Luft, doch dann senkte sich der Arm. Rembrandt wandte den Kopf zur Seite und bemerkte seine ungebetenen Besucher. Floras Herz begann heftig zu klopfen und sie fühlte sich unbehaglich. Lag nicht etwas Finsteres in seinen zusammengekniffenen Augen? Für einen Moment war Flora sicher, dass Rembrandt aufspringen, losbrüllen und sie unter Flüchen aus seinem Atelier jagen würde. Doch dann erkannte er Marten. Seine Gesichtszüge veränderten sich und alles Bedrohliche war verschwunden. Stattdessen winkte er seinem Freund mit dem Pinsel, näher zu kommen.

Bevor Marten zu ihm an die Staffelei trat, raunte er Flora zu: »Warte mit Frederike da am Mahlstein!« Mahnend fügte er hinzu: »Rührt euch nicht, bis ich ihm erklärt habe, wer ihr seid.«

Flora und Frederike zogen sich in die dunkle Ecke zurück, wo sie niemanden stören würden. Dort ließ Frederike sich mit einem tiefen Seufzer auf dem Mahlstein nieder. Flora lehnte sich vorsichtig an einen Tisch, auf dem Töpfe herumstanden und sich Zeichenpapier häufte. Von hier aus konnte sie den ganzen Raum überblicken. Erst jetzt bemerkte sie die beiden alten Männer auf einem Podest neben dem Fenster. Sie saßen offenbar Modell, denn sie trugen altertümlich wirkende Gewänder, die an biblische Zeiten erinnerten. Einer von ihnen hielt ein vergilbtes Buch auf den Knien. Ihre Posen waren wie eingefroren, nur der Finger des Mannes, der auf eine Stelle im Buch wies, zitterte leicht. Der Alte hatte einen weißen Bart und tiefe Runzeln in seinem hohlwangigen Gesicht. Zwei Gelehrte im Gespräch, dachte Flora. Vielleicht sollten es Petrus und Paulus sein? Sie bedauerte, dass sie die Holztafel auf der Staffelei von ihrem Platz aus nicht sehen konnte. So widmete sie ihre Aufmerksamkeit dem Bild, das an der Wand gegenüber lehnte.
Es zeigte ebenfalls den weißbärtigen Mann, der diesmal allein mit einem Buch auf dem Schoß in einer düsteren Kammer saß. Er starrte sinnend vor sich hin und sah sehr eindrucksvoll aus. Wahrscheinlich war er das Modell, das Jan Lievens heute Morgen ebenfalls malen wollte. Der Alte schien begehrt zu sein. Sicher lag es daran, dass er eine hohe Stirn hatte und wie ein weiser, von Gottes Wort erfüllter Apostel aussah.
Während Flora darüber nachdachte, konnte sie Marten hören, wie er unablässig auf seinen Freund einredete. Manchmal verstand sie die Worte »tuin« und »raadsel«, von denen sie wusste, dass sie »Garten« und »Rätsel« bedeuteten. Bestimmt erzählt er Rembrandt, wie er seinen Bruder wiedergetroffen und das Testament gefunden hat, dachte sie und lauschte auf den geflüsterten Singsang. Marten zitierte aus dem Gedicht von Opitz. Den Text des Rätsels konnte er mittlerweile auch auswendig. Dann hörte sie »weer« und »goud« heraus, also »Wetter« und »Gold«. Schwärmte Marten gerade von den Goldgulden, die er in Rembrandts Garten zu finden hoffte?
Plötzlich beugte sich Frederike vor, wies auf das Bild gegenüber an der Wand und wisperte: »Ist das der Apostel Paulus im Gefängnis?

Es ist ein sehr protestantisches Bild. Über Gottes Wort grübeln, Bücher wälzen und die Einsamkeit suchen – das wäre nichts für mich. Aber ihr Protestanten tut ja nichts lieber.«
Rembrandt hatte ihr Geflüster gehört und blickte über seine Schulter zu ihnen. Marten redete weiter, deutete aber in ihre Richtung. Anscheinend erklärte er seinem Freund nun, wer sie waren. Rembrandts Augen streiften Flora nur kurz, umso länger verweilten sie auf Frederike. Er musterte sie interessiert. Frederike strich sich kokett eine Strähne hinter das Ohr und lächelte. Sie dachte gar nicht daran, unter seinem Blick zu erröten oder die Augen niederzuschlagen. Was sollte Martens Freund bloß von ihr denken, dachte Flora besorgt. Zu ihrer Erleichterung wandte dieser sich wieder ab und folgte Martens Bericht. Rembrandt schien sogar so gebannt, dass er aufstand und Palette und Pinsel auf dem Stuhl ablegte. Die beiden Alten auf dem Podest nahmen es als Zeichen, sich zu entspannen, und begannen sich leise zu unterhalten.
Frederike beobachtete Rembrandt und flüsterte: »Er erinnert mich an Michel. Die gleichen lustigen Augen, in denen sich Schalk und Witz zu einem klugen Verstand gesellen. Ich mag solche Männer.«
»Er ist zu jung für dich. Lass die Finger von ihm«, murmelte Flora. Sie war sich sicher, dass es kein gutes Ende nehmen würde, wenn Frederike ein Liebesverhältnis mit Rembrandt anfinge. Niemand in Leyden würde das dulden. Allerdings hatte Martens Freund Frederike wirklich sehr interessiert gemustert. »Außerdem kannst du kein Holländisch«, wandte sie noch ein.
»Das ist doch in so einem Fall völlig unwichtig«, gab Frederike leise zurück und Flora fragte sich, welchen Fall sie wohl meinte. »Wer so dunkle Bilder malt, braucht dringend ein wenig Farbe in seinem Leben. Es wird nicht schaden, wenn ich diesen jungen Maler aufmuntere und vom protestantischen Grübeln abhalte. Sieh nur, wie schwermütig dieses Bild von ihm wirkt«, sie wies auf das Bild an der Wand gegenüber. »Viel zu viel Braun für meinen Geschmack.«
»Aber es geht ihm ums Licht«, warf Flora empört ein. Sah Frederike das denn nicht? Doch die schnaufte nur abfällig und Flora erklärte leise: »Es lässt den alten Mann von innen heraus leuchten,

als würde der Heilige Geist ihn erhellen. Das Braun ist nötig, um die Heiligkeit des Apostels hervorzuheben. Das Licht wird durch die Schatten ringsherum zum Leben erweckt. Es erhält durch die dunkle Umgebung erst seinen Glanz und seine Wärme. Dafür wird die Grundierung mit einer braunen Lasur überzogen und helle Partien werden anschließend herausgearbeitet. Marten hat es mir erklärt.«

Frederike zuckte mit den Schultern und wisperte: »Mir gefällt es trotzdem nicht.«

In dem Augenblick rief Rembrandt: »Goulden Regen!«

Marten starrte ihn an und fragte entgeistert: »Wat voor een Goulden Regen?«

Flora begriff sofort. Sie sprang auf, lief zu Marten hinüber und packte seinen Arm: »Goldregen, natürlich! Rembrandt hat Recht. Mit der giftigen Schönheit des unliebsamen Wetters ist Goldregen gemeint! Wieso sind wir nicht gleich darauf gekommen? Unliebsames Wetter ist natürlich Regen. Und die giftige Schönheit? Die Früchte des Goldregens sind giftig und er blüht in vollkommener Schönheit. Seine goldenen Blüten scheinen auf den Betrachter herunterzuregnen. Sie sind so zahlreich wie Regentropfen und geben ihm seinen Namen.«

Marten runzelte die Stirn. Er sah aus, als könnte er nicht glauben, dass es so einfach war.

»Das Wort, das wir suchen, ist Goldregen? Bist du sicher?«, flüsterte er ungläubig. Er hatte Deutsch gesprochen, doch sein Freund verstand ihn trotzdem, denn er grinste und wiederholte gutmütig: »Goulden Regen, het is ... totaal zeker.«

Frederike erhob sich von ihrem Mahlstein, applaudierte anerkennend und rief amüsiert: »Martens Vater, der schlaue Fuchs, hat sein Vermögen unter Goldregen vergraben! Wie vieldeutig: Man muss unter goldenen Blüten graben, um sein Gold zu finden. Allerdings sind sie längst verblüht und wir finden nur noch die giftigen Hülsen am Strauch.«

Marten rieb sich mit dem Handrücken über die Nase und sagte nachdenklich: »Maar waar is ...?«

Flora unterbrach ihn ungeduldig: »Wo der Goldregen ist? Na, das liegt doch auf der Hand. In Rembrandts Garten natürlich. Das Opitzgedicht weist dorthin. Dort gibt es eine Statue von Plato und einen Wasserfall, der wie eine Quelle über Felsen sprudelt. Trauben gibt es sicher auch, wenn wir danach suchen.«
»Wir suchen vor allem Goldregen. Gibt es den in Rembrandts Garten?«, mischte sich Frederike wieder ein und schaute Marten herausfordernd an. Der zuckte hilflos mit der Schulter und murmelte verlegen: »Ich kann mich nicht erinnern. Auf die Büsche hinter dem Pavillon habe ich nicht geachtet.«
Er begann sich leise mit Rembrandt zu beraten. Flora hörte diesen »Ik weet niet« sagen und sah, wie er sich ratlos durchs Haar fuhr. Als Marten bekümmert seufzte, fragte Rembrandt: »Zullen we er samen heengaan?«
»Was sagt er?«, wollte Frederike wissen und Flora flüsterte: »Ob wir zusammen hingehen sollen.«
»Zum Garten? Worauf warten wir noch?«
Frederike wandte sich bereits zur Tür, als Marten verwundert hervorstieß: »Nu?«
Sie sah ihn an, als wäre das die dümmste Frage, die sie je gehört hatte, und rief: »Ja, jetzt sofort. Der Goldregen birgt schon viel zu lange sein Geheimnis.«
Rembrandt rief den beiden Alten etwas zu, die sich schwerfällig erhoben, und folgte Frederike in die Diele. Marten blickte ihm ungläubig nach: »Er schickt seine Modelle nach Hause, um mit uns zum Garten zu gehen? Er unterbricht sonst nie seine Arbeit!«
Flora lächelte, hakte sich bei ihm unter und zog ihn mit sich, dabei wisperte sie: »Er ist eben neugierig, was wir unter dem Goldregen finden. Ich bin es auch.«
Es war ein weiter Weg vom Stadtrand bis zur Universität, doch die Ungeduld beschleunigte ihre Schritte. Während Marten und Rembrandt vorausgingen und sich dabei wild gestikulierend unterhielten, hatten Flora und Frederike Mühe, in ihren weiten Röcken zu folgen. Frederike bedachte Rembrandt den ganzen Weg über mit ihrem Spott. Doch es war eher ein liebevolles Necken, mit dem sie

sein altes Schuhwerk, seinen Malerkittel und seinen wilden Haarwuchs kommentierte. Flora hatte den Blick auf Martens Rücken gerichtet, der nicht nur eleganter gekleidet, sondern auch ein ganzes Stück größer als sein Freund war. Wenn er einen Schritt machte, brauchte Rembrandt zwei.

Als sie schließlich vor dem Gitter standen, hinter dem der botanische Garten von Leyden lag, war Rembrandt ziemlich aus der Puste. Marten öffnete das Tor und sie folgten ihm über die Kieswege. Flora hatte kaum Zeit, die systematisch angelegten Beete mit den seltenen Kräutern zu bewundern. Jedes von ihnen trug ein Schild mit einer lateinischen Beschriftung. *Euphrasia nemorosa* und *Cochlearia officinalis* las sie im Vorübergehen. Wenn sie nicht alles täuschte, war das Hainaugentrost und Löffelkraut. Letzteres hatte Alwine wegen seiner harntreibenden Wirkung ebenfalls in ihrem Kräutergarten.

Rembrandt rief einem Gärtner, der an dem Beet mit dem Augentrost hockte, etwas zu. Der Mann sprang sofort auf und eilte davon. Am Ende des botanischen Gartens mussten sie nur kurz an einem weiteren gusseisernen Tor warten, bis der Gärtner mit einem Spaten und einem Schlüsselbund zurückkam.

»Rembrandt hat dem Dekan den Schlüssel überlassen«, murmelte Marten enttäuscht. Und als Flora ihn fragend ansah, fügte er hinzu: »Wahrscheinlich hat er auch die Umbenennung beantragt. Er war nie mit dem Namen Rembrandts Garten einverstanden. Ihm sagt der ganze Garten nicht zu. Er findet ihn zu konstruiert und künstlich. Dabei ist er ein Musterbeispiel an Harmonie und Eintracht in der Natur. Wirklich gelungen.«

Flora erwiderte nichts, sondern versuchte durch die Gitter zu spähen. Sie konnte Harmonie und Eintracht nur erahnen. Endlich wurde das Tor geöffnet. Flora schien es, als würde Martens Skizze zum Leben erweckt. Alles war genau so, wie er es in Stralsund gezeichnet hatte. Da war der schmale Kiesweg, eingerahmt von Rosenbeeten, der ansteigende Hügel, umflossen von einem Bach, der über Felsen strömte, und der kleine Pavillon mit seinen schlanken Säulen und mit der Marmorbank darin, davor die Statue und dahinter die leeren Tulpenbeete. Doch während sie den anderen folgte,

fiel ihr auf, wie anders der Garten im Grunde doch war. Das lag vor allem an den großen alten Bäumen, die ihn von allen Seiten einrahmten. Marten hatte sie nicht gezeichnet, weil sie nicht zum Garten, sondern zu den anliegenden Straßen dahinter gehörten. Wenn der Wind die Zweige der Kastanien, Buchen und Eichen erfasste, warfen sie ihren Schatten über die Anlage. Sicher war dieser Effekt beim Entwurf nicht eingeplant gewesen, überlegte Flora. Genauso wenig wie die Mückenschwärme, die zu dieser Jahreszeit in den Strahlen der tief stehenden Sonne tanzten. Sie brachten ebenso Unruhe in die durchdachte Harmonie wie die Bienen, die vor dem Winter noch Vorräte in den letzten Rosenblüten sammelten. Flora fand Rembrandts Garten nicht künstlich oder gar eintönig, denn durchbrochene Schatten und wirbelnde Insekten erweckten ihn zum Leben. Wenn im Frühling die Tulpen blühten, würden ihre Reihen ebenfalls von Insekten besucht werden und Licht würde in ihren Kelchen spielen. Es wäre sicher schön, sie zu zeichnen. Hatte Marten nicht von violettfarbenen Flammen gesprochen? Flora betrachtete nachdenklich die voll erblühten Rosen, an denen sie vorbeilief. Sie hatten bereits gelbe vertrocknete Blätter und waren von Läusen zerfressen. Wahrscheinlich hatte schon lange kein Gärtner mehr seinen Fuß hierher gesetzt.
Marten stieg hastig den Hügel hinauf und Rembrandt folgte ihm mit dem Spaten über der Schulter. Mit dem Malerkittel und den groben Schuhen sah er selbst fast wie ein Gärtner aus. Im Pavillon blieb Marten stehen und wies auf den unscheinbaren Zierwein, der sich an zwei der Säulen emporrankte: »Die Trauben der dritten Strophe! Beim letzten Mal habe ich die kleinen Ranken gar nicht bemerkt. Seht nur!«, aufgeregt winkte er die anderen heran. »Man muss nur zwischen den beiden Säulen hindurchsehen und da ist er: Vaters Goldregen!«
»Unter der giftigen Schönheit des unliebsamen Wetters wirst du finden, was ich dir auf Erden zurücklasse«, zitierte Flora aus dem Testament.
»Na, dann los!«, rief Frederike und holte Rembrandt ein, der bereits den Hügel hinunterlief. Vor einem der Büsche blieb er stehen und

wartete. Während Flora darauf zueilte, konnte sie sehen, dass es wirklich Goldregen war. Da er im September nicht mehr leuchtend gelb blühte, sondern bereits Früchte gebildet hatte, fiel er kaum auf. Die giftigen Schoten wirkten harmlos. Niemand würde vermuten, dass sie ein Geheimnis hüteten. Ein verirrtes Pfauenauge umflatterte sie und der Wind bewegte sie sacht. Es sah aus, als würden sie miteinander flüstern.

»Is deze plaats juist?«, fragte Rembrandt.

»Der Platz ist goldrichtig«, erklärte Marten und nahm Rembrandt den Spaten aus der Hand. Nach kurzem Zögern stieß er ihn in den Boden. Dabei achtete er darauf, die Stelle zu wählen, die genau unter den herabhängenden Schoten des Goldregens lag. Er grub mit gleichmäßigen, ruhigen Bewegungen, doch konnte man seinem Gesicht die Anspannung deutlich ansehen. Er hatte die Lippen zusammengepresst und seine Augen hatten sich zu Schlitzen verengt. Die Erdbrocken flogen, während das Loch sich vergrößerte. Alle starrten gespannt darauf und keiner sagte ein Wort. Was war, wenn sich da unten gar nichts befand? Wo sollten sie dann suchen? Flora flehte, dass Marten gleich etwas finden würde. Sie fühlte, wie ihre Kehle vor Aufregung ganz trocken wurde, und schluckte mühsam. Im selben Moment war ein hohl klingendes Geräusch zu hören. Der Spaten war auf etwas Hartes gestoßen. Neben ihr atmete Frederike hörbar aus und Marten rief: »Da ist es! Wir haben es gefunden.«

»Gelukwens!«, rief Rembrandt und wollte seinem Freund anerkennend auf die Schulter klopfen, aber Marten wich zurück.

»Bevor du mir gratulierst, wollen wir erst einmal sehen, was sich darin befindet. Es scheint eine kleine Kiste oder Truhe zu sein.«

Gemeinsam hockten sich die beiden hin und gruben nun mit den Händen weiter. Dabei trat ein grimmig entschlossener Ausdruck auf Martens Gesicht, während Rembrandt vor sich hin summte und das Ganze als vergnügliche Unterhaltung zu betrachten schien. Doch das war es nicht, dachte Flora beklommen. Es ging um Martens Erbschaft. Gleich würde sich entscheiden, ob er weiter für seinen Patenonkel in Amsterdam arbeiten musste. Gleich würde sie wissen, ob er frei war, selbst über sein Leben zu bestimmen. Flora befürchtete plötzlich, dass die Truhe leer sein könnte. Vielleicht hatte sich Martens Vater wieder einen Scherz erlaubt. Womöglich befand sich ein weiteres Poesierätsel darin? Als Marten eine kleine Holzkiste heraushob und neben sich abstellte, klimperte es darin. So ein Geräusch verursachten nur Münzen. Flora war erleichtert und beugte sich vor, um nur ja nichts zu verpassen. Vorsichtig öffnete Marten den Riegel und klappte den Deckel zurück.

»Ahhh«, entfuhr es Rembrandt, als in der Truhe Münzen funkelten.

»Goldgulden, echte Goldgulden«, flüsterte Marten.

Es waren nicht nur ein paar, sondern sie füllten die Truhe fast bis zum Rand. Er wollte gerade hineingreifen, da raschelte es und ein Mann trat hinter den Büschen hervor. Marten zog die Hand zurück und sprang auf.

Erschrocken erkannte Flora Hendrik, der mit gezücktem Dolch auf Marten zukam. Es war ein unrasierter Hendrik mit einem fleckigen Wams und zerrissenen Ärmeln, doch die Klinge seiner Waffe wirkte blank geputzt und gefährlich. Er setzte die Spitze an Martens Kehle und sagte fast freundlich: »Gut gemacht, kleiner Bruder. Du hast mich nicht enttäuscht und mir viel Mühe erspart. Ich wusste, du würdest das Rätsel für mich lösen und Vaters Gulden finden.«

Marten wich zurück und stammelte: »Und nun willst du die Hälfte?«

Hendrik machte einen Schritt nach vorn, sodass sich der Dolch wieder an Martens Hals befand, und lachte amüsiert, als hätte sein Bruder einen Witz erzählt: »Wieso die Hälfte? Ich bin der Erstgeborene. Mir steht Vaters Erbe zu, nicht dir.«

Plötzlich erhob sich Rembrandt und wollte sich mit geballten Fäusten auf Hendrik stürzen. Der zog die Klinge mit einer schnellen Bewegung über Martens Kehle und ritzte die Haut auf. Blut tropfte aus der Wunde, Marten keuchte und versuchte den Kopf wegzudrehen, während Hendrik zischte: »Blijven staan. Tot hier en niet verder, Rembrandt van Rijn!«

»Betrieger en dief!«, knurrte Rembrandt, doch er blieb, wo er war.

Hendrik senkte den Dolch und erklärte gelassen: »Es wäre das Beste, Brüderchen, du reichst mir jetzt die Truhe. Hinter den Büschen warten meine Leute mit geladenen Pistolen. Sobald ich ihnen ein Zeichen gebe, schießen sie.«
»Du bluffst«, stieß Marten zornig hervor und presste seine Hand auf die blutende Wunde.
Rembrandt ergänzte: »Ja, leugenaar!«
»Ich bin kein Lügner! Passt auf, ich kann es euch beweisen.« Hendrik pfiff durch die Zähne und aus den Büschen wurde der Pfiff gleich aus mehreren Richtungen erwidert. Zufrieden und beinahe Beifall heischend, warnte Hendrik: »Wagt es ja nicht, mir zu folgen. Auf der Straße wartet mein Pferd und ihr würdet mich und die Meinen niemals einholen.«
Hendrik steckte den Dolch in seinen Gürtel, schloss die Truhe und klemmte sie sich unter den Arm.
Als Flora schon dachte, er würde ohne ein weiteres Wort mit den Goldgulden in den Büschen verschwinden, drehte er sich zu ihr um. Im selben Moment wünschte sie, sie würde winzig klein werden oder besser noch unsichtbar. Diesen Augenblick hatte sie sich so oft ausgemalt. In den Nachtstunden, wenn sie nicht schlafen hatte können und sich nach ihm gesehnt hatte. Sie hatte sich vorgestellt, er würde die Hand nach ihr ausstrecken und sie auffordern, mit ihm zu kommen. Dabei hatte immer Tanzmusik gespielt, die Sonne war leuchtend rot am Horizont versunken und ein zärtliches Lächeln hatte auf seinen Lippen gelegen. Nun reichte er ihr wirklich die Hand. Doch als er leise sagte: »Komm mit mir, Flora«, wich sie ängstlich zurück.
Wie aus weiter Ferne flehte Martens Stimme: »Tu es nicht, Flora. Bleib, bitte.«
Neben ihr höhnte Frederike: »Lucas Wurffrath oder Hendrik Olearius, wie du dich jetzt nennst, denkst du wirklich, sie würde mit dir kommen? Sei versichert, sie wird ganz bestimmt keinen Mann nehmen, der nicht den Anstand besitzt, sein Erbe mit seinem Bruder zu teilen.«
»Komm, Flora«, flüsterte Hendrik erneut. Jetzt lockten seine Seeräuberaugen und ein verführerisches Lächeln umspielte seine Lip-

pen. Für einen Moment war es wie in Floras Träumen, doch dann kam sie zu sich und schüttelte den Kopf.

Hendrik senkte die Hand. »Gut, ein anderes Mal.«

Mit diesen Worten wandte er sich um und verschwand in den Büschen. Zweige raschelten, Schritte und Stimmen erklangen und dann war von der Straße das Hufgetrappel sich entfernender Pferde zu hören.

Sobald es still war, hob Rembrandt die geballte Faust und schimpfte: »Schurk, Verrader!«

»Fluchen nützt auch nichts«, sagte Marten müde, »der ist über alle Berge und die Goldgulden ebenfalls.«

Seine Wunde blutete immer noch, so zog Frederike ein Spitzentuch aus ihrem Ausschnitt und reichte es ihm. Das Tüchlein an den Hals gepresst, ging Marten mit hängenden Schultern den Hügel hinauf.

Rembrandt versetzte dem Spaten einen wütenden Tritt und fluchte: »Hel en duivel!«

Ohne die beiden Frauen zu beachten, stürmte er hinter Marten her.

Frederike nickte anerkennend und sagte: »Rembrandt wollte seinem Freund mit bloßen Händen zu Hilfe kommen. Gegen einen bewaffneten Mann! Das war wirklich sehr mutig von ihm.«

»Wie konnte Hendrik das nur tun? Den eigenen Bruder mit einem Dolch bedrohen und ihn sogar damit verletzen. Und alles nur wegen dieser Erbschaft. Ich verstehe das nicht.« Flora dachte daran, wie die Spitze der Waffe über Martens Hals gefahren war und wie sich ihr in dem Moment die Kehle zugeschnürt hatte. Noch jetzt wurde ihr bei dem Gedanken daran ganz flau.

Frederike sah sie nachdenklich an und nach kurzem Zögern sagte sie: »Fast wärst du mit ihm gegangen. Gib es zu. Für einen Moment sah es so aus, als würdest du gleich seine Hand ergreifen und dich fortziehen lassen.«

»Nein«, rief Flora empört, »niemals!«

Hendriks Seeräuberaugen fielen ihr ein und das bezaubernde Lächeln. Plötzlich war sie sich gar nicht mehr so sicher. Hatte sie wirklich einen Moment gezögert? War sie in Versuchung gewesen, ihm zu folgen? Sie dachte daran, wie alles in ihr zu ihm gedrängt hatte.

Zu diesem Mann, der seinen Bruder bestahl und ihr dann seine Hand anbot. Flora schüttelte die Erinnerung ab und folgte Frederike den Hügel hinauf. Marten und Rembrandt waren schon am Tor und die zwei Frauen beeilten sich.

Auf dem Rückweg durch den botanischen Garten schenkte Flora den Kräutern und ihren lateinischen Namen keine Beachtung. Stattdessen beobachtete sie die beiden Männer, die schweigend vor ihr gingen. Der Unterschied zwischen ihnen könnte nicht größer sein, sinnierte Flora. Aus Rembrandts ganzer Haltung sprach der Zorn über das Geschehene, während Marten niedergedrückt wirkte. Frederike neben ihr schien dasselbe zu denken, denn sie flüsterte mitleidig: »Armer Kerl, alle Mühe umsonst.«

Flora seufzte: »Ja, nun muss Marten zurück nach Amsterdam – zu seinem Paten.«

Dabei hatte sie so gehofft, das Vermögen seines Vaters würde ihn aus van Haverbeecks Fängen befreien. Warum hatte Hendrik ihm nicht wenigstens die Hälfte überlassen? Das hätte ausgereicht, um Marten unabhängig zu machen. Nun würde er wieder van Haverbeecks Spielball sein.

Plötzlich packte Frederike Floras Hand und deutete ungehalten auf den Bernsteinring. »Warum trägst du ihn noch? Martens Bruder wird ihn gesehen und sich ermutigt gefühlt haben. Gut, er liebt dich vielleicht, doch er ist es nicht wert. Alles zu nehmen und nicht zu teilen war wirklich dreist. Er ist ein Lump. Es wäre das Beste, du vergisst ihn.« Sie ließ wieder los, schüttelte den Kopf und murmelte: »Wenn man eine Verlobung löst, legt man den Ring ab. Das ist das Mindeste.«

Flora spielte verlegen daran herum und überlegte, warum sie das nicht getan hatte. Eigentlich gab es keinen besonderen Grund. Sie hatte sich einfach daran gewöhnt, dass er an ihrem Finger war. Oder steckte doch mehr dahinter?

Sie hatten das Haupttor erreicht. Nachdem Marten seinen Freund verabschiedet hatte, kam er zu ihnen, sprach aber kein Wort. Sein Schweigen quälte Flora. In gewisser Weise fühlte sie sich verantwortlich für das, was geschehen war. Lag es daran, dass Hendrik sie aufgefordert hatte, mit ihm zu kommen? Oder daran, dass sie Marten nicht vor seinem Bruder gewarnt hatte? Den ganzen Rückweg verfolgten sie Schuldgefühle. In der Diele von Tante Augustas Haus kam Isabel angelaufen, umarmte ihre Mutter und zog sie fröhlich plappernd in die Stube.

Flora und Marten blieben allein zurück. Verzweifelt suchte Flora nach Worten, die ausdrückten, was sie fühlte. Sollte sie ihm erklären, dass es ihr Leid tat? Dass es nicht ihre Schuld war? Was Hendrik heute getan hatte, würde sie ihm nie verzeihen, er war ein Lump und sie würde den Ring ablegen. Doch als sie den Mund öffnen wollte, strich ihr Marten zärtlich über die Wange: »Schsch, sag nichts. Es ist wundervoll, dass du nicht mit ihm gegangen bist. Dank je, Flora.«

Er zog seine Hand zurück, die ganz schwarz von der Erde des Gartens war, lächelte und flüsterte: »Ik hou van je.«

Bevor sie etwas erwidern konnte, war er auch schon auf der Treppe. Hinter ihr ging die Tür auf und Tante Augusta rief erfreut: »Ma chérie!« Ihre Wangen glühten. Sie wirkte erhitzt und die Löckchen unter ihrer Haube schaukelten abenteuerlustig, als sie Flora in die Stube zog. Dort sprang Isabel von ihrem Platz am Tisch auf. Spielkarten wirbelten durch die Luft und sie kicherte: »Flora, du hast ja Schmutz im Gesicht!«

Flora wischte sich verlegen mit dem Handrücken über die Wange und dachte an Martens Berührung. Er gab ihr nicht die Schuld an dem, was im Garten geschehen war. Er beteuerte ihr seine Liebe. Erleichtert und glücklich zugleich trat sie an den Spieltisch und fragte: »Wer mischt die Karten?«

Marten blieb den ganzen Tag oben. Er kam auch nicht zu den Mahlzeiten herunter. Erst als es bereits dämmerte, hörte Flora seine Schritte in der Diele. Sie verließ die Stube und sah, wie er gerade das Haus verlassen wollte. Wie ertappt wandte er sich um und erklärte: »Rembrandt und ich haben uns in der Schenke verabredet und wollen den Ärger mit einem Schluck Schwarzbier hinunterspülen. Es war sein Vorschlag, wahrscheinlich um mich aufzuheitern.«

Sie wies fragend auf die Mappe, die er unter den Arm geklemmt hatte, und Marten erklärte: »Ich will ihm ein paar von deinen Arbeiten zeigen.«
»Das Hebammenbuch ist doch in Amsterdam!«
Sie bedauerte in diesem Moment, dass sie es bei van Haverbeeck zurückgelassen hatte. Marten zuckte mit den Schultern: »Ich habe im Reisesack genügend gelungene Zeichnungen von dir gefunden. Das Bild mit dem Ei und der Zwiebel ist darunter und die Skizze von Isabel. Sogar die tote Taube, die ihm sicher gefallen wird. Warte nicht auf mich. Wenn ich mit Rembrandt einen trinken gehe, wird es spät.«
Marten öffnete die Mappe, um sie einen Blick hineinwerfen zu lassen. Als er sie wieder zuklappte und sich zur Tür wandte, rutschte ein Bogen heraus und glitt sacht zu Boden. Marten bemerkte es nicht und verließ das Haus. Flora bückte sich, hob das Blatt auf und betrachtete es. Es war keine ihrer Zeichnungen. Hendriks Augen, von Rembrandt gezeichnet, schauten sie an. Das Testament mit Hendriks Porträt, dachte sie beklommen und fühlte einen schmerzhaften Stich in ihrer Brust. Einen Augenblick war sie versucht, das Papier zu zerreißen, die Stücke im Kamin zu verbrennen und es für immer zu vernichten. Doch dann besann sie sich anders und faltete es sorgsam zusammen. Mit einer raschen Bewegung hob sie ihre Röcke und verbarg das Papier in der eingenähten Tasche im Unterrock, in der auch das Geld versteckt war, das sie für die Geburt auf der Treckschute erhalten hatte. Dann ließ sie den Stoff wieder fallen. Sie tat nichts Unrechtes. Marten nützte das Testament nun nichts mehr. Es würde ihm nicht schaden, wenn sie es an sich nahm. Mit diesem Gedanken beruhigte sie ihr Gewissen und ging in die Stube zurück.
Die Frauen saßen am Spieltisch und sahen sie fragend an.
»Marten trifft sich mit Rembrandt in einer Schenke.«
Frederike runzelte bei Floras Worten die Stirn, erhob sich und führte Isabel hinaus: »Es wird Zeit, dass das Kind ins Bett kommt. Ich werde ihr noch eine Geschichte erzählen.«
Flora blieb mit Tante Augusta allein zurück. Die nächste Stunde brachte sie damit zu, Klatschgeschichten anzuhören. Flora verstand

kaum ein Wort, lächelte jedoch zu allem höflich und trank Augustas süßen Wein. Als diese sich endlich zurückzog, folgte ihr Flora nach oben. Leise öffnete Flora die Tür zu ihrem Schlafraum. Isabel schlief allein in dem großen Bett und Frederikes Mantel fehlte. Wo steckte sie nur? Wohin konnte sie gegangen sein? Beunruhigt verließ Flora das Zimmer und ging wieder hinunter, um in der Stube auf Frederikes Rückkehr zu warten. Die Zeit verging unendlich langsam und ihre Sorge wuchs.

Als die Haustür endlich aufging, stürzte sie sofort in die Diele. Es war Marten, der mit der Mappe unter dem Arm ins Haus trat. Er stank nach Bier und seine Kleider rochen nach Rauch. Flora wartete nicht, bis er die Tür verriegelt hatte, sondern flüsterte: »Frederike hat das Haus verlassen und ich weiß nicht, wo sie hingegangen ist.«

Marten ließ den Türgriff los und lächelte etwas schief: »Ich weiß aber, wo sie ist. Komm, wir gehen in Vaters Arbeitszimmer, da sind wir ungestört.«

Flora folgte ihm in den kühlen Raum, in dem niemand aufgeräumt hatte, seit sie das letzte Mal hier gewesen waren. Die Bücher lagen immer noch aufgeschlagen auf dem Sekretär am Fenster und Staub tanzte in der Luft, als Marten seine Zündkiste hervorholte und eine Kerze anmachte. Er stellte das Licht neben die Mappe auf den Tisch und warf der leeren Stelle über dem Kamin einen kurzen Blick zu. Dort hatte die Radschlosspistole mit dem Monogramm seines Vaters gehangen, doch Flora wollte jetzt nicht daran denken. Stattdessen fragte sie ungeduldig: »Du hast Frederike draußen getroffen? Warum hast du sie nicht mitgebracht?«

»Sie kam in die Schenke. Ich saß mit Rembrandt an unserem gewohnten Platz an einem umgedrehten Fass neben der Tür. Frederike schien überall nach uns gesucht zu haben, denn sie war ganz außer Atem. Sie beachtete die Männer am offenen Feuer nicht, die ihre langen Pfeifen herausnahmen und sie anstarrten, sondern gesellte sich zu uns und erklärte, sie sei gekommen, um Rembrandt zu seiner Tapferkeit zu gratulieren. Sein beherztes Auftreten im Garten hätte sie tief beeindruckt.«

»Deshalb hat sie euch gesucht? Um ihm das zu sagen? Ist sie verrückt?«
Flora war ehrlich entsetzt über ihre Freundin, die in der Dunkelheit allein durch eine fremde Stadt lief, in der sie niemanden kannte und die Sprache nicht verstand.
Marten grinste nur und fuhr fort: »Um nicht noch mehr Aufsehen zu erregen, verließen wir die Schenke. Vor der Tür schlug Rembrandt dann vor, ihr die Stadt bei Nacht zu zeigen. Die Grachten seien im Sternenlicht besonders schön. Ich übersetzte seinen Vorschlag und sie war sofort hellauf begeistert. Nun flanieren sie bei Mondschein umher und betrachten die Lichter über dem Wasser.«
»Du willst damit sagen, sie verbringen die Nacht zusammen?«
»Flora, sie können tun und lassen, was ihnen gefällt.«
So konnte nur einer reden, der zu viel Bier getrunken hatte, dachte Flora. Doch bevor sie sich über Frederikes Schamlosigkeit, Tante Augustas Ruf in der Stadt und die Gefahren der Evassünde auslassen konnte, fuhr Marten fort: »Bevor Frederike kam, habe ich mit Rembrandt über deine Bilder gesprochen.«
Sie vergaß die Evassünde, lehnte sich vor und fragte gespannt: »Und? Was hat er gesagt?«
»Dass du einen schönen Strich hast. Du zeichnest locker aus der Hand. Das ist ein großes Kompliment. Ein größeres kann Rembrandt kaum machen. Er verglich dein Talent mit Zinnoberrot. Noch ist es matt und unauffällig, doch wenn es erst einmal richtig angeleitet wird, beginnt es zu leuchten. Er meinte, dass du als Schülerin in eine Werkstatt gehen solltest.«
Flora dachte an das Zinnoberrot, das sie auf dem Dachboden zusammen mit Marten hergestellt hatte. Wirkten ihre Zeichnungen matt und unbehandelt? Würde eine Malerwerkstatt sie zum Leuchten bringen und warum war sie dazu überhaupt nötig?
»Warum kannst du mich nicht lehren zu malen? Da oben«, sie zeigte zur Decke, »ist doch alles vorhanden.«
Marten lachte, doch es klang nicht fröhlich, als er sagte: »Hast du je genau hingesehen? Ich kann keine Menschen malen, ihre Gesichter

gelingen mir nicht. Ich bin nicht gut genug, um dein Talent zu fördern.«

Unsicher fragte sie: »Doch wer nimmt eine Frau in seiner Werkstatt auf?«

»Rembrandt schlug Judith Leyster aus Haarlem vor. Sie ist erst neunzehn Jahre alt, trotzdem bereits in Künstlerkreisen anerkannt. Sie malt Musiker und ihre Instrumente. Darin soll sie vollkommen sein. Ihre Bilder erzielen hohe Preise. Bald wird sie damit beginnen, andere anzuleiten. Warum solltest du nicht ihre erste Schülerin werden? So wie du zeichnest, wirst du großartige Bilder malen. Wenn du erst einmal einen Pinsel in deinen Fingern spürst und die Farbe riechst, wird dich die Lust an der Malerei packen. Du wirst nie wieder etwas anderes tun wollen. Glaub mir, ich weiß, wovon ich spreche.«

Martens Augen funkelten und es lag so aufrichtige Begeisterung darin, dass Flora ihn in diesem Moment über alles liebte. Dieses Glitzern war unwiderstehlich. Was waren schon Seeräuberaugen und ein Kuss wie ein Sturmwind, wenn es um die Kunst ging? Flora spürte, wie ihr ganz warm ums Herz wurde. Etwas wurde in ihr berührt, ein Gefühl flammte auf, das viel stärker war als alles, was sie je für Hendrik empfunden hatte. Oder lag das nur an der späten Stunde, am Kerzenlicht, an Tante Augustas süßem Wein und Rembrandts Lob?

Marten deutete ihr Schweigen als ängstliches Zögern und sah sich genötigt hinzuzufügen: »Du kannst Rembrandts Urteil vertrauen. Er wird bald selbst in aller Munde sein, denn der Sekretär des Statthalters hat seinen Besuch angekündigt. In spätestens einem Monat wird Constantijn Hyugens nach Leyden kommen und Rembrandts Atelier aufsuchen. Er wird seine Bilder überall bekannt machen. Der Mann hat Beziehungen zu den höchsten Kreisen. Sicher wird Rembrandt bald nach Amsterdam gehen und selbst eine Werkstatt gründen. Er wird reich und berühmt werden. Wahrscheinlich werde ich bald zu ihm gehen müssen und ihn um einen Kredit bitten, jetzt, wo Hendrik mein Erbteil gestohlen hat.«

Bei seinen letzten Worten verdüsterte sich sein Blick. Er drehte seinen Kopf und starrte die Stelle über dem Kamin an, als ob von dort alles Unglück käme. Als er sich wieder Flora zuwandte, war alles

Glitzern aus seinen Augen verschwunden und er wirkte wieder so niedergeschlagen wie am Vormittag. Flora wunderte sich über seine schwankende Stimmung. Wahrscheinlich war das Bier in der Schenke schuld. Marten fuhr sich nachdenklich über den Schorf, der sich an der Stelle gebildet hatte, an der sein Bruder ihm mit dem Dolch über die Kehle gefahren war, und sagte seufzend: »Bevor Rembrandt in der Lage ist, mir einen Kredit zu gewähren, bleibt mir nichts anderes übrig, als nach Amsterdam zurückzukehren. Je eher, umso besser. Hier verfolgt mich die Erinnerung an Hendrik auf Schritt und Tritt. Selbst in diesem Raum scheint er anwesend zu sein. Ich erkundige mich morgen, wann die Treckschuten abfahren. Spätestens übermorgen sind wir im Haus meines Onkels und Leyden liegt hinter mir.«

Flora fühlte sich bei seinen Worten ganz elend. Nicht nur Leyden und die Ereignisse des Vormittags würden hinter ihm liegen, sondern auch die Malerei. Die Paletten und die Pigmente auf dem Dachboden würden einstauben und in Vergessenheit geraten.

»Übermorgen. So bald schon?«

Marten gähnte und antwortete müde: »Vielleicht gibt es schon etwas Neues über dein Hebammenbuch. Sicher hat mein Pate schon mit einem Drucker gesprochen.«

Natürlich, das Hebammenbuch. Wie hatte sie das nur vergessen können? Rembrandts Worte über das Zinnoberrot hatten ihr den Kopf verdreht. Statt Judith Leyster in Haarlem aufzusuchen, sollte sie sich lieber um ihr Hebammenbuch kümmern, das hatte sie ihrer Mutter versprochen.

Während Flora hinter Marten die Treppe hinaufstieg, dachte sie daran, wie stolz ihre Mutter auf sie wäre, wenn sie von der Geburt auf der Treckschute erführe. Sollte sie ihr schreiben und davon berichten? Lieber nicht, entschied sie und öffnete leise die Tür zu ihrer Schlafkammer, ihre Mutter würde sich nur Hoffnungen machen. Sie würde denken, dass ihre Tochter nun bereit wäre, ihr im Amt zu folgen. Doch das war Flora nicht.

Hinter ihr murmelte Marten etwas und verschwand die Leiter zum Dachboden hinauf. Flora schlüpfte zu Isabel in das große Bett und lauschte noch eine Weile den gleichmäßigen Atemzügen des Kindes. Ihre Gedanken kreisten um die Niederkunft auf der Treckschute. Sie dachte daran, dass es eine einfache Entbindung gewesen war und sie keines der Instrumente aus einer Hebammentasche gebraucht hatte. Das hätte jede gekonnt, die auch nur einmal bei einer Geburt zugesehen hatte. Es zählte nicht.

Als der Schlaf kam, war er begleitet von den seltsamsten Träumen. Das Rot der Nachgeburt mischte sich mit dem Zinnoberrot auf dem Dachboden und umspülte ihren Körper, als würde sie darin baden.

Am nächsten Morgen erwachte Flora davon, dass Isabel vor dem Bett Murmeln über den Boden springen ließ. Sofort fiel ihr Frederikes nächtlicher Ausflug ein und sie richtete sich auf, um sich umzublicken.

Frederike stand vor dem Spiegel neben der Waschschüssel und kämmte ihr langes Haar. Sie sah sehr zufrieden und gar nicht müde aus. Schwungvoll fuhr sie mit dem Kamm durch ihre schwarze Mähne und rief: »Na, endlich wach? Ich habe heute Nacht Leyden von seiner schönsten Seite kennen gelernt. Es ist eine wunderschöne Stadt.«

Ja, vor allem wenn ein junger Mann namens Rembrandt dabei ist, dachte Flora. Das behielt sie jedoch für sich, da Isabel davon nichts wissen sollte. Aber sie wollte etwas sagen, was diesen zufriedenen Ausdruck auf Frederikes Gesicht fortwischte, und deshalb erklärte sie schnippisch: »Wir werden nicht mehr lange im schönen Leyden bleiben. Marten will sich noch heute nach den Abfahrtszeiten der Treckschuten erkundigen und spätestens übermorgen werden wir wieder in Amsterdam sein.«

Frederike hielt einen Moment inne und runzelte die Stirn. Doch sie fing sich schnell wieder, kämmte sich munter weiter und erklärte: »Wir werden nicht mitkommen. Isabel und ich bleiben bei Tante Augusta.«

Und bei Rembrandt, ergänzte Flora in Gedanken. Sie zog missbilligend die Augenbrauen hoch, während sie fragte: »Und warum wollt ihr hier bleiben?«

»Es gefällt uns hier.«

Rembrandt gefällt dir. Fast hätte Flora es laut ausgesprochen, so enttäuscht war sie, dass ihre Freundin sie nicht nach Amsterdam begleiten wollte. Frederike schien zu verstehen, was in ihr vorging, und erklärte in einem Ton, der um Verständnis warb: »Tante Augusta ist so eine freundliche und großzügige Frau. Es würde sie furchtbar enttäuschen, wenn wir abreisten. Erst gestern hat sie mich gefragt, ob wir nicht den Winter über bleiben könnten, das Haus wäre so still ohne uns. Sie hat Isabel wirklich ins Herz geschlossen.«

»Ich mag sie auch. Sie ist lustig«, sagte Isabel.

Frederike lächelte ihr dankbar zu und ergänzte: »Und sie findet es in Ordnung, wenn Isabel ihre Ave Marias betet.«

Sie würde es bestimmt nicht in Ordnung finden, wenn sie wüsste, dass Frederike wegen Rembrandt blieb, dachte Flora. Sie musterte Frederike prüfend und überlegte, dann hakte sie nach: »Aber wolltet ihr nicht nach Antwerpen? Wolltest du nicht ein Frauenkloster für Isabel finden?«

»Nach Antwerpen können wir auch noch im Frühjahr gehen, wenn ich Leyden satt habe.«

Flora murmelte: »Wenn du Rembrandt satt hast, wie alle Männer irgendwann.«

»Was hat sie gesagt, Mutter?«

Frederike lächelte und antwortete: »Ich habe es auch nicht verstanden.«

Das hast du sehr wohl, dachte Flora. Sie schwang ihre Beine aus dem Bett und erklärte: »Ich habe gesagt, dass es Zeit wird aufzustehen. Tante Augusta wartet sicher schon mit dem Frühstück.«

Isabel suchte ihre Murmeln zusammen und Frederike legte den Kamm zur Seite. Zufrieden summend begann sie ihr Haar aufzustecken. Flora wusste, dass nichts und niemand sie von ihrem Entschluss, in Leyden zu bleiben, abbringen würde.

Drei Wochen später saß Flora am Fenster in van Haverbeecks prächtigem Haus in der Anthonisbreestraat. Sie schaute in den Regen hinaus und erinnerte sich, wie das Wetter umgeschlagen war, als sie mit Marten die Treckschute bestiegen hatte. Wind war aufgekommen und graue Regenwolken hatten sie bis Amsterdam begleitet. Sie hatten wie dunkle Vorboten über der Stadt gehangen. Es hatte in dem Moment angefangen zu regnen, als sie bei van Haverbeeck eingetroffen waren. Es schien ihr, als hätte es seitdem nicht mehr aufgehört.

Flora blickte auf die Tropfen, die an den Scheiben herunterliefen, und war froh, dass Frederike nicht mitgekommen war. Es hätte ihr in van Haverbeecks Haus nicht gefallen. Die wertvollen Möbel waren aus dunklem Holz und durch die Fenster drang kaum Licht. Die Haushälterin war eine magere Frau mit stechenden Augen, die Flora gemustert hatte, als wäre sie die arme Verwandte. Den Namen dieser ganz in Schwarz gekleideten Person hatte sie nicht verstanden, deshalb nannte sie sie insgeheim nur die Krähe. Bei den Mahlzeiten ging es steif und förmlich zu und jedes Gespräch drehte sich um das Geschäft. Marten war den ganzen Tag über mit seinem Patenonkel in der Kanzlei und sie sah ihn kaum.

Flora wartete ungeduldig auf die Antwort des Druckers, doch jeden Tag wurde sie erneut vertröstet. Anscheinend fand van Haverbeeck keine Zeit, mit seinem Bekannten über ihr Hebammenbuch zu sprechen.

Gestern Abend hatte im Haus ein Fest stattgefunden, nur ein kleines, bei dem es wohl hauptsächlich darum gegangen war, einen Geschäftspartner aus Übersee willkommen zu heißen. Flora hatte zu diesem Anlass ein neues Kleid geschneidert bekommen. Van Haverbeeck war wirklich großzügig gewesen. Das Kleid war ein Traum aus nachtblauer Seide und lag nun ausgebreitet auf ihrem Bett. Sie hatte es heute Morgen noch einmal betrachtet und an den vergangenen Abend zurückgedacht. Es war nicht sehr fröhlich zugegangen und sie hatte sich früh verabschiedet.

Flora starrte weiter in den Regen. Der Platz vor der Neuen Waage, der Nieuwe Waag, war menschenleer. Nur hin und wieder überquerte ihn eine vermummte Gestalt mit wehendem Mantel. Die Wagen ließen den Matsch aufspritzen und die nassen Mähnen der Zugpferde flatterten im Wind. Der Anblick war alles andere als ge-

eignet, ihre Stimmung zu heben. Sie schien hinter diesem Fenster eingesperrt zu sein und draußen ging das Leben weiter. Wenn sie doch nur wüsste, wie dem Drucker ihre Zeichnungen gefielen. Ob er schon einen Blick in das Buch geworfen hatte? Gerade als sie mit dem Gedanken spielte, den Drucker trotz des schlechten Wetters selbst aufzusuchen, klopfte es an der Tür.
»Ja?«, fragte sie und wandte sich um.
Die Tür ging auf und das mürrische Gesicht der Krähe erschien. Flora verstand ihr unfreundliches Gemurmel nicht ganz, doch begriff sie, dass man sie offensichtlich unten in der Kanzlei erwartete. Das konnte nur bedeuten, dass es endlich Nachricht vom Hebammenbuch gab. Flora folgte der Haushälterin aus dem Zimmer, die Treppe hinunter bis zur imposanten Doppeltür der Kanzlei. Hier wartete sie, bis die Krähe sie angekündigt hatte, dann ging sie ungeduldig hinein. Hinter einem beeindruckenden Sekretär, Flora hatte noch niemals zuvor einen so großen gesehen, thronte van Haverbeeck. Marten stand mit dem Rücken zu ihr am Fenster und hatte die Hände in die Hüften gestemmt, als gälte es ein schwieriges Problem zu lösen. Flora sah nur kurz zu ihm hin, denn ihre Augen wurden von dem Buch angezogen, das aufgeschlagen vor van Haverbeeck lag. Es handelte sich ohne Zweifel um ihr Hebammenbuch und sie wäre am liebsten vorgestürzt und hätte es an sich gerissen. Warum lag es dort? Warum befand es sich nicht in einer Druckerei? In van Haverbeecks Gesicht konnte sie keine Antwort darauf lesen, doch Martens Körperhaltung ließ nichts Gutes ahnen. Nun drehte er sich um und sah sie besorgt an. So betrachtete ein Arzt einen Kranken, dem er den baldigen Tod voraussagte. Marten kam zu ihr und schob einen hohen gepolsterten Stuhl heran.
»Setz dich, Flora. Es gibt etwas, das wir mit dir besprechen müssen.«
Flora fragte sich, was dieses »wir« zu bedeuten hatte. Machte er etwa mit seinem Paten gemeinsame Sache? Hatten sie etwas ausgeheckt? Betraf es ihr Hebammenbuch? Beunruhigt blickte sie von einem zum anderen.

Van Haverbeeck räusperte sich und erklärte: »Der Drucker hat es heute in aller Frühe zurückgebracht. Dein Buch kann in dieser Form nicht verlegt werden.«
Nicht? Flora konnte es nicht glauben. Ihr Buch war einzigartig, es war wundervoll! Wie konnte er so etwas sagen? Selbst Rembrandt war von ihrem Talent beeindruckt gewesen. Was konnte jemand an den Zeichnungen kritisieren? Waren sie nicht überzeugend? Sah man nicht alle Einzelheiten, als hätte man das echte Leben vor sich?
Verstört blickte sie zu Marten auf und stammelte: »Aber ich … die Zeichnungen sind vollkommen. Niemand könnte sie besser machen.«
Marten senkte den Blick und van Haverbeeck erwiderte: »Die Abbildungen sind nicht das Problem. Es ist zu wenig erklärender Text.«
»Ich könnte meine Mutter bitten, ihn zu überarbeiten.«
»Selbst dann würde das Buch nicht verlegt werden. Es müsste von einer berühmten Hebamme geschrieben sein, etwa der der Herzogin von Pommern. Eine Stadthebamme von Stralsund ist zu unbedeutend. Es sei denn, sie hätte eine neue Entdeckung gemacht, etwas Bahnbrechendes in der Geburtshilfe erfunden. Vielleicht eine neue Methode oder ein neues Instrument. Nur dann wäre es lohnenswert, mehrere Exemplare zu drucken. Die Qualität der Zeichnungen interessiert niemanden.«
Flora fühlte sich, als hätte man ihr einen Schlag versetzt. Das konnte nicht wahr sein! Alles, was sie sich in den letzten Wochen erhofft hatte, war dahin. Wie sollte sie das nur ihrer Mutter erklären? Es genügte nicht, eine gewöhnliche Hebamme zu sein. All die Jahre, in denen Alwine Erfahrungen in ihrem Beruf gesammelt hatte – sie zählten nicht. Man musste schon die Wehmutter einer Herzogin sein. Das war einfach ungerecht. Sie suchte Martens Blick und flehte fast: »Vielleicht sollten wir es woanders versuchen? Es gibt noch andere Druckereien.«
Marten schüttelte den Kopf und senkte abermals den Blick. Van Haverbeeck erhob sich von seinem Stuhl, kam um den Sekretär herum und schlug Marten aufmunternd auf die Schulter: »Unter-

breite ihr unseren Vorschlag, Junge. Ich ziehe mich zurück und überlasse dir das Feld.« Er grinste etwas anzüglich und verließ den Raum.

Es war das erste Mal seit ihrer Ankunft, dass sie mit Marten allein war. Wenn er einmal nicht mit seinem Paten in Geschäften unterwegs gewesen war, war immer jemand anwesend gewesen. Manchmal hatte die Krähe sie belauert, manchmal irgendein Kanzleidiener herumgestanden. Auch jetzt schien es Flora, als würde sie aus allen Ecken angestarrt. Vielleicht lag es an den dunklen Porträts an den Wänden, die sie anzufunkeln schienen. Flora warf den vornehmen Herrschaften in den dunklen Gewändern einen bösen Blick zu und fragte misstrauisch: »Was für einen Vorschlag?«

Marten schnippte verlegen mit den Fingern nicht vorhandenen Staub von seinem Ärmel. »Mein Pate wünscht, dass wir unsere Verlobung bekannt geben. Als Verlobungsgeschenk will er aus eigener Tasche eine kleine Auflage deines Hebammenbuchs finanzieren.«

Was? Flora glaubte ihren Ohren nicht zu trauen. Van Haverbeeck schlug ihr einen Handel vor. Er wollte sie kaufen. So konnte er Marten an sich binden. Wenn sie sich auf seinen Vorschlag einließe, würde sie für immer in diesem dunklen Haus mit seinen schweren Möbeln und der herumschleichenden Krähe eingesperrt sein. Marten schien ihren Widerwillen zu spüren und beeilte sich zu beteuern: »Es ist seine Art, die Dinge zu regeln. Er meint es nur gut. Und du weißt, dass ich schon lange wünsche, dich zu meiner Frau zu machen. Ich warte nur auf deine Einwilligung, Flora.«

Flora gefielen seine Worte ganz und gar nicht. Wieso sprach er nicht von Liebe, sondern von Einwilligung? Aus ihm sprach ganz sein geschäftstüchtiger Pate. Die wenigen Wochen in der Kanzlei hatten genügt, um aus einem fantasievollen jungen Mann einen Langweiler zu machen. Sie schüttelte aufgebracht den Kopf und rief: »Du solltest dich mal reden hören! Ich will nicht zu irgendetwas gemacht werden und zum folgsamen Werkzeug deines Paten schon gar nicht. Sieh dich doch nur an! Du bist gekleidet wie er, du bewegst dich wie er, du lachst sogar schon wie er. Es ist grauenhaft.«

»Flora, das ist Unsinn. Ich biete dir ein Leben in Wohlstand und Sicherheit. Dein Buch wird verlegt werden und deine Mutter wird stolz auf dich sein.«

Marten kam zu ihr und hockte sich vor sie hin. Es war kein Kniefall, doch es kam dem sehr nahe. Er öffnete den Mund, um etwas zu sagen, doch Flora ließ ihn nicht zu Wort kommen. Sie beugte sich vor und flüsterte verschwörerisch: »Schick ihn zum Teufel. Schick deinen Paten zum Teufel und ich werde in alles einwilligen, was du willst.«

Marten schaute sie entsetzt an. »Das kann doch nicht dein Ernst sein?«

Es war durchaus ihr Ernst. Sie wollte Marten, doch sie wollte ihn ohne seinen Paten. Wenn er in den Fängen dieses Mannes bliebe, würde sie ebenfalls in dessen Netz verstrickt werden. Was würde aus ihrem Wunsch werden, die Malerei zu erlernen? In diesem Haus war der Geruch von Leinöl verpönt. Schon am ersten Abend ihrer Ankunft hatte van Haverbeeck deutlich gemacht, dass er Pinselei, wie er es abfällig nannte, in seinem Haus nicht duldete.

Flora sah, wie Marten mit sich rang. Sie konnte es an seinem gequälten Gesicht ablesen. Sie versuchte ein aufmunterndes Lächeln und wisperte: »Schick ihn zum Teufel und begleite mich zu Judith Leyster nach Haarlem. In Haarlem kannst du wieder Landschaftsmaler sein. Wir werden gemeinsam Bilder malen, die in vielerlei Farben Gottes Schöpfung preisen. Es wird wundervoll werden, glaub mir.«

»Haarlem? Niemand kennt uns dort. Rembrandts Vorschlag war ein nettes Kompliment, ein Hirngespinst, nichts weiter.«

So dachte er darüber? Flora fühlte wie die Enttäuschung einen harten Kern in ihrem Bauch bildete, der unerträglich wehtat. Am liebsten hätte sie sich zusammengekrümmt. Ein nettes Kompliment, nichts weiter, echote es in ihrem Kopf. Aber sie war noch nicht bereit aufzugeben. Das brachte sie dazu, etwas zu sagen, was ihr schon länger durch den Kopf ging: »Bist du sicher, dass du den letzten Willen deines Vaters auch richtig verstanden hast?« Er zog überrascht die Augenbrauen hoch und sie fuhr fort: »Hast du das Gedicht von Martin Opitz je richtig gelesen?«

»So oft, dass ich es im Schlaf aufsagen könnte.«
»Ich will es hören.«
Marten seufzte und verlagerte sein Gewicht: »Was soll das?«
»Bitte. Es beginnt doch so: ›Ich fühle fast ein Grausen …‹«
»›Ich empfinde fast ein Grauen‹«, unterbrach Marten sie unwirsch, rezitierte dann aber alle Strophen. Dabei leierte er sie nicht herunter, sondern gab sich Mühe, es richtig zu betonen. Sie lauschte mit schief gelegtem Kopf und weit geöffneten Augen, als wäre es überaus wichtig, jedes einzelne Wort in sich aufzunehmen.

Dass ich, Plato, für und für
Bin gesessen über dir;
Es ist Zeit hinaus zu schauen,
Und sich bei den frischen Quellen
In dem Grünen zu ergehn,
Wo die schönen Blumen stehn,
Und die Fischer Netze stellen.

Wozu dienet das Studieren,
Als zu lauter Ungemach?
Unterdessen läuft die Bach
Unsers Lebens das wir führen,
Ehe wir es innen werden,
Auf ihr letztes Ende hin;
Dann kömt ohne Geist und Sinn
Dieses alles in die Erden.

Hola, Junger, geh und frage
Wo der beste Trunk mag sein:
Nim den Krug, und fülle Wein
Alles Trauern, Leid und Klage,
Wie wir Menschen täglich haben
Eh' uns Clotho fortgerafft
Will ich in den süßen Saft
Den die Traube giebt vergraben.

Kaufe gleichfalls auch Melonen,
Und vergiß des Zuckers nicht;
Schaue nur dass nichts gebricht.
Jener mag der Heller schonen,
Der bei seinem Gold und Schätzen
Tolle sich zu kränken pflegt
Und nicht satt zu Bette legt;
Ich will weil ich kann mich letzen.

Bitte meine guten Brüder
Auf die Musik und ein Glas
Nichts schickt, dünkt mich, nicht sich baß
Als gut Trunk und gute Lieder
Laß ich gleich nicht viel zu erben,
Ei, so hab' ich edlen Wein;
Will mit anderen lustig sein,
Muß ich gleich alleine sterben.

Das letzte Wort stieß Marten fast zornig hervor und der Zorn war auch noch in seiner Stimme, als er sagte: »Der letzte Wille meines Vaters findet sich nicht darin. Verschwenderischer Genuss war seine Sache nicht. Ich habe ihn nie Wein und Melonen genießen sehen und einen geselligen Kreis von Freunden, die solche Genüsse mit ihm teilten, hatte er auch nicht.«

Flora wiegte ihren Kopf und meinte nachdenklich: »Vielleicht hat er seine Einstellung kurz vor seinem Tod noch geändert. Viele kehren in sich, wenn sie das Ende nahen fühlen. Er wird doch nicht ohne Grund dieses Gedicht ausgewählt haben!«

»Wenn du denkst, er wollte mich damit zum Müßiggang anstiften, dann irrst du dich. Das Gedicht dient nur dem Rätsel, weiter nichts.«

»Sicher wollte er dich nicht zum Müßiggang verleiten, aber vielleicht wollte er dich daran erinnern, dass das Leben kurz ist und jeder Augenblick zählt. Du solltest deine hier auf Erden befristete Zeit nicht mit dem Streben nach Reichtum verschwenden. Schick

deinen Paten zum Teufel und fange wieder an zu leben. Male endlich wieder den blauen Himmel über dem weiten Land.«
In diesem Augenblick ging die Tür auf und Flora fuhr erschrocken zusammen, als van Haverbeeck in den Raum brüllte: »Marten, spute dich. Wir haben noch einen wichtigen Termin in der Koopmansbeurs. Es geht um den Rechtsstreit, von dem ich dir erzählt habe, das duldet keinen Aufschub.«
Marten sprang diensteifrig auf. »Die Handelsbörse, sicher, Onkel. Ich komme.« An der Tür wandte er sich noch einmal zu Flora um und rief ihr zu: »Wir reden später weiter.« Dann war er fort.
Flora blieb noch einen Moment sitzen und starrte das Porträt ihr gegenüber an der Wand an. Der Porträtierte schien schadenfroh eine Augenbraue hochzuziehen. Flora musste sich sehr beherrschen, um nicht eines der auf dem Sekretär liegenden Bücher zu greifen und gegen das Bild zu schleudern. Stattdessen schlug sie wütend ihr Hebammenbuch zu und verließ den Raum.
Den ganzen Weg die Treppe hinauf zu ihrem Zimmer presste sie das Buch wie einen Schutzschild vor ihre Brust. Doch es half nicht gegen den bohrenden Schmerz darin. In ihrem Zimmer warf sie es auf das Bett und wischte mit einer ungehaltenen Bewegung das nachtblaue Seidenkleid herunter. Das half auch nicht. So ging sie zum Fenster, schob es mit einem Knall nach oben und ließ sich den Regen ins Gesicht peitschen. In ihrem Kopf wiederholte sich unablässig derselbe Satz. Ich habe ihn verloren. Ich habe ihn verloren. Ich habe ihn verloren. Sie hatte Marten an van Haverbeeck verloren. So viel stand fest. Alle Versuche, ihn umzustimmen, waren vergeblich gewesen. Was für ein dummer Einfall, ihn mit dem Gedicht von Opitz überzeugen zu wollen. Als würde er zulassen, dass sie ihm den letzten Willen seines Vaters deutete. Marten würde seinen Paten niemals verlassen, nicht einmal ihretwegen. Sie fühlte, wie sich Tränen mit den Regentropfen auf ihren Wangen vermischten. Es rann kalt an ihrem Kinn herunter. Da endlich ließ sie es zu, dass der Schmerz sie überwältigte. Das Weinen schüttelte sie, stieg in wilden Schluchzern aus ihrer Brust hoch und wurde schließlich zu einem verzweifelten Wimmern, das in einen Schluckauf überging.

Sie wollte sich gerade mit dem Ärmel über das Gesicht wischen, da bemerkte sie den Jungen. Von ihrem Fenster des Eckhauses konnte sie sehen, wie er über den Platz lief. Er war gekleidet wie ein Schiffsjunge, war barfuß und ungekämmt. Unter den Arm hatte er einen kleinen Kasten geklemmt, der Flora bekannt vorkam. Vom dritten Stock war er jedoch nicht genau zu erkennen, außerdem bedeckte der Junge ihn mit seiner Hand, um ihn vor dem Regen zu schützen. Eine seltsame Ahnung beschlich Flora und vor Aufregung vergaß sie sogar ihren Schluckauf. Sie war sich sicher, dass der Junge auf den Hauseingang zusteuerte. Jetzt hob er den Kopf und starrte zu ihr herauf.

Wenig später war er aus ihrem Sichtfeld verschwunden und sie wartete. Er konnte nur zu ihr wollen, dachte sie beunruhigt. Wieso hätte er sonst seinen Schritt beschleunigt, als er sie entdeckt hatte?

Es klopfte zaghaft und der Junge schlüpfte ins Zimmer. Wortlos stellte er den feuchten Kasten vor Floras Füßen ab, dann fingerte er an seiner schäbigen Jacke herum und zog einen versiegelten Brief hervor, den er ihr mit einer knappen Verbeugung reichte. Ehe Flora sich bedanken konnte, hatte er sich auch schon wieder davongemacht.

Mit dem Brief in der Hand hockte sich Flora hin und betrachtete den Deckel des Kastens. Sie erkannte den Riegel. Marten hatte ihn mit seinen schmutzigen Fingern im Garten geöffnet. Es handelte sich eindeutig um die kleine Truhe, die er mit Rembrandt unter dem Goldregen ausgegraben hatte. Nur einer konnte sie geschickt haben. Plötzlich klopfte ihr Herz heftig und ihre Finger zitterten vor Aufregung, als sie den Riegel öffnete und den Deckel zurückschlug.

Da war sie. Die Hinterlassenschaft von Wilhelm Gotthold Olearius. Zumindest die Hälfte davon. Die Truhe war halb mit glänzenden Goldgulden gefüllt. Hendrik hatte Martens Anteil geschickt. Er hatte die Erbschaft geteilt, so wie Frederike es im Garten von ihm verlangt hatte. Flora brach das Wachssiegel auf dem Brief und entfaltete das vom Regen klamme Papier. Es waren zwei dicht beschriebene Bögen. Als sie Hendriks Worte las, meinte sie seine Stimme zu hören.

Flora, mein geliebtes Herz, verzeih mir mein langes Schweigen.
Vieles musste geregelt werden, bevor ich mich erneut mit der Bitte an dich wenden kann, dich mir für immer anzuvertrauen und die Meine zu werden. Nun ist es endlich so weit. Es hat einiges an guten Worten und glänzenden Münzen gekostet. Ich hatte von Anfang an geplant, meinem Bruder die Hälfte der Erbschaft zu überlassen. Da ich jedoch die Summe nicht kannte, die ich für meine Pläne benötigen würde, nahm ich erst einmal alles an mich. Es hätte ja sein können, dass meine Pläne mich teurer kommen würden, als ich es erwartete. Jetzt, wo alles geregelt ist, bleibt reichlich für ein neues Leben an einer fernen Küste, selbst wenn Marten die Hälfte bekommt. Nach langen Verhandlungen ist es mir gelungen, in die Westindische Kompanie einzutreten. Sie hat vor einigen Jahren an der Ostküste Amerikas, dem Teil, den die Engländer Virginia nennen, Nieuw Nederland gegründet und sucht unerschrockene neue Siedler und Geschäftspartner mit genügend Eigenkapitel. Vor zwei Jahren wurde an der Mündung eines großen Flusses die Stadt Nieuw Amsterdam gegründet. Sie gilt jetzt schon als Handelszentrum für die Pelzstationen im Indianergebiet. Der Pelzhandel ist ein lukratives Geschäft und hohe Gewinne sind zu erwarten. So ist Nieuw Amsterdam das Ziel der drei- bis viermonatigen Seereise, die ich auf der Eendracht antreten werde. Es ist das letzte Schiff, das vor dem Winter dorthin in See sticht. Wenn die Glocke der Oude Kerk den Mittag einläutet, wird ein Boot am ersten Steg des Damraks bereitliegen, das die Passagiere zur Eendracht hinüberbringt. Sei um diese Zeit dort und trete mit mir die Reise an, du wirst es nicht bereuen. Wenn die Seereise auch beschwerlich ist, so wird am Ende ein aufregendes Leben voller neuer Eindrücke und Erfahrungen vor uns liegen. Abermals reiche ich dir meine Hand. Schlag sie dieses Mal bitte nicht aus, denn ich werde in jedem Fall das Zubringerboot besteigen, auch wenn du beim Mittagsgeläut nicht am Steg bist.
Doch ich weiß, du wirst da sein. Ergeben und immer dein
Hendrik Olearius

Flora ließ den Brief sinken und blickte auf die Truhe auf dem Boden vor ihr. Die Goldgulden schimmerten verheißungsvoll und schienen Hendriks Worten Nachdruck zu verleihen. Ein aufregendes Leben an einer fernen Küste, in einer neuen Stadt, die gerade erst gegründet worden war. Van Haverbeeck hatte erst vor wenigen Tagen beim Abendessen von Nieuw Amsterdam erzählt. Flora hatte kaum hingehört. Sie erinnerte sich jedoch, dass er betont hatte, wie verzweifelt die Kompanie Siedler und unerschrockene Geschäftsleute suchte, die bereit waren, Geld und Leben in einem fernen Land zu riskieren. War sie bereit dazu?

Nachdenklich schaute Flora zum geöffneten Fenster hinüber, von wo ein beständiger Wind ins Zimmer kam, die Bettvorhänge bewegte und über das Seidenkleid am Boden strich. Es blieb nicht mehr viel Zeit, bald würden die Kirchtürme den Mittag einläuten. Warum hatte Hendrik den Botenjungen erst so kurz vor der Abfahrt des Schiffes geschickt? Wollte er ihr so wenig Zeit wie möglich lassen, damit sie gar nicht erst zur Besinnung kam, sondern ihren Reisesack packte und das Haus verließ? Wahrscheinlich wollte er verhindern, dass sie mit jemandem darüber sprach, der sie umstimmen konnte. Marten würde es ganz bestimmt versuchen, van Haverbeeck erst recht. Sie stellte sich die Gesichter der beiden vor, während sie ihnen von Hendriks Plänen erzählte, und musste fast ein Lachen unterdrücken.

Dann dachte sie wieder an Nieuw Amsterdam und versuchte sich die Pelzhändler, Indianer und neuen Siedler an dieser fernen Küste vorzustellen. Es gelang ihr nicht. Das alles war einfach viel zu fremd, ja fast bedrohlich. Schon der Gedanke an ein Leben dort bereitete ihr Unbehagen und rief ein unbestimmtes Gefühl von Verlorenheit hervor. Ein skrupelloser Draufgänger wie Hendrik würde sich dort ganz sicher nicht verloren fühlen. Er würde sein altes Leben abwerfen und von vorn anfangen. Sie presste die Finger in die Kuhle unter der Kehle und dachte daran, wie sein Dolch über Martens Hals gefahren war und dort einen blutigen Striemen hinterlassen hatte. Das flaue Gefühl von damals in ihrem Magen fiel ihr wieder ein. In der neuen Welt würde es andere Kehlen geben, Indianerkehlen, Konkurrentenkehlen, und dann würde Hendriks Dolch nicht zögern. Sie wollte nicht dabei sein und es mit ansehen müssen. Sollte die Eendracht ihn weit fortbringen, ihn und seinen Dolch, es kümmerte sie nicht. Mit einem heftigen Knall schloss sie den Deckel der Truhe, faltete den Brief zusammen und steckte ihn in ihren Ärmel.

Am Fenster wartete sie auf das Glockenspiel der Zuiderkerk, die sich hinter der Anthonisbreestraat erhob, aber ihre Augen waren auf den Turm der Oude Kerk gerichtet. Ob sich Hendrik in diesem Moment auf dem Steg befand und ebenfalls zur Oude Kerk schaute? Sicher hatte er einen schweren Reisesack und einige Reisetruhen dabei. Bestimmt hatte er einen Teil der zurückbehaltenen Goldgulden in neue, gute Kleidung investiert. Vielleicht hatte er auch ihr Kleider gekauft? War sein Blick besorgt, während er auf das Geläut wartete? Hoffte er, dass sie jeden Moment in dem Menschengewühl auf dem Steg auftauchen würde? Doch sie würde hier stehen und die Zeit verstreichen lassen. Sie würde warten, bis es zu spät war.

Flora schloss die Augen, spürte den Wind und den feinen Nieselregen im Gesicht und dachte an Hendrik, den Mann mit den Seeräuberaugen, der so gut küssen konnte. Sie würde hier und jetzt Abschied nehmen. Sie würde seine Hand für immer ausschlagen und zurückbleiben. Wehmütig erinnerte sie sich, wie sie ihn zum ersten Mal in der Laube gesehen hatte. Das Kinderlachen, die Augenbinde, dieser verzauberte Sonntagmorgen. Bevor sie sentimental werden konnte, zwang sie sich, an den Dolch an Martens Kehle zu denken, und öffnete die Augen. Als die Glocken erklangen, war es, als zerschnitte es ihr das Herz, und sie musste gegen den Drang ankämpfen, sich umzudrehen und loszulaufen. Stattdessen stellte sie sich vor, wie Hendrik erkannte, dass sie nicht kommen würde. Schmerz und Enttäuschung verdunkelten seine Augen, doch sofort glomm darin trotzige Entschlossenheit auf. Beim letzten Glockenschlag rief er dem Bootsführer etwas zu und sprang ins Boot, das ihn zur Eendracht und in ein neues Leben bringen würde. Alles war ihr so lebendig vor Augen, als ob sie dabei wäre, als stünde sie auf dem Steg und nähme Abschied von seiner hoch gewachsenen Gestalt mit dem forschen Auftreten und dem selbstsicher erhobenen Kopf. Sein Schmerz würde vergehen und ihrer würde es auch.

Während sie sich an diesen Gedanken klammerte, verließ sie ihren Platz am Fenster und überlegte, was zu tun war. Sie musste Marten die Truhe bringen, doch stand ihr gar nicht der Sinn danach, ihm gegenüberzutreten. Wie schnell er mitten in ihrem Gespräch aufgesprungen war, als sein Pate ihn gerufen hatte. Wir reden später weiter. Und was sollte dabei herauskommen? Beide würden sie auf ihrem Standpunkt beharren und selbst wenn sie die ganze Nacht reden würden, würde sich nichts ändern. Sie wollte ihm keine Gelegenheit geben, ihr ein Leben in diesem düsteren und freudlosen Haus schmackhaft zu machen. Sie würde hier niemals glücklich werden.

Flora sank seufzend auf die Bettkante und strich mit ihrem Finger über den Deckel des Hebammenbuchs. Was sollte sie nur tun? Die Truhe stand noch da, wo der Junge sie abgestellt hatte. Bei ihrem Anblick musste sie an Hendrik denken, der sich auf dem Zubringerboot für immer entfernte. Ihre Augen brannten. Sie würde doch nicht etwa wieder weinen? Um wen denn? Um Hendrik, der sich nach Nieuw Amsterdam einschiffte, oder um Marten, der seinen Paten ihr vorzog? Plötzlich sehnte sie sich nach Frederike. Sie wollte sich von der munteren Art ihrer Freundin trösten lassen. Sie wollte von ihr hören, dass die Männer es nicht wert waren. Es würde gut tun, versichert zu bekommen, wie dumm es war, um einen von ihnen zu weinen. Gab es nicht Männer genug, würde Frederike schelmisch fragen und von ihren Abenteuern erzählen. Das war genau das, was Flora jetzt brauchte. Sie würde die nächste Treckschute nach Leyden nehmen und Frederike ihr Herz ausschütten.

Flora sprang auf und suchte nach dem Papier und dem Schreibzeug, das sie bekommen hatte, um ihrer Mutter schreiben zu können. Damit hockte sie sich vor die Truhe auf den Boden und tauchte die Feder in die Tinte:

Dies ist der Anteil von Marten Olearius an der Hinterlassenschaft von Gotthold Wilhelm Olearius. Man möge es ihm aushändigen und ihm ausrichten, dass Flora Wullenwewer nach Leyden zu seiner Tante Augusta aufgebrochen ist. Es ist nicht vonnöten, anstehende Geschäfte zu vernachlässigen, um ihr zu folgen.

Flora pustete die Tinte trocken und legte das Blatt gut sichtbar auf die Truhe. Irgendein Dienstmädchen würde es finden und Marten beides bringen. Sie hatte sich so förmlich ausgedrückt, da sie vermeiden wollte, lange und umständliche Erklärungen zu geben, die ohnehin nichts ändern würden. Hendrik hatte sie nicht erwähnt, denn es schien ihr, als müsste sie ihn in diesem Haus vor van Haverbeeck und seiner Rachsucht in Schutz nehmen. Sollte Marten doch denken, Hendrik hätte ihm die vollständig gefüllte Truhe geschickt, da ihn sein Gewissen plagte, und Flora hätte sich ihren Anteil daraus genommen. Ihr stand die Hälfte der Erbschaft zu. So war es während der Belagerung ausgemacht worden. Immerhin hatte sie Marten das Leben gerettet. So konnte er seinem Bruder vielleicht vergeben.
Zufrieden mit sich stand Flora auf und sah sich im Raum um. Ihr Blick fiel auf das nachtblaue Kleid am Boden und sie beschloss, es zurückzulassen. Sie würde ohne Gepäck reisen und nur das Hebammenbuch mitnehmen. Zum Glück konnte sie die Reise mit dem Geld bezahlen, das sie auf der Treckschute von der Wöchnerin erhalten hatte. Flora hob ihre Röcke und holte die Münzen aus der Polstertasche im Unterrock, dabei berührten ihre Fingerspitzen ein Stück zusammengefaltetes Papier. Sie brauchte einen Moment, bis ihr einfiel, dass es Martens Testament mit Hendriks Porträt war. Was sollte sie damit tun? Sie verstand selbst nicht warum, doch sie brachte es noch nicht über sich, es Marten zu überlassen. So ließ sie die Röcke wieder fallen. Nach kurzem Zögern griff sie nach einer abscheulichen holländischen Haube, die sie ebenfalls von van Haverbeeck bekommen hatte. Das große Ding verdeckte ihr Gesicht fast vollständig und das war jetzt genau richtig, außerdem würde es sie vor dem Regen schützen. Hastig verknotete sie die breiten Bänder unter dem Kinn. Dann nahm sie das Hebammenbuch, wickelte es zusammen mit den Münzen in ein Tuch und

klemmte es sich unter den Arm. Ohne sich noch einmal umzudrehen und ohne das Fenster zu schließen, verließ sie das Zimmer. Niemand bemerkte, wie sie die Treppe hinunterschlich und aus dem Haus schlüpfte.

Als sie in Leyden eintraf, begann es bereits zu dunkeln und sie war dankbar für die ersten Lichter, die in den Fenstern glommen. Sie lief mit gesenktem Kopf durch die dämmerigen Straßen, ihr Gesicht hinter dem breiten Rand der Haube verborgen. Die Reise war ohne Zwischenfälle verlaufen. Sie hatte das Glück gehabt, dass der Treidelführer sie wiedererkannt hatte. Nachdem er sich an die Geburt im Unterstand erinnert hatte, hatte er sie freudig begrüßt. Er hatte in ihr eine Art Glücksbringer gesehen und ihr einen besonders guten Platz verschafft. Der Nieselregen war ein beständiger Begleiter gewesen, doch als die Treckschute festgemacht hatte, war Wind aufgekommen und hatte die grauen Wolken vertrieben. Der Wind zerrte nun ungeduldig an den Bändern der Haube und Flora beschleunigte ihre Schritte. Vor Tante Augustas Haus zögerte sie einen Augenblick. Wie sollte sie ihren Besuch, den sie ohne Vorankündigung und ohne Marten machte, erklären? Sie sorgte sich jedoch ganz unnötig. Nachdem sie geklopft hatte, erschien hinter dem Dienstmädchen eine vor Freude strahlende Augusta und zog Flora unter begeisterten Ausrufen ins Haus. Flora konnte den französischen Erklärungen und holländischen Beteuerungen kaum folgen. In der Diele war es angenehm warm und aus der Küche erklang Kinderlachen. Wasser plätscherte und Flora kam zu dem Schluss, dass Isabel in einem Badezuber badete. Sie näherte sich der offenen Tür. Seifenblasen tanzten ihr entgegen und Dampf erschwerte das Atmen. Frederike trat mit vor Hitze geröteten Wangen und aufgelöstem Haar in den Türrahmen. Bei Floras Anblick strahlte sie wie zuvor schon Tante Augusta.
»Flora, wie schön, dass du da bist«, Frederike drehte sich um und rief in die Küche, »Isabel, du rätst nie, wer hier ist. Flora ist da!«
Isabel stieß einen vergnügten Schrei aus. Flora stellte sich in die offene Tür und lächelte ihr zu. Isabel glänzte vor Nässe und begann

sogleich, mit dem seifigen Wasser nach Flora zu spritzen. Flora hob mahnend den Zeigefinger und wich zurück, doch stimmte sie in Isabels Gelächter ein.
»Komm«, sagte Frederike, »Neeltje kümmert sich um alles.«
Sie wies auf das junge Dienstmädchen und zog Flora mit sich. Augusta war nirgends zu sehen. Wahrscheinlich kümmerte sie sich um frisches Bettzeug für den unvermuteten Gast. Flora begann sich wohl zu fühlen. So folgte sie Frederike schon viel weniger betrübt in die gute Stube. Dort legte sie das Bündel mit dem Hebammenbuch auf einen kleinen polierten Tisch neben einem hohen Lehnstuhl, in den sie sich erleichtert sinken ließ. Während sie die Bänder ihrer Haube löste, setzte sich Frederike in den Stuhl gegenüber und plapperte fröhlich drauflos: »Isabel bekommt jetzt Flötenunterricht. Ich selbst lerne die Laute spielen. Es war Tante Augustas Vorschlag. Sie ist so liebenswürdig! Unser Lehrer kommt jeden Tag von weit her. Er trägt Augengläser und hat ein Pferdegebiss. Aber seine Stimme ist äußerst angenehm. Sein Holländisch klingt immer so, als ob er mir ständig Komplimente machte.«
Flora legte sich ihre Haube in den Schoß und spielte mit den langen Bändern. Frederike schien endlich zu bemerken, dass etwas nicht stimmte. Sie beugte sich vor und fragte: »Was ist los? Du siehst blass aus. Warum hat Marten dich nicht begleitet?«
Flora blickte auf, holte tief Luft und begann stockend zu erzählen. Von dem Misserfolg beim Drucker und von den Unzulänglichkeiten des Hebammenbuchs. Dabei wies sie auf das eingeschlagene Buch auf dem Tisch und wiederholte van Haverbeecks Worte. Dann schilderte sie, wie dunkel es in van Haverbeecks Haus war, wie sich alles nur um die Kanzlei drehte und wie Marten es abgelehnt hatte, seinen Paten zum Teufel zu schicken. Sie berichtete ohne innezuhalten von Hendriks Brief, von der halb gefüllten Truhe und der Reise nach Nieuw Nederland. Sie beschrieb die Bilder, die sie im Kopf gehabt hatte, als die Glocken den Mittag eingeläutet und sie Hendriks Hand für immer ausgeschlagen hatte. Als sie mit ihrem Bericht zu Ende war, ließ sie die Schultern hängen und seufzte schwer.

Frederike betrachtete sie nachdenklich. Flora hatte erwartet, dass sie etwas Abfälliges über die Männer sagen würde. Sie sind es nicht wert. Vergiss die Kerle und such dir einen anständigen Mann. Doch nichts dergleichen. Stattdessen nickte Frederike verständnisvoll, als könnte sie Floras Schmerz ganz und gar nachvollziehen, und fragte leise: »Was wirst du jetzt tun?«

Flora zwinkerte, um nicht schon wieder zu weinen, und presste mit unsicherer Stimme hervor: »Ich weiß es nicht.«

Sie hatte sich darüber noch gar keine Gedanken gemacht. Jetzt wirbelte alles in ihrem Kopf durcheinander und so stammelte sie: »Vielleicht … vielleicht … sollte ich zu meiner Mutter zurückkehren?« Frederike runzelte die Stirn und Flora fügte hastig hinzu: »Ich meine … ich war doch gar nicht schlecht bei der Geburt auf der Treckschute. Ich könnte Hebamme in Stralsund werden und weiter an meinem Buch arbeiten. Eines Tages wird es dann allen Ansprüchen genügen.«

»Und bis dahin? Was machst du, wenn eine weniger leichte Geburt kommt? Wirst du dich dann hinter deiner Mutter oder dem Zeichenbrett verstecken?«

Das waren harte Worte und Flora nahm sie ihrer Freundin im ersten Augenblick übel. Aber ein Blick in Frederikes besorgtes Gesicht und in ihre durchdringenden Augen überzeugte sie von deren ehrlicher Anteilnahme. So nahm sie es sehr ernst, als Frederike sich anschickte, ihr einen Vorschlag zu machen: »Wenn du wirklich malen willst und Talent dazu hast, dann tu es auch. Vergeude nicht deine Zeit mit etwas, das dir nicht liegt und das dich unglücklich macht. Geh nach Haarlem zu dieser jungen Malerin und bewirb dich als Schülerin bei ihr. Dazu brauchst du keinen Marten an deiner Seite. Rembrandt wird dir sicher eine Empfehlung schreiben und die Zeichnungen in deinem Buch sprechen für sich.«

»Ich soll allein nach Haarlem gehen? Ganz allein?«

Der Gedanke war ihr gar nicht gekommen. Frederike schmunzelte und rief: »Natürlich! Du bist doch auch allein von Amsterdam nach Leyden gereist, oder nicht? Vielleicht überlässt dir Augusta für die Reise ihr Dienstmädchen. Neeltje ist eine nette Person. Und wenn

nicht, treiben wir sicher noch irgendwo einen Degen auf, den du unter dem Mantel verstecken kannst, um dich zu verteidigen.«
Flora stellte sich vor, wie sie mit einem langen Degen unter dem Mantel eine Treckschute bestieg, und musste lachen. Frederike stimmte mit ein und wurde dann wieder ernst.
»Flora, du solltest schon morgen mit der Malerei beginnen. Auf dem Dachboden liegt alles bereit, was du brauchst. Marten hat dir genug erklärt, ich selbst habe seine langen Ausführungen gehört. Was zögerst du noch? Geh gleich in der Früh nach oben und fang endlich an. Tante Augusta wird sicher nichts dagegen haben.«
Flora dachte an Martens ungenutzte Pigmente, Pinsel und Paletten. Neben dem Fenster hatte sie mehrere bespannte und grundierte Leinwände bemerkt, die nur darauf warteten, bemalt zu werden. Marten hatten alles einstauben lassen und würde sich für den Rest seines Lebens hinter dicken Büchern voll mit Gesetzestexten verkriechen. Er würde den Dachboden vermutlich nie wieder betreten. Was schadete es also, wenn sie es tat? Sie würde noch eine Nacht darüber schlafen. Nachdem sie hinter ihrer hohlen Hand gegähnt hatte, murmelte sie: »Ich werde darüber nachdenken.«
»Tu das«, sagte Frederike zufrieden und erhob sich mit einem Lächeln.
Sie fand anscheinend nichts dabei, wenn Frauen allein reisten und zum Pinsel griffen, wenn sie Lust dazu verspürten. Flora fiel es schwer, sich an den Gedanken zu gewöhnen, doch Frederike hatte ihr Mut gemacht. Sie nahm ihre Haube und erhob sich, um Isabel eine gute Nacht zu wünschen, die gerade laut singend durch die Diele hüpfte.

Am nächsten Morgen erwachte Flora spät und frühstückte allein. Niemand schien im Haus zu sein. Wahrscheinlich waren alle schon früh zum Markt aufgebrochen. Eine gute Gelegenheit, um ungestört auf den Dachboden zu gehen, dachte Flora, und lief durch die Diele. Unten an der Treppe zögerte sie. Ihre Hand lag schon auf der Brüstung und ihr Fuß stand auf der untersten Stufe, doch sie konnte sich nicht rühren. Wenn sie erst einmal angefangen hätte zu malen, gäbe es kein Zurück. Sie würde niemals mehr aufhören können. Die Versuchung war groß, doch tat sie wirklich das Richtige? Gestern war sie fast sicher gewesen. Oder hatten das nur Frederikes Worte bewirkt? Aus ihrem Mund klang es so einfach. Doch es war Flora, die den Mut aufbringen musste, allein zu reisen und die Malerin in Haarlem aufzusuchen. Noch vor wenigen Tagen war sie überzeugt gewesen, dass Marten an ihrer Seite sein würde.

Flora blickte unsicher die Treppe hinauf. Sollte sie es wirklich wagen? Der Leinölgeruch, die Leinwände und die Farben würden sie verzaubern. Sie würde niemals die Nachfolgerin ihrer Mutter werden und Alwine dadurch furchtbar enttäuschen. Flora dachte daran, dass das Hebammenbuch niemals gedruckt werden würde. All die Zeichnungen, auf die sie so viel Zeit und Mühe verwandt hatte, würden niemals einer angehenden Hebamme nutzen. Wollte sie das wirklich? War die Geburt auf der Treckschute nicht ein Fingerzeig Gottes gewesen? Hatte sie sich nicht bewährt? Ohne Scheu hatte sie die Nachgeburt untersucht. Bestimmt könnte sie eines Tages ihre Abscheu vor allen Körpersäften überwinden. Vielleicht sollte sie lieber doch zu Alwine zurückkehren und das Leben führen, das schon immer für die Tochter der städtischen Hebamme vorgesehen war?

Flora zog ihren Fuß zurück und nahm die Hand von der Brüstung. Sie lief zur Haustür, riss diese auf und wollte nur hinaus, den kalten Wind in ihrem Gesicht spüren und einen klaren Kopf bekommen. Hastig griff sie nach ihrem Mantel und wickelte sich darin ein. Ihre Haube lag oben in der Schlafkammer, doch sie hatte jetzt keine Zeit, sie zu holen. Sie musste nachdenken und eine Entscheidung treffen.

Flora rannte an den Häusern vorbei, ohne zu wissen, wohin sie eigentlich wollte. Der Morgenwind zerrte an ihrem Mantel und blies ihr Haarsträhnen ins Gesicht. Beim hektischen Aufbruch hatte sich ihr Zopf gelöst und das Haar wehte ungebändigt um ihren Kopf. Über ihr wurden dicke Wolken über den Himmel gejagt. Auf einer Brücke blieb Flora stehen und legte ihre Hände auf die steinerne Brüstung, um auf das ruhig dahinfließende Wasser hinabzuschauen. Der Bernsteinring schlug an den Stein und das helle Geräusch ließ sie zusammenzucken. Dieser elende Ring, dachte sie. Warum trug sie ihn überhaupt noch? Er bedeutete ihr doch gar nichts mehr. Er war nicht mehr als eine Erinnerung an einen Mann, der für immer fort war. Sollte Hendrik doch an einer fernen Küste mit Indianern über Pelze verhandeln und sein Glück machen. Es war ihr ganz gleichgültig. Sie würde nie wieder etwas von ihm hören und nur selten an ihn denken. Flora zog sich den Ring vom Finger und warf ihn mit einer weit ausholenden Bewegung ins Wasser. Es spritzte kurz, dann war er verschwunden. Flora fühlte sich, als wäre eine Last von ihr genommen.

Ohne ein bestimmtes Ziel wanderte sie durch die morgendlichen Straßen, zog die neugierigen Blicke der Passanten auf sich, die sich über die junge Frau ohne Haube wunderten, und strich immer wieder über die ungewohnt leere Stelle an ihrem Finger. Irgendwann bemerkte sie, dass sie am Gitterzaun des botanischen Gartens der Universität entlanglief. Hier war sie mit Marten und Rembrandt gewesen und hatte die mit kleinen Tafeln beschrifteten Kräuter bewundert. War es Augentrost oder Krähenfuß gewesen?

Mit schnellen Schritten näherte sie sich dem Eingang. Seit ihrem ersten Besuch waren mehr als drei Wochen vergangen. Die Mitte des Oktober war bereits überschritten und alles hatte sich verändert. Die Beete waren fast alle leer, manche mit Stroh bedeckt und andere mit Zweigen. Die Wege waren geharkt und wirkten seltsam trostlos und verlassen. Flora beeilte sich, die Beete hinter sich zu lassen, und wusste plötzlich, wohin sie wollte. Sie würde Rembrandts Garten besuchen und sich ansehen, wie der Herbst ihn verwandelt hatte.

Das Tor war nur angelehnt und sie konnte es mühelos öffnen. Überrascht blieb sie stehen. Auch seit ihrem letzten Besuch schien kein Gärtner hier gewesen zu sein, denn der Kiesweg war ungeharkt und übersät mit bunten Blättern. Von überall waren sie herangeweht und bedeckten die Beete links und rechts des Weges, auf dem sie nun entlangging. Niemand hatte die Rosen beschnitten. Ihre Zweige waren entlaubt und nur die windzerzausten Blüten waren zurückgeblieben. Windböen trieben goldgelbe Birken-, löchrige braune Kastanien- und rote Ahornblätter vor Flora her. Sie verfingen sich in ihrem Mantel und blieben an ihren Schuhen hängen. Es roch leicht modrig und feucht. Gleichzeitig schien die Luft von einer ungewöhnlichen Klarheit zu sein.

Ihr Blick schweifte über die herbstlich gefärbten Bäume, die den Garten säumten, und blieb an dem Gebüsch hinter dem Pavillon hängen. Dort übertrumpften sich die Farben der Zierbüsche und hoben sich vor dem Immergrün ab. Hellrote Eberesche, dunkellila Holunder und gelbe Felsenbirne wetteiferten farbenfroh und verliehen dem Garten eine Pracht, der sich Flora kaum entziehen konnte. Sie stieg den Hügel hinauf, umrundete den Pavillon und sah auf der anderen Seite hinab. Dort befand sich der Goldregen, dessen Schoten dunkelbraun und vertrocknet aussahen. Flora blieb davor stehen und betrachtete die Stelle, an der Martens Erbschaft versteckt gewesen war. Jemand hatte das Loch wieder mit Erde gefüllt und diese festgetreten. Es wirkte wie eine Wunde, die nur schlecht vernarbt war, und stimmte Flora wehmütig. Sie zupfte sich ein Birkenblatt aus den Haaren und verließ die Stelle, um zum Pavillon zurückzukehren. Doch vor den leeren Tulpenbeeten ging sie in die Knie und betrachtete die schwarze Erde nachdenklich. Lagen darunter kostbare Tulpenzwiebeln verborgen oder hatte man sie herausgenommen und ließ sie an einem trockenen Ort überwintern? Was würde hier im Frühjahr aus dem Boden kommen? Würden wirklich Rembrandts Farben auf diesem Beet erblühen, so wie es der alte Olearius geplant hatte? Flora stellte sich vor, wie die kleinen grünen Spitzen sich durch die Erde arbeiteten, wuchsen und Knospen bildeten. Wenn der Sekretär des Statthalters Rembrandts Ruf im Land verbreitete, würden die Tulpen blühen. Sie würden sich im Frühlingswind wiegen, wenn Rembrandt Leyden verließ, um in Amsterdam eine Werkstatt zu eröffnen. Den Garten hatte er dann sicher längst vergessen. Flora erhob sich.

Auf ihrem Weg zum Pavillon hielt sie den Kopf gesenkt. Sie schaute erst wieder auf, als sie sich auf die Marmorbank gesetzt hatte. In diesem Augenblick brach das Grau des Himmels auf. Der Wind rauschte in den Büschen, die Baumkronen wiegten sich und durch ihre Zweige bahnte sich die Sonne. Sie ließ die gelben und braunen Blätter leuchten. Weiches, warmes Gold tanzte durch das Laub hindurch. Wie auf Rembrandts Bildern, dachte Flora und konnte den Blick nicht abwenden. Genau so brach auf seinen Gemälden das Licht hervor, legte sich über Braun und Ocker, über Staubgrau und Knochenschwarz und erhellte das Wesentliche. Die Bibel auf dem Schoß eines Propheten oder die Schreibfeder in seiner Hand.

Wie wundervoll wäre es, Gottes Schöpfung aus Licht und Schatten preisen zu können, überlegte Flora. Nicht nur in einer Zeichnung, sondern mit Farbe, die manchmal leuchtend und dann wieder gedämpft war, die entweder unauffällig oder überdeutlich aufgetragen wurde. Sie könnte das Hebammenbuch nach Stralsund schicken und ihrer Mutter einen Brief schreiben. Sie würde erklären, dass sie die Malerei erlernen wollte und sie dafür nach Haarlem gehen musste. Ihre Mutter würde es verstehen. Zumindest hoffte Flora das. Sicher würde es ihrer Mutter Kummer bereiten, dass sie ihr nicht im Amt nachfolgte und keine städtische Hebamme wurde, doch irgendwann würde sie darüber hinwegkommen. Wenn genügend Zeit verstrichen war, würde sie ihr verzeihen. Ihre Mutter war viel zu vernünftig, um lange zu grollen.

Flora stand auf und wollte den Pavillon verlassen. Da fuhren ihre Fingerspitzen erneut über die leere Stelle, wo zuvor der Bernsteinring gesteckt hatte, und sofort fühlte sie einen schmerzlichen Stich in ihrer Brust. Sie wunderte sich über sich selbst. Der Ring war in der Gracht und sie hatte sich geschworen, nichts mehr für Hendrik zu empfinden. Plötzlich fiel ihr ein, dass es noch etwas gab, was an ihn erinnerte. Zwar hatte sie seinen Brief heute Morgen ins Feuer geworfen, doch sie besaß noch sein Porträt. Sie drehte sich um, warf kurz einen prüfenden Blick über ihre Schulter und stellte einen Fuß auf die Bank. Martens Testament befand sich noch in der Polstertasche unter ihren Röcken, die sie nun hastig hob. Als sie das zusammengefaltete Stück hervorgeholt hatte, nahm sie den Fuß wieder von der Bank und zögerte. Was sollte sie damit tun? Rembrandts Zeichnung würde ihr immer wieder einen Stich versetzen, wann immer sie sie betrachtete. An die leere Stelle an ihrem Finger würde

sie sich mit der Zeit gewöhnen, das so lebensecht gezeichnete Porträt war jedoch etwas anderes.
Flora faltete das Papier auseinander. Die Handschrift von Martens Vater wurde sichtbar. Sie unterdrückte den Drang, das Testament umzudrehen und Hendriks Gesicht noch ein letztes Mal anzusehen. Stattdessen begann sie, den Bogen in kleine Stücke zu reißen, die sie einfach zu Boden fallen ließ. Sie wurden sogleich vom Wind erfasst und wehten wie Schneeflocken davon. Flora schaute triumphierend um sich. Die hellen Papierschnipsel hingen in der Weinranke, umkränzten die Säulen, häuften sich vor der Statue von Plato und bedeckten die Tulpenbeete.
Zufrieden mit ihrem Werk ging sie, sich immer wieder umblickend, den Hügel hinunter. Als sie schließlich unten angekommen war, sah sie eine Gestalt am Tor lehnen.
Der Mann hatte abwartend die Arme vor der Brust gekreuzt und sah zu ihr herüber. Es war ein langer, dünner Kerl, auf dessen unbedecktem Haupt das rote Haar vom Wind zerzaust wurde.
Marten, dachte Flora überglücklich. Er war gekommen!
Rembrandts Garten musste das bewirkt haben. Licht und Farben hatten ihn herbeigezaubert.
Mit wild klopfendem Herzen rannte sie den Kiesweg hinunter und blieb keuchend vor ihm stehen. »Wo kommst du denn her?«
Marten grinste und erklärte: »Nachdem ich deine Nachricht erhalten hatte, nahm ich sofort die nächste Treckschute. Was hast du denn gedacht?«
»Aber van Haverbeeck! Ich meine, braucht er dich nicht in wichtigen Geschäften?«
»Ich habe ihn zum Teufel geschickt.«
»Du hast was?«
Flora konnte es nicht glauben. Marten hatte getan, was sie verlangt hatte? Wie war das möglich? Sie sah ihn zweifelnd an und fragte unsicher: »Warum? Was ist geschehen?«
»Die Haushälterin hat die Truhe und die Nachricht in deinem Zimmer gefunden. Sie ist damit sofort zu meinem Paten gerannt. Ehe ich davon erfahren habe, hat er die Goldgulden an sich genommen

und sie in Wertpapieren angelegt. Alles Geld liegt für Jahre fest und ich komme nicht ohne seine Zustimmung heran. Er hat in Windeseile Schiffsanteile und Grundstücke erworben, angeblich alles zu meinem Besten. Das hat mir die Augen geöffnet. Er war die ganze Zeit nur hinter Vaters Vermögen her.« Marten nahm die Arme herunter. Während er ihr eine Haarsträhne aus der Stirn strich, sagte er leise: »Was macht das schon? Wir haben ja noch deinen Anteil der Erbschaft. Du hast ihn an dich genommen, wie es dir zustand. Wie bist du eigentlich an Vaters Truhe gekommen? Hast du heimlich Nachforschungen angestellt und Hendrik gefunden?«

Flora wich zurück und hob abwehrend die Hände: »Ich habe kein Geld genommen. Hendrik ließ mir die Truhe durch einen Schiffsjungen vom Hafen bringen. Sie war nur halb gefüllt. Die andere Hälfte hat dein Bruder benutzt, um eine Überfahrt nach Nieuw Amsterdam zu bezahlen und sich dort eine Existenz zu sichern. Er will in den Pelzhandel einsteigen und bat mich mitzukommen.«

»Und du bist nicht mit ihm gegangen.«

»Nein, doch mein Anteil am Vermögen ist weg.«

Marten zuckte mit den Schultern und meinte: »Das macht nichts. Wir gehen trotzdem nach Haarlem. Wir schlagen uns schon irgendwie durch. Doch zuerst entstauben wir den Dachboden und ich zeige dir, wie man Himmel malt.«

»Wir gehen nach Haarlem? Zu Judith Leyster?«

Sie musste nicht allein dorthin gehen? Marten, der Mann den sie liebte und mit dem sie zusammen sein wollte, würde mitkommen! Er würde nie wieder nach Amsterdam in dieses düstere Haus in der Anthonisbreestraat zurückkehren. Er hatte ihren Rat befolgt und van Haverbeeck zum Teufel geschickt. Hatte sie nicht gesagt, sie würde dann tun, was immer er von ihr verlangte? Würden sie sofort heiraten oder sich vor ihrer Abfahrt in Tante Augustas Haus verloben? Oder wollte er nichts weiter, als mit ihr zusammen Himmel malen? Himmel malen wäre kein schlechter Anfang für ihre Liebe. Es wäre sogar ein sehr guter.

Leise fragte sie: »Und was verlangst du dafür? Was willst du nun von mir?«

Marten lachte. »Erst einmal nur einen Kuss.«
Als sie daraufhin nichts sagte, zog er sie an sich. Lag es an Rembrandts Garten oder am Rauschen in den Bäumen, am Wechselspiel von Licht und Schatten oder an dem herumwirbelnden, farbenprächtigen Laub? Sie wusste es nicht. Sie wusste nur, es frohlockte und jubilierte in ihr.
Ganz so, wie es sich für die Evassünde gehörte.

Nachwort

Hatte Rembrandt einen Garten? Es ist überliefert, dass er am ersten März 1631 einen gut gelegenen vor der Witteport in Leiden kaufte (im siebzehnten Jahrhundert war die Schreibweise »Leyden« üblich, wie sie im Roman verwendet wurde). Er verhielt sich damit nicht anders als andere Bürger seiner Zeit. War der Garten sorgsam geometrisch angelegt, wie es der Geschmack der Zeit verlangte? Oder sollten die Pflanzen als Vorlagen für Gemälde dienen und waren dort deshalb Wildwuchs und Exotisches zu finden?

Zumindest hatte er nicht lange etwas davon, denn er wohnte bereits 1632 in Amsterdam. Dort porträtierte er Berühmtheiten wie die Frau des Statthalters Prinz Frederik Hendrik. Der Statthalter erwarb noch mehrere andere Gemälde von Rembrandt und bestellte eine Passionsserie. In dieser Zeit entstand ebenfalls das berühmte Bild »Die Anatomie des Doktor Tulp«. Das sind alles Arbeiten ohne botanische Bezüge. Blumen finden sich erst auf den Gemälden, die später entstanden. Sie stellen Rembrandts Frau Saskia als Frühlingsgöttin Flora dar. Auf ihnen ist natürlich auch die in Holland so beliebte Tulpe zu sehen. Wuchs diese Pflanze in einem Garten hinter dem herrschaftlichen Haus in der Breestraat, das Rembrandt 1639 erwarb? Das ist mir leider nicht bekannt. Ebenso wenig weiß ich, ob er in Amsterdam einen Garten vor der Stadt besessen hat, was jedoch anzunehmen ist.

In Leiden findet sich heute nichts darüber, ob dort zu seinen Lebzeiten ein Garten nach ihm benannt worden war. Hätte Rembrandt eine nach Farben und Pflanzen streng geordnete Anlage gefallen? Eine, wie sie der alte Olearius anlegen ließ? Wahrscheinlich nicht. Rembrandt war wenig angepasst und setzte dem Geschmack seiner Zeit oftmals etwas Eigenes entgegen. Das hat ihm nicht nur Freunde gemacht.

Auch heute wird sein Charakter kritisch beurteilt. In seiner Biografie der Stadt Amsterdam nennt Geert Mak ihn einen »nicht gerade liebenswürdigen Mann« und bezeichnet ihn als launisch und raffgierig. Er weist außerdem darauf hin, dass man Rembrandt niemals bat, Pate zu werden oder als Zeuge auszusagen. Im Gegensatz zu Rubens stand Rembrandt außerhalb der feinen Gesellschaft und der großen Politik. Das führte, neben einer Reihe persönlicher Schicksalsschläge, dazu, dass Rembrandt am Ende seines Lebens völlig verarmt und einsam war. Dies mindert jedoch nicht seine künstlerische Leistung, die womöglich diese Distanz zu seinen Mitmenschen verlangte. So betont Svetlana Alpers in ihrem Werk »Kunst als Beschreibung«, dass Rembrandts Kunst »die Oberfläche der Dinge verlässt, um menschliche Tiefen auszuloten«.

Wenn man Rembrandt in jungen Jahren schildert, ist es leider nicht möglich, dem Gesamtwerk und den darin verborgenen »menschlichen Tiefen« gerecht zu werden. Es ist anzunehmen, dass er in frühen Jahren ein umgänglicheres Wesen besaß. Die enge und fruchtbare Zusammenarbeit mit seinem Freund Jan Lievens lässt dies vermuten. Rembrandt wird auch den Sekretär des Statthalters im November 1628 nicht schlecht gelaunt empfangen haben, denn dieser äußerte sich in seinen Briefen später überaus positiv über den Maler. Die vielen erhaltenen Selbstbildnisse aus jener Zeit zeigen einen humorvollen jungen Mann, der jedoch sicher nicht gezögert hätte, einem nur mäßig talentierten Zeitgenossen wie Marten offen seine Meinung zu sagen.

Wie immer man seinen Charakter beurteilt: Rembrandt ist sicher der wichtigste holländische Maler jener Epoche. Er selbst hätte sich als Holländer bezeichnet, der Hollands und nicht Flaams, also Flämisch, sprach. Es war in dieser Zeit üblich, sich mit der Provinz oder dem Landesteil zu identifizieren, aus dem man stammte. So fühlte man sich nicht als Franzose oder Deutscher, sondern als Burgunder oder Schwabe.

Holland gehörte zur Republik der Vereinigten Niederlande, auch Generalstaaten genannt, deren kultureller und wirtschaftlicher Aufschwung in jenen Jahren als Goldenes Zeitalter bezeichnet wird. Die Generalstaaten wurden zur größten Handelsmacht und verdrängten nach und nach die Hanse.

Zur Hansestadt Stralsund bestand auch schon vor der Belagerung im Jahr 1628 eine enge Handelsbeziehung. Nach der Belagerung wurden der nach den kostenintensiven Kämpfen bankrotten Stadt dreißigtausend niederländische Gulden geliehen, natürlich nachdem zuvor die Kreditwürdigkeit der Stadt gründlich geprüft worden war. Dies geschah im August 1628, als auch der schwedische Kanzler eintraf. Es ist nicht überliefert, ob sich die beiden Delegationen am selben Morgen im Rathaus befanden, doch nicht ausgeschlossen. Belegt ist hingegen die erboste Rede des schwedischen Kanzlers über die Aufsässigkeit der Stralsunder.

Der Allianzvertrag mit Schweden wird von Historikern, je nach Weltanschauung, unterschiedlich beurteilt. Immer wird jedoch der Verlust der Unabhängigkeit beklagt. Vor 1945 stellte Fritz Adler fest: In Stralsund flammte 1628 noch einmal »der alte Geist der großen Hansezeit auf, um in der tapferen Abwehr Wallensteins seinen ehrenvollen Untergang zu finden«. Nach 1945 ist die Unterwerfung Stralsunds für Herbert Langer ein Schritt zur »Kriegsvorbereitung für die Expansion der schwedischen Feudalklasse«. Langer betont die Rolle Stralsunds bei der Vorbereitung der Landung Gustav Adolfs 1630 auf Usedom.

Mit der schwedischen Intervention trat der Dreißigjährige Krieg in eine neue Phase, deren Gräuel erst 1648 im Westfälischen Frieden endeten. Zahlreiche Quellen und Berichte von Zeitzeugen über die Eroberung und Zerstörung von Städten lassen die Unterwerfung Stralsunds unter die schwedische Herrschaft als das kleinere Übel erscheinen. Doch nur ein Jahr später trieb die Pest ihr Unwesen, der viele Stralsunder zum Opfer fielen, so auch der während der Belagerung so umtriebige Bürgermeister Lambert Steinwich.

In Stralsund wird die Vertreibung Wallensteins jedes Jahr während der Wallensteintage mit historischen Kostümen und Kanonendonner gefeiert. Freundlicherweise durfte ich mir im Stadtarchiv Stralsund unter anderem den Allianzvertrag und einen Kupferstich der Belagerung ansehen. Kupferstiche von umkämpften Städten waren in dieser Epoche zahlreich und dienten als eine Art Kriegsberichterstattung. Sie wurden nicht selten in Amsterdam gedruckt, das in der Druckkunst fortschrittlich war.

Der Buchdruck verbreitete sich in Europa ebenfalls rasant. 1626 veröffentlichte die französische Hebamme Louise Bourgeois »Verschiedene Beobachtungen über die Unfruchtbarkeit«, zuvor waren bereits »Sechs Niederkünfte der Maria von Medici« und »Unterweisung für meine Tochter« erschienen. Ihre erfolgreiche Hebammentätigkeit endete 1627 mit dem Tod der Gräfin von Montpensier. Ein Hebammenbuch war also durchaus nichts Neues, allerdings musste man schon Gräfinnen entbunden haben und nicht nur gewöhnliche Städterinnen. Floras Hebammenbuch wird sicher in den Wirren des Krieges verloren gehen, wie viele andere Dokumente auch.

Flora wird bei Judith Leyster nicht die Malerei erlernen, denn diese hatte nur drei männliche Schüler. Die historische Judith Leyster wurde von Franz Hals beeinflusst oder, wie manche vermuten, sogar unterrichtet. Ihre gelungenen Darstellungen von Musikanten wurden schon früh in ganz Europa anerkannt. Sie hatte ein eigenes Atelier und wurde 1633 Mitglied der Gilde des heiligen Lukas in Haarlem. Nach ihrer Hochzeit mit einem Maler und der Geburt von fünf Kindern hörte sie nach und nach auf zu malen. Obwohl sie anfangs mit ihrem Mann zusammengearbeitet hatte, überließ sie später die Malerei fast ausschließlich ihm. Bei vielen Gemälden ist heute nicht sicher, ob sie von ihm oder ihr stammen. Judith Leysters Biografie zeigt, welche Schwierigkeiten auf Flora zukommen werden. Sie lebt in einer Epoche, in der es für Frauen eher ungewöhnlich ist, eigene Ziele zu verwirklichen. Trotzdem wird es Flora möglich sein, wie vielen anderen Künstlern jener Zeit in Haarlem, als Malerin ihren Lebensunterhalt zu verdienen.

Ich begann mich in das siebzehnte Jahrhundert einzuarbeiten, indem ich die Berichte einer Tagung mit dem Namen »Zwischen Alltag und Katastrophe. Der Dreißigjährige Krieg aus der Nähe« las. Sie berichten von einem kürzlich gefundenen Söldnertagebuch, welches das harte Leben eines Söldners veranschaulicht, von der grauenhaften Eroberung und Zerstörung der Stadt Magdeburg 1630 und von vielen entsetzlichen Kriegserfahrungen, die sich in Grabinschriften und Selbstzeugnissen finden. Die Beschäftigung mit den Schrecken des Krieges deprimierte mich und fast hätte ich diese Epoche wieder verlassen.
Zur selben Zeit besuchte ich in Hamburg in der Kunsthalle die Ausstellung »Vergnügliches Leben – Verborgene Lust. Holländische Gesellschaftsszenen von Franz Hals bis Jan Steen«, in der auch Gemälde von Judith Leyster gezeigt wurden. Ich betrachtete die heiteren Szenen und dachte: Hoppla, das ist dieselbe Epoche? Mir wurde bewusst, dass es neben den Schrecknissen des Dreißigjährigen Krieges beschwingten Übermut und besinnliche Momente gab. Wallenstein und Gustav Adolf von Schweden waren Zeitgenossen von Judith Leyster in Haarlem und Rembrandt in Leiden. Diese Erkenntnis führte mich wieder zurück ins siebzehnte Jahrhundert, in Rembrandts Atelier und nach Stralsund zu Flora.